여전히 미쳐 있는

still mad

여전히 미쳐 있는

샌드라 길버트 + 수전 구바   류경희 옮김

실비아 플라스부터 리베카 솔닛까지
미국 여성 작가들과 페미니즘의 상상력

북하우스

딕 프리든과 도널드 그레이에게,

그리고

대체 불가능한 타자인 우리 서로에게

누가 아나요? 이 청중석 어딘가에 제 뒤를 이어
대통령 부인이 되어 백악관을 꾸려갈 누군가가 있을지도 모르지요.
대통령이 될 그분을 응원할게요!
– 바버라 부시, 웰즐리대학교 1990년 졸업식 연설

페미니스트는 태어나는 게 아니라 되어가는 것이다.
– 벨 훅스, 「의식화: 마음의 지속적 변화」(2000)

아직도 페미니즘을 믿느냐는 질문을 많이 받아요! 마치 페미니즘이
진실 반지나 애완용 돌이라도 되는 것처럼 묻는다니까요.
– 헬렌 레디, 『나라는 여자: 회고록』(2005)

가끔 대법관 중 여성이 몇 명이어야 충분하겠느냐는 질문을 받습니다.
저는 이렇게 말합니다. "아홉 명이 있을 때겠죠."
그러면 사람들은 깜짝 놀랍니다. 하지만 남성 아홉 명이
그 자리에 있었을 때는 누구도 의문을 제기하지 않았지요.
– 루스 베이더 긴즈버그, 조지타운대학교 강연(2015)

우리의 미래는
다른 여성들의 과거가 될 것이다.
– 에번 볼런드, 「우리의 미래는 다른 여성들의 과거가 될 것이다」(2018)

차례

일러두기

1. 이 책은 다음의 책을 저본으로 삼았다. Sandra M. Gilbert and Susan Gubar, *Still Mad: American Women Writers and the Feminist Imagination* (New York, NY: W. W. Norton & Company, 2021)
2. 저자 주는 미주로, 옮긴이 주는 각주로 표시했다.
3. 인용문 중 [ ]로 묶은 내용은 저자들이 첨언한 것이다.
4. 원서에서 이텔릭체로 강조한 부분은 고딕체로 표기했다.
5. 단행본은 『 』로, 시·단편·논문은 「 」로, 정기간행물·영화·음악·미술 작품 등은 〈 〉로 구분했다.
6. 외국 인명과 지명 등의 표기는 국립국어원 외래어표기법을 참고하되, 우리말 표기가 굳어진 것은 관용을 따랐다. (예: 어슐러 르 귄, 마릴린 먼로 등)
7. 본문에 언급된 작품 중 우리말로 번역된 작품이 존재하는 경우 그 제목을 따랐다.

프롤로그
가능한 일과 불가능한 일

항의 행진을 할 수 없는 사람은 글을 쓴다. 우리의 많은 친구들이 2017년 1월 21일에 열릴 여성 행진*을 준비하고 있을 때, 우리는 여러 가지 신체 장애 때문에 직접적인 시위 참가가 불가능하다는 것을 의식하고 있었다. 그렇다면 어떻게 연대할 수 있을까? 우리는 물었다. 그리고 대규모 항의 시위가 워싱턴 DC와 전 세계 도시에서 열리기 일주일 전에 답을 찾았다. 우리는 이 책을 함께 집필하기 시작했다.

당시의 분위기에 깃든 열정은 치열했던 1970년대의 페미니즘 운동을 우리에게 상기시켰다. 성인 여성들과 소녀들, 때로는 그 주변의 성인 남성들과 소년들의 변혁적이고 정치적인 자각이 일으킨 강력한 사회적 봉기를. 영화 평론가 몰리 해스컬은

* 도널드 트럼프 대통령 취임식 다음 날 일어났던 항의 시위를 말한다. 하루 동안 일어났던 시위 중 사상 최대 규모였으며, 여성, 인종, 이민자, 장애인, 성소수자, 노동자, 건강보험, 환경, 종교의 자유 문제 등 다양한 구호가 터져나왔다.

당시의 흥분을 이렇게 포착했다. "우리는 과거를 거부했고 속박을 거부했고 우리의 어머니들이 살아온 방식을 거부했다. 마치 그동안 육지로 둘러싸인 곳에서 살던 종족이 절벽을 기어 올라가 난생처음 광활한 바다를 본 것 같았다. (…) 모든 일이 가능했다."[1]

물론 2017년 1월 상황은 달랐다. 불가능해 보였던 일(출중한 자격을 갖추고 출마한 여성 대통령 후보자가 상스러운 데다 철저히 부적격자인 남성에게 패배하는 일)이 가능해졌을 뿐만 아니라 실제로 일어나고 말았던 것이다. 세계 각지의 수많은 시위가 확실히 페미니즘에 힘입어 일어났었다. 1970년대의 여성해방운동이 그토록 광범위한 영향을 미치지 않았다면 선거 결과가 그토록 기막히게 여겨지지 않았을 것이며, 항의 시위가 그토록 다급하게 필요해지지도 않았을 것이다. 동시에, 거대한 항의의 물결이 1970년대의 격앙된 시위 운동처럼 보이긴 했지만, 이 반대 운동이 다름 아닌 절망감에서 비롯되었다는 점도 곧바로 명백해졌다. 1970년대의 시위 행진자들이 멋진 신세계를 향해 나아간다고 느꼈다면, 2017년의 고소인들은 타락한 세계, 유아적이면서 악마적이고 타락한 인물이 지배하는 세계를 똑바로 응시하고 있었다.

우리는 지금도 계속되고 있다고 여겨지는 제2물결 페미니즘을 이야기하기 위해 대표적 여성들(시인, 소설가, 극작가, 가수, 저널리스트, 이론가 들)을 선별했다. 전반적으로 볼 때 이들은 여성운동의 표준적 주체가 백인, 중산층, 엘리트 여성이라고 보는 시각을 전복시킨 이들이었다. 또 우리는 우리의 다른 저서들에서 영어로 글을 쓰는 다국적 여성 작가들의 관계에 집중했던 것과 달리, 이번에는 북미 지역의 여성 작가들에게만 집중하기로 했다. 토종 미국인 대통령의 선출이 준 충격으로 인해 우리 자신의 나라의 페미니즘에 초점을 맞추게 된 것이다. 단 자유롭게 넘나들 수 있는 캐나다와 미국 사이의 국경 덕분에 몇몇 캐나다 작가들도 미국의 독서 대중에게 특별히 중요해졌다는 점을 덧붙여둔다.

분명 우리는 다른 중요한 작가들을 선택할 수도 있었다. 다만 우리는 (19세기의 위대한 여성 참정권 운동가 소저너 트루스의 말처럼) 세상이 요동칠 때 멈추지 말고 계속 나아가라고 독려해주는 듯한 작가들을 불러들였다.[2] 우리는 그 저명한 여성들이 출간한 작품들뿐만 아니라 그들의 생애에도 끌렸다. 그들의 삶이 그 자신들이 피와 살을 지닌 현실 세계의 여성으로서 개인적 문제를 정치적 문제로 삼을 때 직면했던 문제들을 극화하도록 해주었기 때문이다. 그동안 페미니즘의 과거에 대해서는 잘못된 설명이 많았고 조롱 비슷한 대접도 받았으며 어쩌면 지나친 일반화까지도 행해진 것 같다. 우리는 그런 식의 동질화를 모색하지 않고, 여성운동이 우리의 현재에 준 기회뿐만 아니라 한층 더 해방된 미래에 기여하게 될 역할에 찬사를 보내려고 한다.

계속해서 경합 중인 여성들의 논쟁 가운데 하나는 과연 그동안 얼마나 많은 페미니즘의 '물결'들이 있었나 하는 문제를 맴돈다. 어떤 사람은 세 번의 물결이 있었다고 말하고, 어떤 사람들은 그 이상이라고 말한다. 그러나 분명한 것은 여성들이 마주했던 문제들과 페미니스트들이 창안한 전략들은 20세기 후반과 21세기 초반 20년 내내 끊임없이 진화했다는 것이다. 첫 여성운동 물결의 국면을 1848년 세니커폴스 집회부터 여성의 투표권을 인정한 1920년 제19차 헌법 개정 시점까지 추적할 수 있는 것과 마찬가지로, 우리는 1950년대부터 시작하여 오늘날까지 이어지고 있는 제2의 물결을 떠올릴 수 있다. 혼란스럽고 소란하고 대단하고 지금도 계속 진행 중인 물결을. 우리는 이런 시각을 견지하면서 우리 모두 여전히 그 물결의 한가운데 있다고, 세상이 요동치는 한 멈추지 않고 계속 나아갈 것이라고 마음에 새긴다.

미래로 전진할 수 있도록 우리 모두는 경합하고 뒤흔들고 지지해야 한다. 소저너 트루스의 경고대로, "그저 조용해질 때까지 맥없이 기다리고만 있으면 다시 시작하기까지 엄청나게 많은 시간이 필요할 것"이기 때문이다. 이 말을 했을 때 "여든 살도 더 된" 나이였던 소저너 트루스는 자신이 "이 세상에 있는 이유가 아직 뭔가 할 일이 남아 있기 때문이며, 쇠사슬을 끊어내는 일에서 아직 도움을 줄 게 있기 때문"이라고 믿었다. 우리 두 사람도 그와 비슷한 감정을 느낀다.

유리 천장과 깨진 유리

지난 세월의 주문呪文들이 아직 우리 귀에 울려 퍼지고 있다. 우리가 성공했어요, 선생님! 우리가 유리 천장을 깼어요! 이제 우리는 모든 걸 가질 수 있어요! 우리가 적극적으로 나서니 문화가 변하고 있어요!

하지만 정말 문화가 변하고 있는 것일까? 만약 그렇다면 왜 우리와 우리의 많은 친구들은 여전히 미쳐 있을까? 격노하고 있다는 의미에서 미쳤다는 것이다. 미친 듯 화가 나고 혼란스럽고 반발감이 치솟는다는 의미에서 미쳤다는 것이다. 당신이 자신의 영역에서 성공했다면 그 영역에서 백래시에 부딪칠 것이다. 당신이 유리 천장을 깨부수었다면 깨진 유리들을 밟고 가야 할 것이다. 당신이 한껏 적극적으로 나선다면 비틀거리며 넘어질지도 모른다.

"펜은 페니스의 은유일까?"[3]라고 질문하며 우리가 함께한 첫 책『다락방의 미친 여자』집필을 시작한 지 벌써 40년이 흘렀다. 우리는 여성문학의 전통을 발굴하고자 수 세기에 걸쳐 진행되어온 권위와 남성성의 동일시 문제를 검토했다. 이제 우리는 미국 정치와 젠더의 관계에 대한 이해를 도모하면서, 이 문제와 관련된 질문을 숙고하게 되었다. 몇몇 여성들이 본격적으로 대통령 후보자로 나선 만큼 아마 좀 더 해방된 상황일지도 모르는 지금 이 시점에도, 우리는 "대통령은 반드시 페니스가 달린 사람이어야 하는가?"[4]라는 질문을 하게 된다.

지금까지 치러진 우리의 모든 대통령 선거는 그렇다고 말한다. 2016년 대통령 선거인단 선거에서 자격 미달에 미소지니* 적인 텔레비전 유명 인사가 출중한 자격을 갖추고 야심에 차 있던 여성 후보자와 겨루어 승리했다. 1차 국민투표에서 300만

---

* misogyny. 여성이란 지적으로 열등하고, 이성적이기보다 감성적이며 유아적이거나 관능적인 존재라고 여기는 신념. '여성 혐오'로 번역되기도 한다.

표라는 차이로 승리했는데도 말이다. 더 최근에 치러진 민주당 예비 경선에서는, 열정적이고 경험 많은 세 명의 여성 상원의원 (카멀라 해리스, 에이미 클로버샤, 엘리자베스 워런)이 탈락하고 두 명의 연로한 남성, 일흔여덟의 버니 샌더스와 일흔일곱의 조 바이든이 남았다. 그리고 최종적으로는 모든 경쟁자 중에서 최약체 후보라는 논란이 있었던 조 바이든이 후보자로 낙점되었다. 최근에 빚어진 이런 패배를 설명하기 위해 제시된 원인은 무엇이었을까? 그것은 선출 가능성이었다. '겨우' 여자인 후보자로는 대중 선동적이고 정신 이상자에 가까운 도널드 트럼프를 이길 수 없다는 생각, 자칭 사회주의자인 샌더스로도 그런 괴물을 격파할 수 없으리라는 생각이 강했던 것이다. 하지만 트럼프는 선거운동 기간 동안 확산되어가던 팬데믹 문제에 엉망진창으로 대응함으로써 어느 정도 스스로를 망가뜨렸고, 그 결과 공감 능력이 있고 합리적인 바이든이 승리하게 되었다.

클린턴을 두고 "그녀를 잡아가둬야 한다"며 괴롭히던 그의 선전에서 예고되었던 바, 트럼프의 재임 기간은 혼돈과 거짓으로 점철된 시기이자 모든 정치적 규범을 산산조각낸 부패가 만연한 시기였다. 그 시기의 무질서는 치명적인 코로나19 감염병에 대한 무능한 관리에서 정점에 이르렀다. 트럼프는 일단 이 신종 코로나바이러스의 위험성을 부인했고, 그다음에는 이 바이러스가 자신의 통제하에 있을 거라고 약속하면서 검사, 감염원 추적, 보호 장비 준비, 환기 설비, 전국적 자택 대기 명령, 기타 의학적으로 필요한 조치를 취하는 데 실패했다. 그는 몇 번의 기자회견에서 오직 자신만이 감염병 학자들이 처방하고 주지사들이 명령한 자택 대기를 지휘할 수 있다고 떠벌렸으면서, 다른 브리핑 자리에서는 모든 책임이 자신이 아닌 주지사들에게 있다고 주장했다.

바이러스가 창궐한 지 두 달쯤 되었을 때 트럼프는 제이 인즐리 워싱턴 주지사의 말마따나 "국내 반란을 부추기며" 자기 정부에서 내린 사회적 거리 두기 명령에 항의하는 대안 우파 시위자들을 트위터를 통해 지지하기 시작했다. "미네소타를 해방하라!" "미시간을 해방하라!" "버지니아를 해방하라!" 그리고 불길하게도 이렇게 덧붙였다. "여러분의 위대한 제2차 헌법 개정안[총기 소지 권리 법안]을 구해주십시오. 개정안이 공격받고 있습니다."[5] 그가 사실상 무장 폭동을 선동한 걸까? 그리고 그로부터 한두 주 뒤에 미국인들에게 살균성 소독제, 예컨대 '리졸' 같은 제품을 주사해서 코로나19를 자가 치료하라고 제안한 것은 진심이었을까? 그러더니 워싱턴 DC에서 열린 '흑인의 생명은 소중하다' 평화 시위 때는 군대에 섬광탄, 최루 가스, 고무탄, 헬리콥터를 사용하라고 명령했다.(그 와중에도 그는 사진 촬영을 위해 성경을 거꾸로 들고 서 있었던 자다.)

2020년 선거에서 바이든에게 패배했을 때 그는 승복하지 않은 채 그의 패배를 알려주려 애쓰던 참모진을 해고했으며, "우리는 절대로 패배하지 않았다" "우리가 미시간주에서 많은 표차로 이겼다!" 같은 트윗을 거듭 올렸다. 급기야 아연스럽기 짝이 없는 정치 집회에서 그는 격분한 지지자들에게 펜실베이니아 애비뉴를 지나 의사당까지 행진하라고 재촉했고, 지지자들은 2021년 1월 6일 미국 행정부를 습격해 다섯 명의 사망자와 다수의 부상자를 냈다. 하원의원들은 짧은 탄핵 소장을 통해 이렇게 언명했다. "그는 워싱턴으로 군중을 불러모았고, 그들이 광란에 빠지도록 부추겼으며, 그들을 대포처럼 장전해 펜실베이니아 애비뉴를 겨냥했다." 〈뉴욕 타임스〉의 피터 베이커는 그를 셰익스피어 비극 결말 부분에 등장하는 미치광이 왕에 비유했다.[6]

물론 시민 한 명 한 명이 각자 한 표를 행사하고 다수의 의사가 선거인단 선거의 방해를 받지 않는 전통적인 민주주의 체제였다면, 주요 정당의 지지를 받으며 대통령 선거에 입후보한 최초의 여성인 힐러리 클린턴이 그 2016년 선거에서 승리했을 것이다. 학식 있고 경험 많은 그녀였다면 분명 트위터로 통치하지는 않았을 것이며, 중대한 의학적 위협을 부정하지도 회피하지도 않고, 자기 나라 시민들에게 반란을 부추기지도 않고, 사람들에게 리졸 살균제를 주입하라는 조언을 하지도 않고, 민권 시위자들을 진압하겠다고 군대를 동원하지도 않았을 것이다. 미국이 휘말리게 된 무정부주의적 서사 구조에 상응하는 대항 역사 속에서라면 힐러리 클린턴 대통령은 질서 정연하게 정부를 운영했을 것이다. 틀림없이 흠결이나 반대자들은 있었을 테지만 그래도 안정적인 정부, 이를테면 앙겔라 메르켈의 정부와 매우 비슷한 정부를 운영했을 것이다.

대통령이 될 뻔했던 이 여성은 우리처럼 1970년대가 만들어낸 인물이었다. 그리고 그녀가 주요 정당의 지지를 받은 최초의 여성 대통령 후보자라는 전례 없는 성공을 거두는 데 도움을 준 것은 이론의 여지는 있지만 1970년대의 페미니즘이었다.

그녀는 또한 1970년대의 전형적 인물, 즉 여성해방운동의 원대한 가능성을 극적으로 보여준 본보기인 동시에 그 운동이 끊임없이 맞닥뜨려야 했던 백래시의 대표적인 희생자였다. 1970년대에 클린턴은 법학전문석사 학위를 취득하고 로댐이라는 결혼 전 성을 계속 사용하려 애썼으며 자신은 "내 남자 옆에 있는 그저 그런 작은 여자"가 아니라고, 그러니 "집 안에만 머무르면서 쿠키를 굽는" 삶은 살지 않겠다고 결심했다. 그녀는 퍼스트레이디로서 "인권은 여성의 권리이며, 여성의 권리는 인권이다"[7]라는 유명한 선언을 했다. 남편이 대통령직을 떠난 뒤에는 퍼스트레이디 최초이자 여성 최초로 뉴욕주 상원의원에 당선되었고, 이후에는 국무장관으로 재임하며 좋은 평가를 받는 등 주목할 만한 기록을 세웠다.[8]

클린턴을 국가 정치 현장으로 쏘아올린 특별한 역사적 변화는 우리 세대를 전문 직종으로 나아가게 했던 변화와 정확히 같은 것이었다. 이런 대변동은 우리의 삶뿐만 아니라 우리의 많은 동시대인들의 삶과 일을 변화시킨 지적 탐구의 대상이 되었다. 이 점을 인정하기라도 하듯, 또한 자신의 대의 명분에 대한 충성 서약을 하기라도 하듯, 클린턴은 민주당 후보 지명 수락 연설 때 흰색 의상을 입었던 제1물결 페미니스트 참정권자들을 되새기는 의미에서 흰색 바지 정장을 입었다.

2016년 대선 이후 제2물결 페미니즘은 명백히 성공하기도 했고 실패하기도 했다. 놀라웠던 2017년 1월 21일 워싱턴 여성 행진에서 표출되었듯이, 많은 사람들이 그 실패에 분노했지만 그토록 많은 성취를 이루어낸 시기에 어떻게 그런 일이 일어날 수 있었는지 어리둥절해했다. 우리도 당혹스럽기는 마찬가지였다. 그것이 이 책을 집필하게 된 이유다. 우리가 여전히 분노로 미쳐 있기 때문에, 페미니즘의 미래를 쌓기 위해서, 우리는 페미니즘의 과거와 현재를 이해해보기로 했다. 페미니즘의 성공과 실패가 극적으로 표출되었던 2016년 선거는 우리 세대가 1970년대에 배우고 가르치기 시작했던 사실, 그리고 『다락방의 미친 여자』로 결실을 맺은 교재를 가르치던 학기에 우리가 깨닫기 시작한 사실을 여성과 남성이 거듭거듭 배워야 한다는 점을 증명했다. 선거의 여파는 오늘날 페미니스트들이 우리가 연구했던 미친 여자의 분노를, 즉 충격적일 만큼 완고한 것으로 판명난 가부장제에 의해 침묵을 강요당하던 여성 인물이 느꼈던 분노를 표출하기 시작했다는 점을 확인시켜주기도 했다.

1970년대는 우리의 삶을 어떻게 변화시켰는가

1973년 우리가 인디애나대학교 인문대학 건물 엘리베이터에서 만났을 때만 해도 우리는 페미니즘이 1970년대와 그 이후 내내 불러일으킨 변혁을 예견할 수 없었다. 그러나 어느 책의 부제(『1973년 1월: 미국을 영원히 변화시킨 워터게이트, 로 대 웨이드 소송, 베트남, 그리고 달』[9])에서 암시되었듯이 이미 그 해에 중대한 변화가 시작되고 있었다.

여성운동의 관점에서 1970년대 전체를 다 놓고 생각해보자. 로 대 웨이드 대법원 판결*이 선언한 재생산 권리, 성평등 헌법 수정안 비준 투쟁, 밤길 되찾기 여성 행진*, 〈미즈〉 창간, 레즈비언 분리주의의 등장과 매 맞는 여성을 위한 보호소 설립 등을 떠올려보자. 연방 정부의 지원을 받는 교육 프로그램에서는 그 누구도 성별을 근거로 차별하면 안 된다고 명령한 연방 민법 9조와, 독신 여성과 이혼한 여성, 남편과 사별한 여성이 신용카드를 본인 명의로 최초 발급받을 수 있음을 의미한 신용기회균등법 등을 떠올려보자. 의회에서는 마침내 입법이 통과되어 50개 모든 주에서 여성들의 연방 배심원 참가가 가능하게 되었다. 1970년대가 시작될 무렵 『우리 몸, 우리 자신』이 출간되었고, 자유의 여신상이 "세계의 여성들이여, 단결하라"라는 글귀가 적힌 거대한 깃발에 싸이기도 했다. 1970년대 말에는 모든 분야의 직종에서 임신한 여성을 차별하는 행위를 금지하는 법안이 의회에서 통과되었다.

나이가 들 만큼 든 세대라면 다음의 사건들을 떠올려보고 젊은 세대라면 구글로 검색해보자. 주디 시카고와 미리엄 샤피로의 〈우먼하우스〉 전시, 말로 토머스의 레코드판 〈자유롭게… 너와 나〉▲, '성 대결' 테니스 시합에서 빌리 진 킹 선수가 거둔 승리, 여성의 에로틱한 환상을 다룬 낸시 프라이데이의 베스트셀러 『나의 비밀의 정원』을. 또한 지금은 "악명 높은 RBG"라고 알려져 있는 루스 베이더 긴즈버그 변호사가 남성들뿐인 연방

● 여성의 임신 중지 권리를 인정한 최초의 연방대법원 판결.
★ 미생물학자 수전 앨릭젠더 스피스가 1975년 늦은 밤 귀가하다 칼에 찔려 살해당한 사건을 계기로 촉발된 성폭력/가정폭력 반대 운동.
▲ 소녀든 소년이든 무엇이든 이룰 수 있다는 페미니즘 주제를 담았다.

대법원 판사들의 면전에서 성차별에 반대하는 주장을 펴나갔던 것, 최초의 흑인 여성 하원의원 셜리 치점이 미국 대통령 후보로 출마했던 것, 바버라 조던이 민주당 전당대회에서 아프리카계 미국인이자 여성 최초로 기조연설을 했던 것도.

저명한 역사학자 루스 로즌이 우리에게 상기시킨 것처럼, 그런 여러 가지 진전이 있었음에도 여성이 실제로 주요 정당의 지지를 (그것도 다수 득표로) 받으며 대통령 선거에 출마할 수 있고 여성이 하원의장으로 선출될 수 있다는 생각은 21세기가 될 때까지 누구도 하지 못했다.[10] 글로리아 스타이넘의 전폭적인 지원 아래 이루어진 치점의 도전은 그 같은 일이 상상할 수 있는 일이라는 사실을 입증하기는 했다. 그러나 그런 일은 실현 가능성이 너무 없어 보였으므로 그저 상징적이고 극적이고 지극히 유토피아적인 시도일 뿐이었다. 그런 선거 운동이 완벽하게 실현 가능해 보일 더 나은 미래를 향한 구호였다.[11] 현실에서 하원 의사당은 1985년까지 여성에게 운동 시설을 개방하지 않았고, 수영장은 2009년까지 남성 회원만 이용할 수 있었다. 상원 의사당은 어땠을까. 정치적 연줄이 없는 여성 의원이 처음 등장한 것은 1980년이 되고 나서였다. 1992년까지는 여자 화장실도 없었으며, 1993년이 되어서야 비로소 설치되었다.(그나마 겨우 두 칸뿐이었고 2013년에야 네 칸으로 늘어났다.)[12]

그럼에도 평등에 대한 여성들의 희망은 1970년대 들어 계속해서 커져갔다. 여성 후보자 지원을 위한 전국여성유권자연맹이 결성되는가 하면, 페미니스트 학자들을 후원하기 위한 전국여성학회가 결성되었다. 전문 간행물도 왕성하게 쏟아져나왔다.[13] 주목할 점은, 이들 사업 중 다수가 사업에 활력을 불어넣은 여성운동과 함께 각급 대학 캠퍼스 안에 둥지를 틀었다는 것이다. 이곳에서 사업들은 여성의 미래를 재정의하려는 시도만큼이나 여성의 과거를 열성적으로 연구하고자 하는 페미니스트 학자들에 의해 자리를 잡았다. 섬처럼 고립된 곳으로 여겨지던 상아탑이 우리의 모든 삶을 변화시킬 혁명적 아이디어의 본거지가 되고 있었다.

인디애나대학교에 갓 부임한 우리 두 사람은 당시만 해도 여성사나 여성 작가들에 대한 연구를 해본 적이 없었다. 우리가 아는 모든 학자가 마찬가지였다. 그 같은 연구 영역은 그즈음에야 겨우 범주가 정해지기 시작했다.[14] 우리 중 누구도 학부나 대학원에서 여자 교수에게 배워본 적이 없었다. 하지만 우리 세대는 페미니즘의 관점을 인문학에 통합하려는 바로 그 시기에 있었다. 여성사나 여성문학사 분야를 구축했을 뿐만 아니라, 그 못지않게 중요한 인류학, 종교학, 심리학, 예술, 사회학, 법학, 인종 연구, 경영학, 자연과학에서 여성의 역할에 대한 조사를 시작했다. 그리고 젠더 자체에 대한 개념 분석과 성적 지향에 관한 오래된 견해 등에 대한 분석도 착수해나갔다. 빠르게 등장한 이 모든 연구들이 합쳐진 결과, 21세기 미국인의 정치적, 법적, 의학적 환경은 완전히 새로운 형태를 갖추게 되었다.

우리는 이 같은 중요한 변화가 생겨난 것은 분석이 필요한 우리의 모순적 상황, 오늘날의 여성이 직면하고 있는 역설적 상황을 우리 동료들이 공유하거나 헤쳐나간 덕분이라고 믿었다. 우리 두 사람은 1974년부터 젠더에 대한 탐구를 공식적으로 시작하면서 여성문학을 다루는 수업을 팀 티칭 방식으로 진행했다. 우리는 그 분야에 대해 아는 게 하나도 없었다. 정말 그때만 해도 그런 주제는 '학문 분야'도 아니었다. 하지만 우리는 우리가 늘 사랑해왔던 책들에 이끌렸고, 그래서 많은 토론 끝에 '다락방의 미친 여자'라는 제목을 붙인 과목의 수업을 개설하게 되었던 것이다.

바로 이 수업 경험이 우리를 변모시키는 계기가 되었다. 우리의 강의 계획안에는 제인 오스틴부터 브론테 자매까지, 에밀리 디킨슨부터 버지니아 울프와 실비아 플라스까지 여성 작가들이 포함됐다. 우리가 어린 시절과 청년 시절 읽었던 작품들을 쓴, 하지만 학부나 대학원에서는 연구하지 않던 작가들이었다. 이 작가들의 작품들을 열의 있고 명민한 스물다섯 명의 학부 학생들과 함께 읽고 토론하면서, 우리 모두는 (우리가 이미 연구했던) 윌리엄 버틀러 예이츠의 말처럼 "완전히 변모"[15]했으며, 우리가 분석했던 작가들의 텍스트도 마찬가지로 변모했다.

이 수업은 개종과도 같은 경험이었다. 겹겹이 덮여 있던 남성 우월주의라는 과거가 날이면 날마다 우리 눈에서 싹 떨어져 나갔다. 일종의 깨달음이 우리에게 찾아왔다. 그동안 늘 존재해왔음에도 전혀 모르고 있던 역사에 대한 우리 스스로의 깨달음이었다. 19세기 말 케이트 쇼팽은 소설 『각성』을 쓰면서 비슷한 경험을 했다. 그러나 그녀의 책은 절판되었고, 우리는 그 책의 존재를 몰랐다. 1920년대와 1930년대의 조라 닐 허스턴도 같은 경험을 했다. 그러나 그녀의 책 또한 절판되었고, 우리는 그 책의 존재를 몰랐다. 샬럿 퍼킨스 길먼의 저명한 단편 「누런 벽지」도, 여성과 경제를 다룬 그녀의 페미니즘 논문들도 쉽게 손에 넣을 수 없었다. 하지만 이런 인상적인 경험을 하면서 우리는 우리의 앞길을 가로막는 걸림돌이 존재한다는 사실을 깨닫게 되었다.

한번은 우리 수업에 저명한 시인 데니즈 레버토프를 초청했다. 우리는 그녀를 인디애나폴리스 공항에서 만나 밸런타인 홀로 모셔왔다. 한 학생이 레버토프의 시를 주제로 그린 대형 추상화들을 가져다놓았다. 의자들이 반원형으로 놓여 있었다. 주홍색 그림들은 벽에 줄지어 걸려 있었다. 또 다른 학생은 이 시인의 발밑에 보드라운 조각품을 선물로 가져다놓았다. 우리는 그녀의 시 몇 편을 낭송했고 학부생들은 그 시들이 감금된 상황에 처한 여성들의 분노를 표출한 것이라고 논했다. "그건 제가 의미한 바가 아닙니다." 데니즈 레버토프가 말했다. 학생들은 예의 바르게 고개를 끄덕였다. 우리는 생각했다. 저분은 아무것도 몰라. 하지만 그녀의 시는 모든 것을 알지. 우리는 또 생각했다. 의미는 늘 존재해왔어. 의미의 부정도 그렇고. 우리는 나중에 D. H. 로런스를 인용하면서 학생들에게 이렇게 말했다. "예술가를 절대 믿지 마세요. 이야기 자체를 믿으세요."[16]

데니즈 레버토프는 여성 작가로 규정되는 것을 원하지 않았다. 그녀는 영국에서 태어나 자랐지만 미국 작가로 인식되는 편을 선호하기도 했다. 우리는 『노턴 여성문학 앤솔러지』에 엘리자베스 비숍을 포함시키려 했을 때도 같은 저항에 맞닥뜨렸다. 그녀의 시를 수록하기 위해서는 다음과 같은 저작권 조항을 밝혀야 했다. "젠더는 의심의 여지 없이 예술에서 중요한 역할을 수행하지만 그럼에도 예술은 그저 예술일 뿐이며 글, 그림, 작곡 작품 등을 두 개의 성별로 나누는 것은 예술과 무관한 가치를 그 작품 안에 가두는 일이다"[17]라는 비숍의 발언을 작품 앞에 재수록해야 한다는 것이었다. 물론 비숍도 레버토프처럼 복잡다단한 전통 안에서 분석되어야 한다. 20세기 시의 역사, 미국학 연구, 레즈비언 역사, 여행 문학, 트라우마 연구 등의 전통 말이다. 그렇다손 치더라도 여성 작가의 범주에 들어가기를 거부하는 이런 저항의 태도는 대체 왜 생겨났을까?

"권력을 가진 자는 명사를 (그리고 규범을) 장악하는 반면, 권력을 덜 가진 자는 형용사 하나를 얻는다."[18] 언젠가 글로리아 스타이넘이 했던 말이다. 레버토프나 비숍의 관점에서 여성 작가가 된다는 것은 덜 중요한 작가라는 낮은 지위로 격하되는 일이었다. 한 세기 이상에 걸친 문학 수업의 강의 계획안에서 공고히 확정했던 것처럼 위대한 작가들은 남성들이었다. 우리는 여성 예술가들의 재능을 가르치고 찬미하는 내내 계속해서 위와 같은 순간들과 맞닥뜨리면서, 일부 여성이 보인 젠더 정체성 규정과 페미니즘에 대한 거부감을 따져보게 되었으며, 이 책의 이후 지면들에서도 분석해보려고 한다.

아무튼 우리는 우리 자신이 살아온 길을 되돌아보며 1970년대의 우리의 개종 경험이 이상한 일도 전례가 없는 일도 아니라는 점을 깨닫게 되었다. 그것은 수 세기 동안 여성들이 페미니즘을 깨치며 얻은 경험이었고, 우리 세대가 초등학교 시절 혹은 그보다 더 이른 시기부터 배우기 시작한 일련의 페미니즘적 교훈들 속에서 얻은 경험이었다. 오늘날의 페미니스트들이 직면하고 있는 일부 문제들은 그들이나 그들의 어머니들이 과거에 마주했던 이슈들과 다르다. 하지만 여성들이 역설적 상황에 맞서 자신들의 삶을 형성해나갔듯, 모순들은 항상 페미니즘의 제2물결 속에서 생산적인 역할을 수행해왔다.

힐러리 로댐과 그녀 세대의 학교교육

여러 번 논란을 불러일으키긴 했지만 힐러리 클린턴이라고 불리는 여성은 페미니즘 역사의 공적 무대에서 중추적 역할을 수행한 사람이었으며, 우리가 보기에 그녀 세대의 본보기적 역할을 담당했다. 보수적인 중서부 지역 출신인 힐러리 로댐이라는 이름의 소녀가 어떻게 양성의 전쟁터이자 이데올로기 갈등의 장이기도 했던 21세기의 정치 선거판에서 제2물결 페미니즘의 갈등 상황을 구현하는 존재가 되었을까? 이 질문에 대한 적어도 한 가지 대답은 여성운동이 번성하고 힐러리 로댐이 삶을 변화시켜야겠다고 결심했던 1969년과 1979년 사이의 시기에서 찾을 수 있을 것이다.

웰즐리대학교 정치학 전공 우등생이었던 스물한 살의 로댐은 학생 최초로 이 학교의 졸업식 연사로 선정된 인물이었다. 또 흥미롭게도 그녀는 1969년 6월 2일 〈라이프〉 특집 기사에서 소개된 전국 각지의 졸업식 학생 연사 네 명 중 한 명이었다. 그녀는 대학 생활을 시작할 때만 해도 공화당 대선 주자 배리 골드워터의 지지자였지만, 학부 시절을 보내면서 급진적으로 변했다. 그녀는 길고 곧은 생머리에 화장도 안 하고, 할머니 안경처럼 보이는 안경을 쓰고, 솔직하게 결의를 드러내는 모습으로 〈라이프〉에 등장했다. 어쩌면 열띤 학내 시위의 한복판에서 활약했던 수많은 혁명적인 젊은 미국 여성들 중 한 명이었을 수도 있다.

정말 그랬다. 그녀는 졸업식 연설에서 자기 앞 차례 연사였던 공화당 상원의원 에드워드 브룩의 발언을 즉석에서 당당하게 반박한 인물이었다. 그의 연설이 주로 학생 시위의 '경박함'에 대한 것이었기 때문이다. 한 친구의 전언에 의하면, 그녀는 그가 연설을 하는 동안 자기 연설 원고 여백에 반박할 내용을 휘갈기고 있었다고 한다. "브룩 의원의 일부 발언 내용에 반발심이 잠깐 치밀어 올랐다는 것을 깨달았습니다." 그런 다음 그녀는 이렇게 덧붙였다. "지금 도전해야 할 과제는 불가능한 일을 가능하게 만드는 예술로서 정치를 실천하는 것입니다."[19]

불가능한 일을 가능하게 만드는 것. 클린턴 세대의 젊은 여성들(그리고 우리 세대의 젊은 여성들)은 이 명제를 우리가 할 수 있는 일이라고 배우며 자랐다. 그녀는 "가능한 일과 불가능한 일에 관한 문제는 4년 전 우리가 웰즐리에 들고 왔던 문제"였다고 힘주어 말하고 이렇게 설명했다. "우리는 가능하지 않은 일이 무엇인지 아직 알지 못하는 상태로 입학했습니다. 그런 만큼 우리는 많은 것을 기대하고 있었습니다." 그러면서 그녀는 4년이 지난 지금 여전히 가능하다고 생각하는 일, 혹은 적어도 이상적이라고 생각하는 일이 무엇인지 상세하게 말해나갔다. "바로 지배적이고 탐욕적이고 경쟁적인 조직 생활 대신 (…) 더 직접적이고 희열이 넘치고 통찰력 있는 삶의 방식들입니다." 그리고 가장 중요한 것은 "인간 해방"이었다.

이상주의자였던 이 젊은 여성이 20대로 접어들면서 받아들여야 했던 삶의 방식은 어떤 것이었을까? 힐러리 로댐은 대학 시절부터 아프리카계 미국인 친구들과 친하게 지냈다. 그녀는 친구들과 함께 마틴 루서 킹 주니어 목사의 죽음을 애도했고, 더 나은 미래를 꿈꾸었고, 학교의 입학 규정을 변화시켰다.[20] 1970년대에 그녀는 웰즐리에서 성취한 것과 같은 종류의 성공을 계속해서 이루어나갔다. 그녀는 1973년 예일대학교 로스쿨에서 법학전문석사 학위를 취득하기로 결심했는데 그 부분적인 이유는 이랬다. "하버드대학교 로스쿨의 한 교수가 저를 (당시 저는 똑똑하고 열의에 넘치던 대학 졸업반 학생으로 바로 얼마 전 입학을 허가받은 상태였죠) 쳐다보더니, '우리 하버드에는 더 이상의 여학생이 필요하지 않다'고 했습니다."[21] 이후 그녀는 워싱턴에서 (닉슨 탄핵 과정에 참여하며) 일하게 되었다. 1975년에는 다소 주저하는 마음도 있었지만 아칸소주로 이주했고, 얼마 지나지 않아, 그 주의 검찰총장으로 임명되고 1979년 주지사로 선출까지 되는 로스쿨 재학 당시의 남자 친구 빌 클린턴과 결혼했다. 그녀는 아칸소주에서 변호사로 계속 일했고 유명한 로즈 로펌에서 최초의 여성 파트너 변호사가 되었다.

완벽해 보이는 승리를 거둔 1969년부터 빠르게 발전해나가 1979년이라는 중요한 해에 이른 서른한 살의 힐러리 로댐은 (그렇다, 그녀는 여전히 힐러리 '로댐'이었다) 아칸소 주지사

아내라는 새로운 역할을 다루는 인터뷰를 하게 된다.[22] 이 시점에서 그녀가 꾸미고 나온 모습은 다소 히피 분위기가 나던 대학 졸업반 학생 때의 모습과 다르다. 이 주지사의 아내는 핑크색 풀 스커트 정장과 주름 장식이 달린 블라우스를 입고, 무릎 높이까지 오는 진홍색 부츠를 신고 있다. 이 부츠는 최고로 여성적인 핑크색과 흰색으로 뒤덮여 있고 모양은 과하다 싶을 만큼 실용적인, 그야말로 '걷기를 위해' 만들어진 종류의 부츠다.[23] 그녀는 적대감을 품은 게 명백해 보이는 인터뷰 진행자에게 정도가 지나친 질문을 받으면서도 침착한 태도를 유지하면서, 주지사의 아내가 갖춰야 할 아칸소식 이미지와 그녀가 근본적으로 다르다는 점을 강조하는 거듭된 질문에 또박또박 대답한다.

도대체 그녀는 퍼스트레이디의 의무에 신경이나 쓰는 걸까? 인터뷰 진행자는 이런 의문을 해소하고 싶어한 것 같다. 자신의 결혼 전 성은 물론 전문직 커리어까지 계속 유지하고 있는 그녀를 사로잡고 있는 것은 무엇일까? 그녀는 자세를 고쳐 앉으면서도 안달하는 아이의 기분을 맞춰주듯 내내 침착함을 유지한다. "저에게는 사회적인 사건이나 시민과 관계된 사건이 중요하고 제 전문직 생활도 중요합니다. 저는 이런 사람 아니면 저런 사람 중 하나만 되어야 할 이유를 도무지 모르겠습니다."(강조는 우리가 한 것이다.) 그녀는 인내심을 갖고 설명한다. 그녀는 상냥하고 합리적인 어조로 짚고 넘어간다. "저는 제 전문직 활동과 [빌의] 정치 활동이 섞이는 것을 바라지 않습니다." 실제로 그녀는 이렇게 덧붙인다. "저는 제 자유의사에 따라 아칸소주에 온 것입니다." 그러면서 그녀는 아칸소주가 "자기 의지로" 찾아온 누군가를 인정해주기를 희망한다.

여기서 일종의 분리 현상이 시작된다. "인간 해방"을 꿈꾸던 이상에 찬 눈빛의 소녀가 강제로 불가능한 일의 불가능성에 직면하게 된 것이다. 그녀의 일부가 분노로 인해 강철처럼 단단해지면서 이 품격 없는 인터뷰와 거리를 두었다고 해야 할까? 그녀는 "모든 것을 가진" 사람(미남에다 성공한 남편이 있고 자신이 훈련받은 분야에서 흡족한 커리어를 이룬 사람)처럼 보이고 싶었을 것이다. 그러나 그녀는 시련을 겪고 있다. 마치 "모든 것을 가진" 사람이라면 대중 앞에서의 준엄한 추궁이 당연히 예상해야 하는 일이라도 되는 듯 텔레비전에서 인터뷰를 해내고 있다. 불가능한 일은 정말 불가능할까? 그녀는 그렇게 생각하는 것 같지 않으며, 적어도 이때는 아닌 것 같다. 그녀는 이 적대적인 인터뷰 자리에 쾌활하게 앉아 있다. 조숙했던 졸업생 대표 연사였고 워싱턴의 내막을 아는 사람이고 개업한 변호사이자 로스쿨 교수이고 주지사의 아내이기까지 한 사람에게 주어질 대단한 결과를 계속 기대하며 살아가는 사람답게. 퍼즐의 모든 조각이 한데 맞춰지지 않을 이유가 어디 있겠는가?

틀림없이 힐러리 로댐은 페미니즘의 제2물결 속으로 뛰어든 다른 많은 젊은 여성들처럼 자신이 세상에서 중요한 자리를 차지하게 되리라 믿으며 성장한 사람이었다. 1950년대와 1960년대에 중등교육을 받은 소녀 세대는 대학에 대거 진학한 최초의 여성 집단이었다. 그들은(우리는) 교과서를 열심히 읽으면서 힐러리 로댐의 1979년 아칸소주 인터뷰와 그 이후의 커리어(우리 다수의 커리어)를 만들어낸 모순들과 맞닥뜨렸다. 우리의 교과서와 선생님들은 (특히 여자대학 선생들을 말하지만, 일부 남녀공학 캠퍼스에서도 그랬다) 우리에게 뛰어난 사람이 돼라, 상을 타라, 우등생으로 졸업해라, 졸업생 대표 연설자가 돼라, 학생신문 편집자가 되라, 로스쿨에 진학해라, 시와 소설을 출간 해라 등등의 말을 하며 몰아댔다. 그런데 이 모든 것을 노골적 으로 뒤집으면서 고민 상담 전문 칼럼니스트들, 10대 소녀 잡 지들, 패션 스타일리스트들, 그리고 매우 빈번하게 우리의 부모 님들은 과할 정도로 나서서 우리에게 꾸미고 다녀라, 조신해라, 가슴을 풍만하게 키워라, 가정적이 되어라 하며 충고했다.

심지어 세미나 시간에 앉아 플라톤의 대화편들을 두고 열심 히 질문을 주고받는 동안 우리 중 다수는 크리스천 디올이 만 든 길고 넓고 매력적인 뉴룩풍 숙녀용 스커트와 그 이후에 등장 한 미니스커트를 입고 있었으며, 그런 옷차림과 함께 다른 사람 들에게 우리의 여성성을 확실히 알리기 위해 밝고 붉은 립스틱 을 바르거나 짙은색 아이라이너를 칠하거나 (필요할 경우) 패 드를 넣은 브래지어를 하고 있었다. 그렇다. 우리 중 일부는 우 등생이 되기 위해 대학 진학을 한 게 아니라 '결혼용 학위'를 따 기 위해 대학 진학을 한 것이었다. 그러나 다른 학생들은 (힐러 리 로댐도 그중 한 명이었다) 사람이 반드시 "이런 사람 아니면 저런 사람 중 하나만 될" 필요는 없다고 생각한 듯했다.

아칸소 시절 이후 이름을 두고 미묘한 잔소리가 심해지자 힐 러리 로댐은 힐러리 클린턴이 되었다. 그녀는 1980년 주지사 선거에서 남편이 패배한 이유 중 하나가 "내가 결혼 전 성을 그 대로 쓰며 지냈기 때문"이라고 확신했다.[24] 그때부터 그녀는 힐러리 로댐 클린턴이 되었고, 머리 스타일도 유명세를 타며 달라졌다. 대중의 지나친 왈가왈부에 대한 반응 차원에서 변화를 주었던 것이다. 힐러리 자신은 (이때는 여느 팝 뮤지션이나 공주처럼 이름으로만 불리는 유명인이었다) 점차 말수가 줄었고, 남편의 변변찮은 지사 월급으로 인한 돈 문제로 점점 더 불안해했다. 그녀는 로즈 로펌 안팎에서 공적인 문제를 다수 일으킨 당황스러운 '거래들'을 했다. 또한 남편이 경솔한 성적 일탈을 저지를 때마다 그의 허물을 덮어주었고, 쉽지는 않았겠지만 겉으로는 침착하게 보이는 모습을 유지하는 전략을 채택했다.

그와 그녀가 "클린턴 부부"라고만 불릴 만큼 그녀의 에너지와 지성은 매우 강력했다. 그런 그녀의 지원을 매우 강력하게 받았던 빌 클린턴이 마침내 대통령이 되자, 끊임없이 이어지는 배경음악 같던 아칸소 시절의 잔소리가 이제는 대부분 "힐러리"를 직접 겨냥하며 거의 바그너 국제합창대회 합창소리처럼 변해갔다. 그녀는 어느 때보다 더 방어적인 태도를 보였지만 야망은 더욱 강해졌다. 마침내 그녀는 백악관 웨스트 윙의 한 사무실로 들어가게 되었다. 그때부터 계속 그녀는 퍼스트레이디라기보다 현역 정치인에 가까웠으며 결국 남편이 백악관을 떠난 뒤에는 상원의원이 되었고 그다음에는 국무장관이 되었다.

방어막을 철저히 치는 공적 인물로 변모하면서 힐러리 로댐은 한때 자신이 개탄했던 "지배적이고 탐욕적이고 경쟁적인 조직 생활"과 더욱 타협하는 사람이 되었다. 그녀는 이라크 전쟁에 개입했고, 깜짝 놀랄 만큼의 거액을 받고 골드만 삭스나 월스트리트 후원사에서 연설을 했다. 그녀는 용의주도한 실무진의 도움을 받아 아름답게 몸치장을 한 채 랄프 로렌 바지 정장을 입고 녹초가 될 만큼 세계를 누비고 다녔다. "여성의 권리는 인권이다"라는 그녀의 메시지는 분명 계속해서 그녀를 추진하는 원동력이었지만, 한때 그녀가 사색했던 "진짜 현실"과 "진짜가 아닌 현실" 사이의 구분은 흐릿해졌다. 대통령 예비 경선에서 젊은 버락 오바마에게 패배했던 첫 번째 대통령 선거전 즈음, 그녀는 자신을 만들어준 힘이 페미니즘이었다는 사실을 애써 무시했다. 나중에 그녀는 "사람들이 나를 '여성 후보자'로 보지 않았으면 좋겠습니다"라고 말했던 일에 대해 짚으면서 그녀가 몹시 하고 싶었던 이야기, "내 인생 이야기는 여성운동이 만들고 그 운동에 헌신했던 사람의 이야기입니다"라는 이야기를 했다면 아마 우리나라 사람들이 환호가 아니라 조소를 보냈을 것이라고 덧붙였다.[25] 2008년 당시는 그런 이야기를 할 수 없는 분위기였다.

파국으로 끝난 2016년의 선거전은 그녀가 뜻했든 뜻하지 않았든 그녀를 페미니즘의 품 안으로 되돌아가게 했다. 추문에 시달리던 도널드 트럼프가 악의적으로 그녀를 "사기꾼 힐러리"라고 조롱했을 때 그녀는 그저 쓰게 웃으며 그 발언을 참고 넘기기로 한 것처럼 보였다. 그녀는 내면의 어딘가에서 여전히 힐러리 로댐으로, 의기양양했던 졸업식 대표 연사로, 불가능한 일을 가능한 일로 만들리라 다짐했던 젊은 여성으로 남아 있는 게 틀림없었다. 그녀의 동창생이 2016년 6월 〈뉴요커〉에서 밝힌 것처럼 "우리는 힐러리가 미국 최초의 여성 대통령이 되리라 예상했다."[26] 베스트셀러 소설가 커티스 시튼펠드는 페이지가 술술 넘어갈 만큼 재미있는 『로댐』(2020)의 플롯을 통해 그런 예상을 보다 정교하게 다루기도 했다. 소설은 힐러리가 마침내 자신의 '진정한' 자아를 찾는다는 매력적인 환상으로, 암울한 현실을 전복하는 이야기다.

실제 삶에서 힐러리 클린턴은 파국적인 결말로 끝난 선거로 인해 적어도 일정 기간은 그녀 자신이 소중히 여긴다고 주장한 사생활로 되돌아가야 했다. 그러나 그녀가 다시 대중의 눈앞에 등장하자 그녀를 지켜보는 사람들은 그녀의 생각이 무엇인지, 그녀의 감정은 어떤지 궁금해했다. 2017년에 나온 『무슨 일이 있었나』에서 그녀는 자신이 "미국의 풍토병"이라고 여기는 "성차별주의와 미소지니"에서 비롯된 혐오와 증오 문제를 다루었다.[27]

우리가 힐러리 로댐의 속 끓이는 운명을 이토록 집중적으로 다룬 것은 이 젊은 웰즐리 졸업생의 눈부신 이력의 역설이 국제 무대에서의 페미니즘의 긴장과 갈등을 극적으로 보여주기 때문이다. 우리는 성공하라고 배웠다. 막상 성공하면 조롱당했다. 우리는 결혼을 재촉당했다. 결혼은 우리의 열망을 방해했다. 우리는 자아를 실현하라고 배웠다. 우리는 남편의 야망을 도우라고 지시받았다. 우리는 진실되게 살기로 결심하고 분장과 세상에 대한 아첨을 잊기로 했다. 우리는 가식적인 사람으로 만들어지고, 옷을 차려입거나 옷을 잘 입는 사람으로 만들어졌다. 우리는 "성차별주의와 미소지니"를 경험하면서 입술을 깨물고 우리의 분노를 강하게 억눌렀다. 그런 다음 공직에 출마했고, 편집위원, CEO, 미국 대통령이 되는 일에 뛰어들었다.

우리가 직면한 문화적 혼돈

트럼프의 승리 직전과 직후, 우리는 우리가 여성의 삶과 꿈, 희망, 절망을 점검하는 것이 그 어느 때보다 더 중요해지는 시기로 들어서고 있음을 확실히 알았다. 세기가 바뀔 무렵 몇몇 사상가들이 제2물결 페미니즘은 이제 끝났다고 선언하기도 했지만 (이때는 '포스트 페미니즘'에 대한 논의가 많았다) 페미니즘과 페미니즘의 필요성은 공산주의 국가가 사라지지 않는 것처럼 사라지지 않을 터였다.

오늘날 뿌리 뽑을 수 없을 만큼 극심한 빈곤의 여성화 현상은 전 세계적으로 너무나도 많은 수의 여성들이 경제적 곤란과 계속 맞서 싸우고 있다는 것을 의미한다. 전 세계적으로 수백만 명의 여성들이 성 산업이라는 덫에 갇혀 있고, 정규교육을 못 받고 있으며, 소유 재산으로 취급되고 있다. 미국만 해도 셰릴 샌드버그가 "적극적으로 나서라"[28]라고 충고했음에도 불구하고 유리 천장은 대부분 손도 닿지 못한 채 남아 있다. 생계비를 벌어야 하는 중산층이나 노동자 계급의 어머니들에게는 여전히 육아가 엄청난 과제이며, 기독교 보수주의자들이 부채질하며 거듭한 입법 시도는 여성의 재생산 자유를 서서히 잠식하고 있다.

최초의 흑인 대통령과 그의 카리스마 있는 아내가 백악관을 떠난 이후 이번에는 백인 보수주의 백만장자들이 지배하는 내각이 자리를 틀었다. 이 오바마의 후임 대통령은 선출되기 직전과 직후 태연하게도 자신이 여성들을 더듬었다고 인정했다. 그리고 그의 취임식 날 〈뉴욕 타임스〉는 여성의 82퍼센트가 지금

사회에서 성차별주의가 문제라고 지적했다는 내용의 설문 조사를 보도했다.[29]

이런 상황에서 페미니즘은 문화적으로 새롭게 인기를 얻었다. 비욘세가 MTV 뮤직 어워드 시상식장에서 "페미니스트"라는 글자가 번쩍거리는 무대를 배경으로 공연한 2014년 8월, 유명 인사들이 페미니즘 운동의 이미지를 변화시키기 시작했다. 〈해리 포터〉에서 헤르미온 역을 맡았던 에마 왓슨은 UN 연설에서 젠더를 "상충하는 두 종류의 이상理想들"이 아니라 "하나의 스펙트럼"으로 이해해야 한다고 역설했고, NBC 인형극 〈머핏 쇼〉로 유명한 캐릭터 미스 피기는 "나로 말할 것 같으면 페미니스트 돼지랍니다"라고 선언했다. 페미니스트 사상가 리베카 솔닛은 '예스 올 위민' 운동에 대해 고찰하면서 2014년이 "남성의 폭력에 반기를 든 페미니스트들의 해"라고 하면서 축하했고, 이해에 기록적인 수의 여성들이 소리 높여 외치면서 "대화의 모든 내용이 바뀌었다"고 말했다.[30] 물론 페미니스트들이 다루었던 많은 문제들이 아직 미해결 상태로 남아 있지만 적어도 티나 페이, 에이미 슈머, 서맨사 비 같은 우리의 여성 코미디언들은 유튜브나 텔레비전에 나와 우리를 웃게 해줄 수 있을 것이다.

2015년 〈허프포스트〉의 텔레비전 비평가는 〈오렌지 이즈 뉴블랙〉, 〈민디 프로젝트〉, 〈스캔들〉, 〈그레이스와 프랭키〉, 〈제인 더 버진〉 같은 쇼들을 염두에 두면서 텔레비전에서 "페미니즘의 황금시대"가 열렸다고 환영했다.[31] "이것이 페미니스트의 얼굴이다"라는 문장이 찍힌 티셔츠도 인기가 치솟았다. 그리고

2017년 여성 행진에서 키어스틴 질리브랜드 상원의원은 모두가 "여성운동의 부활"에 동참하고 있다고 언명했다.[32] 이 워싱턴 집회와 여타 집회들은 부흥 집회 분위기를 풍겼다. 시위 행진자들이 권력의 핵심부를 향해 새로운 걸음을 내디뎠을 때 이들에게는 헌신하는 마음과 아울러 거의 종교적 부흥과 재약속에 준하는 감정이 감돌았다. 이들은(우리는) 페미니즘의 어떤 길을 내다보고 있을까? 많은 길이 열려 있어야 한다는 인식이 이후 몇 달 동안 점점 더 강해진 것만은 확실했다.

그 이유는 미소지니적인 트럼프 정부가 취임하자 우리는 마거릿 애트우드의 1985년 소설 『시녀 이야기』의 악몽 같은 세계 문턱까지 떠밀려 온 듯했기 때문이다. 이 소설은 베스트셀러 목록에 거듭 등장했고 2017년 봄에는 시리즈물로 제작되어 OTT 서비스 채널 훌루에서 방영되었다. 이 책의 재흥행과 드라마 시리즈의 제작은 제2물결 페미니즘이 21세기에도 시의성을 지니고 있음을 보여준다. 조지 오웰식 환상소설인 『시녀 이야기』는 길리어드라는 나라를 배경으로 신권정치 가부장제의 승리를 묘사한다. 이 나라는 사령관들이 외국의 테러리즘에 대한 만연한 공포를 이용해 오염된 미국의 폐허에 설립한 전체주의 국가다. 노예로 전락한 길리어드의 여성들은 이혼할 수도, 직업을 가질 수도, 은행 계좌를 개설할 수도, 공직에 진출할 수도 없다. 이들은 자신의 신체를 스스로 통제할 수조차 없다. 출산율은 오염된 지구 탓에 폭락했다. 임신 중지와 피임은 불법이 되었고, 사령관들은 성서를 왜곡하면서 아이를 낳지 못해 자신의 시녀를 대리모로 이용한 히브리 성서 속 불임 여성 라헬과 레아를 상기시키며, 그들의 아내들이 불임 상태임에도 불구하고 어떻게든 번식하려 든다.

애트우드의 주인공 시녀 오브프레드는 다리 둘 달린 자궁에 불과한 존재가 되어, 사령관 주인의 자녀를 임신할 능력을 지닌 여성들이 착용하는 붉은 겉옷을 입고 곁눈질 방지용 보닛 모자를 쓰고 다닌다. 그녀의 이름은 그녀가 "프레드의of Fred" 소유 재산임을 의미한다. 애트우드에 의하면 인간이 "종교적 제물이나 산 제물로 제공된다offered"는 점을 암시하기도 한다고 한다.[33] 배란일에 시행되는 월례 "의식" 동안 오브프레드는 사령관 아내의 벌린 가랑이 사이에 누워 사령관의 아이를 임신해야 한다. 가혹한 역할을 부여받은 길리어드의 여성들에게 해부학적 몸은 숙명이다.

소설과 마찬가지로 드라마 시리즈도 여성들 사이의 사회적 계급 구분을 강조한다. 하녀, 아내, 아주머니, 접대부 이세벨, 가난한 남자들의 아내, 비여성 등 각 계급이 특징적인 복장을 하고 분화된 역할을 맡는다.[34] 애트우드의 소설과 드라마 시리즈 모두 여성들 사이의 이 같은 엄격한 계급 구분을 남성들에게 전적으로 책임 지우진 않는다. 오브프레드가 사는 집의 아내는 사령관들이 점령하기 전 시기에 세레나 조이라고 스스로 이름을 지었으며, 그때 그녀는 "가정의 신성함을 설파하고 여성들이 어떤 식으로 가정에 머물러야 하는지 연설하기 위해 가수 생활을 정리했다. 세레나 조이 자신이 이런 가정의 일을 하지 않았고 그 대신 연설을 했다. 하지만 그녀는 자신의 견점을 모두의 이익을 위한 희생이라고 설명했다."[35] 가부장제의 또 다른 조력자 리디아 아주머니는 (반항하는 시녀들을 굴복시키기 위해 음핵 절제술을 자행하는 사람이다) 한때 페미니스트의 명제였던 상투적인 발언, 즉 포르노가 강간을 유발한다거나 여성은 모성 권력을 지켜야 한다는 발언을 거침없이 내뱉는다.

『시녀 이야기』는 겉보기에 여성 해방적으로 여겨지는 레토릭이 반동 세력의 올가미에 걸려들 수도 있다는 점, 그리고 계속되는 백래시 현상에 사실상 여성들이 중요한 역할을 해왔다는 점을 우리에게 상기시킨다. 우리는 다양한 페미니즘 의제들이 여성 반대자들에게 이용당하는 모습을 보게 될 것이다. 또 1950년대 이후 수십 년간 페미니즘 자체의 후원을 받기까지 하면서 전국 무대에 등장하는 실사판 세레나 조이들을 마주하게 될 것이다. 심각하게 아이러니하고 당혹스러운 이런 현상은 그 원인을 추적해볼 가치가 있다. 안티 페미니스트 여성들의 문제는 미래의 운동가들과 사상가들이 맞서 싸워야 할 핵심 수수께끼로 남아 있기 때문이다.

그러나 『시녀 이야기』의 드라마 개작은 오랜 페미니즘 제2물결의 또 다른 단면을 보여주기도 한다. 화면 속 "페미니즘의 황금시대"는 부분적으로 초기 페미니스트들의 의식화 운동 덕분에 생겨난 것 같기도 하다. 그래픽 노블 『펀 홈: 가족 희비극』을 쓴, 다양한 수상 경력이 있는 앨리슨 벡델은 1980년대 초반 레즈비언 운동가들의 일상을 자세히 묘사한 『주목해야 할 다이크들』이라는 코믹 연재 만화를 발표하기 시작했다. 1986년의 연재분 「규칙」에서는 한 등장인물이 자신에게 인정을 받기 위해 영화 한 편이 통과해야 할 세 가지 기본 테스트 원칙을 확립한다. "첫째, 영화 안에 적어도 두 명의 여성이 등장해야 하고, 둘째, 두 명의 여성이 서로에게 말을 걸되, 셋째, 남자와 관련된 것이 아닌 다른 내용을 주제로 대화를 나누어야 한다"[36]는 것이다. 2010년 웹사이트 〈벡델 테스트〉는 이 테스트를 통과한 영화의 목록을 업로드하기 시작했다.

벡델 테스트가 페미니즘이라든가 예술 작품의 훌륭함을 평가할 수는 없겠지만 여성의 존재 여부는 분명히 추적한다. 오늘날의 남성과 여성의 입장에서, 버지니아 울프의 "우리가 만약 여성이라면 우리는 우리의 어머니를 통해 과거를 되돌아보게 된다"[37]는 발언이 다소 회고조로 들릴지도 모르겠다. 하지만 애트우드 소설의 재유행과 함께 『시녀 이야기』 속 시녀 복장을 한 시위대가 21세기의 시위에 등장한다는 사실은, 우리가 집요한 젠더 갈등에 맞서 싸우겠다고 마음먹을 때 앞 세대 페미니스트들을 통해 고민하게 된다는 사실을 증명한다.

멈추지 않고 계속해나가기

길리어드에서 시녀들은 읽기와 쓰기를 금지당한다. 그들은 19세기의 노예처럼 읽고 쓸 능력이 있다는 사실을 부정당한다. 읽기와 쓰기는 늘 해방의 약속을 제시하기 때문이다. 번성하는 민주주의 체제의 핵심 지표가 소녀들을 교육시키는 일이라는 것은 우연이 아니다. 길리어드의 케임브리지대학교 건물들은 신의 눈(비밀경찰)에 의해 점령당한다. 하버드대학교 교정에서는 구출(공개 처형)이 행해진다.

기독교 근본주의에 기반을 둔 전제정치 체제에서 각급 대학을 제거하거나 식민지화한다는 사실은, 적어도 제2물결 페미니즘 기간 동안 미국에서 있었던 또 다른 역사적 진실을 암시한다. 대학 캠퍼스가 페미니즘의 인큐베이터 역할을 수행해왔다는 진실이다. 물론 모든 활동가가 학자는 아니었다. 그러나 이들은 거의 모두 고등교육 기관에서 학위를 받은 사람들이었으며, 형식적인 것이 아닌 실질적인 네트워킹이 가능한 상당한 규모의 집단으로, 고등교육 기관에 들어간 제1세대 여성들이 개발한 논쟁과 언어, 접근 방식에 기여하거나 의존한 사람들이었다.

힐러리 클린턴 세대의 많은 여성들이 대학에 진학했다.[38] 국방 장학금과 공공학습 기관이 폭넓은 분야에서 학부와 대학원 학위를 수여받은 여성의 숫자를 끌어올렸다. 1973년 힐러리가 〈하버드 에듀케이셔널 리뷰〉에 에세이를 발표하며 명성을 쌓았듯이, 그녀의 인문학 분야 동료들은 차별적 관행을 분석하기 위한 방법론을 제공하는 연구 성과를 만들어냈다. 그와 동시에 창작 분야에서 여성 작가들은 주요 담론의 주제에 불을 붙였다. 사실 사회운동에서 예술이나 인문학 분야가 그처럼 중요한 역할을 수행했던 적은 매우 드물었다. 앞으로 다룰 장章들에서 우리는 1960년대 말 여성해방운동이라고 스스로를 명명한 제2물결 페미니즘이 일어난 이후 반세기가 지난 지금도 "여전히 미쳐 있는" 상태인 현 시대, 그 페미니즘의 기저를 이루는 문화사를 논할 것이다.

이 책은 1950년대 페미니스트들의 반란이 시작된 태동기부터 1960년대 페미니스트들의 항쟁 시기, 1970년대, 1980년대, 1990년대 페미니스트 사상가들과 예술가들의 각성에 이르기까지 시대 순으로 진행된다. 세기가 바뀔 즈음, 페미니즘 내부의 많은 논쟁들은 내분에 가까운 다툼으로 악화될 조짐이 보였다. 『시녀 이야기』 결말에 나오는 먼 미래에서처럼 (애트우드의 소설은 테이프에 녹음된 오브프레드의 증언을 두고 벌벌 떠는 학자들에 대한 풍자로 끝난다) 1990년대 페미니스트들은 이따금 갈채를 노리는 연기를 하거나 드잡이에 휘말려 맞붙어 싸우는 듯했다. 그러나 이 책은 페미니즘의 쇠퇴와 몰락을 다룬 역사가 아니며, 그런 일과 관련된 페미니즘의 죽음과 부활에 관한 역사도 아니다. 물론 오늘날 우리가 목격 중인 부활에 관해 희망적인 결론을 내리고 있기는 하다. 그러나 그보다 이 책은 수 세대에 걸쳐 여성 작가들이 어떤 식으로 문화적 변혁의 비전을 형성하기 위해 자기 삶의 수수께끼를 타진해왔는지 따져보는 이야기다.

우리는 왜 여성 작가들에게 초점을 맞추기로 했나? 우선 우리 두 사람이 이들의 성과에 찬사를 바치는 데 생애를 바쳐왔기 때문일 것이고, 그다음은 제2물결이 여성 시인과 여성 소설가, 여성 극작가, 여성 저널리스트, 여성 작사가, 여성 에세이스트, 여성 이론가 들의 강력한 영향을 받았기 때문일 것이다. 이런 사상가들에게는 다른 식으로 비틀어 생각하는 능력(대안적 모델들을 그려내는 능력, 그리고 무엇이 그런 모델들이 될 수 있는지 상상하는 능력)이 보다 공정한 사회, 정치 제도를 만들어내는 데 필수적이다. 그들의 기여 덕분에 우리가 계속 논하게 될 문제들은 그 내용이 명확하다.

애트우드의 인물 오브프레드에게 살아남으라고 격려해준 것은 그녀가 살고 있는 사령관의 집 골방 벽장 문짝에 그녀의 전임자가 새겨놓은 글귀 "놀리테 테 바스타르데스 카르보룬도룸 Nolite te bastardes carborundorum"이다. 이 인위적인 라틴어 글귀는 "그 빌어먹을 놈들한테 절대 짓밟히지 말 것"이라는 뜻이다. 사령관이 오브프레드에게 이 글귀를 써보라고 금지된 필기도구를 건넬 때 그녀는 "리디아 아주머니가 펜은 질투를 부른다고 했어요. (…) 그런 물건들을 피하라고 우리에게 경고했고"[39]라고 말한다. 많은 독자들은 (남근 선망이라는) 프로이트식 조크를 알아차리는 가운데, 수 세기 동안 여성들이 효과적으로 휘둘러 온 펜의 힘이 역사적으로 그리고 그릇되게 남근의 신비로운 힘을 상징해왔다는 사실을 이해할 것이다. 비록 오브프레드의 전임자였던 소녀는 자살했지만 애트우드의 주인공은 이 전임자의 격언에 영감을 받아 힘을 내 도망친다.

아이러니하게도 이 인위적인 라틴어 글귀가 마침 배리 골드워터(1964년 공화당 대통령 후보이자 인종 통합 학교교육을 결정한 '브라운 대 교육위원회' 대법원 판결을 비판하고 마녀 사냥꾼 조 매카시를 지지한 대가로 큐 클럭스 클랜과 광적인 안티페미니스트 필리스 슐래플리의 지원을 받게 된 사람)의 사무실 액자에 걸려 있었다. 그러나 애트우드는 보수주의자들이 여성운동의 레토릭을 선취해 쓸 수 있는 것처럼 페미니스트들도 이런 반동적인 레토릭을 고의로 파괴할 수 있음을 입증한다. 엘리자베스 워런 상원의원이 방해에도 아랑곳 않고 코레타 스콧 킹의 편지를 읽자,* 그에 반발해 미치 매코널 상원 여당 대표가 "그럼에도 그녀는 집요했다"라고 지적하며 항의했을 때도 같은 종류의 역학 원리가 작동했다. 매코널의 이 말은 그 후 온갖 종류의 페미니즘 휘장 위에 로고로 새겨졌다.

우리는 제2물결 페미니즘이 1970년대와 1980년대에 정점에 이르렀으며 세기말 전환기에 쇠퇴했다가 2016년 대선을 전후로 부활했다는 생각에 대해, 비록 그 역사가 어느 정도 사실이라 하더라도 복잡하게 따져볼 것이다. 다만 개인의 삶에서 일어나는 일은 사회운동에서도 일어나는 법이다. 조용히 정지해 있거나 심지어 퇴행하고 있는 것만 같은 시기도 사실은 도전 의식을 북돋우며 미래에 필요한 전술을 정교하게 만들어내는 시기인지도 모른다. 다음에 나올 장章들에서 페미니즘은 하나의 욕망이고 비전이고 갈망이고 환상이며, 가끔은 현실과 불화하지만 가끔은 불가능해 보이는 대안적 현실의 가능성을 열어 보이는 꿈이다. 우리는 지난 70년에 걸친 진화 과정 내내 페미니즘이 다양한 상상을 아우르는 심오한 상상적 노력으로 스스로를 지탱해왔다고 주장할 것이다.

우리는 1970년대 페미니즘이 어떻게 존재하게 되었고 그 안에서 무슨 일이 일어났는지에 대해 완벽하게 전송하지 못할지

● 2017년 엘리자베스 워런 상원의원은 제프 세션스 법무부 장관 내정자의 임명에 반대하며 마틴 루서 킹 목사의 아내이자 민권운동가인 코레타 스콧 킹의 1986년 편지를 읽었다. 편지는 흑인의 선거권을 반대하는 세션스의 연방 판사 임명에 항의하는 내용이었다.

도 모른다. 하지만 1950년대 이후 매 10년 동안 여성의 삶을 파고든 모순들이, 세상이 요동칠 때 멈추지 않고 계속 나아가는 데 필요한 전략을 학습하고 재학습해야 할 당위성을 자극했다는 우리의 주장만큼은 밝힐 수 있다. 후세대 페미니스트들처럼, 우리의 앞 세대 페미니스트들과 우리 시대 페미니스트들은 좀처럼 의견 일치를 보지 못했다. 이들은 서로 싸우고 서로에게 제약을 가했다. 그럼에도 이들은 집요하게 버텨나갔다. 이들이 용케도 멈추지 않고 어떻게 계속 나아갔는지를 탐구함으로써, 우리는 우리 시대의 미소지니가 충격적으로 정당화되고 있는 국면에 당당히 맞서 싸우는 방법을 고안해낼 수 있을 것이다. 우리는 이제 함께 저 벽장에 쓰인 글귀를 읽을 수 있다. 그 빌어먹을 놈들한테 절대 짓밟히지 말 것.

1부

한국의 1950년대
흘러온 이야기

1장
20세기 중반의 성별 분화

제2물결 페미니즘을 형성시킨 역설적인 상황은 시인 로버트 로웰의 유명한 표현처럼 "평온한 1950년대"[1]라는 시기, 즉 여성들의 (거들, 패드 넣은 브래지어, 스커트 부풀림용 버팀대로 대변되는) 철통 같은 젠더 순응을 옹호했던 신빅토리아 시대풍 성문화에 뿌리를 둔다. 대부분의 1970년대 페미니스트들은 힐러리 로댐처럼 1950년대에 학교를 다녔다. 우리는 실비아 플라스, 다이앤 디프리마, 로레인 핸스베리, 오드리 로드 같은 여성 작가들의 초반부의 삶을 특징짓는, 현기증이 날 것 같은 모순적인 상황을 경험했다.

현기증이 날 것 같은 모순적인 상황이자 때로는 역겨운 상황이기도 했다. 우리 중에서 가장 사나운 축에 드는 여성들조차 어떤 때는 이 시대의 관행에 공모했기 때문이다. 특히 백인 중산층 가정에서 자라난 젊은 여성들이 그랬다. 1970년대 페미니즘의 명실상부한 계관시인이었던 에이드리언 리치는 ("브론테 자매의 아버지"를 닮고자 했던 아버지에게 반발하고자) "화장품 광고를 베껴 쓰면서 몇 시간씩 보냈고" "〈모던 스크린〉, 〈포토플레이〉, 영화배우 잭 베니, 〈당신의 히트 퍼레이드〉, 프랭크 시나트라를 발견했을 때"[2] 얼마나 기뻤는지 회상했다. 아홉 살 때부터 홀어머니로부터 뛰어난 학업 성취와 젠더 순응을 장려받았던 실비아 플라스는 어린 시절 대중문화에 한층 더 열중했다. 자신을 완벽하고 전형적인 미국 소녀로 표현하던 그녀는 핀업 걸을 닮은 이지적인 미녀로 자라 자신의 커리어를 시작하더니, 사후에는 (한 비평가의 표현을 빌리자면) "문학계의 마릴린 먼로"[3]가 되었다.

물론 도발적이고 속삭이듯 말하며 "온몸이 금발로 덮여 있던" 먼로는 1950년대의 우상과도 같은 연인이었다. 막 성인이 되었을 때는 비행기 공장에서 일하던 큰 가슴과 다갈색 머리카락의 소유자였지만 말이다.[4] 그녀는 1950년대 중산층 소녀들이 강요받았던 '착한' 소녀의 반대 유형이었지만 한편으로는 그 소녀들의 남자 친구가 원하는 유형이면서 (소녀들도 이를 알고 있었다) 소녀들 자신이 은밀히 흉내 내고 싶어했던 매력적인 여성의 본보기이기도 했다.

실비아 플라스 대 마릴린 먼로였을까? 마릴린 먼로 같은 실비아 플라스였을까? 플라스 본인은 언젠가 이런 꿈을 기록한 적이 있다.

꿈에서 마릴린 먼로는 (…) 상상 속 대모代母처럼 보였다.

(…) 나는 눈물을 흘리다시피 하면서 그녀와 아서 밀러가 우리에게 얼마나 중요한 사람들인지 말했다. 물론 그들은 우리를 전혀 모르겠지만. 그녀는 나에게 전문가용 매니큐어를 선물했다. 나는 머리도 안 감고 지냈는데. 그래서 그녀에게 미용사들 이야기 좀 해달라고 부탁했다. 어디를 가든 항상 미용사들이 내 머리카락을 형편없이 자른다고 말하면서. 그녀는 새롭게 활짝 꽃 피는 삶을 약속하면서 크리스마스 휴가 때 놀러오라고 초대해주었다.[5]

놀랍게도 플라스가 이런 소녀 팬의 꿈을 꾼 것은 이미 성취를 이룬 뒤인 1959년 예술가 창작 공동체 '야도'에서 살았을 때였다. 그때까지도 여전히 10대 소녀처럼 마릴린 먼로의 도움을 받으며 살기를 바랐던 것이다. 그녀의 또 다른 상상의 대모들은 그녀의 문학적 열망에 더 어울렸다. 생존 시인 중에서는 "연륜이 쌓여가던 거물급 대모 이디스 시트웰과 메리앤 무어가 있었고 (…) 메이 스웬슨과 이저벨라 가드너, 더 가까이는 에이드리언 세실 리치"가 있었다. 반면 필리스 맥긴리는 빼버렸는데 "경묘시를 써서 자신을 팔아먹었다"는 이유에서였다. 그녀는 리치를 "능가하겠다"는 계획을 세우기도 했다.[6]

이런 식으로 (육감적인 마릴린 먼로와 변덕스러운 메리앤 무어를 나란히 놓는 식으로) 대모들을 나란히 둔 것은, 1950년대의 순응주의를 반영한 삶과 그것에 반발하는 삶을 살았던 그 세대 젊은 여성들의 특별한 혼란을 극적으로 보여준다. 급격히 팽창하던 교외 지역의 여성들은 새롭게 장만한 냉장고와 사랑에 빠졌다고 단언했고, 플라스가 "고마운 롬바워"라고 부르곤 했던 『요리의 즐거움』 저자에게 충성을 맹세하기도 했다. 필리스 맥긴리는 웨스트체스터에 새로 조성된 사회를 대변하면서 젊은 여성들이 느끼는 "교외 생활의 환희"를 선전했다.[7] 반면 대도시의 중심지들이나 소도시들에서는 정신분석학자들이나 성과학자들이 섹슈얼리티의 본질을 두고 논박을 벌였고, 비트족들은 일탈을 부추겼다. 아프리카계 미국인들은 인종차별 항의 조직을 만들었고, 서로 다른 인종끼리 결혼한 커플들은 인종차별에 반대하며 민권 운동가들과 손을 잡고 있었다. 레즈비언들은 자신들만의 주거지를 구축하는 한편 출판물을 간행하고 있었다.

서로 밀치락달치락하는 이런 긴요한 일들 사이에서, 이후 1970년대 페미니즘의 유명 인사가 되는 착하고 못되고 분노로 미쳐 있던 여성 작가들은 이 악명 높은 규범적 1950년대의 규범 관념들을 산산이 깨부순다. 1950년대의 모순적 상황이라는 가마솥 안에서 1970년대의 페미니즘이 배양되고 있었다.

실비아 플라스의 종이 인형

위로 계층 이동을 해나가던 중산층 이민자 가족 (그리고 2차 세계대전 동안 그런 이동을 도모하느라 초조해했던 독일계 미국인 가족) 출신 소녀 실비아 플라스에게 문화적 압박감은 극심했다. (〈세븐틴〉, 〈마드무아젤〉 같은) '소녀' 잡지와 가정주부

들을 위한 (〈레이디스 홈 저널〉, 〈굿 하우스키핑〉 같은) 정기간
행물을 탐욕스럽게 읽던 플라스는 열두 살이 되자 자신만의 종
이 인형을 만들고 그 인형들에 멋진 종이옷을 만들어 입히기 시
작했다. 그녀가 이상형으로 삼았던 인형들은 아기babies가 아니
라 예쁜 여자babes 종이 인형, 그러니까 영화 스타의 외모와 매
혹적인 의상을 갖춘 인형들이었다. 그녀는 그중 몇몇의 의상에
다 〈보그〉를 베끼기라도 하듯 '상심'이니, '난롯가의 몽상'이니,
'파리에서 보내는 저녁'이니 하는 이름들을 붙였다.[8]

  10년 후 풀브라이트 장학금을 받고 케임브리지대학교에서
공부하게 되었을 때 그녀는 '실비아 플라스, 상점 순회 뒤 〈메
이 위크 패션〉을 예측하다'라는 제목의 기사를 작성하며 자신
을 살아 있는 인형으로 소개했다.[9] 이 기사에서 그녀는 야회복
이나 칵테일파티 드레스를 입고 등장했고, 지극히 놀랍게도 여
성이 섹시함을 내세울 때 취하는 두 가지 포즈를 한 사진들 속
에서는 (그중 하나가 이 신문의 1면에 나온다) "물방울무늬가
박히고 양쪽 엉덩이에 나비매듭이 달린 흰색 원피스" 수영복을
입고 있다. 빈정거리려는 의도였는지 아닌지 모르지만 (의도가
불명확하다) 그녀는 그 사진들을 오려 어머니에게 보냈고, 그
중 하나에는 "사랑을 담아, 베티 그레이블"●이라는 서명을 붙였
다.[10] 〈바시티〉 기자로 일하며 이 기사를 썼을 때, 이미 그녀는
단정하지는 않았지만 잘생겼고 가진 옷이라고는 달랑 "무명천
바지 한 벌"과 "지저분한 검은색 코르덴 재킷"뿐이었던 테드 휴

● 미국의 배우, 댄서, 가수. 핀업 걸의 아이콘.

스와 깊은 사랑에 빠져 있었다.[11]

그녀는 그를 흠모했다. 그는 "내게는 충분히 대단한" 유일한
남자였고 천재에다 기타 여러 가지 면모를 갖춘 사람이었다.[12]
그러나 다른 한편으로 그녀는 그가 머리를 더 자주 감고 손톱
을 깨끗이 정리하고 옷도 좀 더 새롭고 멋진 것을 사 입기 바랐
다. 그녀는 자신들 둘이라면 문단에서 대단히 유명해질 수 있으
리라 믿었다. 몇 달 뒤 그들은 1956년 블룸스데이°에 결혼했고,
헤밍웨이 작품의 인물들처럼 스페인 남부로 신혼여행을 떠나
거의 공짜로 감자와 계란, 토마토, 생선을 먹으며 맹렬히 글을
썼다. 수영도 했고 햇빛에 근사하게 그을려가며 지냈다. 어머니
에게 자신의 비밀 결혼을 알리지 말라고 하면서도 플라스는 진
짜 미국식 결혼식을 갈망하기도 했다. "흰색과 노란색이 섞인
핑크색 드레스, (…) 맛있는 음료, (…) 산더미처럼 쌓인 육류와
달콤한 디저트"에 "온통 스테인리스 스틸로만 만든 부엌 식기,
갈색과 옥색 빵 접시들, 그리고 가능하다면 흰색과 짙은 황록색
욕실 수건 세트가 있는 결혼식"[13]을 말이다.

스페인 베니도름에서 비트족처럼 살면서도 플라스는 롬바워
의 『요리의 즐거움』에 실린 식재료가 없는 것을 아쉬워했다. 그
러나 그녀는 하루 세 번의 식사(아침에는 자신을 위한 "카페 라
테"와 테드를 위한 "브랜디 밀크", 해변 피크닉에서는 후추를
친 구운 계란, 저녁에는 한 개짜리 가스버너에 익힌 생선과 감
자)를 행복한 마음으로 준비하면서 버텨나갔다.[14] 그런데 왜 나

• 제임스 조이스의 소설 『율리시스』의 배경이 되는 6월 16일.

중에 혼자된 그녀의 남편은 『생일 편지들』의 강렬한 시 중 한 편에서 자신들의 신혼 생활에 대해 쓰면서 "당신, 스페인이 정말 싫었지?"라고 말했을까? "당신은 그 나라 말을 몰랐어 (…) 그리고 용접용 불빛 같은 햇볕이 / 당신의 피를 오그라들게 만들었고 (…) [10대 소녀처럼] 바비 삭스를 신은 미국인이었던 당신 / 당신은 고야의 장례식 그림에 나오는 군중의 찡그린 미소를 즉시 알아보았어 (…) 당신에게 공포를 불러일으킨다고 / 미국이라는 단체에 다시 사로잡히면서."[15]

휴스의 통찰은 예리했다. 집으로 보낸 편지에서는 스페인을 열광적으로 묘사하면서도 냉장 보관을 간절히 바라던 그녀는 그곳을 일찍 떠나게 되자 기뻐했다. 사랑 게임, 버뮤다 팬츠, 백일장, 3학년 댄스 파티가 있는 "미국이라는 단체"가 이미 그녀를 살아 있는 모순 덩어리, 즉 강렬한 야망에 불타는 작가이자 남자 친구에 미친 베티 그레이블처럼 만든 뒤였다. 1950년의 일기에는 데이트를 즐기며 보스턴 거리를 한가로이 거닐고 자기 모습에 대해 사색하는 10대의 플라스의 모습이 나온다. "나는 길을 따라 걸으면서 상점 유리창에 비친 내 모습을 나르키소스처럼 사랑했다." 다른 일기에는 이렇게 기록했다. "나는 이곳에 앉아 미소를 지으며 내 특유의 단편적인 방식으로 생각했다. '여자는 곱슬머리 끝자락부터 빨간색으로 칠한 손톱까지 오로지 희열로 가득 찬 엔진 같은 존재이자 대지의 모방자야'라고." 몇 년 뒤에는 사교 생활에서 승자가 된 순간을 당당히 말하는 내용이 등장한다. "기적처럼, 믿을 수 없게도 (…) 그 멋진 행사, 예일대학교 3학년 댄스파티에 그와 함께 가게 되었다. 전교생

중에서 내가 조금이라도 관심을 가질 만한 유일한 남학생과 말이다."[16]

하지만 그 뒤부터는 일기장에 자신의 성별 위치, 순결을 지키라는 사회의 훈계, 반드시 결혼하고 착실한 아내가 되라는 명령 등에 대해 불평했다. 그녀는 다소 주저하면서 "내가 여자라는 사실이 싫다. 그 사실 자체로 내가 남자가 될 수 없다는 것을 깨달아야 하니까"라고 썼다. 그녀는 자신의 감정을 더욱 자세하게 가다듬으면서 자신이 여자로 태어났다는 사실에 대한 불만감을 노골적으로 묘사했다.

여자로 태어났다는 게 끔찍한 비극이다. 수태된 순간부터 나는 가슴이 솟아오르고 페니스나 음낭 대신 난소를 갖게 될 운명이었다. 내 모든 행동과 생각과 감정의 범위가 피할 길 없는 여성성에 의해 엄격하게 제약당할 운명이었다. 그래, 길거리의 패거리들, 선원들, 군인들, 술집 단골들 사이에 섞이고 싶다는 내 절실한 욕망, (…) 그 모든 욕망이 내가 소녀라는 사실, 늘 공격당하거나 두들겨 맞을 위험에 처해 있다는 사실 때문에 망쳐진다. 남자와 남자의 삶에 대한 내 절실한 호기심이, 빈번히도 그들을 유혹하려는 욕망이나 그들과 친하게 지내고 싶어하는 유인책으로 오해받는다. 오, 맙소사, 나는 내가 할 수 있는 한 깊게, 모든 사람들과 대화를 나누고 싶은 건데. 확 트인 벌판에 나가 잠을 자고, 서부를 마음대로 여행하고, 밤에 자유롭게 걸어 다닐 수 있으면 좋겠다…[17]

『벨 자』를 써나갈 때, 플라스는 위와 같은 상황을 한층 더 극적으로 묘사했다. 그녀의 서술자/주인공 에스더 그린우드는 남자 친구가 그녀에게 아기를 갖게 된다면 그녀가 시를 쓰고 싶지 않게 될 것이라고 말했다고 고백한다. "나는 결혼해서 아기를 갖는 일이 세뇌를 당하는 일이나 같을 것이라는 주장, 그래서 나중에는 사적 노예나 전체주의적 국가의 노예처럼 무력하게 살게 될 것이라는 주장이 사실일지도 모른다고 생각하기 시작했다."[18] 온실 같은 패션 잡지의 세계에 구현된 1950년대의 문화를 점검한, 현존하는 플라스의 이 유일한 소설은 미국 소녀를 인형으로 묘사하는 한편 사회가 그들에게 경쟁하라고 명령하며 물려준 온갖 병폐를 탐구한다.

이 소설에 영감을 준 플라스의 경험은 허구로 가정되는 이 소설의 내러티브만큼이나 대단히 당황스럽다. 일단 플라스 자신이, 테드 휴스가 "바비 삭스를 신은 미국인"이라고 불렀던 열성적인 미국 여자 대학생을 위한 바로 그 잡지 〈마드무아젤〉의 '객원 에디터'였다. 그때가 1953년 6월이었다. 이 멋진 매디슨 애비뉴 건물 사무실에 있는 잡지사 같은 일류 일자리를 구했던 학부 여학생들은 1950년대의 여성들을 괴롭혔던 갈등 상황에 특별히 극적인 방식으로 직면했다. 이들은 학내에서 사용했던 익숙한 세미나실을 닮은 회의실의 긴 탁자 주변에 둘러앉아, 플라톤이나 셰익스피어가 아니라 다가오는 시즌의 격자무늬 주름 스커트 세트나 주름 장식 달린 블라우스를 분석하라고 요구받았고, 그런 다음에는 그들이 명목상으로만 '편집'하기로 되어 있던 특집호를 위해 그 의상을 직접 입고 포즈를 취했다. 이들은 기이한 현장 견학 비슷한 행사에서 혼수용 리넨 제품이나 향수, 심지어 새로운 헤어스타일을 선물받기도 했다. 대학 논문 작성에 필요한 주의 사항을 이상하리만치 상기시키는 과제물을 작성하면서, 이들은 픽션이 아니라 패션에 대해 혹은 비판적 견해가 아니라 화장품의 선택에 대해 논하라는 권유를 받았다.[19]

스무 살 플라스는 여성 전용 바비존 호텔에서 다른 객원 에디터들과 함께 지냈는데, 그곳에서 그녀는 신체적으로나 사회적으로나 용모 유지를 위해 애썼고, 소외감을 불러일으키는 뉴욕의 데이트 현장에서 압박감을 느꼈고, 아이젠하워 시대의 정치에 낙담했으며, 특히 6월 19일 간첩 혐의를 받던 줄리어스 로젠버그와 에설 로젠버그 부부가 당한 (세계적으로 논란이 많았던) 전기의자 처형에 공포감을 느꼈다. 나머지 여름을 보내러 도시를 떠나 어머니의 집으로 돌아갔을 즈음 그녀는 매력적인 한 달을 보내리라 상상했던 대도시 경험에 대해 사실은 넌더리를 내고 있었다. 에스더 그린우드처럼 그녀는 화려한 뉴욕의 의상을 죄다 호텔 지붕 밖으로 내던졌다. 그런 다음 집으로 돌아가 불면증을 겪고 전기 충격 치료를 받았으며 자살 미수 끝에 정신병원에 입원했다.

이후 이어진 여러 해 동안 플라스는 불안했던 그해 여름 동안 자신이 맞닥뜨렸다고 느꼈던 성 정치와 미국 정치의 교차점에 대해 생각했다. 조예 깊은 그래픽 아티스트이기도 했던 그녀는 1960년 동시대에 대한 견해를 요약한 냉소적인 콜라주 작품 한 점을 만들었다. 그 시대의 아바타가 그녀 자신이라고 할 수도 있었다. 작품의 중앙에는 카드 한 벌을 손에 쥔 아이젠하워가 있고, 그의 책상 위에는 '툼'이라는 위장약 병이 놓여 있으며, 카메라 한 대가 "모든 남자는 자기 여자가 (동상의) 받침대 위에 올라앉아 있기를 바란다"는 슬로건이 붙어 있는 수영복 미인을 향하고 있다. 하지만 폭격기 한 대가 이 여성의 복부를 찌르듯 겨냥하고 있고, 그 위에는 또 다른 설명문이 붙어 있다. "미국 전역이 바야흐로 그와 그녀의 시간이다."[20]

그와 그녀의 시간

무엇이 겉으로는 "평온해" 보이는 1950년대를 그토록 당혹스러운 전환점으로 만든 것일까? 우선 결혼에 대한 새로운 이데올로기가 플라스와 리치가 성장했던 미국 백인 중산층을 형성했기 때문이다. 플라스의 콜라주 작품에 묘사된 아이젠하워를 비롯한 공화당원들이 지배하던 사회에서 "그와 그녀의 시간"이라는 어구는 양성의 별개 영역, 즉 생계 책임자와 가정주부라는 별개 영역을 전형적으로 보여준다. "회색 모직 양복을 입은 남편"이 하루의 노동을 끝내고 귀가하면, 길고 폭넓은 치마와 장식이 달린 1950년대식 뉴룩 스웨터를 입은 교외 지역 내조자가 깔끔하고 깨끗한 베티 크로커/베티 퍼니스사의 가구가 구비된 부엌에서 그를 기다리고 있었다.[21]

중산층 여성들은 한참 전부터 1940년대에 유행했던 어깨 패드며 일하는 여성의 상징인 리벳공 로지가 쓰고 입던 머리 두건과 작업복 바지를 벗어던졌으며, 통근 열차 승강장이나 학교까지 스테이션왜건 차량을 능숙하게 몰고 다니면서도 표면적으로는 가정 바깥에서 일하겠다는 야망을 버렸다. 필리스 맥긴리가 1940년대에 쓴 축하용 소네트 「5시 32분」은 이미 교외 생활이라는 낭만적 환상을 위한 무대를 설정해두었는데, 이 무대에서 생계를 책임진 가장은 5시 32분에 감상적인 햇빛을 받으며 착실한 아내인 가정주부 시인에게 돌아오는 중이다. "그녀는 말한다. 만약 내일 나의 세계가 두 개로 갈라진다면 (⋯) 내가 기억하리라고 (⋯) 이 시간이 내가 알았던 시간 중에서 가장 좋은 시간이었음을. // 허름한 기차역으로 열차가 들어오고 (⋯) 여자들이 차를 몰고 온다. (⋯) 열차가 도착하고, / 피곤하지만 익숙한 동작으로 남자들이 열차에서 내린다."[22]

묘한 것은 생계를 책임지는 가장과 가정주부라는 이분화된 역할에도 불구하고, '적응'과 '완성'의 윤리가 그렇듯이, '유대감'의 이데올로기가 지배적이었다는 것이다. 맥긴리 본인의 삶도 분명 그녀의 소네트에 나오는 세계처럼 목가적이었다. 얼마 전 그녀의 딸 한 명이 자신의 가족은 "드라마 〈매드 맨〉 등장인물들의 명랑하고 친절하고 사랑스러운 버전"이었다고 기억했는데, 이런 표현은 플라스가 지성적인 베티 그레이블이 되어 포즈를 취하고 있다는 말만큼이나 모순되는 표현처럼 보일 것이다.[23] 그러나 그 시절에는 텔레비전 자체가 새롭고 즐거운 물건이었다. 가족들이 주말에 모여 〈에드 설리번 쇼〉나 〈쇼 오브 쇼〉를 경탄하며 시청했으며, 말재주를 부리는 (〈아이 러브 루시〉나 〈오지 앤드 해리엇〉 같은) 시트콤에서는 중산층 아내나 아이들의 매력적이고 화려한 익살을 상세히 묘사하곤 했다.

(물론 끝에 가서는, 다른 드라마 제목에 나오는 표현처럼 모두가 "아버지가 가장 잘 안다"는 데 동의한다고 단언하긴 했다.)

결혼율은 빠르게 높아졌다. "여성이든 남성이든 거의 모든 사람들이 20대 중반에 결혼했다." 플라스는 스물세 살 때 결혼했고 리치는 스물네 살 때 결혼했다. 그리고 "대부분의 부부들은 결혼 직후부터 아이를 낳아 두 명에서 네 명까지 두었으며, 그이전 시절보다 공간적으로 더 가깝게 붙어 지냈다."[24] 소녀들은 일찌감치 "진지한 짝을 찾기" 시작했으며, 그러고 나면 "붙박아둔 듯한" 정착을 희망했다. 플라스는 자신과 휴스가 다섯 아이를 원했다고 끊임없이 주장했다. 리치는 서른이 되기 전에 아이가 셋이나 있었다. 역사학자 일레인 타일러 메이에 의하면 베이비붐 시기 동안 "아이가 없다는 건 이상하고 이기적이고 동정받을 만한 일로 여겨졌다."[25] 플라스 자신도 어느 시에서 "아이를 못 낳은 여자"를 "조각상 없는 박물관"이라며 심하게 비난했다. 다른 시에서는 "완벽함이란 끔찍한 것이다. 그것은 아이를 가질 수 없다. / 눈바람처럼 추운, 그것은 자궁을 틀어막는다"고 표현하기도 했다.[26] 하지만 에이드리언 리치는 1950년대의 육아 경험을 되돌아보면서 "모든 어머니는 자기 자녀들을 향한 압도적이고 받아들이기 힘든 분노를 알고 있었다"는 사실을 기억했다.[27]

표면은 번드르르했지만 그 이면에는 은밀한 동요가 있었다. 실비아 플라스와 앤 섹스턴은 모두 로버트 로웰이 운영하는 매사추세츠 케임브리지대학교의 시 창작 워크숍을 다녔는데, 그곳에서 "평온한 1950년대"에 함축된 의미와 직면해야 했을 것이다.[28] 그런데 강렬하게도, '평온한'이라는 단어는 우리에게 성별 분화라는 이데올로기가 W. H. 오든이 1947년에 (개인적인 불안감과 공적인 불안감을 뜻하며) "불안의 시대"라고 명명했던 때에 생겨났다는 사실을 상기시킨다.[29] 미소를 지으며 교외 생활을 해나가는 듯했던 "침묵하는 세대"는 무언 중에 가슴앓이와 두통에 시달리고 있었다. 고독한 군중을 괴롭혔던 개인적인 불안감은 새로 나온 진정제 '밀타운'이 인기를 끌며 진정되었다. 개인적인 불안감과 겹쳐진 공적인 불안감은 의심의 여지 없이 2차 세계대전을 종식시킨 버섯구름에 집중되어 있었다.

원자폭탄에 대한 공포는 가정과 난롯불과 연관된 안보에 대한 필요성을 점점 더 강화시켰다. 공습경보가 울리는 동안 아이들은 교실 책상 밑으로 '몸을 숨기는' 훈련을 받는 한편, 그들의 부모들은 뒷마당에 벙커를 만들고 그 피신처에 통조림 제품을 비축해놓았다. 하원 반미활동조사위원회가 주도한 매카시 청문회와 조사위원회는 진보적 지식인들과 예술가들이 저질렀다고 추정되는 행위들을 적어 블랙리스트를 만들면서 적색공포에 부채질을 했다. 충성 맹세와 한국전쟁, 로젠버그 부부 처형이 공포감을 부추겼고, "성적 부적응자들"을 "안보 위협" 죄목으로 기소하고 처벌한 정부의 정화 조치들도 그런 감정을 키우기는 마찬가지였다.[30]

1950년대의 상당 기간 동안 문단을 주도했던 시까지 형식적인 면에서 엄격했고 심미적인 차원에서는 보수적이었다. 플라스는 소네트와 전원시를 왕성하게 써내려갔고, '연륜 있는 거물급' 시인 메리앤 무어의 방식을 좇아 음절 중심의 시행을 조심스럽게 계산하며 기량을 연마했다. 이때 메리앤 무어는 (독신 여성에 괴짜였고 조지 워싱턴풍의 망토와 삼각 모자를 쓰고 다니는) 미국 여성 시인의 전형적인 모습을 구현하고 있었다. 또 그녀는 1955년 헨리 포드사가 제작한 상어 지느러미 모양의 신차 이름을 용감하게 지어주기도 했는데, 결국 포드는 자기 형의 이름을 따라서 차의 이름을 '에드셀'이라고 지었다.(무어가 제안한 이름들은 '되튀는 탄환', '똑똑한 고래', '유토피아적 거북탑' 같은 것들이었다.)[31]

플라스만 무어를 흠모하던 건 아니었다. 무어도 한동안 플라스의 팬이어서 1955년의 마운트 홀리요크 시 문학상을 그녀에게 수여했을 뿐만 아니라 단체 사진을 찍을 때 다정한 모습으로 포즈를 취하기도 했다. 그러나 두 사람의 관계는 틀어진다. 부분적인 이유는 "미국 전역이 바야흐로 그와 그녀의 시간"이었던 동안 기혼 여성과 독신 여성 사이의 간극이 더욱 깊어졌기 때문이다. 무어는 (W. H. 오든과 스티븐 스펜더와 함께) 휴스의 『빗속의 매』에 '주요 데뷔 시집 상'을 수여한 심사위원 세 명중 한 명이었다. 그런 만큼 그녀가 휴스의 작품을 그 아내의 작품보다 더 마음에 들어한다는 사실이 곧바로 명백해졌다. 플라스가 비평을 부탁하며 무어에게 시들을 보내자, 그녀는 이 젊은 여성에게 "너무 무섭게" "너무 가혹하게" 쓰지 말라고 훈계했다.[32]

플라스가 무어에게 혹시 구겐하임 지원금 선정위원으로 일하게 되느냐고 묻는 편지를 보냈을 때, 그리고 한 학자에 따르면 "어리석게도 어머니로서 자신의 가치를 주장했을 때" 독신 여성 무어는 화를 냈다.[33] 1961년 플라스가 구겐하임에 지원했느냐는 질의를 받았을 때도 무어는 이상할 만큼 적대감을 표출했다.

실비아 플라스 휴스는 제가 심사위원이었을 때 마운트 홀리요크 글래스콕상을 수상했습니다. 작품이 매력적이었고 작가도 재능 있어 보였지요. 그때도 지금도 저는 그녀의 재능이 대단히 뛰어나다고 생각합니다만, 이번 '프로젝트'에서는 냉담한 감정을 느낍니다. 지원하는 방식도 그래요. 아이가 있다고 지원금을 받는 것은 아니잖아요. 특히 세계 인구가 폭발하고 있다는 점을 염두에 둔다면 말이에요. 잘 생각해보고 행동해야 해요. 부양 부모로서 책임을 질 수 있는지 꼼꼼히 따져봐야지요. 실비아 플라스는 최근 들어 소름 끼칠 정도로 세세히 묘사하고 있어요. 벌레, 미생물, 정신적인 무료함 같은 것들을요. 그녀의 남편인 테드 휴스는 도덕적인 힘이 있고 그녀보다 재능이 두 배는 더 많아요. W. H. 오든과 스티븐 스펜더와 제가 심사위원으로 참가한 유대교 청년회 주관 시집 문학상에서 상도 받았고요. 그러니 저는 이번 지원금을 실비아에게 주는 것보다, 작업을 계속해나가도록 격려하는 차원에서 그에게 주고 싶습니다.[34]

비비언 폴락이 이 편지에 대해 논하면서 말했듯이 "휴스는 아이들의 아버지 노릇을 하고 있다는 이유로 흠잡히지 않았다." 사실 그는 구겐하임 지원금을 신청조차 하지 않았다.(이미 한 번 탄 적이 있었다.)[35]

물론 무어의 견해는 플라스보다 자기 자신에 관한 사실을 더 많이 보여준다. 특히 그녀의 견해는 결혼과 모성에 대해 이 시기가 품고 있던 특별히 복잡한 속내를 암시한다. 독신 여성으로서 전문적인 커리어를 추구하며 그녀가 피해왔던 일은 그녀에게 권력과 권위라는 보상을 해주었다. 플라스가 찬사를 보냈던 일("아내이자 엄마이면서 작가라는 3중의 위협적인 여성이 되겠다는 다짐")은 여성성의 경계와 속박을 벗어나는 일이었다.[36] 젊은 부인이라면 마땅히 둘 중 하나여야 하지, 플라스처럼 '모든 것을 다 갖겠다는' 열망을 품어서는 안 될 일이었던 것이다. 따라서 플라스가 너무나 착실하게 한껏 즐겼던 가정생활은 역설적으로 무어에게는 (그리고 의심의 여지 없이 다른 사람들에게도) 단정한 행위가 아니라 반항적인 행위로 보였다.

그리고 우리가 지금까지 보아왔듯이, 사실 플라스 자신도 "페니스나 음낭 대신 가슴과 난소가" 솟아나고 생기는 "끔찍한 비극"에 반발하며 반항하기를 원해왔다. 하지만 휴스를 만나게 되면서 출산과 육아, 가정생활, 그리고 예술 활동의 창조적 동반자 관계가 주는 기쁨에 열정적으로 (그리고 도전적으로) 찬사를 보냈던 것이다. 그럼에도 불구하고 그녀는 맥긴리처럼 "주부 시인"이 되길 거부했다. 그녀는 교외 지역이 아니라 "미국을 대표하는 시인"이 되기를 갈망했고 테드는 "영국을 대표하는 시인"[37]이 되었으면 했다. 아마 그녀의 이런 야망은 무어와 맥긴리에게는 각기 다른 방식으로 문제가 많아 보였을 것이다. 그리고 그 두 사람도 플라스에게는 문제가 많아 보였을 것이다.

해부학적 몸과 운명

페미니즘에 관한 어떠한 생물학적, 심리적 가설들이 결혼, 모성애, 창조성에 관한 무어와 맥긴리와 플라스의 상충적 견해를 만들어낸 것일까? 페미니스트들이 섹슈얼리티라는 주제를 다루기 이전에 이미 이 주제는 여성 심리학자, 여성 정신과 의사는 물론이고 남성 심리학자, 남성 정신과 의사가 독점하고 있었다. 이들은 핵가족 내에서의 여성의 적절한 위치에 대한 기존의 제한적 사고를 개진함으로써 유명해진 사람들이었다. 그들의 설명에 의하면 젊은 여성은 행복하고 건강해지기 위해 남성과 아이들에게 자신을 종속시켜야 했다. 프로이트의 성 심리 이론은 성과학 연구자 앨프리드 킨제이가 그의 이론에 맞서기 시작했던 시기인 1950년대에도 지배적이었다.

아내와 어머니 역할을 수행했던 플라스도 독신 여성이었던 무어도 프로이트가 말한 '정상 상태'의 요구 사항을 충족시키지 못했을 것이다. 무어의 결혼 회피와 조지 워싱턴풍의 옷차림, 그리고 모더니즘의 거물들(파운드, 윌리엄스, 엘리엇 등등)과의 교유는 정신분석학적 관점에서 그녀를 전형적인 신경증 환자로 만드는 케이스였다. 플라스의 "3중으로 위협적인 아내, 어머니, 작가"가 되겠다는 열정 또한 그녀를 기존의 1950년대식 이상형과 불화 상태에 이르게 했다. 실제로 세상을 떠나고 난 이후 그녀는 정신분석 비평가 데이비드 홀브룩으로부터 "기만적인 남성적 행동"을 했다는 비난을 들었다.[38]

1950년대에는 정신분석학이 '현대적'으로 보였던 반면, 학문 분야로서의 성과학은 해블록 엘리스나 리하르트 폰 크라프트에빙 같은 세기말적 인물들을 연상시켰다. 또 많은 프로이트 후계자들이 빅토리아 시대의 여성성 개념을 강화시켰던 반면, 앨프리드 킨제이와 그의 동료들은 여성의 섹슈얼리티에 대한 전통적인 사고의 일부를 전복시켰다. 한편 아이러니하게도 프로이트의 정신분석학을 미국인들에게 주도적으로 번역 소개한 전문가 다수가 여성으로, 이들은 마거릿 애트우드의 『시녀 이야기』의 세레나 조이처럼 다른 여성들을 벌하거나, 그들에게 (음울한) 자신의 해부학적 운명을 받아들이라고 훈련시키는 역할을 수행하고 있었다. 두 진영 모두 대개 백인 여성에게 초점을 맞추었으며, 양측 모두 그동안 미국 문학에서 논의된 적이 거의 없었던 신체기관들인 페니스, 버자이너, 클리토리스에 집중했다.

한때 해방적 이론으로 여겨졌던 프로이트의 이론이 1950년대에 들어서서는 이상하게 징벌적 성격을 띠기 시작했다. 여성의 성 심리 발달 과정에 대한 그의 설명에 의거해 이제는 그가 내린 여성성의 정의에서 벗어난 사람을 정신 이상자라고 진단하게 되었던 것이다. '여성의 커리어에 강력히 반대하는 마리니아 파넘 박사'[39]라는 구식 제목이 달린 비디오 클립은 지금도 유튜브에서 볼 수 있다. 저널리스트 퍼디낸드 런드버그와 함께 베스트셀러 『현대 여성: 잃어버린 성』(1947)을 쓰기도 했던 그녀는 전통적 역할의 포기가 여성 자신과 남편, 아이들을 불행하게 만들었다고 단호하게 주장했다. (보살핌을 받지 못한 아이가 차에 치일 뻔한 장면, 유치원 아이들이 담배꽁초를 갖고 노는 장면이 나온다.) 정작 파넘은 자신이 권장하는 관습적 역할을 피하면서 전문의 차림새, 이를테면 병원 진료실에서 흰색 상의를 입고 청진기를 걸치고 짧은 머리를 하고 있고, 그 옆에는 비서가 앉아 착실하게 속기로 받아 적고 있다. 의료계에서 일하는 여성이 상징적 소수에 불과했던 시기에 의료계에서 일했던 그녀는 사회의 모든 병폐가 가정 밖에서 전문직 종사자나 노동자로 일하는 여성들 때문이라는 주장을 폈다.

1950년대에 널리 읽힌 『현대 여성: 잃어버린 성』은 노동자 집단으로 진입하기 위해 가정생활을 버린 여성들이 그들 자신과 그들의 사회를 병들게 했다고 주장한다. 여성들이 엄청난 규모의 병리적 현상인 '페미니스트 콤플렉스' 때문에 병들었다는 것이다. 특히 그들은 "'페니스 선망'이라는 중증을 앓고 있다"고 했다.[40] "여성에게 적대적인" 분노한 페미니스트들이 여성에게 "여자로서 자살하고 남자처럼 살라"고 부추긴다는 것이다. 런드버그와 파넘에 의하면, 득세한 페미니즘으로부터 촉발되어 널리 퍼진 페니스 선망이 여성을 성 기능 장애라는 운명에 처하게 만든다고 한다. "불감증"이라는 "명백히 새로운" 현상이 생겨나고 이어서 더욱 악화되고 있지만 "제 역할을 만족스럽게 수행하는 여성에게 오르가슴 따위는 성생활의 목표 전체가 결코 될 수 없다"는 것이다. 여성의 목표는 오르가슴이 아니라 아기여야 한다. "성행위가 완벽하게 만족스러운 행위가 되기 위해서 여성은 어머니가 되겠다는 욕망을 마음속 깊숙이 철저하게 품어야 한다." 어머니가 되겠다는 욕망을 품지 못한 여성이나 "성행위" 자체에서 쾌감을 추구하는 여성은 불운한 운명에 처해진다. "여성이 직접적인 쾌락을 성행위 자체의 목적으로 삼으면 반드시 그 쾌감의 감퇴가 촉발된다"는 것이다.[41]

"클리토리스 자극"에 집중하는 "유아적 성적 행동"에 집착하는 여성은 "여성성의 부정"이라는 죄의식에 젖게 되며, 이는 대부분의 "결혼 생활 중 성적 어려움"을 겪는 원인이 된다. 학교 교육은 이 문제를 악화시킨다. "교육을 많이 받은 여성일수록 성 기능 장애가 발생할 가능성이 더 높아지고" 자녀에게까지 피해를 주게 된다. 말할 필요도 없이 "결혼하지 않은 어머니는 (…) 여성으로서 완전히 실패한 사람이다." 독신 여성처럼 말이다. 신경증 환자가 결혼해 어머니가 되면 "거부" 혹은 "지배"를 통해 비행 청소년과 범죄자를 만들어낸다. "과도한 애정"을 퍼부어 거세된 "겁쟁이"를 만들어내기도 한다. 이런 기능장애 대부분의 원인은 여성의 "병적일 만큼 강렬한 자아 추구"다.[42]

성에 관한 미국인들의 사고방식을 연구한 한 역사가의 지적처럼, 『현대 여성: 잃어버린 성』은 "일반 청중을 위해" 헬렌 도이치의 이론을 단순화했다.[43] 도이치는 『여성의 심리』(1944)에서 "여성의 인격"의 "핵심"에 그 성격을 규정하는 세 가지 특질인 "자기애, 수동성, 마조히즘," 즉 남편과 아이들이 있는 가정에서 만족을 찾는 기질이 있다는 사실을 확정함으로써, 페미니즘에 반대하는 런드버그와 파넘의 긴 설명에 초석을 깔아주었다.[44] 여성에 대한 이런 핵심적인 인격관은 소녀들이 클리토리스를 열등한 페니스로 보면서 선망을 품게 된다는 프로이트의 견해를 도이치가 놀랄 만큼 수정한 결과다.

도이치는 어떤 소녀들이 클리토리스를 "부적절한 배출구"로 생각한다는 점은 인정하면서도, 또 어떤 소녀들은 클리토리스를 "발달이 너무 덜 된 상태라 신체기관으로 아예 생각하지를 않는다"고 말한다. "어린 소녀에게는 대개 그런 기관이 없다." "그런 곳에 아예 그런 것이 없다!" 이런 "생식기 트라우마"가 집요하게 계속되는 것은 (완전히 수동적이고 수용적인 기관인) 버자이너가 "흥분이 가능한 기관"으로 기능하기 위해서 적극적인 성 행동의 주체를 기다리기 때문이다. 사춘기 소녀라면 "페니스 없는 스킬라"와 "버자이너의 민감한 반응성이 결핍된 카립디스"• 사이를 헤매고 다녀야 한다는 소리다.[45]

도이치에 따르면 "성교" 시의 쾌감과 통증은 분리할 수 없으며, 이것은 "처녀성 상실" 행위와 밀접하게 관련되고, "처녀성 상실"은 다시 강간과 몸을 고통스럽게 관통당하는 느낌과 밀접하게 관련된다. 그녀의 동료였던 캐런 호나이는 도이치가 "여성이 성교 시 궁극적으로 원하는 것은 강간이나 폭력적인 취급이고 정신 생활에서 원하는 것은 굴욕적인 대접"이라고 믿고 있다고 비난했고, 도이치는 이에 반발하며 그런 뜻이 아니라고 변호했다. (도이치의 책에 호니의 견해가 인용되어 있다.)[46] 하지만 호니의 말이 옳다. 도이치는 실제로 "일반적이고 우호적인 사례들에서 보다시피 강간 행위는 '미답 상태'의 버자이너를 에로틱하게 자극한다"고 주장했다. 도이치의 주장은 한결같다. "지적인 여성은 남성화되어 있다. 그녀의 내면에서는 따뜻

• 스킬라는 하루에 세 번 바닷물을 마셨다가 강한 힘으로 토해내는 그리스 신화 속 여자 괴물이며, 카립디스 역시 그리스 신화 속 바다 괴물로 상체는 여자고 하체는 여섯 마리의 사나운 개의 모습이다.

하고 직관적인 지식이 차갑고 비생산적인 사고에 굴복하고 만다." "남성성 콤플렉스"에 사로잡힌 야심 찬 여성은 "새디스트 마녀"처럼 "적극적이고 공격적인 힘이 남아돈다는" 것을 과시하는데, 그런 힘은 "소녀의 성기 트라우마"에 기인한다고 봐야 할 것이다.[47] 이런 그녀의 견해가 개인적으로 어떤 원인에 의해 생겨났는지와 관계없이,[48] 마리니아 파넘의 경우처럼 여성 대학 교수가 다른 여성들에게 전문직에 대한 열망을 피하라고 가르치고 있는 것이다. 여성들이 다른 여성들의 권리(이 경우에는 그들의 경제적 권리, 교육적 권리, 에로틱한 삶의 권리)를 박탈하는 일이 수지맞는 사업이라는 것이 입증되고 있는 셈이다.

이렇듯 정신분석학자들은 클리토리스를 발육이 미약한 페니스로 보거나 성적 쾌감을 주는 그런 기관은 아예 존재하지 않는다고 생각했지만, 성과학자 앨프리드 킨제이는 클리토리스를 여성의 오르가슴을 일으키는 통상적인 원천으로 규정했다. 이론보다는 경험에 입각해 연구한 킨제이는 1953년에 쓴 『인간 여성의 성 행동』에서 다양한 행동에서 발생하는 오르가슴의 빈도가 성 행동을 가늠하는 최선의 척도라고 판단한다. 프로이트 계열의 이론가와 정반대되는 입장을 취한 킨제이는 "버자이너 오르가슴"의 존재에 의문을 제기한다. 그의 주장에 의하면 그런 오르가슴은 거의 모든 여성에게 신체적으로나 생리학적으로나 불가능하다는 것이다.[49]

킨제이의 책 목차에는 그가 연구한 여성의 성 행동의 광범위한 목록이 나와 있다. 물론 다년간에 걸쳐 비판자들이 그가 내세운 사례의 대표성에 대해 의문을 제기하긴 했다. 그에게 질문을 받았던 모든 사람이 과연 '평균적인' 사람들이었을까? 그들이 회의론자들의 표현처럼 '자발적 편견'이라는 감정에 휘둘리지는 않았을까?[50] 20세기 중반의 여성들이 과연 얼마나 정직하게 에로틱한 친밀 행위에 관해 말하려 했을까? 그럼에도 그가 기록한 인터뷰 응답자의 수는 여성의 섹슈얼리티에 단일 모델만 존재한다고 했던 프로이트의 생각을 뒤집는다. "데이터 작성에 기여한 8000여 명에 이르는 여성들에게" 헌정한 이 책은 "많은 남성들이 페니스가 자신들에게 중요한 것처럼 [클리토리스가] 여성들의 중요한 자극 중심점일 수도 있다는 사실을 이해하지 못하고 있다"고 강조한다. 또한 이 책은 "대부분의 남성들은 여성이 남성의 성기를 보고 흥분하는 것은 아니라는 사실을 이해하기 어려워한다"고 강조하는데, 이는 지금도 타당성을 지닌 유념해야 할 사실이다.[51]

킨제이의 베스트셀러 『인간 여성의 성 행동』이 나온 뒤 터져 나온 강력한 항의들은 그의 연구 결과에 대한 충격을 드러내 보인 현상이었고, 그 결과 그는 록펠러 재단의 지원금을 놓치게 되었다.[52] 특히 혼전 섹스를 하거나 결혼 생활 중 외도를 한 여성들의 수에 관한 보고 내용이 잡음을 불러일으켰다. 하지만 킨제이의 연구 결과는 우리가 여기에서 생애나 일기를 통해 고찰하게 될 대다수 1950년대 여성 작가들에 관해 알게 된 사실을 조명해준다. 플라스도 리치도 디프리마도 로드도 결혼 당시 '처녀'가 아니었다. 킨제이에게는 많은 감사 편지들도 전해졌다. 결혼 전, 결혼 생활 동안, 결혼 생활 밖에서 이루어진 자위 행위와 성적 환상, 대인 관계에 대한 여성의 반응을 기록한 작업은 분명 〈욕망이라는 이름의 전차〉와 〈페이턴 플레이스〉의 끈적한 에로티시즘, 프랭크 시나트라의 조용하고 부드러운 노래, 엘비스 프레슬리의 섹시한 몸 흔들기, 여배우 마릴린 먼로와 제인 맨스필드의 도발적인 연기 등에 매료되어 있던 당시의 문화에 호소력을 발휘했을 것이다.

에로틱함을 향한 이런 집착은 프로이트의 성 심리 이론(성행위의 성공을 적절한 클라이맥스에 이르는 일과 동일시한 이론)만큼이나 골치 아픈 결과를 빚어냈을까? 휴 헤프너와 그가 이끈 플레이보이 클럽들이 킨제이의 연구의 오랜 지지자였다는 사실은 결코 우연이 아니었다.[53] 프로이트 지지파와 킨제이 지지파 모두에게 중요한 것은 머리와 가슴이 아니라 "여성 성기"와 남성 성기였다. 이렇게 섹시한 "연인"에게 점점 더 많은 찬사를 보내던 사회에서도 1950년대 말 무렵이 되면 아이가 있는 여성 중 25퍼센트가 가정 바깥에서 일을 했다.[54] 그러나 가장 부지런히 일하던 젊은 여성에게도 이 시기의 문화는 해결 곤란한 문제가 되었다.

신문의 구인 광고는 성별을 특정했고, 여성이 구할 수 있는 대부분의 일자리는 지위가 낮고 저임금에 서비스업이 많았다. 비서, 접수원, 전화 교환원, 판매원이 그 예다. 운이 조금 더 좋은 여성은 교사나 간호사 같은 '핑크 칼라' 직종에 종사했다. 금융기관에서도 독신, 이혼, 과부 여성은 금융 신용을 확보할 수 없었다. 우리가 지금 '재생산 자유'라고 부르는 것은 존재하지 않는 것이나 마찬가지였다. 소위 주기 피임법이라는 것이 알려져 있었지만 큰 효과는 볼 수 없는 방법인지라 적잖은 아기들이

태어났고, 뒷골목의 불법 낙태 시술로 적잖은 여성들이 목숨을 잃었다.[55]

사실 평온한 1950년대라는 전형적인 그림은 고분고분한 여성성에 동의하지 않는 여성들이나 순응적 태도 아래 깊은 불만을 숨긴 여성들의 가끔은 은밀하지만 분노에 찬 저항의 실상을 속이고 있었다. 21세기에 나온 시리즈 〈매드 맨〉에서 불러들인 1950년대는 역사에 자취를 남기겠다는 이상한 결심을 한 괴짜 미친 여성들을 다수 등장시켰다. 플라스나 리치, 파넘, 도이치가 각자 파묻혀 살았던 백인 중산층 사회가 1950년대를 주도한 문화였을지는 모르지만 그 문화가 유일한 문화는 아니었다는 말이다. 이런 점에서 보면 프로이트 지지자들도 킨제이 지지자들도 자신들의 이론을 진척시킨 세계의 사회적, 지적, 인종적 복잡성을 완벽하게 파악하고 있었던 것 같지는 않다.

2장
인종, 반항, 반발

플라스와 리치가 스미스대학교와 래드클리프대학교에서 착실하게 공부하고 아이들을 낳고 한동안 자신들의 반항심을 억누르거나 비밀 일기에 몰래 드러내는 동안, 보헤미안족과 비트족과 흑인들은 세기 중반의 미국의 경건성에 항의하고 있었다. 1955년에 그들의 불만은 앨런 긴즈버그의 시 제목처럼 '포효' 상태에 이르렀다. 동성애자, 유대인, 좌파, 불만분자였던 앨런 긴즈버그는 전국 방방곡곡을 돌아다니며 미국의 끔찍한 상황에 대해 들려주었다.

몰록!* 고독! 배설물! 추악함! 재떨이와 손에 넣을 수 없는 달러들! 계단 밑에서 비명을 내지르는 아이들! 군대에 들어가 흐

---

* 아이를 제물로 바치고 섬긴 고대 암몬족의 신.

느끼는 소년들! 공원에서 울고 있는 노인들!

....

몰록! 몰록! 로봇 같은 아파트! 보이지 않는 교외! 해골 같은
보물들! 눈먼 자본들! 악마 같은 산업들! 유령 같은 나라들! 천
하무적 정신병원들! 화강암처럼 딱딱한 음경들! 괴물 같은 폭
탄들![1]

하지만 긴즈버그의 포효가 점차 늘어가던 불만분자 집단을
매료하기 전에 이미, 자신들을 영혼 없는 존재로 규정한 문화의
마수에서 벗어나려고 분투하던 여성들이 있었다.

페미니스트 비트족 다이앤 디프리마

플라스와 마찬가지로 다이앤 디프리마는 1934년 (이탈리아)
이민자 부모의 딸로 태어났으며, 고등학교(명문 여자고등학교
인 헌터칼리지 고등학교)에서 눈부신 성취를 이루었다. 플라스
처럼 디프리마도 엘리트 대학교인 스와스모어대학교 진학을 권
유받았다. 그러나 이 지점에서 두 사람의 닮은 점은 끝난다. 디
프리마와 플라스를 닮은꼴로 보는 게 (나이와 배경이 같으니)
당연할 수도 있겠지만, 디프리마는 반항적이었고 완고한 반골
이었다.

플라스가 스미스대학교 시절 대부분을 화려하게 그렸던 것에
비해, 디프리마는 스와스모어대학교 시절을 회상할 때 "위선적

이고 꼴사나운 지적인 삶과 딱 부러지는 말투, 뻣뻣한 태도, 상상력이라고는 전무한 복장, 형편없는 음식, 나를 온통 에워싸고 있던 혹독한 관행"을 지적하며 증오했다. 그녀는 자신에게 열려 있던 다른 많은 대안에서도 위안을 찾지 못했다. "오전 9시부터 오후 5시까지의 일과가 꼭 교도소 같았다. 캠퍼스의 차가운 지적인 분위기까지 또 다른 교도소였다." 일찍이 자신의 우상이던 영국 시인 존 키츠처럼 예술가로서의 삶과 "고결한 애정"을 추구하던 그녀는 결국 1950년대의 "특별하고 독특한 제약과 법칙들에서 벗어나 (…) 속세를 떠난 고행자로서의 삶"을 택하기로 했다.[2]

학교를 그만둔 그녀는 집을 떠나 뉴욕의 로어이스트사이드에서 가난하지만 생각만큼은 자유로운 보헤미안 생활에 안착했다. 픽션이 가미된 자서전 『어느 비트족의 회고록』에서 디프리마는 "육체의 탐닉이라는 거대한 수렁에 빠져 이 육체에서 저 육체로 미끄러지듯 찾아다니던" 앨런 긴즈버그와 함께한 "형언하기 어려운 기이한 난행"의 시절을 회고했다. "따뜻하고 우호적이고 섹시하지 않은 삶이었다. 네 사람과 함께 같은 욕조에 들어가 있는 것 같던 삶이랄까."[3]

디프리마에게는 의지할 만한 페미니즘의 어휘가 없었다. 하지만 그녀는 자신이 들어선 시의 무대가 남성들이 규정하는 곳이며, 때로는 "거들먹거리거나 독선적인" 곳이라는 사실을 완벽하게 알고 있었다. 그러면서도 그녀는 이렇게 주장했다. "우리는 예술의 길을 함께 걸었다. (…) 그 사실을 알고 있었기에 나는 대체로 큰 충돌 없이, 대개 상처받지 않고 이 남자들 사이에 끼어 걸어갈 수 있었다." 플라스가 자신의 많은 동년배들처럼 남자 친구를 찾는 동안, 디프리마는 주변의 남자들을 "성스러운 예술을 함께할 친구이자 동반자"로 규정했다.[4]

뉴욕에서 보낸 1950년대의 삶을 되돌아보며 2001년에 펴낸 회고록 『나라는 여자의 삶』에 의하면 그녀에겐 연인이 많았다. 최초로 사랑에 빠졌던 사람은 보니라는 여자였고, 두 번째 연인은 아프리카계 미국인 시인 리로이 존스였다. 그녀는 이런 열정적인 연애 사건이 있기 전인 스물두 살 때부터 아기를 갖겠노라 결심했다. "똑똑히 기억나는 건 (…) 내 마음이 내게 하던 말이다. 아기를 갖지 않는다면 나는 병이 날 거야, 라는 말." 그녀는 회고록에서 이렇게 덧붙였다. "단 한 순간도 내 삶에, 내 가정에, 남자를 끌어들이겠다는 생각은 하지 않았다. 그건 말도 안 되는 소리였다. (…) 내가 아는 한 남자는 모두 성가신 존재였다."[5]

첫딸을 낳은 뒤 디프리마는 리로이 존스와 〈플로팅 베어〉라는 문학잡지를 편집하며 육아를 병행했다. 뉴욕 그리니치빌리지의 한 서점에서 일하기도 했고, 일단의 친구들과 시인 극단을 만들기도 했으며, 앨런 말로와 "정략적인 결혼" 생활도 했다.(이 생활은 6년 반이나 지속됐다.) 그사이 그녀는 시집을 출간했고 네 명의 아이를 더 낳았다. 리로이 존스와의 관계는 강렬하면서도 골치 아픈 관계였다. 두 사람의 관계가 시작됐을 때 그녀는 이렇게 썼다. "그녀는 자신을 그녀 자신과 아이로 구성된 2인조라고 규정했다. 그녀는 자신을 '자신의 작품'으로 규정했다. (…) 자신이 저지르는 짓이 어떤 결과를 초래할지도 모른

채 '외도' 사건에 뛰어들었다."[6]

플라스의 관점에서 본다면 이 외도 사건이 초래한 결과는 파국적으로 보일 수도 있다. 휴스와의 결합에 대한 플라스의 자부심이 소유욕과 불가분하게 얽혀 있었던 만큼, 그녀는 남편이 매력적인 "다른 여자"와 거리를 걸어가기만 해도 불같이 화를 낼 사람이었다. 그러나 디프리마의 관점에서 본다면 "그 모든 일이 일어나는 와중에도," 심지어 부정을 저지르는 순간에도 그녀는 자신의 실체를 똑바로 인식했다. "리로이는 여러 여자와 잠자리를 했고 거짓말을 했다. (…) 그는 찾아오기로 했다가 나타나지 않았고 때로는 불쑥 나타나기도 했고 나를 동료로, 여왕으로, 하녀로 대접했다. (…) 이 모든 일이 내가 상황을 있는 그대로 받아들이겠다고 말하지도 않은 상태에서 진행되었다."[7] 그리고 그녀는 그가 여러 번 거부했는데도 (그는 이미 아이가 둘 있는 기혼남이었다) 그의 아이이자 그녀의 둘째 딸이 될 아이를 제 뜻대로 낳았다.

"그는 나를 레이디 데이라고 부르곤 했다." 디프리마는 존스와 함께 지낸 시절에 대해 썼다. 재즈 가수 빌리 홀리데이의 음악에 맞춰 정사를 벌일 때 그렇게 불렀고, "특히 더 격렬하고 더 슬픈 곡"을 들을 때 그렇게 불렀다. 그러나 그녀는 "그런 곡에 '서로 다른 인종 간의' 사랑에서 오는 딜레마나 쓰디쓴 비통함이 담겨 있다는 생각은 그저 어렴풋하게만 하고 있었다"고 고백한다. 물론 "우리 두 사람의 사랑이 간단히 인정받는 세계는 존재하지 않는다는 걸 알고 있었다. 우리의 흑인 됨과 백인 됨이 인정받는 세계, 아이가 있는 독신 여성이 선뜻 인정받는 세계 말이다."[8] 훗날 아미리 바라카로 개명하고 1960년대 들어 흑인 예술 운동의 일원이 되는 존스와 함께했던 시간에 대한 그녀의 기억은 1950년대 아프리카계 미국인 문화의 의미를 극적으로 보여준다. 대중적인 이야기에서처럼 세계가 백합처럼 새하얗게 보일 수 있겠지만, 그런 시각은 매디슨 애비뉴의 새하얀 사무실 일색처럼 눈속임인 것이다.

궨덜린 브룩스의 브론즈빌

만약 1950년대의 영화와 시트콤에 흑인들이 등장했다면, 아마 그들은 늙은 하녀라든가 엉클 톰 같은 정형화된 인물이었을 것이다. 하지만 바로 이 1950년대에 미국 최초의 흑인 계관시인까지 되고 마는 궨덜린 브룩스는 필리스 맥긴리의 시나 『벨자』에서 자세히 묘사되는 문화와는 사뭇 다른 문화를 꼼꼼하고도 상세하게 묘사했다. 1959년에 발표한 짧은 시 「콩이 주식인 사람들」은 가난 속에서도 회복력을 지닌 동반자 관계를 ("소박하고 삐걱거리는 나무 바닥"에 앉아 "양철 접시"를 들고 "주로 콩을 먹고 사는" 한 부부의 관계를) 포착한다.[9] 브룩스는 교외 생활의 환희가 아니라 자신이 사는 시카고 사우스사이드 인근 브론즈빌 지역의 문제와 애환에 초점을 맞춘다. 이 지역은 많은 아프리카계 미국인들이 2차 인구 대이동 기간 동안 남부의 압제를 벗어나 북부의 가능성을 찾아 떠나온 새 정착지이자 그녀의 고향인 빈민가였다.

브룩스의 브론즈빌은 맥긴리의 평온한 교외 지역보다 훨씬 더 복잡하다. 그녀의 유일한 소설 『모드 마사』(1953)는 한 소녀의 성장 과정을 추적하는데, 이 소녀는 자신의 언니나 나중에 주인공의 남편이 되는 더 "노르스름한" 남자보다 자신의 피부색이 더 짙고 까맣다는 사실에 괴로워한다. 내용 면에서 이 소설은 비슷하지만 이보다 더 비참한 이야기를 하는 토니 모리슨의 데뷔작 『가장 푸른 눈』을 예고하는 셈이다.[10] 동시에 「붉은 모자를 쓴 브론즈빌 여자」라는 시에서 브룩스는 부엌에서 일어나는 두 문화의 대립, 즉 부유한 백인 중산층의 세계와 "콩이 주식인 사람들"이나 백인 중산층의 가정부밖에 될 수 없던 모드 마사 같은 사람들의 세계 사이의 대립을 통렬하게 묘사한다.

'마일스 부인에게 고용되다'라는 부제가 붙은 「붉은 모자를 쓴 브론즈빌 여자」는 오만한 백인 주인 여자의 시점에서 서술되는데, 브룩스는 '붉은 모자를 쓴 여자'의 모습을 단박에 구체화한다.

그들은 그런 여자를 한 번도 집에 들인 적이 없었다.
그건 참 이상한 일이니까. 사자를
풀어놓는 일처럼… 새까만
곰을 풀어주는 것처럼.
저기 저 문간에 그것이 서 있었어,
경박하면서도 생기 있어 보이는 붉은 모자를 쓰고ㅡ
천박한 모습이었지, 물론.[11]

마일스 부인이 "그것"이라거나 "곰"이라고 본 여자는 "완벽한 보석처럼 붉은 얼굴에 믿음직스러웠던 아일랜드 여자"[12]가 사라지자 그 빈자리를 채우려고 소개소를 통해 채용한 사람이었다. 분명 마일스 부인은 어느 하녀에게도 친절하지 않았을 테지만 그녀의 아이가 이 브론즈빌 여자를 향해 순진무구한 애정을 보여주자 충격을 받는데, 이는 빛나는 1950년대라고 여겨지던 시절의 부엌에서 일어난, 인정된 적 없는 긴장 관계를 극적으로 보여준다. 그녀의 아이가 "이 유색인종 하녀"가 해준 입맞춤에 보답하자 마일스 부인은 혐오감과 분노를 느낀다.

> 가르마가 뜨거워지고, 뱃속이 뜨거워지고,
> 이 거슬리고 부자연스러워 보이는 장면을 자세히 보면서,
> 그녀는 자신을 뺀 모든 것이 평온한 상태라는 걸 알았다.
> 아이, 거구의 흑인 여자, 부엌의 예쁜 수건들 전부 다.[13]

젊은 백인 여성이 지원할 수 있었던 핑크 칼라 직종, 이를테면 문서 정리원이나 비서 같은 직업이 당시의 젊은 흑인 여성 혹은 모든 연령대의 흑인 여성에게는 당연히 열려 있지 않았다. 실비아 플라스의 〈마드무아젤〉 동료 객원 에디터 중에서도 흑인은 한 명도 없었으며, 아시아계나 히스패닉도 없었다. 브룩스의 모드 마사 역시 브론즈빌 여자처럼 가정부 자리를 제안받는다.

하지만 이런 식의 인종 계급화 현상에도 불구하고, 1950년대는 많은 면에서 아프리카계 미국인 문화의 성공에 의해 형성되

고 복잡해졌다. 음악계만 해도 찰리 파커, 텔로니어스 멍크, 마일스 데이비스, 존 콜트레인 같은 인물들이 지배했던 비밥과 재즈라는 새 장르와 함께 어느 때보다도 풍성해졌다. 루이 암스트롱도 트럼펫을 불며 계속 활동 중이었고, 해리 벨라폰테는 카리브 억양으로 〈영리한 남자, 더 영리한 여자〉를 불렀다.[14] 여자 가수들도 뒤쳐지지 않았다. 빌리 홀리데이는 여전히 아이돌이었고, 엘라 피츠제럴드는 그녀 최고의 앨범 녹음을 막 시작한 상태였다. 1958년에는 실비아 플라스보다 한 해 늦게 태어난 니나 시몬이 〈리틀 걸 블루〉 앨범을 내며 화려하면서도 저항적인 가수 이력을 시작했다.

이런 노래들의 당김음 패턴 속에서 꾸준히 울려대는 드럼 소리처럼, 민권운동도 서서히 힘을 얻어가고 있었다. 궨덜린 브룩스가 1950년 『애니 앨런』으로 퓰리처상을 수상한 이후, 랠프 엘리슨은 『보이지 않는 인간』으로 미국도서상을 수상했고, 제임스 볼드윈은 『미국의 아들의 기록』을 출간했다. 1955년 마틴 루서 킹 주니어는 버스 보이콧 운동을 주도했고, 같은 해에 로자 파크스는 남부의 버스에 올라 뒷좌석으로 자리를 옮기라는 명령을 거부했다. 흑인 극작가 로레인 핸스베리가 강렬한 극작품 〈태양 아래 건포도〉를 집필한 것은 바로 이 같은 상황에서였다. 이 작품은 1959년 브로드웨이에서 개막하여 공전의 히트를 치게 되었다.

로레인 핸스베리의 투지 넘치는 무대

니나 시몬의 인기 R&B 〈젊고 재능 있는 흑인이여〉에서 추모한 바와 같이, 로레인 핸스베리의 짧았던 운동가로서의 삶은 민권운동과 함께 진화했다. 그녀가 처음 발표한 「간이 부엌 창가의 깃발」은 (핸스베리의 아버지는 인종 분리가 행해지던 시카고에서 흑인 이웃들에게 간이 부엌이 딸린 아파트를 임대해 부를 축적한 사람이었다) 궨덜린 브룩스의 「간이 부엌 딸린 건물」에 바친 헌시였다.[15] 그러나 브룩스와 대조적으로 핸스베리는 아주 최근까지도 비교적 거의 주목을 받지 못했다. 이는 놀랄 만한 현상이었다. 그녀는 (〈태양 아래 건포도〉로) 뉴욕드라마비평가협회상을 수상한 최초의 흑인 극작가였기 때문이다. 개막일 밤 주연 배우 시드니 포이티어가 그녀를 무대 위로 이끌어 기립 박수를 받게 했을 때 그녀는 스물여덟 살이었다.

역설적 요소는 우리가 알고 있는 사실들에도 넘쳐난다. 대학 교육을 받은 유복한 이들의 가정에서 1930년에 태어난 핸스베리는 어머니가 입혀준 모피 코트를 걸치고 학교에 갔다가 다른 아이들에게 맞은 뒤 반항적으로 변했다. 자기를 공격했던 아이들 중에서 친구를 사귀면서 "그때부터 반항아가 되었다."[16] 그녀의 젊은 시절 영웅 중 한 명이 아이티의 독립운동가 투생 루베르튀르였던 만큼, 그녀가 반체제적이고 박탈감을 느끼는 아이들과 일체감을 느꼈다는 것은 전혀 놀랄 일이 아니었다. 그녀는 삼촌이 아프리카학 교수로 있는, 전통적으로 흑인들이 다녔던 하워드대학교에 진학할 수도 있었지만 위스콘신대학교를 택해 그곳에서 2년을 보냈다. 위스콘신대학교는 그때만 해도 다른 많은 고등교육 기관처럼 흑인 학생에게 기숙사를 제공하지 않았다.[17] 캠퍼스가 배경인 한 이야기에서 핸스베리를 대리하는 인물은 대학이 "실패작"이라는 것을 깨닫는가 하면, "킨제이 보고서, 만세!"라며 건배를 제의한다. 그리고 "'착한 여학생'과 '나쁜 여학생'의 구분은 중세 시대에나 통한다는 명제에 전념하기로 한다."[18] 학교를 그만두기 전 그녀는 예술보다 진보 운동에 더 끌렸다.

핸스베리는 인류가 "자신들의 운명을 지배할 수 있다"는 신념을 수정하게 만든 회의적인 시각이 10대 때 일어났던 나가사키 및 히로시마 원자폭탄 투하와 20대로 접어들 무렵 시작된 냉전 때문에 생겨났다고 여겼다.[19] 보헤미안 분위기에 젖어 있던 뉴욕 그리치니빌리지의 지식인들과 친하게 어울리면서 그녀는 영향력 있는 철학자 W. E. B. 듀보이스를 연구했으며, 이내 "근대"와 "진보"라는 말이 "서구"의 유의어인 것처럼 사용돼야 한다는 생각에 의문을 품었다. "가나의 여성은 투표권을 행사하는 반면 스위스의 여성에게는 투표권이 없다"면서.[20]

1950년대 초반, 핸스베리는 가수 겸 배우 폴 로브슨이 발간하는 〈프리덤〉에 영국 통치에 반대하는 이집트인들의 항의 시위나 열악한 할렘 지역 학교들에 관한 글을 기고하면서 전속 기자에서 부편집인으로 승진했다. 그녀는 일주일에 31달러 70센트를 벌었다.(바로 그 액수가 자신이 호리호리해진 원인이라고 농담하기도 했다.) 그녀는 "빈곤, 린치 행위, 어리석은 전쟁, 나 같은 사람들에 대한 세계적인 학대 등에 점점 더 넌더리를 내는" 가운데 기고문들을 써냈다.[21] (공산당 연루 의혹 때문에 여권을 박탈당했던) 출국 금지 대상자 폴 로브슨을 대신하여 '아메리카대륙국가평화회의'에 참가하기도 했는데, 그때 그녀는 귀국하면 FBI의 조사를 받게 되리라는 것을 알고 있었다.[22]

그 시기, 그녀는 자기 사진에 사인할 때 "이다의 딸"이라는 이름을 사용했다. 그 이름은 린치 행위 반대 운동으로 유명했던 저널리스트 이다 B. 웰스에서 따온 것이었다.[23] 이런 동일시는 핸스베리의 활동의 본질을 어느 정도 설명해준다. 그녀는 이다 B. 웰스를 기리는 예술 프로그램을 진행했고, 흑인 뮤지컬 배우 플로렌스 밀스의 커리어에 찬사를 보냈고, 인종차별은 물론 한국전쟁에 대해서도 시위를 벌이던 흑인 여성 단체 '진실과 정의를 찾는 소저녀들'의 책임자 역할을 맡기도 했다. 점점 더 투쟁적인 민권운동가로 활약하던 그녀는 비평가이자 연출가, 작곡가였던 유대인 로버트 네미로프와 결혼했다.(인종 간 결혼은 당시 대부분의 주에서 불법으로 간주되는 일이었다.) 결혼식 전날 밤 그들은 로젠버그 부부의 사형 판결에 항의했다. 이들 부부는 네미로프가 1956년에 공동 작곡하고 에디 피셔가 녹음한 노래 〈신디, 오 신디〉로 10만 달러를 벌게 되면서 경제적 안정을 이루었다.[24]

이듬해 창작에 자유롭게 집중할 수 있게 되었을 때 핸스베리는 시몬 드 보부아르의 책『제2의 성』이 "미국에서 가장 중요한 책"이라며 찬사를 바쳤다. 핸스베리에 의하면 이 책의 저자와 장 폴 사르트르의 관계에 대한 뒷말이나 "그녀가 레즈비언이었다는 소문"이야말로 남성이 여성에게 "타자의 지위를 취하라고" 강요한다는 이 책의 주장이 진실임을 입증한다고 했다. 보부아르를 두고 결혼이 "인간의 발달 과정에서 신성한 위치를 점하고 있다"는 "전통적 견해"를 받아들이지 않으므로 "결혼을 존중하지 않는 사람"이라고 비난하는 것은, "공산주의자를 자유로운 기업 활동을 '존중'하지" 않는다고 비난하는 것과 매우 흡사한 일이라는 것이었다. 핸스베리는 보부아르를 비방하던 사람들과 달리 숭배하는 마음을 보인 자신을 이렇게 묘사한다. 그녀는 "스물세 살 된 작가. 여러 달에 걸쳐 이 책을 정독한 다음 생각에 잠겨 책을 덮고 참고 서적들이 놓인 책 선반 위 손이 가장 쉽게 닿는 곳에 놓을 때, 그녀의 손가락들은 경외심으로 민감해져 있었다. (…) 마침내 역사에 다시 등장한 프랑스의 사상이 마음속에서 활활 불타올랐다. 전 세계 사람들을 위한 자유, 평등, 박애!"[25]

핸스베리는 여성이 "병든 사회 이데올로기, 즉 한결같이 여성의 자율성을 부정하고 나아가 실제로는 여성을 더욱 구속하는 것인데도 여성의 성취라고 어떤 식으로든 믿도록 여성을 기만하는 이데올로기에 속박되어 있다"고 선언한다. 그러면서 그녀는 가정생활을 찬양하는 태도의 해로운 영향에 맞서 결론을 내린다. "가정을 돌보는 일을 (그렇지도 않고 그럴 수도 없는데도) 대단한 일로 여기며 칭송하는 예로부터의 노력은 여성성에 대한 가장 중대한 공격 행위 중 하나다." 파넘과 도이치의 견해에 정면으로 반대하면서 그녀는 분명 남편과 아이들에게 전적으로 헌신하는 여성들이 "우리 전체 인구 중에서 신경증에 가장 많이 걸리는 집단 중 하나가 되었다"고 주장한다.[26]

하지만 핸스베리가 이토록 열렬하게 시몬 드 보부아르에 대해 글을 쓰던 시기에 완성한 〈태양 아래 건포도〉의 중심인물은 자신의 권위를 포기하고 그것을 아들에게 넘겨주는 영웅적 행동을 하는 과부 마마다. 극의 결말 부분에서 마마는 "그렇게 예정되어 있다"며 아들 월터 리를 가족의 "가장"으로 내세우기로 한다.[27] 그리고 그녀가 하려는 일(가족을 시카고 사우스사이드에서 교외 지역으로 이주시키기로 한 것)은 핸스베리가 비판했던 가정 이데올로기를 정확히 복제한 듯 보일 수도 있다. 사실 이 연극의 천재성은 핸스베리가 노동자계급 흑인 가족의 경험에 비추어 1950년대의 아메리칸드림을 실험해보고 애석하게도 그 실험에 구멍이 많다는 것을 발견한다는 데 있다.

이런 작업을 통해 그녀는 이 극작품의 브로드웨이 연출에 필요한 (그리고 영화로 만들어지거나 나중에 여러 번 재공연되는 데 필요한) 폭넓은 관객을 확보했을 뿐만 아니라, 그녀 시대의 젠더 편견이나 인종 편견 문제를 본격적으로 다루었다.[28] 〈태양 아래 건포도〉는 핸스베리의 부모가 시카고 흑인 거주 지역에서 부유한 백인 거주 지역으로 이사했을 때의 경험을 재구성한다. 그 시기 이 가족의 여덟 살짜리 딸이 백인들에게 벽돌로 위협을 받았고 (그중 하나가 창문을 부수고 들어와 아이를 맞힐 뻔했다) 그래서 어머니는 총알이 장전된 반자동 권총을 들고 집을 순찰하기도 했다. 이 어린 딸은 "교육을 제공하는 것이 아니라 가능한 한 제공하지 않는 것"을 사명으로 삼는 학교를 오가는 길에, 사람들이 자신에게 "침을 뱉고 욕을 하고 주먹질하는 일을 매일같이 겪었다."[29] 일리노이주 법정이 이 가족에게 퇴거 명령을 내리자 그녀의 아버지는 전국유색인종연맹과 함께 투쟁했으며 결국 대법원으로부터 유리한 판결을 얻어냈다. 8년 뒤 다른 사건이 벌어지기 전 겪었던 인종 제약적인 부동산 계약이라는 보다 폭넓은 이슈는 다루어지지 않았다.

그녀의 부모 내니 핸스베리와 칼 핸스베리보다 더 가난했던 〈태양 아래 건포도〉의 성인 인물 대부분은 집 안에서뿐만 아니라 집 밖에서도 가정부 일에 시달린다. 극중에서 마마로 나오는 과부 리나 영거는 남편이 남긴 보험금 1만 달러를 받게 되자 그 돈의 일부를 백인 거주 지역 주택 매입 계약금으로 사용하는데, 아들 월터 리는 주류 판매점에 투자하고 싶어한다. 마지막 막에서 주류 판매점 개업을 준비하다 동업자에게 사기를 당한 아들은 백인 인종차별주의자들에게서 매입하기로 했던 집을 되팔려다가 결국 마음을 바꾸어 가족을 이끌고 그 새집으로 이사하기로 한다. 이때 마마는 자신이 쥐고 있던 경제적 권한을 월터 리에게 선뜻 넘겨준다. 새집에서 살게 될 영거 가족을 기다리고 있는 일을 핸스베리보다 더 잘 아는 사람은 없었다.

마마가 내내 맞서야 했던 인종차별주의와 별개로 결말 부분의 환희는 그녀의 아들이 "마침내 오늘 진정한 남자의 자격을 갖추게 되었다"는 그녀의 깨달음으로 이루어져 있다. 모자의 세대 갈등은 월터 리를 어머니의 경건한 신앙심으로까지 이끌지는 못했지만, 그에게 자신의 가족이 백인들이 사는 이웃 지역을 "더럽힐 것"이라고 생각하는 사람들에게 비굴하게 굴거나 굴복하면 안 된다는 확신을 심어준다.[30]

〈태양 아래 건포도〉는 마마의 며느리와 딸을 강하게 단련시키는 세대 갈등 묘사를 통해 페미니즘 주제를 다루기도 한다. 이들 두 여성은 각각 랭스턴 휴스가 "지연된 꿈"[31]이라고 말한 꿈이 "태양 아래 건포도"처럼 말라비틀어지지 않도록 그 꿈을 어떻게 해서든 직시한다. 월터 리의 아내 루스는 임신을 하게 되었을 때 자신들의 비좁은 아파트에 남자아이가 태어날 공간 이 거의 없다는 생각에 임신 중단을 고민한다. 월터 리의 여동 생 베니사는 부족한 돈과 결혼의 압박을 받는 가운데 의사가 되 겠다는 욕망 때문에 갈등한다.

특히 (극이 한창 진행 중일 때 자신의 "곧지 않은" 머리를 짧 게 치기로 결심한) 베니사는 사뭇 다른 두 구혼자의 제안을 받 는데, 자신의 문화를 기꺼이 포기하고 지배 문화, 이 경우에는 압제적이기까지 한 문화에 완전히 "젖어들겠다"는 "동화주의자" 구혼자를 거부하는 것이 반드시 나이지리아 출신 구혼자와 결 혼해서 아프리카를 그녀의 모국으로 삼아야 한다는 것을 의미 하는 것은 아니라는 사실을 깨닫는다.[32] 보부아르의 신봉자가 베니사라는 인물을 통해 자율성과 직업적 만족감을 추구하는 여성 인물을 만들어낸 셈이다.

그러나 핸스베리는 마마라는 공감을 불러일으키는 인물을 통 해, 유색인종 페미니스트들이 백인 페미니스트들의 의제들과 다른 의제들을 채택하리라 예견했다. 핸스베리의 마마는 가정 에서 독립하는 것이 아니라 자기만의 가정을 갖기 원한다. 그 녀는 남성 지배에 도전하는 것이 아니라 아들의 손상된 남성성 을 재천명하기를 원한다. 그리고 (벨 훅스가 다른 맥락에서 설 명했듯이) 마마는 "남성성은 남자다움에 대한 성차별주의적 개넘과 동일시될 필요가 없다"[33]는 사실을 깨닫는다. 마마는 일할 권리가 필요한 사람이 아니지만 (그녀는 평생 집 밖에서 혹은 집 안에서 일만 해온 사람이다) 가족의 미래를 안정적으로 확보하기를 바란다. 선견지명이 있던 핸스베리는 해방에 헌신하는 운동가들이 젠더와 인종 모두를 반드시 함께 다루어야 한다고 말하고 있는 것이다.

〈태양 아래 건포도〉 개막 공연 몇 주 전 핸스베리는 "여성은 어리석다" "백인이 사람이다" "유럽 문화가 세계의 문화다"[34] 같은 그 시절 만연했던 상투적인 사고방식에 반박하기 위해, 흑인 작가들을 향해 사회참여적 예술 작품을 창작해야 한다는 내용의 열정적인 호소문을 전달했다. 그녀는 비트족과 논쟁을 벌이고 (비트족은 흑인들이 쓰는 말을 전유해 쓰곤 했는데 그녀에게는 이런 행동이 깔보는 듯한 태도로 보였다) 그릇된 프리미티비즘에 자극받은 듯한 노먼 메일러의 글 「하얀 흑인」에 반박하기도 했다. 그러면서 그녀는 아프리카계 미국 작가들에게 계속해서 흑인이 살해되는 결과를 초래하는 "피부색 편견"의 "끔찍한 악의"에 "장작과 밧줄을 갖고 혹은 그런 것 없이, 과거의 모든 방식으로 그리고 새로운 방식으로" 치열하게 맞서 싸우라고 촉구한다.[35] 그녀는 끔찍한 불의가 자행되는 장면을 직접 목격하면서도, 1965년 몽고메리에서 행진했던 수천 명의 군중과 (백인들의 반발에도 불구하고 흑인 입학이 허용된) 리틀록 지역의 고등학교에 계속 다니기로 한 고등학생 아홉 명에게 희망의 근거를 둔다. 그 아홉 명의 학생들 중 한 명이 〈태양 아래 건포도〉 공연을 보고 난 뒤 팬레터를 보내왔던 일은 그녀에게 분명 큰 보상이 되었을 것이다.

서른넷의 나이에 췌장암으로 세상을 떠나기 전 그녀는 (1981년까지 발표되지 않았던) 자신의 기념비적인 1959년 연설 〈흑인 작가와 그의 뿌리〉(강조는 우리가 한 것이다)를 두고 자신이 이 연설 제목을 잘못 달게 만든 영향이 과연 무엇인지 분석했다. 우리가 『노턴 여성문학 앤솔러지』 초판에 포함시키기 전까지 출간된 적이 없던 1961년의 글 「남성 평등 옹호」에서는 여성을 "이류의 지위"에 효과적으로 묶어놓으면서도 "남성에게 가장 불합리하고 불필요한 '우월성'과 '권위'라는 짐을 강요하는 일에 대해서는 비판을 덜 가하는" 사회 질서를 혹평한다. "사실 따지고 보면 그런 '우월성'이나 '권위'는 남성의 인간다움을 모욕하고, 그들이 문명화된 상태라는 현실을 부정하는 데만 효과가 있다." 핸스베리는 메리 울스턴크래프트, 수전 B. 앤서니, 엘리자베스 케이디 스탠턴, 해리엇 터브먼을 인용하면서 가정주부의 신화를 거듭 벗겨내기도 했다. "자기 운명에 대한 여성의 불만은 페미니스트가 만들어낸 것이 아니다—페미니스트는 그들이 등장할 수 있는 유일한 장소에서 생겨난 존재다—이 세상 주부들의 자리 말이다!"(강조는 핸스베리가 한 것이다.)[36] 베티 프리단 이전에, 로레인 핸스베리가 있었다.

브로드웨이 히트작과 이혼 때문에 생겨난 유명세 덕에 힘이 생기기도 하고 괴로움을 겪기도 하면서, 핸스베리는 국내의 인종차별주의와 국외의 식민지주의와 싸우겠다는 책무감으로 여러 프로젝트를 추진했다. 그녀를 "사랑스러운 로레인"이라고 불렀던 제임스 볼드윈과 짝이 되어 집회나 항의 시위에 동참하기도 했다. 니나 시몬의 빌리지게이트 나이트클럽 공연을 즐겨 보던 그녀는 혼자 있을 때 느끼는 우울감과 굴욕감을 시몬에게 털어놓았다. "누구도 내 모습을 볼 수 없게 셔터를 내려놓았어. 나. 혼자. 부활절 전날 저녁 타이프라이터 앞에 앉아 있는 모습을. 술 마시고 사색에 잠긴 고독한 모습을."[37]

지금의 독자들은 시대를 앞서 살았던 한 여성의 눈부신 아름다움과 위트를 포착한 이매니 페리의 『로레인을 찾아서』를 읽으며 핸스베리의 일부 글이 여성들과의 에로틱한 관계를 다루었다는 느낌을 받을지도 모르겠다. 하지만 내면의 자기 검열과 외부의 검열 때문에 생겨난 피해를 지적했던 에이드리언 리치가 옳았다.[38] 핸스베리가 제안했던 프로젝트 〈제니 리드의 창문에 걸린 간판〉은 〈시드니 브루스테인의 창문에 걸린 간판〉으로 변형되었다.(이 쇼는 그녀가 죽기 전날 밤 막을 내렸다.) 원래 여성 인물들이 주역으로 나왔던 그녀의 차기작 극본 〈백인들〉도 최종 버전에서 돋보였던 인물들은 남자 주인공들이었다. 그녀는 "무수히 깨부수어진"[39] 여성의 강력한 대변인 메리 울스턴크래프트에 관한 장편 드라마도 계획했지만 집필할 시간이 없었다. 한편 핸스베리는 (레즈비언 인권단체 '빌리티스의 딸들'이 1955년에 창간한) 레즈비언 간행물 〈래더〉에 익명으로 기고하기도 했다. 이 글들은 레즈비언에게 가해지는 결혼 압박, 동성애자 핍박, 안티 페미니스트 도그마 등의 문제를 다루었다.[40]

1964년 핸스베리는 멕시코로 가서 이혼 허가를 얻어냈다.* 로버트 네미로프를 자신의 문학작품 유산 집행인으로 그대로 두기는 했지만 말이다. 같은 해 〈뉴욕 타임스〉에 보낸 편지에서 그녀는 지연된 꿈 속에서 무슨 일이 일어났는지를 노래한 랭스턴 휴스의 시 마지막 부분에 나오는 강조 표현을 염두에 두고 민권운동의 투지에 대해 언급했다. 만약 그 꿈이 태양 아래 건포도처럼 말라비틀어지지 않는다면 혹시 "그게 폭발할까?"[41]

오드리 로드의 레즈비언 자전신화

동성애자들이 안보를 위협하는 존재로 낙인 찍혀 매일같이 아우팅을 당하고 직장에서 쫓겨났던 적색공포 시기, 많은 레즈비언들은 불가피하게 벽장에서 숨어 지내야 했다. 하지만 이 억압의 1950년대에 시인 오드리 로드는 뉴욕 그리니치빌리지에 근거지를 두고 대개 지하조직으로 활동한 역동적인 레즈비언 공동체에 합류했다. 그녀가 '자전신화biomythography'라고 이름 붙인 『자미: 내 이름의 새로운 철자』에서 밝힌 바에 따르면, 한 번은 어느 파티에 참가했는데 그곳에서 손님들이 덜 익은 고기 조각들이 담긴 큰 접시를 보고 열광했다고 한다. 접시의 고기 조각들은 "여성의 성기 모양처럼 겹겹이 쌓여 절정에 이른 쾌감을 표현하듯 마요네즈가 살짝 뿌려진 모습으로 멋지게 놓여 있었다."[42]

• 20세기 중반 미국에서는 이혼 허가를 받는 일이 어려워서 특히 유명 인사들이 멕시코로 가서 이혼하는 일이 흔했다고 한다.

그녀는 늘 반항하는 유형이었다. 그녀의 오랜 친구이자 헌터 고등학교 동창인 다이앤 디프리마가 그녀의 강렬한 존재감을 포착했다. "어딜 가든 늘 (나중에 저명한 시인이 된) 오드리 로드가 있었다. 흑인이며 사나웠고 대개 무슨 생각을 하는지 알 수 없었다. 그녀는 눈빛과 침묵으로 우리로 하여금 계속해서 그 속마음을 짐작하게 만들었다. 다 알고 있다는 듯한 경멸 비슷한 눈빛이었다."[43] 그런 그녀가 회고록에 붙인 제목은 '자미'였다. 이 단어는 "서인도제도 캐리아코우섬에서 쓰는 말로 일과 삶을 병행하는 여자들"이라는 뜻이지만, 로드는 자기 어머니가 "그냥 친구들"이란 뜻으로 사용했기 때문에 선택한 것이었다. "프랑스어와 스페인어가 합쳐진 방언의 어원인, 친구들을 뜻하는 '레 자미les amies'에서 온 말일 수도 있다."[44]

로드는 힘든 청소년 시절을 보낸 뒤 게이 바의 문을 열게 되었다. 그 청소년기는 카리브제도 출신의 부모가 대공황 때 맞닥뜨린 차별로 얼룩져 있었다. 할렘에서 보낸 어린 시절 내내 맹렬한 보호자였던 그녀의 (딸이 다닌 가톨릭 학교 백인 수녀들의 인종차별주의에 대해서는 무력했던) 어머니는 세 자매 중 막내였던 오드리를 자주 매질했다. 그녀의 어머니는 통통하게 살이 찌고 활달하고 법적 시각장애인으로 판정받을 만큼 극심한 근시였던 오드리에게 공정한 대접을 기대해서는 안 된다고 가르쳐야 했다. 공정한 대접을 받는 일은 결코 일어날 수 없다고 믿었기 때문이다. 조숙한 소녀였던 오드리는 일찌감치 읽기와 쓰기를 배웠고, 어머니가 해주는 카리브 요리와 이야기를 만끽했으며, 이름 끝에 붙은 'y'자를 빼버리곤 했는데 그 결과로

생겨나는 두 이름 사이의 "균등성"이 마음에 든다는 이유에서
였다.[45]

식구들 사이에서 아웃사이더라는 확신을 품고 외롭게 성장
한 로드에게 의지할 수단은 하나였다. 그녀는 누가 "기분이 어
떠니?"라고 물을 때마다 "시 한 편을 암송했는데, 시의 내용 중
어딘가에 내 기분이 중요한 정보처럼 표현되어 있었다"고 한다.
그녀는 공공 도서관 어린이 열람실에서 시를 외웠다. 그 시들이
"직접 시를 쓰게 된 가장 큰 이유였다. 도움을 받을 만한 시를
찾지 못하거나 다른 식으로는 말할 수 없는 내용을 말해야 했기
에 직접 시를 썼다"는 것이다. 맨 처음 쓴 시들을 낭독한 일은
그녀에게 "감정을 표현하는 비밀 통로를 알아내는 데" 도움을
주었다.[46]

로드의 가족은 어느 누구도 "현실에서의 인종 문제"에 관해
말하지 않았다. 로드는 여섯 살 때 두 언니에게 "유색인종이 무
슨 뜻이야?"라고 물었다. 그녀의 어머니는 백인으로 보일 정도
로 피부색이 흰 편이어서 아이는 자기도 "엄마와 같이 하얀 사
람"이라고 정체화하리라 결심하고 있었던 터라 언니들의 섬뜩
한 반응을 보고 혼란에 빠지게 된다.[47] 헌터고등학교 시절 흑인
학생은 소수였다. 또 『자미』에 따르면 로드의 친구였던 한 학생
이 아마도 아버지의 학대 때문에 자살한다.[48]

이 사건으로 인한 트라우마에도 불구하고 (『시 모음집』 중 첫
시 「메모리얼 II」에서 이때의 기억을 불러들인다) 로드는 자신
이 "낙인 찍힌 사람들" 혹은 "우리의 괴팍함과 우리의 광기, 우
리의 괴이한 잉크와 깃펜에 자부심을 느끼는 미치광이 비주류"

라고 명명한 백인 소녀 문학 그룹에 몸을 담고 시에 전념하겠다는 결심을 더욱 굳혔다.[49] 이민자 가정의 딸들로서 야심 찬 시인 지망생들이었던 이 활달한 소녀들은 (그중에는 다이앤 디프리마도 있었다) 수업을 빼먹고 강신술 모임을 열어 자신들이 숭배하는 죽은 시인들의 영혼을 불러내기도 했다.[50] 교내 문학잡지 〈아르고스〉에서 언제나 적극적으로 활동하던 그녀는 열일곱 살 나이에 〈세븐틴〉에 (그렇다, 공교롭게도 바로 그 잡지에) 시 한 편을 발표한다.

코네티컷주 스탬퍼드에서 잠시 공장 일을 했던 로드는 그곳에서 처음으로 의미 있는 연인을 만난다. 이 동료 노동자는 그녀를 매혹시켰을 뿐만 아니라 레즈비언 섹스에 대한 중요한 태도를 가르쳐주었다. "빠르게 움직이는 작고 까만 눈과 버터 발린 캐러멜 같은 피부, 그리고 오스트리아의 빌렌도르프에서 발견된 비너스상 같은 몸을 지닌 사람. 진저는 매력적으로 통통했고, 섬세하고 정확한 자기 몸의 움직임을 잘 아는 사람이었다."(강조는 로드가 한 것이다.) 진저는 로드를 "도회지풍의 어린 부치"로만 대했지만, 그녀는 진저에게서 고등학교에서 배우지 못한 것들을 많이 배웠다. 이를테면 그녀는 흑인의 역사와 "원래부터 내가 느끼게 되어 있던 쾌락을 절실히 느끼게 해주는 성 행위를 배웠다. 그리고 나는 대체 그게 그렇다는 걸 그동안 어찌 몰랐단 말인가, 하며 조용히 궁금해할 뿐이었다." 그러나 진저는 "두 여자의 관계를 장난으로 여겼을 뿐" 인정하려 들지 않았다. 그리고 진저의 어머니도 대수롭지 않은 듯 로드에게 이렇게 알려주었다. "친구 관계, 좋지. 하지만 결혼은 결혼이란다."[51]

한편 키스톤 전자 공장에서 로드가 했던 고된 노동(상업용 엑스레이 기계를 관리하고, 방사선과 레이더 기계장치에 사용되는 수정 진동자를 가공했던 일)은 대가를 톡톡히 치르게 했다. "사염화탄소가 간을 파괴하고 신장암을 일으킨다는 말을 누구도 해주지 않았다. 엑스레이 기계를 보호 장비 없이 사용하면 심지어 그 시절에도 안전하다고 생각되는 양을 훨씬 뛰어넘는 저단위 방사선 양에 지속적으로 노출된다고 누구도 말해주지 않았다."[52] 『자미』의 이 대목은 로드가 처음으로 암 진단을 받은 뒤에 쓴 것이다.

나중에 로드는 뉴욕에서 자신이 레즈비언 세계에서는 흑인으로, 흑인 세계에서는 레즈비언으로, 그리고 정부의 감시를 두려워하는 진보 계열 사람들에게는 몹시 싫은 존재로 여겨지며 툭하면 공격받는다는 점을 의식하게 되었다. 상업 지구와 주택 지구 중간에 위치한 헌터대학교의 (커밍아웃하지 않은) 영문학 전공 대학생으로 지낼 때 그녀는 다운타운에 가면 스웡 랑데부, 포니 스테이블 인, 더 바가텔 같은 그리치니빌리지의 술집을 뻔질나게 드나들었다. 공동 섹스를 실험하고 도서관 일로 돈을 벌고 상점 좀도둑질로 겨우 생계를 이어나가면서 로드는 야간 강좌 과정에 등록했다. 헌신했던 한 파트너와의 관계가 끝나기 이전과 이후에 (그 연애로 그녀는 어머니의 집에서 "눈물 대신 코피를 쏟아내게 만들곤 했던" "붉은 분노"로 사로잡혀 있었다) 그녀는 술집들에서 위안을 찾았다.[53]

하지만 레즈비언 바의 손님은 대부분 백인이었다. "흑인이고 여자이고 동성애자인 사람이 백인이 주도하는 환경에서, 그것도 바가텔에서 춤까지 추면서 커밍아웃을 한다는 것은 많은 흑인 레즈비언들의 눈에는 그저 자살 행위나 마찬가지로 비쳤다." 사회적 교류 역시 층위가 엄격하게 정해져 있었다. 로드는 자신이 "역할 게임에 열중하지 않는 '별종' 레즈비언 무리"로 묶였을 때, 또 "부치든 펨이든 흑인이든 백인이든 키키나 AC/DC라고 불리며 무시당하는 '별종' 레즈비언 패거리"로 분류되었을 때 기이하다고 느꼈다. "키키는 돈 때문에 고객과 잠을 자는 여성 동성애자에게 사용되는 별칭이었다. 매춘부 말이다." 로드의 자기 평가에 의하면 "나는 매력적이지 않았고 '펨'이 될 만큼 수동적이지 않았으며 '부치'가 될 만큼 상스럽지도 터프하지도 않았다." 그 와중에 "세 가지 여성 의류를 착용하지 않고 돌아다니는 여성 동성애자를 찾아다니는" 여성 사복 경찰의 마수까지 더해졌다. "그런 복장은 트랜스베스티즘*이라는 명목으로 체포되기에 충분했다."[54]

지속적인 치료를 받았음에도 우울증에 빠졌던 로드는 그녀가 제정신이 아니라고 했던 흑인 여성들, 그녀를 성적으로 공격했던 흑인 남성들, "여성 동성애자는 어느 흑인 못지않게 짓눌러야 한다"고 생각했던 백인 파트너, 그녀를 불청객으로 생각했던 낯선 백인들과 (물론 그들은 포크 가수 오데타와 그녀가 둘 다 생머리를 하고 다닌다는 이유만으로 같은 사람으로 착각하지는 않았다) 맞서 싸워야 했다.[55] 수수께끼 같았던 그녀의

• transvestism. 일반적으로 남성 복장, 여성 복장이라고 여겨지는 옷을 반대의 성이 착용하는 것.

1950년대의 삶은 『자미』에서 명확하게 밝혀진다. 한 남자 친구와의 관계가 불만족스럽게 끝난 후 그녀는 불법 임신 중단 시술을 받았고, 정착할 여유까지는 없었지만 멕시코에서 레즈비언 공동체를 발견하고 기뻐했다.

이런 문제들은 곧 흑인 레즈비언 활동의 동의어가 되는 이 여성이 왜 1960년대에 "남편과 함께 할렘 140번가의 방 세 개짜리 저층 아파트에서 두 아이를 키우면서" 살게 되었는지 어느 정도 설명해준다.[56] 가끔 갈등을 겪기는 했지만 그럼에도 로드는 플라스, 디프리마, 핸스베리와 함께 자신을 속박하는 족쇄를 깨부술 단어들을 발견하거나 만들어내겠다는 결심을 공유했다.

존 디디온의 〈보그〉 대
베티 프리단의 이름 붙일 수 없는 문제

디프리마, 핸스베리, 로드 같은 반항아들이 그리니치빌리지의 카페를 활보하고 다니는 동안에도, 〈마드무아젤〉은 여대생들의 비위를 맞추면서 그들에게 성적 매력이란 것을 주입하려는 경박한 노력을 그치지 않았다. 이 잡지의 지면을 품위 있게 만든 미래의 스타 문인은 실비아 플라스만이 아니었다. 1955년 세크라멘토의 연륜 있는 집안 출신이며 생쥐처럼 겁 많아 보이는 소녀 한 명이 당시 아이들와일드 공항이라고 불리던 공항의 후텁지근한 여름 공기 안으로 걸어들어왔다. 자신의 복장이 유행에 충분히 맞지 않는다고 벌써부터 걱정하는 모습이었다.

스물한 살의 캘리포니아 주립대학교 버클리 캠퍼스 학부생 존 디디온은 뉴욕이야말로 자신이 반드시 있어야 할 곳이라는 사실을 즉각 알아차렸다. 하지만 〈마드무아젤〉의 향기로운 복도에서 한 달을 보낸 후 학교로 돌아갔고 밀턴에 관한 과제물을 완성한 뒤 이번에는 〈보그〉에세이 공모전의 우승상 '프리 드 파리' 수상자가 되어 다시 이 빅 애플●로 돌아왔다. 예전의 임시 직보다 훨씬 더 권위 있는 자리였다. 그녀는 이제 진짜 프로가 되어 "의미 있는 글쓰기"를 배워나갔다.[57] 그녀의 첫 번째 기사 중 하나는 또 다른 '프리 드 파리' 수상자였던 재클린 부비에를 소개하는 글이었다. 수상 소감문에서 "허공에 매달린 의자에 앉아 모든 것을 지켜보는 '20세기의 총괄 예술 감독'을 꿈꾼다"고 밝힌 사람이었다.[58]

(골수 공화당원이었던) 디디온은 존 F. 케네디를 좋아한 적이 없었다. 하지만 그녀는 그의 아내가 "아름다움 분야의 반란을 선도하는" 새로운 시대의 아이콘이 될 것이며, 재키의 위치가 하도 중요해져서 그녀가 무대에 등장한 이후부터는 "특정한 코 모양새나 특별한 얼굴 생김새를 고집하는 일이 사라질"[59] 것이라고 말했다. 동시에 디디온은 비트족, 특히 앨런 긴즈버그를 몹시 싫어했으며, 로레인 핸스베리도 좋아하지 않았고, 실비아 플라스가 〈마드무아젤〉에서 자신의 라이벌이 될 것임을 알아차렸다. 정치적으로 보수적이긴 했지만 디디온은 일에 빠진 야심 찬 여성이었다. 그녀는 페미니스트가 될 생각은 추호도 없었지

● 뉴욕시의 애칭.

만, 순응적인 아내나 엄마가 될 생각도 전혀 없었기에, 일종의 냉소적인 에너지를 쏟아내며 자신만의 목표를 추구했다. 뉴욕 시절의 남자 친구 노엘 파멘틀은 그녀가 열두 시간은 사무실에서 일하고 열두 시간은 집에서 첫 소설을 창작하며 지냈다고 썼다.[60]

핸스베리가 브로드웨이에서 활동하고 로드와 디프리마가 스윙 랑데부 바를 드나들고 플라스가 야도 예술가 공동체에서 살며 어느덧 1959년에서 1960년으로 슬그머니 해가 바뀌어갈 무렵, 디디온은 〈보그〉에서 한 계단씩 승진하고 있었다. 그녀는 이내 〈라이프〉, 〈새터데이 이브닝 포스트〉, 〈내셔널 리뷰〉 등에서, 그리고 (1960년대 초반에는) 할리우드에서 활약하게 되었다. 루스 핸들러가 마텔사를 차려 바비 인형을 제작하고 휴 헤프너가 텔레비전에서 버라이어티 토크쇼를 진행하는 동안, 디디온은 이런 말로 재키에 대한 자신의 감정을 정교하게 가다듬었다. "그녀가 등장하자, 미국 소녀의 모습(테니스 라켓을 들고 전 세계 사람들의 상상 속을 헤집고 다니던 도저히 있을 법하지 않은 동화 속 황금빛 소녀의 모습)은 순식간에 잊혔다. 그 대신 우리는 미국 여성, 그러니까 사려 깊은 책임감을 지니고 좋은 것, 아름다운 것, 값비싼 것에 대한 건강한 기호를 지닌 인물과 사랑에 빠져들었다."[61] 저널리스트로서의 기민한 본능을 감안한다면 디디온은 이미 다음에 이어질 전 국민적인 로맨스를 예견하고 있었다.

디디온이 "좋은 것, 아름다운 것, 값비싼 것"의 매력을 찬양하는 동안, 좌파 유대인에 노동 분야 저널리스트이자 세 아이의 엄마였던 또 다른 인물은 미국 여성들의 평범한 일상생활을 탐구하고 있었다. 이 미국 여성들에는 자신이 행복하다고 생각하는 가정주부들뿐만 아니라 자신이 교외 지역 그리고 더 넓은 의미에서는 아메리칸드림의 포로가 되어 있다고 여기는 많은 여성들도 포함되어 있었다. 스미스대학교 최우등 졸업생 베티 골드스타인 프리단은 동문들을 대상으로 그들의 가정과 노동 환경에 대한 논평을 부탁하는 설문지를 돌렸다. 그때가 1957년이었다.

프리단은 여성 월간지 〈매콜스〉의 청탁을 받아 "『현대 여성: 잃어버린 성』의 내용을 반박하고, 여성으로서의 역할 면에서 미국 여성들을 좌절하게 만든 것이 교육이 아니라는 점을 입증하는 이 주요 잡지의 기사 작성을 위해" 스미스대학교 동문들을 활용했다.[62] 파넘과 런드버그가 확실히 틀렸던 것이다. 그녀는 "교육이 분명 우리를 더 나은 아내와 어머니로 만들었다"고 생각했다.[63] 하지만 그녀가 알게 된 사실은 깜짝 놀랄 만한 것이었다. 설문지 응답자들은 연이어서 덫에 갇힌 듯한 가정생활에 대해 불평했고, 권태감과 심지어 절망감까지 느낀다고 증언했다. 이런 광범위한 증거에 근거하여 (대학에서 심리학을 전공한) 프리단은 파넘과 런드버그뿐만 아니라 그들의 사상의 뿌리였던 프로이트의 이론까지 공격했고, 프로이트가 젠더 이슈 면에서 "자기 시대의 포로"였다고 선언했으며, 미국의 어머니와 가정주부를 위한 제대군인원호법 같은 법안을 처방하며 그들의 폭넓은 불만을 목록화했다.[64]

프리단은 좌파 아웃사이더이긴 했지만 백인 중산층 독자를 타깃으로 삼았으며, 플라스가 싣고 싶어했던 것과 같은 여성 '대중 잡지'에 글을 발표하고 싶어했다. 또 매카시즘의 종식 국면을 걱정하면서도 자신의 정치적 입장은 비밀로 묻어두었다. 그러나 그녀는 고백의 시기가 도래하자 자신이 다룬 주제와 자신의 개인적 관계를 설명하기도 했다. "나는 공포의 반작용 때문에 (미래가 없다는 생각이 들어) 고통받았고 내게 개성이 없다는 느낌이 들어 고통받았다. 다른 여자들이 나를 그렇게 묘사했다지."[65] 그녀의 글에는 어떤 분노가 담겨 있는데, 이는 널리 알려진 대로 나중에 그녀가 페미니스트 운동가 그룹과 잘 지내기 힘들었던 이유이기도 하다. 그룹의 실질적인 창립자 역할을 했는데도 말이다.

〈매콜스〉가 그녀의 글 게재를 거부했던 것은 아마 그 내용이 너무 격렬했기 때문일 것이다. 〈홈 저널〉이나 〈마드무아젤〉, 〈레드북〉 같은 잡지도 거절한 것은 마찬가지였다. 그러나 그녀는 침묵을 거부했고, 기사 형태의 그 글을 개작해 단행본으로 출간하자는 제안을 하며 출판권을 W. W. 노턴 출판사에 팔았다. 1963년 『여성성의 신화』 초판 3000부가 출간되자 곧바로 독자들의 공감을 불러일으키면서 놀랍게도 서점에서 날개 돋친 듯 팔렸다. 그러나 프리단은 불만 사항들을 억지로 만들어내 기록한 사람도, 그런 사실을 최초로 탐구한 사람도 아니었다. 그녀 스스로 밝혔듯이, "덫에 갇힌 가정주부"라는 주제는 〈라이프〉와 〈뉴스위크〉 같은 잡지들이나 〈뉴욕 타임스〉에 거듭 등장하는 주제였다. 당시 한 평론가는 이런 공표까지 했다. "프로이트에서 냉장고까지, 소포클레스에서 소아과 의사 스폭까지 이르는 길은 울퉁불퉁한 험로였음이 밝혀졌다."[66]

정말로 그랬다. 프리단의 주장처럼 "1960년, 이름 붙일 수 없는 문제가 미국의 행복한 가정주부라는 이미지를 뚫고 부글부글 끓어넘치고 있었다."[67]

2부

춤을 열광하는 1960년대

3장
분노에 찬 세 목소리

1960년대로 들어설 때 1950년대는 그 시대의 성격을 계속해서 잘 유지하고 있었다. 물론 한 가지 극적인 공적 변화가 있기는 했다. 젊은 존 F. 케네디와 그의 우아한 아내가 백악관의 아버지 같은 아이젠하워와 다소 세련되지 못한 그의 아내 메이미를 대신하게 된 것이다. 그러나 존 F. 케네디와 재키는 새로운 시대의 대표자로서 1950년대가 욕망했던 모든 것의 아이콘처럼 보일 수도 있었다. 부유하고 지적인 남편과 매력적인 '사교계 인사' 아내로 말이다. 아이젠하워 부부는 말하자면 1940년대의 유물이었다.

메이미는 국빈 만찬 때 〈굿 하우스키핑〉에서 그대로 가져온 미국식 식사를 차려냈다. 그리스 국왕과 왕비를 위한 연회 때는 다른 여러 가지 남부풍 특별요리 중에서도 "새우 칵테일, 짭짤한 크래커, 연한 셀러리, 치즈 소스를 곁들인 송어, 양배추 샐러드, 보스턴 브라운 샌드위치, 화이트 와인, 스페인 쌀을 채운 왕관 모양 양고기 구이”와 “얼린 레몬을 넣은 다이아몬드 모양 쿠기” 등을 대접했다. 이와 대조적으로 재키가 모나코의 그레이스 켈리 왕자비와 라이너 왕자를 위해 주관했던 점심 메뉴는 샤넬 원피스처럼 세련된 것이었다. 먼저 “아몬드를 곁들인 부드러운 껍질의 게, 1958년산 풀리니몽라셰 화이트 와인”이 나왔고, 그다음에는 “봄 채소를 곁들인 양고기 꼬치, 1955년산 샤토 크로통 그랭시 와인, 미모사 샐러드, 1952년산 동 페리뇽 샴페인”이 나왔으며, 디저트로 “로마노프 딸기, 구움 과자, 에스프레소”가 나왔다.(오래되고 평범한 ‘화이트 와인’이 1958년산 풀리니몽라셰 와인으로 바뀐 것을 주목하라.)[1]

재키는 자신이 지닌 매력을 휘두르지 않는 착실하고 가정적인 인물이었으며, 두 자녀와 함께하며 촬영에 딱 맞는 모성애를 보여주었다. 그녀는 전국의 관중에게 여성성의 신화를 연기하며 숨소리 섞인 특유의 목소리로 대통령의 아내가 할 일은 “대통령을 보살피는 것”이라고 밝히기도 했다.[2] 이 대통령이 지독한 난봉꾼이었다는 사실(그리고 그의 사려 깊은 아내도 그걸 잘 알고 있었다는 사실)은 당시 이들 부부의 대다수 팬이 미처 파악하지 못했던 사항이었다. 퍼스트레이디 초기 시절 그녀가 스스로에게 부과한 임무는 평범한 가정주부들이 마주할 법한 임무보다 더 야심찬 (이를테면 백악관 전체의 실내장식을 새로 하는 일 같은) 것이었지만, 역시 적절히 가정적인 것이었다.

재키는 텔레비전 유명 인사 찰스 콜링우드를 이끌고 백악관 방들을 돌아다니며 그 결과물을 자랑했다. 그녀는 백악관이 노후화돼서 거의 "호텔"처럼 보일 지경이었다고 설명하면서, "국가 만찬장의 유리 제품까지 교체해야 했다"고 토를 달았다. 주 시청자가 여성인 정교하게 연출된 이 프로그램은 무려 8000만 명의 시청자를 사로잡았다.[3] 마릴린 먼로가 몸에 착 달라붙는 가운을 걸치고 매디슨스퀘어 가든의 무대에서 재키의 목소리와 다르지 않은 숨소리 섞인 목소리로 〈생일 축하해요, 대통령 씨〉를 불렀을 때, 이 시대의 섹스 아이돌이 그 같은 찬사를 바친 것은 딱 어울리는 일인 것만 같았다. 모든 사항을 고려했을 때 존 F. 케네디는 완벽한 부부의 한쪽이었다. 재키 자신도 자신들이 백악관을 점유했던 3년이라는 짧은 세월을 화려했던 카멜롯 성의 시대로 규정했을 것이다.

그럼에도 (1950년대와 마찬가지로) 명백히 평온해 보이는 표면 아래에서 기존의 상황을 거스르는 힘들이 부글부글 끓어오르고 있었다. 1960년에 최초의 경구용 피임약 '에노비드'가 출시되었다. 전례 없는 성 혁명을 가능하게 만들 약이었다. 그런 와중에 마릴린 먼로가 낮은 목소리로 〈생일 축하해요, 대통령 씨〉를 부른 지 3개월 후인 1962년 8월 수면제 과다 복용으로 세상을 떠났다. 먼로가 세기 중반 에로티시즘의 상징이었던 것처럼 1960년대 팝아트의 상징이었던 앤디 워홀은 거의 바로 그녀를 미술 작품으로 만들어냈다. 작품 속 그녀는 대중에게 늘 보여왔던 모습이었다.[4]

1963년 2월 11일에는 실비아 플라스가 (남편과 별거하던 중에 악의에 불타서) 아이들의 침대 곁에 우유 담긴 머그잔과 빵 조각을 놓고, 아이들 방의 창문을 열고, 가스 연기가 못 들어가도록 그 방문 틈새를 막은 뒤, 아래층 부엌으로 내려가 가스 오븐을 틀었다. 그녀는 침실 책상 위에 폭탄처럼 보이는 원고를 남겨놓았다. 자살에 앞서 어머니에게 보낸 편지에서 그녀는 분노로 폭발했다. "세상에 즐거운 일이 필요하다는 이야기는 하지 마세요! (…) 제겐 행복한 결혼 생활 이야기를 듣는 것보다 사람들이 이혼한 뒤 지옥을 경험한다는 것을 아는 게 (…) 더 도움이 되니까요. 그런 행복한 결혼 생활 이야기는 〈레이디스 홈 저널〉 같은 잡지나 지껄이라고 하세요."[5]

그로부터 8일 뒤인 1963년 2월 19일에 W. W. 노턴 출판사는 프리단의 『여성성의 신화』를 출간했다. 초기의 평가는 엇갈렸지만 이 책은 2000년까지 무려 300만 부가 판매되었다. 역시 1963년에 노턴 출판사는 에이드리언 리치의 세 번째 책 『며느리의 스냅사진들』을 펴냈다. 훗날 시인 매릴린 해커는 이 시집을 "젊은 반항아가 쓴 평범한 책"이라고 말했다. 실제로 그런 책이었다.[6]

1963년 8월 28일 전국 방방곡곡에서 모인 25만 명이 워싱턴에서 행진을 벌였고, 마틴 루서 킹 주니어는 링컨기념관 앞에서서 낭랑하게 울려 퍼지는 목소리로 〈나는 꿈이 있습니다〉 연설을 했다. 그보다 몇 달 앞서 로레인 핸스베리는 로버트 케네디와 만나 탄식을 내뱉은 뒤 격분을 쏟아냈다. "정말 걱정입니다. (…) 버밍햄에서 백인 경찰이 흑인 여성의 목을 짓밟고 서있는 장면, 이런 장면을 카메라로 찍어대는 이 문명 상태 말입니다."[7] 두 달 뒤 존 F. 케네디가 설립하고 엘리너 루스벨트가 1962년 죽기 전까지 위원장을 맡았던 대통령 직속 여성지위조사위원회에서는 '미국의 여성들'이라는 제목의 보고서를 발간했다. 해방되었다고 여겨지는 사회에서 여성들이 직면한 수많은 불평등에 주목한 내용이었다.

1963년 11월 22일에는 존 F. 케네디가 자동차를 타고 댈러스의 다운타운을 통과하는 도중 암살당했다. 마릴린 먼로 때와 마찬가지로 앤디 워홀은 거의 즉각적으로 재키를 미술 작품의 소재로 삼았다. 〈재키의 스무 가지 모습〉(1964)에서 워홀은 남편의 장례식장에서 한 정복 경호원 앞에 선 채 침울하게 눈을 내리뜨고 있는 그녀의 얼굴을 포착했다.[8]

품위 있는 로맨스를 꿈꾸었던 1950년대는 끝났다. 먼로와 존 F. 케네디, 실비아 플라스 휴스가 세상을 떠났듯이. 개인사에 묻혀 있던 플라스가 남긴 초기 페미니즘적 시들은 그녀의 동시대인이었던 에이드리언 리치가 가부장제에 반대하며 표현한 항의와 니나 시몬이 노래했던 항변을 예고한다. 두 사람은 민권운동의 에너지를 여성 문제 쪽으로 튼 이들이었다.

날아오르는 『에어리얼』, 절망에 빠진 플라스

실비아 플라스 휴스는 죽었지만 실비아 플라스는 확실히 여전히 살아 있다. 테드 휴스가 죽은 아내의 책상 위에 놓인 원고를 본 뒤 예감했듯이, 『에어리얼』이 그렇게 되게 해줄 것이었다.

두 사람의 결혼은 불행이 연달아 찾아오는 가운데 깨지고 있었다. 플라스가 1950년대의 가르침대로 "보금자리" 같은 가정

을 지키려고 온갖 노력을 다했음에도 그랬다. 딸 프리다가 태어
난 뒤 이들 부부는 더 넓은 공간을 찾아다녔고 마침내 목가적인
시골집을 찾아냈다. 데본주에 있는 13세기풍 초가집 '코트그린'
이었다. 요크셔에서 자란 시골 출신 남자 휴스는 그곳의 땅과
과수원, 역사에 마음이 끌렸다. 플라스는 확신이 덜했지만 가정
생활과 시작詩作 생활에서 성취를 이루고 싶은 충동이 그녀에게
자신감을 불어넣었다. 그런 곳에서라면 자신이 원하는 다섯 아
이를 키울 수 있고 아침을 오래된 묘지와 마주한 서재에서 보
낼 수 있으리라고 믿었던 것이다. 요리, 정원 가꾸기, 글쓰기—
그녀는 영국의 역사를 물려받게 될 것이었다. 남편은 이미 물려
받은 그 역사를 말이다. 이 두 시인과 그들의 어린 딸은 1961년
여름 코트그린으로 이사했고 이후 14개월이라는 짧은 세월 동
안 그곳에서 함께 살았다.

아침에는 휴스가 프리다를 돌봐주어서 플라스는 글을 쓸 수
있었다. 오후에는 그가 글을 썼고, 그동안 그녀는 아기와 함께
읍내 나들이를 가거나 집에 달 커튼을 바느질했다. 1962년 1월
17일, 그녀는 아들 니컬러스를 낳았다. 처음에는 놀랄 정도로
"파랗고 반짝반짝 빛나는" 모습이었고, 나중에는 "잘생긴 남자
아이의 머리"를 지니게 되는 아이였다. 일기에 상세히 기록했
듯이 그녀는 고된 노동이 끝난 뒤면 세상이 "진실과 약속으로
가득 찬 크리스마스이브처럼 느껴졌다"고 말했다.[9]

정말로 플라스에게 두 아이의 출생은 개인적으로도 시 창작
면에서도 선물이었다. 그녀는 모더니즘 전통과 결별하고 아이
들에게 강렬한 모성애를 전하는 시를 쓰기 시작했다. 역사적으

로 볼 때 이는 전례 없는 일이었다. 르네상스 이후 아버지가 아들에게 쓴 시들이 있었고, 감상적인 '여류 시인'들이 죽은 아기를 애도하려고 펜을 든 적은 있었다. 그러나 플라스는 새로운 장르의 작품을 창작했다. 시집 『에어리얼』이 딸 프리다를 위한 아름다운 새벽 시 「아침의 노래」로 시작하는 것도 다분히 의도적인 것이었다. "사랑이 너를 멋진 금시계처럼 곰지락거리게 했단다"로 시작하는 이 시는 동틀 무렵 엄마가 아기를 보살피는 해묵은 장면을 묘사하면서, 성적인 사랑이 아니라 엄마의 사랑을 찬양한다.

> 울음소리가 들리면, 나는 침대에서 비틀거린단다,
> 소처럼 무거운 마음으로 꽃처럼 가볍게
> 빅토리아풍 잠옷을 입고.
> 네 입은 고양이 입처럼 깨끗하게 벌어지는구나.[10]

그녀는 뒤에 나오는 또 다른 육아 관련 시 「닉과 촛대」에서 아이를 먹이기 위해 한밤중에 깼던 일을 기록하는데, 이런 사랑스러운 장면에 고통으로 가득한 세상을 배경으로 덧붙이기도 한다. 그녀는 세상이 핵전쟁으로 인한 파멸 가능성이 "맑은 피가 피어나는" 아기의 머리 위에 드리워진 곳이라면서, "고통 / 네가 깨닫게 될 고통은 네 것이 아니란다"라고 말한다.[11]

"크리스마스이브"의 한 장면처럼 "진실과 약속으로 가득 찬" 것 같았던 분위기는 니컬러스가 태어난 지 몇 달 만에 허물어지고 말았다. 멋진 순간(이를테면 이 두 시인 부부가 묘사한 적이 있듯이 코트그린의 정원에 수많은 수선화가 활짝 피어나던 순간)들도 있었지만 시골 생활의 외로움이 몰려왔고 오래된 영지에 위치한 집을 난방장치나 현대식 부엌도 없이 관리하면서 두 어린아이를 보살피는 고된 일까지 더해지자 이들 부부는 지쳐갔다. 그녀는 어머니에게 이렇게 써 보내기도 했다. "산더미처럼 쌓인 기저귀와 아이들의 요구에 묻혀 우리는 서로의 얼굴도 좀처럼 못 보고 살아요."¹² 그들에게 닥쳐올 1962년 여름의 멜로드라마는 아직 시작하기도 전이었는데 결혼 생활은 이미 닳아 해지고 있었다.

이후에 일어난 이야기는 20세기 시사詩史 연구자들에게 잘 알려져 있다. 휴스가 재임대해준 런던 아파트에 살던 아시아 웨빌과 데이비드 웨빌이 주말을 보내러 그들의 집으로 찾아왔다는 이야기, 그때 이미 매혹적인 아시아가 한 친구에게 "테드를 유혹할" 계획을 털어놓았다는 이야기.(실비아의 부엌 달력에는 그녀가 그날 밤 만찬을 위해 쇠고기 스튜와 생강 빵을 대접했다고 적혀 있다.) 테드가 아시아를 보자마자 푹 빠져버렸다는 이야기. 실비아가, 그녀의 남편이 "살인 광선"이라 표현한 바 있는 그녀만의 직감으로, 뭔가 잘못되어가고 있다는 사실을 알아차렸다는 이야기. 테드가 아시아에게 연애편지를 보냈고, 아시아가 상징적이게도 봉투에 나뭇잎 하나를 넣어 긍정적으로 답했다는 이야기. 두 연인이 만나 여러 호텔을 전전하며 에로틱한 잠자리를 가졌다는 이야기. 아시아가 남자 목소리를 흉내 내며 테드에게 전화했는데, 실비아가 먼저 받아서 벽에 걸린 검은색 전화기를 전화선이 뽑힐 정도로 부수어버렸고, 몇 달 동안 전화를 연결할 수 없었다는 이야기. 한 달간 지내러 와 있던 그녀의 어머니에게 그들 부부의 불화를 너무 많이 보여주어서 실비아가 진저리를 쳤다는 이야기. 그녀가 테드를 강제로 쫓아냈지만 사실은 다시 돌아오기를 바랐다는 이야기. 부모가 눈물 흘리는 모습을 목격한 프리다가 "엄마도 슬프고 아빠도 슬픈 거죠!"[13]라고 소리쳤다는 이야기 등등.

1962년 8월 테드는 런던으로 떠났다. 10월에 코트그린을 영원히 떠나기에 앞서 친구들의 도움을 얻어 거주할 집을 찾아 다닐 생각이었다. 실비아는 어린 두 아이와 커다란 집, 정원, 그리고 "자욱한 잿빛 짙은 안개 속에서 / 황금빛 둥근 과실들을 매달고 있는 / 일흔 그루의 나무들"[14]과 함께 데본주에 머물렀다. 버려진 채 불면증에 시달리던 그녀는 잠들기 위해 수면제에 의존해야 했고 그러다 새벽 5시에 깨곤 했는데, 약효가 떨어지면 곧장 자신의 책상(테드와 그의 동생 위런이 그녀를 위해 만들어준 반들반들한 느릅나무 널빤지 책상)으로 가서 『에어리얼』로 묶이게 될 시들을 쓰기 시작했다. 그녀는 어머니에게 "어떻게 해서든 매일 아침 식사 전에 한 편은 해치웠다"고 썼다. "전부 시집에 실을 시들이죠. 끔찍한 내용이에요. 그동안의 가정생활이 나를 질식시킨 것 같았으니까요."[15]

그녀는 그전까지의 모습을 유지하기도 했고 그렇지 못하기도 했다. 여전히 부엌 달력에 식사 내용을 꼼꼼히 기록했고 양봉을 했고 요리를 했고 엄마 노릇을 했다. 하지만 이때부터 승마 수업을 받으면서 다른 대안들도 궁리하기 시작했다—아일랜드로 갈까? 스페인으로? 런던으로? 그녀는 미친 듯이 보모를 찾았고 어머니와 남동생에게 자신이 얼마나 불안한지 털어놓았다. 하지만 그런 지독한 불안감에도 불구하고 (혹은 아마도 더 정확하게는 그런 불안감 때문에) 그때 그 "닭이 울기 전 고요하고 푸르스름하고 거의 영원과도 같은 새벽 시간에"[16] 놀라운 시들을 속속 써냈다. 우유병들을 정리하는 우유 배달부 소리가 잔잔한 음악처럼 들려오기도 전인 이른 시간이었다.

이제 그 시들은 잘 다듬어진 새로운 자아, 지면 위에서 구축된 자아를 자랑하는 작품들이었다. 그렇게 새로 창조된 지면 위의 자아는 의미심장하게도 페미니스트였다. 저자가 시몬 드 보부아르를 읽어보지 못한 사람인데도 말이다. 마침내 그녀는 「화씨 103도의 고열」부터 「에어리얼」, 「레이디 라자로」, 「벌침」에 이르기까지 이어지는 시들에서 해묵은 스테레오타입을 벗어던졌다. 특히 휴스가 짐을 꾸리기 위해 코트그린에 들렀던 1962년 10월 6일에 쓴 마지막 작품에서, 그녀는 앞으로 양봉에 열중하겠다면서 이렇게 주장했다. "나는 꾸준히 일만 하는 일벌이 아니야 / 여러 해 동안 먼지만 먹고 살아왔어 / 내 빽빽한 털들로 접시를 닦아왔고."[17]

이것이 바로 그녀를 거의 "질식시켰던" 가정생활이었다. 코트그린의 실제 먼지 속에서뿐만 아니라 그 집의 오랜 과거라는 비유적인 먼지 속에서, 남편을 위해 가정을 꾸리고 그의 시를 대신 타이핑하고 그의 식사를 준비하고 그의 식기를 설거지하면서 들이마신 실제 먼지와 비유적인 먼지 속에서 그녀는 질식해갔다. 마침내 이제는 그러지 않겠노라고 결심했다. "내게는 되찾아야 할 자아가 있어, 여왕벌처럼."

이제 그녀는 날고 있다
그 어느 때보다 끔찍하게, 붉은
하늘의 상처처럼,
그녀를 죽인 기관차처럼—
그 웅장한 무덤, 밀랍의 집 위를 나는
붉은 혜성처럼.[18]

　웅장한 무덤. 여성들이 갇혀 있는 역사의 무덤을 말하는 걸
까? 곤충학 교수(『뒝벌과 그들의 생태』의 저자)였던 그녀의 죽
은 아버지가 어쩐지 여전히 살아 있는 것 같은, 그녀의 상상 속
웅장한 무덤일까? 그녀가 여덟 살 때 죽은 아버지인데도? 밀랍
의 집은 또 어떤가. 실제 벌집을 가리키는 것에 더해, 〈레이디스
홈 저널〉의 지면 속에서 영원히 손짓하며 유혹하는 1950년대
의 가정생활이라는 가짜 집을 가리키는 것은 아닐까? 혹은 코
트그린 그 자체, 남편이 런던에서 자신의 정부와 문우文友들과
신나게 나다니던 동안 그녀가 두 아이와 함께 생매장당했던 그
영국 역사의 환상이라는 바로 그곳일까?
　일주일 뒤인 1962년 10월 12일 플라스는 「아빠」를 썼다. 아
마 그녀의 시 중에서 가장 유명한 작품일 것이다. 누가 봐도 노
골적이면서도 동요처럼 활기가 넘치는 이 작품에 대해 저자인
그녀는 시작 부분에 음울한 맛은 있지만 재미있는 내용이라고
생각했다. 시를 쓰고 난 직후 그녀가 친구에게 읽어주자 둘은
한바탕 웃음을 터뜨린다.[19] 실제로 「아빠」는 플라스가 프리다에
게 자주 읽어주던 유의 동요를 고쳐 쓴 작품이고 희극시를 고쳐

쓴 것이기도 하다. 하지만 동시에 이 시는 놀라운 문학적 재능을 통해 전달된 페미니즘 이론이고, 플라스가 자신의 짧은 생애 가운데 창작한 주요작이며, 그 자체만으로 플라스의 동시대인인 에이드리언 리치의 저술과 케이트 밀릿의 저술(1970년에 출간된 『성 정치학』)을 예견케 하는 작품이다.

이 시가 미국에서 맨 처음 발표되었을 때 일부 독자들은 분명이 시를 시인의 죽은 아버지 (그녀가 겨우 여덟 살 때 괴저병으로 사망한) 오토 플라스에 대한 개인적 공격으로 읽었고, 그보다 적은 독자들은 남편 테드 휴스에 대한 공격으로 읽었다. 독일 태생의 "아빠"를 나치당원으로 그리고 그의 딸을 "조금은 유대인인 사람"으로 등장시키면서 플라스는 작품 내내 히틀러가 지배한 독일 이미지를 실에 꿰듯 배치했다. "다하우, 아우슈비츠, 벨젠, (…) 당신의 독일 공군, (…) 기갑부대 병사 (…) 신이 아닌 독일군의 만卍자 문상 / 너무 검어 하늘도 뚫고 들어길 수 없는."[20] 그녀는 BBC 방송국에서 낭송하기 전 자신의 이 작품이 "엘렉트라 콤플렉스를 지닌 한 소녀가 이야기하는 시"라고 설명했다.[21] 그러나 특히 그녀의 첫 미국 독자들은 전혀 그렇게 생각하지 않았다. 「아빠」가 『에어리얼』에 수록되었을 때 비평가들은 유독 이 시만 들먹이며 플라스가 사실상 자기 아버지를 나치당원이었다고 비난하고 있다며 격렬한 비판을 쏟아냈다.

사실 플라스는 시 전체에서 내내 뛰어난 재기를 발휘하면서 그녀의 생물학적 아버지를 가부장적 아버지, 하느님 아버지, 독일 총통, 그리고 궁극적으로는 검은색 재킷을 입은 그녀의 남편 테드 휴스와 융합시킨다. 여성이 가부장제 문화에서 겪는 (가끔은 자의에 의한) 굴종에 대해 분석하면서("모든 여성은 파시스트를 숭배한다죠 / 군화로 얼굴을 짓밟는, 짐승 / 당신 같은 짐승의 심장을 지닌"), 그녀는 "아빠의" 끔찍한 질서에 반발하며 일으킨 반항을 기술하고, 어린 시절을 되돌아보는 동시에 그 시절에 생기를 불어넣는 반항을 기술한다.

우선 그녀는 자신이 "가엾고 하얗게 질린 모습으로 / 감히 숨을 내쉬거나 '에취' 하는 기침조차 못 내뱉는" 그저 발에 불과한 존재였던 시절을 기억해낸다. 아빠의 딸은 자신의 존재를 아버지의 까만 구두에 무기력하게 넣어진 신체의 일부로 경험한다. 더욱 나쁘게도 그녀는 그가 사용하는 언어의 가장 기초적인 단어들조차 말할 수 없던 자신의 무능함을 떠올린다. "혀가 가시철조망이라는 덫에 옴짝달싹 못 하고 걸렸답니다 / 이히Ich, 이히, 이히, 이히." 화자는 '나'를 가리키는 가장 간단한 독일어 단어조차 발음하기 어려워하는 "나"가 되었는데, 이 말은 영어로 '역겹다icky'는 말이기도 하다.[22] 게다가 "이히, 이히, 이히, 이히"라고 반복적으로 세차게 두드리는 듯한 리듬은 나치 병사가 다리를 곧게 뻗어 올리면서 지면을 가로질러 가는 것만 같다.

그러나 이 시는 양가적으로 뻗어나간다. 분노에 찬 화자는 실제로 아버지가 세상을 떠나면서 그에게 버려지고 암묵적으로 하느님 아버지에게도 버려졌는데도 (플라스 자신이 스무 살 나이에 자살을 시도했던 것처럼) 화자는 죽어서 "당신에게 돌아가려고, 돌아가려고, 돌아가려고" 노력했다고 고백하기 때문이다. 다행히 구조되었을 때("사람들이 저를 침대에서 끌어냈어요 / 그리고 힘을 합쳐 접착제로 꼼짝 못 하게 만들었고요")

그녀가 의지할 유일한 수단은 "당신을 닮은 사람을 찾는 일"이었다. 그 사람은 바로 파시스트적인 카리스마가 넘치는 가부장적 아버지의 매력을 그대로 복제한 남편, "대리석처럼 무거운"[23] 명령에 딸로서 속박되어야 했던 상황을 되살리는 남편을 말한다.

그러다 마지막에 가서 플라스는 (혹은 "아빠의 딸"이라고 해둘까?) 위압적인 "아빠"와 흡혈귀 같은 존재이자 아빠의 복제물인 남편 모두에 대해 다시 상상한다. 그 흡혈귀는 브램 스토커의 소설에서 (그리고 많은 유명 영화들에서) 트란실바니아 마을 사람들이 드라큘라를 죽인 것과 같은 방식으로 죽여야 한다.

> 당신의 살찐 검은 심장에 말뚝이 박혔어요
> 마을 사람들은 당신을 결코 좋아하지 않았어요,
> 그들은 춤을 추었고 당신을 짓밟았어요.
> 그들은 그게 당신이라는 걸 내내 알고 있었어요.
> 아빠, 아빠, 이 나쁜 인간, 이제야 끝이 났네요.[24]

어떤 면에서 이 시는 플라스에게 워낙 의미 깊은 작품인지라 그녀는 자신의 새 시집 원고 제목을 '아빠'로 할 생각까지 품을 정도였다.

결국 휴스는 런던으로 떠났다. 플라스의 승마 기술은 향상되었고, 그녀는 '에어리얼'이라는 말을 타고 천천히 들판을 가로지르며 이른 아침 시간을 보냈다. 그녀는 해방감을 주는 에어리얼의 속도를 한 편의 눈부신 시로 찬양했다. '에어리얼'이라는 제목을 붙인 시의 도입 부분에서 그녀와 말은 동트기 직전의 어둠에 싸여 들판 가장자리에 서 있다. 하지만 그들의 "정지 상태"는 해가 떠오르는 방향으로 질주하며 즉각 깨지고, 그녀와 말은 속도를 내고 달려가며 한몸으로 녹아든다. 마침내 오르가슴 같은 절정의 순간이 다가오면서 이 질주는 그녀를 과거에서 해방시킨다. 그녀는 쏘아올린 화살처럼 떠오르는 태양을 향해 뛰어들며 "새하얀 / 고다이바 부인●"처럼 "죽은 손들, 죽은 속박들을 / 벗어던진다." 이때 이 태양은 "붉은 / 눈"이기도 하고 (이글이글 타오르는 신의 눈을 닮았을까?) "아침morning의 용광로", 새날의 강렬한 햇살에 돌돌 감겨 끓어오르는 천상의 솥단지이기도 하다.[25]

그렇다면 그녀는 아침이 밝아오는 시간에 부활하기 위해 질주하고 있는 것일까? 하지만 마지막 구절의 발음은 어떻게 된 것일까? 그 구절은 "애도mourning의 용광로"로 잘못 읽힐 수도 있지 않을까? 사실 그녀는 이 시에서 이슬이 태양을 향해 "자살하듯" 휘날려간다고 적었다. 그녀가 자신이 다가가고 있는 태양의 열기에 증발할 운명에 처한 이슬방울이라는 소리일까? 아니면 스스로 밝히고 있듯이 과녁을 찾는 "화살"이라는 소리일까?[26] 이 최후의 작품들 속에서 허풍과 절망감이 강렬하게 교차하고 있다는 점을 감안한다면 그 판단은 쉽지 않다.

이러나저러나 에어리얼이라는 이름은 그녀에게 극히 중요했

● 11세기 영국 코번트리의 백작 부인. 알몸으로 말을 타고 읍내를 돌아다니면 주민들의 세금을 면해준다는 남편의 약속을 믿고 그대로 실행했다.

다. 에어리얼이라는 이름의 주도적인 요정이 등장하는 『템페스트』에서 셰익스피어는 아버지와 딸의 사랑을 탐구했는데, 그녀는 이 사실에 늘 사로잡혀 있었다. 히브리어 '아리엘Ariel'이 '신의 암사자'를 의미한다는 것도 알고 있었다. 쓸쓸했던 2월 아침 그녀가 책상에 놓아두었던 원고의 팩시밀리 모사본을 보면 두 제목을 두고 그녀가 얼마나 오락가락했는지를 알 수 있다. 하나는 '아빠'라는 제목으로 소녀 시절의 의존적 상황을 (아마 분노를 품거나 웃음을 지으면서) 되돌아본다는 의미를 담았고 다른 하나는 격노한 암사자 '에어리얼'로서, 또는 가부장적인 프로스페로*로부터 자유로워져 자율적인 자아를 지닌 존재나 자발적으로 자기 희생적 존재가 된 요정으로서 미래를 향해 날아간다는 의미를 담았다.[27]

우리가 아는 것처럼 결국은 에어리얼이 아빠를 물리쳤다. 적어도 시집의 지면 위에서는 그랬다. 시인 플라스는 '아빠'를 삭제하고 '에어리얼'을 적어넣었다. 그러나 자신을 빚은 1950년대의 이데올로기와 자기 힘으로 창조해낸 1960년대의 페미니즘 사이에서 갈팡질팡하던 여성 플라스에게 제목을 선택하기란 그리 쉬운 일이 아니었다. 그녀는 12월에 런던으로 이사했고, 그곳에서 자신이 원하는 모든 동료 문인들과 어울렸고, 멋진 아파트에서 ("시인 예이츠가 살던 집이다!") 살았고, 스미스대학교 시절의 후원자 올리브 히긴스 프라우티가 선물해준 수표로 새 옷을 사 입었다. 그녀는 흥분에 겨워 쓴 마지막 편지들 중 한 통

• 『템페스트』에 나오는 주인공 마술사.

에서 "꼭 백만장자가 된 것 같다"고 어머니에게 말했다. "파란색과 하얀색이 섞인 이탈리아 피렌체산 오버블라우스와 짙은 갈색빛이 도는 이탈리아산 벨벳 셔츠, 검은색 인조 모피 투우사풍 바지, 검은색 벨벳 스트레이트 스커트, 금속 느낌이 나는 암청색 투피스 상의를 샀어요."[28]

목숨을 끊기 전 관계가 소원해진 남편과 몇 차례 만나기도 했다. 그녀의 시에 의하면, 어느 눈 내리는 저녁 남편과 소호 광장 주변을 거닐면서 그녀는 이렇게 부탁했다. "말해줘요 / 이번 여름 우리가 함께 앉아 있게 될지 / 노란 등나무 아래에서요." 그 나무는 코트그린의 정원 일부를 가려주던 장식적인 나무("금목걸이나무"라고 부르곤 했던 나무)를 말하는 것이었다.[29] 그는 그녀를 안심시키며 자신의 아파트로 데려갔는데, 그곳에서 그녀는 밤새 울며 소리를 질렀다. 그 소리가 하도 커서 위층 사람들이 좀 조용히 하라고 바닥을 쿵쿵 칠 정도였다. 그녀는 내면 어딘가에서 결혼을 상징하는 금목걸이가 끊겨졌다는 사실을 깨달았던 것이다.

다음 날 그녀는 그에게 모국을 떠나라고, 자신은 혼자 있기를 원한다고 말했다.

2월 4일, 그녀는 자신을 담당하던 미국 출신 정신과 의사에게 "갑자기 고통이 엄습하고 자포자기하는 심정이 되면서, 그래 좋아, 그가 집과 아이들을 다 독차지하라고 하지 뭐, 나는 그냥 죽어버리고, 그러면 모든 게 다 끝나는 거야, 하는 마음이 들었다"[30]는 내용의 편지를 썼다. 일주일 후, 마치 "아빠"의 세계("다하우, 아우슈비츠, 벨젠"의 세계)에 합류라도 하듯 그녀는

가스 오븐에 머리를 들이밀고 가스를 켰고, 들어가기 싫어서 그
토록 열심히 발버둥치던 역사 속으로 들어가고 말았다.

문화의 며느리 에이드리언 리치

딸이 죽고 나서 10년 이상의 시간이 지났을 때 실비아 플라
스의 어머니 오럴리아 쇼버 플라스는 실비아가 스미스대학교에
입학했을 때부터 가족들과 주고받은 다정한 편지들을 신중하게
선별해 모음집 형태로 엮었다. 「아빠」의 작가가 실은 사후에 발
표된 그녀의 시들이 암시하는 것보다 더 행복한 어린 시절을 보
냈다는 것을 증명하려는 노력의 일환이었다. 이 편지 모음집이
『실비아 플라스가 집으로 보낸 편지』라는 책으로 출간되었을
때, 뒤표지에는 강렬하고도 호의적인 단평이 실렸다. 플라스와
동시대인이었던 에이드리언 리치가 쓴 세 문장짜리 글이었다.
"이제 젊은 여성 작가들은 마침내 실비아 플라스 내면에 있는
명백한 자기 파괴자와의 동일시를 멈출 수 있게 되었으며, 무시
할 수 없던 힘에 대해 이해하기 시작했다. 이 편지들을 통해 만
나게 되는 인물은 생존자(작가가 된다는 것은 규율, 지칠 줄 모
르는 헌신, 고된 작업에 대한 열정을 의미한다는 것을 알고 있
던 생존자)다. 모든 이야기가 다 담긴 것은 아니지만 여기 이 편
지들 속에서 드러나는 인물은 신화적인 여성 작가가 아니라 실
체를 지닌 여성 작가다."

항상 예리한 통찰력을 지닌 독자였던 리치는 플라스의 편지

들 속에서 그 안에 담긴 내용뿐만 아니라 삭제된 내용까지 간파해냈으며, 플라스의 "무시할 수 없는" 힘뿐만 아니라 마음속 깊이 결혼에 대한 꿈의 파멸을 딛고 일어서기를 바랐던 내부의 힘까지 간파해냈다. 리치가 이런 개인적이고 문화적인 원동력을 이해할 수 있었던 것은, 그 힘이 바로 그녀 자신의 커리어에도 어린 시절부터 쭉 활기를 불어넣어준 힘이었기 때문이다.

플라스보다 몇 년 앞선 1929년에 태어난 리치도 학자 집안에서 성장했다. 플라스의 가정보다 더 부유했고, 고군분투하던 과부 어머니 대신 양친이 다 있는 집안이라는 차이는 있었지만 말이다. 그녀의 아버지 아널드 리치는 비종교적인 유대인으로 저명한 의학 교수였으며, 어머니는 콘서트 피아니스트 교육을 받은 사람이었다. 착실한 자녀였던 리치는 몇 년 동안 홈스쿨링을 받았다. 어머니는 바흐와 모차르트를 가르쳐주었고, 아버지는 한층 억압적으로 그녀와 여동생에게 매일 문학 숙제를 내주었다. 하지만 순종적인 것처럼 보였던 태도의 이면에는 반항기가 꿈틀대고 있었다. 아버지가 볼 때 그녀는 "만족스러우리만큼 조숙한" 아이였지만, 래드클리프대학교에서 공부를 시작할 때쯤에는 플라스처럼 "뭔가 더 원대한 (…) 일을 모색하고" 있었다.[31] 그녀가 감당해야 했던 힘은 무엇이었을까? 플라스의 경우처럼, 그것은 여성의 예절은 물론 작가의 예의를 설교하던 1950년대의 원동력이었다.

실제로 리치의 초기 작품은 플라스의 대다수 작품처럼 능숙하게 지어졌지만 종종 모호하며, 당시 유행하던 방식처럼 겉만 번지르르하고 비개성적이다. 그녀는 스물한 살 때 첫 시집 『세상 바꾸기』로 '예일 젊은시인상'을 수상했다. 이 상은 플라스가 염원해온, 하지만 결실을 거두지 못했던 상이었다. 거장 W. H. 오든이 쓴 그녀의 시집 서문은 '여성성의 신화'가 특징인 시대에 놀랄 만큼 적절한 내용이었다. 오든은 리치의 시들이 "단정하고 얌전하게 옷을 차려입고, 조용하지만 웅얼거리지 않고 말하며, 선배 시인들을 존경하면서도 그들에게 겁먹지 않고 있다"고 밝혔다.[32] 몇 년 뒤 그녀의 다음 시집『다이아몬드 세공사들』에 대한 진부한 글에서 랜들 재럴도 이와 비슷하게 잘난 체하는 어조로 발언했는데, 그는 이 시집의 저자가 "우리에게 마치 동화 속 공주 비슷한 존재"처럼 보인다고 했다.[33] 맞다. 리치는 교수였던 아버지의 마음에 들기 위해 나중에 그녀가 "칭찬받은 공들인 시행들"이라고 말하게 되는 "단정하고 얌전하게 옷을 차려입은" 시들을 실제로 썼다.[34]

이 공주-시인이 벌인 첫 번째 반항은 율법을 준수하는 유대인 가정 출신 "대학원생 이혼남"과 결혼하는 것이었다.[35] (그녀의 부모는 하버드대학교 힐렐하우스에서 열린 결혼식 참석을 거부할 정도로 심하게 반대했다.) 그런 다음 그녀는 "현대적이고 모호하고 비관적인 시를" 쓰기 시작했고 끝내 "임신이라는 마지막 만용"을 부렸다.[36] 1958년 하버드대학교를 방문했던 실비아 플라스는 리치에 대해 오든과 재럴, 그리고 아마도 리치의 아버지조차 파악하지 못했을 사실을 간파했다. 플라스는 자신의 일기에 다소의 존경심을 담아 리치가 "선명하기 이를 데 없는 짧고 까만 머리와 반짝이는 큰 눈의 소유자로 튤립처럼 빨간 우산을 들고 있었으며, 정직하고 솔직 담백하고 더 정확히 말하면 독선적이다"라고 묘사했다.(강조는 우리가 한 것이다.)[37] 동시에 플라스는 이 동년배에게 격렬한 경쟁의식을 느끼기도 했다. 그녀가 자신의 충동과 재능을 공유한 자기 세대의 유일한 여성이라고 제대로 알아보았던 것이다. "누가 라이벌일까?" 플라스는 일기 속에서 자문한 적이 있었다. 그녀는 "아마 가장 근접한 사람은 에이드리언 리치일 것"이라고 자답했다.[38]

"임신이라는 마지막 만용"으로 돌아가자. 리치는 하버드에서 교편을 잡게 되는 경제학과 대학원생 앨프리드 콘래드와 1953년 결혼했고 곧 아들 셋을 낳았다. 하지만 훗날 그녀는 "엄마가 된 일이 나를 급진적인 사람으로 만들었다"고 밝혔다.[39] 야심 찬 논문집 『여자로 태어난: 경험과 제도로서의 모성애』(1976)에서 그녀는 플라스가 미화했던 가정생활이 자신의 경우에는 자신을 고갈시키고 우울하게 만든다고 고백했다. 한동안 가정생활에 대한 분석을 피하던 그녀는 처음으로 돌파구적인 페미니즘 시 「며느리의 스냅사진들」을 쓰기 시작했다. 1958년부터 1960년까지, 2년이 걸린 시였다. 그녀는 이 시에 대해 이렇게 기억했다. "조금씩 단편적으로 썼다. (…) 당시 나는 지속적으로 무슨 일을 한다는 것을 포기하고 있었다. 하지만 이 시의 조각들과 부분들이 공통의 생각과 공통의 주제를 담고 있다고 느끼기 시작했다. 그런 주제는 더 예전이었다면 종이에 쓰고 싶지 않았을 것이다. 시란 응당 '여성과 무관한' '보편적' 성격을 지녀야 한다고 배웠기 때문이다."[40]

부분들로 나뉘어 발표되긴 했지만 (결국은 '연작시'다) 이 시는 (그녀가 학부생 때 집중적으로 공부했던) T. S. 엘리엇이나 월리스 스티븐스의 연작시가 파편적인 시가 아니듯 파편적이지 않다. 특히 이 시는 엘리엇의 『황무지』처럼 생략이 많은 동시에 암시적이며, 중심 논의를 뒷받침하기 위해 학술적 인용문을 폭넓게 끌어온다. 또 엘리엇의 「J. 앨프리드 프루프록의 연가」처럼 한 독특한 개인에 대한 초상이기도 한데, 이 시에서 그 개인은 며느리a daughter-in-law로 위치 지어진 자신에게 강요되는 속박을 못 견뎌하는 젊은 여성이다. 말하자면 누군가의 아내, 누군가의 며느리, 가부장제 문화의 '법적' 딸이라는 지위에 반항하는 젊은 여성이다. 「아빠」의 플라스처럼 리치도 사회가 자신에게 씌운 역할이 과연 무엇인지 그 정체를 파악하기 위하여, 그리고 그 역할을 초월하는 방법을 상상하기 위하여 애쓰고 있는 셈이다.

시를 시작하면서 리치는 아마 자신의 남부 출신 어머니인 듯한, 자신보다 앞선 세대 여성 한 명에게 초점을 맞추고, "한때 남부 슈리브포트의 미인"이었지만 유혹적인 젊은 시절 맛본 때 이른 승리감에서 결코 헤어나오지 못하는 그녀에게 "당신"이라고 부르며 말을 건다. 지금 이 미인은 인생의 "전성기"에 이르러 있지만 그녀의 정신은 "웨딩 케이크처럼 썩어가고 있고 / 쓸모없는 경험으로 무거워진 상태"다. 너무 오랫동안 아껴두면 "썩어버릴"[41] 위험이 항상 있는데도, 그녀는 글자 그대로 설탕에 조린 과일과 견과류까지 넣어 육중해진 웨딩 케이크 조각들을 아껴놓으려던 모양이다.

보다 넓은 의미에서 보면 웨딩 케이크라는 발상이 이 시의 주제를 말해준다. 말하자면 시의 주제는 결혼을 통한 가정생활과 여기에서 생기는 불만들, 혹은 다른 식으로 표현하자면 며느리가 된 여자들의 운명이다. 나이 많은 여성의 정신이 "단순한 사실의 / 칼날 아래 조각조각" 바스러지는 동안에도, 그녀의 반항적인 며느리는 "다른 식으로 성장한다." 열 개의 단락으로 구성된 이 연작시의 다음 번 단락에서는 부엌에 갇혀 지내는 그녀가 불화의 메신저인 "천사들"로부터 "꾸짖는" 소리를 들으면서 분노를 느낀다. 천사들은 "참고 견디지 마라. (…) 만족하지 마라. (…) 너 스스로를 구원해라. 다른 사람들이 너를 구원해줄 수 없다."[42](강조는 리치가 한 것이다.) 천사들의 이 명령은 분명 자신의 재능을 발전시켜가면서도 세 아이를 키우느라 분투했던 리치 자신의 뇌리에서 떠나지 않았던 말일 것이다. 혹시 신부가 며느리가 되었을 때 먹게 되는 역겨운 썩은 웨딩 케이크를 자신도 먹게 되는 것은 아닐까? 이런 의문을 품었던 것이 틀림없다.[43]

그 다음 여덟 개 단락은 에세이 같기도 하고 보고서 같기도 하다. 어쩌면 리치도 베티 프리단이나 시몬 드 보부아르처럼 여성의 상황을 점검하고 있었던 것 같다. 제2의 성이 된다는 것, 그리고 그 결과 가부장제 문화라는 기본법 아래에서 여성성의 신화를 묵묵히 따를 수밖에 없다는 것이 무슨 의미인지 말이다. 그녀는 세 번째 단락 첫 문장에서 "생각하는 여자는 괴물들과 함께 잔다"고 주장한다. "그녀는 자신을 꽉 물고 있는 부리가 된다." 여성은, 특히 주제넘게 생각이란 것을 하는 여성은 정말 괴물일까? 그리고 생각하는 (여자) 괴물이 되는 것이 두렵다면, 공포스럽기 짝이 없는 하피*의 부리에 꽉 물려 있다면, 우리는 그와 비슷한 자연의 별종이 될까? 이 같은 불안감을 조장하는 사회에서 여성은 서로 소원해지고 서로의 적이 되며 서로의 등 뒤에 칼을 찌르게 된다. "여성에 대한 인신 공격성 논리, 모든 낡은 칼 / 내 등에서 녹슬고 있는, / 내가 너의 등에 박아넣었어, / 나를 닮은 자, 나의 자매여."[44] 생각하는 여자들의 (그중 일부는 그녀의 독자이기도 할 것이다) 자매애에 적용되는 사항이 그녀에게도 적용될 것이다. 혹은 바로 그것을 리치는 여기에서 암시하고 있다.

「아빠」와 마찬가지로「며느리의 스냅사진들」은 마지막까지 그 자체의 비통함에 갇혀 있는 시다. 그리하여 이 시는 문화를 기록한 문서로서 대개 분노에 휩싸여 1950년대를 되돌아보면서, 그 시대의 스냅사진을 촬영하는 1960년대의 카메라 렌즈 같기도 하다. 확실히 네 번째 단락에서 리치는 "글을 쓸 때 내 삶은―장전된 총처럼―그곳 에머스트의 식료품 저장실에 서 있었다"고 한 에밀리 디킨슨에 대해 사색하는데, 그 순간이 하도 강렬해서 그녀 스스로가 카메라가 아니라 장전된 총을 들고 대상을 바라보고 있다 할 정도도.[45] 대개는 문학사에서 광범위한 인용구들을 그러모아 여성성의 신화의 규칙과 역할을 조명하고 있지만 말이다.

상냥하게 웃으면서, 상냥하게 말하면서,

● 그리스 신화에 나오는 탐욕스러운 괴물. 여자의 얼굴과 새의 몸을 하고 있다.

그녀는 자기 다리를 면도한다

석화된 매머드 상아처럼 반질반질해질 때까지.[46]

다섯 번째 단락 첫 행에 나오는 호라티우스의 인용구와 그다음 행은 중요한 데이트를 준비하는 1950년대의 여대생을 묘사한 것일 수 있는데, 이 3행짜리 연의 마지막 행은 위선적인 독자를 선사시대의 심연에 빠뜨린다. 뉴욕의 뷰티 에디터라면 이런 표현에 대해 뭐라고 말할까. 자기, 자기 정말 다리를 매머드 상아처럼 보이고 싶은 거야? 그런데 그런 여성스러운 몸치장이 선사시대 같은 고릿적인 것이라고 해서 정말로 다리가 그런 식으로 보일까?

"코리나가 류트를 치며 노래 부르지만 / 가사도 멜로디도 그녀의 것은 아니야." 이 구절은 엘리자베스 여왕 시대의 시인 토머스 캠피언의 시행에 덧댄, 리치의 분노에 찬 발언이다. 하지만 코리나가 왜 곡을 지어야 할까? 리치가 신랄하게 지적하듯이 코리나는 오직 "낭만적인 사랑"을 위해 산다. "사랑으로 속박되었다." 그렇다면 사랑이 가르쳐주는 것은 무엇일까? "자연이 며느리인 너에게 / 자신의 가계부를 보여주었을까 / 그녀의 아들들은 결코 본 적이 없는 그것을?"[47] 삶이 자신의 섹슈얼리티에 의해 형성되는 여성은 그녀의 남편이나 아들보다 더 "어머니" 자연에 가깝다는 말일까? 그리고 그런 만큼 자연계의 "가계부"를 이해하는 데 더 유리하다는 말일까?

코리나의 수동적 태도를 고려하면 그렇지는 않은 것 같다. 만약 코리나가 다음 단락에서 인용할 메리 울스턴크래프트의 말처럼 반발하고 나선다면 어떻게 되었을까? 페미니즘의 초석을 다진 이 페미니스트는 "자신이 부분적으로 이해하고 있던 대상"에 맞서 싸웠다는 이유로 "성질 사납고 헤픈 하피"로 낙인찍혔다. 이제 여성 작가들에 대한 극심한 모욕이 나온다. "글쓰기를 잘해냈다는 게 문제가 아니라, / 글쓰기를 조금이라도 시도했다는 게 문제예요." 이 말은 리치에게는 "우리의 평범한 모습"이 "과찬" 되고 있음을 의미한다. 만약 코리나가 제 손으로 짧은 시라도 짓는다면, 그녀의 남성 상대자들은 정중하게 그녀를 칭찬할 것이다. 그러나 만약 그녀가 "너무 대담하게 나서려고 한다거나 / 틀을 부수려고 한다면?" 그 보답은 "독방 감금이나 / 최루가스 공격, 소모적인 폭격"일 것이다.[48]

저자 됨과 권위의 위험성은 가정생활의 위험성에 필적한다. 며느리는 어떤 것을 선택할 수 있을까? 틀을 박살내려 한다면 그녀는 공격당할 것이다. 자신을 가둔 틀을 묵묵히 받아들인다면 그녀는 썩어갈 것이다. 「며느리의 스냅사진들」의 마지막 단락에 이르기까지 여성에게 희망은 없어 보이는데, 마지막 단락에서 정지된 카메라는 몽환적인 환상으로 대체된다. 여기에서 시인은 보부아르의 『제2의 성』 중 한 구절에 의존하며 유토피아적 구원자의 "출현"을 상상한다. 이 전례 없는 인물은 등장 여부를 "오랫동안 고민하며 꾸물거렸다"고 인정하지만, 아무튼 그 출현은 목전에 임박해 있다.

> 그녀가 바다로 뛰어드는 모습을 본다
> 가슴을 열고 시선을 흘끗 던지면서,

햇살을 받으면서

그 어떤 소년이나 헬리콥터 못지않게

아름다운 모습으로,

　　　균형을 잡고, 계속 나아가면서,

그녀의 멋진 날개는 공기마저 움찔하게 만든다.[49]

이 대목에서 (가슴이 있긴 하지만) 이 환상 속 여자가 소년이나 헬리콥터에 비유되고 있다는 점을 주목하자. 그녀는 외계인이고 양성을 모두 지녔고 SF에 나오는 인물과도 같다.

몇 년 뒤 리치는 「며느리의 스냅사진들」이 너무 문학적이고 인용에 과하게 의존한 "실패작"이라고 주장하면서, 그것이 "권위 있는 작가들을 인용하지 않고서는 써나갈 용기, 심지어 '나'라는 대명사를 사용할 용기를 찾지 못했기 때문이었다고 고백한다.(시에 등장하는 여성은 줄곧 '그녀'였다.)[50] 평론가들의 입장을 말하자면, 일찍이 그들은 그녀가 자신의 젊은 시절의 "부족함"을 부인하는 것을 보고 충격을 받았으며 이 작품이 삐걱거린다고 생각했다.[51] 그러나 「며느리의 스냅사진들」은 가부장제 문화에 카메라를 들이대고 썩어가는 케이크를 먹으면서 분노했던 며느리들의 수 세기에 초점을 맞추었다. "참고 견디지 마라. (…) 만족하지 마라. (…) 너 스스로를 구원해라. 다른 사람들이 너를 구원해줄 수 없다." 바라건대 얼음처럼 추웠던 2월의 밤 가스 오븐을 틀었던 플라스가 이 말을 할 수 있었다면.

몇 년 뒤 리치는 직접 다른 사람들을 구원하게 된다. 그녀는 1960년대 중반 가족과 함께 뉴욕으로 이사했고, 1968년 뉴욕 시립대학교의 '교육, 향상, 지식 탐색 프로그램'에서 자리를 얻어 아프리카계 미국인 학생들에게 흑인 문학을 가르쳤다. 그녀는 "킹 목사가 총에 맞은 뒤 정치 행동에 개입하고 싶어" 이런 일자리를 찾았다고 설명했다.[52] 새로 알게 된 동료 중에는 앞으로 가장 절친한 친구가 되는 흑인 작가들과 민권운동 활동가들인 토니 케이드 밤버라, 준 조던, 그리고 특별히 오드리 로드가 있었다. 또한 이 무렵 리치는 다이앤 디프리마의 연인이었던 리로이 존스의 열렬한 팬이 되기도 했다. '블루 가절*' 연작시 중 1968년 9월 29일에 써서 존스에게 바친 한 시에서 그녀는 "끔찍이도 먼 곳, 야생의 불빛 속에서 / 나는 당신의 입을 보았습니다 / 내게는 당신이 우리 모두에게 가르침을 들려주는 것 같았습니다"[53]라고 말했다.

디바 니나 시몬

남성이 주도하던 민권운동에서 시작된 항의 운동 한복판에 중요한 목소리가 나와 여성 문제를 추가했다. 고등교육을 애타게 원했지만 거부당한 한 가수의 입을 통해서였다. 1963년, 니나 시몬은 장르 분류를 거부하는 음악적 커리어의 정점에 이르러 있었다. 뛰어난 클래식 피아니스트였던 그녀는 재즈, 블루스,

---

* ghazal. 이슬람 문화권에서 기원한 정형시. 고정된 수의 연과 반복적인 라임을 특징으로 하며, 주로 사랑을 소재로 삼는다.

팝, R&B, 성가, 솔, 칼립소, 컨트리에서 브로드웨이 쇼 곡, 프랑스 카바레 곡, 이스라엘 민속음악까지 불렀다. 앤절라 데이비스 말마따나 "그녀는 급격한 변화를 상상하는 우리의 행동 방식에 젠더 문제를 끌어오도록 이끌어주었다." 토니 모리슨은 그녀를 "불후 불멸의" 가수이자 "내게 조금은 두려움까지 느끼게 하는 사람"으로 생각했다. 언젠가 모리슨이 니나 시몬에게 자기는 "아직 [인종차별에 반대하며] 무기를 들 준비가 안 되어 있다고, 그보다는 차라리 펜을 들겠다"고 고백하자 이 가수는 "미친 듯 화를 냈다"고 한다. "하지만 내 짐작으로는 그녀 역시 무기를 들 준비가 안 되어 있었던 것 같다. 그녀는 모든 문제의 방향을 자신의 음악 쪽으로 틀었기 때문이다." 모리슨은 "그 음악으로 니나 시몬은 결국 우리의 삶을 구원했다"고 믿었다. 그녀의 오랜 친구 리로이 존스는 그녀의 작업을 "미국의 고전음악"이라고 규정했다.[54]

그림 민담에 나오는 주인공처럼 그녀는 유니스 캐슬린 웨이먼이었다가 니나 시몬이 되는데, 이 변화는 그녀가 겪은 세 번의 좌절과 관련이 있다. 세 가지 모두 강력한 반발이 뒤따른 사건이었다.[55] 열한 살짜리 음악 신동이었던 그녀가 인종차별이 만연했던 고향에서 첫 리사이틀을 시작하려는 참이었다. 그 순간 그녀는 부모님이 백인 가족에게 1열 좌석을 양보하고 다른 자리로 이동하는 광경을 목격했다. 그 자리에서 이 어린 소녀는 부모님이 원래의 자리로 돌아올 때까지 연주하지 않겠다고 우겼고, "평정심이니 우아한 자태니 하는 건 꺼져"라고 말했다.(이는 자신의 자서전에서 그녀다운 성격을 드러내며 덧붙인

말이다.)[56]

　두 번째 모욕적인 일은 고등학교를 졸업하고 필라델피아 커티스음악원에 장학생으로 들어가기 위해 줄리어드에서 레슨을 받던 시절에 일어났다. 커티스음악원이 입학을 거부한 것이다. 그녀는 뒤늦게 다음과 같은 사실을 깨달았다. "만약 그들이 흑인을 입학시킨다고 해도 무명의 흑인은 받아들이지 않을 것이며, 만약 무명의 흑인을 받아들인다고 해도 그게 무명의 흑인 소녀는 아닐 것이며, 만약 무명의 흑인 소녀를 입학시킨다고 해도 그게 몹시 가난한 무명의 흑인 소녀는 아닐 것이다."[57] 이 입학 거부 사건에 대한 반발심에서 그녀의 새 이름이 생겨났다. 이 사건 이후 그녀는 돈을 벌기 위해 '애틀랜틱시티 바'에서 피아노 연주를 시작했는데, 그때 그 일자리의 요구 사항대로 노래도 같이 불렀다. 니나(남자 친구가 붙여준 이름) 시몬(프랑스 배우 시몬 시뇨레를 오마주하며 사용한 이름)[58]은 자신의 어머니에게 딸이 악마의 음악에 젖어 산다는 사실을 숨기기 위해 만든 이름이었다.

　재즈를 즉흥 연주하는 클래식 음악가 니나 시몬은 자신의 곡에 바흐의 푸가를 끼워넣기 시작했고, 손님들에게 지하 술집보다는 콘서트홀에서 더 흔히 볼 수 있는 집중력을 요구했다. 이때부터 그녀는 거만함과 성깔로 악명을 얻게 되었다. 그녀는 '빌리지게이트 클럽'에서 공연할 때면 경호원들을 대동했는데 그게 "그녀를 대중으로부터 보호하기 위한 것이 아니라 대중을 그녀로부터 보호하기 위해서였다"고 믿는 이들도 있었다. 그녀가 시끄러운 팬들에게 한 번씩 욕설을 퍼부었기 때문이다. 그녀는 가수로서 커리어를 쌓아가며 내내 "만약 사람들이 나를 누군가와 비교하려 한다면 그 비교 대상은 반드시 마리아 칼라스여야 한다. 그녀도 디바고 나도 디바니까"라고 주장했다.[59]

그러나 니나 시몬이 인생에서 세 번째로 겪은 모욕은 무대 위에서 왕처럼 처신하던 사람도 결국은 취약한 여성이었다는 점을 조명한다. 그녀는 뉴욕시 경찰이었던 앤디 스트라우드와 약혼하고 축하 파티를 열었는데 파티가 끝나자 그는 질투심에 눈이 멀어 그녀를 잔인하게 폭행했다. "그는 택시 안에서, 내 아파트 앞 도로에서, 건물 로비에서, 12층까지 올라가는 엘리베이터 안에서, 아파트 복도에서 나를 때렸다."[60] 그녀는 그에게 꽁꽁 묶여 구타당하고 난 뒤 강간까지 당했다고 말했다. 그런데도 그녀는 앤디 스트라우드와 결혼하기로 결정했고, 자신의 커리어와 금전 관리를 그에게 맡겼다.

왜 그랬는지 완전히 밝혀지진 않았다. 물론 시몬은 자신이 "고독과 불안 때문에 그 같은 일을 감수하기로 마음먹었다"고 느꼈다. "앤디는 강한 남자였고 나는 그를 사랑했다. 나는 나 자신에게 그가 나를 더 이상 때리지 않을 거라고 믿으라며 다그쳤다."[61] 그녀는 자신이 재능이 있긴 하지만 다른 "소녀처럼 욕망"을 지닌 "소녀"이기도 하다는 것을 알고 있었다. "나는 그 모든 것을 원했다. 나는 전부를 원했다."[62] 그녀는 남편이 "이건 이렇게 해야 해"라고 결정하는 "전통적인 결혼 생활"을 시작했다.[63]

앤디 스트라우드를 매니저로 두고 리사라는 이름의 아기를 낳고 카네기홀에서 의기양양하게 단독 콘서트를 하게 된 서른 살의 니나 시몬, 그녀는 뉴욕주 크로톤온허드슨에 위치한 로레인 핸스베리의 집에서 15킬로미터밖에 안 떨어진 마운트버논에 안착하게 되었을 무렵 모든 것을 다 갖게 되리라 기대했다. 1963년 4월 12일, 시몬이 카네기홀에서 데뷔하던 날 밤 핸스베리는 "마틴 루서 킹 주니어가 버밍햄에서 체포된 사건"[64]에 대해 무슨 일을 할 수 있을지 의논하자며 전화를 걸어왔다. 리사의 대모였던 핸스베리는 니나 시몬의 생각("나 자신이 백인이 운영하는 나라의 흑인이라는 생각, 남성들이 운영하는 세계의 여성이라는 생각")에 불을 붙였다. 두 사람은 "마르크스와 레닌과 혁명에 대한, 여자들끼리 나누는 진짜 이야기"를 나누었다. 앤디 스트라우드는 그녀를 커리어에만 집중하게 하려고 애썼지만, 그녀는 마틴 루서 킹이 감금되고, 흑인 민권운동가 메드거 에버스가 살해되고, 버밍햄의 한 교회에서 폭탄이 터져 어린 소녀 네 명이 사망한 사건을 보면서 전기쇼크를 받은 듯 충격에 휩싸였다. "인내심의 한계를 넘어서는 사건들이었다. 나는 다마스쿠스로 가는 사도 바울처럼 내 작은 방에서 말문이 막힐 만큼 큰 충격에 휩싸여 앉아 있었다. 그러자 오랫동안 스스로 부인해왔던 온갖 진실이 솟아오르면서 내 얼굴을 강타했다."[65]

이런 일련의 트라우마로 인해 누군가를 죽여야겠다는 마음을 먹게 되었는지 그녀는 권총을 직접 제조하려고까지 했다. 남편이 끼어들며 저지하자, 그녀는 ("나는 사람 죽이는 일에 대해서는 아무것도 모르지만 음악은 잘 안다"[66]면서) 멋지고 뇌리에서 쉽게 잊히지 않는 최초의 민권운동 노래 〈망할 미시시피〉를 썼다. 그녀는 "천천히 가"라는 백인들의 지시에 항의하는 의미를 담아 "천천히 해"라는 후렴구를 붙여 바로 그 말이 문제라는 것을 강조했다. 이로써 그녀는 시민권의 레토릭을 흑인의 권력 요구로 쏘아올리려는 열정을 보여주었다. 노래의 가사는 마치 총소리처럼 울려 퍼진다.

당신들은 내게 귀를 씻고 깨끗이 하라고 말했어
숙녀처럼 고운 말만 하라고 했고
그러면 나를 시스터 세이디*라고 부르지 않겠다면서

쳇, 하지만 이 나라는 온통 거짓말로 가득해
당신들은 모두 죽을 거야 파리처럼 죽을 거야.[67]

그녀의 딸에 의하면 니나 시몬은 "미친 듯 화가 나기 이전"의 목소리와 "미친 듯 화가 난 이후"의 목소리를 가르는 분기점으로 바로 이 1963년 히트곡을 지목했다고 한다. "엄마의 목소리가 갑자기 뚝 떨어지는 것 같더니 그 후로는 결코 그 이전의 옥타브로 돌아가지 않았다"고 리사는 회상했다.[68] 민권운동 집회가 열리면 많은 청중이 그녀와 함께 미친 듯 분노했다. 그러나 그보다 형식적인 집회에 모인 청중은 (평상시에 동요하는 법이 없던 토니 모리슨과 비슷하게) 그녀의 투지 넘치는 공연 내용에 별로 동요하지 않았던 것 같다.

1960년대 중반 니나 시몬은 흑인 여성이 처한 상황에 계속해서 격분했다. 그녀가 부른 신곡들은 (어떤 곡들은 차용하거나

• 마크 트웨인의 『허클베리 핀』에 나오는 여성 노예.

재해석한 것들이고 어떤 곡들은 직접 만든 것들이다) 정체성에 관해 고뇌한 끝에 나온 곡들이었다. 그녀는 날짜를 알 수 없는 짧은 일기에서 이렇게 썼다. "나는 백인이 될 수 없다. 그리고 나는 백인들이 경멸하거나 경멸하라고 배운 모든 것을 갖춘 것처럼 보이는 유색인종 여자다." "만약 내가 남자였다면 그리 큰 문제가 아니었을 거다. 하지만 나는 여자다. 그러니 내가 대중 앞에 서면 인정이든 비난이든 둘 중 하나를 받게 되어 있는 것이다."[69] 시몬이 발표한 〈해적 제니〉〈힘을 빼고〉〈네 여자〉는 (음조나 구성 면에서 서로 매우 다른 곡들이다) 인종의 성 정치에 관한 그녀의 통찰력을 보여준다.

베르톨트 브레히트와 쿠르트 바일의 〈서푼짜리 오페라〉에 나오는 분노한 매춘부 제니를 사우스캐롤라이나의 싸구려 숙소로 데려온 시몬은, 해적 제니가 읍내에서 만나는 모든 사람을 죽이고 고향으로 놀아살 생각이라고 설명했다. 제니의 비아냥거리는 가사는 (바닥을 닦거나 침대를 정리할 때 시비조로 씩 웃으면서 부른다) 돛대 꼭대기에 해골을 그려놓고 뱃머리에는 대포를 장착한 채 항구에 정박해 있는 검은 화물선을 묘사한 위협적인 후렴구와 나란히 배치되어 있다. "당신 신사들 말이야, 당신들의 얼굴에서 미소가 싹 걷힐걸"이라며 가정부이자 하녀이자 매춘부인 제니는 자신의 운명이 해적 제니가 되는 것이라고 선언한다. 그 일은 그녀가 "어느 아침 머리에 리본을 단 멋진 모습으로 걸어나오며" 시작된다. 검은 화물선 위에서 우르르 모여 있던 남자들이 그녀 앞에 쇠사슬에 묶인 사람들을 연이어 데려온다. "이 자들을 지금 죽일까요, 아니면 나중에 죽일까요?" 그들이 묻는다. 해적 제니는 "지금 당장!"이라고 다급하게 속삭인다. 시신이 쌓이자 그녀는 덧붙인다. "저 광경이 당신들에게 교훈을 줄 거야!" 천천히 점점 낮아지는 음조로 제니는 화물선이 바다 멀리 사라지는 광경을 묘사한다. "그리고 그 배 위에 내가 있어!"[70]

주변에서 자신에게 명령을 내려왔던 신사들을 모두 죽여버리겠다는 해적 제니의 꿈은 검은 화물선 위에서 실현된다. 앤절라 데이비스에 의하면, 시몬은 "이 노래를 두고 흑인 여성 가정부 노동자들의 집단적 분노를 묘사한 것이라고" 재정의했다고 한다. 또 다른 평론가는 〈서푼짜리 오페라〉를 떠올리면서 "시몬이 자신의 반인종차별주의를 브레히트의 반파시즘과 연결시켰다"고 언급했다.[71] 나중에 그녀가 "미합중뱀the United Snakes of America"이라고 부르기도 했던 나라에 대한 종말론적 복수극 환상인 〈해적 제니〉는, 흑인의 조국으로 탈출하기를 염원하는 시몬의 연출 기량을 보여준다.[72]

낮은 목소리로 부른 패러디 포크송 〈힘을 빼고〉는 한층 기발한 내용이다. 이 노래는 민권운동에 참가한 젊은 여성들에 대한 성적 착취를 경고하는 엄마와 딸의 대화지만, 성가실 만큼 빈정거리는 내용과 청중의 참여를 독려하는 내용이 뒤섞여 있다. 앨릭스 컴퍼트가 개사한 가사 속에서 엄마는 딸에게 전국유색인종연맹 시위 행진에 나가면 부디 조심하라면서 "그들이 너를 흔들고 굴려서 / 침대로 밀어넣을지 모르니까"라고 경고한다. 하지만 딸은 "핸드백 안에는 벽돌을, 속옷 안에는 가시철망을 넣는 식으로" 무장해서 자신의 순결을 지킬 생각이다. 민요 〈파이크에서 온 귀여운 벳시〉에서 멜로디를 가져온 노래 곳곳에서 청중이 "투 루 라, 투 루 리 아이" 하며 거든다. 노래는 다시 시위 행진에서 한 청년을 만나게 되는 딸 이야기를 전한다. "그런데 딸아이가 핸드백 속 벽돌을 떠올릴 / 시간을 미처 갖기도 전에 그만…" 시몬은 이 대목에서 웃음을 유발하는 가사를 예상하라는 듯 충분히 뜸을 들인 뒤 이렇게 부른다. "두 사람이 연좌시위를 했다지 뭡니까 / 근처에 있는 건초 더미에서요."[73]

시몬은 〈힘을 빼고〉 몇몇 구절에서 자신이 몸담고 있는 팝 음악계에서 계속해서 소외되고 있다는 사실을 슬쩍 전했다. 그녀는 떨리는 목소리로 노래한다. "만약 내가 대단한 콘서트를 열게 된다면 아마 그런 포크송은 다시 부르지 않아도 될 거야." 하지만 그 외의 가사는 시위에 대한 것이다. 이 패러디 포크송은 시위에서 체포될 때 선봉대가 권장하던 비폭력 지침, 즉 "힘을 쭉 빼고 그냥 끌려가라"는 말을 계속해서 비꼬며 분석한다. 청년이 키스를 하자고 하자 딸은 "핸드백을 기억했지만 / 저항하지 않았다." 다른 장소로 끌려간 딸은 엄마를 이렇게 안심시키며 노래를 맺는다. "걱정할 필요 없어요 / 그 청년이 내게 남겨놓고 갔으니까 / 이름하고 주소를." 그들이 평등을 위한 투쟁에서 승리한다면 그녀의 아기는 "제 아빠와 나처럼" 행진할 필요가 없게 될 것이다.

니나 시몬이 〈망할 미시시피〉에서 인종차별에 대한 거세지는 흑인들의 분노를 눈앞에 둔 상황에서 비폭력을 주장하는 이들에게 의문을 제기했다면, 〈힘을 빼고〉는 양성 간의 관계에서 수동적으로 저항하는 것이 유용한지에 대해 의문을 던진다. 노래의 유쾌한 분위기에도 불구하고 〈힘을 빼고〉는 블랙 파워 운동에 참가한 남성 우월주의자들의 편견을 겨냥한다. 앤절라 데이비스는 이에 대해 "자신들의 정치 활동을 남성성 행사와 혼동하는 (…) 흑인 남성 운동가들 사이에 퍼진 유감스러운 증상"이라고 칭했다.[74] 시몬은 흑인 운동가 스토클리 카마이클을 친구로 여기긴 했지만, 〈힘을 빼고〉는 그의 악명 높은 발언("학생비폭력조정위원회* 내에서 여성의 지위는 납작 엎드려 있는 격이다"[75])을 예견하고 비판한다.

뇌리에서 가장 잊히지 않는 시몬의 자작곡은 아프리카계 미국인 사회 내에서 벌어지는 유색인 차별이라는 어려운 주제를 끄집어낸다. 이 노래에서 그녀는 "백인"에 가까운 연한 피부색에 대한 맹목적 숭배를 점검한다. 1965년 처음 녹음한 〈네 여자〉는 서로 완전히 다른 네 여자의 독백을 들려준다. 이 여성들은 각각 자신의 피부색과 머리, 몸을 (이 순서대로) 묘사하고, 자신들의 집단적 운명에 대한 매우 투철한 신념을 밝힌다.[76] 몇몇 방송국에서 품위 없다는 이유로 방송 금지 조치를 내리기도 했지만, 〈네 여자〉는 시몬이 〈이미지〉에서 다룬 바 있는 자기소외를 ("그녀는 자신의 아름다움을 몰라. (…) 자신의 갈색 몸에 눈부신 아름다움이라곤 없다고 생각해"[77]) 포착한다.

〈네 여자〉 중 검은색 피부와 북실한 머리, 되풀이되는 고통을 견딜 수 있을 만큼 튼튼한 허리를 가진 첫 번째 인물은 "내 이름은 앤트 세라"라고 밝힌다. 한 인터뷰에서 니나 시몬은 앤트 세라를 두고 할렘에 살지만 남부 사투리를 구사하며 과도

---

* 1960년대 미국의 흑인 민권운동에 참여한 학생들의 핵심 단체.

한 노동으로 탈진한 나이 많은 여자라고 설명했다. 그녀의 이름은 백인들이 자기의 흑인 유모를 지칭할 때 쓰던 '앤티Auntie'에서 따온 것이다.[78] 황색 피부와 긴 머리를 가진 두 번째 인물은 두 세계에 속해 있는데, 이는 그녀의 부유한 백인 아버지가 그녀의 어머니를 강간했기 때문이다. 그녀는 "내 이름은 새프러니아"라며 소개를 마친다. 시몬은 새프러니아가 "자기들은 그래도 조금 낫다고 생각하는 황색 피부의 거친 여자들" 중 한 명이라고 묘사하면서, "미국에서는 흑인으로 태어난다는 것만 해도 이미 충분히 나쁜 일인데 그 나라에 존재하는 문제들까지 짊어져야 하니 너무 벅차다"고 덧붙였다. "햇볕에 탄 피부와 멋진 머리, 유혹적인 히프, 와인색 입술"을 지닌 세 번째 화자는 자신은 누구든 "돈만 충분히 있으면" 살 수 있는 "어린 아가씨"라며, "내 이름은 스위트 생"이라고 밝힌다. 시몬은 이 인물을 설명하면서 '매춘부'라는 처지에 대해 적당히 얼버무린다. 그녀는 그저 이 아가씨가 자신을 "멋지다"고 생각한다고, "아무래도 상관하지 않는 사람"이라고만 설명할 뿐이다.

이 대목에서 〈네 여자〉는 잠시 뜸을 들이고, 넷 중 가장 사나운 인물의 등장을 앞두고 시몬이 "우르르 하는 소음"이라 묘사했던 화려한 아르페지오 연주가 쏟아진다. "내 눈에 맨 처음 띄는 엄마를 죽여버리겠다"고 말하는 갈색 피부와 거친 매너의 이 마지막 여성은 신산스러운 삶을 살아왔다. "내 부모가 노예였기에 나는 요즘도 너무 괴롭다"고 느끼는 이 인물은 "내 이름은 (…) 피치스"라고 말한다. 딱 한 번 절규하듯 내뱉는 이 이름은 시몬의 표현대로 "면도날에 베인 자국" 같은 효과를 빚어낸다. "끝내 내가 당신을 베어 당신을 생각하게 만든다. 그 효과는 직접적이다." 니나 시몬은 피치스에게서 "스토클리 카마이클"을 떠올렸다. 그녀는 "아프리카로 떠난, 제 몸의 온전한 주인인 사나운 여자이며" "아마도 넷 중 가장 사랑스러운 여자일 것이다."

시몬의 말마따나 "어느 흑인 여성이든 이 노래를 듣는다면 울기 시작하든지 밖으로 나가서 누군가를 죽이든지 할 것이다." 시몬과 오래 함께한 기타리스트 알 섀크먼은 피치스를 "니나 시몬이 되어가던 인물의 일부분"이라고 생각했다. "당신이라면 그런 여자가 하는 일에 참견하고 싶지 않았을 겁니다. 순식간에 칼을 꺼내 들고, 다른 세 여자가 견디고 넘어갔던 모욕을 참지도 않으며, 다른 세 여자처럼 백인들의 손에 놀아나지도 않았으니까요."[79] 하지만 물론 시몬이 백인의 특권을 부여받지 못하고 태어난 여성들에게 슬그머니 덧씌워지는 이 네 가지 스테레오타입(흑인 유모나 가정부, 비극적인 흑백 아이, 성적으로 방종한 여성이나 매춘부, 거친 여자)과 동일시할 수 있는 배우, 그런 혼합적 인물이라고 생각하는 것도 가능한 일이다. 이 곡의 기저에 깔린 슬픔은 부분적으로 독백 형식에 있다. 이 네 여자가 대화할 가능성은 전혀 없으니까.

니나 시몬은 각각의 인물이 이름을 밝히기 직전, (매 구절마다 반복되는) "사람들이 나를 뭐라고 부를까?"라는 물음에 대해 어떤 토도 달지 않는다. 이름의 문제는 "당신들은 나를 시스터 세이디라고 부르지 않겠다고 했다"던 〈망할 미시시피〉로 돌아간다. 이는 흑인 여성에게 타격처럼 가해지는 언어가 이질적인 외부 세력으로부터 생겨난다는 사실을 암시한다. 시몬의 노래에 등장하는 여자들의 이름은 전부 잘못된 것일까? 앤트 세라나 스위트 생이라는 이름은 어떤 종류의 이름일까? 이 여자들의 이름이 정말 그들의 진짜 자아를 규정할까?

〈네 여자〉는 시몬의 친구인 제임스 볼드윈의 베스트셀러 산문집 『아무도 내 이름을 모른다』(1961)가 출간되고 나서 4년 뒤에 나왔다. 시몬의 노래에 나오는 인물들은 정체성 확립을 위해 애를 쓴다. "흑인 여성은 자기가 원하는 것이 도대체 무엇인지 몰랐다. 자신이 제어할 수 없는 사항들에 의해 정체성이 규정되었기 때문이다. 그들은 스스로를 규정할 수 있다는 자신감을 얻게 될 때까지 영원히 같은 곤경에 빠져 옴짝달싹 못 할 것이다. 이게 바로 이 노래의 취지였다"고 시몬은 『너에게 주문을 걸 거야』에 썼다.[80] 블랙 페미니즘이라는 용어가 널리 퍼지기 전, 니나 시몬은 블랙 페미니즘의 통찰을 표현해냈다.

창작자로서의 성공에도 불구하고 니나 시몬은 억지로 일을 해내고 있다는 생각이 점점 심해졌다. 그녀는 1967년에 빌리 테일러와 딕 댈러스의 〈자유롭다는 게 어떤 느낌인지 알았으면 좋겠어〉를 녹음했다. "나를 얽매고 있는 쇠사슬을 모두 끊어버렸으면 좋겠어."[81] 1960년대 말, 그녀는 거울 속에서 두 얼굴을 보았다. "한편으로는 나 자신이 내가 흑인이라는 사실과 여자라는 사실을 사랑한다는 걸 알고 있는 얼굴, 다른 한편으로는 나를 무엇보다도 엿 먹인 것이 바로 내 이 피부색과 성별이었다는 것을 알고 있는 얼굴."[82] 무대 위에서 이 디바는 현란한 보석과 아프리카 직물 의상, 원뿔 왕관 형상으로 세워 올리거나 바로크 양식처럼 복잡하게 땋아 올린 머리 모양 등으로 자신의 뿌리를 강조하곤 했다. 그러나 과열된 녹음 스케줄과 정신없이 바쁜 순회공연 일정으로 인해 탈진하기도 했다. 또 일단의 뮤지션들과 직원들에 대한 책임감 때문에 걱정하고 있었다.

그녀의 남편은 "짐마차의 말처럼" 그녀를 부려먹었지만 그녀는 그가 "나를 뱀처럼 사랑한다"고 느꼈다. "그가 내 몸을 칭칭 감고 나를 먹고 내게 냄새를 풍겼다. 내가 없었다면 그는 죽었을 것이다."[83] 진단을 회피했던 그녀의 정신 상태와 서로를 학대하던 그들의 관계는 흔들렸으며, 가차 없이 이어지던 여행 일정도 타격을 받았다. 그녀는 자신의 분열 상태에 대해 말하면서 "유니스는 충분히 쉴 시간을 얻지 못한 여자였고," 니나 시몬은 "매일 밤 공연을 해야 하는 기계였다"고 고백했다.[84] 반인종차별주의 운동의 유효성에 대해 환멸을 느끼면서 실험적으로 마약을 해보기도 했던 시몬은 1969년 결혼반지를 침실에 놔둔 채 바베이도스로 떠났고, 그곳에서 다른 여성과 관계를 맺고 "양성 모두에 대한 욕망 사이에 끼어 옴짝달싹 못 하게 되는"[85] 상황에 괴로워한다.

이때가 바로 여기저기 떠돌아다니며 흐트러지고, 정신질환에서 벗어나려고 발버둥치고, 죽을 때까지 이어진 조국 찾아나서기가 시작된 시점이라 해야 하겠지만… 아직은 로레인 핸스베리에게 바쳤고 〈세서미 스트리트〉에서 선보였고 인종평등회의 모두가 "흑인 국가"[86]로 여겼던 노래 〈젊고 재능 있는 흑인이여〉를 만들기 전이었다. 흑인 청년들에게 영감을 불어넣어준 핸스베리의 말[87]을 인용한 제목의 이 노래는 대학생들과 집회 시위자들, 전 세계의 콘서트 참석자들의 의기를 드높이게 된다.

4장
성 혁명과 베트남전쟁

니나 시몬의 야한 농담과 대담한 의상은 인종에 대한 태도와 성에 대한 태도 모두에서 일어난 변화를 반영한다. 민권운동만큼 강력했으며 그 운동과 공존하게 되는 성 혁명은 피임약의 발명과 함께 시작되었지만 이내 순결에 대한 해묵은 관습을 거부하는 행동으로 변화했다. 시인 필립 라킨은 "1963년에" 성행위가 발명되었다는 유명한 발언을 하면서 이런 푸념을 덧붙였다. "(나로서는 다소 늦은 감이 있지만—)"[1]

어쩌면 라킨은 D. H. 로런스의 『채털리 부인의 연인』과 헨리 밀러의 『남회귀선』을 판매 금지시킨 외설물 관련 법을 두고 미국과 영국 모두에서 다툼이 벌어져 이전 판결이 뒤집히면서 일어난 출판 혁명을 생각하고 있었는지도 모른다.[2] 혹은 산아제한 운동가 마거릿 생어의 노력으로 재정 지원을 받아 출시된 경구용 피임약 '필'의 인기를 염두에 두고 말한 것일 수도 있다. 1963년 피임 용도 사용을 승인받은 이 약은 수백만 명의 여성들을 원치 않는 임신 공포로부터 해방시켰다.[3] 그로부터 2년 뒤, '그리스월드 대 코네티컷주' 대법원 판결은 기혼 부부의 피임 수단 사용을 합법화했다.

부인과 의사 윌리엄 매스터스와 성 치료사 버지니아 존슨이 인간 섹슈얼리티의 생리적 특성에 관한 자료를 발표한 그 시기에, 글로리아 스타이넘과 헬렌 걸리 브라운, 수전 손택, 존 디디온 같은 저널리스트들과 에세이스트들은 처음에는 성 혁명에, 나중에는 대항문화의 출현에 반응했다. 서로 사뭇 달랐던 그들의 관점은 온통 거세게 소용돌이치던 베트남전 반전운동에 의해 증폭되었고, 1968년이라는 중요한 해에 여성운동으로 분출했다.

뉴욕에서의 섹스:
글로리아 스타이넘 대 헬렌 걸리 브라운

글로리아 스타이넘과 헬렌 걸리 브라운은 성 혁명의 화신들로 특히 유명했다. 그리고 성공 노선에서는 차이가 있었지만 그들은 공통점이 많았다. 둘 다 대공황 시절의 빈곤 속에서 독신 어머니의 손에 자랐다. 둘 다 자신의 야망이 어머니가 겪은 고난에 대한 연민 때문에 생겨났다고 뒤늦게 인정했다. 헬렌 걸리 브라운은 대학에 다닐 수 없었지만 열심히 노력한 결과 비서로 자리를 잡았고, 그다음에는 광고 카피라이터가 되었고, 마침내 스타이넘처럼 언론계에 발을 들여놓게 되었다. 둘 다 비혼 상태로 지냈으며 (걸리 브라운은 서른일곱 살 때까지, 스타이넘은 예순여섯 살까지 그랬다) 둘 다 자녀 없이 사는 편을 택했다. 1960년대 초반, 스타이넘과 걸리 브라운은 도시의 독신 여성에게 주목했다. 이번에도 각자 다른 방식으로였지만 둘 다 여성들에게는 일부일처제를 적용하고 남성들에게는 난혼을 허용하는 이중 기준을 거부했다.

사진을 잘 받는 글로리아 스타이넘은 (미니스커트를 입고 긴 머리를 하고 있었고 조종사 안경은 나중에 등장한다) 1960년대 유명인들 사이에서 성 혁명의 구현자였다. 그녀는 스스로를 페미니스트라고 규정하기 이전부터 흔치 않은 독립적인 삶을 살았다. 흠모하던 남성들과 스스로 "짧은 결혼"이라고 불렀던 생활을 연이어 하면서도 결혼 의사는 전혀 없었다.[4] 그녀는 스미스대학교를 졸업하고 맨해튼에 입성했으며 (플라스와 같은 시절에 그 대학을 다녔고 플라스처럼 장학금을 받았다) 그 후 인도에 얼마간 머물렀다. 스타이넘은 여자 친구와 아파트를 함께 썼고 여러 유명한 남성들과 연이어 데이트를 즐겼는데 그중 몇몇은 그녀가 잡지 저널리즘의 세계를 뚫고 들어가는 데 도움을 주었다. 잡지 〈쇼〉의 편집자는 뉴욕의 플레이보이 클럽 한 곳이 오픈하자 그녀에게 잠입 취재를 해보라고 부추겼다. 그녀는 마리 오크스라는 자신의 할머니 이름과 사회보장 카드를 이용해 이 클럽의 '버니 걸' 자리에 지원했고, 그런 다음 플레이보이 클럽의 실상을 폭로했다.(나중에 그녀는 휴 헤프너의 사업을 두고 "거짓 매력과 착취적 고용 수법"이라는 표현을 썼다.)[5]

스타이넘의 1963년 글 「나는 플레이보이 클럽의 버니 걸이었다」는 일기 형식을 취하고 있다. 그 글에서 스물여덟 살의 스타이넘은 자신이 위장했던 인물의 나이를 실제 자기 나이보다 4년 줄였다고 기록했는데, 그 인물의 나이가 "버니 걸의 연령 상한선을 넘었다"는 이유에서였다. 버니 걸들이 얼마나 멍청해야 하는지 알고 있던 그녀는 입사 면접에서 일부러 잘못 답변했다. 그녀는 산부인과 검진 기록까지 제출하고 나서야 버니 걸 의상을 입을 수 있었는데, 옷은 몸을 구부리는 일조차 걱정될 정도로 꽉 끼었다. "엉덩이 부분이 너무 짧게 재단돼서 보통 햇볕에 닿지 않는 부위가 10센티미터는 족히 드러날 뿐 아니라 골반뼈까지 보일 정도였다. 허리를 졸라매는 코르셋 틀은 〈바람과 함께 사라지다〉의 스칼릿 오하라가 무색할 정도로 조였다. 게다가 옷 전체가 모든 살을 가슴 부위까지 최대한 밀어 올리는 구조였다."[6](그녀는 가슴이 부풀어 오르게 보이도록 상반신 조끼 속에 플라스틱 드라이클리닝 백을 쑤셔넣으라는 권유까지 받았다.) 클럽 측은 버니 걸들에게 그들의 화장품과 의상 세탁, 검은색 나일론 스타킹, 거기에 어울리는 구두 등의 구입 비용을 스스로 지불하라고 요구했다. 스타이넘-오크스가 받는 팁 중 절반도 클럽의 몫이었다. 버니 걸 지원자를 유혹하는 현란한 광고는 고된 노동 강도와 특별한 수입이 없는 입구 담당 버니 걸, 카메라 담당 버니 걸, 테이블 담당 버니 걸의 실체를 속이고 있었다. 물론 이들도 모두 복슬복슬한 털 방울 꼬리와 펄럭이는 귀를 까불거리고 있어야 했다.

헤프너는 왜 자신의 잡지 속 특별 페이지와 자신의 클럽에 버니 걸을 세워두기로 한 것일까? 그는 토끼가 "산뜻하고 수줍음 많고 활기 넘치고 깡충거리는 섹시한 동물"이기 때문이라고 설명했다.[7] (그의 머릿속에 '토끼처럼 자주 성교하다'라는 관용어구는 들어 있었어도 토끼가 과잉 번식한다는 사실은 들어 있지 않은 듯하다.) 헤프너가 포르노를 주류화하며 〈플레이보이〉를 워낙 성공적으로 마케팅한 덕분에 이 잡지는 수많은 중산층 가정에 모습을 드러냈다. 표현이 덜 노골적인 특별 페이지를 보고 어떤 어린 소녀(나중에 문화 비평가로 성장하게 되는 커리나 초카노)는 "자연사 박물관의 박제 동물"을 떠올리기도 했다.[8]

스타이넘-오크스는 클럽에서 일하면서 정문 앞에서 얼어붙은 듯 서 있거나 바에서 서빙을 했는데, 그러고 있노라면 무릎부터 시작해서 그 위쪽까지 마비가 오고, 발은 퉁퉁 붓고, (큰 쟁반을 들고 다니느라) 두 손은 쑤셨으며, 피부는 꽉 끼는 의상과 마찰해서 쓰라렸다. 두 주라는 짧은 기간 동안 손님들의 데이트 제안도 괴로웠지만 녹초가 되고 마는 고된 노동과 허기에 비하면 무색할 지경이었다. 먹을 수 있는 유일한 음식이 뛰어다니면서 얼른 집어먹는 음식뿐이었던 탓인지 체중은 약 4.5킬로그램이나 줄었다. 언젠가 스타이넘은 이때의 경험을 기록한 자신의 글을 두고 (그것이 불러일으킨 악명 때문인지) "초보자의 실수"라고 고백했다.[9] 그러나 1983년판 후기에서 그녀는 "모든 여성은 버니 걸이다"라고 선언한다.[10] 보다 미묘한 뉘앙스를 풍기는 그녀의 글은 그 자체로 플레이보이의 버니 걸을 에워싼 성적 매력과 버니 걸 역할 계약서에 사인하는 순진한 젊은 여성들이 마주했던 불쾌한 현실 사이의 괴리를 증명한다.

당시 스타이넘은 버니 걸의 실상에 대한 폭로가 불러일으킨 "성적 농담"이 자신의 첫 번째 주요 기사인 피임 혁명에 관한 1962년 〈에스콰이어〉 보도 기사를 "집어삼켰다"고 믿었다.[11] '남녀공학에 다니는 여대생 베티의 도덕적 무장해제'라는 제목의 이 기사는 캠퍼스 내의 성적 관습을 주제로 대학 교원 및 학생들과 진행한 인터뷰다. 기사에 따르면 일부 대학 총장들은 여전히 혼전 성관계가 "불쾌하고 상스러운" 일이라고 생각했지만, 학부생 사이에서는 "성관계의 쾌락은 자녀의 생산을 보장하기 위해서만 주어져야 한다는 믿음이 사라진 것처럼 보였다." 스타이넘은 피임 기구 페서리를 구하거나 그것을 구하기 위해 의사에게 결혼했다고 거짓말하면서 자신의 연애를 책임지는 여대생들에 대해 묘사했다. 그러나 여성의 삶을 급속히 변모시킨 것은 바로 "너무나 조용히 받아들여진" "완벽하게 안전하고 아주 간단한 최초의 경구용 피임용 알약"이었다.[12]

"기구보다 심미적으로 더 우위에 있던" 경구용 피임약 '필'은 성관계 현장에서 복용할 필요도 없었고 효과 또한 전적으로 입증되었다. 스타이넘은 임신에 대한 공포가 사라지면 젊은 여성들에게 무슨 일이 일어날지 궁금해한다. 그녀는 공포에서 풀려난 젊은 여성들이 "자신들의 성행위는 사회가 간섭할 일이 아니라는" 결론과 함께 성적 충동을 얻게 되는 게 아닌지 추측한다. 그녀가 만난 여성들은 자신의 정체성이 "남자가 아예 없는 상태에서만 구현되는 것도 아니고 남자를 통해서만 구현되는 것도 아니라고" 생각하고 싶어했다. 스타이넘은 인터뷰를 전하면서 "'자율적인' 젊은 여성으로 나아가는 것은 중요한 것이며,

그런 여성이 다수 생겨났다는 것은 완전히 새로운 상황"이라고 주장한다.[13] 인터뷰에 등장한 여성은 '필' 덕분에 자유로워져 성생활을 포기하지 않고서도 커리어를 추구하며 결혼도 미룰 수 있게 되었다.

스타이넘은 자신이 찬양하는 이런 경향의 부정적인 면 역시 알고 있다. 과거에 독립적인 여성들이 어려움을 겪었던 것처럼 "이런 사회에서는 성 경험이 없는 여성과 기꺼이 가정주부로 살고자 하는 여성들이 불편해질 수 있기 때문이다." 이 같은 통찰과 함께 그녀는 1950년대에 독신 여성과 기혼 여성 사이에서 일어났던 긴장이 1970년대에는 가정주부와 소위 해방된 여성 사이의 마찰로 변형되리라 예상했다. 하지만 이 시기의 그녀는 "여성의 역할은 육체적으로 결정되는 것이 아니라 학습되는 것이 더 많다"는 주장을 펴며 지크문트 프로이트와 헬렌 도이치의 주장에 의문을 제기한 교육자들의 손을 들어준다.[14]

1980년대에 오면 스타이넘은 이런 설명과 함께 "본질주의"라고 불리게 되는 이론(성별이란 본래 생물학적으로 갖추고 태어나는 고유한 것이라는 이론)과 "사회적 구성주의"로 불리게 되는 이론(시몬 드 보부아르가 표현했듯이 남성과 여성이라는 성별은 천성적으로 갖고 태어나는 게 아니라 문화에 의해 만들어지는 것이라는 이론) 간의 논쟁을 다룬다. 선견지명을 보여준 「남녀공학에 다니는 여대생 베티의 도덕적 무장해제」의 결론은 "피임 혁명의 진짜 위험"에 대한 이야기다. "여성의 역할 변화에 상응하는 남성의 태도 변화 없이 여성의 역할 변화만 가속화될 때 위험이 발생한다"는 것이다.[15] 스타이넘은 성적으로 해방된 남성들의 수가 충분히 많지 않다고 생각했는지도 모른다.

　해방되지 못한 남성들이 대다수라는 견해는 1962년 헬렌 걸리 브라운이 발표한 경박한 베스트셀러『섹스와 싱글 걸』의 전제를 설명하는 데 도움을 준다. 우선 걸리 브라운은 여성은 결혼 전에 쾌락과 커리어를 위한 단계를 길게 끌고 가야 한다는 스타이넘의 견해에 강력히 동의한다. 그녀는 독자들에게 "나는 결혼이 여러분의 인생에 닥칠 최악의 시절에 대비하는 보험이라고 생각한다"고 말한다. "좋은 시절에는 남편이 필요 없다. 물론 인생길의 모든 단계에서 남자는 정말 필요하다. 대개 남자들은 한 명보다는 수십 명이 있을 때 정서적으로 더 싸게 먹히고 더 재미있다."[16] 그녀의 입장은 규범을 거스르는 성생활을 대놓고 과시하는 것과("수십 명이 더 싸게 먹힌다") 단서를 붙인 것("인생길의 모든 단계에서 남자는 필요하다") 모두에서 스타이넘의 입장과 구분된다. 헬렌 걸리 브라운은 여성들에게 자신들의 성적 매력을 이용해 물질적 욕구를 충족하라고 부추기고 혼전 섹스를 실컷 즐기라고 부추기는 성적 자유주의의 "흥미로운" 외형을 선전하고 있기 때문이다. 그녀는 "착한 여자는 천국에 가지만 나쁜 여자는 어디든 다 간다"고 재치 있게 말한다.[17]

　『섹스와 싱글 걸』은 언제 어떻게 남자를 만나야 하는지 알고 싶어하는 일하는 여성들 사이에서 자습서로 통했다. 어떤 남자가 바람직한지를 두고 브라운은 독자들에게 "기혼 남성을 배제하지는 말되 그들을 반려동물 대하듯 다루"라고 조언했다. "그들이 자신의 에고에 광택을 내기 위해 당신을 이용하는 동안, 당신은 자신의 삶에 양념을 추가하기 위해 그들을 이용하라. '그들'이란 표현은 일부러 고른 것이다. 기혼 남성 한 명만으로는 위험하다. 이 남자 저 남자 골라가며 만나야 재미가 있다." 남자를 유혹하는 열쇠는 "섹시한 여자," 즉 "섹스를 즐기는 여자"가 되는 것이다. 보조 수단이 도움이 된다. "살이 비쳐 보이는 얇은 스타킹, 24인치 허리, 그을린 외모" 같은 것들이다. "깨끗한 머릿결은 섹시하지만," 빤히 보이는 "겨드랑이 밑과 두 다리 위, 유두 주변의 털은 그렇지 않다."[18] 계속 이런 식이다. 남성들이 해방되지 않는다 해도, 여성에겐 남성들을 각각의 가치에 따라 뽑아 먹고 이용할 수 있는 수단이 있다는 것이다.

분명 헬렌 걸리 브라운은 결혼 전에 혹은 결혼 대신에 계속해서 일을 하는 것이 매우 중요하다고 믿었다. 이런 맥락에서 그녀는 미래를 위한 저축과 투자 등 정체된 시기에도 화려한 삶을 살 수 있는 방법을 제시하며 가난했던 자신의 배경을 설명한다. 말할 필요도 없이 이런 지침들에 "더치페이" 데이트는 절대로 포함되지 않는다. 출간 즉시 성공을 거둔 『섹스와 싱글 걸』은 무엇보다 성적인 면에서 적극적인 젊은 여성을 창피한 존재라고 규정한 문화를 비판한다. "자석처럼 확실하게 남성을 끌어들이는" 아파트 가구 비치법, 남자를 즐겁게 해주는 법, 다이어트하는 법에 대해 (심지어 "성형수술은 아주아주 자연스러운 일"이라고) 조언하면서, 브라운은 여성의 욕구를 솔직하게 표현하는 것이 중요하다고 강조한다. 그녀는 "독신 여성 문제를 방사능 낙진에 관한 기사 같은 분위기로" 써낸 출판물을 박살내고 싶어한다. 결혼은 "여성에게 더 이상 큰 문제가 아니며," 그러니 "내 친구인 당신은 노력만 한다면 오늘날의 독신 여성에게 열린 풍성하고 충만한 삶을 살며 부러움을 받을 수 있다."[19]

그녀의 전기를 쓴 제니퍼 스캔런의 설명처럼, 헬렌 걸리 브라운은 (부도덕한 행동을 권장했다는 이유로) 우파와 (섹스를 이용해 부자 남자에게서 이득을 얻으라고 부추겼다는 이유로) 좌파 양측 모두의 공격을 받았다.[20] 하지만 스캔런도 밝히고 있듯이 브라운은 여성에 대한 편견에 젖어 있는 체제를 이용하고 싶어하는 젊은 커리어 여성들에게 흥미를 끌었다. 158센티미터의 키와 45킬로그램의 몸을 위한 다이어트 프로그램을 시작한 걸리 브라운은 여성성을 의도적으로 과시하는 데 꼭 필요한 이 프로그램의 판매에 전력을 다했다. 그녀의 싱글 걸들은 새침데기도, 품행이 단정치 못한 여자도, 헤픈 여자도, 독신 여성도 아니다. 걸리 브라운이 경구용 피임약 '필'이 여성의 성생활을 향상시킨 양상을 다룬 기사들을 즉각 실었던 〈코스모폴리탄〉 편집장 자리에 안착했던 것처럼, 이들은 일과 연애를 동시에 즐기면서 가난한 위치에서 부유한 위치로 올라가 성공하겠다는 야심에 차 있는 여성들이다.

성차별 종식을 위한 전국여성기구가 창립된 1966년에는, 윌리엄 매스터스와 버지니아 존슨이 『인간의 성적 반응』을 출간해 (역시 베스트셀러가 되었다) 여성도 남성만큼 성적 욕망을 지니고 있다는 헬렌 걸리 브라운의 견해에 공감하며 자신들의 지분을 늘렸다. 두 연구자는 성적 반응을 측정하기 위해 "인공 성 기구"인 투명한 플라스틱 페니스를 만들었다. 카메라가 장착된 이 딜도는 "개개인의 반응에 따라 완벽히 제어"될 수 있었다. '율리시스'라는 별명이 붙은 이 플라스틱 페니스를 활용한 결과 이들 두 과학자는 "클리토리스 오르가슴과 버자이너 오르가슴은 별개의 생물학적 현상이 아니다"라고 선언하게 되었다. 그들의 견해에 의하면 (그리고 프로이트 계열 이론가들의 견해와 상반되게) 클리토리스는 여러 수준의 성적 흥분을 유발하거나 상승시키는 데만 쓰임새가 있는 생리학적으로 "독특하고" "유일한" 기관이다. "인간 남성의 해부학적 인체에는 그런 기관이 존재하지 않는다."[21] 정신과 의사 메리 앤 셰프레이는 "클리토리스 오르가슴과 구분되는 버자이너 오르가슴 같은 것은 존재하지 않는다"고 지체 없이 결론지었다.[22]

매스터스와 존슨은 율리시스 덕분에 "적응력 있는 많은 여성들이 성적 포만감에 도달하기 전까지 최소한 세 번 내지 네 번의 오르가슴을 즐긴다"는 사실을 깨달았다. 남성과 달리 여성은 "오르가슴을 체험한 뒤 곧바로 다시 오르가슴을 느낄 수 있고" "비교적 긴 시간 동안 오르가슴을 유지한다"는 것이다. 매스터스와 존슨은 "남성과 여성의 생리학적 차이보다는 유사성을 강조"하고 싶어한다. 그러나 그들의 데이터는 "여성의 오르가슴은 대개 직접적인 성교 행위가 아니라 자위 행위에 의해 (…) 더 쉽게, 생리학적으로 더 강렬하게 발현한다"[23]는 사실을 입증한다.

성교가 아니라 자위 행위가 가장 강렬한 오르가슴을 발생시킨다는 것이 명백해졌다. 페넬로페•는 이제 태피스트리를 짰다

• 트로이전쟁에 출정한 남편 율리시스의 귀향을 20년 동안 베 짜기를 하면서 기다린, 그리스 신화 속 인물.

풀었다 하면서 남편 율리시스를 수동적으로 기다릴 필요가 없게 된 것이다. 1960년대 말, 페미니스트들은 『인간의 성적 반응』이 확산시킨 주장(해방된 존재든 해방되지 않은 존재든 남성은 재생산에서 중요한 역할을 하지만 여성의 성적 만족 면에서는 필요하지 않은 존재가 되었다는 주장)의 의미를 널리 풀어놓게 된다.

수전 손택, 존 디디온, 그리고 샌프란시스코

플라스틱 페니스 율리시스가 매스터스와 존슨의 눈을 번쩍 뜨게 만들기 이전에 이미 스물여섯의 수전 손택은 오르가슴에 대해 깊이 생각하고 있었다. 그녀는 1959년 일기에 이렇게 썼다. "좋은 오르가슴 대 나쁜 오르가슴. 오르가슴은 온갖 크기로 생겨난다.""여성의 오르가슴은 남성의 오르가슴보다 더 깊이가 있다. '누구나 그 사실을 안다.' 어떤 남자는 오르가슴을 전혀 느끼지 못한다. 그런 남자는 무감각한 상태로 사정한다." 몇 달 뒤에도 그녀는 같은 주제를 곰곰이 생각하고 있었다. "오르가슴의 발생이 내 인생을 바꿔놓았다." 그녀는 더 나아가 이렇게 말하기까지 했다. "오르가슴은 정신을 집중시킨다. 나는 글쓰기를 갈망한다. 오르가슴은 단순한 구원이 아니라 그보다 더한 것으로, 내 에고를 탄생시켰다."[24] 손택이 성 혁명이 예고한 새로운 형태의 에로티시즘을 계속해서 환영했던 반면, 또 다른 대중적 지식인 존 디디온은 그런 에로티시즘을 개탄한다.

눈부신 비평 재능으로 유명했던 손택은 지적인 면에서도 성적인 면에서도 조숙했다. 그녀는 이른 나이에 자신이 양성애자 내지 동성애자라고 결론지었고, 캘리포니아 주립대학교 버클리 캠퍼스에 열다섯 살 나이로 입학해 해리엇 소머스라는 여자 동급생과 교제했다. 이후 해리엇은 단속적이지만 그녀의 삶에 내내 등장한다. 손택은 해리엇과 함께 샌프란시스코의 술집을 돌아다니면서 술에 취하고 열정적인 사랑을 나누었다. 그러는 가운데 시카고대학교의 '그레이트 북스' 프로그램에도 지원했다. 그녀는 열여섯 때 버클리를 떠나 시카고로 향했다.

대학교 2학년 때 손택은 "1947년(열네 살 때)부터 1950년 8월 28일(열일곱 살 때)까지 사귀었던 연인들의 목록을 작성했다. 모두 합쳐 서른여섯 명이었다. 그녀의 전기 작가 벤저민 모저의 말마따나 '바이의 전진'이라는 제목의 이 목록은 그녀가 "이성애자와 만나는 비율을 높여 이성애자로 변하기 위해 애썼다는 사실"을 보여준다.[25] 그녀는 짧은 구애 기간을 거쳐 사회학 강사였던 스물여덟의 필립 리프와 결혼했는데, 그때 그녀의 나이는 겨우 열일곱이었다. 결혼 직전 그녀는 일기에 단순하고 엄숙하게 이렇게 썼다. "1951년 1월 3일: 나는 내 의지를 충분히 의식하면서 + 자멸을 향해 가는 내 의지를 두려워하면서, 필립과 결혼한다."[26] 과거를 돌아볼 때 그녀는 조지 엘리엇의 『미들마치』에 나오는 현학적인 안티 히어로에 빗대 이렇게 말하곤 했다. "나는 캐저반 씨와 결혼한 것이었다."[27]

결혼에 대한 불안감에도 불구하고 그녀는 시카고대학교의 그레이트 북스 프로그램을 성공적으로 이수하고 열여덟에 성적 우수 졸업생 클럽인 '파이 베타 카파' 회원 자격을 얻으며 졸업했고, 열아홉 때 그녀의 유일한 아이 데이비드 리프를 낳았다. 이 시기에는 필립 리프의 『프로이트: 어느 도덕주의자의 정신』 집필 작업에 동참하기도 했다.(책은 호평을 받았다.) 그는 이 책이 자신의 단독 저술이라고 주장한 반면, 훗날 그녀는 자신과 공동으로 저술한 것이라고 주장했다. 리프는 시카고대학교에 있다 브랜다이스대학교로 떠났고, 손택은 하버드대학교에서 연구를 계속하며 코네티컷대학교에서 1학년생에게 영문학을 가르치는 동시에 어린 데이비드를 길렀다.

손택이 미국대학여성협회에서 수여하는 장학금의 수혜자가 되어 옥스퍼드대학교로 갈 수 있게 될 무렵 두 사람의 결혼은 무너져내리고 있었다. 1957년 손택은 데이비드를 자신의 부모에게 맡기고 홀로 유럽으로 떠났고, 중요하게는 리프를 떠났다. 그가 그녀를 잡기 위해 온갖 노력을 기울였음에도 말이다. 옥스퍼드의 딱딱한 격식이 싫었던 그녀는 한 학기 뒤 이번에는 파리로 떠났다. 겉으로는 소르본대학교에서 연구한다는 구실을 댔지만 실제로는 파리 센강 좌안 지역 분위기에 젖어보기 위해서였다. 그녀는 그곳에서 다시 한번 해리엇 소머스의 품 안에 안겼고, 거의 동시에 소머스의 가장 최근 연인이었던 쿠바 출신 극작가 아이린 포네스의 사랑도 갈구하게 되었다. 포네스는 손택이 뉴욕으로 돌아왔을 때 그녀의 연인이 된다. 파리에서 그녀는 시몬 드 보부아르의 소설론 강의를 들었다. 그녀는 보부아르가 "호리호리하고 긴장해 있고 머릿결은 까맸고 나이에 비해 무척 아름다웠지만 목소리는 거슬렸다"[28]고 평했다. 그곳에서 그녀는 범세계주의자(한 평자가 그녀에게 붙여주었던 별명처럼 "지적인 디바"[29])가 되는 법을, 그러니까 〈코멘터리〉나 〈파르티잔 리뷰〉의 지식인들 사이에서 젊은 스타가 되는 법을 배웠다.

손택은 눈에 띄는 외모와 말갈기처럼 긴 흑발의 소유자였다. (나이가 들면서는 흰머리가 줄무늬처럼 양쪽으로 흘러내렸다.) 한 평론가는 그녀를 "마릴린"이나 "주디"(성 없이 이름만으로도 숭배자들의 머릿속에 곧장 떠오르는 매력적인 여성들)에 비교하기도 했다. 재키 역시 이런 범주에 들어맞는 이름일 것이고 글로리아도 마찬가지다. 그러나 이런 여성들 중 누구도 자신의 유명한 외모에 걸맞은 지적 매력을 지니지 못했다. 오직 '수전' 만이 그런 매력을 지니고 있었다. 이 점을 강조하듯 그녀의 첫 책인 "안티 소설" 『은인』의 (〈뉴욕 타임스〉의 한 기자는 "이 소설의 등장인물들은 삶을 주도적으로 이끌지 않고 그러는 척만 한다"고 말한 바 있다[30]) 뒤표지에는 광고 문구 하나 없이 검은색 터틀넥 스웨터를 입고 사색에 잠긴 듯한 프랑스풍 저자의 호화스러운 초상만 실려 있다.

『은인』이 큰 성공을 거두진 못했지만 1967년 페미니스트 비평가 캐럴린 하일브런과 인터뷰할 무렵 그녀는 꽤 유명한 인사가 되어 있었다. 하일브런에 의하면, "그녀의 책을 읽지 않았어도, 〈파르티잔 리뷰〉 이야기를 몰랐어도 모두가 그녀를 알았다. (…) 그녀는 미국을 혼낼 수 있을 만큼 똑똑했으며, 미국인들이 닮고 싶어할 만큼 매력적이었다."[31] 그녀를 유명 언론의 지면 속으로 쏘아올린 것은 에세이 「'캠프'*에 관한 단상」이었다.

1967년에 발표된 이 에세이는 굉장한 관심을 불러일으켜 〈타임〉에도 이에 대한 기사가 실릴 정도였다.

다양한 문화적 법령을 모아 기록하면서 손택은 스스로 대중문화의 철학자로 변신했고 오스카 와일드 같은 역할을 떠맡았다. 그녀는 이렇게 선언한다. "캠프는 모든 것을 인용 부호 안에 넣어서 본다. 그냥 램프가 아니라 '램프'다. 그냥 여자가 아니라 '여자'다." "캠프는 양성적 스타일의 승리다.('남자'와 '여자', '사람'과 '사물'을 서로 전환해서 쓸 수 있다.)"**32** 이 두 단상(10번과 11번)을 쓰면서 (자신이 페미니스트나 레즈비언이라고 커밍아웃하지는 않았지만) 손택은 본질적인 여성이란 존재하지 않으며 사회적으로 만들어진 "여성"만이 존재한다고 주장했던 1990년대 페미니스트들의 이론적 개념을 창안하고 있었다.(하지만 만약 그렇다고 한다면, 손택이 파리에서 시몬 드 보부아르의 강연을 주의 깊게 들었다는 사실, 그리고 "여성은 태어나는 것이 아니라 만들어지는 것이다"**33**라고 했던 보부아르의 견해를 들이마셨을 것이라는 사실을 기억해야 한다.)

「캠프에 관한 단상」은 또 명백히 오랫동안 전위적 게이들의 미학이었던 개념을 찬양하는 글이기도 했다. 그런 만큼 손택

• 여기에서 '캠프camp'는 야영지, 캠프장, 텐트라는 뜻이 아니라 (1) 보통 속되거나 천하다고 여기는 것을 오히려 멋있다고 보는 감수성이나 취향, (2) 별스럽고 비전통적인 것을 애호하는 태도나 행동이나 예술적 표현, (3) 특정 사회 집단이 보여주는 각기 다른 감수성과 취향의 특성, (4) 부자연스럽거나 색다른 것을 즐기는 취향, (5) 과장되고 우스꽝스러운 몸짓이나 표현을 즐기는 사람, (6) 남성 동성애자의 과장된 몸짓 등 중층적 의미를 뜻한다.

은 그들의 이런 개념을 정교하게 가다듬으면서 사회 관습을 거스르는 트랜스베스티즘의 오랜 전통과 (커밍아웃하지 않은 레즈비언이었다고 추정되는) 그녀 자신을 연대시키기도 했다. 이 에세이가 우파 비평가 존 사이먼과 구좌파 이론가 어빙 하우 모두를 특히 분노하게 만들었다는 사실은 전혀 놀랍지 않다.[34] 두 남성의 시각으로 보자면 장르 구분을 흐리는 손택의 입장은 야만에 가까운 것이었다.

『해석에 반대한다』를 발표할 무렵 손택은 역사학자 시어도어 로자크가 예리하게도 대항문화라고[35] 불렀던 문화 운동의 진정한 조력자가 되어 있었다. 그리고 이 전복적인 운동의 열혈 지지자로서 그녀는 샌프란시스코의 '플라워 칠드런' 히피*로 대표되는 새로운 혁명의 옹호자뿐만 아니라 미군이 베트남전쟁에서 수행했던 역할에 몸서리치는 반전 운동가도 되어 있었다. 「캠프에 관한 단상」이 성별 구분에 저항하는 게이 미학을 지지했다는 점에서 충격적이었다면, 1966년에 발표한 「미국에서 무슨 일이 일어나고 있는가」는 "캘리포니아의 새로운 아빠가 된 로널드 레이건과 백악관에서 돼지갈비를 씹고 있는 존 웨인이 지배하는 오늘날의 미국"이라는 "초강대국"을 공격했다는 점에서 더욱 괘씸한 글이었을 것이다. 미국의 결함을 나열하면서("근대의 제도 중 가장 잔혹한 노예제도", "토착 문화가 그저 적일

• "전쟁이 아니라 사랑을 하라"를 모토로 1967년 일명 '사랑의 여름' 동안 샌프란시스코의 집회에 참가한 젊은이들을 일컫는다. '평화와 반전' 사상의 상징으로 머리나 몸에 꽃 장식을 달거나 사람들에게 꽃을 나눠주어 이런 명칭이 붙었다.

뿐인 나라", "자연 역시 적으로 삼는 나라") 그녀는 미국이 악명 높게도 "백인종" 문화를 신성시하는 곳이라고 언명했고, "백인종이야말로 인류 역사의 암덩어리이며, (…) 그들이 퍼져나가는 곳마다 자율 문명을 박멸하고 지구 생태계의 균형을 뒤집었다"[36]고 결론지었다.

손택은 이런 "야후●들의 나라" 같은 미국 땅에서 1960년대의 반항적인 젊은이들이 멋진 신세계의 도래를 알리고 있다고 외쳤다. 그녀는 히피족에 대한 비평가 레슬리 피들러의 (그는 장발을 하고 마리화나를 피워대는 청년들이 "서구 남성의 급격한 변모"를 가져오는 "새로운 변종"이라며 두려워했다) 공격에 답하면서, 자신이 "양성의 탈양극화"라고 불렀던 현상이 "성 혁명의 자연스럽고 바람직한 차기 단계"라고 하면서 찬양했다. "나 자신의 경험과 관찰에 의하면, 재정의된 성 혁명과 재정의된 정치 혁명 사이에는 깊은 유사성이 존재한다고 증언할 수 있다." 왜냐하면 "일부 젊은이들이 이해하고 있는 바와 같이, 현대 미국인의 성격 구조 전체야말로 (…) 방향 전환이 필요한 대상"[37]이기 때문이다.

누군가 손택과 반대되는 인물을 떠올려야 한다면 존 디디온을 꼽는 것은 거의 불가피한 일일 것이다. 하지만 헬렌 걸리 브라운과 글로리아 스타이넘처럼 이 두 사람도 공통점이 많았다. 나이도 비슷했고, 둘 다 사진을 워낙 잘 받아서 책 표지에 홍보 문안 대신 초상 사진이 종종 실렸다. 둘 다 캘리포니아에서 성

● 『걸리버 여행기』에 등장하는, 성품이 악하고 비천한 취급을 받는 유인원.

장했으며, 둘 다 캘리포니아 주립대학교 버클리 캠퍼스에서 공부했고, 둘 다 성공적인 저널리스트로 활약했다. 그러나 손택이 지성적인 계간지들에서 커리어를 시작한 반면, 디디온은 〈보그〉, 〈라이프〉, 〈새터데이 이브닝 포스트〉에 글을 썼다. 둘 다 영화에 매료되기도 했다. 하지만 손택이 아방가르드 장르를 연구하고 궁극적으로 몇몇 혁신적인 영화를 감독한 반면, 디디온은 할리우드에서 작업했다. 손택이 문화적, 심미적, 성적 관습의 혁명을 찬양한 반면, 디디온은 그런 것을 전혀 받아들이지 않았다. 손택이 (태어날 때 이름은 수전 로젠블랫이었다) 유대인 이민자 가정 출신이었고 다섯 살 때 돌아가신 아버지에 대해 전혀 몰랐던 반면, 디디온은 새크라멘토에 오랜 세월 정착하며 목장을 경영해온 앵글로색슨계 백인 신교도 가문에서 태어났다.

한층 더 중요한 사실이 있다. 손택이 구좌파(그다음은 신좌파)와 연대한 반면, 디디온은 공화당의 보수주의를 고수했다. 손택이 "백악관에서 돼지갈비를 씹고 있는 존 웨인"을 풍자적으로 묘사한 반면, 디디온은 「존 웨인: 어떤 사랑 노래」라는 글에서 "듀크의"(그의 별명이다) 진정한 용기를 드러내는 촉촉이 젖은 눈빛을 묘사했다.[38] 손택이 1960년대 "젊은이들"의 실험적인 삶에 내재한 정치적, 성적 변화에 이끌렸던 반면, 디디온은 그들이 사는 방식을 조사하기 위해 로스앤젤레스에서 샌프란시스코까지 여행했다. "원자화 현상의 증거, 바야흐로 세상이 무너져내리고 있다는 증거를 탐구하고 싶었기 때문이다."[39] 디디온이 완전히 멀쩡한 정신을 유지하며 마약이 유발하는 "몽롱

한 정신 상태"에 빠져 있는 지역의 핵심부를 여행한 결과물이
바로 그녀의 가장 유명한 에세이 「베들레헴을 향해 웅크리다」
였다.

(W. B. 예이츠의 종말론적인 시 「재림」의 구절에서 제목을
따온) 이 글은 철저히 암울하기만 한 구절로 시작하는데, 다소
길지만 원문 그대로 인용할 만한 가치가 있다.

중심부가 버티지 못하고 있었다. 파산 통지, 대중 경매 공
고, 우발적인 살인 사건과 잃어버린 어린이와 버려진 집에 관
한 보도가 일상적인 나라. (…) 가족의 행방불명이 일상인 나라,
(…) 뱀이 허물을 벗듯 과거와 미래 모두를 벗어던진 청소년들
이 이 도시에서 갈가리 찢긴 저 도시로 떠도는 나라. (…) 이것
이 1967년 추웠던 늦봄 미합중국의 풍경이었다. 그래도 시장은
견고했고, (…) 훌륭하고 똑똑한 많은 사람들이 높은 사회적 목
표를 지니고 있었고, 멋진 희망의 봄이 될 수도 있었다. (…) 하
지만 그러지 못했다. 점점 더 많은 사람들이 그러지 못하리라는
생각에 뒤숭숭한 불안감을 안고 있었다.[40]

이런 황량한 가설을 1960년대 중반 미국의 풍경으로 제시하
면서, 즉 한편으로는 종말 후의 황무지와 비슷하고 다른 한편
으로는 "훌륭하고 똑똑한 많은 사람들이" 사기성 낙관론을 공
언하는 오웰식의 기괴한 사회를 보여주면서, 디디온은 "사회적
출혈이 대량으로 일어나고 있고" "행방불명된 아이들"이 모여
스스로를 "히피"라고 부르고 있는 샌프란시스코 지역을 탐구하

기 시작한다.[41]

그녀는 그 유명했던 1967년 "사랑의 여름" 동안 헤이트 애시
버리 지역에 자리 잡는다. "비트족", "히피족", "플라워 칠드런"
들이 복잡하게 얽혀 마약을 피우고, 도어스나 그레이트풀 데드
의 음악을 듣고, LSD를 하고, 히피 축제인 "비인Be-ins" 행사가
열린 골든게이트 파크가 있는 곳이었다. 이곳에서 그녀는 대부
분 흐리멍덩했던 10대 부랑아 무리(돈, 맥스, 샤론 같은 아이
들)와 역시 흐리멍덩했던 게런스 경관과 친해진다. 맥스가 "우
리의 크룹케 경관님"*이라고 요령 있게 소개한 이 경관은 "헤이
트 지역의 핵심 문제는 마약과 청소년"[42]이라고 설명한다. 이런
인물들에 대한 디디온의 입장은 앞에 인용한 에세이 서두 구절
에서 예상할 수 있듯이 얼음처럼 차가우리만큼 객관적이기도
하고 혹독하게 빈정대는 식이기도 하다. 노련한 다큐멘터리 작
가로서 그녀는 자신이 다루는 많은 주제가 스스로 드러나게 만
든다.

"이제 이 언니를 안 지 두세 달 돼가는데요, 나를 위해 특별한
저녁을 만들어놨다고 해보자고요. 그런데 내가 사흘 늦게 왔네.
언니한테 다른 계집애랑 놀다 오느라 그랬다고 말하면, 그래,
조금 소리를 지르겠죠. 그러면 이렇게 말하는 거죠, 뭐. '그게 나
야, 베이비.' 그러면 그녀는 깔깔 웃으면서 이러고요. '그게 너지,
맥스'"

• 〈웨스트사이드 스토리〉에 나오는 경관 이름.

"한때 수의사가 되고 싶었어요. (…) 하지만 지금은 왠지 예술가나 모델이나 미용사 같은 일을 하고 싶어요. 아니면 다른 것도 좋죠."

"LSD에서 사랑을 찾았어. 하지만 잃어버렸어. 그리고 지금 다시 찾고 있지. 마리화나밖에 없긴 하지만 말이야."[43]

웃음이 나오지 않는 현장으로 들어서면서 디디온의 어조는 서서히 어두워진다. 지역 전체에 "공보물"을 게시하고 다니는 "비트 세대의 유물"인 서른몇 살의 체스터 앤더슨이라는 미스터리한 인물을 찾아다니면서 그녀는 그 공보물 중 하나를 그대로 기록한다.

예쁘게 생긴 열여섯 살의 중산층 소녀가 대체 무슨 일이 일어나고 있는지 알아보겠다며 헤이트 스트리트를 찾아오지만 (…) 열일곱짜리 길거리 마약 거래상에게 낚여 온종일 [마약] 스피드를 흡입하게 된다. (…) 딜러는 소녀에게 스피드를 3000마이크로그램이나 먹이고, 헤이트 스트리트에서 일어난 최대 규모의 집단 강간을 위해 일시적으로 몸을 가누지 못하는 그녀의 몸을 팔아치운다. (…) 강간은 헤이트 스트리트에서 허튼소리만큼이나 흔한 일이다. 아이들이 그 거리에서 굶고 있다. 우리가 지켜보는 동안 그들의 정신과 육체가 망가지고 있다. 베트남전쟁의 축소판처럼.[44]

사랑의 여름이 시작되었을 때 마리화나에 대해 비교적 무지

했고 비트족의 유산이라는 에너지를 공급받아 온건한 편이기도 했던 샌프란시스코의 히피들은 (손택처럼) 희망을 품고 있는 듯했다. 1960년대의 온갖 혁명적 '운동'(언론의 자유 운동, 민권운동, 반전운동) 참여자들은 깃털 무늬 옷을 입고 장발을 한 집 나온 10대들과 뒤섞였다. 그러나 마약 판매상들이 들어오자 성실한 학생들은 학교로 돌아갔고 그들의 뒤에는 엄청나게 많은 잔해만 남게 되었다.

예컨대 집에서 도망쳐 나온 소녀들에게는 아이들이 남았는데, 디디온은 그들의 곤란한 상황을 눈을 떼지 못할 만큼 자세히 그려냈다. "진한 금발머리에 안색이 창백하고 더러운 상태인" 말은 못 하지만 향에 불을 붙이며 놀기를 좋아하는 세 살짜리 마이클. 그리고 LSD를 하면서 엄마가 자기를 "고급high 유치원"[45]에 보내준다고 설명하던 다섯 살짜리 수전.(여러 해 뒤 나온 다큐멘터리에서 디디온은 수전을 발견한 것은 저널리스트로서 보물, "금, 그것도 순금"을 발견한 격이었다고 설명했다.)[46]

"정신과 육체가 망가지고 있다. 베트남전쟁의 축소판처럼." 역사학자 마이클 J. 크레이머의 지적처럼, 사실 점점 끔찍해져 가고 있던 이 동남아시아 전쟁과 반항적인 히피 운동의 관계는 복잡하게 얽혀들고 있었다. "여자는 싫다고 말하는 남자에게 좋다고 말한다"는 문구가 바람에 날리는 징병 반대 포스터에 등장했다. 그리고 "전쟁이 대항문화의 중심 주제가 되었던 것처럼, 대항문화는 미군들의 베트남 복무 경험에서 핵심적인 것이 되기 시작했다." 그곳 장병들의 마리화나 사용은 "1967년과

1968년 사이에 260퍼센트나 급증했으며, 고위급 장교들은 베트남에서 송출하는 미군 라디오 방송에 '환각적인 록 음악' 프로그램"을 추가하는 식으로 병사들을 달래려 애썼다. 한 평자는 〈버클리 바브〉에 보낸 편지에서 "그 전쟁이 없었다면 헤이트애시베리는 존재하지 않았을 것"이라고 썼다.[47]

샌프란시스코의 사랑의 여름이 비 내리는 겨울로 바뀌면서, 머나먼 나라에서 벌어지던 전쟁이 당혹스럽게 다가오기 시작했다. 작가들과 저항하는 사람들은 그곳에서 무슨 일이 일어나고 있는지 직접 알아보러 베트남으로 가고 싶어했다. 디디온도 전쟁 보도를 갈망했지만 막 양자를 입양한 참이었다. 어린 퀸타나를 데리고 계획대로 베트남 전선으로 갈 수는 없는 노릇이었다. 그러나 손택은 완전히 흥분해 있었고 결국은 하노이까지 여행하게 된다. 그녀는 베트남전쟁이 "내 눈앞에서 폭발하고 있었다. 그 전쟁과 전쟁의 여파가 나를 10년여 동안 탈선시켰다"고 썼다.[48]

여성 평화 시위

1965년 3월 16일 미국 땅에서 자신을 제물로 바친 (베트남에서 비슷한 시위를 한 승려를 따라 한 것이다) 최초의 반전 시위자는 디트로이트의 '여성 평화 시위' 참가자 앨리스 헤르츠였다. 그녀는 1930년대 초 히틀러 정권을 피해 어린 딸을 데리고 떠나온 여든둘의 독일계 유대인이었다. 여러 해 시위 참가에 몰두

했던 그녀는 북베트남에 대한 대량 폭격 작전을 승인한 린든 존슨 대통령에 대한 분노가 커진 나머지 "분신자살을 하겠다"[49]고 선언해버린 것이다. 그해 늦게 '여성 평화 시위'의 주최 측 대표 열 명이 인도네시아에서 북베트남 고위직 관리들과 남베트남의 '전국해방전선' 여성들을 만났다.

훼손되거나 파괴된 병원과 교회, 학교에 관한 미국인들의 목격담은 신좌파 운동가 토드 기틀린에게 전쟁이 "이제는 현실"이 되었다는 깨달음을 주었다. "이름과 얼굴이 알려져 위태로워진 목격자들과 개인들이 있었다."[50] 이내 더 많은 여성 목격자들이 여성으로서 일상적으로 경험한 공격 행위에 대해 분노 섞인 증언을 하려고 구름처럼 몰려들었다. 단 한 명의 여성 작가만으로는 페미니즘의 경이로운 해라 할 수 있는 1968년에 터져나온 다양한 목소리를 대변할 수 없었다. 바로 이해에, 외국에서의 남성들의 공격 행위와 국내에서의 여성들의 예속 상태 사이의 연관성이 주요 시위들에 불을 붙이며 여성해방운동이 일어난다.

하지만 맨 처음 여성들의 반전 시위는 여성의 생명 창조 능력이 죽음을 다루는 전쟁 기구에 항의할 권리를 부여한다는 전통적 사고에 기반을 두고 있었다. 1960년대 중반 '여성 평화 시위'는 베트남전쟁에 집중했지만, 그 조직은 5만 명의 여성들이 핵무기 실험에 반대하며 행진을 벌인 1961년부터 시작된 것이었다. 역사학자 루스 로즌은 "1920년대 이후 처음으로 여성들이 대중운동의 부분이 아니라 운동의 자체 세력으로서 매카시즘이 방해했던 정치 행동을 시작할 준비를 마치고 등장했다"[51]고 설명한다. 그들은 법률 소송을 제기하고 연좌시위와 보이콧 운동을 벌이고 〈저항하는 평화〉라는 지침서를 발표하면서 가정주부, 어머니, 과부인 자신들의 전통적 역할을 강조했다. 그들은 방사능 낙진에서 나온 스트론튬-90이 모유와 우유를 오염시켰다고 주장했다. "인류가 아니라 군비 경쟁을 끝장내자"가 그들이 집회에서 외친 구호 중 하나였다.

'여성 평화 시위' 조직은 언론의 자유, 민권, 신좌파, 학생운동 등 여러 운동에 참가하며 늘어나던 반전 시위자들을 지지했다. 시위자들은 부당한 공격 행위를 끝내기 위해, 그리고 그 공격을 돕는 징병제도를 무산시키기 위해 분투하며 점점 더 강하게 연대하고 있었다. 많은 대학 내 토론회와 징병 카드 불태우기 행사에서 저명한 시인들(로버트 로웰, 로버트 블라이, 에이드리언 리치, 니키 조반니, 데니즈 레버토프, 로버트 덩컨)이 다수의 청중 앞에서 반전 시를 낭송했다.[52] 특히 데니즈 레버토프는 사상 처음 텔레비전으로 전쟁을 접한 민간인들이 경험한 공포감을 포착했다. 레버토프는 1970년대에는 여성운동과 거리를 두었지만 1960년대만 해도 저항시가 반전운동을 "보다 혁명적인 운동"으로 만들었다고, 즉 전쟁 종식 문제를 더 이상 "인종차별주의, 제국주의, 자본주의, 남성 우월주의와 떼어놓고 생각할 수 없도록" 만들었다고 목소리를 높였다.[53]

레버토프는 시위 행진에 참가하고 여러 집회에서 연설했으며, 텔레비전 화면과 잡지 지면을 통해 전쟁 장면을 목격한다는 것이 무엇을 의미하는지에 주목한 「전쟁 중인 삶」 같은 시를 썼다. 그녀는 "전쟁이라는 재난이 우리의 내면을 무감각하게 만든다"고 말하면서 대중매체의 보도가 시청자들에게 미치는 마취적인 영향을 탐구하기도 했다. 그들의 정신이 "잿빛 오물 같은 보도들로 필름처럼 얇은 막에 덮여버린다"는 것이었다. 우리는 "그저 유감만 표하면서 / 예고된 듯 가슴이 잘려 벌어져 모유가 / 아직 살아 있는 아기들의 내장 위로 흘러넘치는 장면으로" 시선을 돌린다는 것이었다. 그녀는 그런 잔혹 행위가 벌어지는 현실을 포착하려 애쓴다. "이런 짓이 저질러졌다 / 우리 자신의 육신에. 불타는 인간의 육신이 / 내가 글을 쓰는 동안에도 베트남에서 냄새를 풍긴다."[54]

「1966년 강림」의 중심 무대를 차지하는 것은 아기들을 불태우는 기괴한 행위인데, 이 시 역시 보도 화면에서 공포감을 느끼는 민간인의 시점을 강조한다. 실제로 베트남에서 '불타는 아기'를 촬영한 영상이 급증하고 있었다. 레버토프는 그 광경을 로버트 사우스웰의 16세기 시 「불타는 아기」 속 "불 붙은 몸"의 기이함에 비교한다. 그 시에서 불타는 아기 예수는 그리스도가 기독교인들에게 가져다줄 정화와 부활을 예고한다. 베트남에서 불타는 몸들은 비전을 제시하지도 않고 특별하지도 않으며 정화나 재생을 가져다주지도 않는다. 그저 인간의 행위로서 그 광경은 "되풀이되고, 되풀이된다 / 이름도 잊힌 아기들에게서 아기들에게로 / 성별조차 알 수 없는 상태로 잿더미 속에서."[55] 역시 둔감해진 방관자의 위치에 대해 시를 썼던 뮤리얼 루카이저는 이 전쟁을 21세기의 대량 학살이라는 맥락 속에 자리매김하고 머나먼 나라에서 벌어지는 전쟁에 대한 공포를 강조했다. "다양한 매체에서 뉴스가 쏟아져나오다가 / 미지의 사람들에게 상품을 팔려는 광고 때문에 방해받곤 했지."[56]

베트남에 갔던 여성 작가들은 시인 메리 매카시가 말했던 것처럼 "우리나라에서 일어날 수 있는 최악의 결과는 아마 이 전쟁의 승리"일 것이라고 주장했다. 이들은 이 전쟁이 자신들의 모국과 언어, 그리고 때로는 역설적이게도 이들 자신을 좀먹으며 부정적인 영향을 미칠 것이라고 강조했다.[57] 매카시는 1967년 사이공에 도착했을 때, 특히 1968년 북베트남 지역을 돌아다니면서 "자신감 넘치는 미국인"으로서의 "우월성에 대한 확신"을 잃었다.[58] 손택의 「하노이 여행」이 발표되자 매카시는 자신과 손택 둘 다 "양심의 시험에 이끌린 것"이라고 말했다.[59] 동시대의 다수 남성들처럼 매카시와 손택은 미국의 전쟁광들을 비난하는 쪽에서 북베트남의 공산주의자들을 응원하는 입장으로 선회했다.

그러나 이들은 자신들이 후원하는 측의 프로파간다와도 싸우고 있다는 사실을 깨닫기도 했다. 매카시의 객관성조차 "진심 어린 메리 매카시 상품을 광고하는 트레이드마크나 작은 간판처럼 꺼림칙하다."[60] 그리고 손택은 (베트남 사람들이 성적 매력이 없는 단조로운 사람들이라는 사실을 발견하고) 제국주의적 시선을 드러낸다. "여전히 내가 '대단한' 문화의 나라에서 '하찮은' 문화의 나라를 방문하러 온 사람처럼 느껴진다." 궁극적으로 그녀는 "베트남 사람들은 우리처럼 '분열된' 사람들이 아니라 '완전한' 사람들"이라는 결론에 이르렀다.[61] 그레이스 페일리 역시 전쟁 포로를 인도하러 북베트남 지역을 방문했을 때 미국인들의 공격 행위에 수치심을 느꼈다.

그녀는 철저히 페일리다운 순간 속에서 자신의 모국인들을 제대로 이해하려 노력했다. "정말이지 그들은 베트남의 시골들과 작은 냇물들을 과잉 살상하고 있었다. 하지만 그게 여러분의 미국 아니던가. 그들은 이미 자신들의 미국 벌판에 사는 파리와 빈대, 나무, 물고기, 강, 꽃을 과잉 살상해오고 있지 않은가. 그들은 유치원에서 단짝 친구에게 의지하며 지내다가 그 친구를 죽이고 마는 웃자란 아이와 같다." 하지만 이 비유는 유효하지 않다. 페일리는 미국인들의 계획이 우발적인 것이 아니라 대량 학살에 가까운 것이라고 믿기 때문이다. "어떤 사람들은 '대량학살genocide'이란 단어를 좋아하지 않으니 단어는 내버려두자. 하지만 이런 종류의 전쟁에서는 모두가 참가자이고, 사리에 맞는 군사적 두뇌를 가진 사람이 걸려드는 그다음 문제는 모든 사람이 군인의 표적 혹은 군인의 표적의 어머니라는 사실이다. 그들은 한집에 산다. 한 가지 더, 군인의 표적은 모두 박멸되어야 하므로 모든 사람은 반드시 박멸되어야 한다는 당연한 결론에 이른다."[62]

1968년 마틴 루서 킹 주니어와 로버트 케네디가 암살당한 뒤, 전쟁에 반대하는 글을 썼던 대부분의 작가들은 폭력으로 얼룩진 시카고 전당대회에서 휴버트 험프리가 민주당 대선 후보로 지명되고 닉슨 대통령이 라오스와 캄보디아로까지 전쟁을 확대하는 모습을 보면서 자신들이 목격하고 온 일이 무시당하고 있음을 깨닫게 되었다. 레버토프는 친구였던 시인 로버트 덩컨이 그녀의 정치적 열정을 "대중 선동적인 제2의 자아를 위해 그녀의 개성을 희생시키는 일"과 동일시했을 때 지극히 소중했던 그와의 관계가 끝났다고 느꼈다. 덩컨은 자작시 「샌타크루즈 제안」에서 그녀를 "해골 목걸이를 휘두르는 (…) 혁명과 죽음"을 상징하는 힌두교의 파괴의 신 칼리로 묘사했다. 그녀는 이에 대해 장편시의 한 단락에서 변명조로 응답했다. "아니야, / 나는 칼리가 아니야, 나는 단 하루도 견딜 수 없어 / 그런 신의 분노는."[63] 나중에 덩컨은 레버토프에게 편지를 보내 반전시를 쓴 이유가 "남성과의 전쟁에서 여성이 희생당했다고 생각하는 깊은 잠재의식" 때문이 아니냐고 지적했는데, 그녀는 이 지적에 대해 "완전 헛소리네, 로버트"라고 대답했다.[64]

하지만 혹시 덩컨이 강력하게 작동하던 어떤 역학 관계를 엿본 것은 아닐까? 전쟁에 반대하는 여성들의 분노가 어느 정도는 "남성과의 전쟁에서 여성이 희생당했다고 생각하는 깊은 잠재의식"에서 생겨났던 것은 아닐까? 확실히, 베트남을 다녀온 미국인들은 북베트남 사람들이 자기들 나라에 파견되는 대표단에는 반드시 여성이 포함되어야 한다고 주장한 사실을 알고 있었다. 미국의 여성 대표들은 베트남 여성과의 개별적인 만남을 자주 권유받았다. 역사학자 세라 에번스에 의하면 "베트남 사람들은 늘 여성에게 먼저 발언을 청해서 여성 대표단의 지위를 한층 높여주었고, 여성의 적극적인 활동을 가로막는 장벽이 많다는 사실을 비추며 여성의 중요성을 강조했으며, 그런 장벽을 극복한 베트남 여성의 성취를 알렸다."[65] 어느 미국 대표단 여성에게는 베트남 방문이 "가장 선명한 여성운동 경험이었다."[66]

젊은 운동가들은 1968년 1월 15일 '지넷 랭킨 여단'* 행진에 참가하면서 베트남에서의 폭력과 미국 내 폭력의 연관성을 포착했다. 그런 다음 여성운동이 부상했다. 두 차례의 세계대전에 반대표를 행사했던 여성 의원의 이름을 따서 만들어진 이 여단은 베트남에서 미국이 즉각 철수할 것을 요구하는 집회를 워싱턴 DC에서 열기로 했다. 이 급진적인 젊은 여성들은 (가정주부, 어머니, 과부 자격으로 항의 시위를 벌인다는 생각에 반대하며) 남성들의 공격 행위와 여성들의 역사적 공모를 시위의 주요 내용으로 내세웠다. 그들은 전통적인 여성성을 찬양하기 위해서가 아니라 매장하기 위해 나타났다.

여성 평화 시위에 참가했던 앞 세대 여성 개혁가들은 지넷 랭킨 여단 집회가 한창 끓어오르는 와중에 이 급진적인 젊은 여성들이 "'여성스러운' 옷차림과 구불구불한 금발에 초를 든 (…) 커다란 인형을 가져와 장례식을 벌이며" 행진하는 광경을 지켜보면서 양가감정에 휩싸였다. "전통적인 여성성"은 "3000년 동안 전쟁광들의 에고를 북돋우며 전쟁의 명분을 지원한 끝에" 마침내 죽고 말았다고, 행진에 참가한 페미니스트 이론가 슐라미스 파이어스톤은 설명했다. '급진적 여성 그룹'은 "남성들에게는 공격 행위를 저지르라고 부추기고, 군국주의자들에게는 그들의 남성성을 입증하라고 부추기는 여성들의 전통적인 역할"에 어떠한 의존도 하지 않겠다고 선언했다. 그들은 전단을 뿌리며 '지넷 랭킨 여단'의 나이 많은 회원들에게 "협력적인 여자 친구나 질질 짜는 과부" 역할은 제발 그만두라고 요청했다.

• 워싱턴 DC를 중심으로 꾸려진 전쟁 종식을 위한 시위 조직.

"우리는 호의를 베풀어달라고 부탁하는 수동적인 애원자의 모습으로 등장해서는 안 된다. 힘을 가진 측은 마찬가지로 힘을 가진 측하고만 협력하기 때문이다."[67]

젊은 참가자들과 나이 많은 참가자들 사이의 분열에도 불구하고, 파이어스톤은 이 항의 시위가 "이 나라에 진정한 여성운동이 도래할 것"이라는 믿음을 확고히 해주었다고 주장했다. 항의 시위 참가자 캐시 애머트닉이 만들어낸 "자매애는 강하다"라는 명구가 처음으로 울려퍼졌다.[68] 이 젊은 운동가는 자신의 어머니를 기리며 이름을 캐시 세라차일드로 바꾸는 한편, 여성해방을 위한 조직 결성에 헌신하면서 "의식화"라는 용어와 그 과정을 만들어냈다.[69] 좌파 잡지 〈램퍼츠〉는 이 지넷 랭킨 여단의 시위를 두고 "미니스커트 운동 단체"라고 조롱했는데, 이와 함께 성 해방론자들이 운동권 동료들로부터 소외되는 현상은 더욱 심화되었다.[70] 의식화 그룹이 미국 전역에 퍼지면서 급진적인 여성들의 변화(좌파 남성들로부터의 분리)도 가속화되기 시작했다.

밸러리 솔라너스와 제2물결 페미니즘의 대두

베트남을 배경으로 1960년대의 폭력성은 가속화되었다. 평화 시위자들이 투옥되고, 유권자로 등록하려던 학생들이 경찰에게 두들겨 맞고, 대학에서 파업이 일어나고, 정치인들이 암살되고, 도심에서 폭동이 일어나고, 록 콘서트에서는 난동이 난무

했다. 1968년 6월 3일에도 기이한 폭력 사건이 일어났는데, 이 사건은 페미니즘의 탄생과 곧장 연결되었다. 범인은 거듭해서 페미니스트들을 비난했지만 말이다. 선동가 밸러리 솔라너스는 앤디 워홀의 유명한 작업실 '팩토리'에 도착한 뒤 그가 나타날 때까지 기다렸다가 같은 엘리베이터를 타고 그의 지붕 밑 작업실까지 갔고, 총을 꺼내 세 발을 쏘았다. 그중 한 발이 그의 배에 맞았다.

체포 당시 솔라너스는 출간하려고 했던 선언문 등사본을 기자들에게 건넸다. 이 악의적인 총격 행위와 신랄하기 그지없는 〈스컴 선언문〉은 모두 한 사람의 삶—어린 시절 성적 학대를 당하고, 열여섯이 되기도 전에 아이를 둘이나 낳고(그리고 버리고), 떠돌이로 살다가 가까스로 메릴랜드대학교 학부 과정과 미네소타대학교 대학원 과정 1년을 마치고 뉴욕에 정착한 인물의 삶—을 반영한 결과물이었다.[71] 그녀가 길거리에서 배포했던 팸플릿은 앞뒤가 안 맞는 내용에도 불구하고 서서히 부상 중인 여성운동 단체들을 추동하던 분노의 정점 같은 신호탄이 되었다.

저자가 내보인 분노의 강도가 비현실적일 만큼 강렬했던 〈스컴 선언문〉은 남성의 파멸을 요구하면서 다음과 같이 주장한다. "남성은 생물학적 사고 사건이다. Y 염색체는 불완전한 X 염색체. (…) 다시 말하자면 남성은 불완전한 여성으로, 유전자 단계에서 낙태된 불완전한 낙태다." 곳곳에 가시 돋친 말이 박힌 이 통렬한 선언문은 평범한 가설을 전복시킨다. 여성은 "남근을 선망하지 않는다. 남성이 여성 성기를 선망한다" "'남성-예술가'라는 말은 모순되는 표현이다"라는 식이다. 그녀가 도입을 바라는 새로운 정치체제에서는 '똥 덩어리 고백 시간'이라는 모임이 시행될 예정이다. "그 모임에 참석한 모든 남성은 '나는 똥 덩어리입니다. 비천하고 야비한 똥 덩어리입니다'라는 문장으로 발언을 시작하고, 그런 다음 자신이 살아가는 모든 양상을 열거하게 되리라"는 것이다. "전율을 추구하고 자유분방하고 오만한 여성들을 대표하여" 솔라너스는 자신의 적대감을 "아빠의 딸들," 즉 "의존적이고 겁 많고 아무 생각 없는" 여성들 쪽으로 돌리기도 한다. 이들이 성교 행위를 그만둬야 남성이 사라진다는 것이다.[72]

머리글자로 이루어진 '스컴SCUM'은 '남성 거세 결사 단체 Society for Cutting Up Men'를 의미하기는 하지만, 이 팸플릿에서 저자는 "폐기물 취급을 받는 사람들, 쓰레기 취급을 받는 사람들, 이 땅에서 인간 쓰레기scum 취급을 받는 사람들"에게 반란을 촉구한다. 상식에서 벗어난 공상물인 이 팸플릿은 솔라너스 자신의 피해망상을 다룬 글이기도 했다. 거리에서 구걸하고, 성매매를 하고, 상점의 물건을 훔치고, 워홀의 영화에서 연기를 하고, 뉴욕의 그리니치빌리지에서 다이크와 드랙 퀸과 어울리고, 문학작품 계약서에 사인한 뒤 자신에게는 더 이상 쓸 만한 말들이 없다는 망상으로 괴로워하다 끝내 홈리스로 전락하고 만 삶의 와중에 생겨난 망상이었다. 그녀는 워홀이 자신의 극작품 〈엿 먹어라〉를 제작해주겠다는 약속을 어겼으며 〈스컴 선언문〉 한 부를 훔쳐갔다는 생각에 사로잡혀 있었다. 워홀은 총상으로 입은 부상에서 끝내 완전히 회복하지 못했다.

정신질환 치료 시설에 감금되기 전후에, 솔라너스와 〈스컴 선언문〉은 급진적 페미니스트들이 자유주의 페미니스트들에게서 분리되어 나오는 데 불을 붙였다. 솔라너스의 공판 전 사전 심리에서는 운동가이자 변호사인 플로린스 케네디가 변호를 맡았다. 이 사건은 티그레이스 앳킨슨이 맡기도 했다.(그녀는 전국여성기구가 솔라너스의 남성 혐오와 거리를 둔다는 이유로 이 기구를 떠난 사람이었다.)[73] '지옥에서 온 여성 국제 테러리스트 음모단'이라는 급진적 페미니스트 단체는 솔라너스의 재판 때 법원 앞에서 피켓 시위를 벌였다. 이 단체를 창립한 아역 배우 출신 시인 로빈 모건은 솔라너스를 위해 기금을 모으기도 했다.[74] 〈스컴 선언문〉을 스위프트의 「겸손한 제안」[•]에 비유했던 케이트 밀릿은 솔라너스의 총격 사건에서 "주변 예술계 인물들의 반응 때문에 (혹은 반응의 부재 때문에) 끔찍할 정도로 심하게 내몰린 끝에 아방가르드 예술의 슈퍼히어로이자 리더인 인물을 그런 식으로 후려갈긴 여성 예술가"[75]의 모습을 보았다.

솔라너스는 이 급진주의자들을 이용하기도 하고 비방하기도 했다. 가령 그녀는 자신을 고독한 이단아라고 규정했으며 나중에는 로빈 모건의 얼굴에 염산을 뿌리겠다고 위협하기도 했다.[76] 하지만 총격 사건이 널리 알려진 덕분에 〈스컴 선언문〉은 출간까지 되었고 덕분에 1960년대 말에는 페미니즘의 호전성을 험담하는 신문 헤드라인으로 뒤덮이게 된다. 1960년대의 항

• 18세기 초 영국의 식민지 침탈로 신음하던 아일랜드를 배경으로 한 산문. 아이들을 키우는 대신 차라리 잡아먹자는 아이러니한 주장을 담았다.

의 운동에서 보조 역할만 하는 것에 물린 여성들은 자신들만의 단체를 결성하기 시작했다. '시애틀 급진적 여성', '시카고 여성 급진 행동 기획단', 'DC 해방', '뉴욕 급진적 페미니스트' 같은 단체의 활동가들이 전략을 논의했다. 의식화 모임에서는 게일 콜린스의 말마따나 여성들이 소규모로 모여 "가짜 오르가슴과 유방 크기에 관한 걱정부터 오랜 세월 억누르고 지내왔던 강간이나 음지에서의 임신 중단 시술까지 온갖 문제에 대해 토론했다." 캐시 세라차일드는 여성 한 명 한 명이 자리를 박차고 일어나서 "나는 총격을 받고 이 운동에 뛰어들었으니 나를 이 운동에서 빠져나오게 하려면 내게 총격을 가해야 한다"[77]는 느낌을 주는 풀뿌리 운동에 대해 희열을 표출했다.

솔라너스가 체포된 지 석 달 후 〈뉴욕 포스트〉 상단에는 「브래지어를 태우는 사람들과 미스 아메리카」라는 기사가 실렸는데, 기사는 로빈 모건과 그녀의 동지들이 애틀랜틱시티에서 열린 미스 아메리카 대회에 항의하고자 브래지어를 불태운 신화적인 운동의 시작을 알렸다. 항의 시위자들은 살아 있는 양에게 왕관을 씌웠고, 거들과 뾰족구두, 브래지어 패드와 화장품, 그리고 〈플레이보이〉 〈코스모폴리탄〉 〈레이디스 홈 저널〉 같은 잡지들을 '자유의 쓰레기통'에 던져넣었다.[78] 1968년 핼러윈데이 때는 '지옥에서 온 여성 국제 테러리스트 음모단WITCH' 대표들이 월 스트리트에서 시위를 벌였고 참가자들은 마녀 복장을 하고 나왔다. 어느 시위 때는 메디슨스퀘어 가든에서 열린 결혼박람회를 공격하면서 〈여기 신부가 오네〉나 〈한번 신부가 되면 영원히 사람이 못 되네〉 같은 노래를 부르고 흰 생쥐들을 풀어놓았다.[79] 곧이어 열린 100명 규모의 시위 때는 항의 시위자들이 (「이 결혼을 지킬 수 있을까?」라는 기사로 유명해진) 〈레이디스 홈 저널〉 본사를 점령하고 편집자들에게 잡지에 실린 여성에 대한 묘사를 수정하라고 요구하기도 했다.

시인이자 소설가인 에리카 종의 회상에 의하면 "1968년에는 '세상이 변화할 수 있다' '여성이 경제적 동등을 위해 그들의 남자 형제들과 아버지들과 (⋯) 싸울 수 있다'는 위대한 희망의 감정이 존재했다." 1968년, 불법 낙태 시술이 필요한 여성을 돕던 시카고의 한 지하 단체 회원들은 자신들의 정체를 보호하기 위해 단체 이름을 "제인"이라는 평범한 이름으로 내걸었다.(그다음 해에 "하우Howe"라는 성을 붙이긴 했다.) "적절한 이름 같았다. 제인이라면 우리에게 어떻게how 해야 할지 알려줄 수 있었으니까." 1968년 가을, 셜리 치점이 자신의 역사적인 하원의원 당선을 자축하며 정치 활동 무대에서 "흑인이라는 사실보다 여성이라는 사실 때문에 더 많은 차별을 받았다"고 용감하게 발언했다. 크리스마스 무렵에는 (산파 역할을 위해 다이앤 디 프리마의 집에 와 있던) 오드리 로드가 남편 곁을 떠나 딸과 아들을 데리고 커밍아웃한 레즈비언의 삶을 살게 되리라는 것을 깨닫고 있었다.[80]

'지옥에서 온 여성 국제 테러리스트 음모단'이 주관했던 게릴라식 연극은 〈스컴 선언문〉의 레토릭처럼 성 혁명의 폭력적 측면에 대한 역습으로 읽힐 수 있다. 잘못된 마약 여행이라든가, 유니섹스 복장을 한 장발의 젊은이들이 "헛소리처럼 흔한 일"로 여기는, 이웃 거리의 히피 행사나 록 콘서트에 만연한 성폭력 행위에 대해 말이다. 대항문화 운동가 제리 루빈이 LSD 중독자 살인범 찰스 맨슨을 (임신한 여배우 샤론 테이트와 또 다른 여섯 명을 자신의 여성 추종자들과 공모해 끔찍하게 살인한 죄로 투옥되어 있었다) 방문한 후이기도 했다. 이 자칭 이피*운동가는 전국 텔레비전 방송에서 이 살인범을 처음 보았을 때부터 "사랑에 빠졌다"고 썼다.[81]

그러나 페미니스트들의 항의는 일부 블랙 파워 운동 지도자들의 미소지니에 반발한 것으로 볼 수도 있다. 1960년대 중반, 메리 킹과 케이시 헤이든은 민권운동 내에서 여성에게 보조적 역할을 맡기는 것에 반발하는 항의문을 돌렸다. "남성이 우월하다는 가정이 널리 퍼져 있고 깊이 뿌리박혀 있으며, 여성은 흑인보다 백인이 우월하다는 생각에서 피해를 입는 것만큼이나 심각한 피해를 받고 있다."[82] 여성에 대한 편견을 묘사하기 위해 1930년대에 부각된 "성차별주의"라는 단어가 "인종차별주의"에 상응하는 용어로 통용되기 시작했다. 이내 저항 집회에서는 빈정거림과 야유 속에서도 '여성해방'에 관한 결의가 논의되었다. 여성들은 인종차별에 맞서 싸우며 연대했던 남성들이 내보이는 성차별주의와 계속해서 마주해야 했기 때문이다.

예컨대 '블랙 팬서'의 지도자 엘드리지 클리버는 『얼음 위의 영혼』(1968)에서 그가 (인종 간의) 경계를 넘나들 만큼 "충분히 매력적인 모습을 갖춰" 이제는 백인 여성을 먹잇감으로 삼

● yippie. '미국국제청년당Youth International Party'과 '히피hippie'의 합성어로, 히피족과 신좌파의 중간을 자처하는 미국의 젊은이들을 말한다.

을 만한 상태가 되었다는 생각이 들기 전까지, "빈민가의 흑인
소녀들을" "강간하며 연습해온 일에 대해" 묘사했다. "강간은
반란 행동이었다. 백인 남성들의 법과 가치 체계를 거역하고 짓
밟는다는 생각만 하면, 그들의 여성을 더럽힌다는 생각만 하면
즐거웠다."[83] 클리버는 백인 남성에게 강간당하는 흑인 여성을
대신하여 행동한 것이라고 주장했지만, 그가 강간을 "자행했
던" 시기를 보면 그 주장이 거짓이었음이 드러난다. 이때쯤 똑
같은 미소지니적인 분노가 아미리 바라카로 개명한 리로이 존
스의 시의 동력이 되기도 했다. 다이앤 디프리마의 전 연인이었
던 그는 「다시 찾은 바빌론」(1969)이라는 시에서 백인 여성과
"그 자매들 모두"를 저주하고 있다. 그들은 자신의 말을 받아들
여야 한다는 것이다.

> 그들의 모든 구멍으로
> 코콜라와 알라가 시럽*이 섞인 양잿물처럼 들이마셔야 한다
> 이 오물을 느껴보라, 이 계집들아, 당장 느껴보고 웃어라
> 너희의 히스테릭한 웃음을
> 그러는 동안 너희의 살은 불타고 너희의 눈은 벗겨져 붉은 진
> 흙으로 변하리라.[84]

10대 흑인을 위한 자유 학교를 운영한 한 책임자에 의하면,

• 코콜라는 코카콜라의 남부식 이름이며, 알라가 시럽은 사탕수수 시럽의
   제품명이다.

"학생비폭력조정위원회의 모든 흑인 운동가들이 (…) 자기 총에 백인 여성과의 잠자리 횟수를 (가능한 한 많이) 새겼다." 남부로 내려가는 일이 그런 짓과 관계가 있으리라는 생각은 꿈에도 하지 못한 여성들로서는 "트라우마로 남는 일"이었을 것이다.[85] 캐슬린 클리버도 '블랙 팬서'의 남성들 앞에서 무릎을 꿇어야 했던 경험이 있다고 털어놓았다. 그 단체의 몇 안 되는 여성 선구자였던 프랜시스 빌은 일상적으로 일어나던 학생비폭력조정위원회의 성차별 관행에 대해 이야기하며, 백인의 가치 체계를 뒤집어버리겠다는 "흑인 남성 전사들"이 여성 관련 문제만 일어나면 마치 "〈레이디스 홈 저널〉 지면에서 지침을 받은 것처럼 굴었다"고 지적했다.[86]

언론의 자유 운동 조직, 신좌파 단체, 반전운동 단체들 내의 성차별주의 역시 여성 운동가들의 의식을 고양시켰다. 좌파 여성들은 자신들이 "남성들이 전달하는 발언을 타이핑하거나, 직접 정책 수립을 하는 대신 커피를 타면서 '구질서'를 대체하는 정치를 하겠다는 남성들을 돕는 액세서리에 불과하다"[87]는 사실을 깨닫기 시작했다. 1968년 컬럼비아대학교 시위 때는 컬럼비아대학교의 남학생들과 바너드대학교의 여학생들이 함께 힘을 합쳐 경찰의 야만적 행위에 용감하게 맞섰지만, 오직 여학생들만이 "겨우 공중전화 부스 크기만 한 부엌에서" 음식을 만들었다. 그해 여름 이 반체제 학생들의 대변인이었던 마크 러드는 "여자 친구에게 자기는 다른 일을 하느라 바쁘니 가서 '병아리 해방 전사' 수업을 들으라고 조언했다."[88]

신좌파 조직들이 분열해가던 그 시기에 시카고의 페미니스트 단체는 소식지 〈여성해방운동의 목소리〉를 창간했다. 1968년 동부에서는 여성해방운동가들이 〈여성해방 1년 차 기록〉이라는 최초의 페미니즘 신문을 등사본으로 펴냈다. 이 신문의 부편집자 앤 코에트는 밸러리 솔라너스가 무료 수업 기관인 프리대학교에서 〈스컴 선언문〉의 내용을 연설했을 때 그 자리에 있었으며 그녀의 퍼포먼스에 의문을 품었던 인물이다. "당신은 그 분노로 대체 뭘 하겠다는 겁니까? 그 분노의 일부는 분명 진실에 근거하겠죠. 하지만 그걸 어느 방향으로 끌고 갈 생각인가요?" 앤 코에트는 그 분노를 폭넓게 읽히게 될 에세이 「버자이너 오르가슴 신화」에 쏟아넣었다.[89] 코에트는 매스터스와 존슨의 연구 결과의 의미를 알아내려 애쓰면서 "자신이 성적으로 소모적인 존재가 될지도 모른다"는 남성들의 두려움이 전적으로 타당하다고 판단했는데, 그것은 "해부학적 자료에 근거했을 때 레즈비언의 섹슈얼리티가 남성의 생식기관의 소멸을 보여주는 멋진 사례가 될 수 있기 때문이다." 다시 말해 클리토리스 오르가슴이 "이성애 제도"를 위협한다는 것이다.[90]

〈여성해방 2년 차 기록〉의 편집자 슐라미스 파이어스톤은 뒤표지에 "이달의 앤트 톰●"이라는 박스 공지문을 추가하고 그 안에 헬렌 걸리 브라운의 이름을 적어넣었다. 마무리 지면에서는 〈여성해방 2년 차 기록〉의 특별 페이지를 추가로 받아보려면 급진적 페미니스트 단체인 '레드스타킹'에 여성은 50센트, 남

● 백인에게 비굴한 흑인 여성을 낮추어 말하는 말. 이 맥락에서는 남성 사회에 비굴한 여성을 뜻한다.

성은 1달러를 내고 주문할 수 있다고 알렸다. 레드스타킹이라는 용어는 18세기의 "블루스타킹"*에서 온 말인데, 과거의 여성 지식인들이 혁명적 열정에 의해 붉게 변했다는 의미를 지녔다. 1969년 레드스타킹에서 주관한 임신 중단에 관한 자유 토론회에서 글로리아 스타이넘은 "클릭"[91]의 순간이라는 표현으로 유명해진 자각의 순간을 경험했다. "갑자기 나는 뭐가 잘못되었는지 더 이상 지성적으로 배우고 있지 않았다. 나는 깨달았다." "만약 서너 명의 성인 여성 중 한 명이라도 이 같은 경험을 공유하게 된다면 우리 각자가 죄의식을 느끼거나 외롭다는 생각을 할 필요가 뭐가 있겠는가?"[92] 그녀는 앉은자리에서 「블랙 파워 이후 여성해방」을 (자신의 임신 중단 경험은 포함시키지 않았다) 써내려갔다.

스톤월이 항쟁으로 분출하고, 처음으로 『우리 몸, 우리 자신』 팸플릿이 등장하고, 멕시코계 운동권 여학생들이 캘리포니아 롱비치에서 첫 조직을 결성하고, 보스턴대학교 (남)학생들이 『교회와 제2의 성』을 쓸 때 예수회 교역자를 소외시켰다는 이유로 메리 데일리가 해고된 사건에 항의했던 그때, 마지 피어시는 「빌어먹을 그랜드 쿨리」를 통해 신좌파 지도부를 맹공격했다. 좌파 단체 내에서 "빌어먹을 지도부의 존재는 일반적인 관행으로 통용되는 것의 극단적인 형태일 뿐이며" "남성들은 운동 단체 내에 억압적인 (…) 소우주를 만든 뒤 그걸 자랑한다."[93]

* 교육받은 18세기의 여성 지식인과 문예 애호가를 비하하는 말.

1970년의 첫 번째 달에 유포된 「그 모든 것들과의 작별」이라는 글에서 (텔레비전 인기 드라마 〈마마〉에서 왈가닥 다그마 역할을 맡았고 "미국의 이상적인 소녀"로 불리기도 했던) 로빈 모건은 "스탠리 코월스키* 이미지와 자기들은 요구만 하면 된다는 남성의 성적 관행을 쏙 뺀" 자유로운 성생활 이론을 내세우는 "남성 주도의 좌파"에 작별을 고했다. 그리고 "남북전쟁 이후 미국 재건 운동 때 노예들에게 작용한 것만큼만 여성들의 자유에 작용한 히피 문화와 소위 성 혁명이라는 것"에도 작별을 고했다. 수집가의 애호 아이템으로 제작된 로빈 모건 인형과 그녀가 연기했던 텔레비전 드라마의 인물인 다그마 인형을 집어던지면서, 모건은 새로운 이미지를 선택했다. "우리는 들고일어나고 있다. 우리의 불결한 몸에는 강력한 힘이 넘쳐난다. 우리의 열등한 머릿속에서 미친 듯한 분노가 일어나 선명하게 불타오른다. 머리카락을 거칠게 휘날리고 눈을 사납게 부릅뜨며 노려보고 분노에 찬 목소리를 날카롭게 다듬으면서 (…) 우리는 역사상 그 어느 세력보다 더 오래되고 잠재적으로 더 대단한 분노를 느끼며 들고일어나고 있다. 우리는 이번에는 자유로워질 것이다. 그렇지 않으면 누구도 살아남을 수 없을 것이다."[94]

1960년대와 달리 1970년대는 선동적인 페미니스트들의 출판물이 폭발적으로 쏟아져나오는 가운데, 적시에 찾아왔다.

• 테네시 윌리엄스의 『욕망이라는 이름의 전차』에 나오는 다혈질에 폭력적인 인물.

3부

1970년대 깨어나는 여성 해방

5장
가부장제에 저항하다

1970년 여름, 2만여 명의 여성들이 미국 여성 참정권 획득 50주년을 축하하기 위해 뉴욕 5번가에 모여 사상 최대 규모의 '여성 평등 시위'를 벌였다. 이 시위 행진의 지적 격렬함을 반영하듯 〈타임〉의 표지에는 화가 앨리스 닐이 그린 페미니스트 사상가 케이트 밀릿의 초상화가 실렸다.[1] 시위 행진 참가자들의 핵심 요구 사항은 동등한 교육과 고용 기회, 그리고 임신 중단과 보육의 권리였다. 케이트 밀릿의 베스트셀러 『성 정치학』의 핵심 주장은 남성과 여성의 관계가 여성이라는 종을 종속시키는 가부장제 이데올로기에 의해 형성된다는 것이었다.

1971년 10월 운동가들과 이론가들은 하원에서 성평등 헌법 수정안이 짧은 토론 끝에 통과되었다는 사실에 고무되었다. 많은 사람들이 이제는 틀림없이 신속하게 이 수정안을 국가의 법령으로 삼게 되리라 믿었다. 그것은 이 수정안이 "이 법 아래에서는 권리의 평등이 성별을 이유로 미합중국에 의해서든 개별 주에 의해서든 부정되거나 약화되지 않을 것"[2]이라는 단순한 확언이었기 때문이다. 이 수정안은 인종, 종교, 국적, 성별에 근거한 고용 차별을 금지한 1964년의 민권법 7조를 확대하는 법안이 될 것이었다. 1972년과 1973년 그런 낙관론은 연방 정부의 재정 지원을 받는 어떠한 교육 프로그램이나 활동도 성별을 이유로 차별해서는 안 된다는 내용의 교육법 수정안 9조에서도 확인되었고, 수정 헌법 14조가 보장하는 사생활의 권리를 근거로 전국 임신 중단 합법화를 공포한 '로 대 웨이드 소송' 대법원 7대 2 판결에서도 확인되었다.

1970년 〈타임〉은 표지 관련 기사에서 밀릿을 "여성해방운동의 마오쩌둥"이라고 묘사하면서, 그녀가 어린 시절 그녀와 그녀의 자매들을 때리고 끝내는 버린 포악한 아버지와 맞서 싸웠고, 대학 교육을 받고 처음 얻은 일자리가 백화점 감자칼 사용 시연 일이었던 어머니와도 맞서 싸웠다고 설명했다.[3] 밀릿과 마찬가지로 뉴욕 시위 행진에 참가한 여성들 중 일부는 자신의 어머니의 좌절에서 여성의 굴종이 빚어낸 고통스러운 결과를 처음 목격한 사람들이었다. 물론 자신의 어머니가 2차 세계대전 동안이나 그 후에 계속 일을 했기 때문에 용기를 얻은 여성들도 있었다. 성 정치 혁명을 일으킨 이 세대는 많은 여성 동지들의 삶을 방해했던 밀실 공포증을 불러일으키는 가정생활을 부수고 나오기로 결심했으며, 그 과정에서 그들의 어머니라면 좌절했을지도 모를 계획들을 실행해나갔다.

획기적인 사건과도 같은 밀릿의 이 책이 쓰이게 된 경위와 개인에게 끼친 영향은 1970년대 페미니즘의 본질을 말해준다. 『성 정치학』은 코넬대학교에서 행한 항의 연설에서 시작되어 컬럼비아대학교 박사 학위 논문으로 발전한 결과물인데, 이 사실은 우리가 인디아나대학교에서 그랬던 것처럼 여성이 처음으로 자신들에 관한 연구를 시작한 (그리고 가르친) 시기에 사회 운동과 학문 연구가 시너지 효과를 발휘했음을 보여준다. 밀릿이 『성 정치학』 출간으로 폭풍 같은 인기를 얻은 덕분에 리더로 지목된 직후, 그녀와 그녀의 많은 동료들은 (로빈 모건의 1970년 책 제목처럼) '자매애는 강하다'라는 공동체의 이상에 헌신하는 운동을 어느 한 사람이 대표할 수 있다는 생각에 분노를 표했다.

언론의 관심 때문에 밀릿이 양성애자라는 사실이, 다음에는 레즈비언이라는 사실이 알려졌고, 그로 인해 그녀는 대중매체와도 싸워야 했고, 페미니스트 동료들과 그녀의 가족들의 적대감에도 맞서야 했다. 1970년대 페미니즘이 절정에 이르면 운동 주체들의 여러 가지 차이(표면적인 리더들과 추종자로 추정되는 사람들 사이의 차이, 급진주의자와 자유주의자 사이의 차이, 레즈비언과 이성애자 사이의 차이, 유색인종 여성과 백인 여성 사이의 차이)가 때로는 격렬하고 때로는 상처를 주기도 한 담론들을 다양한 형태의 굴종 문제를 다루는 가운데 만들어냈다. 1960년대의 운동이 여성을 위한 성 해방론자들의 투쟁이었다면, 1970년대 말과 그 이후의 운동은 여성들을 위한 페미니스트들의 싸움이 되었다.

베트남전쟁과 캄보디아 폭격, 오하이오 주립대학교 켄트 캠퍼스에서 일어난 학생 시위대 살해 사건 등으로 1970년대가 소란스럽게 시작될 무렵, 많은 여성들이 의식화 모임에 참석하여 자신의 고통스러운 이야기를 공유했다. 남성 쇼비니스트라는 표현 앞에 돼지라는 수식어가 달라붙었다. 개인적인 것이 정치적인 것이 되어가고 있었다.[4] 이 시기에는 또 많은 레즈비언 조직들이 등장했는데 가장 유명한 조직 중 하나는 (해리엇 터브먼이 연합 공격을 이끌어 수백 명의 노예를 해방시켰던 강에서 이름을 따온) '컴바히 리버 공동체'로, 흑인 레즈비언들이 보스턴에 기반을 두고 만든 연대 조직이었다. 여성들은 "정치가 '멀리 떨어진' 곳에 있는 그 무엇이 아니라 '바로 여기'에 있는 것이며 내 삶의 조건을 이루는 본질과 관련이 있다"는 사실을 배우기 시작했다. 에이드리언 리치의 획기적인 에세이 「우리 죽은 자들이 깨어날 때」에 나오는 다음의 발언은 1970년대의 현명한 통찰을 포착한다. "의식이 각성되는 시대에 살아 있다는 것은 짜릿한 기쁨을 준다. 그것은 혼란스러울 수도, 방향감각에 혼동을 불러일으킬 수도, 고통스러울 수도 있다."[5]

페미니즘을 은유하는 표현들(각성, 개명, 계몽, 계시, 개종, 재생)은 영적으로 들리는데, 실제로 페미니즘 운동은 종교운동과 다르지 않은 힘을 발휘하기도 했다. 덧붙이면 제1'물결'이나 제2'물결'이라는 용어도 어두운 심해로 잠수해 들어갔다가 빛을 향해 바다 위로 떠오르는 일이 연상되는, 와락 밀려드는 대양의 느낌을 표현한다. 리치는 이렇게 회상했다. "여성해방운동은 한때 해방 정치 운동을 가능하게 하는 창조적 공간, 즉 '현실과의 몽상적인 관계'를 구체화시켰다. 이런 일이 일어난 이유는 변화에 대한 집단의 상상력과 집단적 희망이 지닌 순수한 힘과 관련이 있다."[6]

1960년대 말과 1970년대 초 컬럼비아대학교 대학원에 다니던 시인이자 페미니스트 비평가 레이철 블라우 뒤플레시는 일레인 쇼월터가 "대각성"이라고 명명했던 각성 체험을 생생하게 묘사한 많은 사람 중 하나다. "이 체험은 강력하고 활기를 북돋고 의미를 밝혀준, 헌신과 확신이 탄생하는 순간이었다."[7] 1969년부터 1979년까지의 시절을 되돌아보면서 운동가 앤 스니토 또한 페미니스트 그룹들이 공통적으로 품고 있던 느낌에 대해 회상했다. "지금은 되찾기 힘든 격노와 희망이 뒤섞인 느낌이었달까. (…) 우리는 모든 것이 변할 것이라고 기대했다."[8] 좀 더 물질적인 차원에서 말한다면, 1970년대의 "현실과의 몽상적인 관계"는 여성의 건강과 관련된 제안, 정치 집회, 보육 센터, 매 맞는 여성들의 쉼터, 강간 위기 센터, 차별 철폐 정책, 페미니스트 예술 공동체, 서점과 출판사, 여성학 연구 프로그램, 무수히 많은 저널들을 만들어냈다.[9] 수백만 여성들의 삶에 영향을 미친 이 대각성 운동은 우리의 삶을 구체화하는 온갖 페미니즘들을 발생시켰다.

특히 활력을 불어넣어준 이들은 페미니즘 운동에 언어를 선물한 여성 작가들이었다. 케이트 밀럿이나 수전 손택 같은 논객들은 가족 로맨스를 해체했으며, 토니 모리슨과 에리카 종부터 리타 메이 브라운에 이르는 소설가들은 (실비아 플라스가 독자들에게 남긴 유산을 통해 그랬던 것처럼) 여성을 쇠약해지게 만드는 성 역할에 대해 분석했다. 우리 모두는 이런 질문을 던졌다. 대체 우리는 무엇에 대해 각성한 것일까? 그것은 수많은 여성들이 자신을 마비시키고 무가치한 존재로 여기는 상태를 야기하는 억압에 대한 충격적인 각성이었다.

시금석이 된 케이트 밀릿의 책

케이트 밀릿의 『성 정치학』은 헨리 밀러와 노먼 메일러의 외설적인 구절로 시작되는데, 사실 이런 부분에 많은 독자들은 깜짝 놀랐다. 밀릿이 (첫 장을 "이 빌어먹을" 내용으로 시작한) 이 책을 쓰게 된 것은 1968년 컬럼비아대학교 시위 참가 문제로 바너드대학교 강사 자리에서 해고당했기 때문이다.[10] 최초의 페미니즘 문학비평서 중 한 권인 이 책을 쓰는 동안 그녀를 먹여 살린 것은 더블데이 출판사에서 받은 선금 4000달러였다. 그녀는 이 책을 통해 후대 학자들이 이용하게 되는 많은 연구 방법(남성 우월주의적인 텍스트에 대한 비평, 여성이 저자이거나 최초로 페미니즘 성향을 보인 작품들의 발굴, 가부장제의 진화 과정에 대한 이론적 고찰 등)을 개척했다.

『성 정치학』 첫 장에서 밀릿은 "권력에 봉사하는 성교 행위"[11]를 둘러싼 미소지니적인 표현들, 이를테면 여성이 남근의 지배를 기이할 정도로 감사하게 여긴다거나 남근이 축 늘어진 여성의 신체를 지배한다는 식의 헨리 밀러와 노먼 메일러의 외설적 묘사를 비판적으로 분석한다. 밀러와 메일러의 남성 대리인들이 우쭐해하는 성교 능력은 여성 인물들을 무력한 육욕의 소유자로 격하시킨다. 밀릿은 밀러와 메일러의 이런 의기양양한 환상에 관해, "게이 남성의 이성애 흉내 내기에 관해 쓴" 장 주네의 작품을 독해하며 반박한다. "게이들이 본보기로 삼는 유일한 대상은 이성애 패러다임인데, 그들은 이성애를 패러디함으로써 그 행위가 원래부터 웃기는 짓 자체임을 드러낸다."[12] 그녀는 주네의 묘사에 근거하여 모든 신체는 은연중 남성화될 수도 여성화될 수도 있음을 입증한다. 이 남성 저자들의 텍스트를 종합하며 밀릿은 "우리의 억압 시스템 중 가장 유해한 시스템"과 성 정치에 본질적으로 내포된 "권력과 폭력의 착란 상태"를 제거해야 한다고 확신했다.[13]

책의 핵심부에서 밀릿은 군사, 산업, 기술, 대학, 과학, 정치, 금융 분야에서 여성을 남성의 독점 행위에 굴복시키는 제도가 보편화되었다고 강조한다. 밀릿에 의하면 이런 구조를 지속시키는 데 필요한 (공격적이거나 가학적인) 남성적 특성과 (수동적이거나 피학적인) 여성적 특성을 만들어내는 제도가 있으니, 바로 가족이다. 사실상 가족이 해부학적 성과 구분되는 심리학적 젠더 역할을 만들어낸다는 것이다. 생존을 위해 자신을 부양하는 사람에게 의존하며 사는 여성들은 자기들끼리 서로 적대하는 관계에 놓이게 된다. 신이라는 모범적인 '아버지'를 곁에 둔 가부장제는 기본적인 신화들을 (판도라나 이브가 이 세상에 악을 가져왔다는 식으로) 이용하여, 인간 삶의 해악들은 제멋대로 구는 여성 때문에 생겨났으니 그들을 반드시 남성의 통제하에 두어야 한다고 주장한다. 굴종은 여성이 자신의 예속을 묵묵히 받아들이게 만드는 "가부장제 이데올로기의 내면화" 과정을

통해 성취된다.[14]

　그런 다음『성 정치학』은 1830년부터 1960년까지의 섹슈얼리티에 관한 사상의 흐름을 개괄하고 앞부분에서 다뤘던 밀러, 메일러, 주네의 문학작품 텍스트를 다시 분석한다. 이번에 새로 끌려들어오는 작가는 D. H. 로런스다. 미소지니의 오랜 역사에도 불구하고 그녀가 내린 결론은 같은 해에 출간된 슐라미스 파이어스톤의 또 다른 페미니즘 고전『성의 변증법』의 결론보다 낙관적으로 보인다. 파이어스톤은 가족이 여성의 피학적인 역할과 남성의 가학적인 역할을 발생시킨다는 밀릿의 주장에 동의하면서도, 여성을 임신으로부터 자유롭게 해주는 기술이 실현된 미래에서만 해방을 상상할 수 있다고 본다. 그러나 밀릿은 여성운동이 약속하는 사회적 변화들을 반긴다. "인류의 절반은 먼 옛날부터 굴종을 강요받았지만 제2물결 성 혁명이 마침내 이 굴종으로부터 자유롭게 해줄지도 모른다."[15]

　하지만 밀릿의 희망 섞인 결론은 책 출간 직후 그녀가 맞닥뜨렸던 고난과 현저히 대비된다. 그 고난 중 많은 내용이 의식의 흐름 기법을 사용해 쓴 회고록『비행』(1974)에 묘사되어 있다. 반엘리트주의자였던 밀릿조차 "생각을 인격으로 환원시키려는 대중매체의 악마적 욕구"에 대해 개탄했는데, 이런 비판이 무색하게도 그녀의 명성은 스포트라이트를 받지 못한 적지 않은 페미니스트들로 하여금 그녀를 공격하게끔 자극했다. 그녀는 시몬 드 보부아르가 "그녀의 노력에 모욕을 가하면서 그녀를 엘리트주의자이자 스타"로 몰아간 프랑스 좌파 진영 사람들 때문에 고통을 겪자 동정심을 느끼기도 했다. 〈타임〉의 커버 문제도 그렇다. 편집부에서 조언을 구했을 때 사실 밀릿은 많은 여성들과 함께 찍은 사진을 실어달라고 요구했었다. 그런 만큼 그녀는 자신에 대한 적대감에 불을 붙인 닐의 초상화 때문에 배신감을 느꼈다. 여성운동의 핵심 집단인 "더 페미니스트, 래디컬 페미니스트, 레드스타킹, 의식화 소모임 회원들"이 모인 어느 자리에서는 토의 중인 주제인 여성운동 내의 폭력성에 대해 말하다가 ("서로를 쓰레기 취급하며 비방하는" 문제라면 그녀가 전문가였다) 이번에는 자기가 평화주의자라고 (…) 커밍아웃해야겠다고 농담하기도 했다.[16]

그 자리에 모인 모두가 그녀의 농담을 듣고 깔깔 웃었다. 조직의 핵심 인사들은 그녀가 레즈비언으로 커밍아웃할 수밖에 없었던 배경에 대해 알고 있었기 때문이다. 〈타임〉은 그녀가 일본인 남성 조각가 후미오 요시무라와 함께 살고 있긴 하지만 여성과도 성애 관계를 맺는 양성애자라고 보도했다. 그 기사에는 "후미오와 키스하는" 장면이 찍힌 사진들과 함께, 그녀가 "레즈비어니즘은 '내 취향'이 아니다"라고 말했다는 잘못된 설명도 붙어 있었다. 동성애자와 여성의 해방운동에 관한 어느 모임의 패널로 참가했을 때는 한 청중으로부터 'L 워드'를 사용하라는 요구를 받았다. "500명이 나를 쳐다보고 있었다. 당신 레즈비언이에요? (…) '그렇다고 말해! 네가 레즈비언이라고 말해!'라면서. 나는 네, 라고 대답했다. 그녀가 하는 말이 무슨 뜻인지 알았으니까. 마치 파시스트의 칙령처럼 융통성 없는 저 말은, 양성애는 핑계에 불과하다는 뜻이었으니까. 나는 그렇다고, 나는 레즈비언이라고 대답했다. 마지막 힘을 쥐어짠 것이었다."[17]

실제로 『비행』에는 밀릿의 즐거운 레즈비언 성생활에 대한 관능적 묘사가 많이 등장하지만, 즐거운 이성애 성생활에 대한 관능적 묘사 장면 역시 적지 않게 등장한다. 게다가 『성 정치학』은 그녀가 남편에게 바친 책이었다. 그녀는 왜 거짓말을 했을까? '여성 평화 행진'이 있기 전 2차 여성단결대회가 열렸을 때 '라벤더* 위협의 힘'이라는 비공식 그룹이 여성운동 진영에 충격을 주었다. 베티 프리단이 '빌리티스의 딸들' 같은 급진적 레즈비언 단체들로부터 전국여성기구를 떼어놓기 위해 '라벤더의 위협'이라는 표현을 사용했던 적이 있는데, 이 일단의 급진주의자 여성들은 이런 처사에 항의하고자 이날 마이크 선을 끊고 전등 스위치를 내려버렸다. 전등에 다시 불이 들어왔을 때 이 급진주의자 여성들은 '라벤더 위협'이라고 쓰인 티셔츠를 입고 〈여성으로 정체화한 여성〉 선언문을 배포했다. 그 첫머리에는 "레즈비언은 폭발할 정도로 농축된 모든 여성의 분노" 그 자체라고 주장하는 내용이 담겨 있었다.[18]

자신이 급진주의자임을 증명하고 싶었던 밀릿은 (이즈음 양성애자의 삶을 살고 있었으면서도) 그래서 "그렇다고, 나는 레즈비언이라고" 대답했던 것이다. 한편으로 〈빌리지 보이스〉의 칼럼니스트 질 존스턴 같은 친구들이 양성애는 핑계라고, "양성애는 이성애에도 충성을 바치겠다고 주장함으로써 안전하게 지낼 수 있는 길"[19]이라고 비난했기 때문에 주눅이 들어 말한 것이기도 했다. 티그레이스 앳킨슨의 표현대로 "페미니즘은 이

* 라벤더는 레즈비언, 게이 등 성소수자를 상징하는 색이다.

론이며 레즈비어니즘은 그 실천"이었다. 존스턴 자신도 "페미니즘의 본심은 집단적인 불만이며 레즈비어니즘은 그 해결 방법"이라고 믿고 있었다.[20]

이 같은 균열 사이에서 협상을 시도하면서 밀릿은 그동안 자신이 어머니를 고통스럽게 만들었다는 사실을 깨닫는다. 그녀는 『비행』에서 어머니의 반감을 접하며 느꼈던 서글픈 감정을 빈번히 되새긴다. "이웃들이 〈타임〉을 통해 내가 동성애자라는 것을 알았다면서 어머니가 세인트폴 성당에 가서 우는 동안, 나는 증오의 대상이자 마침내 우리 집안의 수치"인 딸이 되었다. 어머니에게 자서전을 쓰고 있다고 말하자 어머니가 보인 ("너, 설마 레즈비언이니 뭐니 하는 끔찍한 내용은 안 넣겠지?"라는) 반응은 그녀에게 "어린 시절에 그랬던 것처럼 죄책감과 내가 별종이라는 감정을" 느끼게 했다. 밀릿이 우는 어머니에게 자신이 쓰고 있는 자서전을 인정해달라고 부탁하자 어머니는 "네가 나를 죽이는구나"라고 말한다. "나는 어머니에게, 어머니들은 허구한 날 그런 말을 하지만 그리 쉽게 죽지 않는다고 도리스 레싱이 말하더라고 전했다. 그러자 어머니는 엉엉 울 뿐이었다. 나도 덩달아 울었다."[21]

도리스 레싱의 조언에 대한 언급은 그런 격려가 그녀의 삶을 지탱해주었음을 암시한다. 『성 정치학』이 출간되고 나서 밀릿은 "수천 여성들"의 심금을 울렸다는 『금색 공책』의 저자 레싱을 방문했고, 레싱이 뉴욕에서 조롱받은 일을 두고 이야기를 나눈 적이 있었다. "여성운동의 거물급 인사들이 자기들의 영웅이라며 레싱을 응원하러 왔을 때 그녀는 자기는 남성을 전혀 증오하지 않으며 세계의 다른 문제들(평화, 빈곤, 계급)이 여성 문제보다 더 긴급하다고 말해서 그들을 격분하게 만들었다."[22]

밀릿은 레싱에게 『금색 공책』에서 가장 의미 있게 다가왔던 장면은 여자 주인공이 "전 세계 인구의 절반에게 매달 일어나지만 어느 책에서도 언급된 적이 없는, (…) 생리가 시작되는 시점에 화장실에 있는 순간"이라고 설명했다. 이에 반응하며 레싱은 밀릿에게 자신의 어머니도 그녀가 책을 쓸 때마다 죽어버리겠다고 통보했으며, "언젠가는 어머니를 만족시키겠지 하는 희망을 계속 품지만 (…) 그래봤자 또 다른 죽겠다는 소동만 일으킬 뿐"이라고 고백하면서 글을 계속 쓰라고 격려했다. 밀릿이 7년간이나 항의했어도 베트남전쟁을 멈추게 하지 못하고 있다고 개탄했을 때도 레싱은 그녀에게 확신을 심어주었다. "효과는 덜할지 몰라도 당신들은 뭔가 다른 일을 더 주목받게 만들었어요. 수백만 명의 미국인들 사이에서 거대한 시계추와도 같은 사회적인 힘이, 변화가, 운동이 지금 널리 퍼져나가고 있잖아요."[23]

유명세가 빚어낸 좋지 않은 결과에 대해 숙고하면서 보부아르와 레싱의 지혜로 무장한 케이트 밀릿은 나중에 〈타운 블러디 홀〉이라는 다큐멘터리 영화로 제작되는 노먼 메일러와의 타운홀 토론회에 참석해달라는 초대를 받았지만 거부했다.[24] 그녀는 나머지 생애 동안 예술 활동을 하면서 뉴욕주 북부에서 여성들을 위한 예술 공동체를 세웠고, 캐나다 저널리스트 소피 키어와 교제한 끝에 결혼하는 한편, 역겨운 폭력(아동, 성 산업 종사자, 환자, 노인, 이슬람 근본주의의 희생자들에 대한 폭력)과의 싸움에 헌신했다. 그녀 자신이 정신 질환과 싸움을 벌이고 있었는데도 그랬다.

1971년 4월 30일, 메일러는 타운홀에서 다른 여성들에게 고함지르고 코웃음을 치면서 발을 굴렀다. 그 여성들이란 전국여성기구 뉴욕 지부 책임자 재클린 캐벌로스, 실비아 플라스가 아내뿐만 아니라 가정주부가 되려고 노력하면서 "완벽주의자가 되려고 너무나 애썼기에 결국은 너무나 바보가 되고 말았다"고 말한 『여성, 거세당하다』의 저자 저메인 그리어, "자신이 그렇다는 걸 모르는 여성만 뺀다면 모든 여성은 레즈비언"이라고 천명한 질 존스턴, 그리고 메일러를 두고 "여성의 온전한 인간성"을 상상 못 하는 사람이지만 자신은 "용기 있는 나의 자매들에게 생물학적 특성이 아예 없다고 보기보다는 메일러가 읊어댄 여성의 생물학적 특성이라도 기꺼이 받아들이는 편을 택하겠다"[25]고 현명하게 주장한 문학비평가 다이애나 트릴링 등이었다.

메일러는 『성별이라는 감옥의 죄수』(1971)를 통해 피임과 자위 행위, 클리토리스 오르가슴, 동성애 등에 반대하며 분노에 찬 극언을 퍼붓는 한편, 헨리 밀러와 D. H. 로런스, 그리고 특별히 본인 자신을 옹호하며 케이트 밀릿을 반복적으로 격렬하게 비난했다. 역시 밀릿을 공격했던 비평가 어빙 하우는 『성 정치학』이 "여성으로 위장한 인물이 쓴 것 같은"[26] 천박한 형태의 『제2의 성』이라고 주장했다. 그러나 소설가 고어 비달은 그 나름의 방식으로 에바 피지스의 『가부장적 태도』(1970) 서평에서 밀릿을 옹호했다. 비달은 메일러의 장광설이 "사흘 동안 생리혈이 흘러나오는 것처럼 읽힌다"고 단언했다. 실제로 그는 "밀러-메일러-맨슨(줄여서 3M)"이 3M의 "부족의 과거"를 위협하는 피지스나 밀릿 같은 "젊은 여성"들의 공세에 맞서 수비하고 있다고 논했다.[27]

한편 타운홀 토론회는 누구나 참가할 수 있는 공개 토론회였는데, 청중의 야유만으로는 메일러의 허풍을 막을 수 없었다. 청중 속에 끼어 있던 베티 프리단, 엘리자베스 하드윅, 수전 손택, 신시아 오지크 등이 페미니스트 패널들을 옹호하기 위해 일어나서, 잘난 체하는 메일러의 행동에 의문을 제기했다. 손택은 마이크를 잡게 되자 "노먼에게 대단히 단순한 질문 하나"를 던지고 싶다면서 그가 "레이디"라는 단어를 사용하고 있는 것에 의문을 제기했다. 그가 선심 쓰듯 그 단어를 사용하고 있다는 생각이 들었던 것이다. "나는 레이디 작가로 불리고 싶지 않습니다." 그녀는 조용히 말했다. 오지크는 질문을 던지기에 앞서 자신이 그가 쓴 『나 자신을 위한 광고』를 읽었는데 그 책에서 그가 "훌륭한 소설가는 모든 걸 다 갖추고 있지 않더라도 불알 두 쪽만 있으면 된다"고 발언했다면서, 그 이후 쭉 이런 질문을 던질 기회를 갖는 환상을 품어왔다고 말했다. "해가 바뀌고 바뀌는 동안이었죠." 그녀는 생각에 잠긴 듯 말했다. "계속 궁금했습니다, 메일러 씨. 당신이 당신의 불알 두 쪽을 잉크에 적실 때 대체 그 잉크는 무슨 색인가요?"[28]

1970년대가 끝나갈 무렵 케이트 밀릿은 "제2의 성"이 불가피하게도 "치명상을 입은" 것과 같은 상황에 처했다는 것을 깨닫게 되었다. 1979년 발표한 『지하실』에 따르면 그녀는 "인간의 희생"을 생각하며 고통스러워했다. 이는 실비아 리킨스 사건이 발생한 1965년부터 그때까지, 학대당하고 살해당한 이 열여섯 소녀를 떠올리며 숙고해온 문제였다.[29] 활달한 10대 소녀였던 실비아는 유랑 서커스 극단의 일꾼이었던 아버지에 의해 다리를 저는 여동생과 함께 인디애나폴리스에 살던 최악의 사디스트 베이비시터 거트루드 바니셰프스키의 집에 맡겨졌다. 배니체프스키 자신도 자녀가 일곱 명이나 있었는데, 그들 가족 모두가 그의 강요에 의해 실비아를 학대하는 데 일조했다. 실비아는 온몸이 묶이고 입이 틀어막혔고, 결국 알몸에 150군데 이상의 상처가 난 채 그들 가족의 지하실에 방치되어 사망했다. 실비아가 비명을 질렀는데도 이웃들은 아무 반응도 보이지 않았다. 마지막 순간 실비아는 영양실조와 수분 부족으로 제 입술이 떨어져나갈 때까지 깨물어 먹었다.

조이스 캐럴 오츠는 〈뉴욕 타임스〉 서평에서 밀릿의 고통스러운 고찰에 대해 언급하며 차분하게 이렇게 논평했다.

밀릿 씨가 "내가 실비아 리킨스였다. 그 아이가 나였다"라며 살해당한 소녀와 자신을 동일시한 것은 예사롭지 않다. 그런 고백이 지닌 힘의 깊이를 완전히 이해할 수는 없다. 그저 존경할 수 있을 뿐이다. 보통 여성들의 (오늘날에도 자행되는 생식기 절제 수술을 포함한) 역사적 운명에 대해 오랫동안 논리적이며 놀랄 만큼 지속적으로 숙고해온 작업의 일환이었던 다른 글들에서도 [밀릿은] 이런 결론에 도달한 바 있다. "그렇다면, 여성이기에 죽는 것이다."[30]

과연 이 같은 발언이 『성 정치학』이 도달할 수밖에 없던 결론이라는 소리일까, 하는 의문이 든다. 여성이기에 죽는 것이라고? 조이스 캐럴 오츠는 비록 차갑게 가라앉은 어조로 이 서평을 썼지만, 사실 1970년에 여성이기에 죽는 것이라는 천명을 은연중에 받아들여 어린 소녀에 관한 빼어난 이야기 「지금 어디 가니, 그동안 어디 있었니?」를 쓴 적이 있었다.

페미니스트 철학자로서의 수전 손택

밀릿이 『지하실』을 발표하기 10년 전, 수전 손택은 자신의 에세이 모음집 『급진적 의지의 스타일』에 「포르노그래피적 상상력」을 포함시켰다. 이 에세이에서 손택은 "폴린 레아주의" 사도마조히즘에 대한 『O 이야기』(하찮은 존재 혹은 구멍이라는 뜻에서 그저 O라고 불리는 젊은 여성이 쇠사슬에 묶인 알몸으로 다양한 학대 행위에 자발적으로 응한다는 이야기)에 대해 고찰하면서, 밀릿을 충격에 빠뜨렸던 여성의 성적 수모를 찬양하는 듯 보였다. 그녀의 주장에 의하면 O는 불운한 피해자라기보다는 "능숙한 사람이며 (…) 자아 상실이라는 미스터리를 체험하게 된 것에 대해 고마워하고 있다."[31] 더군다나 그녀는 겉으로는 소극적으로 보이지만 실은 적극적이다. 신비로운 체험으로의 입문은 지배하는 체험으로의 입문이기도 하다.

O는 배우고 고통받고 변화한다. (…) 플롯은 수평적으로 움

직이는 것이 아니라 하락을 통해 일종의 상승을 보인다. (…)
O의 탐색은 그녀의 이름으로 쓰이는 의미심장한 한 글자로 깔
끔하게 요약된다. 'O'는 개별적인 성별이 아니라 그저 여성이
라는, 만화화된 그녀의 성별을 암시하고, 아무것도 아닌 존재
를 상징한다. 하지만 『O 이야기』가 펼쳐 보이는 것은 영적인 패
러독스, 즉 완전한 공허함이자 충만한 공허함이라는 패러독스
다.[32]

손택의 언어는 신비주의적인 것에 가깝다. 대부분의 페미니
스트들은 그런 언어를 질색했는데, 특히 수전 그리핀이 그랬다.
그리핀은 손택이 『O 이야기』를 예술일 뿐만 아니라 의식의 확
장물이라며 옹호했지만 이 소설에서 의식은 궁극적으로 "그저
그 자체의 소멸을 향해서만 뻗어나갈 뿐"이라고 주장했다.[33] 물
론 『지하실』과 다르게 "레아주"의 이야기는 현실에 근거한 사
건이 아니라 열정적인 에로티시즘의 꿈에 파묻힌 이야기다. 이
작품이 최초로 모습을 갖추게 된 것은 현실세계 속의 레아주가
(안 데클로라는 프랑스의 젊은 저널리스트다) 자신의 연인 장
폴랑의 상상력을 자극하기 위해 성적인 편지를 연이어 보냈을
때였다. 손택이 이 작품을 환상적인 이미지가 아니라 실제 몸에
서 비롯된 것이라고 생각했다면 과연 『O 이야기』에 그토록 열
렬한 반응을 보였을까. 그런 일은 상상하기 힘들다.
  사실 이 작품에 대한 손택의 고찰 중 핵심적인 문장("'O'는 개
별적인 성별이 아니라 그저 여성이라는, 만화화된 그녀의 성별
을 암시하고, 아무것도 아닌 존재를 상징한다")은 1970년대 초

반 그녀에게 일어난 사고의 전환을 암시한다. 1972년, 1973년, 1975년에 발표된 그녀의 페미니즘 에세이들을 보면 그녀는 이런 생각이 뇌리에서 떠나지 않는다는 듯, 여성은 무의미하고 순종적이고 비합리적인 존재라는 생각을 깨부수고자 했다.

그중 첫 번째 에세이 「노화의 이중 기준」에서 주목하는 것은, 늙어가는 여성의 신체는 "불쾌하다"고 생각되는 반면 늙은 남성의 몸은 힘이 넘치고 심지어 정력까지 넘친다고 여겨진다는 끔찍한 진실이다. 늙은 여성은 마녀고, 늙은 남성은 부족의 리더다. "이 사회의 규칙은 여성에게 잔인하다. 결코 완전한 성인이 되지 말라는 식으로 길러져온 여성은 남성보다 더 일찍 쓸모없는 존재로 여겨지는 것 같다." 더 나아가 손택은 "여자가 된다는 것은 여배우가 된다는 것"이라고 쓰면서 여성성이 역할 수행적이라는 점을 관찰해나간다. "여성으로 산다는 것은 적절한 의상과 실내장식, 조명, 양식화된 몸짓을 갖춘 극장에서 연극을 하는 것과 같다." 따라서 "소녀들은 어린 시절부터 계속해서 병리학적 수준의 과장된 방식으로 자신의 외모에 신경 쓰는 일을 훈련받는다."[34] 다른 말로 하면, 그저 장식된 신체에 불과한 아무 의미 없는 존재인 O가 되도록 훈련받는다는 소리다.

그러나 여성이 신체에 속박된다는 사실은 소녀가 역할 수행성을 훈련받는다는 사실보다 더 문제가 많다. 손택이 「여성의 아름다움: 강력한 반발이냐, 힘의 원천이냐」에서 지적한 바에 의하면 "여성은 자신의 몸을 부분들로 나누어보라고, 그렇게 각 부분을 따로따로 떼어내 평가하라고 배운다. 가슴, 발, 엉덩이, 허리 라인, 목, 눈, 코, 안색, 머리 등 각 부분을 불안하게 조

바심치고 자주 절망에 빠진 채 꼼꼼히 응시하라고." 여기서 그녀의 시각은 여성이 거의 피카소적인 분할을 받아들이도록 배운다는 사실, 각각의 아름다움에 순위를 매기는 방식에 따라서 신체의 각 부분이 자리를 바꾸게 된다는 사실을 암시한다. 그러니 "여성에게 몸치장이란 결코 단순한 즐거움일 수 없다. 그런 일은 의무이기도 하다. 그게 그녀가 할 일이다"라는 손택의 냉정한 발언은 전혀 놀랍지 않다. 실제로 그녀는 이렇게 결론을 내렸다. "인간을 '내면'과 '외면'으로 나누어 생각하는 일이 위험하다는 주장에 대해서, 여성 억압이라는 희극적이기도 하고 비극적이기도 한 그 끝도 없는 이야기보다 더 잘 보여주는 중요한 증거는 좀처럼 없을 것이다."[35]

이 시기에 쓴 중요한 페미니즘 에세이 「여성이라는 제3세계」에서 여성 억압은 더 이상 "희극적이기도 하고 비극적이기도 한" 이야기에 그치지 않는다. 스페인어로 간행되는 느슨한 마르크시즘 계열 잡지 〈리브레〉의 편집자들이 보낸 설문지에 답하면서, (종종 안티 페미니스트라고 규정되고 있던) 손택은 밀릿처럼 그녀 자신이 가부장제 문화라고 규정한 것에 대해 철저히 전복적이고 페미니즘적인 견해를 약술했다. 중심 논지는 이러했다. "여성 억압은 조직화된 사회에서 가장 기본적인 형태의 억압을 형성한다. 그 억압은 가장 오래된 해묵은 억압으로, 계급, 계층, 인종에 근거한 다른 모든 억압들보다 앞선다. 그것은 가장 원시적인 형태의 계급 체계다."[36]

손택은 본론으로 넘어가 이 원시적 억압의 영향을 상술하는데, "가정생활의 문법"부터 실제 문법 자체까지 문화적 관행을 다양하게 다룬다. 그녀는 "여성의 '여성성'과 남성의 '남성성'은 도덕적으로 결함이 있는, 역사적으로 한물간 개념"이라고 주장하고, "내게 여성해방은 노예제도의 철폐만큼이나 역사적으로 불가결한 일"이며 사실상 "노예제도의 철폐보다 정신적, 역사적 영향 면에서 더 중요한 일로 보인다"고 덧붙였다. 여성이 언어 차원에서 겪는 운명에 대해서는 이렇게 말한다. "성차별주의의 세뇌가 일어나는 경기장 격인 '문법'은 여성의 존재 자체를 숨긴다. (…) 따라서 우리는 남성일 수도 여성일 수도 있는 어떤 사람을 말할 때 '그he'라고 말해야 한다. '맨man'이라는 단어는 모든 인간을 지칭할 때 통하는 말로 쓰이고, '멘men'이라는 단어는 '사람들'을 뜻하는 문어적 표현이다."[37]

사회의 기본조직에 대해 논하면서는 이렇게 지적한다. "현대의 '핵'가족은 심리적이고 도덕적인 재난이다. 핵가족은 성을 억압하는 감방이며, 모순되는 도덕적 방종의 경기장이고, 소유욕의 박물관이며, 죄의식을 생산하는 공장이고, 나아가 이기심을 배우는 학교다." 이런 전제에 근거하여 손택은 사회 변화를 위한 급진적 처방을 내놓는데, 그 내용은 여성운동과 연관이 있다고 여겨지는 급진적 이론가들의 제안과 의미심장하게 닮아 있다. 첫 번째는 "여성을 해방시키는 유일한 성 윤리는 성기를 사용하는 이성애의 지배에 도전하는 성 윤리다"라는 주장이다.[38] 두 번째는 다음과 같다.

여성운동은 반드시 현 상태에 대한 (수천 년간 이어져온 가부장제의 독재는 은연중에 특히 현대식 파시즘 독재국가의 모델이 되어가고 있다) 비판적 공격으로 이어져야 한다. (…) 다시 말하자면 파시즘은 가부장제 국가의 가치가 20세기 '대중' 사회의 상황(그리고 모순)에 적용되며 자연스럽게 발전한 형태다. 버지니아 울프가 1930년대 말 『3기니』라는 주목할 만한 글에서 여성해방을 위한 투쟁은 파시즘과의 투쟁이라고 선언했을 때, 그녀는 전적으로 옳았다.[39]

여성이 무엇을 어떻게 해야 하는지를 다룬 눈부시고 때로는 냉소적인 반복 악절 같은 글에서는 여성들이 억압에 맞서 싸우는 전투에서 취해야 할 크고 작은 행동을 명시해놓았다.

여성들로 구성된 집단만이 전략 면에서 충분히 다양성을 기할 수 있고, 충분히 '극단적일' 수 있을 것이다. 여성들은 로비 활동을 하고 시위를 벌이고 행진을 해야 한다. 가라테 수업도 받아야 한다. 거리에서 남성들을 향해 호루라기를 불고, 미용실을 급습하고, 성차별적 장난감을 만드는 장난감 제조업체 앞에서 피켓 시위를 벌이고, 많은 여성들이 레즈비언 전사로 변모하고, 이들만의 무료 정신과 클리닉과 임신 중단 클리닉을 운영하고, 페미니즘적인 이혼 상담을 제공하고, 화장 지우기 센터를 설립하고, 어머니의 성을 자신의 성으로 삼고, 여성을 모욕하는 광고판을 훼손하고, 남성 유명 인사나 정치인의 순종적인 아내들을 기리는 노래를 불러 공적인 행사를 망치고, 이혼 수당 포기 서약서와 킥킥 웃지 않겠다는 맹세문을 모으고, '여성' 잡지의 대량 유통에 맞서 명예훼손 소송을 제기하고, 여성 환자들과 성관계를 맺은 남성 정신과 의사들을 전화로 괴롭히는 운동을 벌이고, 남성 미모 경연 대회를 조직하고, 모든 공직에 여성 후보자를 내야 한다.[40]

〈리브레〉 편집자들은 손택에게 설문지를 보내며 "당신이야말로 (…) 해방된 여성입니다"라고 언급했다. 이에 대해 손택은 빈정거리는 투로 대답했다. "저는 저 자신을 절대로 해방된 여성으로 묘사하지 않습니다. 물론 상황은 결코 그 말처럼 간단하지 않지만요. 하지만 저는 늘 페미니스트이기는 했습니다."[41]

하지만 과연 그랬을까? 그녀의 책에 대한 수십 년간의 논평은 그녀를 페미니즘에 무관심한 사람이거나 안티 페미니스트로 규정해왔다. 또 흥미롭게도 우리가 논의한 페미니즘 성향의 에세이들은 그녀의 글 모음집 어디에도 등장한 적이 없었다. 이 에세이들은 그녀의 아들 데이비드 리프가 편집해 2013년 라이브러리 오브 아메리카에서 펴낸 『수전 손택: 1960년대와 1970년대의 에세이들』 뒤편에 밀려나 있었다.[42]

손택의 여성운동 참여 정도가 실망스럽다고 생각한 중요한 페미니스트 인사 중 한 명이 에이드리언 리치였다. 그녀는 손택이 1975년 발표한 「매력적인 파시즘」이라는 글에서 레니 리펜슈탈에 대해 미묘한 뉘앙스로 복잡하게 논한 것에 대해 비판하는 편지를 〈뉴욕 리뷰 오브 북스〉에 보냈다. 그녀는 어떻게 "같은 정신의 소유자"가 이런 "뛰어난 에세이"와 「여성이라는 제3세계」라는 "역시 뛰어난 에세이"를 동시에 써낼 수 있느냐며 의아해했다. 손택은 이렇게 답변했다 "쉬운 일입니다. 다른 주장을 하겠다는 의도로 다른 문제를 다루면 됩니다."⁴³ 하지만 손택은 나치즘에 활력을 불어넣은 심각한 미소지니에는 왜 주목하지 않았던 것일까?(그녀가 「여성이라는 제3세계」에서 그런 주제를 다루었다는 것은 중요하지 않았던 것 같다.)

리치는 "페미니즘 운동은 늘 격렬하게 반계급주의와 반권위주의적 태도를 견지해왔다"고 썼다. 또한 그녀는 페미니스트들은 "가부장제 아래에서 '성공을 거둔' 여성들에 대해 타당한 경계심을 갖고 비판적인 태도를 취했다"고도 했는데, 이런 규정은 사실상 역설적이게도 리펜슈탈이나 손택뿐만 아니라 리치 자신을 설명하는 정의이기도 했다. 손택은 권위적인 어조로 답변했다. "리펜슈탈이 일부 페미니스트들의 비위에 거슬리는 인물이라고는 생각합니다.(물론 나는 그녀가 재수 없는 적들의 명단에 속해 있고, '남성에 의해 성공한 여성으로 규정된 여성'이기 때문이라는 이유보다 좀 더 나은 이유로 페미니스트들이 그렇게 생각하기를 바랍니다.)" 더 나아가 그녀는 만약 리치가 "지식인이라는 거대한 곰을 골려주는 일에 착수한 것이라면, 그런 '지적 운동'의 취향을 가진 사람이 누구든, 나야말로 그런 사람의 열렬한 옹호자라는 것을 깨닫게 될 것"이라고 덧붙였다.

득점하고, 세트를 따내고, 경기는 끝난 셈이었다. 하지만 아닐 수도 있다. 리치의 전기 작가 힐러리 홀러데이에 따르면 두 여성은 이 공개적 논쟁 이후 직접 만나 대화를 나누기로 했다고 한다. 그들은 손택의 아파트에서 "대화를 시작했고 이는 사랑을 나누는 일로 이어졌다."⁴⁴ 손택의 전기 작가 벤저민 모저에 따르면 "손택은 리치를 공격한 일 때문에 많은 페미니스트들과 관계가 소원해졌고, 그들은 손택을 자신들 편이라고 결코 생각하지 않았다. 바로 이런 불화 때문에 손택이 쓴 페미니즘 성향의 글들은 무시당했다." 모저는 그녀가 공공연하게 페미니즘과 레즈비어니즘을 거부한 것을 문화의 "보편적 중재자" 역할을 하려던 그녀의 야망 탓으로 돌린다. "레즈비언이라는 게 알려지는 것은 말할 것도 없고 만약 페미니스트라고 알려진다면 그녀는 주변부로 밀려났을 것이다."[45] 그러나 페미니즘과 레즈비어니즘에 대한 손택의 회피적 태도, 지적 오만, 지면 안팎에서 보인 당당한 모습은 아마 그녀 자신은 결코 인정할 수 없었던 상처들에서 비롯되었을 것이다.

문학비평가 테리 캐슬은 〈런던 리뷰 오브 북스〉에 기고한 냉소적인 만가를 통해 그녀가 "거칠고 뛰어난 재능을 지닌 미국인"이긴 했지만 "무녀 같고 유난히 감상적이고 보통은 엄청나게 지루한 사람"이었다고 주장했다.[46] 우리는 시그리드 누네즈의 회고록 『우리가 사는 방식: 수전 손택을 회상하며』를 통해 이 『해석에 반대한다』의 저자의 실체를 한층 아련하고 생생히 목격하게 된다. 맨해튼 북서쪽에 있는 바퀴벌레가 들끓는 아파트에서 살고, 담배를 끊지 못하고, 혼자 있는 것을 두려워하고, 아들 데이비드 리프와 데이트 중이던 누네즈의 시어머니 역할을 연극적으로 해내던 그녀의 실체 말이다.[47] 삶은, 지적이고 페미니즘을 은밀하게 견지한 사람의 삶이라 해도, 이상할 수 있다.

1970년대의 페미니스트 중에서 손택의 급진적 페미니즘 성향 에세이들에 대해 아는 사람은 거의 없었다. 당연히 우리도 그랬다. 우리는 발표된 지 40여 년이 지난 그 에세이들을 이 책을 집필하는 과정에서 발견했다. 그리고 물론 손택 자신은 스스로를 에세이스트가 아니라 주로 창작 작가로, 소설과 극본과 시나리오 작가로 규정했는데, 그녀의 작품 중에서 극소수만이 엘리트 독자층을 매료시켰다. 그녀를 미국 문학계의 "다크 레이디"●라며 숭배했던 이들을 말이다.

'우먼하우스'*의 베스트셀러들: 토니 모리슨에서 매릴린 프렌치까지

  손택의 창작 작품들이 마땅히 받을 만하다고 생각했던 찬사를 거의 받지 못했던 반면, 그녀의 동시대 여성 작가 다수는 페미니즘 소설로 독자를 사로잡으며 꽤 큰 성공을 거두고 있었다. 손택 세대의 작가들은 1970년대에 발표한 소설들을 통해 케이트 밀릿의 "가부장제 이데올로기의 내면화" 개념과 손택의 "성차별주의적 세뇌" 개념을 조명하며 여성을 순종적인 얼간이로 보는 밀러와 메일러의 생각에 반대했다.(밀릿과 손택의 두 개념은 젊은 여성들이 문제 많은 사회제도에 굴복하는 이유를 설명한다.) 이 여성 작가들은 등장인물의 행복을 파괴하는 사회화 과정을 주제로 삼았다. 토니 모리슨, 앨릭스 케이츠 슐먼, 에리카 종, 리타 메이 브라운, 마거릿 애트우드, 매릴린 프렌치는

● 셰익스피어의 소네트들에 나오는 정체불명의 여성.
★ 주디 시카고와 미리엄 샤피로가 할리우드의 버려진 집을 사서 공동 작업실로 개조하여, 스물한 명의 미대생과 함께 미술 실험을 한 협업 프로젝트.

여성의 온전한 인간성을 파괴하는 사고방식에 의해 여성의 삶이 어떻게 일그러지는지 묘사했다.[48]

1970년대의 페미니즘 소설은 여성으로 성장하면서 겪게 되는 모욕적인 일들로 가득 차 있다. 소설들은 생리의 시작을 둘러싼 비밀주의, 클리토리스 자위 행위의 은밀한 발견, 이성애 관계 내에서 맺는 (일반적으로 불만족스러운) 첫 성 경험, 성에 관한 이중 잣대가 주입하는 굴욕감, 사랑과 남성의 보호에 대한 과대평가, 여성의 신체에 대한 만연한 페티시즘, 그리고 성희롱, 불법 낙태, 가정 내 학대, 강간 등을 묘사한다. 이성애, 결혼 제도, 핵가족이 소녀와 성인 여성의 삶을 시들게 만든다고 주장하기도 한다.

토니 모리슨의 감동적인 첫 소설 『가장 푸른 눈』(1970)에 나오는 열한 살 난 피콜라 브리드러브보다 더 가슴 아픈 강간 피해자는 없을 것이다. 그녀는 (폭력적인 근친 강간을 당하기 전부터 이미) 백인의 미적 기준을 내면화함으로써 파멸해가는 인물이다. 자신이 사랑스럽지 않다고 확신하는 한편 푸른 눈의 백인 배우 셜리 템플의 사진에 매료되어 있던 피콜라는 "[자신이] 못생겼다는 사실의 비밀을 알아내려고" 애쓰면서 "푸르고 예쁜 눈"[49]을 갖기를 간절히 소망하면서 자란다. 그녀의 어머니 브리드러브 부인 역시 "인간의 생각의 역사에서 가장 파괴적인 생각 중 하나", (백인이 규정한) 육체적 아름다움이 미덕이라는 생각에 오염되어 있다.[50] 극장에 갔다가 임신하게 된 그녀는 백인 배우 진 할로와 "거의 똑같이" 머리를 곱슬곱슬 만 상태였는데, 그때 사탕을 깨물어먹다가 입안에서 치아 한 개가 뽑혀져

나왔다. 그 순간 그녀는 "그냥 못생긴 상태로 지내기로 마음을 굳히며" 결국 "머리카락은 예쁘지만, 맙소사, 외모는 못생긴"[51] 딸을 낳았다.

토니 모리슨은 랜덤하우스 출판사에서 일하고 두 아들을 키우면서 이 첫 소설을 썼다. 그녀는 오하이오주 로레인에서 "흑인은 지상의 인간이라고 생각하지만, 백인이 지닌 인간성의 질과 존재에 대해서는 심각하게 의심했던" 부모의 손에 성장한다. "그러니 나는 기본적으로 인종차별주의적인 가정에서" "어린아이가 감당할 몫 이상으로 백인에 대한 경멸감을 품고 자라난 셈이었다."[52] 이런 생각은 언젠가 집주인이 그녀의 가족을 쫓아내기 위해 불을 질렀을 때 더 심해진 것이 틀림없는데, 물론 열심히 일하던 그녀의 아버지는 불을 끄고 이사 가기를 거부했다.

그녀는 하워드대학교에 진학해 문학 공부를 시작하면서 자신의 이름을 클로이 앤서니 워포드에서 토니 워포드로 바꾸었다. 그 뒤 코넬대학교에서 윌리엄 포크너와 버지니아 울프의 작품을 주제로 석사 학위 논문을 쓰고 자메이카 출신 건축가 해럴드 모리슨과 결혼했다가 이혼했는데, 그녀는 이혼한 이유가 결혼 생활에 관한 그의 인습적인 사고에 반대했기 때문임을 암시했다. 그녀가 『가장 푸른 눈』을 쓰게 된 부분적인 이유는 민권운동과 블랙 파워 운동의 "검은 것이 아름답다" 모토를 점검하기 위해서였다.

넌더리가 나면서도 중독성 있는 여성의 아름다움에 대한 백인 위주의 이상은, 『가장 푸른 눈』의 브리드러브 가족이 왜 머리를 곧게 펴고 피부색을 옅게 만드는 제품을 만드는 백만장자 C. J. 워커 부인의 결혼 전 이름을 두고 놀리는지, 왜 피콜라의 이름이 패니 허스트의 소설 『모방된 인생』[53]에서 칭찬받는 백인의 외모와 경멸당하는 흑인의 정체성 사이에서 괴로워하는 딸 피올라를 상기시키는지 그 이유를 설명한다. 모리슨은 백인이 설정한 매력 기준을 과대평가하는 데 오염되지 않은 다른 인물들도 예리하게 묘사한다. 그러나 어리숙한 피콜라는 "어른, 나이가 찬 소녀, 상점, 잡지, 신문, 상점 진열장의 간판 등 온 세상이 소녀라면 누구나 푸른 눈과 노란 머릿결, 핑크색 피부를 한 인형을 보물처럼 소중히 여겨야 한다"[54]는 데 동의했다는 사실이 부분적인 이유가 되어 곤두박질치고 정신이상까지 일으키게 된다.

그러나 피콜라를 정신분열증으로 내모는 것은 그 자신도 인종차별주의의 피해자였던 한 남자의 악행이다. 피콜라의 아버지 촐리는 소년 시절 백인 남성들에게 폭행을 당했다. 그들은 생애 첫 섹스를 하던 "그의 몸 뒤편을 플래시로 비추고" "응원한답시고" 그를 "검둥이"라고 불러 자극하며 충격에 빠뜨렸다. 그 백인 남성들을 증오하기에는 아직 어렸던 촐리는 "그의 발기부전, 무력한 상황을 목격한" "소녀를 증오하고 경멸하게 된다." 그는 친딸을 강간하는 와중에도 딸이 겪고 있는 이 비참한 상황으로부터 딸을 보호해야겠다고 생각하며, 이런 "혼란스러운 복합 감정"은 "그녀에게 부드럽게 삽입하는" 결과로 이어진다. 강간의 끔찍함에도 불구하고 『가장 푸른 눈』의 여러 화자 중 한 명은 "그렇게 딸을 건드린 일이 치명적인 결과를 초래했지만, 피콜라를 건드릴 만큼 [피콜라를] 충분히 사랑했다"[55]고 믿는다.

『가장 푸른 눈』의 중심 플롯을 이런 식으로 대강 요약하는 것은 이 작품의 심미적 매력에 대한 정당한 접근은 아니지만, 이 작품이 흑인과 백인에게 각각 상이하게 영향을 미치는 '아름다움에 관한 그릇된 믿음'을 분석하고 있다는 점만은 조명한다. 이 같은 영향의 차이에 대한 모리슨의 통찰은 『가장 푸른 눈』 이후 1년 만에 발표한 여성해방에 관한 에세이에서 부각된다. 남부에서 흔히 볼 수 있는 인종차별 표지판들에 대해 고찰하면서, 모리슨은 그중 한 가지 유형이 이상하게도 위로를 준다는 사실을 발견했다. "백인 숙녀"와 "유색인종 여자"라는 표지판이었는데, 그녀에게는 이 두 표지판이 백인 여성은 부드럽고 무력하고 의존적인 여성으로, 흑인 여성은 "강인하고 능력 있고 독립적인" 여성으로 적절히 분류하고 있는 것처럼 보였다.[56]

앨릭스 케이츠 슐먼과 에리카 종의 소설들은 『가장 푸른 눈』에는 들어설 자리가 없었던 문제, 즉 "백인 숙녀"로 훈련받으며 형성된 남성에 대한 여성의 의존 문제를 따진다. 앨릭스 케이츠 슐먼은 『졸업 무도회 여왕이었던 어느 여자의 회고록』(1972)에서 예쁜 외모에 대한 지나친 강조와 여자 주인공이 남자를 유혹하겠다며 품는 외곬적인 결심을 결부시킨다. 주인공 사샤 데이비스는 "아름다운 외모란 워낙 중요한 것이어서 나는 혹시 내가 한창때를 지난 게 아닌가 늘 걱정하며 지냈다"고 말한다. 학교 운동장에서 불량 학생들을 마주치게 되었을 때는 ("남학생이 우리를 미워하는 일을 '일반적인' 일로 받아들이면서") 자신의 관심을 외모에 집중한다. 외모를 내세우면 남자의 보호를 받을 수 있기 때문이다. 헤픈 여자라는 꼬리표가 붙을까 봐 걱정하면서도 말이다. 사샤는 "아래쪽 그곳에서 피가 흘러나올 때의" 충격, 다른 어느 누구도 노골적으로 이름 붙인 적이 없던 "기쁨 버튼"을 발견하게 됐을 때의 부끄러움, 자신을 숲속으로 납치해서 그녀의 남자 친구들처럼 "늘 최대한 자기들 마음대로 행동하는" 소년들의 공격, 애무의 쾌락과 기대에 어긋나는 삽입 성교 사이의 불만족스러운 대비, 그리고 "내가 아름다운 게 틀림없어"[57]라는 확신을 굳혀주는 여학생 클럽 회원들의 질투 섞인 비방 등에 열중한다.

이런 사건들이 빚어내는 불안감은 슐먼의 주인공에게 "나는 남자가 없다면 무가치한 존재일 것"이라는 확신을 심어준다. 대학에 진학하자 (예상대로) 철학을 사랑하는 사샤의 마음은 마흔셋의 기혼자 철학 교수를 유혹하는 쪽으로 흘러간다. 그가 그녀의 몸 밖으로 나와 그녀의 입안에 사정했을 때도 그녀는 "영광"으로 생각한다. 이내 그녀의 아내가 그가 젊은 여학생들과 연이어 놀아나고 있다는 정보를 입수하면서 끼어든다.[58] 현실 속의 남편들은 '백마 탄 왕자'이기는커녕 사샤에게 다가가면서 결혼 생활이 결코 '그 후 두 사람은 영원히 행복하게 살았답니다' 식의 생활이 아니라는 점을 증명한다.[59]

슐먼의 자기 파멸적인 방탕한 주인공은 에리카 종의 『비행 공포』에 나오는 음란한 주인공과 닮았다. 오르가슴, 오럴 섹스, 스리섬 섹스에 대한 주인공 이사도라 윙의 솔직한 태도와 생리 혈과 관련된 불결한 묘사를 두고 헨리 밀러와 존 업다이크는 찬사를 보냈지만, 다른 평자들은 이 소설의 상스러움을 지적하며 혹평했다.[60] 그렇긴 해도 좋은 "흑인 여성은 자신의 자아 안의 노예를 추방하는 일에서 백인 여성보다 적어도 한 세기는 앞서 있다"[61]는 모리슨의 견해, 백인 여성의 핵심 문제는 남성에 대한 의존이라는 (제1물결 페미니즘 시기, 20세기 전환기의 남아프리카 페미니스트 올리브 슈라이너는 이 문제를 "성적 기생주의"[62]라고 부른 바 있다) 슐먼의 견해에 동의했다.

호색적인 이사도라 윙은 자신이 한편으로는 안정에 대한 욕구로 다른 한편으로는 모험에 대한 욕망으로 괴로워한다는 사실을 깨닫는다. 하지만 그녀는 이 두 가지 선택을 남성들과의 삶, 즉 고루한 프로이트 계열 심리학자 남편 베넷과의 안정된 삶과 엉덩이가 큰 로널드 랭 계열 정신분석가 에이드리언 굿러브와의 방종한 삶에 결부시킨다. 이는 전혀 놀라운 일이 아니다. "화장품 광고, 사랑 노래, 신문의 조언 칼럼, 오늘의 사랑 운세, 할리우드 가십"과 함께 성장한 다른 모든 소녀처럼 그녀도 "세뇌"당하며 살아왔기 때문이다. "우리는 사랑 때문에 죽고 사랑에 정신없이 빠져들었으며, 정액을 내뿜는 거대한 음경과 비누 거품, 실크와 공단, 그리고 당연히 돈 등으로 채워지기를 갈망했다." 그럼에도 이사도라 윙은 자신을 페미니스트로 규정한다. 타이피스트가 아니라 시인이 되기를 바랐다는 이유에서다. "중요한 문제는 당신의 페미니즘을 남자의 몸에 대한 물릴 줄 모르는 허기와 어떻게 조화시키느냐다."[63]

음탕한 여성을 터부시하는 태도에 저항하면서 이사도라 윙은 오르가슴에 관한 자신의 모든 생각이 사실은 프로이트나 D. H. 로런스로부터 온 것이기에 잘못된 것일 수도 있다는 것을 깨달는다. 그녀는 "체액과 기쁨과 사랑과 재능"을 지닌 여성 작가들을 찾았지만 허사로 끝났고, 그저 콜레트나 잘 알려져 있지 않은 사포 정도만 발견했을 뿐이다. 종은 주인공의 환상을 통해 "화끈한 섹스"를 훌륭하게 묘사한 흥미진진한 작가로 명성을 얻었다. 인간미 없고 찰나적이고 별다른 조건이 붙지 않는 '화끈한 섹스'가 주는 만족감은 이사도라가 자신의 관능적인 시와 에이드리언과의 외도를 통해 찾고자 했던 독립적인 삶과 관계가 있는 듯하다. 그러나 이사도라가 에이드리언과 불꽃이 이는 장거리 자동차 여행을 떠났을 때("난생처음으로, 나는 내 환상을 실행에 옮겼다") 그는 "물을 잔뜩 머금은 국숫발처럼 축 늘어져 나를 거부한다." 남자는 "자기 여자가 격정적으로 거칠게 나오기를 바라지만" 막상 "마침내 여자들이 음탕하고 거칠게 나온다 싶으면" "시들어버린다"[64]는 것이다.

환상과 현실 사이의 괴리는 『비행 공포』의 말미에서 예리하게 강조된다. 이사도라가 프로이트 심리학에 대한 남편의 지껄임과 연인의 실존주의적 설교를 거절하고 난 이후, 기차에 오른 그녀는 한 텅 빈 침대칸에서 그녀의 다리 사이로 손을 들이미는 낯선 남자를 맞닥뜨리는데 이는 그녀의 격분만 끌어낼 뿐이다. 이사도라는 자신의 이야기가 19세기식 사랑으로 끝날지 아니면 20세기식 이혼으로 끝날지 알지 못한 채, 부재중인 남편의 호텔 객실 욕조 물에 몸을 담근 모습으로 이야기를 끝낸다. 모호하게 끝난 『비행 공포』의 결말 때문에 많은 가상 결말이 생겨났다고 종은 설명했다. "그중 한 버전에서는 이사도라가 허조그*처럼 콜레트, 시몬 드 보부아르, 도리스 레싱, 에밀리 디킨슨에게 긴 편지를 쓴다. 다른 버전에서는 잘못된 임신 중단 수술로 사망한다. 다른 버전에서는 베넷과의 관계를 청산하고 숲속에서 혼자 살기 위해 월든 호수로 떠난다. 또 다른 버전에서 그녀는 베넷에게 영원한 노예가 되겠다고 약속하고 베넷은 그녀를 다시 받아들인다."[65] 이 모든 결말들 대신 종은 (아직은 훨훨 날아갈 수 없는) 이사도라 윙을 잠재적 부활이 가능한 물속에 푹 잠긴 모습으로 남겨둔다.

슐먼과 종은 자신의 여주인공을 피해자로 여기는 태도를 조롱한다. 이 점에서 그들은 "페미니즘 사고방식에는 도덕적 상상력을 천박하게 만드는 측면이 있다"고 비난한 존 디디온의 발언이 거짓임을 밝힌다. 1975년에 쓴 「여성운동」이라는 에세이에서 디디온은 페미니스트들이 "모든 여성"에 대해 "자기만 빼놓고 모든 사람들로부터 피해를 당하는 당사자"라고 생각한다면서 조소를 퍼부은 적이 있다. "그들 생각에는 모든 여성이 자신의 부인과 의사에게 학대당하고, (…) 남편에게 강간당하고, 낙태 수술대 위에서까지 강간당한다."[66] 리타 메이 브라운은 피해자 의식을 거부하는 여자 주인공을 내세워서, 남성에 대한 여성의 의존이 아니라 그런 의존의 토대가 되는 이성애 각본을 개탄스러워했다. 아름다운 외모와 무수히 많은 섹스에 대한 물릴 줄 모르는『루비프루트 정글*』(1973) 주인공 몰리 볼트의

● 솔 벨로의 동명 소설 주인공. 아내에게 배신당한 뒤 신경증에 걸려 과거와 당대의 위대한 인물들에게 보내지도 못할 편지들을 끊임없이 써댄다.
★ '루비프루트 정글'은 비밀로 가득한 풍요로운 여성의 성기를 비유한 표현이다.

욕망은 그녀에게 어머니의 편견에 (이런 소설들에서 대개 어머니란 존재는 퇴보적인 주체다) 맞설 힘을 부여한다.

리타 메이 브라운의 이 이정표적인 소설은 그녀가 접촉한 모든 출판 에이전트와 출판사로부터 거절을 당하다가 소규모 페미니스트 출판사 '도터스'를 통해 출판의 길을 찾았다. 이후 이 출판사가 "요구 사항을 들어줄 형편이 안 되자" 브라운은 다른 길을 찾다 밴텀북스 출판사에 팔았는데 놀랍게도 12만 5000달러짜리 수표를 받았다. 그녀는 또 "악명을 얻으며 엄청나게 쏟아지는 증오 편지, 두 차례의 폭파 협박을 포함한 수많은 살해 협박, 페미니즘 운동 보수 진영의 점증하는 분노, 급진적인 다이크들의 경멸"을 받기도 했다. "비非동성애자들은 내가 동성애자라는 이유로 불같이 화를 냈다. 다이크들은 내가 동성애자로서 충분하지 못하다는 이유로 불같이 화를 냈다."[67]

호기심 많고 인종적으로 정체가 모호하고 사생아이기도 한 몰리 볼트는 (반향을 불러일으킨 래드클리프 홀의 소설 『고독의 우물』[1928]에서 물려받은) 레즈비언은 비참한 불운을 타고난 별종이라는 생각을 폭파시킨다. 그녀는 그런 음모를 지탱하는 프로이트 심리학적 사고방식을 풍자한다. 남자를 동경하는 사람과 전적으로 거리가 먼 몰리는 어린 시절 남자 친구의 페니스를 보고 부러워한 것이 아니라 이웃 아이들에게 그걸 실컷 구경시키고 난 뒤 비용을 청구해 돈을 벌겠다는 계획을 세운다.[68] 몰리는 어릴 때부터 (셜리 템플 인형을 경멸하고 남자아이뿐만 아니라 여자아이에게도 키스하는 실험을 하면서) 앞으로 정확히 자신이 원하는 대로만 행동하기로 결심한다. "왜 모두가 자기와 다른 사람들을 한 상자에 넣고 그 뚜껑에 못질해야 하나요?"[69]

몰리가 대학교에서 그리고 그 후 뉴욕에서 만나게 되는 비동성애자들은 레즈비언을 병든 사람으로 여기거나 그들이 그런 미성숙한 형태의 성애 행위를 단념해야 한다고 생각한다. 그러나 그 비동성애자들 자신의 이성애 성행위도 ("거대 유방으로 맞으면 짜릿한 흥분을 느끼는" 남자의 성행위처럼) 노골적인 변태 행위로 묘사된다.[70] 동성애자 사회에 대해서도 '부치'와 '펨'으로 나누는 사람들을 두고 그 일이 그 자체로 문제가 많다고 퍼붓는다. 몰리는 "여자가 짝퉁 남자처럼 보이고 행동하려 든다면 레즈비언은 돼서 뭐하느냐?"고 비웃는다. 소설의 결말 부분에서 그녀는 영화학 학위를 끝내고 어머니와 화해한다. 그럼에도 문제가 남는다. 그녀는 고작 비서 일자리를 제의받았을 뿐인데 (포르노그래피 영화를 전공한) 남자 동료들은 잘나가고 있다.[71]

마거릿 애트우드는 『신탁받은 여자』에서 동시대 작가들이 동화, 로맨스 영화, 할리우드 아이돌, 포르노그래피에 가했던 공격을 확장한다. 애트우드의 이 유머러스한 메타 픽션은 여자 곡예사를 굶겨 거식증에 걸리게 하는 데 궁극적으로 실패한 이야기들과 깡마른 여자 주인공들을 정조준한다. 깡마르고 폭압적인 (딸을 위한다고 케이크를 얼릴 때 설사약을 넣는) 어머니에게 반항하는 여자 주인공 존 포스터는 자신이 매트로포비아, 즉 어머니를 두려워하고 증오하는 공포증에 시달리고 있다는 걸 알게 되고, 이 공포증은 엄청난 양의 음식을 먹는 일로 이어진다. 맨 처음 존의 "출렁거리는 넓적다리"와 "불거져 나온 지방 덩어리"는 어린이 무도 발표회에서 그녀가 나비 역할을 못 하도록 방해한다. 그녀는 "둥근 좀약처럼 생긴 사람과 누가 결혼하고 싶어할까?"라며 초조해한다. 하지만 열다섯이 된 그녀는 모든 사람이 111킬로그램 나가는 그녀의 몸을 보고 시선을 돌리면 "시무룩한 쾌감"을 느낀다.[72] 몸통 둘레 치수 때문인지 그녀는 눈에 잘 띄지도 않고 남자들의 괴롭힘으로부터도 보호받는다. 그녀는 높은 줄 위를 능숙하게 걷는 과시욕 강한 (핑크색 타이즈를 입고, 반짝이는 작은 왕관을 쓰고, 새틴 슬리퍼를 신고, 아주 작은 핑크색 우산을 들고 있는) '패트 레이디'를 상상하기 시작한다.

우리가 먹는 것이 곧 우리지만, 우리가 읽고 쓰는 것도 우리다. 유산을 물려받기 위해 체중 감량을 하고 난 뒤 존은 남자들과의 관계를 여러 차례 이어나가는데 그들은 모두 매혹적인 바이런풍 남자들로 보인다. 하지만 결국 모두 따분하고 재미없는 삶을 영위하고 있는 것으로 밝혀진다. 존은 이에 대해 신경 쓰지 않는다. 그녀도 곡예하듯 사기를 저질러 자신의 삶에 남자들을 조달하고 있는 것이기 때문이다. 『신탁받은 여자』라는 성공적인 시집을 쓴 미지의 여성 시인이자 큰돈이 벌리는 고딕 시대극 로맨스 작가라는 비밀스러운 정체가 그녀가 저지르는 사기다. '패트 레이디'와 뚜렷이 대비되는 존의 이 두 아바타는 여성을 피해자로 만드는 사건들에 휘말린다.

인상적인 여성 시인인 존의 머릿속에서는 전설 속 여성 예술가들의 비극적 운명이 떠나지 않는다. 그들은 피륙 짜기를 그만

두고 현실 세계에서 죽게 되는 '레이디 샬럿'*이고, "자신의 커리어와 남편 사이에서 고민하다가" 끝내 달려오는 기차를 향해 구두를 신고 춤추는 「빨간 구두」 속의 댄서다. 존은 "나는 평생 여러 가지 음모의 포로로 살아왔다"는 사실을 깨닫는다. 그런 음모 속에서는 "노래하고 춤출 수 있거나 행복하거나 할 수 있지만, 둘 다 할 수는 없다."[73] 한편 고딕 시대극 로맨스 저자인 존도 시인 존과 다름없이 잘나간다. 그녀의 이야기들은 핍박받는 여자 주인공들에게 행복한 결말이라는 보상을 해주면서 상업적으로 성공했기 때문이다. 두려움 많은 그녀의 주인공들은 음산하고 고색창연한 대저택을 무단 침입하고, 거기서 탐욕스러운 아내들과 경쟁하고, 당연히 극악무도한 악당일 듯한 남자 주인공들과 맞선다. 소설 내내 존이 써나가는 고딕 시대극 로맨스 『사랑에 스토킹당하다』의 구절들이 끼어드는 가운데, 그 소설에 등장하는 펠리샤라는 아내는 죽음을 맞이하게 되며, 그 때문에 그녀의 뒤를 잇는 주인공 샬럿은 자신의 두근대는 가슴을 미심쩍은 대저택 주인의 가슴에 기댈 수 있게 된다.

존이 다중 정체성(아내, 정부, 저명한 여성 시인, 시대극 저자)에서 오는 스트레스로 분열되자, '패트 레이디'에 관한 그녀의 몽상까지 불길하게 변한다. 그러나 그녀는 자살한 것으로 위장하여 캐나다를 무사히 벗어난 뒤 '패트 레이디'로, 혹은 정통적인 고딕소설 플롯으로 돌아간다. "나는 흠결 없는 미덕과 단

• 아서왕의 전설에 나오는 공주. 마법의 거울을 통해서만 사물을 볼 수 있는 운명인데 랜슬롯 경을 직접 보았다는 이유로 죽음을 맞이한다.

정한 행동 양식을 지닌 샬럿이 점점 피곤해졌다. 마치 종교 고행용 털 셔츠를 입히는 식으로 그녀에게 옷을 입히다 보니 짜증이 났다. 그녀가 느끼는 공포조차 너무 순수했다. 그녀를 살해하려는 얼굴 없는 살인자들, 그녀가 사는 곳의 복도, 미로, 금지된 문들도 그랬다."[74] 존은 플롯을 변화시켜야 샬럿 브론테의 해로운 영향에서 벗어날 수 있다.

『사랑에 스토킹당하다』마지막 연재분의 "중심 플롯"에서 네 여자가 벤치에 앉아 있는 장소에 이르기 위해 미로 깊은 곳까지 걸어 들어오는 사람은 순결한 샬럿이 아니라 저택 주인의 아내 펠리샤다. '패트 레이디'를 포함하여 네 여자 모두가 자신이 진짜 레드먼드 부인이라고 밝힌다. 대저택 주인이 펠리샤를 결혼 음모에 휘말리게 하든 죽음의 음모에 빠뜨리든 간에, 존은 자신이 내세운 아바타들이 모두 같은 이야기의 덫에 걸려 있었음을 깨닫는다. 한편 존의 다시 쓰기는 애트우드를 매료시켰던 「푸른 수염의 남자」에서처럼, 두 이야기가 같은 이야기일 수도 있음을 암시한다. 오스카 와일드도 알고 있었듯이, 만약 삶에 예술을 모방하는 경향이 있다면 로맨스 작품에 나오는 상투적 기법의 폭압에서 삶을 해방시키는 유일한 길은 상상력을 동원한 개작 행위일 것이다. 이는 영국 작가 앤절라 카터가 『피로 물든 방』(1979) 속 각각의 동화들에서 다시 쓰기를 통해 눈부시게 주장했던 주안점이었다.

『신탁받은 여자』발표 4년 전 애트우드는 부모를 잃고 파트너와 관계를 끝내면서 정신적 외상을 입은 불안정한 인물에 관한 소설을 펴냈는데, 여기에서 그녀는 정신적 식민화뿐만 아니라 국가적 식민화 현상을 탐색했다. 『수면 위로 떠오르기』(1972)에서 이름 붙여지지 않은 여자 주인공은 새로 생긴 남자 친구와 더불어 어느 부부와 함께 북부 캐나다 오지를 여행한다. 이 부부는 애트우드가 자신의 시에서 분석했던 사도마조히즘적 이성애를 극적으로 구현하는 인물들이다. "당신은 내 안에 꼭 맞아 / 눈 속에 꽂힌 바늘처럼 // 낚시 바늘이 / 뜬 눈에."[75] 자살 충동을 느낀 주인공은 부모가 살던 호숫가 오두막집을 찾아 나선 끝에 그동안 그녀를 황폐하게 만든 상처들과 맞닥뜨린다.

그녀는 오염된 오지 환경에 혐오감을 느끼면서 호수 바닥까지 잠수해 들어가 아버지가 행방불명되기 전 사진으로 남겨놓았던 그곳 토착민들의 그림들을 찾아헤맨다. 그러나 그림이나 바위가 아니라 "사체"를 발견하게 된 그녀는 (아버지의 것일 수도 있는) 그 사체를 무엇인가와 연결시킨다. "식초에 절여져 병 속에 웅크려 갇힌 고양이처럼 나를 노려보고 있는 (…) 그것이 무엇이든, 나 자신의 일부든 별개의 생명체든, 나는 그것을 죽여버렸다. 아이는 아니었지만 아이일 수도 있었다." 이 장면에 앞서 나온 결혼과 이혼 이야기는 낙태당한 태아라는 또 다른 상실을 그리기 위한 위장 장치였는데, 이 상실이 바로 그녀를 그녀의 부모와 태어나지 않은 아기의 아버지로부터 멀어지게 만들었다. 그녀가 "미국인들"이라고 부르는 식민지 개척자들의 파괴 행위로 인해 오염되었다는 느낌을 받은 화자는 "남성과 여성 모두"[76]의 영역인 인간 세계로부터 자신을 단절시키기로 결심한다.

주인공은 자연의 성스러운 신들이나 동물들과 접촉을 시작하기에 앞서, 임신을 위해 자신의 남자 친구를 이용한다. 그녀는 잃어버린 자신의 아이가 "내 안에서 수면으로 떠오르고 있다고, 그토록 오랫동안 감금되어 있던 호수 바닥으로부터 나를 용서하면서 떠오르고 있다"고 느낀다. 호숫가 오두막의 안과 밖에서 그녀는 문명의 잔해들(필름통, 그녀가 직접 그린 동화의 삽화, 부모님이 사용하던 지도, 앨범, 접시 등)을 파괴한다. 그녀는 은신처를 만들고 정원에 남아 있는 것을 먹으며 살아간다. 거짓된 자아를 떨쳐내고 원시적이고 동물적인 자아를 되찾으려는 시도는 물론 실패를 맞이할 운명이다. 하지만 그녀는 여러 환상을 체험하며, 자신에게 지극히 중요한 책무가 있음을 깨닫는다. "무엇보다도 이거야, 바로 피해자가 되기를 거부하겠다는 결심." 이런 결심은 부분적으로 "나는 무력하다는 오랜 믿음"[77]을 철회하는 마음가짐을 포함한다. 『수면 위로 떠오르기』는 익명의 모든 여성에 관한 우화로서는 모자라는 감이 있지만, 과거의 케케묵은 관습들을 깨부수고 자연에 보다 더 가까운 형태의 삶을 위한 부활을 모색하는 1970년대의 모든 여자 주인공을 대변한다.

『수면 위로 떠오르기』의 삭막한 분위기는 1977년 베스트셀러 목록에 이름을 올리며 공전의 히트를 기록했던 매릴린 프렌치의 『여자의 방』에서 보여주는 폭넓은 역사적 시야와 대비된다. 매릴린 프렌치는 "남성과 여성 모두"에 대한 비관적인 시각을 제시하기도 했다. 이 소설의 앞쪽 절반은 1950년대의 가정생활을 꿰뚫어본 베티 프리단의 통찰이 옳았음을 우울하게 확인하는 결과물처럼 읽힌다.[78] 모든 아내는 비참하게도 직업이 있을 수도 있고 없을 수도 있는, 술을 마실 수도 있고 안 마실 수도 있는 남자들에게 의존해야 한다. 하지만 "그 남자들이 없으면 당신은 아무것도 아닌 사람이다." 놈*과 (적절히 붙인 이름이다) 결혼한 프렌치의 주인공 미라는 (그녀는 자조적으로, 자신을 완벽한 놈 부인이라고 생각한다) "4000년 동안 나의 성별이 얼마나 형편없는지를 이야기해온 남성들이 죽도록 역겹다"는 걸 깨닫는다. "특히 주변을 둘러보며 너무나 형편없는 남성들과 너무나 훌륭한 여성들을 보게 될 때, 그리고 그들 모두가 4000년 동안 이어져온 앞의 말이 옳을지도 모른다는 생각을 은밀히 품고 있다는 게 느껴질 때, 역겨움을 느낀다."[79]

1960년대를 다룬 이 소설의 후반부에서 페미니즘은 대부분의 등장인물들을 구하는 데 실패한다. 이혼 후의 삶을 잘 살아낸 여성이자 페미니즘의 가장 중요한 옹호자로 등장하는 밸은 전 남편이나 "그 남자들 중 그 누구를" 증오하기를 그만둔다. "그들은 어쩔 수 없다. 그들은 개자식으로 살도록 훈련받으니까." 하지만 자신의 딸이 강간당하고 나자 밸은 서서히 독설에 빠져들며, "여성과의 관계에서 모든 남성은 강간범이며, 바로 그것이 그들의 본모습이다. 그들은 그들의 눈으로, 그들의 법으로, 그들의 규약으로 우리를 강간한다"[80]고 주장한다. 많은 페미니스트들이 애증이라는 양가감정을 품고 대하긴 했지만 『여자의 방』은 빠르게 페미니즘의 상징이 되었다.[81]

그럼에도 이 작품의 비감한 분위기는 자신들이 죽은 세계와

* Norm. 규범이라는 뜻의 일반명사이기도 하다.

태어나려고 발버둥치는 세계라는 두 세계 사이에서 방황하는 이야기의 결말에 이르러 있음을 알아차린 1970년대 여자 주인공들의 불확실성을 반영한다. 그들이 살고 있는 풍경은 주디 시카고와 미리엄 샤피로가 1972년에 만든 〈우먼하우스〉 설치미술 전시실을 닮았다. 전시된 작품은 쓰고 난 탐폰들로 가득 찬 깡통 쓰레기통이 있는 〈생리 혈 처리 화장실〉, 숨겨진 괴물들에다 축소형 실내장식이 되어 있는 〈인형의 집〉, 벽과 천장이 난자와 유방으로 뒤덮인 〈육아용 부엌〉, 그리고 특히 화려한 예복 정장을 제대로 갖춰 입히고 층계참에 고정시킨 실물 크기의 인형이 있는 〈신부의 계단〉 같은 것들이다.[82]

　우리는 『다락방의 미친 여자』를 공동 집필하는 동안 위와 같은 소설들을 다수 읽으면서, 이 소설들이 제인 오스틴이나 샬럿 브론테, 엘리자베스 배럿 브라우닝 같은 작가들이 보다 감추어진 식으로 발언했던 항변을 어떤 식으로 강조하는지 깨닫고 놀랐다. 그러나 오스틴, 브론테, 배럿 브라우닝의 주인공들과 달리, 페미니즘 소설의 주인공들은 이성애 관계에 헌신하며 '그 후 영원히 행복하게 살았다'는 식의 삶을 사는 결말을 맞이하지 않았다. 그들은 미치거나, 불행한 결혼 생활을 하거나, 이혼하거나, 독신으로 지내면서 자신의 저자들에게 (적어도 부분적으로는 페미니스트들이 양성 간의 전통적인 관계를 도전적으로 공격하면서 이혼율이 급증했던 시기 동안) 결혼 제도를 비판할 기회를 제공했다.[83]

1950년대에 대한 플라스의 전기 충격 같은 반응

1970년대에 가장 폭넓게 읽힌 소설 중 하나는 미국의 전통적 여성성을 비판한 작품으로, 그 여성성의 모순은 우울증에 걸린 주인공/서술자를 광기로 (그리고 자살 시도로) 몰아간다. 실비아 플라스의 『벨 자*』는 원래 1963년 런던에서 빅토리아 루커스라는 필명으로 출간되었다. 저자가 자살하기 채 한 달도 안 남은 시점이었다. 그녀가 죽고 난 후 그녀의 남편도 그녀의 어머니도 영국에서 그녀의 이름으로 이 작품이 발표되도록 허락하는 것을 주저했으며, 미국에서의 출간에 대해서는 한층 더 불안해했다. 이 소설은 마침내 1971년 미국에서 출간되면서 엇갈린 평가를 받거나 열혈 독자들을 감동시켰다. 이들 열혈 독자 다수는 이 작품의 플롯이 플라스 자신의 애틋한 개인사를 따르고 있고 그녀의 불길한 미래를 예언하고 있다는 점을 의식하고 있었다.

플라스는 오래전부터 조이스 캐리처럼 혹은 마침내 밝혀졌듯이 J. D. 샐린저처럼 "생생하고 요란한 구어체 목소리"로 소설을 쓰고 싶어했다.[84] 그리고 분명 그녀의 화자인 에스더 그린우드는 샐린저의 홀든 콜필드처럼 그저 냉소적인 세계관으로 꽉 차 있다. 에스더는 홀든처럼 "위선자들에 대한 경멸감"을 품고 있진 않지만, 자기희생을 향해 표류해가면서 그녀 자신을

• 유리 종 또는 유리 항아리라는 뜻으로, 유리 천장처럼 여성을 억압하는 사회와 문화를 상징한다.

형성시킨 문화로부터 별스럽게 소외되어 있다. 작품의 첫 문단부터 전체 작품의 기조가 깔린다. "어딘가 이상하고 후텁지근한 여름이었다. 로젠버그 부부가 전기의자 처형을 당한 여름이었다. 그리고 나는 뉴욕에서 내가 뭘 하고 있는 건지 알지 못했다."(에스더는 플라스 자신처럼 젊은 여성들을 위한 잡지의 객원 에디터로 뽑혀 뉴욕에 와 있었다.) 하지만 에스더는 자신이 뉴욕에서 뭘 하고 있는지 설명을 시작하기도 전에 로젠버그 부부 사건에 내내 집착하며 괴로워한다. "전기의자로 사형되었다는 생각이 나를 역겹게 만들었다. 신문에서 읽을거리라고는 온통 그 사건밖에 없었다. (…) 라디오에서도 계속 로젠버그 부부 이야기만 들려왔다. (…) 나는 그해 여름 내가 뭔가 잘못되어가고 있다는 걸 알았다. 생각할 수 있는 것이라고는 로젠버그 부부 사건과, 그동안 불편하고 값비싼 옷들을 사들여 옷장에 죽 걸어놓고만 있었으니 나는 얼마나 바보 같은 사람인가 하는 자괴감뿐이었다."[85]

로젠버그 부부에 대한 에스더의 집착은 놀랍지 않다. 그녀는 매카시즘과 반유대주의로 점철된 1950년대에 관한 일종의 소설/회고록을 쓰기 시작한 상태였다.(반유대주의는 로젠버그 부부의 사형 판결을 도운 검사였으며 나중에 도널드 트럼프의 개인 해결사 역할을 맡게 되는 유대계 법조인 로이 콘에 의해 한층 더 조장되고 있었다.) 에설 로젠버그의 전기의자 처형은 자신의 남동생과 남편이 꾸민 간첩 행위에 가담했다는 증거가 거의 없었으므로 특히 불미스러웠다. 따라서 플라스에게는 그녀가 더 중요했다. 그녀의 전기의자 처형 사건은 『벨 자』의 중심 주제, 즉 전기충격요법의 위험한 오용이라는 주제를 이끌어냈다. 플라스가 보기에는 1953년에 그녀가 겪어야 했던 전기충격요법이 전기의자 처형과 유사한 것이었다.

의기양양한 시간이 되었어야 마땅한 뉴욕에서의 한 달이라는 기간 동안 에스더가 겪은 일은 모두 불운한 사건들이었다. 그녀는 인턴 사원으로 일하며 돕던 잡지의 편집장 제이 시를 "머리가 좋다"며 존경하지만 이 편집장의 "지독히 못생긴 외모" 때문에 싫어하게 된다. 그녀는 동료 여성 객원 에디터들 중 상반된 유형의 두 동료, 반항아적인 도린과 도린이 "낙천적인 카우걸"[86]이라고 꼬리표를 붙인 전형적인 미국 소녀 벳시에게 이끌린다. 과부 어머니를 (속기와 타자를 가르치는 선생으로, 에스더에게 이 기술을 습득하라고 다그친다) 포함해 이 인물들은 그녀 자신의 다양한 면모 혹은 그녀가 막연하게 갈망하는 다양한 역할을 대변하는 것처럼 보일 수 있다. 그러나 그와 동시에 그들 중 누구도 은밀하게 움직이는 그녀의 야망에 부합하지 않는다. 사실 그들은 전부 글자 그대로 독성을 지닌 세계에 갇혀 있다. 인상적이게도 한번은 도린만 빼놓고 모든 객원 에디터들이 〈레이디스 데이〉에서 주관한 점심 모임에서 식중독 사고로 쓰러진다. 도린은 어떻게 빠지게 되었을까? 특별 대접으로 예정되어 있던 이 모임을 건너뛰는 바람에 괜찮았다. 그녀 역시 행사에 참석하려고 택시를 탔다가 우연히 만난 남자 친구와 잠깐 한잔하게 됐는데 권하는 족족 술을 다 마시는 바람에 점심 모임에 앞서 토하고 이 모임을 거르게 된 것이었다.

에스더가 만나는 남성들 또한 그녀의 욕망에 부합하지 않는다. 그녀의 고등학교 시절 남자 친구 버디 윌러드는 그녀의 어머니만큼이나 부르주아적이고 버디의 어머니는 한층 더 문화에 얽매인 사람이다. 윌러드 부인은 버디를 에스더와 결혼시키려 애쓰면서, 에스더에게 쿠키를 자르고 굽는 1950년대의 가정주부가 되라고 권한다. "남자라는 존재는 뭐냐 하면 말이야, 미래를 향해 쏘아올리는 화살이란다." 윌러드 부인은 자신의 생각을 이렇게 밝힌다. "그리고 여자라는 존재는 뭐냐 하면 말이야, 그 화살을 쏘는 발사대지." 그러나 에스더가 원하는 것은 그녀 스스로 미래를 향하는 화살이 되는 것이다. 아무튼 버디는 에스더에게 성적 매력을 지닌 것은 하나도 선물하지 못한다. 마침내 그녀가 그의 성기를 보게 되었을 때 남성의 생식기관 일체를 처음 본 것이었는데 그녀는 그것을 "꼭 칠면조 목과 칠면조 모래주머니"[87] 같다고 비유한다. 그녀가 관계를 맺은 다른 남성들(그녀를 강간하려 했던 페루 남자, 소극적인 동시 통역사, 대량 출혈을 일으켰던 첫 경험의 상대인 수학 교수)에 대해 말하자면, 그들 모두 그녀가 두려워해야 할 모든 것을 구체화시킬 뿐 그녀에게 준 것은 아무것도 없었다.

에스더의 도덕적 일탈은 어쩌면 소설 후반부에서 전기충격요법 처치와 입원을 요하게 되는 정신쇠약의 신호일지도 모른다. 그러나 이 도덕적 일탈은 사회학자 에밀 뒤르켐이 유명한 연구서 『자살』에서 설명한 "규범 부재 현상"의 영향이기도 하다. 그런 규범 부재 현상(예전부터 모두 동의했던 기준과 가치가 붕괴되는 현상)이 가식적인 1950년대 문화의 특징이 되어가고 있었다. 에스더의 뉴욕 시절, 고향, 그리고 이후 정신병원에서 만난 환우들에 대해 곰곰이 생각해보자. 그들 하나하나가 완전히 다른 삶의 방식을 대변한다. 벳시 유형을 이상화하는 (그리고 마침내 잡지의 표지 모델까지 되는 벳시의) 세계에서 반항적인 도린은 계속 잘나가고, 에스더의 헬리콥터 맘은 대학에서 속기술을 가르치며 자립하고, 윌러드 부인은 여성 소비자 잡지 〈굿하우스키핑〉의 단조로운 일상을 뽐내고, 편집장 제이 시는 강력한 힘을 지녔지만 여전히 "지독히 못생긴" 모습을 견지한다. 모두 다르지만 제각각 나름대로 다른 누구 못지않게 강렬한 문화적 이미지를 내보인다. 에스더가 스스로 "무화과나무 우화"라고 부르는 우화에 못 박힌 듯 꼼짝 못 하고 사로잡혀 있다는 사실을 깨닫는 장면도 전혀 놀랍지 않다. 그 우화에서 그녀는 자신이 무화과나무 아래 앉아 있다고 상상하는데, 무화과나무의 과실은 원래 전통적으로 여성의 성기를 상징하지만 이 경우 그녀 주변의 여성들이 대변하는 다양한 역할을 상징한다. 그런데 그녀는 어떤 무화과를 따먹을지 결정하지 못하고 과실은 결국 시들어 땅에 떨어져버리는 것이다.[88]

뉴욕에서 몽유병 환자처럼 활기 없는 한 달을 보내고 난 후 에스더는 화려한 새옷들(1950년대의 여성성을 구현하는 옷들)을 전부 버리고 집으로 돌아와 하루하루를 보내며 스스로 목숨을 끊으려 애쓰고, 마침내 수면제 한 통을 몽땅 집어삼키거나 어머니의 집 지하실에 스스로를 매장시켜 (혹은 자궁에 집어넣듯 파묻어) 거의 성공할 뻔한다. "규범이 부재했던" 뉴욕에서의 아노미적인 한 달만이 그녀를 이런 '공포의 단막극'으로 내몰았던 것은 아니다. 지독히 잘못 사용된 전기치료요법과의 첫 만남 또한 로젠버그 부부의 끔찍한 비극이 미리 예시했던 참사였다. 『에어리얼』의 「교수형 집행인」에서 플라스는 이때의 경험을 소재로 쓰기도 했다. "어느 신이 내 머리카락을 뿌리부터 움켜쥐었다 / 나는 사막의 예언자처럼 그의 파란 전기 볼트 밑에서 지글거렸다."[89]

1960년대 초반 플라스가 이 암울한 내용을 썼을 때 그녀는 자신을 페미니스트라 명명하지 않았다. 그럼에도 그녀와 그녀의 작품(시와 산문) 모두는 1970년대 페미니즘을 구성하는 내용을 구체화한다. 1950년대식의 고정된 여성의 역할들과 거리 두기라든가, 섹슈얼리티('처녀성'과 그것의 상실)라든가 심지어 밀릿의 『지하실』에서처럼 "여성이기에 죽는 것"이라는 은밀한 생각을 하며 역겨워하는 반응 등이다. 운명의 변덕스러운 장난인지, 미래는 그렇게 떠오르는 것인지, 1963년 『벨 자』가 발표되고 나서 한 달 뒤에 베티 프리단의 『여성성의 신화』가 출간되었는데, 이는 플라스가 스스로 목숨을 끊은 지 불과 일주일이 조금 지난 시점이었다. 두 책 모두 "이름 붙일 수 없는 문제"[90]와의 투쟁이라고 말할 수 있으며, 밀릿의 『성 정치학』과 함께 이 세 책은 실비아 플라스의 강렬한 비극적 인생 이야기가 그랬던 것처럼, 1970년대의 페미니즘을 탄생시켰다.

『벨 자』는 미국에서 발표된 후 이 작품이 1970년대의 페미니스트들이 반기를 든 바로 그 1950년대 문화에 대한 분석이라고 올바로 평가되었다. 시간 여행 이야기처럼 에스더 그린우드 자신이 야망과 분노, 그리고 각성 의식을 완비한 1970년대 페미니스트를 1950년대로 옮겨다놓은 인물이라고 볼 수 있었다.

"대리석처럼 무거운" 가부장제 이미지에 반응하는 「아빠」와 불을 내뿜듯 위협적인 여자의 재탄생을 예고하는 「레이디 라자로」 같은 시들과 함께, 이 소설은 매 페이지마다 "이름 붙일 수 없는 문제"에 이름을 붙였다.

이 소설의 출간은 플라스의 자살 사건을 둘러싸고 계속해서 이어지고 있던 미스터리까지 더해지면서 일종의 문학적 폭동을 촉발시켰다. 로빈 모건의 1972년 첫 시집 『괴물』에 실린 시 「규탄」은 테드 휴스에게 플라스의 죽음에 대한 책임이 있다고 여긴 페미니스트들에게 공격 무대를 마련해준다.

당연히, 많은 말을 쏟아내지 않고서
내가 어떻게
비난할 수 있을까
테드 휴스를
영국과 미국의 온 문학계와 비평계가
장황하게 부인해왔던 사실:
실비아 플라스를 죽인 자가 그자 아닌가?[91]

휴스는 모건의 시가 명예훼손을 했다면서 소송을 하겠다고 발표했다. 그의 변호사들은 영국과 다른 영연방 국가들에서 그 시가 출간되지 못하도록 법적 조치를 취했다. 그러나 영국, 캐나다, 호주의 페미니스트들은 이 시집의 해적판을 만들었으며, 다른 여성들은 플라스의 묘비에 적힌 이름을 "훼손"하기(혹은 그들의 관점으로는 수정하기) 시작했다. 실비아 플라스 휴스라는 이름은 실비아 플라스로 줄어들었다. 테드 휴스가 무덤에 가져다놓았던 데번주의 돌과 조개껍질은 완전히 치워졌다. 〈가디언〉과 다른 신문 지면을 통해 격앙된 내용의 편지가 오가기도 했다.

사적인 자리에서 테드 휴스는 친구에게 "천재를 죽이는 일이 많은 남자들에게 주어지는 운명은 아니지"라고 말하면서 "저기 저 공원(그가 두 아이와 함께 살던 플라스의 아파트 근처에 있던 리젠트 동물원)에서 늑대들이 울부짖는 소리가 들려오네. 참 적절한 소리야"라고 덧붙였다.[92] 그러나 실비아 플라스의 망령에게 쓴 연작 엘레지 『생일 편지』에서 그는 과거의 일이 그의 책임이라고 주장하는 페미니스트들의 공격에 화를 쏟아냈다. 특히 그중 그의 아이들에게 바친 한 작품은 그가 느낀 비감한 감정을 드러낸다. 「개들이 너희 엄마를 먹어치우고 있단다」라는 시에서 그는 "그녀를 원래 모습 그대로 구하기에는 / 너무 늦었다"고 경고한 뒤, 그와 그의 아이들이 그녀의 무덤을 사랑스럽게 장식했지만 "하이에나 같은 인간들이" 찾아와 그녀의 몸을 "배불리 먹어치우고" "그녀의 묘비 얼굴을 지워버리며" 훼손했다고 묘사한다.[93]

변호사, 명예훼손 소송, 그리고 소요와 험악한 대응들. 테드 휴스는 1976년 시 축제에 참가하러 호주에 갔을 때 "살인자!"라고 쓰인 피켓을 든 여성들과 마주치기도 했다. 그의 반응은 2년 동안 이어진 질 바버라는 호주 시 축제 주최 측 여성과의 연애, 그리고 다른 많은 여성들과의 잠자리였다. 그러나 그는 모든 시련에서 살아남아 영국의 계관시인이 되었고, 엘리자베스 여왕의 어머니와 낚시를 가기도 했다. 찰스 왕자는 자신의 왕실 안에 그를 위한 신전 비슷한 것까지 만들었다. 그러는 동안 플라스는 그녀의 베스트셀러뿐만 아니라 물질적인 유산을 통해서도 살아남았다. 그녀의 머리카락은 인디아나대학교 릴리도서관에 보관되었고, 스커트와 드레스는 최근의 런던 경매에서 거액에 입찰되어 팔렸으며, 그녀가 만든 종이 인형들 역시 인디아나대학교에 소장되어 있다.

다이앤 수스는 2015년에 쓴 시 「실비아 플라스의 머리 리본을 한 자화상」에서 플라스가 어떻게 "우리처럼" 자신의 미모를 "결혼할 때까지" 무기처럼 휘둘렀는지, "그리고 그 무기를 내려놓았는지, 그리고 배반을 당하자 // 그녀가 다시 그 무기를 집어 들었을 때, 그때 그것이 어떻게 말의 무기로 변했는지 / 시라는 칼이 되었는지"[94] 사색한다. 수스는 에리카 종과 앤 섹스턴부터 캐서린 보먼에 이르는 시인들이 확립한 플라스 접근법을 따르며 작업했다. "자기 자신의 혀라는 / 가느다란 회초리로" 스스로를 매질하는 한 여자 노예에게 주목하는 「시의 회로에 갇힌 알케스티스●」라는 에리카 종의 시는 그런 사람을 기다리는 운명을 묘사한다.

만약 그녀가 예술가라면
그리고 천재에 가깝다면,

● 그리스 신화 속 테살리아의 왕 아드메토스의 부인. 남편을 대신하여 죽었으나 아드메토스의 친구인 헤라클레스가 죽음의 신 타나토스와 싸워 다시 살려냈다.

그런 재능이 있다는 사실 자체가 그녀에게
우리보다 훨씬 더 나은 삶이 아니라
자신의 목숨을 끊게 되는
고통을 가져왔으리라.

그리고 그녀가 죽은 뒤, 우리는 울고
그녀를 성인으로 만들고 있다.[95]

앤 섹스턴의 「실비아의 죽음」은 "데본주에서 / 감자를 재배하고 / 벌을 치는 일에 대해 / 내게 편지를 쓴 직후" 죽었다는 친구를 애도한다. 하지만 섹스턴은 (그녀 자신도 몇 년 뒤 스스로 목숨을 끊는다) "자리에 누워" "내가 그토록 오랫동안 그리도 바라왔던 죽음 속으로"[96] 들어가기로 한 플라스의 결정을 부러워한다. 캐서린 보먼은 시 선집 『플라스 진열장』에서 여성 시인들이 성인으로 추앙받으며 갇혀 있는 답답한 진열장을 생각하는 하나의 방식으로, 그곳에 보관된 플라스의 머리카락 다발과 종이 인형들을 묘사한다. 플라스가 살았던 실제 삶보다 그녀의 사후의 삶이 훨씬 더 오래도록 확장된 것이다.[97]

테드의 누나 올윈은 꽤 오랜 세월 동안 플라스가 살았던 집의 문 앞을 지키는 사자 역할을 맡았다. 지금은 플라스의 딸 프리다 휴스가 (얼마 안 되는 이들 가족의 유일한 생존자인데, 아들 니컬러스가 2009년 마흔일곱의 나이로 알래스카에서 목을 매달았기 때문이다) 논란의 대상으로 남은 그 소중한 보물 창고를 지키고 있다.

그러나 일부 독자들은 어쩐지 플라스가 지금도 살아 있을 것 같다는 환상을 여전히 버리지 못한다. 얼마 전 〈런던 리뷰 오브 북스〉는 플라스 서한집 완전판의 서평 「여든여섯의 플라스」를 실었다. 그 글을 쓴 조애나 빅스는 다음과 같이 결론을 맺었다.

실비아 플라스는 결코 죽지 않았다. 1963년 겨울에 그녀는 살아남았고 지금도 피츠로이 스트리트에서 살고 있으며, 『벨자』와 '남편이 멋지고 완벽한 남자라고 생각했지만 알고 보니 배신자에 바람둥이임이 밝혀지는' 내용의 1964년 소설 『뒤늦은 반응』으로 돈을 벌어 건물을 통으로 사들였다. 그녀는 패션 브랜드 아일린 피셔의 옷을 자주 입고 다니며, 페이버 출판사의 파티가 열리면 가장자리 안락의자에 앉는다. (…) 미투 운동은 당황스럽기도 하지만 관심이 있다. (…) 소설 집필은 몇 년전 그만두었고 시는 느긋하게 쓰고 있다. 이제 퓰리처상과 부커상에 노벨상까지 받았으니까. 그녀는 너무나 대단한 대가가 되어 가까이하기 힘들다. 하지만 그녀가 화장실에서 백발을 빗고 있고 당신은 립스틱을 바르는 동안, 당신은 거울에 비친 그녀의 모습을 보고 수줍게 미소 짓는다.[98]

6장
사변 시, 사변 소설

열정적인 행동의 시대였던 1970년대는 강력한 사변思辨의 시기이기도 했다. 여기서 사변이란 사물을 멀리 이론적 관점에서 바라본다는 어원적 의미의 사변이기도 하고, 만약이라는 ('만약 상황이 다르다면, 더 좋다면, 훨씬 더 나쁘다면 어떻게 될 것인 가') 상상의 차원에서 묻는다는 의미의 사변이기도 하다. 이 시기 동안 에이드리언 리치와 다른 여러 운동가들이 사변 시를 창작했고, 그들의 많은 동료들이 남성 SF 작가들의 하드코어 SF보다 더 사변적인 페미니즘 SF를 창작했다. 열망을 지닌 여성들은 시, 소설 두 분야 모두에서 오랜 역사를 지닌 디스토피아와 유토피아 장르를 검토하고 효율적으로 활용하기 시작했다.

그 당시에는 그렇게 말할 수 없었겠지만 그때 우리 여성들은 디스토피아에 (그리스어에서 나온 이 단어를 번역해서 다시 말한다면 "나쁜 장소에") 살고 있다는 사실을 우리 스스로 갑작스럽게 깨달았던 것이라고 말해도 과장은 아닐 것이다. 순식간에, 눈 깜짝할 사이에 예전에는 '정상적이고' '규범적으로' 보였던 모든 것이 기이하게 보였다. 1970년대에 페미니즘을 접하게 된 여성들의 눈에 그동안 학교에서 배웠던, 피비린내 나지만 불가 피한 것이었다는 역사는 바로 가부장제의 역사이자 (케이트 밀 릿과 수전 손택처럼 생각해본다면) 우리가 깨어나 벗어나려 애 쓰는 악몽과도 같은 제도였다.

　우리가 깨어난 곳, 냉전이라는 차가운 산비탈은 우리가 보기 에 우리가 벗어나려 애썼던 역사만큼이나 디스토피아였다. 베 트남전쟁이 맹위를 떨치고 전도유망한 (남성) 지도자들(존 F. 케네디, 마틴 루서 킹 주니어, 로버트 F. 케네디)이 암살당한 이 나라에서 워터게이트 사건의 음모가 밝혀지는 동안, 여성 지도 자는 사실상 단 한 명도 없었다. 전국적인 차원에서는 분명히 그랬다. 1970년, 상원에는 여성이 단 한 명이었고(마거릿 체이 스 스미스) 하원에는 겨우 열한 명(총원의 2.1퍼센트)뿐이었다. 대법원에는 한 명도 없었다. 그리고 사적 영역에서 살펴보면 여 성의 신체는 전례 없이 성적 대상으로 취급되고 있었다. 초미니 스커트를 입었을 때면 속옷을 드러내지 않고서는 분수식 음수 대에서 몸도 굽힐 수 없었다. 스타킹이나 무릎 위까지 오는 부 츠로 보완한 우리의 일상 복장 때문에 우리는 남성 SF 작가들 이 상상한 섹시한 외계인, 오직 남성에게만 봉사하고 서비스를 제공하는 세계에 존재하는, 여성으로 젠더화된 생명체를 닮게 되었다.

　어떻게 이런 일이 일어났을까? 우리 대부분은 여성의 역사를 연구해본 적이 없었다. '역사'는 남성 영웅과 악당, 전쟁과 식민지 개척의 역사였다. 여성이 역사의 일부로 등장했을 때도 여성은 트로이의 헬렌이나 바그너의 〈뉘른베르크의 마이스터징어〉의 에바처럼 트로피로만 존재했다. 오늘날 우리가 열정적으로 다시 읽기를 하고 있는 제인 오스틴의 『노생거 사원』에서 캐서린 몰런드는 이렇게 말했다. 역사에는 "짜증나거나 지치게 만들지 않는 내용은 하나도 없다. 교황과 왕이 전쟁을 벌이기만 하고. 남자는 아무짝에도 쓸모없고 여자는 아예 안 나온다. 정말 지루하다."[1]

우리는 과거에 참정권 운동이 있었다는 것, 1차 세계대전 이후에야 비로소 여성에게 참정권이 주어졌다는 사실은 알고 있었다. 하지만 우리 대부분은 여성이 수 세기 동안 제 소유의 재산을 갖지 못했다는 것, 여성의 아이들이 남편의 소유물이었다는 것, 남편이 "가정의 기율"을 세우기 위해 "회초리나 엄지손가락 굵기의 등나무 회초리"를 사용해 아무런 제재 없이 아내를 때릴 수 있었다는 것은 알지 못했다.[2] 우리는 그 외의 다른 많은 사실들도 몰랐다. 우리가 몰랐던 내용과 마침내 알게 된 내용으로, 페미니스트들은 여성의 역사에 관한 책을 잔뜩 써나갈 것이었다.

그러나 많은 것을 몰랐다 해도 우리가 열망하고 갈망했던 세계가 있었다. 그것은 유토피아적인 세계, 해방과 평등이 실현된 이상적인 세계, 젠더에 관한 오랜 상상이 허구라는 것을 깨닫는 세계, 더 이상 "교황과 왕의 전쟁"이나 남성 우월주의자 대통령과 미소지니적인 독재자에 의해 형성되지 않는 세계, 좋은 세

계, 하지만 ('좋은 곳'이라는 의미의 에우-토피아eu-topia와 '어디
에도 없는 곳'이라는 의미의 오우토피아ou-topia에서 나온) 유토피
아utopia의 어원을 감안할 때 실현 불가능한 것처럼 보이는 세계
였다.

에이드리언 리치의 변신

자신의 삶과 사랑과 예술을 변모시킨 시기를 되돌아보면서
에이드리언 리치는 궁금해했다. "베트남과 연인들의 잠자리 사
이에 무슨 연관이 있을까? 만약 이 미친 듯 폭력적인 전쟁을 내
가 살고 있는 거대하고 강력한 국가가 아주 작은 나라를 상대로
벌이고 있는 것이라면, 이 사실은 섹슈얼리티, 그리고 남성과
여성 사이에서 일어나고 있는 일과 (나는 이조차 투쟁 관계라
고 느끼는데) 무슨 연관이 있을까?"[3] 늘 자기반성적이었던 이
시인이 볼 때 1960년대라는 혁명적 시대의 혼란은 한층 더 혁
명적인 변신을 만들어냈다. 그녀가 경험하게 될 한층 더 혁명적
인 변신은 1970년대라는 시대였다.

이 시기 동안 그녀가 경험하게 되는 것은 본질적으로 변신,
탈바꿈이 될 터였다. 우리가 이번 장 뒷부분에서 다루게 될 페
미니스트 SF 작가들처럼, 그녀는 자신이 반기反旗를 들며 (일
찍이 일어났던 저항 사건*에 대해 시인 예이츠가 썼던 것처럼)

---

* 1916년 아일랜드에서 발생한 부활절 봉기 사건.

"변화된, 완전히 변화된"[4] 세계를 상상할 수 있기를 갈망했음을 깨닫게 된다. 그녀에게는 제2물결 페미니즘의 최고조를 장식했던 각성이 정치적, 시적, 개인적 차원에서 동시에 일어났다. 그리고 그 각성들은 새롭게 부상 중인 사변 시에, 문화의 유토피아식 개조를 상상하면서 디스토피아에 대항해 싸우는 시에 영감을 불어넣어주었다.

정치적 차원: 이 시기에 리치가 공적 이슈들에 전념했다는 사실은 여러 자료에 기록되어 있다. 1966년 그녀와 남편 앨프리드 콘래드는 어린 세 아들을 데리고 뉴욕으로 이사했다. 콘래드가 뉴욕 시립대학교 경제학과의 학과장으로 부임하게 되었기 때문이다. 리치는 컬럼비아대학교에서 얼마간 가르치다가 역시 뉴욕 시립대학교의 급진적인 '교육, 향상, 지식 탐색 프로그램'에 합류하여 대부분 혜택을 받지 못하고 있는 아프리카계 미국인 학생들과 푸에르토리코 출신 학생들을 가르쳤다. 두 사람 다 민권운동과 반전운동에 참여하기도 했다. 선구적인 논문 「남북전쟁 이전의 남부 노예제도 경제」의 공저자였던 콘래드는 점점 더 논쟁적인 시를 썼던 리치처럼 "이 사회의 군국주의와 냉혹한 현실, 인종차별주의"[5]에 대해 노골적인 분노를 표출했다.

이들 부부는 센트럴파크 웨스트에 있던 자신들의 아파트에서 활동가들의 모임을 주선했으며, 역시 함께 1967년 워싱턴 반전시위에 참가했다. 콘래드는 아내가 해나가던, 환경이 좋지 못한 학생들을 돕는 '교육, 향상, 지식 탐색 프로그램' 활동을 지지했다. 언젠가 리치는 가장 먼저 속마음을 털어놓는 절친한 친구였던 시인 헤이든 커루스에게, 그녀가 맡은 학생들의 "성숙함과 현실성"에 그가 "깊은 인상"을 받았다고 썼다.[6] 그 와중에 콘래드는 논란 많던 뉴욕 시립대학교의 개방식 입학 정책을 맹렬히 지지하다가 1969년 5월 경제학과 학과장 직을 사임하게 되었다. 또 늘 아내의 야망에 공감을 표해왔던 그이긴 했지만 (「며느리의 스냅사진들」에서 맨 처음 윤곽을 그렸던) 페미니즘 활동에 헌신하겠다는 그녀의 마음이 얼마나 강렬한지 알고 나자 크게 당황해한다.

시적 차원: 1950년대식 가정생활을 거부했던 리치는 자신의 이름을 알리게 되는 연상 및 증언 성격의 시들을 쓰기 시작했다. 그녀는 1990년대에 했던 인터뷰에서 자신의 공적 세계와 사적 세계가 무너지고 재형성되는 과정에서 "내가 느끼는 분열과 혼란에 상응하는 세계"를 찾아야 했다고 설명했다. 그녀는 우르드어*를 사용한 시인 갈리브가 사용했던 가절 형식에 끌렸고, 그 시 형식에서 "고도로 연상적인 이미지의 장을 열어주는 구조를 발견했다." 또 그녀는 "내 인생 어느 때보다 더 영화에 끌렸다"면서, 예컨대 "프랑스 영화감독 고다르의 영화 언어와 이미지 사용"에 강한 영향을 받았다고 했다.[7] 힐러리 홀러데이에 의하면 실제로 그녀는 1971년 공포 영화에 관한 책을 대필했으며, "만약 내가 다른 길을 선택해야 했다면 영화 비평을 썼을 것"이라고 말했다.[8]

개인적 차원: 공적 정치 활동과 시적 변모 작업 모두에 전념하던 그녀는 사적 생활에서도 그녀가 "다시 보기|re-vision"라고 불

* 파키스탄과 인도의 공용어.

렀던 태도를 동반하게 된다. 콘래드와 그녀의 결혼은 전혀 완벽하지 않았다. 물론 결혼 계약은 완벽했다. 한 평론가의 말처럼 양쪽 모두에게 "신의 성실 위반 행위"[9]가 있긴 했지만 말이다. 그런데 이제 직업적인 면에서도 정치적인 면에서도 운신의 폭이 넓어지면서 리치의 사적 생활은 변화하기 시작했고, 콘래드의 관점에서 보면 그 변화란 무너져내리는 것이었다. 1960년대 중 상당 기간 동안 우울증에 빠져 있던 그녀는 (오랫동안 류머티즘성 관절염을 앓아오다 이제는 계단 공포증으로까지 발전한 상태였다) 유명한 저서 『의지의 여러 방식들』의 저자인 경험주의 정신분석학자 레슬리 파버를 찾아가 심리 치료를 받았다. 파버는 이후 얼마 동안 리치의 삶에서 가장 중요한 사람이 되기도 했다.

1960년대 말 그녀는 센트럴파크의 아파트에 세 아들과 콘래드를 남겨두고 이사해 나오기로 결심했고, 근처의 작은 스튜디오에서 홀로 생활해나갔다. 미셸 딘의 설명에 의하면, 1970년 10월 그녀는 헤이든 커루스에게 편지를 보내 "앨프와 나는 대화를 많이 나누고 있어. 나뭇잎이 흩뿌려진 도로 위 차 안에서나 스토브를 켜놓은 저녁 시간에"라고 썼다. 하지만 이내 이렇게 적었다. "앨프가 몹시 힘들어하는 것 같아. 나는 더 이상 그를 도울 수 없어. 기껏해야 그에게 해가 되는 원인을 제공하지 않으려 애쓸 뿐이지." 그리고 딘은 "그녀가 이 편지를 쓴 날, 콘래드는 총기 구입을 위해 수표에 사인을 했다"고 덧붙였다. 바로 그날 콘래드는 버몬트주에 있는 그들 부부의 휴양지 별장으로부터 그리 멀리 떨어지지 않은 곳에서 권총으로 자살했다.[10]

리치는 콘래드의 자살을 두고 "나와 내 아이들에게 너무나 충격적인 일이었다"고 회상했다. "엄청난 낭비이기도 했다. 그는 어마어마한 재능이 있고 삶을 사랑하는 사람이었으니까."[11] 동시에 이 개인의 폭력적 행동은 시인에게는 한 개별 부부의 불화를 상징할 뿐만 아니라, 두 성 사이에 존재하는 거의 건널 수 없는 심연을 생각하기 시작하게 된 계기이기도 했다. 헤이든 커루스가 기억하듯이 그녀는 "대단히 단호하고 대단히 호전적인" 페미니스트로 변해가던 중이었는데, 그 정도가 하도 심해서 "앨프가 나를 찾아와 에이드리언이 정신 줄을 놓은 것 같다고 비통한 심정으로 불평할 정도였다." 콘래드가 권총 자살을 하고 난 후 커루스는 훗날 이렇게 덧붙였다. "앨프는 정말 좌절한 모습이었다. 그는 에이드리언이 유명해질수록 더욱더 우울감에 빠져들었다."[12]

리치 자신의 이야기를 해보자면, 그녀는 남편이 죽은 뒤 남자 친구들과의 접촉을 거의 다 끊었다는 소문에 휘말렸고, 여러 해 동안 여자들하고만 어울렸으며, 점점 더 적극적으로 페미니즘의 예언자 역할을 떠맡았고, 레즈비언으로 커밍아웃했다.[13] 한때 그녀의 친구였던 엘리자베스 하드윅은 "그녀가 너무 멀리까지 휩쓸려갔다"고 하면서, "일부러 자신을 추하게 만들었고 너무나 극단적이고 말도 안 되는 시들을 썼다"고 불평했다.[14] 그러나 그 "극단적이고 말도 안 되는 시들"은 젊은 여성 세대에게가 닿아 그들을 새롭고 먼 곳까지 데려갔다. 콘래드가 죽은 뒤에 이룬 리치의 문학적 커리어를 보면, 그녀는 자신의 정치적, 시적, 개인적 각성을 융합시켜 스스로를 그녀 세대의 분노의 방향을 설정해주는 공적 지식인으로 재창조했던 것이 (이론의 여지는 있지만) 틀림없었다.

리치는 미국 시의 고백적 경향을 싫어했고, '나' 대신 '당신'이나 '우리'라는 대명사를 선호했다. 또 그녀의 시와 정치 활동 모두에 지울 수 없는 흔적을 남긴 것이 있었으니 바로 "너무나도 충격적이었던" 개인적인 슬픔이었다. 자전적인 이야기를 거의 안 하는 편이었던 그녀는 시인 에밀리 디킨슨식으로 대개 "진실을 다 말하되 약간 비딱하게 말하는" 편이었다.[15] 혹은 다른 식으로 표현한다면, (최근에 쓴 한 시에서 암시한 것처럼) 그녀는 암호 해독기에 올려놓아야 읽을 수 있는 보이지 않는 잉크로 자신의 이야기를 시에 써넣었다.[16]

1973년 그녀의 기념비적인 시 선집 『난파선 속으로 잠수하기』는 분명 페미니스트로 각성해나간 과정을 기록한 것이었지만, 이 시집의 힘은 남편의 삶과 그녀의 결혼 생활에서, 그리고 그녀의 생각으로는 "베트남과 연인의 잠자리" 사이의 연관 관계를 빚어낸 가부장제적 이성애 제도 등의 '난파'에 대한 슬프지만 분노에 찬 시선에서 생겨난 것이기도 했다. 실비아 플라스의 『에어리얼』이 1960년대의 부활을 꿈꾸며 1950년대의 죽음을 애도한 일종의 자기 비가였다면, 『난파선 속으로 잠수하기』는 에이드리언 리치와 콘래드가 함께한 1950년대의 결혼 생활에 대한 비가였다. "참변을 당한 [익사자의] 갈비뼈"[17]라고 표제 시에서 표현했던, 1960년대와 1970년대에 이들 부부가 직면했던 삶을 묘사한 비가 말이다.

마거릿 애트우드는 〈뉴욕 타임스 북 리뷰〉에 "시인이 이 시집을 낭송하는 것을 처음 들었을 때 나는 내 정수리를 때로는 얼음 깨는 송곳으로 때로는 그보다 더 뭉툭한 도구로 가격당하는 것 같았다"고 썼다. 그러면서 그녀는 이 시집이 "당신에게 무엇을 생각할지뿐만 아니라 당신 자신을 어떻게 생각할지도 결정하라고 강요하는 보기 드문 책들 중 하나였다"[18]고 글을 맺었다. 강렬하게도 잠수와 발견이라는 리치의 이미지는 애트우드가 『수면 위로 떠오르기』에서 활용한 유사한 이미지와 궤를 같이 하는데, 두 작가 모두 1970년대 페미니즘적 사고방식의 많은 부분을 특징짓는 가부장제에 대한 깊은 탐색이 이슈로 떠오르고 있음을 직감했던 것 같다.

리치의 심리 치료사 레슬리 파버는 1972년 〈코멘터리〉에 「그가 말했다, 그녀가 말했다」라는 에세이를 발표했는데, 그 글에서 그녀는 "수 세기에 걸쳐 남성과 여성을 보호하며 그들의 운명을 결합시키거나 그들의 숙명을 합치려고 해왔던 모든 제도들에 대해 의문을 던지는 새로운 페미니즘의"[19] 방식들에 대해 경탄했다. 환자들과 적극적으로 관계를 맺는 중재적 정신분석학자였던 그녀는 1970년대 페미니즘에 대한 이런 이해를 자신의 내담자였던 에이드리언 리치와의 대담에서 구했을 가능성이 높다. 리치는 자기 세대의 결혼 계획을 형성시킨 이성애적 "진실한 로맨스"라는 꿈에서 깨어나면서, 사는 내내 우리를 "보호해주는 제도들"라는 폭압적 속성을 점점 더 명료하게 목격했다고 증언했다. 상실과 슬픔을 에둘러 탐색하고 있는 『난파선 속으로 잠수하기』는 그녀와 그녀 세대가 겪었던 변화들을 분석하고 있고, 한편으로는 (그녀가 이 시집 출간 직전에 발표했던 다른 책의 제목을 인용하자면) 그녀 자신의 "변화를 향한 의지"를 강조하고 있기도 하다.

"성별의 비극이 / 우리 주변에 놓여 있다, 나무를 심어놓은 부지처럼 / 그 부지에 쓰려고 도끼를 날카롭게 간다"고 리치는 「어둠 속에서 깨어나기」에 쓰면서 자신이 한때 "남성의 세계였지만 이제는 끝장난" 곳에 살고 있는 것 같다고 기록했다. 그녀가 "성별의 비극"이라고 본 것은 정확히 무엇이었을까?[20] 이 문제에 관해서 얼마 뒤 발표한 「미국의 한 오래된 집으로부터」의 한 구절보다 더 구체적으로 밝혀주는 시는 (『난파선 속으로 잠수하기』에 실린 시 몇 편 말고는) 거의 없을 것이다. 이 시에서 리치는 1970년 콘래드가 권총 자살을 한 버몬트주 가족 별장의 역사에 대해 숙고한다. 바로 이 부분에서 트라우마와 관계된 「그가 말했다, 그녀가 말했다」의 대화가 레슬리 파버의 1972년 에세이에서보다 더 극적으로 등장한다.

하지만 나를 한 인간으로 봐줄 수는 없는 건가요
그가 말했다

한 인간이 무슨 의미인가요
그녀가 말했다

나도 알아내려고 애쓰고 있어요
그가 말했다

당신은 무슨 일을 벌이려는 것인가요
그녀가 말했다

그간의 일로 나를 벌주겠다는 것인가요
그가 말했다[21]

콘래드가 자살할 즈음 리치는 역사에 대해 분노하고 있었다. 그녀에게 역사는 여성을 항상 부차적인 존재로 규정해온 문화의 디스토피아적 서사였다. 「한 남자와 대화하려고 노력하기」에서는 모든 남성을 "메마른 열기가 권력처럼 느껴지는" 존재이자 "두 눈이 다른 광도를 지닌 별들 같은" 존재라고 보게 되었다.[22] 그녀의 작품에서 '보기'와 '다시 보기'는 강박적인 주제가 되었으며, (블레이크식으로 말하자면) "지각의 문들이 깨끗이 닦였을 때"[23] 보게 된 것에 대한 분노도 마찬가지였다. "내 눈꺼풀 밑에서 또 하나의 눈이 떠졌다 / 그 눈이 맨눈으로 불빛을 바라본다"고 그녀는 「감옥으로부터」에 썼다. 「낯선 사람」에서는 자신을 "시야를 깨끗이 씻어주는 예언자적인 분노와 / 그 분노에서 꽃피어나는 / 세세한 자비의 지각"[24]을 지닌 안드로진으로 상상한다.

동명의 시집 정중앙에 실린 「난파선 속으로 잠수하기」는 페미니즘 프로젝트의 핵심에 위치한 진실과 재탄생을 위한 탐색 과정을 꿈결처럼 강렬하게 우의적으로 다룬다. 시는 심리학자 융이 '밤바다 여행'이라고 규정할 법한 항해 여행을 떠나며, 세 가지 핵심적인 준비 행동에 대한 사변적 서술로 시작한다. 그녀는 그녀의 세계를 형성해줄 "신화 책"을 읽고, 자신이 본 것을 기록할 수 있도록 카메라에 필름을 채우고, 자신을 보호할 수도 있고 앞으로 발견할 물체를 해체할 수도 있는 "칼날의 끝이 날카로운지" 확인한다.(강조는 우리가 한 것이다.) 그런 다음 그녀는 자신을 고독한 잠수부라고 상상하면서 20세기 뉴욕의 현실에서 벗어나 잠수복을 착용하고("검은색 고무로 만든 전신 잠수복과 / 우스꽝스럽게 생긴 물갈퀴와 / 침울하고 불편해 보이는 잠수용 마스크를 입거나 쓰고") 집단적 문화적 무의식을 상징하는 어두운 바다 깊은 곳으로 잠수해 들어간다. "난파선"을 탐색하기 위해, 한 남자와 한 여자의 익사체를 발견하기 위해.[25]

아래쪽과 내면을 향한 잠수 여행을 실행에 옮기면서 리치는 이 시 자체가 그녀의 지하 세계 탐험과 동일한 것임을 암시한다. "단어들이 목적이다. / 단어들이 지도다." 신비하게도 그녀의 시 쓰기는 그녀 자신의 결혼 생활을 난파하게 만들었던 "성별의 비극" 속으로 더 깊이 잠수해 들어가는 길이 된다. 그녀는 "나는 이미 저질러진 파괴의 정도를 살펴보러 왔다. / 살아남은 보물들도 함께"라고 밝히고, 자신이 알아내려는 것은 "잔해 자체이지 잔해에 대한 이야기가 아니며 / 잔해 그 자체일 뿐 그것과 관계된 신화"가 아니라고 말한다. 그녀는 잔해의 실체에 도달하여 그 주변을 선회하면서 마침내 자신이 그저 "피난처 안으로" 헤엄쳐 들어가는 인어 여자나 인어 남자에 불과한 것이 아니라, 그녀의 남성 동반자처럼 재난의 피해자이기도 하다는 사실을 발견한다.[26] 전통적인 결혼을 한 부부뿐만 아니라 이성애적인 부부 관계의 전통도 물에 빠져 죽었다는 것이다.

> 나는 그녀다 나는 그다

> 두 눈을 뜬 채 잠자고 있는 익사자의 얼굴을 한 사람
> . . . .
> 그 옛날 항해를 위해 가져갔던
> 우리는 반쯤 망가진 도구들이다
> 물 먹은 통나무
> 고장난 나침반[27]

"그 옛날 항해를 위해 가져갔던" "도구들." 몇몇 초기 시들, 특히 「1960년대의 결혼」과 「함께 이렇게」라는 시에서 리치는 자신의 남편을 쌍둥이처럼 바라보며 "사랑하는 나의 티끌님"이라고 찬양했다.[28] 그런데 과거에 존재하던 것, "그"의 모습이었던 자아뿐만 아니라 "그녀"의 자아까지 가망 없이 사라진 것이다. 따라서 「난파선 속으로 잠수하기」 마지막 연에서 과거라는 심해 속으로 과감히 모험해 들어간 탐험가 그/녀는 난파선의 영원한 실체성을 직면하면서, 정신적이고 성적인 면에서는 물론 문법적으로도 개조되고 재탄생되고 있는 것이 틀림없다. 놀랍게도 시의 결말에 나오는 대명사의 혼동은 (독자 역시 이 혼동에 이끌려 들어가는 가운데) 거의 말할 수 없었던 새로운 생각이 케케묵은 옛 생각에 융합되고 있음을 암시한다. "우리는, 나는, 너는 (…) 이 현장으로 되돌아오는 길을 찾아내는 그 사람

이다 / 신화 책을 들고 / 우리의 이름들이 적혀 있지 않은 책을 들고."²⁹(강조는 우리가 한 것이다.) 표준 영어 문법 차원에서는 이런 생각이 무엇을 말하고자 하는지 정확히 밝혀내기 어렵다. 리치는 새롭게 말하는 방식들과 새롭게 존재하는 방식들, 너무 독창적이라 그동안 "신화 책"에 기록된 적이 없는 유토피아적 존재 방식들을 찾아내려 애쓰면서, 그 문법을 익사시킨다.

"우리가 그 사람이다." 우리는 그 사람이다. 유일한 사람. 이들 부부 중 남은 사람이 바로 그 살아남은 사람이다. 내면에 파괴에 관한 이야기뿐만 아니라 재탄생의 희망까지 품고 있는 그 한 사람. 「난파선 속으로 잠수하기」는 리치가 새로운 종류의 사랑으로 방향을 전환했다고 결론짓지 않는다. 이성애를 그저 구석구석 배어 있는 제도가 아니라 "강압적인" 제도라고 규정한 이후, 그녀는 자신이 "레즈비언 연속체"라고 부르게 되는 개념에 입각해 위치를 서서히 재설정하긴 했다. 그러나 이 시집은 그녀가 갈망해온 개인적, 시적, 정치적 변화를 향한 자신의 진전을 축하하는 시들로 맺음한다. 그중 가장 주목할 만한 시는 죽은 남편을 그리워하며 보내는 시 편지 「어느 생존자로부터」다. 이 시에서 시인은 깨진 결혼 생활에 대한 눈 밝은 통찰을 보여주고("우리가 맺었던 계약은 평범한 계약이었지요 / 당시의 보통 남자와 보통 여자가 맺는 것 말이에요"), 그의 고의적인 자살을 애도하며("당신의 죽음은 낭비랍니다"), 자신이 대변인이 되는 이 1970년대의 변화 궤적을 묘사한다. "우리가 이야기하던 / 지금 하기에는 너무 늦은 / 도약을"—이혼일까? 개인적인 변신일까?—"내가 지금 하며 살고 있어요 / 도약이 아니라

/ 연이어지는 짧고도 놀라운 움직임들이죠 // 각각의 움직임은 다음 번 움직임을 약속하고요."[30]

　　이 놀라운 움직임들에는 다수의 획기적인 에세이 창작, 모성의 "경험과 제도"에 관한 책 한 권 길이의 연구 프로젝트 추진, 레즈비언의 사랑에 관한 여성 저자의 찬가이자 전통적 소네트 연작시의 다시 쓰기인 「스물한 편의 사랑 시」라는 강렬한 에로티즘 시의 창작을 아우른다. 이 시기 리치의 산문들 중에는 『제인 에어』와 에밀리 디킨슨의 시에 대한 예리한 분석도 있지만, 가장 영향력 있는 산문은 「우리 죽은 자들이 깨어날 때: 다시 보기로서의 글쓰기」와 「강제적 이성애와 레즈비언 존재」였다.

　　「우리 죽은 자들이 깨어날 때」에서 그녀는 1970년대를 특징짓는 '의식화 운동'을 극찬했으며("몽유병 환자들이 깨어나 등장하고 있으며 이런 각성은 사상 처음으로 집단적 실체를 지니게 되었다"), 여성에게 "'다시 보기'란 (과거를 되돌아보고, 새로운 눈으로 보고, 새로운 비판적 시각으로 옛 텍스트로 들어가는 행위란) 문화사에서 한 장章을 차지하는 것 이상의 의미를 지닌 생존을 위한 행위"[31]임을 확신했다. 이 문장들은 비평적 사고의 핵심 방식이 되는 문학 문화를 페미니즘적으로 재고찰한다는 것이 무엇인지를 요약해서 보여준다. 「우리 죽은 자들이 깨어날 때」가 페미니즘 비평일 뿐만 아니라 여성학 연구의 기본 텍스트이기도 하다는 뜻이다. 역시 핵심적인 에세이인 「강제적 이성애와 레즈비언 존재」에서 그녀는 "여성이 여성을 열정적인 동지, 인생의 파트너, 동료, 연인, 공동체로" 선택하는 것이 사회적으로나 성애적으로 가능한 일이 될 수 있는 "레즈비언 연속체"의 현실을 파헤치는 가운데 "이성애를 요구하는"(강조는 그녀가 한 것이다) 문화적 "이데올로기"를 비판했다.[32]

그녀의 시 창작 작업 전 과정을 조명해볼 때 이 에세이들의 주장은 시집 『공통 언어를 향한 꿈』(1978)의 한가운데 나오는 연작시 「스물한 편의 사랑 시」에 영향을 미친다. 이 13행에서 30행짜리 연작시들은 소네트와 매우 흡사해 보이지만 사실 소네트가 아니다. 한편 남성이 저자인 전통적인 연작시들처럼 이 시들은 한 연애 사건의 궤적(이 경우에는 두 여성 사이의 연애 사건)을 추적한다. 홀러데이에 의하면 이 두 여성은 리치와 그녀의 심리 치료사 릴리 엥글러다(수전 손택의 연인이기도 했다). 리치의 친구 로빈 모건의 말마따나 엥글러는 거친 성애적 여신 같은 존재가 전혀 아니었고, "중년을 살짝 넘은 전형적인 중부유럽 유형으로 상냥하게 생긴 땅딸막한 여성이었다."[33] 리치의 대담한 연작시 안에서 그녀는 비너스의 아우라를 지닌 이상적 여성 타자가 된다.

이 시기의 리치의 많은 시들처럼 이 연작시의 배경은 뉴욕과 그곳의 다세대 주택, 놀이터, 엘리베이터다. 화자의 말처럼 그곳에서 그들은 이렇게 산다.

아무도 우리에 대해 상상한 적이 없다. 우리는 나무처럼 살고 싶다,
상처로 얼룩덜룩하지만 여전히 싹을 틔우는,
유황 냄새 가득한 공기를 뚫고 불붙은 듯 번쩍거리는 플라타

너스처럼,

　우리의 동물적 열정을 이 도시에 뿌리박고서.[34]

한편 리치의 이 시기 대부분의 작품들처럼 이 연애시들은 정
서적으로 힘이 넘쳐흐르는 것만큼이나 정치적인 문제에 몰두하
기도 한다. 서로 사랑하는 이 두 여성은 여전히 "우리의 삶에 대
해 / 말하려 하지도, 말할 수도 없는 남성들의 / 부재를 응시"해
야 한다. 그러나 그녀와 그녀의 연인이 문화적 "부재"를 직면해
야 함에도 불구하고 증명서와 같은 리치의 이 소네트들에는 환
희에 가까운 욕망이 스며들어 있다. 그녀는 "모든 성스러운 산
을 너와 함께 여행하고 싶어 (…) 산길을 오르는 동안 너에게
손 내밀고 싶어 / 내 손안에서 네 핏줄이 달아오르는 걸 느끼기
위해"라고 열한 번째 시에서 주장한 뒤, 그다음 시에서 "우리가
공유하는 세상의 어떤 연대기에 / 새로운 의미가 담긴 채 쓰일
수 있을 거야 / 우리가 같은 성별의 연인이었다는 사실이 / 우
리가 한 세대의 두 여자였다는 사실이"[35]라고 확언한다.
　한 세대. 핵심적인 시의 끝부분에 배치된 "세대"라는 단어는
특별한 힘을 지니며 그저 시간상의 한 위치만이 아니라 부활과
재생, 재건의 의미까지 암시한다. 그리고 성애적 내용을 노골적
으로 다루고 있으며 이 연작시를 읽다가 아무 때나 읽으라는 듯
번호도 매기지 않고 실은 「떠도는 시」는 시인을 변신으로 몰고
가는 생성적 성격의 성적 각성을 극적으로 표현한다. 그녀는 '블
레이즌' 형식(르네상스 시대의 남성 작가들이 여성 신체의 아
름다움을 열거하기 위해 효과적으로 사용했던 어구들)을 연이

어 사용해 연인을 찬양하면서, "우리에게 무슨 일이 일어나든, 너의 몸은 / 내 뇌리에서 잊히지 않을 것"이라고 약속한다. 그리고 "내가 답사했던, 비옥한 너의 넓적다리," "활기차게, 만족할 줄 모르고, 춤추던 너의 유두," "너의 강력한 혀와 가느다란 손가락들"을 묘사하고 그다음에는 자리를 바꾸어 화자/연인의 몸을 찬미한다. "너를 위해 여러 해 동안 기다려왔던 나의 그곳 / 촉촉이 젖은 내 장밋빛 동굴 안으로 손을 내민다."(강조는 우리가 한 것이다.)[36] 여기서 장밋빛 동굴은 성욕에 휩싸인 화자의 촉촉한 버자이너일 뿐만 아니라 여성의 시원적 집, 즉 시인이 "강제적 이성애"를 겪은 수십 년 동안 그녀 안의 레즈비언이 "사지를 마음대로 뻗을 수 있는"[37] 순간을 기다려왔던 집이기도 하다.

「스물한 편의 사랑 시」는 시인이 자기 자신을 과거로 데려가기로 했던 선택이 옳았다고, 그리고 그 선택을 보여주면서 독자들에게 변화를 향한 의지의 모범을 제시하겠다고 재차 확언하면서 끝맺는다. 자신이 고색창연한 스톤헨지* 유적지이기도 하고 아니기도 한 곳에, "석기에 의해 잔물결 문양이 새겨진 거대하고 둥근 / 푸르스름하고 이국적인 거석들 사이에" 있다고 상상하면서, 그녀는 이곳이 단순한 스톤헨지가 아니라고 주장한다.

…하지만 그녀의 고독이 공감받을 수 있고

---

* 잉글랜드 솔즈베리 평원에 있는 석기시대의 원형 거석 유적지다. 하지 무렵 해가 뜨면 햇빛이 이 원형의 중심을 지나며 지름을 형성한다고 한다.

외롭지 않게 선택받을 수 있는 곳을

회상하는 마음,

그 마음은 그 원을, 그 육중한 그림자를, 그 거대한 빛을

그저 쉽게, 표시하려는 노력도 하지 않고 기다린 건 아니었다.

나는 그 빛 속의 형상이 되기로 했다,

어둠에 반쯤 지워지고, 때로는 허공을 가로지르며

움직이는 형상, 달과 반갑게 인사 나누는 돌의 색깔,

하지만 돌보다 여자에 가까운 형상이.

나는 이곳을 걸어가기로 했다. 이 원을 그리기로 했다.[38]

「난파선 속으로 잠수하기」가 혼란스러운 대명사들로 끝을 맺었던 반면, 「스물한 편의 사랑 시」는 '자기 정체성을 규정'하는 강렬한 몸짓으로 끝을 맺는다. 화자는 이제 자신을 스스로 여성이 되길 선택한 여성이라고, 그리고 특정한 장소를 걸어가기로 결심한 여성이자 태초부터 존재했던 원의 중심에 위치하기로 결심한 여성이라고 명명한다. 이제 그녀는 연인과 함께했던 맨해튼 거리에서 멀리 벗어나 있다. 이제 그녀는 스스로 창조한 자아의 고독 안에서 새롭고 낯선 인물(SF나 환상소설에 등장하는 인물만큼 상상하기 어려운 여성)이 되었다.

디스토피아와 유토피아

리치의 사변 시처럼 1970년대 여성 SF 작가들의 많은 작품

들도 유토피아와 대비되는 디스토피아를 무대로 삼는다. 이런 작품들의 작가군은 페미니즘적 사고방식에 의미 있는 선례를 남기며 작업하고 있었다. 우리 두 사람은 우리 여성들의 문학사를 연구하는 과정에서 디스토피아와 유토피아라는 쌍생아적 주제를 고찰했던 잊힌 텍스트들을 발견했다. 1970년대에 우리 연구자 중 일부는 세기말에 활동했던 페미니스트 샬럿 퍼킨스 길먼의 작품을 연구했다. 우리는 그녀의 단편 「누런 벽지」(1892)를 가르쳤는데, 이 작품은 자기 아이와 헤어지게 된 한 젊은 엄마가 읽지도 쓰지도 못하는 다락방에 갇혀 있다가 그 방의 누런 (오래돼서? 곰팡이가 피어서?) 벽지에 쓰인 위협적인 숫자를 해독하려 하다 미치고 마는 디스토피아적 세계를 그린 1인칭 이야기다. 이 텍스트의 유토피아적 쌍생아이며 역시 우리가 이제야 연구를 시작한 작품이 길먼의 소설 『허랜드』(1915)다. 이 작품은 남성 탐험자 세 명이 우연히 들어가게 된 여성 전유 평등 사회에 관한 이야기다.³⁹

이 두 작품은 1960년대에 그리고 1970년대에 점점 더 많은 페미니스트들이 관심을 쏟게 되는 사변 소설의 등장을 예고했다. 1970년대의 '대각성'을 우리 모두가 지배받으며 살아왔던 성별 체제가 꼭 그래야 했던 길이 아니라 일종의 디스토피아였다는 사실을 의식하게 된 일로 이해할 수 있다면, 그와 대조적으로 페미니즘이 애써 목표로 삼았던 개정되고 수정된 체제는 일종의 유토피아였다. 그리고 환상소설과 SF에 관심을 쏟았던 리치의 동시대 작가들의 글에서, 가부장적 디스토피아에 대한 반감은 페미니즘적인 (아마도 가모장적인) 유토피아에 대한 열망만큼 핵심적인 주제였다. "현실에 기반을 둔" 소설가들과 달리 페미니스트 SF 작가들은 여성을 환상 속 행성이나 암울한 디스토피아적 지형에 배치함으로써 여성이 받는 억압과 여성의 열망 모두를 극화시켰다.

이 장르에 속하는 세 명의 중요한 작가들(앨리스 브래들리 셸던, 조애나 러스, 어슐러 K. 르 귄)은 텍스트나 정치적 입장 측면에서 동지들이었다. 세 명 모두 흥미진진한 작가들이었지만 그중 앨리스 셸던이 가장 흥미진진한 작가였다. 1970년대에 그녀는 제임스 팁트리 주니어라는 이름으로 글을 썼는데 이 때문에 거의 10년간 남성 작가로 여겨지고 남성 작가로서 비평의 대상이 되었다. 르 귄과 러스, 그리고 활기 넘치고 논란 많은 SF 집단의 모든 사람들이 팁트리의 작품을 알았지만, 대부분의 페미니스트 독자들은 그렇지 않았다. 아마 그녀가 '팁트리'라는 남성 필명으로 위장했기 때문일 것이다. 하지만 셸던/팁트리는 페미니즘적 의미를 깊이 함축한 일련의 단편소설들에서 유토피아와 대비되는 디스토피아를 설정했다. 그리고 아마도 그녀가 (문단에서) 남성으로 위장한 덕분인지, 그녀의 페미니즘적인 글들은 특별히 갈채를 받으며 받아들여졌다.

앨리스 셸던/제임스 팁트리 주니어

앨리스 B. 셸던의 "실체"는 CIA 책임자의 아름다운 부인이었다. 1915년 시카고에서 태어난 그녀는 레즈비언적 갈망을 품고 사교계에 데뷔한 부유층 젊은이였다. 이후 성공적인 그래픽 아티스트가 되었고, 부유한 플레이보이와 결혼했다가 이혼했고, 전쟁 기간에는 미육군여성보조부대에 가담했고, 파리에서 다른 남자와 결혼했고, 그 후 남편이 CIA에 들어가게 되었을 때 그곳에 함께 들어갔다. 그녀는 1967년 심리학 박사 학위를 취득한 즈음부터 SF 작품을 쓰기 시작했다. 그녀는 필명을 찾던 중 지역 슈퍼마켓에서 영국산 마멀레이드 병이 있는 코너를 향했다가 상표를 보고 "저거, 제임스 팁트리라고 하면 되겠네"라고 소리를 질렀다. 남편이 농담조로 그 이름에다 "주니어"를 덧붙였다.[40] 남편은 농담이었을지 몰라도 그녀는 아니었다. 팁트리는 그녀의 또 다른 자아가 되었고, "그"는 그녀에게 특별한 성공을 가져다주었다. "남자"로서의 그녀가 어떤 이들에게는 "더 훌륭한" 페미니스트(남성 페미니스트)로 보인 것일까?

확실히 그녀가 이야기하는 교묘하게 꾸며진 "남성의" 목소리는 관습적인 "여성성"의 제약으로부터 그녀를 해방시켜주었으며, 일종의 제3의 성별에 속할 수도 있는 사람의 입장에서 "남성성"의 관습을 해부할 수 있게도 해주었다. 팁트리로 입지를 막 구축했을 무렵 그녀는 자신의 문학 에이전트에게 『인간 남성』이라는 책을 쓰겠다고 제안했다. 그녀의 전기를 쓴 줄리 필립스의 말처럼, 이 책은 "여성의 관점에서 남성에 대해 이야기함으로써 세상을 바라보는 여성의 방식을 그려내고," "인간 남성에 관해 우리가 알고 있는 모든 것이 남성 자신의 입에서 나온 것이니 그 내용이 의심스럽다"는 문제를 개선해줄 것 같았다.[41] 비록 셀던은 몇 장章의 윤곽만 잡아놓았을 뿐이었지만

(「목적 이루기: 남성들의 핵심 드라마」, 「성별을 넘어서: 지배, 영토, 결속 그리고 그 모든 것」, 「남성의 문제들」), 팁트리의 많은 작품들은 『인간 남성』에서 다루고자 했던 문제들에 대한 연구의 결실이었다.

그녀가 쓴 영리한 내용의 「보이지 않는 여자들」은 남성 작가가 쓴 작품으로 읽든 여성 작가가 쓴 작품으로 읽든 유쾌하게 전복적이다. 유카탄반도를 배경으로 한 이 헤밍웨이풍의 이야기는 경비행기 한 대가 열대지방 모래톱에 불시착하는 사건으로 시작된다. 흰머리에 몹시 지쳐 보이고 본격적인 낚시 복장을 한 미국인 화자 돈 셸던, 마야인 기장 에스테반, 그리고 과테말라의 어딘가로 가는 중이라고 주장하는 비호감인 두 여성(엄마와 딸) 등 비행기 탑승자들은 충분히 일반적인 사람들로 보인다. 동틀 무렵 돈과 루스라는 이름의 나이 많은 쪽 여성은 루스의 딸에게 부상당한 에스테반을 보살피면서 사고 난 비행기를 지키라고 한 뒤, 습지대로 마실 물을 찾아 나선다. 이들 파슨스 모녀는 그들이 들고 온 여행 가방만큼이나 "작고 평범하고 아무런 색깔도 없고" 그저 "흐릿한, 있으나마나 한 두 겹의 형체처럼"[42] 무시당하기 쉬운 사람들이다. 돈은 루스와 오지 습지대를 터덜터덜 걸어가면서 이들 두 모녀가 워싱턴 DC 정부를 위해 일한다는 사실을 알게 된다. 그는 그들이 그저 관료제라는 톱니바퀴의 살 같은 존재라고 판단한다.

하지만 습지대 오지에서 하루 이틀을 보낸 뒤 루스는 마야인들의 폐허를 발견하고 그곳에서 무엇인가 기다리는 듯 보이는데, 그 무엇인가는 습지대 전체를 플래시로 비추며 훑어보는 외계 우주선으로 밝혀진다. 그리고 돈이 "영웅적인 모습으로" 그녀를 보호하려고 애쓰자, 그녀는 그의 보호를 전혀 원하지 않으며 자신은 잘생긴 마야인 기장에 의해 혹시 임신했을지도 모르는 딸을 데리고 외계인들과 함께 탈출할 계획임을 명확히 밝힌다.

자신의 입장을 돈에게 설명하는 루스의 발언은 전형적인 페미니스트의 논쟁적 주장이며, 성평등 헌법 수정안의 폐기를 냉소적으로 예측하는 발언이기도 하다.

> "여성에겐 권리라는 게 없어요, 돈. 남성이 우리에게 허락할 때만 빼고요. 남성이 더 공격적이고 강력하고 이 세상을 운영하죠. 다음번에 진짜 위기가 남성들에게 닥쳐온다면 우리의 소위 권리라는 것은 연기처럼 (⋯) 사라지고 말걸. (⋯) 그리고 뭐든 잘못되는 일이 있다면, 로마제국이 멸망했을 때처럼 전부 우리 여성들이 제멋대로 굴어서 그렇게 됐다고 뒤집어씌울 거예요. 당신도 알잖아요. (⋯) 여성이 할 일은 살아남는 일이죠. 우리는 세계라는 기계장치의 틈새에서 홀로 혹은 둘씩 짝지어 살고 있어요, 돈. 혹시 도처에 주머니쥐가 살고 있다는 사실을 알고 있나요? 뉴욕 같은 곳에도 있답니다."[43]

루스가 외계인들에게 자신과 딸을 데려가 달라고 애원하는 마지막 장면("제발 우리를 데려가주세요. 당신들의 행성이 어떤 곳인지는 상관없습니다. 배울게요, 무슨 일이든 할게요!")은 우주와 뒤얽힌 희극의 일종이다. 온몸이 하얀 촉수로 덮여 있고 텅 빈 얼굴을 한 만화 같은 외모의 외계인들은 자신들의 정체를 "하-하악-생… 고-고옹-부… 무우-해애-한…"이라고 밝힌다. 그러는 동안 돈은 두 여성이 떠나지 않게 같이 막아달라고 에스테반을 설득한다. 하지만 결국 그는 놀라운 사실을 직면해야 한다. "인간 여성 두 명이, 그중 한 명은 임신했을지도 모르는 상태로 별들을 향해 떠났다. 그런데도 이 사회라는 직물은 잔주름 하나 보이지 않겠지."⁴⁴ 작품의 매력에도 불구하고 「보이지 않는 여자들」은 암울한 우화다. 가부장제 "세계라는 기계장치"의 틈새에서 주머니쥐처럼 살아가는 여성의 관점에서 보면, 가 닿을 수 있는 곳이라면 어디든 디스토피아 같은 이 인간의 행성보다 더 낫다는 이야기니 말이다.

촉수 달린 외계인을 뺀다면 파슨스 모녀가 도피하는 이 세계라는 기계장치는 바로 지금 이 순간의 영역이다. 그러나 팁트리의 가장 충격적인 두 이야기 「접속된 소녀」와 「체체파리의 비법」의 배경은 미래의 지구로, 현저하게 달라진 젠더적 소동을 조명한다.

먼저 「접속된 소녀」는 아름다운 "신들"과 "작은 신들"을 숭배하는 사회에서 뇌하수체 이상 분비로 인한 외모 기형으로 고통을 겪으며 사는 열일곱 살 필라델피아 버크(대개 P. 버크라고 불린다)의 이야기를 다룬다.⁴⁵ P. 버크는 자살하려고 애쓰다가 체포되고 "월도"로 변신하게 된다. "월도"는 SF 용어로 원격 제어장치의 작동자를 말하는데, 그녀는 델피라는 사랑스러운 "작은 신"을 제어하게 되고, 델피는 불행한 필라델피아가 늘 동경해왔던 매혹적인 또 다른 자아가 된다. 요정 같지만 뇌가 없는 델피는 곧 유명해지지만, 특이하다 싶을 만큼 냉소적이고 기계 장치 같은 이 세계의 특권층 주인 한 명의 아들이 그녀가 진짜 인간인 줄 알고 그녀에게 빠지면서 문제가 발생한다. 이 끔찍한 착각은 델피의 연인이 P. 버크를 찾아내고, 이 월도에게서 여자 친구인 델피를 해방시키려 할 때 절정에 이른다. 예상대로 '무시무시하게' 생긴 거대한 버크의 몸은 죽어 그의 발밑에 쓰러지고, 어린 델피 역시 죽음을 맞는다.

이 작품에서 팁트리는 페미니스트들이 "외모 지상주의"라고 부르는 풍조가 요구했던 명령을 떠맡으면서 P. 버크의 악몽 같은 삶을 델피의 커리어와 대조하는 식으로 그려냈다. 동시에 델피의 사고思考 담당 부분은 전기/신경학적 캐비닛 안에 있는 '추한' 모습의 P. 버크이고, P. 버크의 '매혹적인' 모습을 담당하는 부분은 컴퓨터 천재들이 미래의 갈라테이아*로 미리 계산해 만든 델피다.

(팁트리에게 휴고 상을 안겨준) 이 작품을 P. 버크에 대한 연민 없이, 또한 정신이 존재하지 않는 '또 다른' 자아의 수동적 모습에 대한 연민 없이 읽기란 불가능하다. 이 텍스트는 '아름다운' 여자 주인공으로 추정되는 인물의 경험을 해체하면서도, '미의 신화'가 가진 힘을 조명한다. 그렇다면 어떤 의미에서 이 작품은 정신과 육체의 문제를 페미니즘적 관점에서 오싹하게 고찰하고 있기도 하다. 만약 못생겼지만 전자공학적으로 강력

• 그리스 신화 속 조각가 피그말리온이 만든 젊은 여성 조각상. 자신이 만든 이 조각상에 매료된 피그말리온이 간절히 기원하자 아프로디테는 조각상에 생명을 불어넣어주었다.

한 능력을 지닌 P. 버크가 사랑스러운 델피의 '정신'이고 그래서 오직 둘이 함께할 때에만 한 명의 완벽한 '여성'으로 구현되는 것이라면, 혹시 여성의 정신이란 비록 욕망은 있다 해도 필연적으로 추하다는 것을 암시하는 것은 아닐까? 그리고 또한 델피처럼 아름다운 소녀란 그저 "따스하고 작은, 식물적인 기능들을 묶어놓은"[46] 존재에 불과하다는 것을 암시하는 것은 아닐까?

분명 P. 버크/델피는 사랑스러운 여성이 되는 법, 즉 "유쾌하게" 여성성을 수행하는 법을 훈련받아야 했다. 그녀가 받은 "훈련"은 "사람들이 '매력 강좌'라고 부를 법한 내용"이다. 하지만 팁트리가 거칠기 짝이 없는 터프가이식 말투로 서술하는바 P. 버크는 예외적일 정도로 "타고난 소질"을 보이는데, 그 이유는 "그 끔찍하게 못생긴 몸" 어딘가에 "이 말도 안 되는 기회가 주어지지 않았다면 영원히 묻혀버렸을 가젤 같은 요염한 여자가 숨어 있었기"[47] 때문이다. "미운 오리 새끼가 어떻게 되는지 보라고!" 40년 전 우리는 팁트리의 이 이야기가 컴퓨터에 갇힌 미친 여자 이야기라고 생각했다. 물론 저자는 SF 버전의 느와르를 쓰는 레이먼드 챈들러처럼 보였을 것이다. 팁트리가 한 명안에 들어 있는 두 여자 주인공에 대해 동정심을 전혀 드러내지 않고 터프가이식 단어와 은어를 사용해가며 이야기를 쓰고 있기 때문이다.

또 따지고 보면 P. 버크와 델피가 (함께) 여성성을 수행하고 있는 것에 비해, 그들의 저자는 능숙하게 남성성을 수행하고 있다. 앨리스 셸던/제임스 팁트리 주니어가 (함께) 여성에 관한 델포이의 신탁을 구하고 있긴 하지만 말이다. 그 신탁을 내려준 여성은 미스 아메리카일까? 바비 인형일까? 그들은 그저 인체 모형 인형에 불과한 것은 아닐까? 만약 마네킹이 아니라면 그저 미운 오리 새끼일까? 독자 입장에서 말하자면, 거칠고 냉혹한 서술자는 '우리'를 때때로 '마네킹'이나 '좀비' 혹은 그 비슷한 존재처럼 다룬다. '그'는 우리 또한 델피의 가짜 매력에 속아 넘어갈 수 있음을 암시한다. 그러나 만약 우리가 델피의 매력에 끌린다는 사실을 통해 서술자와 무언의 공모를 하고 있는 것이라면, 이 터프가이 서술자 '자신'은 여성을 인형이나 미운 오리 새끼로 만들어버리는 역학 작용, 즉 "남성이 잘못하고 있는" 많고도 많은 "일들"로 형성된 사회 안에서 무언의 공모를 하고 있는 것이다.

그 뒤 앨리스 셸던은 또 다른 필명(래쿠나 셸던)을 사용하면서 남성이 잘못을 범하는 주된 방식들을 더 많이 분석했다. 「체체파리의 비법」은 콜롬비아에서 "생물학적 해충 제어 프로그램"[48]을 계획 중인 한 과학자의 딜레마를 추적한다. 추적의 근거가 되는 자료는 미시간주에 있는 그의 아내가 그에게 보낸 일련의 편지와 다른 문서들이다. 맨 처음 비교적 명랑한 기분이었던 그녀는 자칭 '아담의 아들들'이라는 미소지니 신흥종교 집단에 관해 그에게 편지를 쓴다. 왜 그런지 모르겠지만 그들은 (한 동료가 그녀에게 남편 앞으로 보내달라고 부탁한 신문 기사 스크랩 뭉치에 나와 있듯이) 일련의 "여성 대량 학살" 사건에 연루되어 있다.

그 남편이 '아담의 아들들'의 잔혹한 여성 학살이 역병처럼 번지고 있다는 것을 이해하면서 상황은 암울해진다. 아내와 어린 딸을 보호하기 위해 급히 돌아오던 그는 귀국길에 자신 역시 미소지니라는 강한 충동이 혈액 속에 퍼지는 역병에 걸렸음을 깨닫는다. 아내와의 성애적인 만족감을 꿈꾸던 그는 "섹스가 (…) 죽음이라는 엔진을 구동하고 있음"을 알아차린다. 또 동료가 보내온 새로운 편지에는 다른 교수가 적어 보낸 짤막한 글이 첨부되어 있는데, 그는 "남성의 공격/약탈 행동과 생식능력 사이의 밀접한 관련이 있다는 사실 속에 늘 우리 인간 종이 겪을 수 있는 잠재적 어려움이 숨어 있었으며" "현재의 위기"가 "그 기원으로 볼 때 바이러스처럼 퍼져나가거나 효소처럼 번져나갈지도 모르겠다"[49]고 암시한다.

감염된 상태로 집에 돌아온 이 과학자는 자신의 소중한 딸을 죽이고 스스로 목숨을 끊는다. 그의 아내는 북부 삼림지대로 도피한다. 아마도 마지막 인간 여성일 것이다. '체체파리의 비법' 이란 무엇일까? 그것은 생식능력을 상실한 수컷을 목표 집단에 투입하는 방법을 토대로 한 곤충의 개체 수를 제한하는 비법이다. 래쿠나 셸던의 이야기는 이 기술을 뒤집는 일종의 사고실험으로, 인간 남성의 섹슈얼리티가 혈액 속의 강한 충동으로 확장되어 같은 종의 여성들을 말살하면서 어떤 인간도 번식할 수 없게 만드는 것이다. 이유는 무엇일까? 외계의 방문자들이 우리의 "부동산"을 자세히 살펴보고 있기 때문이다.

파국적인 팬데믹을 외계인의 개입 탓으로 돌리는 이 교묘한 SF식 결말은 이야기의 철학적 핵심, 즉 "남성의 공격/약탈 행동과 생식능력 사이의 밀접한 관련"이라는 내용으로부터 관심을 흐트러뜨리는 데 도움이 된다. 만약 「접속된 소녀」가 여성성은 연기에 불과하다는 점을 암시하는 작품이라면, 「체체파리의 비법」은 남성성이란 혈액 속의 강력한 충동으로 전이될 수 있는 위험한 폭력적 성향과 성욕에 생물학적으로 늘 취약하다는 점을 암시한다.

이런 디스토피아적인 환상 작품들에 비해, 휴고 상 수상작인 「휴스턴, 휴스턴, 들리는가?」에서는 팁트리의 활기 넘치는 유토피아 묘사가 등장한다. 이 작품은 샬럿 퍼킨스 길먼의 『허랜드』를 다시 쓰기한 작품으로 볼 수도 있는 중편소설이다.[50] 전형적인 스페이스오페라*인 이 이야기는 우주 미아가 된 세 우주인의 불운한 사고를 추적한다. 성경을 인용하기 좋아하는 노먼 데이비스 소령, 음탕한 부선장 버드 기어 대위, 같은 우주선에 승선한 예민한 과학자 오런 로리머 박사가 그들인데, 그들은 자신들과 자신들의 우주선 선버드호가 시간상 3세기를 앞서나갔다는 사실을 알게 된다. 그들은 우주 공간에서 죽을 뻔했지만 여성들만 타고 있는 글로리아호 승무원들에 의해 구조된다. 글로리아호는 미래에서 온 "저동력 추진" 거대 우주선으로, 버드의 표현에 의하면 꼭 "날아다니는 이동식 주택 주차장같이" 생겼다. 글로리아호에 타기도 전에 로리머와 동료들은 자신들과 자신들의 세계, 특히 자신들의 성별이 역사 속으로 사라져버렸다는 말을 듣는다. 한 여성은 무선 교신을 통해 "선버드호의 첫 임무는 우주선이 우주 공간에서 행방불명되는 바람에 실패했다"

● 우주 속 모험과 전쟁을 주요 소재로 삼는 활극적인 SF의 총칭.

고 설명한다. 그렇게 이 세 남성은 "엄격하고 권위적인 규정"과 "지배-복종 구조"를 내세우는 남성들이 더 이상 존재하지 않는 사회로 들어가게 된다.[51]

이들 여성의 유토피아는 평등주의 사회이면서 기술 수준이 거칠고 낮은 사회임이 밝혀진다. 여성만의 공간으로 들어선 로리머는 "이 미래의 우주선이 엄청난 규모의 밝은 실린더 모양이고 내부 전체의 표면은 정체를 알 수 없는 물체들과 초록색 엽상체들로 장식되어 있다는 점을 주목하는데, 이 물체들과 엽상체들은 온실 식물들과 치킨, 누군가의 가죽 제품, 다른 누군가의 구슬 장식 선반, 베틀, 그리고 "말도 안 되는 칡넝쿨"임이 밝혀진다. 20세기 미국 사회 가정의 모습을 패러디한 이 미래 세계의 '허랜드'는, 다혈질 남성인 로리머의 시각으로 보자면 가증스러울 만큼 "아늑한"[52] 것들로 가득 차 있다.

그러나 팁트리의 지적처럼, 이 세계는 효과적으로 작동한다. 작동이라는 단어의 모든 의미에서 그렇다. 이 세계의 거주민들은 우주 공간을 탐험할 뿐만 아니라 그들의 고향 행성(지구)에서 농사를 짓고 물고기를 잡고 생활 필수품을 제조하기까지 한다. 더 놀라운 것은 모든 남성들이 종말론적 감염병으로 절멸당한 탓에 이 여성들은 자신들끼리 스스로 복제하고 자신들의 딸들을 교육한다. 그들에겐 정부가 필요 없지만 협동하며 산업 활동을 조직한다. 버드가 그들 중 한 명에게 강간 시도를 한 뒤 공개적으로 자위 행위를 하자, 그가 노린 "피해자"는 그의 정액을 플라스틱 백에 담는다.(아마 그들의 문화에 새로운 유전자형을 도입하려는 용도였을 것이다.)

「휴스턴, 휴스턴, 들리는가?」에 나오는 남성들의 디스토피아적 행동은 스토리상으로 여성들의 유토피아적 평정 상태보다 훨씬 더 중심적인 역할을 한다. 이 중편소설이 '인간 남성'에 대한 또 다른 분석일 뿐만 아니라 그에 대한 비가이기도 하기 때문이다. 세 우주 비행사는 분명 정형화된 유형들이다. 지식인인 로리머의 관점에서 보면 소령과 대위는 각기 다른 버전의 "알파 남성"들이다. 성경을 인용하기 일쑤인 우주선 선장 데이비스 소령은 자신이 지휘하는 우주선 승무원들의 "지배-복종" 구조를 극화하는 인물이다. 그의 전문 지식 때문이 아니라 그의 가부장적 신학 때문에 그렇다. 그의 부하 "버드" 기어는 못된 동료이고 입버릇이 상스러운 잠재적 강간범이다.

그러나 로리머는 글로리아호의 평온한 사회를 위험에 빠뜨리는 이 두 사람의 '알파 남성적' 자질을 감탄하며 바라보지 않을 수 없다. 버드가 한 여성에게 성적인 공격을 감행하며 우주선 온실 내에서 난투극을 벌였을 때는, 데이비스 소령이 총을 꺼내 "이 여성들에게 침묵과 철저한 복종을 알려주겠다"고 선언하기도 한다. 그러나 이야기의 결말에서 알파 남성이든 아니든 남성은 자신보다 수준이 더 높은 여성들의 유능함에 압도당한다. 그 여성들은 영리하게 살아남은 자들인 것이다. 그곳의 여성들이 무기력해진 소령과 쓰러져 있는 대위를 온실 밖으로 끌고 나가자, 로리머는 "비가적인 분위기로" "그들은 괜찮은 남자들이었다"고 확언한다. 그는 자신의 발언이 "남성 모두를 위해, 데이비스의 하느님 아버지를 위해, 버드의 남성성을 위해, 크로마뇽인을 위해, 또한 아마도 공룡들을 위해" 한 것이라는 사실을 알고 있으며, 반항적인 어조로 자신과 동료 남성들이 "당신들의 소중한 문명을 건설했다"고 지적한다. 그러자 여성들 가운데 한 명이 대답한다. 비록 "우리가 남성 당신들이 발명한 것들을 누리고 있고, 당신들의 진화론적 역할에 감사하고 있긴 합니다만… 당신들은 주로 다른 남성들로부터 사람들을 보호했을 겁니다, 아닌가요? 우리는 방금 그 점을 알려주는 특별한 사례를 목격했습니다. 당신들이 우리에게 역사를 되살려주었습니다."[53]

팁트리는 이 이야기와 이야기에 담긴 교훈을 "들어줄" 휴스턴*이 결말 부분에 등장하지 않으며 그럴 필요도 없다고 암시한다. 글로리아호의 여성들은 "아마존의 여전사들"도 아니고 "해방운동가들"도 아니다. 그들은 '미래는 여성이다'라는 최근의 티셔츠 슬로건에 생명을 불어넣은 듯한 존재, 그야말로 그저 인류일 뿐이다. 집착적인 "지배-복종" 이념에 사로잡힌 인간 남성은 공룡처럼 사라진다. 남성으로 위장하고 있던 동안에도 팁트리/셸던은 의문을 품고 있었던 것 같다. 우리가 알아온 디스토피아적 "남성성"을 대체 어떻게 구제할 수 있을까, 라고.

조애나 러스의 남성 혐오

조애나 러스의 『여성 인간』(1970년대 중반에 출간되었지만

• 텍사스주의 공업도시로, 유인 우주선 비행 관제 센터의 소재지다.

1970년대가 막 시작되는 시점에 쓴 작품)은 여성을 구성하는 여러 스펙트럼을 점검하기 위해 (가장 멜로드라마적인 형태일 때를 제외하고는) 남성성에서 시선을 거둔다. 이 실험적인 소설에서 러스는 한 여성, 즉 저자/서술자인 조애나가 살 수 있는 네 개의 가능한 세계를 오가며 극화시킨다. 조애나, 지닌, 재닛, 제이얼이라는 이 여성 4인조는 "여성 인간", 즉 여자인 사람의 분열된 의식을 구성한다. 하지만 우아하게 구성되어 있기는 해도 『여성 인간』은 냉정한 작품은 아니다. 팁트리가 남성으로 위장하여 남성성을 점검하고 있는 반면, 러스는 만화적인 남성들을 살해하는 꿈을 꾼다.

러스의 팬이었던 팁트리는 『여성 인간』이나 다른 작품들에서 모든 것을 빼앗고자 하는 불타오르는 분노를 즉각 알아보았다. 그녀는 한 편지에서 러스에게 이렇게 말하기도 했다. "성스러운 땅콩 버터이자 친애하는 작가님, 제 기능을 발휘하는 신경세포를 절반만이라도 갖고 있는 사람이라면 누구든 당신의 작품을 읽고 그 안에 담긴 쓰디쓴 다층적 분노 때문에 손가락에 불이 붙어 연기가 나지 않을지요? 당신의 작품에서는 오랫동안 죽은 듯 활동을 멈추고 있었지만 앞으로 폭발할지 말지 활동을 가늠하고 있는 화산처럼, 타는 냄새가 나고 연기가 피어오릅니다."[54] 러스의 작품은 실제로 폭발했고, 그 폭발은 1970대와 1980년대까지 이어졌다. "와, 여성이 남성을 증오하다니 굉장한 일 아닌가?" 러스는 〈빌리지 보이스〉에 실린 「새로운 남성 혐오」라는 글에서 이렇게 냉소적으로 물었으며, "도대체 어떤 남성 평론가가 히치콕 감독의 영화 〈프렌지〉를 솔라너스의 〈스컴 선언문〉보다 20분의 1 정도만 역겹다고 생각했을까?"[55]라고 매섭게 덧붙였다. 물론 솔라너스는 당당히 나서서 역겨운 짓을 하기는 했다. 하지만 그것은 (〈프렌지〉 한중간에 등장하는 연쇄 강간 살인범을 포함하여) 다른 많은 남성들도 마찬가지라는 것이다.

『여성 인간』의 플롯은 여성들만 사는 유토피아 행성 '와일어웨이'의 특사 재닛이 지구에 등장하면서 시작된다. 와일어웨이는 미래의 사회지만 그 미래가 "우리의 미래는 아니다."[56] 재닛은 동시다발적으로 지닌이 살고 있는 빈곤한 사회, 즉 대공황이 여태 끝나지 않았고 2차 세계대전은 아직 발발하지도 않은 사회에, 그리고 (비록 똑같이 암울하긴 하지만) 그보다 더 현실적인 조애나의 사회, 즉 실제로 그녀가 살고 있는 1970년대의 미국 사회에 등장한다. 꿈 많은 도서관 사서 지닌은 결혼을 갈망하지만 그녀의 무기력한 남자 친구가 보여주는 성적 관습에 대해서는 양가감정을 품고 있다. 조애나는 재닛을 한 파티에 데려가는데, 그곳에 참석한 얼빠진 남성들 중 화려하게 차려입은 남성 한 명이 그녀에게 수작을 건다. 한편에서는 조너선 스위프트 작품에 나옴직한 (라멘티사, 아프로디사 등의 이름을 지닌) 만화적인 여성들이 "여성이" 내뱉는 전형적이고 안티 페미니즘적인 진부한 발언을 쏟아내고 있다. 분명 지닌과 조애나는 디스토피아 문화가 만들어낸 인물들이다. 반면 재닛이 자신의 부인 비토리아와 함께 살고 있는 유토피아 와일어웨이는 팁트리의 글로리아호 우주선 사회와 다르지 않은 레즈비언 분리주의 환상을 실현한 사회다.

페미니스트/여성의 분노가 생생하게 구체화되는 장면은 결말 부분이다. 여성 살인범 제이얼이 발톱과 이빨을 교묘하게 감추고 등장한다. 그녀는 '맨랜드'와 '우먼랜드'가 철천지원수로 대립하며 성의 전쟁을 끝없이 벌이고 있는 미래에서 온 인물이다. 다른 세 여성을 '맨랜드'로 데려간 그녀는 암살자인 자신의 솜씨를 과시하고, 독선적인 보스 유형 남성의 내장을 난폭하게 잡아 빼내 죽인다. 이후 그녀는 자신의 집으로 돌아가서 (팁트리의 「접속된 소녀」에 나오는 델피와 다르지 않은) '데이비'라는 아름다운 로봇과 사랑을 나눈다.

팻 휠러의 지적처럼 앞으로 "지대한 영향을 미치게 되는 러스의 이 소설은 (…) 그 시절의 급진적 페미니즘 정치라는 시대정신(진부한 성 역할에 대한 혐오감, 자신들만의 유토피아에 대한 갈망, 거들먹거리는 가부장들에 대한 분노)에 맞춘 작품이다.[57] 사실 에이드리언 리치처럼 러스는 제이얼을 만들어낸 치명적인 디스토피아는 물론이고 지닌이나 조애나가 살고 있는 단조로운 디스토피아들까지 재닛의 유토피아로 대체하자고 요구한 것이다. 동시에 그녀는 그런 프로젝트가 실현 불가능하다는 것을 인식하고, 그 불가능성을 슬퍼하기도 했다. 이 소설을 맺는 고별사에서 그녀는 변화에 대한 자신의 야망을 익살스럽게 요약한다.

가라, 작은 책아, 텍사스와 버몬트와 알래스카와 메릴랜드와 워싱턴과 플로리다와 캐나다와 영국과 프랑스로 내달려가라. 프리단, 밀릿, 그리어, 파이어스톤, 그리고 다른 모든 이들 앞에 가서 고개를 숙이고 무릎을 굽혀 인사를 드려라. (…) 얼굴을 씻고 의회 도서관에 가서 소란 피우지 말고 자리를 잡아라. (…) 더 이상 너를 이해해주지 않는다 해도 시무룩해하지는 마라, 작은 책아. 네 운명을 욕하지 마라. (…)

기뻐해라, 작은 책아!

그날이 오면, 우리는 자유로워질 테니.[58]

어슐러 르 귄의 양성성

팁트리가 폭넓은 견문을 지닌 남성으로 위장한 폭넓은 견문을 지닌 여성이었고, 러스가 열정적인 레즈비언 학자였던 반면, 어슐러 르 귄은 대개 자신을 "포틀랜드의 가정주부"로 규정하곤 했다.[59] 하지만 그녀는 프리단이 설명했던 유형의 평범한 가정주부가 결코 아니었다. 저명한 인류학자 앨프리드 크로버와 작가 시어도라 크로버의 딸이었던 그녀는 20대 초반에 찰스 르 귄과 결혼했으며, 1950년대와 1960년대에 세 아이의 엄마가 돼 안정된 생활을 하고 있었다. 남편이 역사학 교수로 일하는 동안 르 귄은 사변 소설을 쓰기 시작했다. 가사 활동 차원에서 볼 때 남편과의 동반자 관계는 그녀의 창작 능력을 방해하지도 그녀의 야망을 억누르지도 않았다. 양성을 오가는 인물들을 다룬 걸작 『어둠의 왼손』은 1969년에 발표되어 러스와 팁트리 모두에게 찬사를 받았으며, 이후 이 두 사람은 그녀와 빈번하게 서신을 주고받게 된다.

게센(겨울) 행성의 지형을 상세하게 그린 『어둠의 왼손』은 양성성을 지닌 사람들이 사는 세계의 사회 문화적 의미를 살펴보는 작품이다. 이 작품이 1973년에 나온 캐럴린 하일브런의 젠더 고찰 에세이 『양성성의 인정을 위하여』에 영향을 미친 것은 당연한 일이었다. 르 귄의 게센인들은 한 달 중 26일 동안은 성적으로 중성으로 지내고, 그런 뒤에는 "케메르기", 즉 동물들로 치면 발정기라고 할 수 있는 시기에 접어든다. 케메르기에 접어들면 게센인은 남성이 될 수도 있고 여성이 될 수도 있다. 만약 여성이 되어 임신을 하게 되면 "그녀"는 임신 기간과 수유 기간 내내 여성으로 산다. ('심지어 국왕도 임신을 할 수 있다'가 르 귄이 좋아하던 격언이었다.) 그런 다음 "그녀"가 되었던 게센인은 양성성을 지닌 중립적 성별로 돌아간다. 르 귄의 지구 출신 서술자가 설명하듯이 많은 게센인들은 자녀를 낳기도 하고 아버지가 되기도 한다. 물론 혈통은 모계를 따라 추적해 올라간다.

르 귄은 그런 양성성의 의미를 "숙고해보라"고 밝힌다. "모든 사람들이 똑같은 성적 모험을 감수해야 하고 선택해야 하니, 누구라도 무슨 일이든 손댈 수 있다. 따라서 이 나라 사람들은 누구든 다른 세계의 자유로운 남성처럼 완벽하게 자유롭지 못하다." 그리고 그녀는 "아이는 어머니나 아버지와 아무런 심리적-성적 관계를 맺지 않으며," 따라서 "겨울 행성에는 오이디푸스 신화 같은 것도 존재하지 않는다"는 점도 "숙고해보라"고 한다. 더 나아가 "동의하지 않는 섹스란 존재하지 않고 강간도 존재하지 않으며" "사람들을 강자 절반과 약자 절반으로 구분하는 일" 같은 것도 전혀 존재하지 않는다. "사실상 겨울 행성에서는 인간의 사고에 만연한 모든 이분법적 경향이 줄어들거나 달라져 있다는 것을 알게 될 것이다."[60] 겨울 행성에는 전쟁도 없다. 지구인들의 남성성을 고무하는 테스토스테론 근간의 공격성이 이 양성 인간들에게는 없기 때문이다. 게센인들은 반역은 할 수 있지만 군대나 전투 같은 것은 없다.

양성성에 대한 르 귄의 이 실험적 분석은 20세기 페미니즘 SF의 가장 놀라운 성취였다. 그러나 르 귄의 겨울 행성은 유토피아는 아니었다. 이 소설의 큰 줄기는 얼음으로 덮인 이 세계의 정점에서 벌어지는 음모, 배반, 필사적인 도주, 그리고 서술자가 사랑하게 된 게센인의 죽음 등이다. 나아가 (르 귄 자신도 인정했듯이) 그녀의 양성성 묘사는 작품 내내 "그he"라는 대명사 사용으로 손상된다.[61] 그녀의 게센인들이 남성이기도 하고 여성이기도 하다는 사실은 우리도 알고 있지만, "그"라는 대명사는 그들을 (그저 임신을 하게 되었을 뿐인) 남성으로 상상하게 만든다.

몇 년 후 르 귄은 게센인에 관한 또 다른 소설(「겨울의 왕」(1969))을 써서 이 문제를 다루었는데, 여기서 그녀는 이야기의 첫 부분에서 반복됐던 문제 많은 "그"라는 대명사를 『바람의 열두 방향』(1975)에 실으면서 "그녀She"로 고치고 이렇게 설명했다. "이번 판에 실린 이야기를 고쳐 쓰면서 (…) 나는 모든 게센인에게 여성 대명사를 사용했다. 다만 사람들에게 모호성을 상기시키기 위해 국왕이나 경Lord 같은 특정한 남성적 호칭은 그대로 유지했다."[62] 몇십 년 뒤 나온 또 다른 이야기에서도 그

녀는 "케메르기"에 도달하지 않은 모든 사람을 지칭할 때 마찬가지로 "그녀"를 사용한다.[63]

10년 뒤 르 귄은 여성들로만 구성된 남극 탐험대에 관한 흥미진진한 단편소설 「정복하지 않은 사람들」에서 우리 자신의 행성에 존재하는 보다 유토피아적인 이상 세계를 창조했다. 서술자가 우리에게 이야기하는 바에 의하면, 1908년 남미 지역(페루, 아르헨티나, 칠레) 출신 여성들로 구성된 대원 아홉 명이 친절한 선장의 도움을 받으며 남극 대륙을 횡단하여 남극점에 이르는 모험을 떠난다. 선장은 그의 배가 아니었다면 도달할 수 없었던 빙붕에 대원들을 내려놓는다. 르 귄은 이 이야기 속에서 이 불굴의 여성들이 탐험한 지역의 지도를 제공하는데, 이 지도는 스콧, 섀클턴, 아문센 같은 남성 극지 탐험가들이 이끌었던 탐험대 이야기에 부록으로 붙은 지도들과 다르지 않다.

그러나 그녀의 여성 탐험대원들은 남성 탐험대원들과 매우 다르다. 우선 이 여성들은 위계질서에 덜 의존한다. 처음부터 그들은 자신들 "모두가 대원"이 되리라 합의한다. 그런 다음 그들은 스콧의 『발견의 항해』(1905)를 통해 유명해진 남극 기지 '헛 포인트'에 도착해서 남성 탐험가들이 남기고 간 "더럽고 엉망진창인 흔적"을 보고 혐오감을 느낀다. "텅 빈 육류 캔들이 여기저기 나뒹굴고 비스킷들은 쏟아져 있었다." 그런 다음 그들은 스스로 되새긴다. "무한정 계속되는 예술인 가사 노동은 아마추어 게임이 아니다"라고.[64]

이 여성들이 아마추어가 아니라는 사실은 그들이 베이스캠프를 직접 마련하는 장면에서 드러난다. 그들은 얼음을 파낸 뒤

안락한 취침용 작은 굴들을 갖춘 우아한 거처와 충분히 매력적인 스토브, 채광창, 심지어 조각품들까지 조각해내는데, 이 조각품들을 조각한 여성은 "이 작품들은 북쪽으로 가져갈 수 없다. 그게 물로 조각한 벌"이라고 말한다. 그런 다음 그들은 잠시 주변 풍경 속 지형지물을 탐색하면서 "볼 것이 전혀 없다"는 사실에 주목한다. 하지만 "지도상의 그 하얀 장소, 그 텅 빈 장소에 왔기에 (⋯) 우리는 참새처럼 날아갈 듯 신나게 노래를 불렀다."[65]

그 지역을 더 탐험해나가면서 그들은 눈에 띄는 그곳 지형지물의 이름을 고쳐 부른다. 그들은 섀클턴이 "비어드모어"라고 불렀던 빙하를 "플로렌스 나이팅게일"이라고 개명한다. 다양한 산봉우리들이 "볼리바르 장군의 큰 코" "누구의 발가락일까?" "남극 십자가의 성모마리아 옥좌"라고 불린다. 끝으로 서술자는 이들이 "1909년 12월 22일"에 남극점에 도착했다고 보고하고, 이들이 "그곳에 아무런 흔적도 남기지 않기로" 결정했다고 전한다. "자신이 그 지점의 최초의 탐험자이기를 갈망하는 남성이 언젠가는 그곳에 올 텐데, 누군가가 남긴 흔적을 발견한다면 자신이 얼마나 바보였는지 알고 상심해할지도 모르기 때문"이라는 것이다.[66]

이 남극 여행에 붙인 후기도 있다. 베이스캠프로 돌아오고 나서 서술자는 탐험대원 한 명이 임신한 상태였다가 출산이 임박했다는 사실을 알아차린다. 테레사라는 이 순진무구한 대원은 무슨 일인지도 모르고 그저 자신이 살이 찌고 있다고만 생각했던 것이다! 딸이 세상에 태어나자 그녀는 아이를 "남극의 장미"

라고 부른다. 따라서 이 소설은 남극 탐험 이야기일 뿐만 아니라 딸아이의 출생에 관한 이야기이기도 하다.

소설 속 '남극'은 유토피아일까? 잠시, 이 여성들이 얼음의 땅을 참새처럼 신이 나서 뛰어다닐 때 그들의 환희는 유토피아적 환희처럼 보인다. 그러나 그들의 유토피아는 곧바로 가부장제 역사라는 거대 서사에 묻히고 만다. 이 여성들은 자신들이 만든 남극 거처를 빙하 얼음 밑에 묻고 온 것처럼 자신들의 이야기를 다락방과 책상 서랍 안에 묻어버린다. 소위 문명 세계로 돌아온 어린 "남극의 장미"는 다섯 살 때 성홍열로 죽는다. 서술자가 자신의 이야기를 쓴 것은 그저 그녀의 후손들을 위해서였다. "후손들이 그런 정신 나간 할머니가 있었다는 것을 조금 창피해할지라도 그 이야기를 공유하게 된 것은 기뻐할지도 모른다"는 것이다. 그러나 아문센 씨에게까지 그 이야기를 해줄 필요는 없으리라! 그 영웅은 자신의 방식대로 자신의 절정의 날을 맞이해야 하니까. "우리는 발자국 하나 남기지 않았다."[67]

실제 사건에 근거한 시이기는 하지만, 에이드리언 리치가 1974년에 쓴 시 한 편이 「정복하지 않은 사람들」의 선구자 격인 이야기로서 도움을 준다. 「엘비라 샤타예브를 위한 환상곡」이라는 시인데, 다른 여성 등반대원 일곱 명과 키르기스스탄에 있는 레닌봉 등반을 시도하다 눈보라 폭풍을 만나 함께 죽음을 맞은 러시아 여성 탐험가의 이야기다. 그녀의 목소리로 말하는 이 시는 죽은 등반대원들을 애가조로 읊으며 칭송한다.

푸른 불의 케이블이 우리의 몸을 묶는다

눈 속에서 함께 타오르는 우리　우리는 이보다 못한 삶을 위해
살지 않으리라　　　우리는 이런 상황을
꿈꾸어왔노라　　　우리의 평생 동안.[68]

그곳은 유토피아일까? 디스토피아일까? 등반대원들의 꿈은
유토피아적인 꿈이었다. 그들 무리는 리치가 "푸른 불의 케이
블"이라고 명명한 자매애로 연결되어 있었다. 그러나 그들이
얼음 속에서 제물이 되었다는 것은 그들이 품은 야망의 대가가
죽음이었음을 암시한다. 남극의 탐험대원들이 발자국도 남기지
않고 아내와 엄마라는 장식으로 사는 삶으로 돌아왔다고 한다
면, 리치의 등반대원들은 자신들의 얼어붙은 시신을 레닌봉에,
남성 영웅의 이름을 붙인 그 산봉우리에 기념물처럼 남기고 온
셈이다. 페미니즘적 도전 행위는 반드시 비밀이나 자살로 끝나
야 하는 걸까?

7장
자매들, 연결과 상처

1970년대가 펼쳐지고 페미니스트 네트워크가 확장되면서 다양한 매체에서 창작 활동 중인 여성들은 자매애라는 유토피아적 이상에서 영감을 받았다. 1970년대를 되돌아보면서 비비언 고닉은 워즈워드의 시를 인용하며 "혁명적 정치가 선사하는 기쁨"을 칭송했다. "그 여명의 순간에 살아 있다는 것은 더없는 기쁨이었다. 사랑한다는 말로는 그런 기쁨에 닿을 수조차 없었다. (…) 우리는, 우리 모두는 그때 페미니즘이라는 자유로운 품 안에서 살았다."[1] 물론 고닉에게는 유력한 친구가 많았지만, 고닉보다 고립되어 살았던 많은 여성들도 자신들이 한데 힘을 합쳐나가면 남성 지배적인 조직과 전통에 도전할 수 있다는 사실을 깨달았다.

그러나 여성운동은 디스토피아적인 오해와 내분, 비방으로 퇴보할 수도 있었다. 적지 않은 여성들이 그런 조짐을 보이는 여러 양상에 직면하기도 했다. 자매애라는 꿈에 도취되어 있던 여성들도 자신들의 '자매들'과 불화를 겪으며 애석해했다. 글로리아 스타이넘, 앨리스 워커, 오드리 로드는 미국의 제2물결 페미니즘 시기에 연결과 상처가 가져온 정치적 여파를 가늠했다. 한편 맥신 홍 킹스턴의 회고록과 주디 시카고의 설치미술 〈디너 파티〉는 자매애 문제(그리고 딸들의 우애 문제)를 더욱 생생하게 탐구했다.

불행하게도, 비동성애자와 동성애자, 급진주의자와 자유주의자, 백인과 흑인, 본토박이들와 외국 태생 여성이 다져왔던 연대는 (1970년대 페미니즘이 정점에 이르렀을 때) 전국적인 백래시 운동이 필리스 슐래플리라는 여성의 주도로 시작되면서 약화되었다. 1970년대 말 백인 페미니스트들이 자신들의 불화 문제를 다루고 차이를 표현하고 업적을 자축하던 그때, (교육 현장에서의 성차별을 금지한) 연방 민법 제9조와 (임신 중단을 합법화한) '로 대 웨이드 소송' 연방 대법원 판결이 불러일으킨 드높은 희망이 성평등 헌법 수정안 비준의 지연과 함께 깨져버리게 된다는 사실은 아직 드러나지 않았다. 성별에 관계없는 권리의 평등 보장이 미국에서 지속적으로 명백하게 축소된 것은 1980년대, 성평등 헌법 수정안 비준이 거부되고 난 이후다.

〈미즈〉의 글로리아 스타이넘과 앨리스 워커

글로리아 스타이넘이 여성들과 도모한 협력의 초상은 1970년대 여성운동의 특징인 지지와 불화가 뒤섞인 관계를 보여준다. 그녀 스스로 수많은 격변에서 살아남아 비범하다 할 만큼 관대한 생존자임을 입증해 보이기는 했지만 말이다. 여성들의 관계가 (경쟁적이기보다) 너그럽고 고결하다는 언설이 페미니즘 논의의 중심 주제로 떠오른 시기에, 스타이넘은 전국을 횡단하며 강연을 다니거나 성평등 헌법 수정안 비준을 독려하기 위해 유리한 증언을 펼쳐나갔는데 이 활동은 대개 아프리카계 미국인 파트너와 함께했다. 아동복지 운동가 도러시 피트먼 휴스나 언변이 화려한 변호사 플로 케네디, 민권운동가 마거릿 슬론 같은 이들이 그런 파트너들이었다. 파트너가 호전적이었던 케네디일 경우 그녀는 "항상 먼저 말해야 했다. 플로가 먼저 입을 열면 그보다 김빠지는 일도 없었다." 이런 정치적 파트너십은 그녀가 평생 존경했던 평생지기 앨리스 워커를 지원하기 전까지 계속되었다.(스타이넘은 워커에 대해 "만약 우리가 이런 여성을 안다면 더 나은 쪽으로 변할 수 있다"고 확언했다.)[2]

순회 강연 때 파트너와 짝을 지어 다닌 일은 대중 연단에 설 때마다 안절부절못하던 스타이넘을 달래주기도 했지만, 페미니즘이 그저 백인의 운동만은 아니라는 것을 보여주기도 했다. 1971년 스타이넘은 〈뉴스위크〉의 표지 모델이 되어달라는 요청을 거절했다. 밀릿이 그랬던 것처럼 온 관심을 자신에게서 여성운동으로 돌리고 싶었기 때문이다. 사진사가 망원렌즈로 그녀를 몰래 촬영해 싣기는 했지만 말이다. 그녀는 저널리즘 활동과 대중 연설을 해나가며 대표적인 페미니스트이자 호모포비아적 고정관념에 맞서 싸울 수 있는 인물이 되었다. 여행 중 혹시 레즈비언이냐는 질문을 받으면 그녀는 쾌활하게 대답했다. "아직은 아니랍니다."[3] 그녀의 외모는 페미니스트는 전부 레즈비언이고 레즈비언은 전부 전투용 도끼를 들고 다닐 것 같다는 사람들의 억측을 떨쳐버렸다.

스타이넘은 베티 프리단, 셜리 치점, 벨라 애브저그 등과 함께 활동하며 '전국여성정치회의'를 창설했다. 그러나 스타이넘의 입지를 굳혀준 것은 1972년 창간한 호화판 인기 잡지 〈미즈〉였다. 창간호에는 제인 오라일리의 「가정주부가 진실을 깨닫는 순간」, 레티 포그레빈의 「성 역할 가르치지 않고 아이 키우기」, 비비언 고닉의 「왜 여성은 성공을 두려워하는가」, 주디 사이퍼의 「나는 아내를 원한다」와 「실비아 플라스의 마지막 주요 작품」, 그리고 실비아 플라스의 시 「세 여자: 세 명의 목소리를 위한 연극」 등이 실렸다.

스타이넘이 〈미즈〉와 다른 매체들에 썼던 에세이들은 (「왜 1976년 우리에게 여성 대통령이 필요한가」부터 「만약 남자가 생리를 한다면」에 이르기까지) 그녀의 강연만큼 재치가 넘쳤다. 그러나 백래시는 빨리도 닥쳐왔다. 성평등 헌법 수정안 비준까지 다섯 개 주의 서명만을 남겨둔 1973년, 〈스크루〉에 조종사 안경을 쓴 여자의 누드 사진 한 장이 게재되었다. 음순이 과도하게 확대된 모습이었고, '페미니스트에게 페니스를 꽂아라'라는 제목이 붙어 있었다. 가장자리에는 그중 하나를 고르라는 듯 여러 개의 페니스 그림이 실려 있었다. 같은 해 휴 헤프너가 쓴 메모가 참모에 의해 유출되기도 했다. "햇병아리 같은 이 여자들은 우리의 천적이다. 지금이 이들과 싸워야 할 때다."[4]

이보다 더 예측하지 못했던 상황도 벌어졌다. 베티 프리단이 스타이넘을 두고 반反남성적 "여성 우월주의"를 내세우는 파괴적인 진영과 한통속이라고 주장한 것이다. 프리단은 스타이넘이 여성운동을 분열시킨 후발 주자라고 비방했다.[5] 그러자 노라 에프론은 〈에스콰이어〉를 통해, 그러면 프리단 당신이 페미니즘의 주인이냐고 따지면서 비웃었다. "그게 자기 애란다, 빌어먹을. 자기 운동이란다. 그럼 그동안 자기는 가만히 앉아서 아름답고 날씬한 숙녀가 그걸 훔쳐 달아나게 놔뒀단 말인가?" 노라 에프론은 베티 프리단을 "서방의 사악한 마녀"로, 글로리아 스타이넘을 "오즈마, 글리마, 도러시*(뭐든 고르기만 하라)"로 생각했지만, 스타이넘은 민주당 전당대회가 끝난 뒤 슬퍼하는 친구들과 자신이 같은 길을 가고 있다고 생각했다. "나는 그저 괴롭힘에, 그것도 내 친구들의 괴롭힘에 지쳐갈 뿐이었다"고 스타이넘은 말했다.[6]

이 말을 하며 그녀가 염두에 두었던 친구들은 민주당과 언론계에서 유력한 힘을 발휘하고 있던 남성들이었지만, 여성운동 지도자들도 그녀를 괴롭히고 있었다. 1974년, 프리단이 "라벤더 위협"이라고 비난했던 페미니스트들이 스타이넘을 적대하는 세력에 가담했다. '레즈비언 네이션'이라는 조직은 모의 소송을 벌여 〈미즈〉를 기소했고, 반대 증거가 있었음에도 이 잡지가 "레즈비언을 완전히 무시하면서 심리적 학살을 저질렀다"[7]

● '서방의 사악한 마녀'는 『오즈의 마법사』에 나오는 악역이고, 오즈마와 글리마는 '오즈' 연작소설에 나오는 공주들이며, 도러시는 『오즈의 마법사』의 주인공이다.

고 비난했다. 괴로워하던 스타이넘은 젊은 여성들의 멘토 역할
은 계속했지만 대중 앞에 나서는 일은 줄여나갔다.

그 젊은 여성 중 한 명이 이 멘토와의 애착 관계를 널리 알리
다가 신랄한 공격을 당하기도 했다. 스타이넘에게도 상처가 된
경험이었다. 그 여성은 바로 앨리스 워커다. 조지아주 소작인의
막내였던 앨리스 워커는 대대로 흑인들만 다니던 스펠먼대학
교를 다니다 세라로런스대학교로 학적을 옮겼다. 백인들이 지
배적이었던 캠퍼스에서 그녀가 작가가 되기로 결심하고 첫 작
품을 발표하는 데 도움을 주었던 인물은 시인 뮤리얼 루카이저
(젊은 시인들이 사랑하던 초기 페미니스트)였다. 워커는 이후
의 작품들에서 민권운동가이자 변호사였던 백인 남편 멜 레번
솔과 함께 살며 경험한 위협적인 상황을 바탕으로 미시시피주
의 유권자 등록과 사회복지 권리에 대해 묘사했다. 서로 다른
인종 부부라는 사실 때문에 받는 스트레스(그리고 그들의 딸
리베카를 키우면서 받는 스트레스)와 잭슨시의 문화적 불모성
을 견디지 못하고 그들 부부는 북부로 이주했다. 이 이주는 그
들의 결혼 생활이 끝나게 된 계기가 되기도 했다.

앨리스 워커는 스타이넘의 초대로 ("나는 지면 속의 앨리스
와 사랑에 빠졌다") 1974년 〈미즈〉에 합류했다.[8] 그녀의 에세
이들은 그녀 자신의 커리어에 도움을 주었던 것, 바로 여성들
의 협업을 주제로 삼았다. 같은 해에 그녀는 "미국도서상의 가
부장적 경쟁 조건을 거부"한 에이드리언 리치와 오드리 로드
의 입장에 동조했다. "우리는 이 상을 우리 사이에서 공유할 것
이며, 여성을 위한 쓰임새 있는 상으로 만들기 위해 최선을 다

할 것이다."⁹ 아이러니하지만 이 이야기를 할 때 좀처럼 언급되지 않는 사실이 있는데, 결선에 진출한 여성이 한 명 더 있었다는 사실이다. 가난한 스물두 살 여성 엘리너 러먼이었다. 돈이 필요했던 그녀는 이 성명에 연대하기를 거부했다. 그녀는 만약 자신이 수상자로 선정됐다면 "기꺼이 상금을 받아서 수표를 현금으로 바꾸었을 것"이라고 말했다. 수십 년 뒤 그녀는 "이 엘리트주의자에다 교육받은, 멋지고 화려한 여성들로부터 받았던 압박"을 떠올리면서 여전히 분노를 표했다.¹⁰

1974년에 워커의 또다른 에세이 「우리 어머니들의 정원을 찾아서」가 〈미즈〉에 실렸고, 이 글은 곧장 기념비적 텍스트가 되었다. 이 글에서 워커는 흑인 여성들의 좌절된 창작 능력에 대한 고찰로 포문을 열면서 그 좌절된 능력이 이들을 "정신병자처럼, 무섭게—혹은 자살자처럼, 조용히" 앞을 응시하는 "미친 성녀들"로 바꾸었다고 말한다. 이런 비인간적인 상황에서 흑인 여성이 어떻게 예술가가 될 수 있을까. 그녀는 버지니아 울프가 『자기만의 방』에서 논한 바 있는, 여성의 창작 능력을 방해하는 방해물들을 재고해봐야 한다는 것을 깨닫는다. 단, 노예 상태의 여성들은 울프가 주목한 중산층 백인 여성들과 달리 "쇠사슬, 총, 채찍, 자신의 몸이 다른 누군가의 소유물이라는 사실, 이방의 종교에 복종해야 하는 현실" 등에 직면해 있다. 워커는 셰익스피어의 여동생의 운명을 결정지었을지 모를 여성 내면의 "모순되는 본능들"*에 대한 울프의 고찰을 인용한 뒤, 노예/시인 필리스 휘틀리가 자유의 금발 여신에게 바친 찬사를 예로 들어 이 "모순되는 본능들"에 대해 숙고한다.(휘틀리의 시는 이후 비

평가들로부터 조소를 받았다.)[11]

워커는 "더 이상 휘틀리에게 조소를 퍼붓지 말라"고 말한다. "우리는 이제야 휘틀리 당신이 바보도 반역자도 아니며, 그저 모국에서 납치되어 와 '갈피를 못 잡는 새 언어로' 말하려고 발버둥쳤던 병약한 어린 노예 소녀였을 뿐이라는 사실을 알았다." 워커는 노래에 재능이 있으면서도 전혀 그 재능을 발휘하지 못했던 여성들도 자신의 창조적 능력만큼은 표현할 길을 찾아냈다고 주장한다. 그러면서 그녀는 자신의 출신에 관심을 기울이면서 어머니가 만들고 가꾸었던 퀼트 작품, 이야기, 정원에 대해 묘사한다. 우리가 가진 예술적 재능 개념은 그녀의 어머니 같은 이들, 다시 말해 수 세대에 걸친 여성들의 창조적 능력을 반드시 포함해야 한다. 글은 필리스 휘틀리의 어머니에 대한 생각으로 마무리된다. 그 어머니도 "예술가였으리라. 필리스 휘틀리의 실제 삶에는 드러난 것보다 더 많이 그 어머니의 흔적이 새겨져 있으리라."[12] 워커는 서정적인 어조로 세대와 민족을 아우르는 여성들 사이의 연결 고리를 긍정하기 위해 흑인 예술의 모계 계보를 확립한다.

1년 뒤 워커는 그 모계 계보를 찾는 맥락에서 자신이 가장 중요하다고 여긴 문단의 한 선배 작가에게 경의를 표하려 애썼다고 이야기한다. 역시 〈미즈〉에 실렸던 「조라 닐 허스턴을 찾아서」는 이 잊혔던 작가를 부활시켰고, 허스턴은 이내 상당한 영

• 여성이 문학적인 야망을 키울 때 그 자신으로 하여금 '열등하고 잘못되고 뒤틀려 있다'고 생각하게끔 만들거나, 여성의 글쓰기를 방해하는 사회적 압박과 자신의 창작 능력 사이에서 갈등하게 하는 본능들.

향력을 지니게 되었다. 지면 속 조라 닐 허스턴과 사랑에 빠진 워커는 작품이 더 이상 출간되지도 않고 "영양실조"[13]로 죽었을 지도 모르는 이 할렘 르네상스 천재에 관해 알아내기 위해 그녀의 조카딸로 위장하기로 한다. 남부 플로리다주 어느 묘지 구역의 잡풀 사이를 헤치고 나아가면서 뱀 때문에 깜짝깜짝 놀라던 워커는 허스턴의 것으로 여겨지는 묘지를 발견한다. 그녀는 고르고 싶었던 것보다 값이 싼 묘석을 구입한 뒤 묘석에 새길 비문을 묘석 제작자에게 건네준다.

> 조라 닐 허스턴
> "남부의 천재"
> 소설가   민속학자
> 인류학자
> 1901   1960

나중에 허스턴의 지인은 그녀가 "영양실조로 죽지 않았다"[14]고 주장한다. 이 주장의 사실 여부는 (예를 들어 허스턴이 1901년이 아니라 1891년에 태어났다고 밝혀진 일에서도 드러나듯) 허스턴을 기억하는 사람들 사이에서도 확실하지 않지만, 워커의 지지를 받은 후대의 허스턴 연구자들에 의해 밝혀질 것이다.

앞의 두 에세이는 모두 워커가 〈미즈〉 편집자로서 여성 작가들을 열정적으로 격려했다는 사실을 알려준다. 그녀는 이곳에서 일하며 메리 고든, 아마 아타 아이두, 그리고 1976년 브로드웨이 히트작 〈무지개가 떴을 때 자살을 생각한 흑인 소녀들을 위하여〉의 저자 엔투자키 샹게이를 추천했다. 남성 비평가들의 공격을 받으며 괴로워하던 샹게이는 준 조던이 조직하고 워커도 가세했던 사회단체 '시스터후드'에서 위안을 찾게 된다. 토니 모리슨도 마찬가지였다. 모리슨의 『술라』가 〈뉴욕 타임스〉에서 비판을 받았을 때 (저자가 "'흑인 작가'라는 분류"를 "뛰어넘을" 필요가 있다는 내용이었다) 워커는 편지를 써서 방어에 나섰다. 모리슨은 이 편지가 그야말로 "눈부신 편지"였다고 생각했다.[15]

그런데 당시 서른하나였던 워커는 대학 시절 멘토였던 뮤리얼 루카이저가 자신의 허스턴 묘사에 대해 이의를 제기하고 나서자 낙심했던 것이 틀림없다. 루카이저는 워커에게 편지를 보내 허스턴이 "백인 여성"의 도움을 받았을 것이라고, 워커가 세라로런스대학교에서 루카이저 자신의 도움을 받았던 것과 "비슷한 방식으로" 도움을 받았을 것이라고 주장했다. 루카이저는 워커에게 허스턴의 생애에 대한 설명과 워커의 커리어에서 루카이저가 도왔던 역할에 대한 설명을 긍정적으로 "고쳐달라고" 요구했다.[16] 워커는 답장에서 자신이 입은 은혜를 잊지 않았다는 것과 이제는 거리를 둬야 한다는 것을 전부 설명하려고 애썼다. "당신들 모두가 저를 '도와주던' 그 시절 제가 저 자신을 얼마나 초라하게 느꼈는지 당신은 상상해본 적이 있나요?"[17] 그녀는 자신이 루카이저에게 도움받았다는 사실을 공공연하게 누락했다는 점은 인정했지만, 편지 내용으로 보건대 이미 허스턴의 존재를 알고 있었던 듯한 루카이저가 대체 왜 남부 출신 작가들을 다룬 수업에서 허스턴을 알려주지 않았는지 의문을 품었다.[18] 이 두 여성의 관계가 망가진 일은 분명 두 사람 모두에게 고통스러웠을 것이다. 이들의 사례는 여성운동 연대 세력들을 괴롭히는 알력 관계를 단적으로 보여준다.

1975년에는 글로리아 스타이넘이 자신이 지원했던 페미니스트들의 공격으로 상처를 입었다. 1960년대에 급진주의자로 활동했던 캐시 세라차일드와 캐럴 해니시가 상당 기간 분노를 키워오고 있었다. 수전 브라운밀러(이해에 획기적인 저서 『우리의 의지에 반하여: 남성, 여성, 그리고 강간의 역사』를 출간했고, 나중에는 이 시기에 대한 기록을 남긴 인물)에 의하면, 세라차일드와 해니시는 "대체 어떻게 〈미즈〉의 주류 운동가들이 여성운동 전체를 대변하게 되고, 운동을 창시한 자신들은 공론장에서 배제당하게 됐는지 이해하지 못했다."[19]

세라차일드와 해니시는 한 언론 행사에서 문서집을 배포했다. 스타이넘이 "10년 동안 CIA와 내통하고 있었는데도 (⋯) 그 사실을 왜곡하고 은폐했다"고 비난하며 시작되는 글은 "〈미즈〉가 (⋯) 여성해방운동을 해치고 있다"고 주장한다.[20] 이 급진주의자들은 스타이넘이 가난했던 어린 시절에 대해 거짓말을 한 것처럼 말을 흘리기도 했다. 급진적 페미니스트 조직 '레드스타킹'의 또 다른 창립자 엘런 윌리스는 "자매애에 대해 흐리멍텅하고 감상적인 생각을 갖고 있다"고 비난하면서 〈미즈〉를 떠났다. 그러나 수전 브라운밀러는 베티 프리단에게 자신은 스타이넘의 CIA 연루설 발표 방송이 "웃기는 일일뿐만 아니라 바보 같은 짓"이라고 생각한다면서 거들지 않겠다고 알렸다.[21]

사실 스타이넘은 1959년 비영리 교육 재단에서 일하면서 젊은 미국인들에게 자유세계의 가치를 대변하는 대표자 자격으로 '국제 공산주의자 청년 페스티벌'에 참가하라고 독려한 적이 있었다. 스타이넘은 평소처럼 직접적인 대면을 삼가며 움츠러드는 식으로 공격에 반응하면서 마음의 고통을 겪었고 체중도 줄어들었다. 그녀는 뒤늦게 언론에 답변을 보낸다. "저는 당시 순진하게도 그 지원금의 1차 출처가 중요하지 않다고 믿었습니다. (…) 어떠한 통제나 명령도 받지 않았으니까요." 그녀는 자신을 공격한 여성들을 비난하면서 이렇게 결론지었다. "그 두서없는 '배포 자료'에는 다른 왜곡된 사실들도 담겨 있습니다. 그 사실들에 일일이 답하는 것은 문어발과 악수하는 일과 같을 것입니다."[22] 스타이넘에 대한 공격이 타당한지를 두고 벌어진 내부 공방은 페미니스트 교육자들을 위한 유토피아라고 소개된 바 있는 버몬트주의 환상적인 여름 휴양지 '새거리스 공동체'를 사실상 와해시켰다.[23]

스타이넘에 대한 공격을 계기로 에세이 「중상모략」이 〈미즈〉에 기고된다. 필자는 "조린"(조 프리먼)이었다. 그녀의 글은 "어떤 식으로든 눈에 띄는 사람이 있으면 그 사람을 의식적으로 망가뜨리는 여성운동계"를 지켜보며 절망감을 느꼈다는 말로 시작한다.[24] 이 글이 발표되고 난 뒤 수많은 편지가 쏟아졌는데, 그중 다수가 중상모략을 경험한 적이 있는 사람들이 보낸 것이었다. 프리단은 여러 인터뷰를 통해 스타이넘이 정부의 정보원이었다고 발표했던 사건을 재소환하면서 여성운동계의 "리더십 잡아먹기" 행위를 비난했다. 그도 그럴 것이 성평등 헌법 수정안 비준의 시동이 꺼지고 있었다. 그러면서 그녀는 '토털 우먼후드', '푸시캣 리그', '리그 오브 하우스와이브스' 같은 단체의 추종자들이 "우리에 대한 백래시에 가담하기 시작했다"고 주장했다.[25]

알궂게도, 이 시기 내내 그들 모두의 활동이 FBI의 수장 에드거 후버에게 염탐당했을 수 있다. 그는 여성해방운동 Women's Liberation Movement을 WLM이라고 불러가며 전략적으로 감시하고 있었다.[26] FBI가 전국 페미니스트 단체들에 정보원을 침투시켰다는 사실이 분명해지자, 레티 코틴 포그레빈은 1977년 〈미즈〉에 글을 보내 저 광범위한 FBI 파일에 온갖 중상모략이 들어 있는 것 아니냐고 의문을 제기했다. "'그들'은 특수 요원, 밀고자, 감시자, 비밀 요원, 다른 법 집행기관들, 거기에 양심적인 시민들이 보내준 경고신호의 도움을 받으며 '우리'를 계속 감시하고 있었다." 유감스럽게도 그녀의 결론은 다음과 같다. "FBI는 여성운동의 자기 파괴적 사건과 우리가 놓친 기회들을 목록으로 만들었다. 이 목록은 이데올로기 결벽주의자들의 죽음에 대한 동경 때문에 살해당한, 한때 활발했던 연대 활동들에 대한 진혼곡이며, 소진되어 물러난 이들의 이름들과 사라진 조직들에 대한 향수 어린 추억 같은 것이었다."[27]

스타이넘의 전기 작가 캐럴린 하일브런의 설명처럼 그녀가 중상모략을 당한 유일한 인물은 아니었지만 "가장 유명하고 대중 앞에 가장 많이 나섰으며, 따라서 가장 열렬한 증오의 대상이 된 인물"이기는 했다.[28] 에리카 종은 자신이 당한 중상모략 경험에 근거하여 1970년대의 페미니스트들을 "채찍질 세대"라고 규정하고, "대체 여성들은 왜 그렇게 다른 여성들에게 옹졸하게 구는가?"라며 의아해했다. 좀은 이 문제를 이렇게 진단했다. "자기주장을 남성들에게 맞서 내세우지 못하니 우리끼리 서로 맞서고 있다."[29] 그녀는 은연중에 심리학자 필리스 체슬러의 견해에 동의한다는 뜻을 내보였다. "우리 세대 페미니스트들은 우리의 지도자들을 잡아먹었다. 이런 짓에 아주 능숙한 페미니스트들이 우리의 지도자가 되었다." 체슬러 역시 이런 행동 방식의 작동 원리를 분석한 바 있다. "힘없는 다른 조직들처럼 우리 세대 페미니스트들은 가부장제 권력에 남성들식으로 몸으로 맞서 싸우는 것보다 다른 페미니스트들에게 말로 맞서 싸우거나 모욕을 주는 것이 더 쉽다는 사실을 알게 되었다."[30]

간절히 고대하던 1977년 전국여성대회가 휴스턴에서 열렸을 즈음 페미니즘에 반발하는 반대자들은 페미니스트들의 분열이 아니라 역설적이게도 이들의 만장일치 합의를 이용하기 시작했다. 대회는 "자유주의 페미니즘의 정점"이라 할 행사였다. 여성 운동선수들이 세니커폴스에서부터 불붙인 횃불을 들고 릴레이 해왔고 마야 안젤루가 쓴 〈신新 감정 선언〉이 선포되었다.[31]● 현장에는 약 "2만 명의 여성들이 와 있었으며, 대표단의 35퍼센트가 비非백인이었고, 다섯 명 중 한 명꼴로 저소득층이었다."[32] 케이트 밀릿, 앤드리아 드워킨, 빌리 진 킹, 마거릿 미드, 코레타 킹과 대통령 부인인 로절린 카터, 베티 포드, 레이디 버드 존

● 1848년 미국 뉴욕주 세니커폴스에서 열린 집회에서 남성과 여성은 평등하다는 〈감정 선언〉이 선포된 바 있다.

슨 등도 이 초당파적 행사에 모습을 드러냈다. 바로 이때 안티페미니스트 필리스 슐래플리는 성평등 헌법 수정안 비준을 좌절시킬 수 있겠다는 것을 깨닫는다. 특히 "여성해방운동가들"이 페미니즘 노선에 레즈비언의 권리를 포함시키려고 투표하던 순간에. 여러 해 뒤 슐래플리는 페미니즘에 손상을 가하기 위해 이날의 투표 장면을 찍은 필름을 이용했고, 심지어 성평등 헌법 수정안 비준을 반대하는 텔레비전 광고에 내보내기까지 했다. 교육 전문가 실라 토비어스의 말마따나 "그녀에게는 그날 휴스턴에서 페미니스트들과 레즈비언들이 연대를 과시한 것이야말로 그녀의 승리에 쐐기를 박는 행위였을 것이다."[33]

1977년 휴스턴에서 슐래플리는 동성애자의 권리 보장에 적대적인 사람들과 성평등 헌법 수정안이며 임신 중단에 반대하는 수천 명의 남성들과 여성들을 한데 묶어 반대 집회를 개최하기도 했다. "신은 아담과 이브를 만들었지, 아담과 스티브를 만들지는 않았다"는 플래카드들이 열변을 토하는 듯했다.[34] 슐래플리가 내세운 불경스러운 삼위일체(페미니즘, 여성의 재생산 권리, 동성애)는 뉴 라이트 진영을 즉각 통합시켰다.[35] 그녀는 집회에 모인 다양한 종교의 신도들에게 "신이 창조한 성 역할과 가족 구조에 대해서는 모두 같은 것을 믿고 있다"고 강조했다.[36] '성평등 헌법 수정안 비준을 저지하라'라는 구호의 의미는 '우리의 특권을 가져가는 자들을 저지하라'였던 셈이다.

다른 저명한 여성들도 세레나 조이보다 앞서서 설교를 늘어놓았다. 미인 대회 수상자 출신 애니타 브라이언트는 남성 동성애자에 대한 반감을 내보이며 〈우리의 아이들을 구하자〉 캠페인을 시작했다. 그녀는 게이들이 자기 아이를 낳을 수 없기 때문에 "우리의 아이들"을 괴롭히기 시작했다는 해괴한 주장을 폈다.[37] 그리고 매러벨 모건(『완벽한 여자』(1973)라는 안티 페미니즘적 '유혹' 지침서를 쓴 베스트셀러 작가)의 지침들로 무장한 한 인물은 텔레비전 쇼 〈모드〉에 출연하여 비닐 랩만 딸랑 걸친 채 귀가하는 남편을 맞는 모습을 보여주기도 했다.[38] 그러나 필리스 슐래플리는 이 모두를 능가하는 인물이었다. 도널드 트럼프가 그녀의 장례식에서 그녀를 칭송한 것도 바로 그런 능력 때문이었을 것이다. 변호사, 정치인 입후보자, 저자, 연설가였던 그녀는 전업주부들과 엄마들이 향유하고 있는 법적 특권들을 페미니즘이 공격하고 있다고 혹평했다.

오드리 로드, '주인의 집'을 무너뜨리다

우파의 백래시에도 불구하고 성평등 헌법 수정안 통과에 대한 희망은 1970년대 내내 고조되어 있었다. 그리고 페미니즘 진영 내의 분열 양상에 정면으로 대응할 수 있는 사람이 있다면 그건 바로 오드리 로드였다. 로드의 에세이 모음집 『시스터 아웃사이더』(1984)는(대부분 1970년대 말 강연한 발표문들이다) 제2물결 페미니즘 세계에 균열이 일어나는 과정에서 그녀가 발휘한 영향력을 단적으로 보여준다. 모순어법을 사용한 책 제목은 여성운동에 헌신하겠다는 그녀의 의지를 반영하는 동시에, 경계를 묻는 아웃사이더의 위치를 점하겠다는 고집스러운 의지를 반영한다.

로드는 1960년대에 커밍아웃하지 않은 동성애자와 결혼하여 두 아이를 낳았고, 1968년 미시시피주 투갈루대학교 레지던스 프로그램에 시인 자격으로 선정되어 떠났다가 그곳에서 자신의 천직을 발견했다. "나는 용기를 배워나갔고 강연하는 법을 배워나갔다." 결혼 생활에 대한 안 좋은 예감, 다음 파트너는 학구적인 프랜시스 클레이턴이 될 것 같다는 생각과 함께 로드는 "가르치는 일이 내가 해야 할 일"[39]임을 깨달았다. 뉴욕에 돌아온 그녀는 뉴욕 시립대학교, 리먼대학교, 존제이대학교 등에서 '교육, 향상, 지식 탐색 프로그램'을 맡아 가르쳤다.

이후 여러 해 동안, 로드는 레즈비언으로서 흑인 사회 내의 동성애 혐오와 맞서 싸웠다. 그녀는 아프리카계 미국인으로서 백인 페미니스트들의 유럽 중심주의를 맹렬히 비난했다. 그녀는 딸과 아들을 둔 어머니로서 분리주의 동성애자들을 꾸짖었다. 그녀는 백인 남성과 결혼했었고 백인 여성과 함께 아이를 양육 중인 흑인 여성으로서 인종차별적 분리주의자들을 비난했다. 그녀는 시인으로서 특권 계급 학자들이 번번이 무시하던 경제적 불평등을 격렬히 비판했다. 암 환자가 되었을 때는 의료 당국을 맹비난했다. 그녀는 아웃사이더의 분노를 분출시키며 호전적인 자매가 되어갔다. 어울리기가 쉬운 사람은 아니었다. 그녀는 "차이의 도가니들"을 대담하게 파고들었다. 이런 부단한 수고들이 에세이를 완성시켰다.(그녀는 시 작품으로 확보했던 독자층보다 더 광범위한 청중을 확보하기 위해 에세이에 공을 들였다.)[40] 그녀는 젊은 시절의 경험을 바탕으로 한 발언들과 에세이들에서 20세기 페미니스트들을 독려했다. 19세기 여성 참정권자들이 마주했던 인종차별주의에 빠지지 않도록 주의하라고, 고통스러웠던 그들의 불화로부터 교훈을 얻으라고 말이다.

딸 베스, 아들 조너선, 그리고 클레이턴과 뉴욕 스태튼아일랜드에서 함께 살던 시기에 로드는 세 번째 시집 『타인이 사는 땅으로부터』를 출간했다. 이는 수록하려던 「사랑 시」는 빼라는 편집자의 주장을 따랐기에 가능한 일이었다. "그리고 그녀 안으로 들어갔을 때 나는 알았다 / 내가 텅 빈 숲속에서 세찬 바람을 맞고 / 손가락이 속삭이는 소리를 듣고 / 갈라진 컵에서 꿀이 흘러나오고 있었다는 것을…"[41] 이 명성 높은 흑인 작가 시리즈의 남성 편집자는 이 시가 여성이 표현한 것이라고는 도저히 상상할 수 없었다.[42] 하지만 이런 "거리낌 없는 말하기"는 그녀의 방어기제(적들을 피하는 방법)였다. 기어이 그녀는 1974년 〈미즈〉에 「사랑 시」를 발표했고, 존제이대학교 영문과 사무실 벽 높은 곳에 걸어두기까지 했다.[43]

로드의 에세이 「표면에 흠집 내기」는 흑인 여성들끼리의 유대를 흔들고 흑인 여성과 비非흑인 여성의 결속을 저해하는 흑인 사회 내의 "레즈비언 괴롭히기" 문제를 따진다. 그녀는 흑인 남성들이 흑인 여성들의 연대 의식을 좌절시키면서 여성으로 하여금 남성의 인정을 갈구하도록 꾀하는 환경을 조성하고 있다고 비난한다. "그녀나 흑인 페미니스트 단체 '컴바히 리버 공동체'의 동료 같은 사람들을 때려잡는 안티 레즈비언 히스테리"로 인해 흑인 사회에서 허비되는 에너지가 어마어마하다는 것이다.[44] 시 작품들과 또 다른 에세이들에서 로드는 "반드시 흑인 남성들을 의식화시켜 그들로 하여금 성차별주의와 여성 혐오가 치명적인 역기능을 수행한다는 사실을 깨닫게 해야 한다"고, 왜냐하면 "그 두 가지는 인종차별주의와 동성애 혐오를 부추기는 사람들과 같은 뿌리에서 나온 것이기 때문"[45]이라고 주장했다.

흑인 사회의 동성애 혐오와 성차별주의가 그녀에게 두려움을 준 것처럼, 백인 페미니스트들의 인종차별주의도 마찬가지였다. 「메리 데일리에게 보내는 공개 편지」에서 로드는 이 '포스트 크리스천' 페미니스트 신학자에게 "흑인 여성들의 말을 듣지 못했던 백인 여성들의 역사"를 다루라고 촉구한다. 로드는 데일리가 『여성/생태학』에서 묘사한 여신이 "백인, 서구 유럽인, 유대-기독교인"의 모습을 하고 있다는 데 당황했다. "아프레케테, 예만제, 오요, 마울리사는 다 어디로 갔나요? 보둔족 전사 여신들과 다호메이 여성 무인들과 단족 여전사들은 어디로 갔나요?"[46] 이들은 그녀가 시 속에서 불러낸 여신들이다.

로드는 오래전부터 아프리카 전통 의상인 다시키 셔츠와 머리쓰개를 착용해왔다. 그러나 이제는 낭송회 자리에서도 그것들을 착용했으며, 편지에 서명할 때도 "아프레케테 여신의 손으로"[47]라는 구절을 사용했다. 로드에 의하면 데일리는 특히 음핵 절제에 집중하거나 아프리카 문화의 긍정적 측면을 무시함으로써 비유럽 여성들을 "희생자로만" 묘사했다. 심지어 로드 자신의 발언까지 오용했던 것 같다. "제 이야기를 제대로 읽기는 했나요? 아니면 그저 인용을 위해 뒤적거리기만 했나요? 우리 사이의 해묵은 일그러진 관계와 관련된 이미 굳어진 어떤 생각을 유익하게 뒷받침할 수 있겠다고 생각한 부분을 들춰만 본 것 아닌지요."[48]

데일리에게 보낸 편지가 위협으로 격이 낮아지고 있다는 사실은("내 머릿속에서 당신을 깨부수고 싶지는 않습니다"[49]) 로드의 전기 작가 알렉시스 드 보가 제시한 한 가지 사실 때문에 특별히 이상해 보인다. 편지에서 로드는 자신이 이 편지를 공개적으로 발표하는 것은 아무런 답장도 받지 못했기 때문이라고 지적하면서 이야기를 시작하고 있지만, 드 보는 메리 데일리가 보냈고 로드가 실제로 받았던 예의 바른 답장을 인용하면서, 이 같은 착각은 "로드가 백인 여성들과 맺었던 사랑-질투-경쟁 관계"에서 생겨났을 것이라고 추측한다. "로드는 리치와 데일리의 자매애를 바라보면서 자신이 아웃사이더임을 자각하게 됐는데, 이 시선에는 '형제 자매 간의 경쟁'이라는 요소(불안감과 강렬한 질투심이라는 요소)가 담겨 있었다."[50] 드 보는 로드의 강한 소유욕(연인 클레이턴에게는 비밀로 했던 연애 사건들이나, 바버라 스미스, 에이드리언 리치, 리치의 파트너 미셸 클리프 같은 친구들에게 성적인 관계를 제안했다가 거절당한 일들에서 드러났던 소유욕)을 그녀가 보인 "성적 공격성"과 결부시켰다.

협업 혹은 경쟁: 로드는 좀 왔다 갔다 했다. 1974년 시 작품으로 미국도서상 후보로 지명되었을 때 로드는 "가부장제적 경쟁 조건을 거부한다"는 리치와 워커의 입장에 연대했다. 한편 로드는 에이드리언 리치를 통해 W. W. 노턴 출판사의 편집자 존 베네딕트와 알게 되었고 이는 1976년 시집 『석탄』의 출간으로

이어졌다. 그러나 로드는 자기 책의 뒤표지에 리치의 저서 목록이 광고로 실린 것을 보고 격분했다. 젠더와 인종에 관한 대화를 이어왔다고 해서 자신보다 더 잘 알려진 경쟁자에 대한 초조한 마음이 누그러지지는 않았던 것이다. 하지만 로드는 리치도 교사이자 사상가로서 반인종차별주의에 관심이 깊다는 것을 알고 있었다. 그런 만큼 로드에게 이 언쟁은 (리치와 오드리 개인을 넘어선 두 개의 의견이 부딪치는) "흑인 여성/백인 여성의 공간에서" 이루어진 상징적 논쟁으로 다가왔다.[51]

로드의 격언적인 발언 대부분은 분노에서 비롯된 것이었다. 뉴욕 퀸스 지역에서 열 살 난 아이를 총으로 살해하고도 풀려난 백인 경찰을 맹비난한 시 「힘」에서 로드는 인종차별이라는 불의를 향해 분노를 폭발시켰다. "시와 수사의 차이는 / 우리의 아이들 대신에 / 우리 자신이 죽을 각오가 되어 있느냐에 있다."[52] 그녀의 가장 유명한 발언 "주인의 도구로는 주인의 집을 무너뜨릴 수 없다"는 그녀가 참가하지 않았다면 흑인 여성이나 레즈비언이 전무한 행사가 될 뻔했던 한 학술 회의에 참가하면서 쓴 에세이의 제목이다. 로드에 의하면, 백인 페미니스트들은 "인종차별적 가부장제의 산물을 살펴보겠다고 하면서 (…) 똑같은 인종차별적 가부장제의 도구들"을 사용하고 있다. 그들은 위험을 무릅쓰고 다양한 형태의 억압을 모르는 척한다. "당신들이 페미니즘 이론을 다루는 학술 회의에 와 있는 동안 가난한 여성과 유색인종 여성이 당신의 집과 당신의 아이들을 보살피고 있다는 사실"을 다루지 않음으로써, "인종차별적 페미니즘"을 만들어내고 있다는 것이다. 그녀는 청중 개개인에게 "자신의 내면 깊숙한 곳으로 팔을 내려 뻗어 그곳에 남아 있는 차이에 대한 두려움과 혐오감을 만져보라고, 그 감정이 어떤 얼굴을 하고 있는지 보라고" 요구하며 발언을 맺는다.[53]

1977년 로드는 리치의 제안으로 자신의 두려움을 만져보기 위해 팔을 내려 뻗었고, '침묵을 언어와 행동으로 바꾼다는 것'이라는 제목의 강연을 했다. 암이 의심되는 종양의 조직 검사를 하고 난 다음 암에 대한 공포에 짓눌리며 두려움에 떨던 참이었다.(종양은 양성으로 판명되었다.) 죽음이라는 "최종적인 침묵"과 대면했던 이 3주 동안 로드가 가장 후회했던 것은 그동안 침묵했다는 사실이었다. 그녀의 개인적인 자각은("내 침묵은 나를 보호해주지 않았다") "당신의 침묵은 당신을 보호해주지 않을 것"이라는 메시지로 변형되었다. "눈에 띄는 일에 대한 두려움, 가혹한 시선과 어쩌면 비판에 대한 두려움, 고통에 대한 두려움, 죽음에 대한 두려움"은 우리를 나약하게 만들지만, 말의 자유는 "가장 큰 힘의 원천"이 되어준다. 그것은 말이 "우리 사이의 차이들을 잇는 다리"를 놓아주기 때문이다. "우리를 무력하게 만드는 것은 차이가 아니라 침묵이다. 그리고 깨져야 할 침묵은 너무나 많다."[54] 1962년에 에세이 「침묵」을 발표하고 1978년에 단행본 『침묵』을 출간했던 틸리 올슨처럼 로드도 언어를 가지지 못한 사람들에게 바로 그 언어를 돌려주는 발언을 했던 것이다.

어린 시절의 시 쓰기 경험에서 얻은 깨달음에 근거한 에세이 「시는 사치가 아니다」에서 로드는 시가 "이름 없는 것에 이름을 붙이는 데 도움을 주어 그것이 생각의 대상이 되게끔 하는 형식이며" 특히 감정에 이름을 붙이는 일이라고 본다. "백인 아버지들이 우리에게 '나는 생각한다, 고로 나는 존재한다'고 이야기한다면, 우리 각자의 내면에 있는 흑인 어머니는(시인은) 우리의 꿈속에서 '나는 느낀다, 고로 나는 자유로워질 수 있다'고 속삭인다." 「성애의 활용: 성애의 힘에 대하여」에서는 성애가 "여성의 생명력과 힘을 행사하는 것"이라고 규정한다. "성애는 또한 창조적 에너지를 행사하는 것이다. 우리는 지금 우리의 언어를 통해 성애에 대한 지식과 그 활용법을 복구하고 있다."[55]

로드는 스톤월 항쟁 10주년 기념일에 열린 대규모 전국 워싱턴 레즈비언·게이 행진에서 연설을 했다. 그녀의 평생지기이자 한때 연인이었던 역사학자 블랜치 쿡은 그 연설이 "짜릿했다"[56]고 말했다. 1979년경 그녀는 여성의 카리스마 넘치는 대변인이 되어 있었다. 마흔넷이었던 그전 해에 유방 절제술을 받았기로서니 아무 문제 없었다. 아들 조너선의 말을 빌리자면, "그녀의 삶은 긴급함이라는 짐을 떠메고 있었다. 다른 사람들의 삶에서는 결코 발현되지 않는 특성이었다."[57]

유방암을 둘러싼 침묵의 모의를 깨부수기로 재빨리 결심한 로드는 인공 보형물 착용을 거부하고 암에 관한 에세이들을 써 나갔다. 1979년 〈시니스터 위즈덤〉에 기고했던 유방 절제술 이야기는 『암 일기』(1980)의 초고가 된다. 로드는 자신이 견뎌야 했던 통증과 자신을 치료했던 여성 집단에 대해 묘사하면서, "죽음을 피할 수 없다는 사실, 그 사실이 지닌 모든 끔찍한 의미를 무기이자 힘으로 삼아" 운명에 맞서기로 결심했다고 설명한다. "그녀는 죽음이 주는 두려움을 외면하지 않고 그것을 원동

력으로 삼아" "더욱 강인한" 자신을 발견하고 싶었던 것이다.[58]

그녀는 이후 10년 동안 유방 재건 치료 절차에 의문을 제기하고, 암의 환경적 원인을 다루고, 의료인들의 생각과 관행에 지속적으로 이의를 제기하는 환자 수기라는 장르의 기준을 확립하면서 환자의 권리를 말하는 개척자가 된다. 여성운동 진영 내부의 분열과 마주하면서는 "우리의 꿈과 우리의 미래에 도움을 주는 행동으로 표현되고 번역된 분노야말로 우리를 해방시키고 강화시키는 명료한 행동이다"라고 믿었다.[59] "마치 모네가 수련의 주인이었던 것처럼" 우리는 그녀가 분노의 "주인"이었다고 생각한다. 그녀의 기운 넘치는 정신은 지금도 계속해서 현대의 페미니스트들에게 용기를 불어넣고 있다.[60]

맥신 훙 킹스턴의 귀신과 전사

소용돌이치는 동해안의 페미니즘 정치 중심부에서 멀리 떨어져 있던 서해안에서도 페미니스트들이 침묵을 언어와 행동으로 바꾸기 위해 분투하고 있었다. 틸리 올슨의 명성이 가장 높긴 했지만 그 뒤를 이어 어슐러 르 귄, 조애나 러스, (앨리스 워커가 "세상에서 내가 가장 좋아하는 작품"[61]이라고 밝혔던 『아타족이 당신을 기다리고 있습니다』를 쓴) 도러시 브라이언트, (『여성과 자연: 그녀의 내부에서 으르렁거리는』을 쓴) 수전 그리핀, (『마이애미 신문』을 쓴) 루스 로즌, 앤절라 데이비스 등 많은 여성들이 합류했다. 앨리스 워커나 에이드리언 리치처럼 동해안에서 피신해온 여성들도 있었다.

1976년 '정체성 정치' 개념이 부상할 즈음 서해안의 한 작가가 새로운 종류의 페미니즘 텍스트를 발표했다. 맥신 홍 킹스턴의 소설집 『여전사: 귀신들 사이에서 보낸 소녀 시절 회고담』이 그것이다. 이 작품은 남성과 여성의 차이와 여성과 여성의 차이에 관한 1970년대의 담론들에 더해, 여성으로 성장한다는 것이 무엇을 의미하는지를 특징짓는 다른 많은 차이들(지리적 차이, 언어적 차이, 요리법의 차이)에 대한 인식을 추가시켰다.[62] 이 작품이 발표되었을 때만 해도 킴벌리 크렌쇼의 '교차성' 이론은 아직 발전되지 않은 상태였다. 그런데도 킹스턴의 주인공은 미소지니적인 중국 전통과 중국 이민자들에 대한 미국인들의 오랜 편견에 대해 저항하면서, 크렌쇼가 1980년대에 기술하게 되는 역학 관계를 극적으로 보여준다.[63]

『여전사』는 눈을 떼지 못할 만큼 흥미진진한 이야기다. 미국 도서상 수상작에다 베스트셀러이며, 1980년대와 1990년대를 통틀어 가장 자주 언급된 동시대 문학 텍스트다. 그러나 매혹적인 문체에도 불구하고 이 회고담(혹은 회고담들)은 파편적이며, 직선적인 이야기로 끌고 나가기보다는 연극에서 조명을 비추듯 따로따로 진행된다. 또 세심히 분석하며 읽는다면 『여전사』는 맥신 팅 팅 홍 킹스턴일 한 문학 예술가가 자신의 소녀 시절과 교육에 대해 상세히 들려주는 '예술가 소설'이다. 이 책의 서술자와 저자 사이에는 명백히 많은 유사점이 존재한다. 둘 다 캘리포니아 스톡턴의 똘똘 뭉친 중국계 이민자 사회에서 자랐고, 둘 다 부모가 영어를 절대 배우지 않는 대가족 출신이며,[64]

둘 다 어머니가 "이야기 보따리"를 잔뜩 풀어놓는 이야기꾼이고, 둘 다 1세대 미국인들의 특징이랄 수 있는 "모국"에 대한 양가적 감정을 품고 있고, 둘 다 전 과목에서 우수함을 보인다.

아마 이런 유사점들 때문에 킹스턴의 작품은 제목부터 다의적이다. 작품의 많은 부분은 자신의 딸에게 "이야기 보따리"를 풀어놓는 서술자의 어머니와 자신의 어머니에 관한 "이야기 보따리"를 풀어내는 서술자 자신의 공동 창작물이다.[65] 그렇다면 과연 책의 제목이 된 '여전사'는 누구일까? 아마 (이름이 "용감한 난초, 즉 용란勇蘭"인) 어머니이기도 하고, (자신/자신의 어머니를 유명한 중국의 여전사 '뮬란'의 분신으로 생각하는) 딸이기도 할 것이다. 두 여성 모두 전사다. 그러나 그들이 벌이는 가장 의미심장한 싸움은 자기들끼리의 싸움으로, "맥신" 혹은 "강아지"가(작품에서 종종 이렇게 불린다) 매트로포비아*라는 불분명한 질병으로 고통받고 있음을 암시한다.

그렇다면 책의 부제 '귀신들 사이에서 보낸 소녀 시절 회고담'은 무슨 뜻일까? 다시 한번 말하지만 이 작품은 단일한 응집성을 지닌 회고담이 아니라 어머니와 딸 모두의 회고담들이다. '귀신들 사이에서'는 무슨 의미일까? 이 결정적인 단어는 아마 가장 큰 반향을 일으키는 단어일 것이다. 중국계 이민자들에게는 미국인/백인이 "귀신"으로, 즉 화자의 어머니가 암시하듯 "실재"하지 않는 "인간들"로 보인다는 뜻이다. "미국은 기계와

---

* 이 맥락에서는 자신이 자신의 엄마처럼 될 것 같다는 공포에 사로잡히는 것을 뜻한다.

귀신으로 가득 찬 나라였어. 택시 귀신, 버스 귀신, 경찰 귀신, 불 귀신, 계량기 귀신, 이렇게 말이다. (…) 옛날에는 귀신들이 하도 많아서 나는 숨도 제대로 쉬지 못했단다."[66]

백인 귀신들을 두려워했던 것은 그들이 비인간적 생명체처럼 보이기 때문이기도 하지만, 그들이 중국계 이민자들에게 억압적인 태도를 보이며 미묘하게 경멸감을 드러내기 때문이기도 하다. 그러나 이 책에 출몰하는 망령들은 미국인 귀신들뿐만이 아니다. 중국에 있었을 때도 용란은 경험을 통해 또는 문화의 특성을 배우게 되는 이야기들을 통해 기괴한 귀신들을 만난다. 그 귀신들은 전통적인 서구 민담에 나오는 것처럼 실재했던 사람들의 귀신일까? 아니, 끊임없이 스스로 변신하는 악령에 더 가깝다.

하지만 가장 의미심장한 귀신은 교훈적인 첫 번째 이야기 「이름 없는 여자」에 나온다. "내가 지금부터 해주는 이야기는 누구에게도 하지 마라"라고 용란은 딸에게 말한다.(딸은 엄마를 배신하고 우리에게 이야기한다.) 언제 했는지도 모르는 성관계로 사생아를 임신하게 된 젊은 시누이에 관한 이야기다. 여자의 남편은 이미 미국으로 떠나고 없는 상태다. 그녀가 강간을 당했다는 것일까? 아니면 되는대로 지내다 부정을 저지른 것일까? 출산이 임박하자 그녀의 가족은 격노한 "마을 사람들"의 공격을 받았다. 그러자 그녀는 돼지우리에서 아기를 낳은 뒤 그 아기와 함께 우물에 빠져 죽는다. "고모가 뇌리에서 떠나지 않고 나를 괴롭혔다"고 화자는 고백한다. "내 고모 이야기를 하고 있는 것이다. 그녀는 앙심을 품고 자살했다. (…) 중국인들은 물에 빠져 죽은 사람에 대해 엄청난 공포감을 느낀다. 귀신이 흐느끼며 (…) 조용히 물가에서 기다리고 있다가 자신을 대신할 사람을 붙잡고 끌어내린다나."[67]

「이름 없는 여자」는 공포감을 불러일으키며 『여전사』의 시작을 장식한다. 용란은 딸에게 여성의 섹슈얼리티가 얼마나 위험한 것인지 경고하기 위해 이 이야기를 들려준다. 소녀들은 모름지기 순결하고 조신해야 한다는 것이다. 하지만 소녀들이 걸맞게 유순하다 할지라도 그들의 운명은 이름 없는 고모의 운명처럼 끔찍해질 수 있다. 이 불가해한 이야기의 가능한 가설을 곰곰이 따져보는 가운데 서술자는 어느 미지의 애인이 이름 없는 여자에게 "함께 잠자리를 갖자고" "명령"한 것은 아닌지, 그래서 "늘 누가 시키는 대로만 행동했던 그녀가" 그 명령에 복종했던 것은 아닌지 생각한다. 화자의 말마따나 "그가 그녀를 작정하고 급습한 것"인데도 말이다.[68]

이 고모의 절망적인 운명을 강조하기라도 하듯 킹스턴은 발을 꽁꽁 묶는 옛날 중국의 오싹한 전족 관행을 이야기에 끼워 넣는다. 그녀의 어머니가 그녀에게 이야기했듯이 여자들은 "침대에 함께 앉아 울곤 했다. (…) 매일 밤 어머니와 하녀들이 발을 조이는 압박용 천을 풀어주면 핏줄에 다시 피가 펑펑 흘러들어간다. 여자들은 그 사이 내내 울었다."[69] 어느 시대인가 작은 발이 우아함과 연약함의 상징으로 여겨졌기에 여자들은 어린 시절부터 발이 꽁꽁 묶인 채 자랐고, 실제로 소녀들은 일곱 살 때부터 가만히 앉아서 옷감 짜는 일밖에 할 수 없었다. 동시에 이 문화적 관행은 이름 없는 여자가 날 때부터 둘러싸였던 절망적인 상황, 즉 도피가 불가능한 여성의 억압적 공간을 의미하기도 했다.

『여전사』가 이런 음침한 교훈적 이야기로 시작되긴 하지만 그 이후 이어지는 킹스턴의 회고담들은 도피 환상으로 전개된다. 「백호들」이라는 이야기에서 맥신은 자신이 마법의 산에 올라 또 한 명의 뮬란(부패한 정권을 전복시키고자 아버지를 대신해 병사들을 이끄는 전설적인 중국의 검투사)이 되기 위해 수련 중이라고 상상한다. 따라서 만약 「이름 없는 여자」에서 중국을 디스토피아적 세계로 소개했다면, 「백호들」에서는 중국을 여성들이 칼을 휘두르고, 집들을 뛰어넘어 다니고, 병사들을 지휘하고, 자신들이 결코 동의한 적이 없는 세계에 복수를 감행하는 유토피아적 장소로 바꾸어놓는다.

「백호들」은 디즈니 영화의 마법적인 내용과 거의 같다. 어린 소녀를 받아들여 용감하고 강하게 수련시키는 신에 가까운 노부부, 아이가 추운 산자락에서 굶고 있을 때 자비롭게도 몸소 모닥불로 뛰어들어 제물이 되어주는 토끼, 계곡 저 아래 사는 부모를 볼 수 있게 해주는 마법의 물 대접 같은 요소들도 그렇다.[70] 강한 힘을 갖게 된 그녀는 자신까지도 절멸시키고 말았을 중국을 구하게 된다. 그녀의 부모는 그녀의 등에 복수의 문구를 문신으로 새겨준다. 그녀는 병사들을 이끌고 진정한 뮬란, 즉 자신의 아버지를 대신하는 전사이자 가부장제 세상의 지도자가 된다.

하지만 그런 다음 (하지만 그런 다음) 그녀는 스톡턴으로 돌아오고, 그곳에서 억지로 설거지를 하다 접시들을 깨뜨리고,

"못된 년"이라고 불리는 것을 즐기고, 커서 "오리건주의 벌목꾼"이 되겠다고 선언한다. 실제 동포들과의 생활은 어떨까. 그들은 "큰물이 난 곳에서 귀중품을 건질 때 여자아이들을 건지지 않게 조심하라"고 말하는 사람들이다. 그녀는 "혐오 세력으로부터 벗어나야" 한다. 실제로 그녀는 이렇게 결론 내린다. "그 여자 검투사와 나는 크게 다르지 않다. (…) 우리의 공통점은 누군가 우리의 등 뒤에서 수군거리고 있다는 것이다. (…) 이 기록은 복수다. (…) 복수의 언어다. 그리고 나는 너무나 많은 말들을('짱깨'라는 말과 '국'*이라는 말까지) 들었다. 내 피부에 어울리지도 않는 말들이었다."[71]

세 번째 이야기 「샤먼」은 용란이 중국에서 의사 학위를 취득하고 고향 마을로 돌아간 뒤의 이야기다. 용란은 그곳에서 의사 생활을 하면서 더 많은 기괴한 귀신들과 만나게 된다. 이 책에 나오는 모든 이야기 중에서도 이 이야기는 가장 단단히 자리 잡고 있다. 기묘한 출산, 은혜에 감사해하는 환자들, 마을의 미친 여자, 일본의 폭격기, 어린 나이에 죽은 두 아이에 관한 기억 등의 이야기도 잊히지 않는 중국의 풍경이지만 말이다. 이곳에서 용란은 전문직 여성이 되어 당당하게 자립을 일구어나간다.

그런 그녀가 미국이라는 귀신의 세계로 이민 오게 되면서 이전과 대조적인 삶을 살게 된다. 그녀는 가족이 운영하는 전형적인 중국인 세탁소에서 끝도 없이 계속되는 나날들을 보내며, 그녀의 "미국" 자녀들이 지긋지긋해하는 음식 조리에 내맡겨진다.

* 동남아시아인을 모욕적으로 가리키는 말.

어머니는 우리를 위해 요리를 해주셨다. 너구리, 스컹크, 매, 시내의 비둘기, 야생 오리, 야생 거위, 오골계, 뱀, 정원의 달팽이, 식료품 저장실 바닥을 기어다니다가 가끔 냉장고나 스토브 밑으로 도망치던 거북이, 욕조를 헤엄쳐 다니는 메기들로. (…) 어머니에게는 독버섯이나 그 비슷한 것들로부터 우리를 지키기 위한 한 가지 원칙이 있었다. '만약 맛이 좋다면 그건 너희에게 나쁘다는 것이고, 맛이 나쁘다면 너희에게 좋다는 것이란다.' 우리는 음식이 남으면 그게 다 없어질 때까지, 나흘이고 닷새고 오로지 그 묵은 음식만 먹어야 했다.[72]

용란은 아이들에게 무모한 요리를 해 먹였다. 그녀의 아이들은 중국이라는 존재가 삼키기 힘든 음식, 소화가 안 되는 음식이라고 생각했다.

그러나 아이들에게 중국이 수수께끼 같은 문제였다면, 부모들에게는 미국이 풀 수 없는 수수께끼였다. 용란이 중국을 떠난 지 30년 후 그녀의 여동생 '월란月蘭'이 미국에 도착한다. 용란은 먼저 로스앤젤레스에 와서 자리를 잡은 여동생의 남편과 여동생이 재결합하리라 생각했다. 그러나 「서방의 궁전에서」에서 밝혀지듯이, 맥신의 어머니는 이야기 보따리를 풀어내거나 스컹크를 튀겨내는 데 있어서는 빈틈이 없었음에도 불구하고 이번에는 상황을 완전히 잘못 보고, 미국의 현실은 아랑곳없이 중국의 전통을 강요하고, 핵심적인 중국의 중요한 실제 모습은 잊기까지 한다.

월란과 그녀의 딸이 월란의 남편이 이미 재혼을 했으며 "미국"에 와서 낳은 아이들이 셋이나 된다고 알려주었음에도 용란은 고집을 피우며 모녀에게 LA로 가라고 강요한다. 그래야 권리를 "주장"할 수 있다는 것이었다. 용란의 등쌀에 떠난 여행은 파국이었다. 연약하고 수줍음 많은 월란은 바람 피운 남편과 만나기를 거부한다. 그녀의 남편 이야기를 해보자. 그는 이미 "미국인" 냄새를 풍기고 있고, "검은 머리에 주름살 하나 없는" 모습이어서 용란에게 "중국에서는 어린 남자와 연상의 여자를 결혼시킨다는 사실"을 상기시킨다.[73] 교양 있고 권위적인 그는 이미 미국에서 인증받은 신경외과 의사가 되어 있다. 이 트라우마로 월란은 정신이상 상태까지 내몰린다. 따라서 「샤먼」이 가장 잘나갈 때의 용란의 모습을 보여주고 있다면, 「서방의 궁전에서」는 미국에 와서 취약한 위치에 놓이게 된 그녀와 그녀가 풀 수 없는 수수께끼를 보여준다.

이 모든 일들이 "맥신"에게는 배움의 자료였다. 그녀는 여성에 대한 제약이 심한 중국을 두려워하다 어머니의 약점을 보다 세심하게 이해하는 쪽으로 발전해나간다. 용란은 중국계 "마을 사람들"이라는 좁은 집단의 바깥쪽으로 결코 걸어나가지 않으므로 실패를 받아들일 준비가 되어 있다는 시늉만 한다. 이에 비해 「야만인의 갈대 피리 노래」에서 "맥신"은 미국에서의 자신의 위치 문제를 두고 고심하기에 이른다. 그녀는 (모두가 시끄럽고 자유로운) 중국계 학교와 미국계 학교(이곳에서 그녀는 검은색 잉크로 빈 페이지를 뒤덮어버리고 말도 할 줄 모른다) 사이에서 좌절하다가, 끝내는 자신을 닮은 말 못 하는 중국계 소녀를 괴롭히는 식으로 폭발한다. 중국계 소녀를 침묵시키는 미국인들의 처사에 분노를 표출한 것이다. 그런 나쁜 행동으로 인해 그녀는 벌을 받아 오랫동안 앓게 된다. 하지만 그녀는 이런 고난을 헤쳐나와 자기 자신의 노래, 몇 세기 전에 포로로 잡힌 중국 여성 시인이 불렀다는 〈야만인의 갈대 피리 노래〉를 얻게 된다. 어쩌면 이 여성 시인이 그녀에게 어떻게 하면 그녀 자신도 또 다른 중국 여성 시인이 되어 미국 야만인들 사이에서 자신의 이야기를 할 수 있는지 말해주었을지도 모른다. 아니면 그녀는 미국의 시인이 되어 중국이라는 이질적인 나라를 배경으로 자기 자신의 이야기를 하고 있는 것일까? 과거의 환상적인 조국과 현재의 혼란스러운 집 사이의 긴장을 화해시키면서, 그녀는 두 문화 간의 대화를 들려주며 중국인이기도 하고 미국인이기도 한 자신의 모습을 당당하게 드러낸다.

디너 파티

킹스턴이 고등학생들을 가르치면서 『여전사』를 집필하던 그때, 우리는 인디애나주 블루밍턴에서 팀 티칭을 하며 『다락방의 미친 여자』 집필을 시작했다. 당시만 해도 단 한 번도 모아놓은 적이 없던 기라성 같은 여성 작가들을 한데 모으겠다는 생각은 디너 파티 축하 공연처럼 느껴졌다.

그러나 그 디너 파티는 초상집의 밤샘이나 빈소 조문 같은 파티였다. 19세기 여성 작가들의 재능이 감탄스러웠지만 동시에 그들의 고통스러운 삶의 국면도 볼 수밖에 없었기 때문이다.

제인 오스틴은 손님이 방문하면 원고를 압지 아래 숨겼고, 샬럿 브론테는 "문학은 여성이 할 일이 못 된다"는 로버트 사우시의 발언을 듣고 "나는 여성이 완수해야 하는 모든 의무들을 준수하기 위해서뿐만 아니라 그 의무들에 깊은 관심을 갖기 위해서도 애써왔다"고 말하는 식으로 대응했으며, 에밀리 디킨슨은 젊은 시절 친구를 제 방으로 데려가 문을 잠근 뒤 "매티, 이곳엔 자유가 있어"라고 말했다.[74]

이 여성 작가들의 업적과 그들을 구속했던 제약 사이의 모순은 흥미로웠다. 우리는 책을 쓸 수밖에 없다는 걸 알았고, 1974년 가을 서로가 헤어지게 되자마자 집필을 시작했다. 그것도 미친 듯이. 지인을 통해 예일대학교 출판부와 접촉했을 때는 우리 스스로도 원고 분량에 다소 놀란 상태였다. 거의 1000페이지에 달했으니 말이다.

현대언어학회 모임에서 만난 우리는 타이핑용 종이 박스 두 개에 원고를 절반씩 던져넣었다. 우리의 훌륭한 편집자 엘런 그레이엄이 우리가 책의 원고를 두 부 준 것으로 생각하겠구나, 하는 생각이 들었다. 그러나 그녀는 너무 영민했다. 그녀는 특유의 사랑스러운 남부 억양으로 "저것이 책의 첫 번째 절반 분량이고 저것이 두 번째 분량이겠군요, 아닌가요?"라고 말했다. 구두 상자에 담긴 엄청난 분량의 색인 카드만으로도 우리는 거의 녹초가 될 지경이었다. 작업량의 압박 속에서도 『다락방의 미친 여자』는 신속하게 검토되었으며, 맨 처음 원고를 검토한 사람들 중 하나인 저명한 학자 겸 미스터리 작가 캐럴린 하일브런은 소중한 조언자가 되어주었다. 책이 출간된 1979년은 모든 나날이 깜짝 파티와도 같았다.

그러고 나서는 모든 상황을 마무리하듯이 '디너 파티'라는 제명의 축하 예술 작품이 나왔다. 페미니스트 미술가 주디 시카고가 (시카고라는 성은 자신이 태어난 도시에서 가져온 것으로, 그녀는 그렇게 함으로써 아버지와 남편의 가부장적 성을 버릴 수 있었다) 대형 설치미술 작품을 계획한 것이다. 바느질, 도예, 직물 짜기라는 여성의 가정 내 기예와 역사에 등장하는 여성 영웅들을 기리는 작품이었다. 여신을 기리는 축하용 깃발들이 전시실 입구 벽에 줄지어 걸렸다. 그 배너들에 적힌 귀중한 메시지들은 유토피아적이었다.

그리고 그녀는 그녀 앞에 모두 모아놓았다
그리고 그녀는 그들을 위해 볼거리를 만들었다
그리고 보라, 그들은 꿈처럼 아름다운 것을 보았다
이날 이후 모든 것을 좋아하고 또 좋아하라
그리고 나서 분열되었던 모두가 통합되었다
그리고 나서 다시 한번 모든 곳이 에덴동산이 되었다[75]

흐릿한 조명이 켜진 커다란 설치미술실에는 비너스 여신의 삼각형 신체 부위를 연상시키는 거대한 삼각형 탁자가 놓여 있고, 그 위에 퀼트 식탁보, 와인 잔, 그리고 시카고가 축하를 위해 선별한 여성 영웅 서른아홉 명을 나타내는 아름답게 채색된 접시들이 놓여 있었다. 고대 브리튼 왕국의 부티카 여왕에서 버지니아 울프까지, 독일 로스비타 수녀에서 에밀리 디킨슨까지, 엘리자베스 1세부터 조지아 오키프까지 그 범위도 다양했다. 색상과 디자인은 때로는 격렬해 보이고 때로는 미묘한 뉘앙스를 풍겼으며, 인물들에 대한 시카고 자신의 반응을 반영해 각각 부각시켰다. 기본적인 구성은 여성의 성기 모양이었다. '너무 버자이너 같다!' 이 설치미술에 대해 냉혹한 비판을 퍼부었던 일부 비평가들은 이렇게 주장했다. 시카고는 그들의 공격을 "접시에 담긴 버자이너들이라는 소리군"이라고 한마디로 압축하면서, "여성의 상상력에 대한 터무니없는 중상"이라고 했던 〈뉴욕 타임스〉의 미술 비평가 힐턴 크레이머의 비평을 요약해 끌어왔다.[76]

샌프란시스코 현대미술관에서 이 전시를 처음 열었을 때 구경하러 갔던 우리 중 한 명(샌드라)은 이 연회실 전시실에는 뭔가 의식을 치르는 듯한 분위기가 어려 있다고 느꼈다. 아서 왕의 원탁은 여성을 상징하는 삼각형 모양으로 바뀌어 있었다. 음식을 칼로 찍어 먹던 갑옷 기사들을 대신한 손님들은 그 기사들에게 부상으로 주어졌을 법한 여성들처럼 보였다. 관람객들이 이곳저곳을 돌아다니며 설치물과 식탁보, 배너 들을 꼼꼼히 들여다보는 동안 설치 공간은 정적에 싸여 있었는데, 그 장면이 마치 바그너나 베르디, 푸치니 같은 작곡가들에 의해 희생당했을 법한 모든 역사적 여성 영웅들이 부활해 펼치는 침묵의 오페라 무대 같았다.

그러나, 맞다. 여성 한 명 한 명을 성적인 신체 부위(음순, 외음부, 질)로 환원시켜놓은 것은 뭔가 문제가 있어 보였다. 딱 한 명, 흑인 여성 소저너 트루스만 빼고는 모든 여성이 다 그렇게 표현되어 있었는데, 소저너의 접시에는 (여성 성기의 핵심 중앙 부위 대신에) 세 명의 얼굴이 그려져 있었다. 좀 다른 접시는 또 있었다. 에밀리 디킨슨이 왜 여러 겹의 섬세한 핑크색 레이스에 둘러싸인 성기로 묘사되어 있을까? 핑크색 레이스에서는 화산 폭발이나 베수비오 화산 같은 느낌이 전혀 느껴지지 않았다. 반대로 뭔가 경박하고 나약한 분위기가 느껴졌다.

변칙적으로 그려진 소저너 트루스 접시와 다른 모든 접시들에 그려진 길게 베인 여성의 성기 모습에 대해 나온 반응들은, 후세의 페미니스트들이 이 1970년대의 작품을 근거로 전개하게 되는 담론들을 예견한 것으로 드러난다. 이 작품에 담긴 인종 의식과 여성성의 고정된 본질에 대한 강조에 의문을 제기하는 식으로 발전되는 담론들을 말이다. 왜 〈디너 파티〉에 포함된 아프리카계 미국인은 소저너 트루스 한 명뿐이며, 왜 그녀는 '길게 베인 구멍' 없이 묘사되었는가? 그리고 다른 모든 접시들의 한가운데 그려진 길게 베인 구멍 그림은 어떤가?

첫 번째 질문에 관해 말한다면, 아마 다른 사람들과 앨리스 워커의 생각처럼, 주디 시카고가 버자이너를 가진 흑인 여성을 상상할 수 없었기 때문인지도 모른다.[77] 혹은 보다 동정적인 평자가 생각했을 법한 대로, 주디 시카고가 흑인 여성이 원래 역사적으로 그저 생산적/성적 신체 부위에 불과한 존재로 규정되어 왔다고 믿었기 때문에 오히려 피했을 수도 있다. 두 번째 질문에 관해 말한다면, 시카고가 다양한 인종의 많은 페미니스트들이 1970년대 내내, 그리고 1960년대와 1950년대에도 고민했던 주제와 운을 맞추는 작품을 창작해냈다는 것이다.

여성은 여러 세기 동안 그 길게 베인 구멍으로 규정되어왔으며, 바로 그 구멍 때문에 출산이 가능했고 (강간이 가능했고) 끽 소리 못 하는 전리품으로 주어질 수 있었다는 것이다. 여성 개개인이 무엇을 성취했든 그녀는 그 길게 베인 구멍 주변에서, 그것과 관련하여, 그것을 넘어서서 전성기를 경험했다. 어쩌면 〈디너 파티〉의 접시들은 여성(성적/물질적인 길게 베인 구멍)의 편재성과 물질성, 그리고 여성의 초월적/영적 성취(길게 베인 구멍 주변에서 경험한 전성기), 두 가지 모두를 보여주기 위해 창안된 것일지도 모른다. 이론의 최첨단을 걸었던 프랑스 정신분석학자 자크 라캉이 남성의 페니스/팔루스를 "초월적 기표"라고 규정할 수 있었다면, 주디 시카고가 버자이너 역시 편재성을 지니는 동시에 초월성을 지닌다고 반박할 수는 없는 것이었을까?

여성 개개인은 어떤 식으로든 여성 염색체 X에 뿌리를 내리고 있다고 주장한 사람은 주디 시카고만이 아니었다. 여성성이 사회의 요구와 제약에 의해 만들어지는 존재라고 해도 말이다. 1970년대 말 〈디너 파티〉 전시가 열리자 우리 모두는 페미니스트들이 오래전부터 마주해온 딜레마에 직면하게 되었다. 버자이너(본성) 대 접시(문화)의 대립이라는 딜레마에! 과연 그런 딜레마적인 존재가 지금까지의 여성의 모습이었고 지금의 모습일까? 이 질문은 21세기 들어 수많은 트랜스인과 논바이너리 이론가들이 반박하는 주제다. 그러나 그들의 반박 근거는 일찌감치 여성의 해부학적 요인이 여성의 운명을 결정한다는 이론을 "본질주의"라고 비난했던 후기구조주의 페미니스트들에 의해 확립되어 있었다.

20세기의 마지막 20년 동안 여성운동 진영에서 여성이라는 범주는 이미 균열되고 있었다. 그리고 그러는 동안 여성운동 자체는 세속적인 보수주의자들뿐만 아니라 종교적 보수주의자들로부터도 점점 더 맹렬한 공격을 당하게 된다. 1970년대 말, 페미니즘은 이미 완전히 적대 세력의 눈엣가시가 되었다. 슐라미스 파이어스톤이 경고해왔듯이 "권력이란 그것이 어떻게 발전해왔든 그 기원이 무엇이든 간에 투쟁을 통하지 않고서는 결코 포기되지 않는 것"이었으니 말이다.[78]

1990년대 쓴 낙서

페미니즘을 다시 쓰기 1980년대와 1990년대의 1980

8장
정체성 정치

페미니스트의 관점에서 볼 때 1980년대는 불길한 뉴스와 함께 시작된 시대다. 공화당은 로널드 레이건을 대통령직에 올려놓았고, 임신 중지권에 반대했으며, 성평등 헌법 수정안 지지를 철회했다. 이 수정안은 결국 비준에 실패했다. 1984년 재선거 때 레이건 선거 캠프 측은 "미국에 다시 아침이 오고 있다"고 선포하고, 녹음이 우거진 풍경을 배경으로 집과 번쩍이는 새 차를 구입한 백인 부부의 사진을 내걸었다. 과연 1980년대는 새로운 시대의 여명을 목도한 시기였을까? 아니면 새롭고/낡은 시대(다시 태어난 1950년대)였을까?

1950년대로 돌아가자고 요구하는 것만 같았던 이런 분위기 속에서 1981년 베티 프리단은 여성운동은 이제 끝났을 뿐만 아니라 끝나야 한다고 주장했다. "우리는 아내, 어머니, 주부 등 남성과의 관계로만 여성을 정의하는 여성성의 신화에 반발하면서 우리도 모르는 사이에 사랑, 양육, 가정을 통해 충만해지는 여성의 핵심적 인격을 부정하는 페미니즘의 신화에 빠져들었다."[1] 그리고 1982년 〈뉴욕 타임스 매거진〉은 '포스트 페미니즘' 현상을 취재하면서 적지 않은 여성들이 페미니즘을 "입에 담기 불쾌한 단어"로 생각하고 있다고 보도했다.[2] 이 시기는 우리 학부생들 일부가 우리에게 "우리 성공했어요, 선생님! 우리가 지금 유리 천장을 깨고 있잖아요!"라고 말하기 시작한 시기이기도 했고, 일부는 "저는 페미니스트는 아니지만…"이라는 기운 빠지는 발언을 퍼뜨리던 시기이기도 했다.

하지만 1970년대의 운동에서 쟁취한 결실은 계속 쌓이고 있었다. 군대, 나사NASA, 대부분의 대학에서 여성을 받아들이기 시작했다. 앨리스 워커가 퓰리처상을 받은 1983년부터 토니 모리슨이 같은 상을 받은 1988년 사이 제럴딘 페라로가 부통령직에 입후보했으며, 〈뉴스위크〉 여론조사는 여성 중 71퍼센트가 여성운동이 자신의 삶을 향상시켰다고 믿는다는 것을 확인시켜주었다.[3] 〈머피 브라운〉이나 〈골든 걸스〉 같은 텔레비전 쇼가 등장했고, 오프라 윈프리가 미디어를 장악하기 시작했다. 미술관 쪽에서는 '게릴라 걸스'라는 익명의 여성 미술가 그룹이 등장하여 남성의 예술 독점에 항의했으며, 노라 에프론 감독의 로맨틱 코미디 영화 〈해리가 샐리를 만났을 때〉에서는 맥 라이언이 간이식당 식탁에서 오르가슴을 흉내 내어 다른 손님들과 관객들을 즐겁게 해주었다. 나중에 텔레비전 시리즈와 브로드웨이 뮤지컬로 만들어지기까지 한 영화 〈나인 투 파이브〉에서는 제인 폰다와 릴리 톰린, 돌리 파튼이 자신들의 성차별주의자 상사에게 대항하며 성별 전쟁을 벌였다.

확실히 페미니즘이 학계와 연예계의 여러 분야에서 확고히 자리를 잡게 되었다. 우리 학생들이 우리에게 "성공했다"고 말할 만했다. 당시 대학에 여성학 관련 프로그램이 급증하면서 다양한 관련 과목이 개설되었고 학생들이 그 과목들을 수강했기 때문이다. 1970년대식 운동은 대부분 거리에서 사라졌고 이제 상아탑에 틀어박히게 되었다. 학문적 운동이라는 새로운 문화가 우리의 담론을 확대시키긴 했지만, 그 운동은 그보다 앞서 전개됐던 대중운동과는 확연히 달랐다. 그리고 그 운동은 이제 점점 더 사명이기보다는 연구 대상으로 바뀌고 있었다.

레이건이 지속적으로 "복지 여왕"이라는 표현을 써가며 사람들을 오도하고, 그의 정부하에서 사회 안전망이 와해되어가면서, 빈곤의 여성화와 인종화는 더욱 두드러졌다.[4] 게이 사회를 괴롭힌 치명적인 바이러스는 공포심을 유발하며 동성애자들에 대한 편견을 조장했다. 에이즈 합병증이 25세부터 44세까지의 남성 사망률의 제1원인으로 등장하자, 섹스에 대한 불안감이 만연해지면서 게이뿐만 아니라 게이 해방을 지지했던 페미니스트들까지 몰매를 맞았다. 과격 시위자들은 여성 건강 클리닉을 폐쇄하려 들었으며 우익 서적들은 이른바 "문화 전쟁"에 부채질을 했다.

주로 보수적이었던 1980년대와 1990년대라는 배경 속에서 제2물결 페미니즘의 전개는 어떻게 기술되어야 할까? 따지고 보면 물결들이란 각기 다른 속도로 넘실대다가 어쩌다 한 번씩 무리 지어 움직이는 법이다. 20세기가 끝나갈 무렵에 이르면 두 가지 접근 방식이 페미니즘적 사고방식을 재형성했다. 하나는 우리가 이번 장에서 논의할 정체성 정치이고 다른 하나는 다음 장에서 폭넓게 다루게 되는 후기구조주의 이론이다. 이 두 이론의 영향을 받으며 페미니스트들은 여성이라는 단어가 혹시 다양한 배경과 지향을 가진 사람들을 억지로 융합시키는 것은 아닌지 의문을 품게 되었다.

정체성 정치는 인종적, 민족적, 언어적, 영적 기원의 탐색에 전념하는 여성들의 연대를 고취시켰다. 두 권의 선집(『나의 등이라고 불리는 이 다리』(1981)와 『모든 여성은 백인이었고 모든 남성은 흑인이었지만 우리 중 일부는 용감했다』(1982)[5])을 시작으로 멕시코계 미국인, 아프리카계 미국인, 아시아계 미국인, 북미 토착 미국인에게 주목하는 책들이 쏟아져나왔다. 정체성 범주에 의심을 품었던 후기구조주의자들은 남성성과 여성성뿐만 아니라 이성애와 동성애에 관한 인습적 사고를 해체시켰으며, 그 과정에서 성애의 다양한 형태에 관심을 쏟았다.

학계의 페미니스트들은 일반 독자나 청중을 위해서가 아니라 자신들 서로를 위해 글을 쓰고 강연하기 시작했다. 정체성 정치를 지지하는 사람들에게 여성이라는 단어는 너무 광범위한 의미를 지니고 있었으며 (흑인 여성, 북미 토착 여성 같은) 형용하는 수식어가 필요했다. 후기구조주의자들에게는 이 단어가 이성애자 상대(남성)에 의해 너무 좁은 영역에 갇혀 있었다. 긍정적인 면에서 보면, 정체성 정치와 후기구조주의의 옹호자들은 기존 페미니스트들에게 반기를 들며 새로운 영역을 탐색하고 새로운 방식으로 사고하기 시작했다. 부정적인 관점에서 보면, 이 두 그룹은 앞선 1970년대 활동가들이 유색인종 여성의 현실을 보지 못했다고 하거나("인종차별주의자") 젠더의 사회적 형성을 보지 못했다고 하면서("본질주의자") 이들을 맹비난했다.[6]

학계의 담론들이 점점 더 이해하기 어려워지는 동안, 앤드리아 드워킨, 글로리아 안살두아, 에이드리언 리치, 토니 모리슨 같은 여성 작가들은 페미니스트들 사이의 차이를 빚는 여성들 사이의 차이점을 조명했다. 특히 이들은 정체성 정치를 전개하는 과정에서 페미니즘의 논의를 확대시켜 초국가적 맥락에서 성적 불평등과 인종적 불평등을 분석했다. 그리고 마침내, 문학비평가들과 작가들이 경제적, 종교적, 언어적, 지리적 요인에 따라 다르게 굴절되는 젠더의 미묘한 양식들을 탐색하던 그때, 정체성 정치에서 교차성 개념이 떠올랐다.

앤드리아 드워킨과 섹스 전쟁

1980년대가 시작될 무렵, 여성운동 진영에서 벌어진 중요한 논쟁들은 페미니스트와 페미니스트가 맞붙은 싸움에서 비롯되었다. 1970년대 운동가들의 분노 중 많은 부분은 소녀와 성인 여성이 너무나 자주 경험하는 폭력─강간, 근친 강간, 아동 학대, 가정 폭력, 직장 내 괴롭힘, '페미사이드'(다시 쓰이기 시작한 19세기 법률 용어) 등─에 반대하는 시위로 수렴되어 있었다. 운동가들은 초기의 성 해방론자들에게 다음과 같은 의문을

제기했다. '남성이 지배하는 문화 속에서 성의 자유라는 것이 과연 얼마나 많은 해방을 가져다주었는가.'

포르노 잡지와 영화의 급속한 확산은 포르노 자체가 여성들에 대한 폭력에 책임이 있음을 시사했다. 스너프 필름과 슬래셔무비가 인기를 끌며 넘쳐나고 있었다. 이런 상황에서 무엇을 해야 할까? 이 질문은 소위 '포르노 전쟁' 혹은 '섹스 전쟁'이라는 사태로 이어졌다. 성폭력에 반대한 수많은 목소리를 단 한 명의 운동가가 대표할 수는 없겠지만 보통은 앤드리아 드워킨이 그 역할을 맡았다. 운동가들이 처음 '밤길 되찾기' 시위 행진을 조직했을 때, 드워킨은 '포르노에 반대하는 여성들'이라는 단체를 대표했다. 그녀는 목소리도 몸집도 큰 "미국에서 가장 분노한 여성"이었고, 스스로의 설명에 의하면 급진적 페미니스트였지만 "재미있는 유형"은 아니었다.[7]

연단 위에서 드워킨이 보여준 "고통을 과장하는 듯한 연극조의" 강연 방식은 그녀 자신의 피해 경험에서 생겨난 것이었다.[8] 그녀는 아홉 살 때 폭행을 당했고, 성인이 되어서는 신체적 학대를 가하는 남편과의 결혼 생활에서 도망쳤다. 결혼 전 자유분방한 분위기의 베닝턴대학교에 다닐 때는 자신이 "교수 중 어느 누구와도 잠자리를 갖지 않았으며, 그저 그들의 부인들하고만 잤다"고 자랑했다. 만년에는 남성 페미니즘 운동가 존 스톨턴버그와 결혼했는데 그 역시 동성애자로 정체화한 사람이었다. 드워킨은 베트남전쟁 반대 시위 현장에서 체포된 적도 있다. 그때 뉴욕시 여성 구치소에서 부인과 검사를 받으면서 "성적으로 비인간적인 취급"을 당하자 이를 고발했고 마침내 그

구치소를 폐쇄하는 데 힘을 보탰다. 유럽에 체류하는 동안에는 홈리스 생활과 성매매를 하기도 했다. 이후 그녀는 미국으로 돌아와 페미니스트로서 강연을 하겠노라 결심했다. 그 이유는 "내 작품을 출간하는 데 어려움이 너무 많았기 때문"이었다.[9]

너무 가난해서 ("빨지 마라, 물어라"라는 문구가 쓰인) 자신이 제일 좋아하는 여성운동 버튼도 살 수 없었다는 드워킨은 여성에게 가해지는 폭력의 책임이 여성에게 있다는 생각에 소리 높여 반대했다. "다들 여성이 성적인 도발을 했다고, 강간당했다는 거짓 공격으로 남성을 파멸시키려 든다고들 생각했다." 그녀는 "지쳐 나가 떨어지지 않는, 아니면 돈으로 매수될 수 없는 여전사 세대"의 등장을 요청했다. "개개인의 여성이 그동안 참았던 분노를 되새기며 행동에 나서야 한다. 그 행동에는 눈물 방울과 약탈자를 갈가리 찢어발길 칼 한 자루가 필요하다."[10]

드워킨은 온갖 형태의 검열에 반대하는 시민 자유론자들에게 동조하면서 곧장 "섹스 지지파"로 알려진 페미니스트들과 대립했다. 역사적으로 여성의 성적 쾌락 경험을 금지해온 도덕적 경건함을 경계하던 이 섹스 지지파 페미니스트들은 성 표현이 노골적인 예술과 포르노의 구분이 어렵다는 점을 강조했다. 엘런 윌리스는 "나를 흥분시키는 것은 에로틱한 것이고 남을 흥분시키는 것은 포르노"라는 것이라며 포르노 반대자들에 대해 빈정거렸다. 드워킨은 이런 입장이 적과의 동업이라고 비난했다. "포르노는 이론이고 강간은 실천"[11]이라는 로빈 모건의 견해에 동의했던 것이다.

드워킨의 노력을 지지했던 글로리아 스타이넘은 그녀에게

"구약에 나오는 예언자"라는 꼬리표를 달아주었고, 수전 브라운밀러는 "우렛소리"라는 별명을 붙여주었다. "그녀는 트레이드마크 같은 데님 작업복을 입고 땀을 뻘뻘 흘리면서 웅변적 어조로 말했다. 이 어조는 그 자신을 컬트적 우상으로 올려놓기도 했고 몇 년 뒤에는 조롱의 대상으로 내려놓기도 했다."[12] 다른 사람들에게 그녀는 "미소지니적인 인물이 여성운동가를 조롱하려고 그린 초상화, 멜빵 작업복에 청교도인의 큰 도끼를 들고 성욕을 가졌다는 죄목으로 남성을 처단하려 드는 인물처럼 보였다."[13] 케이트 밀릿의 『성 정치학』에서 영감을 받아 쓴 드워킨의 『포르노그래피: 여성을 소유하는 남성』(1981)은 포르노 산업이 묘사한 여성의 굴욕적 이미지가 여성에게서 인간성을 박탈하고 여성에 대한 폭력을 조장했다는 수많은 페미니스트들의 믿음을 반영했다. 드워킨은 외설 잡지와 영화가 남성들에게 오늘날 해로운 남성성이라 불리는 특성을 주입했다고 믿었다.

그녀를 비방한 사람들의 지적처럼, 드워킨은 보통 섹스 자체를 폭력으로 묘사했다. 이성애와 여성의 비굴한 상태를 하나로 보았기 때문이다. 이런 시각은 특히 『성교』(1987)에서 두드러져 나타난다. "성교는 생리적으로 여성을 열등하게 만드는 수단이자 방식이다. 성교는 자신이 열등한 지위에 있다는 사실을 여성의 세포 하나하나에 전달한다. (…) 되풀이해서 그것을 여성 내부에 찔러 넣다 보면 (…) 마침내 여성은 포기하고 받아들이게 된다. 이것을 남성들의 어휘로 말하자면 항복이다."[14] 다른 말로 하면, 그녀는 남자(공격과 강탈을 자행하도록 프로그래밍된 존재)는 화성에서 왔고, 여자(호혜성과 친밀성을 보이도록 길들여진 존재)는 금성에서 왔다는 견해[15]를 일찌감치 주장한 사람이었다. 많은 포르노 반대 페미니스트들의 말마따나 남성이 지배하는 문화에서 남성의 가치와 여성의 가치는 본질적으로 다르다. 분리주의 단체들과 분리주의 음악 축제들이 점점 더 늘어나고 있었다. 일부 분리주의 지역 공동체는 조직 이름을 '위민스 랜드Womyn's Lands'라고 내걸었으며, 가장 잘 알려진 음악 축제 이름도 '미시간 위민스 뮤직 페스티벌'이었다. '여성 women'이라는 단어 안에 들어 있는 '멘men'을 '민myn'으로 대체한 것이다. 이렇듯 언어적으로 여성을 남성과 구분하는 것도 중요해졌다.

분리주의자들은 프로이트, 특히 오이디푸스 콤플렉스가 발현되기 이전 시기에 맺는 어머니와 유아의 관계에 대한 이론을 둘러싸고 다시 한번 씨름하면서, 자신들의 추측에 대한 증거를 찾아냈다. 예를 들어 도러시 디너스틴은 미소지니가 여성의 임신과 양육에 뿌리를 두고 있다고 주장한다. 그러니까 아기가 맨처음 경험하는 타자는 대개 어머니인데, 아이는 자라면서 자신의 불안감과 적대감을 '전혀 인간이라고 볼 수 없는' 타자인 여성 인물에게 투사시킨다는 것이다.[16] 심리학자 낸시 초도로는 가족 로맨스의 또 다른 결과, 즉 남자아이뿐만 아니라 여자아이도 가장 이른 시기에 욕망하는 것이 어머니라는 점에 대해 고찰했다. 여자아이는 여성 인물에게 1차적 애착을 갖기 때문에, 동성애가 그들의 에로틱한 삶의 중요한 요소로 남게 된다는 것이다. 초도로에 따르면 여자아이와 어머니는 상호 동일시를 하는 반면, 남자아이는 스스로를 어머니와 반대되는 존재로 규정한다. 이런 상호 의존 관계에 에워싸여 성장하는 여성은 유동적인 자아 경계선을 습득하는 반면, 자아 경계선이 고정되어 있는 남성은 자기 정체성을 규정함에 있어서 투쟁적인 태도를 취하게 된다. 캐럴 길리건은 이 같은 통찰을 윤리학으로까지 확장시켰다.[17]

종합하면, 이런 고찰들은 학계에서 레즈비언 연구를 발생시키는 데 이바지한 한편, 여성에게는 남성과의 평등이 필요한 게 아니라 차이에 대한 재평가가 필요하다는 분리주의자들의 견해를 보강했다. 그러므로 차이 페미니즘이라는 용어는 평등 페미니즘이라는 용어와 구분된다. 분리주의자 집단이 여성을 위한 독특한 정체성을 옹호한다는 점에서, 정체성 정치를 맨 처음 주창한 사람들은 이들이라고 할 수 있을 것이다. 일부 레즈비언 페미니스트 그룹에서는 하이힐, 화장, 드레스처럼 '여성성'을 과시하는 요소들처럼 남성들도 수상쩍은 존재로 여겨졌다. 하지만 그런 식의 견해는 이성애 관계를 맺고 있는 여성뿐만 아니라 성 노동 지지자들이나 자신을 부치나 펨으로 규정하는 이들까지 소외시킨다. 마찬가지로 놀라운 사실은, 그런 견해는 남성을 성욕 과잉 상태의 약탈자로 보고 여성을 정숙함의 귀감으로 보는 빅토리아 시대의 관념을 복원시킬 뿐만 아니라, 그보다 더 오랜 세월 지속되어온 정형화된 시각, 즉 남성은 적극적이고 이성적이며 여성은 소극적이고 정서적이라는 시각을 복원시킬 위험이 있다는 것이다.

포르노 반대파 페미니스트들과 섹스 지지파 페미니스트들 사이의 적대감은 점점 더 고조되었고, 1982년 바너드대학교에서 열린 '섹슈얼리티 정치를 향하여'라는 주제의 학술회의에서 그 정점에 이르렀다. 섹스 지지파 운동가들은 페미니스트들을 위한 "쾌락과 위험"이라는 주제를 개척하려고 했다.[18] 위험을 지나치게 강조하다 보면 특히 쾌락이 잊힐 위험에 처한다는 것이었다. 장차 학교의 평판이 나빠질 것을 두려워한 바너드대학교의 교직원들은 학회 기획위원회에서 제작한 프로그램 수첩을 몰수했다. 회의장 바깥에서는 '포르노에 반대하는 여성들' 회원들이 피켓 시위를 하고 있었다. 그들이 입은 티셔츠 앞면에는 "페미니즘적인 섹슈얼리티를 위하여"라고 쓰여 있고 뒷면에는 "S/M에 반대한다"는 문구가 쓰여 있었다. 그들은 전단지를 통해 섹스 지지파 학술회의 기획자들이 "모든 여성을 억압하는 성적 제도 자체와 가치관에 지지를 보내고 있다"고 비난했다.[19]

이 버나드 학술회의에서 가장 주도적인 섹스 지지파 이론가는 인류학자 게일 루빈이었는데, 그녀는 그 이후에도 이어진 신랄한 독설에 자신이 "트라우마"를 입었다는 것을 깨달았다. 포르노 반대파 시위자들은 "자신들과 견해가 다른 사람은 누구든 페미니즘 운동에서 제명하려 했으며, 포르노 반대 노선을 고수하지 않는 행사들을 공격적으로 방해했다."[20] 여성들이 에로틱한 환상을 되찾기를 원했던 섹스 지지파 참가자들은 사도마조히즘, 부치와 펨의 역할 구분, 성적 억압의 역사, 레즈비어니즘을 삭제해 자매애로 정화시키려는 시도 등에 관한 논문들을 발표했다. 시인 샤론 올즈와 체리 모라가는 자작시를 낭송했다. 캠퍼스 밖에서 진행된 공개 발언 행사에서 섹스 지지파 단체 '레즈비언 섹스 마피아'는 딜도와 젖꼭지 죔쇠, 결박 성행위 등

에 관한 슬라이드 상연을 기획했다. 포르노 반대파 신문 〈오프
아워 백스〉의 기자들은 지배가 매력인 시대로 돌아가는 것이라
며 비난했지만, 수지 브라이트는 곧바로 "모험적인 레즈비언들
을 위한" 섹스 지지파 잡지를 창간하고 그 이름을 '온 아워 백
스'라고 지었다.[21]

버나드 학술회의의 여파는 또 있었다. 뜻밖에도 캐서린 매키
넌이 앤드리아 드워킨의 단짝으로 등판해 아이비리그에서 받은
법률 교육의 품위를 지키며 자신의 입장을 드러냈다. 그녀는 이
미 성희롱이 직장 내 차별이라는 법적 주장을 한 바 있었다. 『일
하는 여성이 겪는 성희롱』(1979)에서 매키넌은 "경제적 힘과
성희롱의 관계는 물리적 힘과 강간의 관계와 같다"고 주장했
다.[22] 1983년, 드워킨과 매키넌은 미네소타대학교에서 팀 티칭
수업을 하면서 포르노가 여성 민권을 위협하는 폭력이라고 주
장했다.

그들은 처음에는 미네소타에서, 그다음에는 인디애나에서 여
성의 품위를 손상시키는 성적 묘사를 불법화하는 시의회 조례
초안을 작성했다.[23] "만약 어떤 성인 여성이나 소녀가 포르노
제작 참여를 강요받는다면, 혹은 어떤 성인 여성이나 소녀가 강
간을 당하거나 성폭력을 당한다면, 포르노 제작자나 판매업자
가 그 시민이 입은 피해에 책임을 져야 한다"는 내용이라고 드
워킨은 입법 내용을 설명했다.[24] 이 시기 필리스 슐래플리는 왜
드워킨과 매키넌의 이런 노력에 지지를 보냈던 것일까?[25] 에이
즈에 관한 거짓말과 얼버무리기가 급증하는 동안 보수주의자들
은 오로지 금욕만이 해답이라는 성교육을 주도하고 노골적인

성 표현에 대한 검열을 내세우고 있었다. 한 역사학자가 설명했듯이, 포르노 반대파 페미니스트들과 섹스 지지파 페미니스트들은 모두 "국가가 성적 표현을 제약하는 데 있어서 여성의 권리 확대에는 아무런 관심이 없다는 사실"을 빠르게 깨달았다.[26]

조례안이 폐지되었다는 사실 때문에 (헌법에 위배되는 것으로 밝혀졌다) 대부분의 포르노 전쟁 논평자들은 그 전쟁에서 섹스 지지파가 승리를 거두었다고 믿는다.[27] 우리는 싸움에 함께하지 않고 지켜보고 있었지만 우리 자신이 어떤 형태의 검열에도 경계를 늦추지 않는 사람들이라는 것을 알고 있었다.(우리는 라블레, 조이스, 로런스, 나보코프 같은 작가들의 외설 딱지가 붙은 작품들을 읽은 사람들 아니던가.) 그런 만큼 우리는 섹스 지지파 측 명단에 올라 있었다.[28] 그러나 우리는 지금 어떤 분열을 느낀다. 미국에서 강간이 3분마다 한 번씩 발생하고 있었고 양 진영은 모두 좌절감을 겪었다. 상업적 형태의 섹슈얼리티가 왜곡된 형태로 이윤을 얻어내는 사이 양 진영 모두 청교도적 경건함을 거침없이 내뱉는 사회에 의해 그 기반이 약화되었다.

이 모든 사태 속에서 무엇을 해야 했을까? 앤드리아 드워킨은 하버드대학교의 한 학생 기자로부터 이 질문을 받자 명민한 답변을 내놓았다. "바로 그 점에서 여성의 1인칭 증언이 너무나도 중요합니다. 사회 주류의 목소리는 '오, 그런 일은 일어나지 않아요'라고 말하겠죠. 그러면 여성들이 집단적으로 나서서 '그럴까요, 그런 일이 나한테는 일어났는데요'라고 말하는 겁니다." 2018년에 나온 『선과 분노』에서 (부분적으로 앤드리아 드

워킨에게 영감을 받은 책이다) 리베카 트레이스터는 드워킨의
답변을 강조하면서 이렇게 운을 맞추었다. "그래요, 나도 겪었
어요."[29] '뜨거운 구멍의 마지막 나날들'이라는 제목이 붙은 드
워킨의 2019년 작품 모음집의 편집자 조해나 페이트먼은 드워
킨이 "선견지명을 지닌 예언자의 긴박함"을 품고 있었다고 말
했다.[30]

글로리아 안살두아의 메스티사* 의식

드워킨의 발언이 우리 시대의 미투 운동가들에게 반향을 불
러일으켰다면, 그녀의 동시대인이었던 글로리아 안살두아의 책
들은 멕시코 국경에서 아이들을 부모와 떼어놓고 삭막한 수용
소 방에 감금시켰던 트럼프 행정부로 이어지는 이민 정책의 역
사를 조명한다. 글로리아 안살두아는 남부 텍사스에서 멕시코
계 미국 여성으로 성장했던 과정을 1인칭으로 증언하며 민족
정체성 정치와 초국경적 사안에 관한 페미니즘적 사고에 영감
을 불어넣었다.

목장 정착촌에서 태어난 글로리아 안살두아는 열한 살 때 가
족과 함께 텍사스주 하길로 이사했다. 그녀는 몹시 이른 사춘기
를 초래한 호르몬 불균형 증세로 일찍부터 고통과 굴욕감을 경

• 에스파냐계 백인과 남미 토착민이 합쳐진 인종을 뜻하는 '메스티소'의 여
  성형 명사.

험했지만("여섯 살 때부터 생리를 하고 가슴이 나와서 늘 창피한 마음이 들었다") 이내 "독서를 통한 탈출구"를 발견했고 나중에는 육체적, 정신적 치유와 연결되는 글쓰기를 통해 탈출구를 발견했다. 열다섯 살 때 아버지가 사망한 뒤 안살두아는 이주 노동자로 일했는데, 이후 1969년 학사 학위와 1972년 석사 학위를 받고 고등학교 교사가 되었다.『국경 지대』를 쓰는 동안 그녀는 멕시코계 미국 여성들의 상황을 마주하며, 텍사스를 떠나 캘리포니아로 왔을 때보다 더 "극단적이고 정치적이며 화가 나" 있었다. 그녀는 이 책으로 유명해진 뒤 "그랬다. 나는 늘 화가 나 있었고 지금도 화가 나 있다"고 설명했다.[31]

안살두아는 "젠더만이 유일한 억압은 아니다"라고 선언했다.[32]『국경 지대』에는 민족과 지리가 중요하게 등장한다. 그녀는 이 책에서 멕시코계 미국인들의 문화와 멕시코 문화에 대한 이해를 높이고 멕시코계 미국/멕시코 문화와 흑인 문화, 북미 토착 미국인 문화, 앵글로색슨계 미국인 문화, 그리고 다른 나라 문화와의 소통을 증진하기 위하여 역사, 자서전, 신화를 이용했다. 그녀는 책의 핵심부에서 "메스티사 의식"이라는 역설적 사고에 대한 새로운 인식을 논했다. 메스티사 의식은 다층적 정체성을 지니고 사는 법을 배워야 하는 국경선 경계 지대의 거주민들이 물려받은 상충하는 충성심에 대한 인식을 말한다.

안살두아에게 메스티사 의식은 멕시코 영토를 무단 점유하여 텍사스주 영토로 편입한 앵글로색슨계 미국인들에 대한 분노와, 미등록 이민자들뿐만 아니라 합법적으로 이주해온 이민자들까지 학대하는 처사에 대한 분노에서 진화해나온 것이었다.

레이건 정부 시절 남부에서 북부로 이동한다는 것이 무슨 의미인지에 대해 글을 쓰면서 안살두아는 우리에게 "국경선에 닥친 현재의 위기는 수십 년 동안 진행되어왔다"는 사실을 상기시킨다. "교량의 혜택을 누릴 수 없는 밀입국 멕시코 노동자들은 공기 주입식 고무보트를 타고 리오그란데강을 건너오거나, 옷가지를 머리 위에 붙들어 매고 걸어오거나, 알몸으로 헤엄쳐 온다." 멕시코 난민 여성들은 특히 위험하다. 이들은 종종 밀입국 브로커들에게 강간을 당하기도 하고, "팔아넘겨져 성매매를 하게 되기도 한다. 이들은 영어를 모르고 국외 추방을 두려워하기 때문에 그곳 지역 및 국가의 보건 당국과 경제적 지원 시스템에 도움을 요청할 수도 없다." "이 지역이 그녀의 고향이다 / 철조망 / 가장자리의 이 위태로운 곳 말이다." 이 국경 지대는 토착민들에게조차 "제3세계와 제1세계가 마찰을 일으키며 피 흘리는" 착취가 자행되는 풍경이다. 그리고 "딱지가 앉기도 전에 다시 출혈이 발생하고 두 세계의 생혈이 합쳐져 제3의 지역(국경의 문화)이 생겨난다."[33]

남서부 멕시코계 미국인 공동체에서는 "남성이 규칙과 법을 만들고 여성은 그것들을 전달한다." 안살두아가 그녀의 가족 중에서 최초로 대학에 진학했던 것처럼, 오직 "극소수"만이 "교육과 직업 세계에 진입하여" 그런 굴종적 처지에서 벗어날 수 있다. 안살두아는 자신의 뿌리에 충실했지만 그럼에도 자신의 문화가 "여성을 무력하게 만들고" "남성을 희화화된 마초형 인물로 만드는" 방식을 혐오했다. "레즈비언이면서 가톨릭교인으로 성장한다는 것"은 "정신이상 괴짜"를 만들어내는 일이었다.

"사회의 사다리 중에서 여성은 이상 성격자보다 겨우 한 단 높은 밑바닥 지위에 위치해 있기 때문이다. 멕시코계 미국 문화, 멕시코 문화, 일부 토착민 문화에서는 비정상적 일탈에 대한 관용이 존재하지 않았다." 그녀는 앵글로색슨계 미국인들뿐만 아니라 그녀 자신의 공동체도 자신을 "팔아치운다"는 느낌을 받는다. "피부색이 검은 여성은 (⋯) 노예였고 값싼 노동력이었으며 스페인계와 앵글로색슨계, 자신의 동족들에 의해 식민화된 존재였다."[34]

안살두아의 개인적인 반항은 "상당한 대가를 치르는 일이었기에(불면증과 의구심이 가득 찬 일이었기에)" 그녀는 트라우마를 입은 국경 지대의 여성에게 치료가 필요하다는 사실을 깨달았다.[35] 언어 훈련과 영성 훈련 덕분에 안살두아는 『국경 지대』에서 치료법을 써내려갈 수 있었다. 영어와 스페인어를 병기한 책 제목이 암시하듯 메스티사 의식의 반영을 위해서는 영어와 스페인어를 함께 써야 했다. 안살두아는 표준 영어, 영어 속어, 표준 스페인어, 멕시코 스페인어, 멕시코 북부 방언, 멕시코계 미국인이 사용하는 스페인어, 그리고 텍스-멕스어(텍사스 방언과 멕시코 스페인어가 섞인 언어)가 뒤섞인 언어로 글을 썼다. 그녀는 언어 방식을 바꿔 사용하면서 영어 사용 독자들의 "편의를 도모하고" 싶어하지 않았다. 그녀는 몇몇 구절은 번역이 안 된 상태로 그냥 놔둠으로써 영어 사용자가 자기 언어의 한계를 더 많이 인식하게끔 했다. 그녀는 혼성 언어 관용구를 사용해 "환기된 감정과 의식적인 지식 사이의 가교" 역할을 하는 이미지들을 전복시켰고 "국경 지대에서 느끼는 심리적 불안 상태"³⁶로부터 의미를 창출해냈다.

로드가 아프리카 여신들에게 관심을 가졌듯이 안살두아는 아메리카 토착민 사회, 멕시코, 가톨릭의 강력한 여성 인물 신화로 관심을 돌렸고, 그 여성들을 자기 인식을 위한 영적 탐색 과정의 지지자들로 재창조했다. 스페인인 정복자 에르난 코르테스의 조언자 역할을 해주었던 말리날리(혹은 라 말린체), 아이들과 함께 강물에 빠져 죽은, 버려져 울부짖었던 민요 속의 여성 라 요로나, 그리고 과달루페의 성모 등은 모두 재창조될 필요가 있었다. 그리고 안살두아는 아즈텍 왕국의 위대한 여신들인 코아틀리쿠에, 틀라사올테오틀레, 시추오아코아틀의 재창조를 모색하기도 했다. "아즈텍-멕시코 문명이 이 여신들에게 기괴한 속성을 부여했기" 때문이다.³⁷

그녀는 다언어 글쓰기와 영적 명상 모두를 통해 이원론적 사고(동정녀/매춘부, 초자연적/자연적, 인간/동물, 영혼/육체)를 해체시킴으로서 메스티사 의식을 발전시켰고, "모호성에 대한 관용"³⁸을 개발한 결과 그녀 자신이 역설적 인물로 재탄생되었다고 선언하기에 이른다.

메스티사로서 나에겐 나라가 없다. 내 조국은 나를 버렸다. 하지만 나는 모든 여성의 자매거나 잠재적인 연인이니 모든 나라가 나의 나라다. (레즈비언으로서 나는 인종과 무관하다. 내 동족은 나와의 관계를 부인한다. 하지만 내게는 모든 인종에 존재하는 퀴어적인 면모가 있으니 나는 모든 인종이다.) 내게는 문화도 없다. 왜냐하면 페미니스트로서 나는 인도-히스패닉 남성들과 앵글로색슨계 남성들의 문화적/종교적 집단 믿음(남성성에 대한 믿음)에 도전하기 때문이다. 하지만 나는 또 다른 문화를 창조하고, 세상과 우리의 세상살이를 설명하는 새로운 이야기를 창조하며, 우리를 서로에게 그리고 지구라는 이 세상에 연결시켜주는 이미지와 상징을 갖춘 새로운 가치 체계를 창조하고 있으니 문화적인 사람이다.[39]

버지니아 울프가 『3기니』(1938)에서 선언한 내용을 반향하면서("여성으로서 나에겐 나라가 없다. 여성으로서 나는 나라를 원하지 않는다. 여성으로서 내 나라는 온 세상이다"[40]) 안살두아는 대서양을 초월하는 페미니스트 계보에 자신의 자리가 있다고 주장한다.

『국경 지대』의 성공은 여성운동이란 늘 국제적인 현상이었다는 인식이 미국 페미니스트들 사이에서 점점 더 커지고 있다는 사실을 반영했다.[41] 1980년대 중반이 되자 프랑스 페미니스트들(엘렌 식수, 뤼스 이리가레, 모니크 위티그, 쥘리아 크리스테바)의 매력 덕분에 자크 라캉과 자크 데리다의 해체주의 이론의 정신분석학적 사유를 활용한 이론 번역물이 쏟아져나왔다. 이런 책들은 글로리아 안살두아의 관심을 끌었던 기획에 비견될 수 있는 문제, 즉 역사적으로 종속되고 억압받고 혹은 괴물 취급을 당하던 것들에는 여성적 요소가 들어 있다는 사실을 확인하는 문제를 다루었다. 안살두아와 마찬가지로 이 프랑스 페미니스트들은 신화적 인물들을 재창조했고(식수의 「메두사의 웃음」), 남성의 우월성에 근거한 시스템들에 대한 대안을 그려냈고(이리가레의 「하나가 아닌 성」), 동성애를 찬양했으며 (위티그의 유토피아 소설 『여성 게릴라들』), 비참한 정서 상태의 깊이를 측정했다(크리스테바의 『공포의 세력』과 『검은 태양』).[42]

이들의 영향을 통해 미국 페미니스트들은 국제 문제에 주목하기 시작했다. 로빈 모건은 1984년 『자매애는 전 지구적이다』라는 선집을 냈는데, 이 선집에는 시몬 드 보부아르도 기고했을 정도였다. "단일 문화주의"에 안주하지 않겠다고 결심한 모건은 '시스터후드 이즈 파워풀 연구소'에서 주장한 '경계하는 행동들'을 고무했으며,[43] 1980년대 말에는 새롭게 창간된 〈미즈〉 국제판의 편집자 자리를 맡았다. 1980년대 들어 페미니스트 다문화주의는 확대되었지만, (인도가 분할되기 몇 년 전 캘커타[콜카타]에서 태어나 코넬대학교 대학원을 다녔고 데리다 저작의 첫 영어 번역자가 된) 탈식민주의 비평가 가야트리 차크라보티 스피박의 연구에 의해 의문이 제기되기도 했다.

스피박은 비교문학 연구에 깊이 몰두하는 한편으로 과연 선의 있는 서구 지식인들이 제3세계 여성들의 상황을 이해할 수 있을지 의문을 품었다. 1983년에 쓴 논문 「서벌턴은 말할 수 있는가?」[44]에서, 그녀는 여성 서벌턴은 (공적 대리인을 둘 수 없는 종속된 사람으로서) 자신의 말을 들려줄 수도 읽게 할 수도 없다는 점을 서구의 지식인들에게 상기시켰다. 동시에 그녀는 자신의 모국 인도에서 아이들을 위한 문자 해독 프로그램을 만들기도 했는데, 이는 글로리아 안살두아가 이중 언어 사용 아동들에게 멕시코계 미국인/과거를 가르칠 수 있는 책에 관심을 쏟은 일과 꼭 같았다. 안살두아는 탈식민주의 이론에 기여한 스피박의 공적을 높이 평가했다. 물론 우리와 마찬가지로 그녀 또한 「서벌턴은 말할 수 있는가」가 난해하다는 생각은 하고 있었다. "그녀의 문장은 해독하는 데 오랜 시간이 걸렸다."[45]

에이드리언 리치의 유대주의

오드리 로드가 카리브 제도, 남미, 쿠바에서 페미니스트 지원 단체의 설립을 돕던 1980년대에, 에이드리언 리치는 정체성 정치 쪽으로 관심을 돌렸고 이는 자신의 출신 성분이 "뿌리에서 갈라져 나온" 남부 유대인이었다는 사실을 인지하는 길로 이끌었다. 그녀의 초기 시 중 한 편에 나오는 구절인 "뿌리에서 갈라져 나온"은 1982년에 발표한 에세이의 제목이기도 한데, 이 글에서 그녀는 유대인 아버지에게서 물려받은 미묘한 반유대주의와 분투를 벌인다.[46] 존스홉킨스대학의 병리학자였던 아널드 리치는 유대교에 대해 단 한 번도 이야기한 적이 없었으며, 비종교인에 "자연신론자"로 미국 사회에 동화된 사람이었다.[47]

이 글에서 그녀가 이야기한 바에 따르면, 리치의 가족은 자부심이 강하고 튀지 않는 사람들이었다. 에이드리언의 비유대인 어머니 헬렌은 남부 상류층 집안에서 성장했으며, 두 딸을 자신과 같은 식으로 양육하려고 했던 사람이었다. 그녀의 부모는 (혹은 그저 그녀의 아버지만이) 의도적으로 유대교를 거부했던 것일까? 에이드리언이 아버지에게 그의 종교에 관해 묻자 그는

"조심스럽게" 자신은 유대인이라는 사실을 부인한 적이 없고 유대교는 그저 자신에게 "중요하지 않을" 뿐이라고 대답했다고 한다. 하지만 (그리고 이 점은 그녀의 생애에서 지극히 중요한데) 아버지의 비종교인 동료 한 명이 리치에게 보낸 짧은 편지에 따르면 이 동료는 "남부 출신 유대인들은 전반적으로 자신들만큼 좋은 교육을 받지 못한 폴란드 출신이나 러시아 출신을 포함한 동유럽 출신 유대인들을 멸시한다"[48]고 믿고 있었다.

최근에 이민 온 동유럽 출신 유대인들은 이미 미국 사회에 동화된 유대인들의 관점에서 볼 때 시끄럽고 상스러웠다. 리치가 래드클리프대학교에 진학했을 때 그녀의 어머니는 딸에게 종교를 묻는 설문 양식에 "성공회 신자"라고 답변하라고 조언했다. 실제로 에이드리언과 그녀의 여동생은 성공회 세례를 받았고 일요일 예배 의식에도 참석했다. 유대주의나 반유대주의 개념 같은 것은 그녀의 가정에서 논의조차 되지 않았다. 리치가 열여섯 살 때 시체 더미와 뼈만 앙상하게 남은 생존자들이 등장하는 나치 수용소 해방운동을 묘사한 초기의 영화를 혼자서 보러 갔을 때, 그녀의 부모는 그다지 "달가워하지 않았다." 그녀는 "짜릿함을 맛보려고 코를 킁킁거리며 죽음의 냄새를 맡겠다고 다니다니 (…) 병적인 호기심을 지닌 것 아니냐"는 책망을 받는 느낌을 받았다. 그러나 그녀는 그녀가 성장했던 "공중누각" 같은 자신의 집에서 "유대인"과 "반유대주의"라는 어구가 "터부시"되긴 했지만, 자신도 언젠가는 영화 속 화면에 등장하는 비참한 피해자들과 같은 운명에 처해질 것이라는 사실을 점점 더 의식하게 되었다. "나치의 논리에 따르자면, 나의 유대인 조부모는 나를 ('최종 해결책'을 피할 길이 없는) '제1등급, 혼혈인'으로 만들었을 것 같다."[49]

그녀는 래드크리프대학교에 다닐 때부터 자신의 출신을 편안하게 받아들이게 되었으며 유대인 여학생들을 만나 유대교에 대해 배웠다. 하지만 그 시절에도 자신의 뿌리에 대해 양가감정을 느꼈다. 한번은 의상실에서 그녀의 발밑에 앉아 (…) 스커트에 감침질을 하던 난민 출신 직원과 대화를 나누게 됐다. "혹시 유대인이세요?" 여자가 "황급히 속삭이는 목소리로" 물었다. 그러자 "18년 동안 미국 사회 동화 훈련을 받고 살았던 삶이" 그녀에게 "아니요"라고 대답하게 만들었다. "내 평생 발각되는 순간임을 깨달았던 발각의 순간들이 있었다. 이날의 이 사건도 바로 그런 순간이었다."[50] 그렇긴 해도 이날의 발각은 그저 우연찮게 짐작했을 뿐인 의상실 직원에 의한 발각이 아니라, 자신의 유산과 타협하면서 거짓말을 해왔던 여학생인 그녀 자신에 의한 발각이었다.

에이드리언 리치의 부모는 왜 하버드대학교 힐렐하우스에서 열린 딸과 앨프리드 콘래드의 결혼식에 참석하지 않았을까? 콘래드는 (태어날 때 이름은 코언이었다) 정통파 동유럽 가정 출신인 "부적절한" 종류의 유대인이었다. 그녀는 "아버지는 이 결혼이 내가 그들 동유럽 유대인 가족의 희생자가 되는 일이라고 생각했다"[51]라고 썼다. 결혼은 부모와의 결별로 이어졌고 이는 그들이 콘래드라는 이름을 쓰는 세 손자를 만나봐도 좋겠다고 허락할 때까지 여러 해 동안 지속되었다.

가족의 터부에 관한 이 에세이와 짝을 이루는 시 「근원」은 같은 해에 쓴 작품으로, 「뿌리에서 갈라져 나온」에서 탐색한 자신의 혼란스러운 출신에 대한 (때로는 분노 섞인) 애정 어린 사색을 담고 있다. 이 시는 "16년이 지난 뒤" 앨프리드 콘래드가 권총 자살을 했던 버몬트의 농가를 다시 찾았던 일을 인상적으로 그린다. 돌이 많은 뉴잉글랜드 소읍이라는 위치에 대해 사색하면서 그녀는 그곳에서 "나 같은 이름은 하나도" 발견할 수 없고, 청교도들이나 프랑스 출신 가톨릭교 사냥꾼들의 후손들만 발견할 수 있다고 쓴다. 더구나 그녀가 점점 더 불편하게 느끼는, 미국의 상징일 수도 있는 그 집 자체가 그녀에게 이렇게 묻는 것 같다. "공중누각 같은 집에서 자라나고, 뿌리에서 갈라져 나온 / 남부 출신 유대인이여, 당신의 힘은 어디서 생겨났나요?"[52] 시의 텍스트 한가운데에서 그녀의 영혼을 형성시킨 서로 적대적인 두 남자의 암시적 대화가 등장한다. 두 남자는 엄격했던 자연신론자 아버지와 동유럽 출신 유대인 남편이다.

시 「근원」은 연상적인 묘사(버몬트의 시골과 그곳의 역사, 유대교와 홀로코스트 연대기, 가족의 기억들)로 가득 차 있지만, 시인의 아버지와 남편에게 전하는 두 개의 중심 구절은 산문으로 쓰여 있다. 마치 뿌리에서 갈라져 나온 그녀의 자아에서 의미심장한 불평이 찢겨나와 어쩔 수 없이 토로하는 것만 같다. 그녀는 아버지에게 이렇게 쓴다. "나는 여러 해 동안 발버둥치며 당신과 싸웠어요. (⋯) 당신이 정해놓은 범주들, 당신의 이론들, 당신의 뜻, 당신의 사랑과 분리해낼 수 없던 잔인함과도요. (⋯) 이 모든 것이 공중누각 안에, 즉 자신들이 늘 이방인으로 살 것이라는 것을 알면서도 부정했던 동화주의자들이 살던 허공의 세계 안에 있었지요."[53] 그러나 분노를 헤쳐 나아가면서 그녀는 그녀에게 "가부장제의 얼굴"과도 같았던 이 남성에 대해 다시 생각하는 길을 찾아낸다.

나는 남자들의 권력과 오만이 당신을 드러내는 진정한 수위표水位標라고 생각했어요. 그 밑에 깔린 유대인의 고통과 당신에게 찍혀 있는 이방인의 낙인은 보지 못했어요. 당신이 그것들을 내 눈에 안 띄게 조정해놓았기 때문이에요. 저는 이제야 강력한 여성의 렌즈로 당신의 고통을 판독할 수 있게 되었답니다.[54]

"여성의 렌즈." 이 말에서 리치는 자신이 페미니스트로서 각성한 덕분에 마침내 그녀의 아버지가 그녀에게 감추었던 비밀스러운 고통을 이해할 수 있었다고 암시한다. 그녀 자신의 "의식화" 덕분에 아버지의 고통, 그의 삶에 일어났던 "분열"에 대한 자신의 의식을 고양시킬 수 있었다는 것이다.

죽은 아버지에게 전하는 말이 비난과 후회의 분위기를 모두 담고 있는 반면, 죽은 남편에게 전하는 솔직담백한 편지는 고통스럽고 애틋한 어조를 담고 있다. 그 내용 중 핵심 구절은 다음과 같다.

여러 해 동안 나는 이 일, 당신에게 글을 쓰는 이 일을, 당신이 내 말을 들을 수 있겠거니 싶어 거부해왔지요. 아버지의 경우는 달랐어요. 아버지와 나는 (…) 늘 싸웠으니, 우리 두 사람 중 하나가 살아 있든 죽었든 아무 상관이 없어요. 하지만 당신,

나는 늘 당신의 삶을 보호하고 있는 것 같아요. 그 삶을 단순히 시나 비극적인 사색의 주제로 삼지 않겠다는 거죠. (…)

하지만 그저 당신에 대해서가 아니라, 당신에게 직접 이야기하지 않고서는 이 글을 마칠 수 없네요. 당신도 알았을 거예요. 음식이나 유머보다 더 많은 것이 남아 있다는 것을요. 당신과 고통 사이에 끼어든 것이 당신이 찾아냈던 식습관이란 것을 내가 알고 있다고, 당신이 1953년에 말했던 대로예요. 나이프 아래 까만 호밀빵에 난 깊은 틈새들, 우리가 그 빵 조각에 발라 먹던 맛좋은 버터와 붉은 양파, 신선한 양파 롤빵에 얹어 먹던 훈제 연어와 치즈. (…) 문화에서 남는 것이란 바로 이런 음식들이라고 당신은 말했죠. 너무 빨리 상하지만 너무 아름다워 보이는 신선한 할라*도 그렇고요.

그런 이유로 지금 내가 당신에게 말을 걸고 싶은 거랍니다. 이런 말이요. (여자든 남자든) 자신의 정체성에 책임을 지려고 노력하는 사람은 누구도 그토록 외로워할 필요가 없다는 이야기요. 우리가 그 사이에 끼어 함께 앉아 함께 울 수 있는 사람들, 그러면서도 전사들로 여겨지는 사람들이 분명 존재한답니다. (당신을 위해 사랑으로 펜, 당신을 위한 이 이상하고 분노에 찬 편지들을 썼어요.) 당신은 당신을 위한 자리는 없다고 생각했던 것 같아요. 그리고 아마 그 당시 누구 한 사람도 곁에 없다고 생각한 것 같고요. 그리고 아마 지금도 누구 한 사람 없을지도 모르겠네요. 그러나 우리는 잘 해결해나갈 거예요. 이 고통을 끝

• 유대교에서 안식일에 먹는 흰 빵.

내기를 원하는 우리가요.[55]

미국 사회에 동화된 가정에 대한 리치의 기억은 열렬하지만 추상적인데, 콘래드에 대해서는 음식 이미지를 통해 따뜻한 마음으로 기억한다. 현실과 괴리된 어린 시절의 "공중누각 같은 집"은 아널드 리치가 거부했던 동유럽 출신 유대인들의 생활 습관의 구체성 앞에서 빛을 잃고 사라진다. 콘래드와의 결혼 생활이 깨지고 난 후에도 그녀는 점잖았던 부모한테서는 얻지 못했던 식생활과 함께 그를 연상한다. 도대체 그 "공중누각" 같던 집에서 그녀는 어떤 음식을 먹으며 살았던 것일까?

자신의 어린 시절과 결혼 생활의 민족적 지형을 그려보면서 리치는 자신이 그보다 더 큰 프로젝트를 수행할 준비를 하고 있음을 분명히 느꼈다. 그리고 「난세의 지도」라는 시를 통해 자신이 사는 나라 또는 다른 나라들의 풍경에 대해 소유권을 주장하고 이름 붙인다. 이 시에서 그녀는 페미니스트 휘트먼이랄 수 있는 화자의 목소리와 시각을 채택하며 1980년대의 미국을 탐색했다. 휘트먼이 그랬듯이 그녀는 개개의 이야기들과 주술적인 글귀들, 다양한 주州들에 대한 개관을 모아놓았는데 이 모두가 어떤 목적에 사용하기 위해서였다. "나는 내 조국을 사랑한다는 것이 무슨 의미인지 가늠해보고 싶다."[56] 그녀는 이처럼 직설적인 발언을 한 뒤 일련의 질문들과 논쟁적인 결론을 이어갔다.

이 대지와 그 아래 묻힌 뼈의 역사?

토양과 도시, 맺었다가 깨진 약속, 쟁기로 갈아놓은 수치와 희망의 이랑?

. . . .

광물, 흔적, 나에 대해 생겨나는 소문, 한 입 거리, 아주 작은 섬유, 한 여자,

그 많은 여자들과 닮기도 닮지 않기도 하고, 자신의 운명, 과업의 범위에 관해 기만당한 여자?

그 많은 사람들과 닮기도 닮지 않기도 한 한 시민, 지나가다 몸이 닿기도 닿지 않기도 하는,

―우리 각자는 이제 내몰리는 곡식 한 알, 세포핵, 위기에 처한 도시

. . . .

애국자는 무기가 아니다.   애국자는 자기 나라의 영혼을 위해 분투하는 사람이다.[57]

「난세의 지도」는 원대한 선언이며 리치가 가진 모든 정치적 열망의 요약본이다. 그녀는 인종차별주의(솔레다드 감옥 독방에 감금된 흑인 운동가이자 작가인 조지 잭슨), 호모포비아(레즈비언 살해범들), 미국의 빈곤 문제를("여기 소금기로 반짝거리는, 무관심의 바다가 있다. […] 이곳은 묵묵히 순종하는 교외 지역이다. […] 이곳은 금전과 비애의 수도다") 다룬다. 그러나 그녀는 이 시의 뿌리를 자신의 삶과 사랑에 두고 있다. 끝에서 두 번째 구절은 "M"(그녀와 15년간 함께 살았던 미셸 클리프)에게 바친다. 미국 순례를 마치는 이 대목에서 그녀는 연인

의 "필요한 것을 제공하는 정감 어린 두 손, 참나무와 실크, 블랙베리 주스와 북으로 만들어진 것 같은 두 손"[58]에 찬사를 보낸다.

시의 중심부에서는 앨프리드 콘래드에 관한 기억이 거의 저절로 부상한다. 그녀는 버몬트의 별장에 있는 물건 중 자신의 상상력에 결정적인 영향을 미친 물건을 목록화한다.

무지하고 열정적이었던 시절로부터 떠오른, 와인이나 브랜디를 담는 기묘하게 생긴 잔 몇 개 ―우리는 그때 20대였죠―

숲속에서 약병을 파헤치던 아이들의 아버지와 함께하던 시절,

―레코드판을 듣고, 칼 샤피로의 『어느 유대인의 시』와 오든의 「아플 때와 건강할 때」를 큰 소리로 읽고, 그 시들에 대해 서로에게 이야기하던 오후 시간들

―살아 숨 쉬는 그 숨결 소리를 마지막으로 들은 지 20년이 지났군요,

언어가 견딜 수 없을 만큼 부담스럽다는 듯, 그 목소리가 메아리를 울리며 군악대의 음악처럼, 깔려 있네요, 고르지 않게, 날카롭게,

갈라져서, 브루클린 거리를 뒤덮고, 하버드 야드를 가득 메우고 있네요

―어디서든 단 한 마디의 음절이라도 알아듣고 싶었답니다.[59]

이 시에서 아널드 리치와 앨프리드 콘래드는 서로 영향을 주려고 다투며 계속해서 도드라지게 등장한다. 이 장면에서는 아

널드가 등장하지 않으니 어쩌면 이번에는 그가 패배한 것인지도 모른다. 그러나 과연 그가 패배한 것일까? 그의 "힘든 일도 마다하지 않았던 충직한 딸아이"는 예언자적인 여성으로 성장했으며, 그가 딸아이에게 가르쳤던 일에 "공을 드리는" 습관은 그녀의 시적 야망을 형성시켰다.[60] 앨프리드 콘래드 이야기를 해보자면, 그는 그의 자살이 가져다준 트라우마가 그랬듯이 잊을 수 없는 존재다. 또 리치에게 미국 사회에 동화된 아널드의 "공중누각" 같은 집은 디스토피아적인 장소였다. 반면에 (콘래드가 권총 자살한 장소에서 가까운) 버몬트의 집은 점점 더, 미셸과 함께 캘리포니아로 이사한 다음까지도, 환상적인 유토피아 같은 장소처럼 보인다.

토니 모리슨의 교차성

에이드리언 리치가 20세기 말 미국의 도덕적 타락에 기여한 인종차별주의와 성차별주의를 가장 선명하게 다룬 시인이었다면, 인종차별주의와 성차별주의의 뒤얽힌 영향을 가장 단호하게 다루었던 소설가는 토니 모리슨이다. 그녀는 비평과 소설 모두에서 이 주제를 다루었다. 미국 역사라는 유령의 집에 관한 유령 이야기 『빌러비드』(1987)는 두 명의 미친 여자가 중심 무대를 차지한다. 모리슨은 자신의 생각에 영감을 준 것이 여성운동이라고 믿었다. 『술라』(1973)에서는 "여성들에 대한 여성들의 지지를 독려"했던 페미니즘의 태도를 채택했고, 『빌러비드』

에서는 페미니즘의 두 번째 이슈, 즉 "몸의 주인이 되는 자유" 문제에 초점을 맞췄다. 노예 신분인 어머니에게 자기가 자기 몸의 주인이라고, 그녀의 아이들도 자기 아이들이라고 외칠 자유가 있다고 주장한다면, "그러니까 단순한 양육자가 아니라 부모라고" 주장한다면 어떻게 될 것인가?[61]

모리슨의 설명처럼 『빌러비드』의 첫 문장은("124번지는 앙심을 품고 있었다") 혼란을 주면서 시작된다. 번지수가 어떻게 앙심을 품을 수 있단 말인가?[62] 그녀는 노예제도가 불러일으킨 혼란스러운 영향 속에 독자들을 빠뜨리고 싶었다. 문제의 (번지수에서 3이라는 숫자가 빠져 있는) 집에는 한때 노예였던 어머니 세서의 행방불명된 셋째 딸의 유령이 출몰한다. 이제 서술자는 시간을 거슬러 올라가 세서가 노예 신분에서 벗어나려고 도망친 이야기, 그녀가 울분에 차 자신과 자신의 아이들이 다시 붙잡히지 않게 막겠다고 결심하는 이야기를 해나간다. 메데이아 신화에 사로잡힌 사람처럼 세서는 백인 체포조가 추적해 오자 자신의 영아 딸을 죽이고 스스로 목숨을 끊으려 할 때 붙잡혀 쇠사슬에 묶인다. 소설은 현재 시점으로 돌아와 그 아기의 원한을 이야기한다. 아기는 자신의 묘비명에 적힌 단어를 따라 "빌러비드"라는 이름의 유령 소녀가 되어 어머니에게 복수를 하러 돌아온 것이다.

모리슨은 아프리카계 미국인들의 과거에서 수집한 사건 모음집 『흑인의 책』을 편찬하면서 이 영아 살해 사건에 대해 알게 되었다. 마거릿 가너라는 도망친 노예가 있었다. 그녀는 죽음보다 못하다고 생각했던 노예의 삶에서 자신의 아이들을 구하고 싶어서 차라리 죽이기로 한다. 모리슨은 랜덤하우스 출판사 편집자로 일하던 시기에 이 책의 출간을 맡아 진행했다. 그녀는『가장 푸른 눈』출간 이후 발표한 소설마다 찬사를 받았지만, 그녀에게 1988년 풀리처상을 안겨준 것은 바로『빌러비드』였다. 그녀는 그다음 해에 프린스턴대학교 문예 창작 교수직을 받아들였으며, 그곳에서 자기 시대의 인종차별주의와 성차별주의를 점검하기 위해 논픽션을 활용하기 시작했다.

『빌러비드』는 노예제도에 질문을 던진다. 인간이 동산으로 취급받는다면 어떤 피해가 생겨나는가? 기억을 촉구하는 "600만과 그 이상의 사람들에게"라는 (홀로코스트로 희생당한 600만을 떠올리게 한다) 첫 부분의 제사부터 시작하여 작품의 결말에 이르기까지, 모리슨은 노예제도와 다른 재난들의 차이뿐만 아니라 그 제도로 인한 고통의 범위까지 규명해보려고 한다. 유대인들을 설치류처럼 박멸하는 것이 목표였던 홀로코스트와 달리, 노예제도는 백인들에게 엄청난 이득을 가져다주었기에 흑인들을 유용한 동물 대하듯 하며 착취했다. 모리슨의 노예 인물들은 번식은 할 수 있을지언정 말이나 소가 그러지 못하는 것처럼 결혼도 부모 노릇도 할 수 없다.

비교적 인자한 주인들의 지배를 받았던 세서는 유사 가족이라도 형성하려고 애썼지만, 자신의 몸과 남편이 되어주기를 바라는 남자나 자신의 자녀가 되어주기를 바라는 아이들의 몸에 대해 어떠한 권리도 갖지 못한다. 그녀는 백인들에게 모유를 도둑맞고 강간까지 당하면서 이 사실을 뼈저리게 느낀다. 이 사건은 그녀에게 가장 큰 트라우마를 남긴다. 세서는 흑인 남자들이 종마種馬 취급을 당하고 흑인 아이들이 잡동사니처럼 상품화되어 팔려나가는 광경도 목격한다. 『빌러비드』의 등장인물들은 이런 모욕적인 취급을 당하며, 그러는 동안 점점 더 커지는 이들의 분노는 자유를 얻고자 하는 이들의 노력에 불을 붙인다.

이들의 도피 행위가 대부분 실패로 끝난다는 사실은 읽기, 쓰기, 교육을 백인들이 독점한 체제를 반영한다. 노예들은 말이나 소가 그렇듯이 읽고 쓰는 법을 배워야 할 필요가 없고 『빌러비드』에 나오는 악인 중 한 명도 학교 교사다. 그는 과학, 문학, 종교를 동원하여 백인의 우월성을 확보하는 데 써먹는다. 또 친족들을 부르는 명칭은 물론 노예들이 사용할 수 있는 다른 모든 언어들까지 그들이 비인간적 법률의 덫에 걸려 있는 까닭에 왜곡된다. 『빌러비드』는 인쇄된 위험천만한 단어 대신 조국 땅에서 떨어져나온 사람들이 고안한 시각적, 신체적, 구술적 소통방식을 내세운다. 노동요, 흑인 성가, 밧줄 매는 규칙, 몸에 찍힌 낙인, 퀼트 조각, 설교문, 리본 조각, 남아 있는 아프리카 지명들, 흑인 영가의 한 구절 같은 것들이다.

『빌러비드』의 형식적 복잡성(시점의 변화, 시간 프레임, 파편화된 독백들)은 노예제도의 트라우마, 특히 도둑맞은 모유로 상징되는 트라우마를 입은 모성애의 영향을 증언한다. 18년이 지난 후 빌러비드가 유령 소녀가 되어 124번지에 돌아왔을 때 그녀는 세서의 애착 살인이 빚은 억압된 공포가 되살아났다는 사실을 구체화시킨다. "과거를 저지하고 막아보려는" 세서의 노력에도 불구하고 빌러비드의 존재는, (어머니-딸의 유대감이 시작되기는 하지만) 회상 내지 "기억"을 촉발시킨다. 자신이 받지 못했던 애정 어린 보살핌을 받으려는 빌러비드의 절박한 마음은 자신을 죽인 어머니를 남김없이 빨아먹어 말려버린다. 자신의 소중한 딸을 "안전한" 곳에 데려다놓으려 했던 짓에 대한 속죄로 무한한 보상을 제공하려는 세서의 모습은 애처롭다.[63] 모리슨이 "너무 진한" 사랑에 대해 고찰하는 과정에서 두 모녀의 서사시적인 갈등 내내 "내 새끼"[64]라는 단어가 반향을 일으킨다. 가진 것을 빼앗긴 어머니와 딸에게 (소유욕으로 바뀌는) 사랑은 분노로부터 분리해낼 수 없다.

지역 사회의 유령 퇴치 의식이 행해진 후, 『빌러비드』는 "이 이야기는 '그냥 지나칠pass on' 이야기가 아니었다"는 구절을 반복한다.[65] 'on'에 강조점을 두면, 이 문장은 이 무시무시한 이야기가 영원히 지속되어서는 안 된다는 것을 암시한다. 'pass'에 강조점을 두면, 이 문장은 우리는 이 이야기를 지나쳐서는 안 된다는 의미가 된다. 이 이야기의 고통은 무시될 수 없다. 이 소설의 형식을 합리화하는 수단으로서, 이 반복 구절은 『빌러비드』 안에서 수수께끼 같은 부분들로 남아 있으면서 상충하며 어울리지 않는 이야기들을 강조한다. 아프리카에서 훔쳐온 노예들의 경험 대부분이 아직 이야기되지 않은 채 남아 있을 것이기 때문이다. 노예제도의 트라우마를 요약하는 이야기로서 이 작품은 무수히 많은 "아직 말하지 않은, 말할 수 없는 사실들"을 시작하게 만들었던, 재앙으로 촉발된 침묵을 강조한다. 이 표현은 1988년 모리슨이 미시간대학교에서 했던 강연 제목이었다.

그러나 모리슨은 넬리 Y. 매케이, 폴라 기딩스, 킴벌리 윌리엄스 크렌쇼 같은 학자들이 그랬던 것처럼, 사실상 이 이야기를 다음 논의로 이어갔다. 이 학자들은 모두 자신의 연구를 이용하여 미국 노예 교역의 심리적, 정치적, 경제적 영향을 검토했으며, 그중 일부는 모리슨이 인종적, 성적 불의를 분석했던 작품집을 만드는 데 동참하기도 했다. 크렌쇼의 "교차성"(억압의 다층 구조를 다룰 필요성) 개념이 그들의 노력에 핵심 역할을 수행했다.[66] 이 개념은 안살두아의 메스티사 의식이 그랬던 것처럼 상충하는 충성심들에 대한 논의를 발전시켰다.

모리슨은 1990년대 들어 방송에서 널리 다뤄진 두 사건으로부터 자극을 받고 지속되는 불평등에 개탄했다. 1991년의 애니타 힐/클래런스 토머스 청문회와 1995년의 O. J. 심슨 재판이다. 광시극 같았던 힐/토머스 사건에 관해 쓴 에세이들을 모아 놓은 『정의의 경주, 권력의 발생』(1992)에서 모리슨은 흑인 사회를 성적 불의에 눈감게 만드는 근시안적 인종 연대에 대해 혹독하게 비판했다. 심슨이 벌인 서커스 같은 사건에 관한 책 『국민 자격의 탄생』(1997)에서 그녀는 깊이 뿌리박힌 섹슈얼리티 대본들이 백인 사회가 인종차별이라는 불의에 눈감게 만들고 있다고 결론지었다. 이 두 책을 출간하는 사이에 모리슨은 미국의 문학적 상상력에 관해 연구하며 새롭게 부상한 '백인 연구' 분야의 창립에 기여했다.[67]

서른다섯의 오클라호마대학교 법학 교수 애니타 힐은 백인으로만 구성된 상원 법사위원회 앞에서, 그것도 아이러니하게도 평등고용기회위원회에서 그녀의 상사인 대법관 후보 클래런스 토머스가 그녀를 성희롱했다고 증언했다. 힐은 그의 제안을 거부했는데도 그가 집요하게 수간, 그룹 섹스, 강간 이야기를 했다고 주장했다. 그는 그녀에게 "내 성기 위에 누가 여자 음모를 올려놓았을까?"라고 물었고, 포르노 배우 롱 동 실버를 입에 올리기도 했는데, 이는 명백히 자신의 성적 무용담을 자랑하기 위해서였다.[68] 토머스가 일어나서 그가 "잘나가는 흑인에 대한 최첨단 린치 행위"라고 하면서 이 증언을 비난하자 텔레비전 시청자들은 화면에 시선을 집중했다.[69] 사법위원회의 공화당 의원들은 기이하게도 힐에게 반대하며 영화 〈엑소시스트〉를 상기시켰고, 그녀가 증언한 그의 빈정거리는 발언이 그녀가 상상으로 꾸며낸 것이 틀림없다고 넌지시 주장하려고 그녀의 "성욕이상증"을 언급하기도 했다.[70]

투표를 통해 가까스로 대법관 임명이 통과되자 토머스는 대법원 내에서 가장 보수적인 법관 중 한 명으로 등장하게 된다. 그러나 그다음 해에 (다이앤 파인스타인과 캐럴 모즐리 브라운을 포함한) 다수의 여성들이 정치적 경선에서 승리를 거두었고, 1992년은 '여성의 해'가 되었다. 힐은 워싱턴의 엘리트 계층에 아무런 연줄도 없었던 탓에 자신이 "앙심을 품은 급진적 페미니스트들의 인질, 성욕이상증 피해자, 기껏해야 동정의 대상일 뿐 최악의 경우에는 경멸의 대상에 불과한 인물"로 규정되었다고 믿었다.[71] 하지만 그녀의 증언은 직장 내 성희롱을 조명했다.[72] 리베카 워커는 "텔레비전으로 방영된 인격 살해를 보며 그녀의 내부에서 솟아난 분노"를 수도꼭지 틀듯 쏟아내며 그녀의 어머니 앨리스 워커가 맡았던 역할을 자처하고 나서서 이렇게 결론지었다. "나는 포스트페미니즘 페미니스트가 아니다. 나는 제3의 물결이다."[73]

『정의의 경주, 권력의 발생』서문에서 토니 모리슨은 토머스가 "오점 없는" 법정에 앉기 위해서는 "표백되고 경주에서 자유로운" 사람이어야 한다고 주장했다. 그러니 토머스는 애니타 힐과 경주를 한 셈이었다. 토머스와 그의 지지자들은 그녀의 고발 내용을 부인하면서 그 이유를 옅은 피부색의 여성들에 대한 그녀의 질투심 탓으로 ("그 의미인즉슨 […] 그가 백인 여성과 결혼했다는 것인데") 돌렸다. 모리슨의 냉소적인 설명에 의하면, "누구나 알고 있듯이 서로 다른 인종 간의 결혼은 흑인 여성을 미치는 지경까지 몰아갈 수 있기" 때문이라는 것이다. 힐 교수는 예의범절의 화신처럼 보이는 여성이었는데도 "광기, 무법적인 섹슈얼리티, 그리고 폭발적인 언어 폭력"[74]의 저장소 같은 사람이 되고 말았다.

모리슨의 견해에 의하면 토머스는 결국 로빈슨 크루소의 프라이데이 같은 인간, 즉 "자신의 주인과 대화를 나누다가 결국은 주인과 같은 생각을 하게 되는" 유형의 면모를 드러낸다. "주인의 언어"를 내면에 체득하게 된 프라이데이와 토머스는 그들을 "구해준 사람들"을 "흉내 내고" "숭배하게" 되지만, "그들의 원래의 문화에 이득이 된다고 여겨지는 문장은 결단코 단 하나도 발언하지 못한다." 이런 이유로 그녀는 "차별 없는 인종적 단합의 시간은 지나가버렸다고"[75] 결론짓는다. 인종적 연대의 후원 아래 토머스를 지지했던 흑인 사회가 뜻하지 않게 반동 그룹들의 목표를 부추기는 짓을 저지른 것이다.

반면 모리슨은 클로디아 브로드스키 라쿠어와 함께 편집한 심슨 재판에 관한 에세이 모음집 『국민 자격의 탄생』에서 큐 클럭스 클랜이 꾸며낸 가장 유해한 거짓 신화를 백인들이 재활용하고 있다고 비난했다. 책 제목은 큐 클럭스 클랜을 찬양한 1915년 영화 〈국가의 탄생〉을 빗댄 것이다. 이 책은 O. J. 심슨 사건을 구경거리로 만든 미디어 쇼를 재방송처럼 해석한다. 기본적으로 범죄 자체에는 관심이 없었던 모리슨은 그 대신 심슨이 유죄라고 추정했던 전 국민적인 집착증을 분석한다. 피부색이 옅은 편이었던 심슨의 이미지가 왜 〈타임〉 표지에는 더 검게 나온 것일까?

대중의 인기를 한몸에 받았던 이 전직 미식축구 선수는 전 부인 니콜 브라운과 그녀의 친구 로널드 골드먼을 칼로 찔러 죽였다는 두 건의 살인 죄목으로 기소되었다. 이 서로 다른 인종 부부의 사진들과 증거물(피 묻은 장갑)이 법정을 촬영한 방송 장면과 함께 유통되었다. 형사재판에서는 두 건 모두 무죄 판결을 받은 심슨은 브라운과 골드먼 가족이 제기한 그 후의 민사재판에서는 유죄로 판명났다. 처음부터 대부분의 백인들은 심슨이 유죄라고 추정했던 반면 대부분의 흑인들은 그렇지 않았다.

심슨을 (흑백을 넘나드는) 교차형 인물이라고 생각했던 모리슨은 이 인종에 따른 반응의 차이가 "고정관념으로의 회귀"라고 부르는 믿음 때문에 생겨났다고 여겼다. 미남에다 부자였던 심슨은 백인의 세계로 넘어간 사람이었다. 백인들 사이에서는 이 사건이 문명이라는 허울의 밑바닥에 사실은 백인 여성의 '순결'을 빼앗으려고 혈안이 된 비합리적인 야수가 몰래 숨어 있다는 견해를 반영했다. 정확히 큐 클럭스 클랜의 정화식 복수가 불가피하다고 주장했던 〈국가의 탄생〉의 강간 서사와 같은 견해였다. 모리슨은 심슨의 유죄 추정을 바탕으로 일어난 "미디어 학살"을 린치 행위에 비유한다. "막대기에 살아 있는 사람의 머리를 꽂고 싶은 욕망이 게걸스럽다."[76]

이 에세이에 실린 한 구절은 위험하게도 피해자인 니콜 브라운 심슨이 죽임을 당하기 전에 그녀가 겪은 폭력 행위를 자초했다고 비난하는 어조에 가까운 쪽으로 흐른다. 모리슨은 가정폭력 문제의 경우 "여성에게 책임이 있다는 식의 주장과 관련된 인기 없는 반박 논리"부터 발언한 뒤 이렇게 결론을 내린다. "'그녀가 무슨 일을 했는지는 중요하지 않다'는 거칠고 무책임한 주장이 '그녀가 나를 그렇게 하도록 만들었다'는 절망적이고 어쩔 수 없는 어리석은 주장에 대한 답변이라면, '권력/학대'에서의 공모 관계 문제는 해결될 수 없을 것이다." 모리슨에 의하면 공모 관계가 해결되지 않는 상황에서 그리고 "성적인 야만 행위가 (⋯) 패키지 같은 학대 행위의 일부분인 상황"에서, 심슨은 결국 "교화, 감금, 비난, 침묵(⋯)이 필요한 모든 인종의"[77] 전형이 되고 마는 것이다.

그녀는 이런 "인기 없는" 주장을 펴면서 분명 심슨의 니콜 브라운 심슨 폭력 행위에 더 많은 관심이 쏟아지기를 바랐던 글로리아 스타이넘 같은 백인 페미니스트들이 당황해하리라 예상했다.[78] 형사재판에 참가한 배심원들에게 가정 폭력의 역사, 즉 그들이 살인 행위와 연결지어 생각할 계기가 됐을지도 모르는 역사를 제공하지 않았다는 점을 지적한 사람은 앤드리아 드워킨뿐만이 아니었다.[79] 법률 이론가 퍼트리샤 윌리엄스에 의하면, "흑인 페미니스트들은 너무나도 익숙한 진퇴양난의 감정을 느끼기 시작했다. 우리는 가정 폭력에 반대했던 것인가, 아니면 인종차별주의에 반대했던 것인가?"[80]

백인과 흑인의 차이를 감안할 때, "여성의 책임"과 "공모 관계"를 강조하던 모리슨은 우리에게 무엇을 말하고 있을까? 혹시 인종차별주의 사회에서 흑인 남성이 경험하는 체계적인 모욕과 폭력을 의식하고서, 흑인 여성이 여성운동에서 핵심적인 역할, 즉 백인 여성이 모두 긍정하지만은 않겠지만 아무튼 그런 역할을 하고 있다는 그녀의 확신을 밝혀주는 것이 아닌가, 하는 생각이 든다. 그녀는 프랜시스 빌의 통찰을 확장한 셈이었는데, 빌은 1970년의 에세이 「이중의 위험」에서 만일 백인 페미니스트들이 흑인 여성들의 동참을 원한다면 반드시 인종차별주의에 맞서 싸워야 한다고 주장했다. 벨 훅스가 그녀의 저서 『난 여자가 아닙니까?』(1981)에서 강조한 것과 같은 주장이었다.[81] 모리슨은 흑인의 권리가 여성의 권리에 종속될 수 없다는 자신의 믿음을 절감하도록 독자들을 극단으로 모는 위험을 감수했다.

모리슨은 자신의 소설 속에서 옹호의 여지가 없는 남성의 약탈적 행위를 묘사하는 것을 회피하지 않았다. 하지만 그녀는 인종차별주의가 흑인 남성에게 가하는 상처와 이런 상처가 흑인 소녀와 흑인 여성들의 삶을 어떻게 파괴하는지에 대한 분석을 통해, 이런 묘사를 여과시켰다. 퍼트리샤 윌리엄스는 모리슨의 견해와 비슷한 견해를 심슨 재판에 관한 글로리아 스타이넘과의 대화에 끌어들였다. 가정 폭력을 비난하는 흑인 여성들이 "공적인 장에서 소리 높여 말하기를 거부하는 것"은 그들이 "흑인 남성이 끼어들 때면 언제나" 생겨나는 "성욕 과잉 상태에 빠진 (…) 반짝이는 검은 육체"와의 "과잉 쇼 비슷한 상황"에 걸려드는 것을 조심하기 때문이라는 것이다. 윌리엄스와 스타이넘은 둘 다 "만약 브라운 심슨이 평범한 흑인 여성이었다면", 윌리엄스가 표현했듯이, "누구도 신경 쓰지 않았을 것"[82]이라는 모리슨의 견해에 동의했다.

『빌러비드』에서처럼 모리슨은 자신의 많은 소설들 속에서 가정 폭력에 관한 묘사가 나오면 거기에 폴 디 같은 남성 인물들(굴종 경험 때문에 흑인 여성에 대한 연민이 깊어진 사람들)을 등장시켜 균형을 맞췄다. 그녀는 그런 균형 맞추기 작업을 하면서 『어둠 속에서 연기하기』(1992)에서 그녀가 분석했던 문학사의 많은 내용을 비판했다.[83] 그녀의 세심한 분석에 의해 미국 문학사는 아프리카계 미국인들의 존재에 모든 "자유롭지 못한 것"과 "내가 아닌 것들"[84]에 대한 공포심을 투사시키는 백인들의 끈덕진 필요성을 드러낸다. 그녀가 에드거 앨런 포, 마크 트웨인, 윌라 캐더, 어니스트 헤밍웨이의 문학작품들에서 찾아낸 백인들의 권리 주장은 흑인들을 반드시 노예로 만들거나 적어도 복종시켜야 한다는, 인정된 바 없지만 강력한 확신에 의존하고 있다.

1993년 토니 모리슨이 『빌러비드』로 노벨 문학상을 수상했을 때가 돼서야 비로소 그녀가 미국도서상을 수상하지 못한 일에 분노하던 지지자들의 감정은 누그러졌다.[85] 오프라 윈프리가 이 소설을 영화화한 것도 그랬지만, 오프라 북클럽이 책의 판매량을 끌어올리는 동안, 모리슨은 성차별주의의 질주와 인종차별주의의 발생에 맞서 싸울 페미니즘의 형식을 만들어내던 젊은 이론가들에게 뮤즈 같은 존재가 되었다. 그녀의 모든 작업은 흑인 여성들이 처한 역사적 상황이 백인 여성들이 마주하고 있는 문제들과 현저히 다른 문제들을 만들어왔다는 점, 그리고 페미니즘은 반드시 좀 더 유연해져야 한다는 점을 시사한다. 오드리 로드가 1986년 인터뷰에서 표현했듯이 "흑인의 페미니즘은 흑인의 얼굴을 한 백인의 페미니즘이 아니다."[86]

교차성 이론에 열중하고 있다고 밝힌 1989년의 한 강연에서 모리슨은 "[여성]운동을 전반적으로 훼손하는 것처럼 보이는" "자기 방해" 행위는 페미니스트들이 미국의 성차별주의를 "인종차별주의와 계급적인 위계질서" 안에서 다룰 때에만 멈출 것이라고 주장했다. "그 두 가지 차별주의를 끊어버릴 때 남성의 우월성은 허물어지고 여성들 사이의 내분의 바다는 다 말라버린다." 그녀는 자기 시대의 예술가들과 학자들에게서 여성이 "남성처럼 되거나 남성의 지배를 받는 일 없이 인간으로 여겨지고 존중받을 수 있는" 가능성을 엿보았다. 여성들이 "남성성을 하나의 개념으로서 숭배하는 일이 사라진 곳, 우리 자신과 다른 여성들에 대한 총명한 연민이 표면에 부상할 수 있는 곳"[87]으로 여행하고 있기 때문이다.

9장

상아탑 벽장의 안과 밖

"가족의 가치"라는 미명 아래 레이건 행정부는 여성운동을 공격 대상으로 삼았고, 사회복지 프로그램을 축소했고, 에이즈 감염병 관리를 내팽개쳤다. 1992년 로스앤젤레스에서 아프리카계 미국인 로드니 킹을 구타한 백인 경찰 네 명이 무죄 방면된 후 아프리카계 미국인들이 항쟁을 일으켰을 때, 댄 퀘일 부통령은 사태의 원인을 "가치관의 빈곤" 탓으로 돌렸다. 시트콤 등장인물 머피 브라운이 홀로 아이를 낳겠다고 결심하는 바람에 이런 "가치관의 빈곤" 현상이 일어났다는 것이다.[1] 그는 레이건 대통령과 우파 종교인들이 장려했던 "가족의 가치"를 들먹이기도 했다. 가족의 신성함을 이런 식으로 지나치게 강조하는 것에 대한 대응으로, 그리고 결혼을 할 수 없는 레즈비언들과 게이들을 위하여, 일부 페미니스트들은 여성운동 확장에 나섰다.

토니 모리슨이 페미니스트들에게 흑인의 권리가 곧 여성의 권리라고 알리려 노력했던 그 시기에, 많은 페미니스트들은 (게이 사회가 대대적으로 겪고 있는 에이즈로 인한 고통에 대중이 무관심한 것에 분개하며) 게이의 권리가 곧 여성의 권리라고 주장했다. 학계 내부에서는 새로운 유형의 이론가들이 에이드리언 리치가 "강압적 이성애"라고 명명한 개념을 탐구하기 위하여 유럽 대륙 사상가들의 후기구조주의 연구를 활용했다. 리치와 마찬가지로 그들은 이성애가 정상적인 성애의 형태라는 생각에 균열을 일으키려고 했다. 두 명의 젠더 이론가가 1990년대 내내 대학 캠퍼스에서 영향력을 발휘했다. 이브 코소프스키 세지윅과 주디스 버틀러였다.

우리는 페미니스트 모임에 참석하러 갈 때마다 잊었거나 무시당했던 역사적 시인, 소설가, 극작가 들을 재평가하는 동료 교수들로부터 활력을 얻었다. 1970년대에 일어난 시대적 요구 덕분에 그다음 10년 동안 인문학 교과과정도 의미심장하게 재편되었다. 과거 같았으면 의무적으로 참석해야 하는 지루한 행사로 여겨졌을 학술회의들이 이제는 혁신적인 아이디어를 교환하는 흥미진진한 기회의 장이 되었다. 세지윅이나 버틀러 같은 후기구조주의 이론가들이 이런 지적 흥분감에 기여했다. 이는 그들의 사색 영역이 젠더, 섹스, 성적 지향에 관한 재해석의 가능성을 펼쳐 보였기 때문이다.

퀴어라는 단어를 재평가하고 퀴어 연구라는 학문 분야를 제창하는 데 공헌한 이런 사상가들은 포스트모더니즘 예술가들에게 영감을 불어넣었고, (비이분법적 성별 구분을 주장하는) 논바이너리들이나 트랜스인들을 위한 여러 운동에 활력을 제공했다. 그렇긴 해도 그들의 글은 에이드리언 리치 같은 앞 세대 작가들의 장르를 넘나드는 산문에서는 좀처럼 찾기 힘든 난해한 서술로 가득 차 있었다. 페미니스트들의 저술 활동에도 변화가 생겨난 것이다. 문학 저술 활동에서 철학적인 담론으로 이동했다는 뜻이다. 퀴어 이론의 출현은 점점 커지는 학계 내부 페미니스트들과 학계 외부 페미니스트들의 분열의 신호탄이 된 셈이었다. 이 새로운 이론가들이 정체성 정치 옹호자들이 지지하던 사회적 범주들에 균열을 일으키는 중에도 이 같은 현상은 계속됐다.

사회가 전반적으로 (소위 모럴 머저리티*라는 정치 단체의 영향으로) 점점 더 퇴보적인 경향을 보이는 상황에서, 페미니스트들이 경쟁적으로 급진적인 주장들을 펼쳐나갔다는 사실을 우리는 어떻게 해석해야 할까? 애니타 힐이 백인 남성 상원의원들로부터 무시받았던 해와 같은 해에, 수전 팔루디는 『백래시』(1991)를 발표했다. 여성이 얻어낸 결실에 대한 남성 우월주의자들의 적대감을 광범위하게 기록한 책이었다. 그해에 나온 영화 〈델마와 루이스〉에서는 여자 주인공들이 페미니스트스러운 자동차 여행에 나섰다가 허무주의에 빠져 그랜드캐니언 계곡 밑으로 몸을 던졌다. 한편 적지 않은 안티 페미니즘적 연설이 애트우드의 작품 속 등장인물 세레나 조이 같은 여성들에

---

* 임신 중단 반대, 포르노 잡지 반대, 동성애 반대 등을 주장하는 미국의 보수적 기독교 정치 단체.

의해 흘러나왔다.

백래시가 점점 강렬해지는 가운데 페미니즘은 학계라는 벽장
(상아탑 골방 연구실) 안에서 분열되고 게토화되다가 주변부로
밀려나게 된 것일까? 하지만 인터넷이 우리의 삶을 점령해가는
동안 소위 "포스트페미니즘"에 대한 요구는 "제3의 물결 의제"
를 위한 제안이라는 반박을 불러일으켰다.[2] 새롭게 부상한 이
세대의 구성원들은 유토피아적인 미래로 나아가고 있던 것일
까, 아니면 디스토피아적인 과거로 퇴행하고 있던 것일까?

문화 전쟁

기독교 우파가 점점 더 강력해지며 (노동 현장의 여성, 여성
동성애자, 낙태 경험이 있는 여성 같은) 여성들을 제물로 삼았
다는 사실은 문화 전쟁의 주요 공격 대상이 페미니즘임을 시사
했다. 그러나 이 전쟁은 에이즈로 인해 낙인이 찍힌 게이들을
상대로도 치러졌다. 미디어 복음 설교자들이 페미니스트들을
향해 여성들로 하여금 "남편을 버리고 자녀들을 죽이고 자본주
의를 파괴하고 레즈비언이 되라"[3]고 부추겼다며 비난을 퍼붓는
동안, 레이건 대통령은 "게이 감염병"이라 불리던 에이즈에 대
한 실효성 있는 대응을 미루적거렸다. 그의 그런 굼뜬 행보는
보좌관이었던 패트릭 뷰캐넌이 HIV/에이즈에 대해 했던 다음
발언과 보조를 맞추는 것이었다. "비열한 동성애자들. 그들은
자연에 대해 전쟁을 선포했고, 그래서 지금 자연이 끔찍한 앙갚

음을 하고 있는 것이다."⁴

이런 식의 열띤 반응은 1986년의 바워스 대 하드윅 소송에 대한 대법원 판결에 반영되었다. 판결은 자기 집에서 사적으로 서로의 동의하에 행하는 경우라 하더라도 성인 간의 구강 성교나 항문 성교는 범죄 행위라고 못 박은 조지아주의 법이 헌법에 합치한다는 점을 확인시켜주었다. 재판장 워런 버거는 18세기 법학자 윌리엄 블랙스톤 경의 말을 인용하며 게이 섹스는 "거론조차 부적절한 (…) 자연을 거역하는 수치스러운 범죄"라고 말했다.⁵ 이 대법원 판결은 원고인 마이클 하드윅에게 "깊은" 충격을 주었다. 왜냐하면 "법원이 부정한 이 기본 인권(자신이 선택한 성인 파트너와 성적 친교를 나눌 수 있는 권리)은 법질서에 대한 전체주의적 관점을 제외한다면 어떤 관점에서도 부인할 수 없는 권리이기" 때문이다. 제리 폴웰 목사는 임신중절수술도 게이 섹스 못지않은 범죄이자 죄악이며 "신의 말씀에 따르면 살인 행위"로 여겨진다고 발언했다.⁶

"생명의 권리"를 주장하는 단체 '오퍼레이션 레스큐'는 미국 전역의 여성 건강 클리닉들을 봉쇄했고, 신보수주의 계열 예술가들과 지식인들도 진보적 대의에 반대하는 이 싸움에 가담하면서 유색인종까지 끌어들였다. 솔 벨로는 "줄루족에 톨스토이 같은 작가가 있었던가? 파푸아족에 프루스트 같은 작가가 있었던가?"라고 물으며 백인 남성이 확립한 서구 문학 정전의 우월성을 떠받쳤다.⁷ 벨로가 서문을 쓴 앨런 블룸의 베스트셀러 『미국 정신의 종말』은 스탠퍼드대학교의 (흑인이나 여성이 쓴 다문화 작품들을 포함시킨) '서구 문명 프로그램' 내용의 변화를 두고, 대학들이 아프리카계 미국인과 페미니스트, 그리고 (블룸의 시각으로 볼 때 가장 나쁜 점으로) 로큰롤 추종자들에게 문호를 개방한 뒤 생겨난 야만적 분위기와 연관시켰다.

비슷한 이유로 시사 평론가 조지 윌은 국립인문학지원재단의 책임자인 보수주의자 린 체니가 국방 장관인 그녀의 남편이 직면한 위협보다 더 큰 국가 안보의 위협을 마주하고 있다고 믿었다.[8] 한편, 우익 진영의 서구 문명 수호자들은 진보주의자들이 "정치적 올바름"을 내세워 언론의 자유를 구속하고 있다고 주장하면서 그들을 조롱했다. 다른 한편, 그들은 안드레 세라노, 로버트 메이플소프, 캐런 핀리 같은 예술가들의 작품을 다 치우고 이 작가들에 대한 국립예술지원재단의 재정을 끊어야 한다고 주장했다.[9] 보수파 상원의원 제시 헬름스는 전 국민에게 "변태적인 인간을 변태적인 인간"이라고 부르라고 지시했다. 몇 년 뒤 그는 주택도시개발부 차관으로 지명된 한 레즈비언 인사에게 찬성표를 던지는 것을 거부했다. 그는 "나를 편협한 고집쟁이라고 부르고 싶다면 그래도 좋다"고 말했다.[10]

그러니 페미니스트들이 동성애자 인권 투쟁에 적극적으로 동참하겠다고 생각하게 된 것은 이상한 일이 아니었다. 운동가 세라 슐먼에 따르면, 1980년대에 "연륜 있는 많은 레즈비언들과 비동성애자 여성 활동가들이 게이 남성들과의 관계, 연민의 감정, 그리고 에이즈 감염병을 둘러싼 (…) 반게이, 반섹스 레토릭에 관한 정치적 이해 등에 영향을 받아 새롭게 형성된 '액트 업' 시위 조직에 합류했다." 대중을 각성시키고 의학 연구자들을 자극하기 위해 대립 전술을 활용하던 조직이었다.[11] 이들의 연대는 슐먼의 소설 『쥐의 천국』(1996)에서 다루어진다.

슐먼은 눈을 뗄 수 없을 만큼 흥미진진한 2막극 〈미국의 천사들〉(1991)을 쓴 토니 커시너가 몸담은 게이 아방가르드 단체의 일원이었다. 커시너는 이 극에서 에이즈의 참상을 슬퍼하면서, 커밍아웃하지 않고 벽장 속에 살던 로이 콘(조지프 매카시의 변호사)의 삶을 묘사했다. 콘은 레이건 정부로부터 에이즈 신약 AZT를 은밀히 수령하고, 자신 때문에 전기의자 사형 선고를 받은 에설 로젠버그의 유령을 보면서 괴로워하는 사람으로 나온다. 심한 타격을 받은 게이 사회와 치욕적인 벽장 생활에 주목하면서 페미니스트들은 섹스와 젠더에 대한 자신들의 분석 작업을 성적 지향이나 호모포비아로 확대해나갈 수 있게 되었다.

이브 코소프스키 세지윅과 주디스 버틀러의 퀴어 이론

레이건-부시 정부 시절의 백래시는 페미니스트 이론가들이 한 인간 유형을 다른 인간 유형과 싸움 붙이는 극단적 대립을 해체하기 위해 얼마나 애썼는지 설명하는 데 도움을 준다. 1990년경 이브 코소프스키 세지윅과 주디스 버틀러는 여성운동의 방향을 재설정하고 있었다. 사고의 규범적 범주들을 폭파시키는 것보다 더 좋고 더 대담한 방법이 있을까? 그들은 자연이 아니라 문화가 "끔찍한 복수를 하고 있다"고 패트릭 뷰캐넌과 워런 버거 재판장에게 대답했다. 만약 우리가 이분법적 사고

범주들이 강요하는 파괴적 각본을 인식한다면, 섹스에 관한 우리의 마음가짐은 더 나은 쪽으로 변화할 수 있다는 것이다. 세지윅과 버틀러의 공격 대상은 이른바 '이성애 규범성', 이성애를 유일하게 건강하고 정상적인 성적 지향이라고 떠받드는 견해였다.

역설적이게도 세지윅과 버틀러는 남성 사상가들에게서 1차적인 영향을 받았으며 종종 게이들에게 관심의 초점을 맞추었다. 그들은 우리가 물려받은 인식 방법을 반영한 언어란 것은 불확실하며 다중적 의미를 강요한다는 후기구조주의 사상을 가져왔다. 세지윅은 자크 데리다나 미셸 푸코 같은 유럽 대륙 철학자들의 통찰을 효율적으로 사용하면서 섹슈얼리티의 일반적 원리를 해체했고, 버틀러는 섹스와 젠더에 관한 근본적 사고를 해체했다. 그들의 연구 작업은 함께 합쳐져 퀴어 연구라는 학문 분야를 이끌어냈다. 그런 다음에는 (인간이라는 존재의 의미에 관한 교리를 타파하기 위해 반은 육신으로 반은 금속으로 만들어진 사이보그를 이용했던 도나 해러웨이의 도움으로) 트랜스젠더 연구, 남성성 연구, 에코 페미니즘, 사이버 페미니즘, 포스트 휴머니즘 등 각종 연구 분야가 생겨나게 되었다.

문학비평가로 훈련받았던 세지윅은 남성들의 긴밀한 유대를 묘사하기 위해 '남성 연대'라는 유용한 단어를 널리 알리는 일로 연구 작업을 시작했다. 그녀가 쓴 『남자들끼리』(1985) 표지에는 (벌거벗은) 여성의 존재를 아랑곳하지 않고 대화에 열중하고 있는 (옷을 입은) 두 남성을 그린 마네의 〈풀밭 위의 식사〉가 실려 있다. 세지윅이 볼 때 누드 여성이 마네에게는 친교 분위기를 조성하기 위해 불가피했는지는 모르지만 그림의 내용과는 무관한 존재였다. 연이은 면밀한 독서를 통해 세지윅은 남성 단짝들은 종종 자신들의 친밀한 관계를 의심하는 사람들에게 중간에 여성을 끼워넣거나 동성애를 부인하는 방식으로 변명한다고 주장한다. 그녀는 이런 두 가지 변명 방식에도 불구하고 남성들의 남성 연대 욕구나 동성애 욕구를 구분 짓는 명확한 경계선은 있을 수 없다고 결론지었다.

세지윅의 다음 저서 『벽장의 인식론』(1990)은 이성애/동성애 구분이 어떤 식으로 서구 사회 인식 방법의 그 모든 양상을 만들어냈는지 분석했다. 그녀는 자신이 수행하는 연구 작업의 긴급한 필요성을 강조하기 위해, 바워스 대 하드윅 소송의 "유해한 판결"에 대해 그녀가 속한 집단이 느낀 분노부터 말한다.[12] 그녀가 대부분의 독자들이 주눅 들 만한 어휘를 구사하고 있다는 점을 고려한다면("싹트다/번식하다""가학 성애/성 학대증""이전 시대 양식으로 만들어진""위탁금 유용/부당 유용액""제정러시아 칙령""도약/돌연변이"같은 단어들이 잔뜩 나온다) 초기의 평자들이 그녀의 "확실히 와 닿지 않고 성가신 문체"에 대해 혹평한 것은 놀라운 일이 아니었다.[13] 그러나 명료하고 위트가 넘치는 구절들은, 다수의 다른 차이들이 아니라 한 개인의 성적 선택을 결정하는 젠더가 사람들을 분류하는 범주를 규정하고 있다는 그녀의 요지를 잘 밝혀준다.

사람을 이성애자나 동성애자로 구분하는 것을 불가피한 것으로 여겨서는 안 된다는 것을 예증하려는 시도로, 세지윅은 그런 구분 못지않게 효과를 발휘할 만한 대안적 분류 방법들을 열거한다. 예를 들면 "섹스를 엄청 좋아하는 사람과 거의 혹은 전혀 좋아하지 않는 사람"으로 나누는 식이다. 동성애자들이 받는 핍박이 독특하다는 점을 설명하기 위해 세지윅은 오명을 뒤집 어쓰고 있지만 가시적으로 식별되지 않는 또 다른 집단을 동성 애자와 비교한다. 바로 반유대인 사회에 살고 있는 유대인이다. 이들은 구약 시대의 에스더 왕비처럼 유대인임을 밝히지 않고 벽장에 틀어박혀 살 수도 있고 밝힐 수도 있다. 동성애자의 벽 장에 속한 "독특한 구조"는 이 비유에 담긴 부적절성을 설명한 다. 에스더 왕비가 자신이 유대인이라는 사실을 고백할 때, 그 누구도 그녀에게 앞으로 그녀가 겪게 될 단계를 말해주거나, 그 녀가 진짜 유대인인지 어떻게 알았느냐고 묻지 않는다. 이와 비 슷한 혹은 다른 복잡한 일들이 "동성애 욕구를 개념화하는 현 대의 방식들의 다수성과 축적된 모순성"[14]에서 생겨난다.

세지윅은 동성애 욕구에 관한 두 가지 모순된 정의를 집요하 게 따지기도 한다. 첫째로, '소수화' 대 '보편화' 개념이다. 소수 화 견해는 "진짜" 게이인 유별난 집단의 사람들이 존재한다고 상정하는 반면, 보편화 견해는 성적 지향은 예측 불가능한 것이 고 이성애자들도 동성애 욕구를 경험하며, 그 반대 사항 또한 사실이라고 가정한다. 둘째로, 동성애 욕구에 관한 "역전" 대 "젠더 분리주의자" 모델이다. 부치는 "남성으로 정체화한 여성" 이거나 여성의 몸 안에 남성의 정신이 깃든 사람이라고 상상할 수 있다. 그러나 레즈비언 분리주의자들은 젠더 경계선을 넘나 들고 싶어하지 않고 그 대신 자신의 젠더를 "여성으로 정체화 한 여성"[15]으로 받아들인다. 그런 다음 세지윅은 이런 패러다임의 교환이 어떻게 동성애자 문학의 정전正典을 만들어냈는지 탐색한다.

우리는 이런 동성애자 문학 전통이 분명 소수 집단 저자들의 전통일 것이라는 가정도 하지 말아야 한다. 동성애 욕구에 대한 소수화 견해와 보편화 견해가 공존해온 양상을 상기한다면 특히 그렇다. 줄루족에 톨스토이가 있었느냐는 솔 벨로의 질문을 떠올리면서 세지윅은 볼멘소리로 게이 소크라테스, 게이 셰익스피어, 게이 프루스트가 있었느냐고 묻는다. 그녀는 "교황은 드레스를 입느냐?"[16]는 질문으로 대답한다. 다시 말하자면, 정전에는 늘 게이 작가들이 포함되어 있었으며, 이는 그녀의 스승인 앨런 블룸도 확실히 알고 있던 사실이라는 것이다.

세지윅은 자신의 사상을 발언하기 이전부터 이미 미국 문화에 위험한 인물로 간주되어 공격받았다. 보수주의 문화 전사로저 킴볼은 세지윅의 에세이 「제인 오스틴과 자위 행위를 하는 소녀」를 지목하며 제목이 "거슬리는 논문 집필이 미처 끝나기도 전에 언론에 먼저 노출된" 책에 실린, "학자연하는 저자의 타락을 말해주는 지표"라고 맹공격했다.[17] (그는 현대언어학회 학술회의 프로그램에서 이 제목을 발견했다.) 세지윅은 이에 굴하지 않고 그 이후 발표한 에세이와 저서에서 동성애자와 동일시되는 여성으로서, 불교에 몸담은 시인이자 섬유 예술가로서, 유방암 환자 활동가로서 자신의 위치를 계속 탐색해나갔다. 이 모든 작업을 하면서 그녀는 (코넬대학교 학부 시절에 만났고 현재는 그녀의 저작 자료 관리자로 있는 심리학자 햅 세지윅과 결혼 생활을 한 지 40년이 지났는데도) 자신의 동성애 지향성을 부인하지도 주장하지도 않았고, 이를 정치적 명예로 삼았다.

『벽장의 인식론』과 마찬가지로 퀴어 이론의 토대가 된 또 다른 저서 버틀러의 『젠더 트러블』(1990)에는 퀴어라는 단어가 단 한 번도 나오지 않는다. 세지윅이 이성애/동성애라는 이분법의 효력을 약화시키기 위해 사용했던 산문의 문체가 불필요하게 난해한 편이었던 반면, 젠더와 섹스에 관한 인습적인 생각들에 손상을 가하기 위해 버틀러가 공들여 만든 문장들은 추상적인 기법에 휩싸여 있었다. 『젠더 트러블』이 발표되고 나서 8년 후 그녀는 〈필로소피 앤드 리터래처〉에서 주는 '나쁜 글쓰기 상'을 받았다.[18]

1999년에 재출간된 『젠더 트러블』 서문에서 버틀러는 "난해한 문체" 문제를 다루었다. 그녀는 "난해한 언어 경험에서 생겨나는 가치가 있을 수 있다"고 믿는다. "만약 젠더 자체가 문법 규범을 통해 자연스럽게 받아들여지는 것이라면, (…) 젠더가 녹아들어 있는 문법과의 싸움을 통해 부분적으로 가장 근본적 인식 수준에서의 젠더 변화가 생겨날 것"[19]이라는 것이다. 지금 우리는 비이분법적 개인이나 젠더 퀴어적인 개인(젠더 정체성이 남성이기만 하거나 여성이기만 한 것이 아닌 사람)에게 "그들/그들을they/them"이라는 대명사를 사용하는데, 이럴 때 그녀의 말이 무슨 의미인지는 명확해진다.

섹스, 젠더와 함께 정체성이 자연스럽다는 생각을 빼앗는 것도 버틀러의 지난한 프로젝트였다.[20] 철학 훈련을 받았던 그녀는 정체성의 범주들 때문에 지속적인 혼란을 겪는데, 그 이유는 범주들이 그것들이 설명한다고 주장하는 바로 그 내용에 제약을 가하고 있기 때문이다.[21] 여성이나 레즈비언이라는 범주 속에 여성이나 레즈비언은 어떤 존재이고 어떤 존재여야 하는가에 대한 선입견이 늘 잠복해 있다. 왜냐하면 여성이라는 명칭의 범주 안에 들어가는 사람들은, 성차별주의를 경험하는 정도를 제외한다면, 공통성을 공유하지 않기 때문이다. 한편 레즈비언이라는 용어 아래 모인 사람들도, 그들이 마주하는 성차별주의나 호모포비아를 제외한다면, 공통점이 거의 없다. 다시 말하자면 이런 정체성 범주들은 (예컨대 멕시코계 미국 여성이나 아프리카계 미국 여성으로 범위를 줄여 말할 때조차) 매우 상이한 사람들을 한 덩어리로 묶어놓는다. 이에 대한 정치적 해결책은 범주를 재정의하는 것이 아니고, 그 대신 남성들과 이성애자들에게 특권을 부여하는 프레임에 "의문을 제기"하거나 프레임을 "훼손하는" 일을 아우른다.

버틀러는 또 다른 전복적 개입을 통해 널리 인정되는 섹스/젠더 시스템 개념에 맞서 싸움으로써 바로 그런 의문 제기나 훼손을 해나간다. 10년 이상이라는 기간 동안 대부분의 페미니스트들은 섹스를 생물학적 고정성(타고난 특성/자연)과 연관지었고, 젠더를 사회적 길들이기(양육)라는 유동성과 연관지었다. 그러나 버틀러에 의하면 섹스와 젠더 양자는 모두 사회적으로 만들어진 가변적인 것이다. 양자 모두 이전부터 존재하는 상태의 인상을 만들어내는 말과 행동들에 의해 구성된다. 젠더는 "젠더가 빚어내는 효과로서 선험적이고 의지적인 주체라는 환상을 만들어내기" 때문에 자연스러워 보일 뿐이라는 것이다.

"이런 의미에서 젠더는 선험적 주체가 선택해서 행하는 수행 행위가 아니다. 젠더는 주체가 표현하는 것처럼 보이는 주체 자체를 그 효과로서 구성한다는 의미에서 수행적이다."[22]

젠더가 선험적 수행자를 무시한 강압적 수행 행위라는 개념은 소화하기가 쉽지 않다. 따라서 많은 독자들은 버틀러의 드랙 쇼 비유에 매달렸다. 드랙 쇼는 젠더가 얼마나 가변적일 수 있는지 극적으로 보여준다. 하지만 대개 드랙 쇼가 끝날 무렵이 되면 여성으로 변장했던 사람들은 대개 가면 아래 감추고 있던 제2의 성별 특징을 드러낸다. 그러나 섹스 역시 사회적으로 만들어진다는 그녀의 주장을 감안한다면, 이런 특징이 드러나는 일이 버틀러에게는 부적절해 보였을 것이다. 염색체를 통해 정체정이 규정되든 성기 형태나 출산 능력을 통해 정체성이 규정되든 간에, 물리적인 신체의 성은 문화를 통해서만 해석될 수 있을 뿐이다.[23] 우리가 전수받은 문화 말이다. (옛날에 거트루드 스타인이 악명 높게도 오클랜드에 대해 했던 말처럼) 버틀러도 "그곳에 그곳이 없다"[24]는 말을 하고 있는 것처럼 보인다.

버틀러는 독자들에게 우리가 들어가 있는 인식 상자의 바깥으로 나와서 사고하는 도전을 해보라고 요구한다. 만약 젠더가 수행적 속성을 지니고 있다면 젠더는 수없이 많은 방법들로 수행될 수 있다. 세지윅과 마찬가지로 그녀는 인습적 사고에 대해 재고하고 싶어했다. 그 사고가 "살아 있는 동안 사형선고와도 같이"[25] 여성들은 물론이고 너무나 많은 남성들의 운명도 결정 짓기 때문이었다. 젠더와 섹스의 개념들, 그리고 그런 개념들로 가득 차 있는 언어의 섹슈얼리티에 맞서는 것, 젠더, 섹스, 섹슈얼리티가 순응성이 있는 개념들이라고 주장하는 것, 이 두 가지로 인해 버틀러와 세지윅의 프로젝트는 유토피아적 성격을 띠게 된다.

동성애자의 운명에 개인적 열의를 투입하고 싶지 않아했던 수전 손택의 『에이즈와 그 은유』(1989)와 달리,[26] 세지윅과 버틀러의 저술은 많은 페미니스트들에게 동성애자의 권리가 곧 여성의 권리라는 점을 확인시켜주었다. 자신들의 학계에서 치열한 논쟁의 대상이 된 그들의 생각은 혼란스럽지만 혁명적인 것이었다. 그러나 정치철학자 낸시 프레이저의 지적처럼, 만약 여성이라는 것 혹은 동성애자라는 것을 누구도 인정하지 않는다면 대체 누가 페미니즘 운동이나 호모포비아 반대 운동에 참여하려 할지 상상하기 힘들다.[27]

페미니즘 이론의 출현은 반동의 시절에 대한 급진적 개입이었을까, 아니면 단순히 그 시절의 반영이었을까? 페미니즘의 지적 추구는 조직 운동을 대체한 것이었을까, 아니면 방해한 것이었을까? 1993년 게이 프라이드 데이에 운동 단체 '레즈비언 어벤저스'는 "레즈비언들이여! 다이크들이여! 여성 동성애자들이여! 우리는 복수를 원한다. 지금 당장 원한다!"라고 적힌 카드를 나눠주었다. 세라 슐먼에 의하면 그들은 "추상적인 이론 논의로부터 거리를 둠으로써"[28] 자신들의 운동을 계속해나갔다. 2005년 유럽 대륙의 이론이 페미니스트 학자들에게 미친 영향에 관해 발언하면서 글로리아 스타이넘은 "접근성이 떨어지는 지식은 도움이 되지 않는다"[29]고 주장하기도 했다.

아마도 여성이라는 범주에 대한 이론적 저항은 데니즈 레버토프나 엘리자베스 비숍이 일찍이 표현한 바 있는 2등 지위에 대한 불안감과 똑같은 불안감을 재활용한 것인지도 모른다. 퀴어 이론가들의 반ᵏ정체성 정치 이론은 학교 엘리트주의의 산물이었을까? 그리고 그 이론은 현실의 사람들이 영향받는 구체적 상황을 무시한 것이었을까?[30] 오드리 로드라면 어떻게 생각했을까? 그녀에게 묻고 싶은 생각이 든다.

앤 카슨의 사랑과 상실의 시학

오드리 로드는 페미니스트 학자들의 이론이 상아탑 벽장을 점령하는 모습을 목격할 때까지 살지 못했지만 다른 시인들은 확실히 그 광경을 목격했다. 그 가장 유명한 시인들 중에 고전 연구자 앤 카슨이 있었다. 수전 손택이 평소답지 않게 밑도 끝도 없는 열정을 보이며 "그녀가 쓴 글이라면 무엇이든 읽고 싶은, 영어로 글을 쓰는 얼마 안 되는 작가"[31]라고 말한 시인이었다. 카슨은 처음부터 이론에 해박했다. 2013년 뉴욕대학교를 방문했을 때는 주디스 버틀러와 함께 개작한 〈안티고닉〉을 무대에 올렸다.[32] 그보다 이른 1990년대에는 여성을 침묵하게 하는 상황에 대한 정교한 분석 작업에 착수했다.

그녀의 첫 학술서 『달콤 씁쓸한 에로스』는 레스보스섬의 사포에게 바치는 책이면서 고전고대의 성인 남성과 소년 혹은 남성과 여성의 성애적 결합을 다룬 연구서였다. 그녀의 시집들, 특히 초기에 발표한 『유리, 아이러니 그리고 신』(1995)에서는

「유리 에세이」에서 물었던 핵심적인 질문("사랑이란 무엇인가?")에 초점을 맞추는 한편 사랑의 결말이 불러오는 황량함을 탐구한다.[33] 카슨은 에로스 신이 준 고통과 심술궂은 쾌락에 대해 숙고하는 가운데 그리스 문화가 정의 내린 "소리의 성별"[34]에 대해 동명의 에세이에서 고찰한다.

그녀는 이 이론적인 글에서 "여성의 입에 문을 다는 것은 고대부터 현재까지 가부장제 문화의 중요한 과제였다"고 말하면서, 여성의 위쪽 입(치아와 혀가 있는 입)과 아래쪽 입(지저분하고 잘 새는 질) 사이의 잠재의식적 유사성을 추적해 "여성들이 내는 소리를 괴이함, 무질서, 죽음과 이념적으로 결부시키는 일"을 설명한다. 그리스인들에게 여성들이 내는 소리는 "듣기 불쾌한" 소리였다. 왜냐하면 그 소리는 비합리적이고 짐승의 소리 같기 때문이며—도시의 경계선 밖에서 (박카스 축제 때처럼) 음탕한 짓을 벌일 때든 장례식에서 애도를 할 때든 "높고 날카로운 비명 소리"를 내기 때문이고—그에 비하면 남성들이 내는 소리는 "세련되고 질서 정연"한 소리이기 때문이다. 여성들은 "특별한 종류의 비명 소리인 올롤뤼가ololyga(영어의 울부짖다ululate라는 단어로 진화한 단어)"[35]를 낸다. 그렇다면 여성들의 목소리는 반드시 침묵시키거나 소리 죽이게 만들어야 한다. 그 소리가 분노와 욕망, 애도의 울부짖음이 되지 않게 하기 위해서다.

「소리의 성별」은 『유리, 아이러니 그리고 신』의 끝에 붙은 주석 같아 보인다. 책의 시작을 알리는 글은 「유리 에세이」라는 장시다. 이 장시는 에밀리 브론테에 관한 명상이자 버림받은 여자가 내는 낮은 슬픔의 울부짖음 내지 올롤뤼가이면서 그와 동시에 트라우마적 결별 뒤에 따라오는, 유리로 덮인 듯한 심적 상태에 대한 극적 묘사이기도 하다. 이 "서정적인 에세이"의 플롯은 아주 간단하다. '로Law'라는 울림 있는 이름의 남자 연인이 갑자기 곁을 떠난 후 여자 주인공은 어머니를 방문하러 간다. 그녀의 어머니는 "봄이 칼날처럼 펼쳐지는" "북부 황야 지대"에 홀로 살고 있다. 이곳에서 그녀는 (브론테처럼) "얼음과 함께 마비된 채 황야"를 "성큼성큼 가로지르면서" 그녀의 가슴을 "두 동강" 낸 순간을 받아들이려 애를 쓴다. 그녀는 "로가 내 곁을 떠났을 때 나는 가슴이 너무 아파 죽고 싶은 심정이었다"고 고백하고, "이런 일은 흔히 있는 일이 아니"라고 덧붙인다.[36]

그는 "어두웠던 9월의 어느 밤" "차가운 달 조각이 떠올랐을 때" 그녀를 버렸다. 그는 그녀의 집 거실에 서서 시선을 돌린 채 어색하게 "우리의 사랑, 열심히 달리질 못했어"라고 말하고 이렇게 덧붙인다.

> 당신과 자고 싶지 않아, 그가 말했다. 모든 게 미쳐 돌아가.
> 그러나 이때 그는 나를 보고 있었다.
> 그래, 나는 말하면서 옷을 벗기 시작했다.
>
> 모든 게 미쳐 돌아가. 알몸이 되자
> 나는 등을 돌렸다 그는 내 등을 좋아하니까.
> 그가 움직이며 내게로 왔다.

사랑과 사랑에 필요한 것에 대해 내가 아는 모든 것을
나는 그 한순간에 배웠다
그 순간 알았다

내가 벌겋게 타오르는 내 작은 엉덩이를 개코원숭이처럼
더는 나를 소중히 여기지 않는 남자에게 내밀고 있다는 것을.
내 마음의 영역 중에서

이런 행동으로 소름이 돋지 않는 곳은 없었고, 내 몸의 부분 중
달리 행동할 수 있는 곳은 없었다.
그러나 마음과 몸에 관한 이야기는 질문을 던지게 되는 법.

영혼은 장소다,
몸과 마음 사이 잔모래로 만들어진 맷돌의 표면처럼 펼쳐진
장소,
필요한 그런 것이 저절로 갈려나오는 곳.

"에밀리가 말했듯이 / 그날 밤은 천국과 지옥의 중심과도 같
은 밤이었다"고 화자는 말하지만, 이내 간결하게 "그는 아침에
떠났다"고 적는다.[37]
    실제 이름일 수도 있고 비유적인 이름일 수도 있는 '로'라는
이름의 남자와 그가 떠난 것을 슬퍼하는 여자의 실패한 사랑이
「유리 에세이」의 중심 내용이라는 사실이, 그 내용이 이 책을
지배하고 있다는 걸 의미하지는 않는다. 창유리나 거울이기도

하고 프랑스어로 얼음glace일 수도 있는 유리glass는 상실, 소외, 마비의 객관적 상관물로서 반복적으로 등장한다. 에밀리 브론테와 『폭풍의 언덕』은 카슨이 그녀의 화자를 고딕소설적인 잔혹한 성애와 격렬한 상실감이라는 전통에 데려다놓는 데 도움을 준다. 히스클리프가 자신의 모습을 보여주고 목소리를 들을 수는 있지만 유리로 단절되어 있어 계속 밖에 머무르게 할 수밖에 없는 그의 가슴속 연인 유령에게 "폭풍우 속에서 격자창에 매달려 흐느끼면서 / 들어와! 들어오라니까!"라고 외치던 장면을 기억해보라. 카슨은 에밀리가 히스클리프의 내면에 "영혼의 자리에 / 그의 신경계로부터 늘 차갑게 떠나가는 캐서린을" 집어넣었고, "그의 모든 순간들을 반쪽으로 쪼갰다"고 적고 있다. 그리고 그녀는 "나는 이런 반쪽짜리 삶이 낯설지 않다"고 덧붙인다.[38]

그러나 화자의 삶에는 다른 인물들과 시가 있다. 그녀가 슬픔을 극복하는 데 도움을 주고자 하는 호Haw 박사(로Law를 조롱하는 사람a scoff-Law라는 뜻일까?)라는 다소 우스꽝스러운 이름의 여성 심리 치료사, 그녀의 페미니즘도("오라, 이제 보니 너도 그들 중 한 명이구나") 상실감에서 회복하지 못하는 그녀의 마음도("그래, 그는 가져간 사람이고 너는 준 사람이야")[39] 이해하지 못하는 연로한 그녀의 어머니, 2차 세계대전 당시에는 잘생긴 캐나다 공군 조종사였지만 지금은 알츠하이머병으로 고생하면서 "계속해서 허공에 격렬한 말을 내뱉는,"[40] 시설에 수용되어 있는 아버지, 그리고 연이어 등장하는 환상 속의 "알몸들"이 있는데, 이 알몸들은 그녀가 로를 달래기 위해 자진해서

옷을 벗었던 비참한 순간에 생겨난 자기 이미지들이다.[41]

카슨의 주인공은 알몸들이 "성적으로 고된 운명을 타고 났다"고 밝힌다. 이 "알몸들" 중 몇몇은 "사람의 살로 만들어진 카드" 같다. "이 살아 있는 카드들은 한 여자가 보내는 생애의 나날들이다."[42] 이 이미지들은 그녀가 황야에서 자신의 방으로 돌아왔을 때도 뇌리를 떠나지 않는다. 그러나 시의 마지막 부분에서 화해의 순간이 다가오고, 그 순간 그녀는 성서에 나올 법한 최후의 '알몸'에 관한 예언자적 환상을 품는다.

나는 그게 사람의 몸이라는 걸 알았다

바람에 맞서 서 있으려고 끔찍할 정도로 안간힘을 쓰는 바람에 뼈에서 살점이 떨어져 나올 지경이었다.
고통은 없었다.
바람이

뼈를 씻겨주고 있었다.
뼈는 은빛으로 피할 길 없이 도드라져 보였다.
내 몸도 아니고, 여자의 몸도 아니고, 우리 모두의 몸이었다.
그 몸이 빛의 바깥으로 걸어 나왔다.[43]

얼음처럼 차디찬 슬픔의 황야에서 이런 모호한 구원의 순간으로 넘어오면서, 카슨은 아드리아네, 메데이아, 디도*, 사포 같은 고전 속 인물들로 극화되었던 여성의 상실감이라는 주제의 오랜 전통을 따른다.[44] 포스트모더니스트 시인으로서 그녀는 최선두에 섰던 앞선 시대의 작가 실비아 플라스의 글에 활력을 불어넣은 '버려짐'의 시학을 예리하게 의식하고 있었다.

사실 「유리 에세이」 이전의 몇몇 짧은 글들에서도 플라스는 그녀의 마음을 차지하고 있었다. 그중 하나인 「실비아 플라스에 대하여」에서 그녀는 묻는다. "혹시 텔레비전에 출연한 그녀의 어머니를 보셨나요? 그분이 평범한, 이미 다 타고 없어져버린 듯한 일들을 말씀하시더군요. 그분은 내가 그걸 훌륭한 시로 생각할 것이라고 하셨지만 내겐 상처가 되었어요."[45] 다른 글 「실비아 타운」에서는 "플라스의 눈이 뿌리째 뽑혀 나왔다"[46]고 상상했다. 「유리 에세이」를 쓰면서 그녀는 자신이 분석한 상실감이 에밀리 브론테가 탐구했던 상실감과 같은 것일 뿐만 아니라 너무나 많은 『에어리얼』 속 시들을 관류하고 있는 버려짐에 대한 분노이기도 하다는 사실을 이해하고 있었음이 틀림없다. 그녀가 「유리 에세이」에 이어서 '버려짐'을 분석했던 『남편의 아름다움』에 썼듯이 "상처란 그 자체의 빛을 발산하는 법이다."[47]

그러나 카슨은 버려진 여자의 딜레마를 형성하는 섹스/젠더 시스템에 분노를 표하기도 한다. 「유리 에세이」 이후에 이어진 연작시 「신에 관한 진실」이 그 분노를 논한 작품이다. 다음에 인용한 「신의 여자」라는 시의 시작 부분은 '여전히 미쳐 있는'

● 아드리아네는 테세우스가 미궁에 빠졌을 때 도움을 주었지만 나중에 테세우스에게 버려진다. 디도는 아이네이아스에게 실연당하여 자살한다.

이라는 이 책의 제목에 제사로 쓰면 좋을 내용이다.

> 너 자연에 화가 났느냐? 신이 그의 여자에게 물었다.
> 네 저는 자연에 화가 났습니다 저는 자연이
> 제 두 다리 사이에 당신의 분홍색 막대기를 꽂거나
> 당신의 혁대 버클을 핥아줄 필요가 있을 때마다
> 거대한 지형지물 쏟아내듯 잔뜩 쏟아내는 걸 원치 않습니다.[48]

포스트모더니즘/트랜스섹슈얼리즘

앤 카슨이 사랑과 상실의 달콤쌉쌀한 고전적 전통을 숙고하는 동안에도 포스트모더니즘 사상가들은 낭만적 여자 주인공을 비꼬고 있었다. 여기에 더해 포스트모더니스트와 트랜스섹슈얼 예술가들도 페미니즘 이론가들처럼 젠더, 섹스, 섹슈얼리티에 관한 규범적 범주들에 균열을 냈다.

대중문화계에서는 "동성애자 사회와 연관되는 것이 쿨한 일로 보이지 않는" 때였는데도 마돈나가 실행력 있게 동성애자 친화적인 아이돌로 나서 찬사를 받았다.[49] 오르가슴 같은 쾌감을 선사하는 모습의 그녀는 버진 같기도 마릴린 먼로 같기도 했고, 양성성을 지닌 사람 같기도 도미네이트릭스* 같기도 했는데, 그중 어느 하나만의 정체성을 보여준 것은 아니었다. 끊임

---

* dominatrix. (특히 섹슈얼리티 관계에서) 지배/주도하는 여성.

없이 변화하는 머리 색깔, 성적 특징이 과도하게 드러나는 의상, 정교한 무대는 어느 한 가지 역할에 고정되기를 거부하는 그녀의 태도를 극적으로 보여주었다. 그녀는 "윙크를 던지며 온갖 것"을 하면서 젠더와 섹슈얼리티에 관한 개념을 뒤흔들었다.[50] 엄청난 규모의 청중이 그녀가 성차별주의와 호모포비아 각본들을 불경스럽게 모독하는 모습을 한껏 즐겼다. 그녀는 멀티미디어 투어에서 자기 상품화를 강조하며 기독교 보수 단체 모럴 머저리티를 조롱하고, 엄청난 부자가 될 수 있는 힘까지 얻었다.

펑크록 하위문화에서는 젊은 여성들이 음악 잡지와 밴드 활동을 통해 남성의 음악 산업 독점을 공격하고 걸 파워를 선언면서 더욱 공공연하게 정치적인 무대를 올렸다. 캐슬린 해나는 〈라이엇 걸 매니페스토〉에서 자신과 다른 라이엇 걸들이 "빌어먹을 자본주의 일처리 방식에 대한 대안을 만들어내서 (⋯) 우리 자신의 삶 속에서 매일 혁명을 일으키기를" 바란다고 선언했다.[51]

미국의 사진작가 신디 셔먼의 작품은 마돈나보다 앞서 예술계에 등장한 마돈나 스타일이었다. 맨 처음에는 〈무제 필름 스틸〉(1977~1980)에서, 그다음에는 1982년 마릴린 먼로 포즈로 찍은 자화상 사진에서 셔먼은 1950년대 여성성의 "균열 부위" 사이로 스며 나오는 듯한 "내면의 불안감"을 보여주었다.[52] 아방가르드 문학계 내에서는 캐시 애커와 크리스 크라우스가 정체성의 텍스트적 성격을 강조하기 위해 패스티시*와 콜라주 기법을 이용해 사실과 허구의 경계를 흐릿하게 만드는 이야기들을 창작했다.

앤 카슨의 시와 마찬가지로 크리스 크라우스의 컬트 페미니즘 자전소설 『나는 딕을 사랑한다』(1997)는 여성들이 가끔 갖는 성애적 속박을 향한 마조히즘적 성애 능력을 탐색한다. 크라우스의 이 실험적 작품은 행위 예술가 해나 윌키에게서 영감을 받은 것인데, 윌키는 이미 1970년대에 이런 질문을 한 바 있었다. "만약 우리 여성들이 '개인적인' 것에 갇혀 있다는 이유로 '보편적인' 예술을 창작하는 데 실패한다면, '개인적인' 것을 보편화시켜서 그것을 우리 예술의 주제로 만들면 되지 않겠는가?"[53] 시인 아일린 마일스의 말처럼 크리스 크라우스는 "여성 내면의 비참한 상태를 밖으로 꺼내 남성을 향해 겨누었다."[54]

'그들'이라는 대명사로 자신을 지칭했던 마일스는 남성성과 여성성이라는 박스에 도전한 예술가 그룹을 대표한다. 레슬리 파인버그의 사실주의 소설 『스톤 부치 블루스』(1993)가("그이면서 그녀"인 인물에 관한 이야기다) 보여주듯이, 페미니스트들은 텔레비전에서 트랜스 이슈를 다루기 전부터 이미 이에 대해 논쟁을 벌이고 있었다.[55] 1992년 파인버그의 소논문 「트랜스젠더 해방」은 "'남성'이 만든 젠더 경계선에 도전한 사람들"에 대한 편협한 사고에 항의했다.[56] 그다음 해에는 도나 해러웨이의 학생이었던 샌드 스톤이 「제국이 반격하다」라는 글을 통해 트랜스섹슈얼들에 대한 편견에 응수했다. 그녀는 레즈비언 분리주의자들이 진 버크홀더를 "여성으로 태어난 여성"이 아

● 기존의 예술 작품을 차용하거나 모방하는 기법.

니라는 이유로 미시간 위민스 뮤직 페스티벌 출연진에서 배제한 뒤부터 호모포비아에 반대하고 나섰다. 그녀는 "트랜스섹슈얼리티 이론을 위한 더 깊이 있는 언어"[57]를 요구하면서 트랜스 여성은 진짜 여성이 아니며 그저 여성들의 공간으로 침투한 사기꾼 남성이라는 생각에 강력하게 반발했다.

1993년의 공연 작품 〈샤모니 마을 위에 사는 빅토르 프랑켄슈타인에게 전하는 나의 말〉에서 트랜스 이론가이자 영화 제작자인 수전 스트라이커는 도나 해러웨이의 사이보그와 닮은, 메리 셸리의 '부자연스러운 몸'을 가진 괴물을 페르소나로 선택했다. "그것의 살은 갈기갈기 찢기고 원래 태어났던 몸과 다른 형상으로 다시 꿰매어졌다."[58] 트랜스섹슈얼에게 부자연스럽다거나 인공적인 존재라는 오명이 씌워지자, 스트라이커는 다른 이들이 다이크, 퀴어, 슬럿이라는 단어를 되살려낸 것처럼 프랑켄슈타인의 괴물의 목소리를 재창조했다.

동료 피조물들이여, 내 말 좀 들어보시오. 욕망과 어울리지 않는 형상으로 만들어진 게 나요. 서로 어울리지 않는 해부학적 부위들을 한데 모아 살이 된 게 나요. 부자연스러운 과정을 통해 자연스러운 몸 비슷한 몸을 이뤄낸 게 나요. 그런 내가 당신들에게 경고 한마디 하지. 당신들이 나를 괴롭히며 들먹인 자연이라는 것은 거짓이란 거요. (…) 당신들도 나처럼 만들어져 있지. 나를 만든 것과 똑같은 무질서한 자궁이 우리 모두를 낳았소. (…) 내 말을 유념한다면, 당신들 자신 안에서도 바늘땀들로 봉합된 선들을 발견하게 될 거요.[59]

스트라이커의 분노는 연인의 출산을 목격한 뒤에 더 커진다. 그녀는 "젠더가 내게 저지른 일에 비참한 절망감"을 느낀다. "내 몸은 그런 일을 할 수 없다. 나는 상처 없이는 피 흘릴 수 없으면서도 여자라고 주장한다. 어떻게 그랬을까? 왜 나는 항상 그런 감정을 품었을까? 나는 끔찍하게 저주받은 별종이다. 나는 결코 다른 여자들 같은 여자가 될 수 없지만, 그렇다고 결코 남자가 될 수도 없다. 모든 피조물들 중에서 나를 위한 자리는 진정 없을 것이다." 분노가 스트라이커를 다시 태어나게 했다. "자연의 질서에 반하여, 우리 마음대로 우리 자신을 만들어내는 힘든 작업을 해낸" 트랜스섹슈얼들은 분명 "자연스러움이라는 특권 없이 살아가야 하고," "자연 자체가 쏟아져나오는 (…) 혼돈이 아닌 우리 자신과 연대"해야 하기 때문이다.[60]

공연 예술가 케이트 본스타인은 『젠더 무법자』(1994)를 통해 남성도 여성도 아닌 사람들을 위한 자리를 만들려고 노력하는 한편으로, 이성애자 남성으로부터 여성 동성애자로 변해가는 자신에 대해 묘사했다. 페미니스트들이 트랜스인의 권리가 곧 여성의 권리라고 주장하기 시작하던 시기에 트랜스섹슈얼들에 대한 폭력이 급증했다. 1993년에 벌어진 브랜던 티나 살해 사건은 1999년 영화 〈소년은 울지 않는다〉를 제작하는 계기가 되었다. 살해당한 아프리카계 미국인 트랜스 여성 리타 헤스터를 기념하기 위해 〈우리의 죽음을 기억하기〉라는 프로젝트도 만들어졌다.[61]

남성도 여성도 아닌 사이보그 도나 해러웨이는 1985년 「사이보그 선언문」에서 페미니즘을 논쟁적인 정체성 정치에서 해방시키려고 분투했다. 과학적 배경 지식을 지닌 이론가였던 해러웨이는 일부는 살이고 일부는 금속으로 되어 있으면서 여러 모순점을 통합할 수 있는 생명체를 상상했다. 포스트-젠더 세계에서 살아가는 이 사이보그는 자연과 문화의 구분을 폐기하고, "강력한 융합과 위험한 가능성"에 대한 희망을 제시한다. 안살두아의 메스티사 의식처럼 해러웨이의 사이보그는 경계를 넘나든다. "여성이라는 개념이 정의 내리기 어려운 개념"이라는 걸 깨달은 해러웨이는 에이드리언 리치의 "공통 언어를 향한 꿈"에 대해서도 정체성 주장들에 대해서도 반박한다. 그녀의 (태어난 게 아니라 만들어진) 사이보그는 "정체성이 아니라 유사성"에 기반을 둔 정치의 가능성을 제시한다. 젠더와 성에 의해 상처를 받은 "우리는 재탄생이 아니라 재생을 요구하며, 우리의 개조 가능성은 젠더 없는 괴물의 세상에 대한 유토피아적 희망을 아우른다."[62]

해러웨이는 에세이 마지막 부분에서 "나는 여신이 되느니 차라리 사이보그가 되겠다"[63]는 자신의 주장에 감춰진 환상을 인정하는 차원에서 페미니즘 SF에 주목한다. 이 두 가지 선택지와 함께 그녀는 후기구조주의 사상가들과 포스트모더니즘 예술가들의 작업에 깔린 인류에 대한 절망의 기류를 드러낸다. 세지윅과 버틀러에 비하면 해러웨이는 많은 페미니스트 지식인들과 페미니스트 운동가들에게 잘 알려지지 않은 편이다.

누가 페미니즘의 주인인가?

설상가상, 다수의 여성들이 대중적인 인기를 끌며 페미니즘을 공격해왔다.[64] 1990년 캐밀 파글리아는 사드 후작을 칭송하는 괴이한 문학비평서를 써서 "명성이 하늘로 치솟았다."[65] 아니면 그녀의 『성의 페르소나』(1990)가 인기를 얻은 것은 여성들을 반복적으로 공격하면서 "남성 문명의 화려한 영광"을 격찬하고 있기 때문이었을까? 파글리아는 "만약 문명이 여성의 손에 맡겨졌더라면 우리는 아직도 초가집에 살고 있었을 것"이라고 분명히 말했다. 소변을 보는 해부학적 부위는 운명이라고 주장하기도 했다. "여성은 (…) 땅에 붙어 쪼그리고 앉는 사람들이며" "그저 땅바닥을 적실 뿐이다." 반면에 "남성이 소변을 보는 행위는 진정 일종의 성취이자 초월적인 궤적을 그려내는 행위임에 틀림없다."[66] 뒤틀린 세레나 조이 역할을 맡기로 마음먹은 그녀는 더 나아가 페미니스트들이 청교도적 도덕주의를 따른다고 혹평했으며, 데이트 폭력을 괴담이라고 부르기까지 했다.[67]

이단자 파글리아에게 크리스티나 호프 소머스나 케이티 로이프 같은 논객들도 가세했다. 이들 중 일부는 자신을 페미니스트라고 칭했고, 이들 모두가 여성들을 페미니즘으로부터 구해내고 싶어했다. 그들은 존 디디온이 그랬던 것처럼 여성운동 지지자들이 여성을 피해자로 바꿔버렸다고 주장했다.[68] 이런 중상비방이 점점 더 심해지자 페미니스트들에게 더 큰 "노력을 기울여 와 닿기 쉬운 방식으로 페미니즘 개념을 쓰고 말하라", 그렇지 않으면 "대중매체의 든든한 지원 아래 페미니즘을 대변한다고 주장하는 안티 페미니스트 여성들이 뿜어내는 안티 페미니즘 백래시의 공범 역할을 하게 될 것"이라고 경고한 사람은 벨 훅스만이 아니었다.[69] 누가 페미니즘의 주인인가가 명백히 이슈가 되고 있었다. 의도하지 않은 오보와 의도한 허위 정보가 페미니즘이 전달되는 방식들에 계속해서 피해를 입힐 것이었다.[70]

물론 대부분의 미국인들은 페미니즘 논쟁보다 마돈나, 마이클 잭슨, 티나 터너 혹은 비디오 게임과 영화 〈스타워즈〉에 더 사로잡혀 있었다. 빌 코스비의 조언서 『아버지 되기』(1986)를 심각하게 여기지 않는 한은 그랬다. 출처가 의심스러운 자료들을 사용하며 외설 문화와 격의 없는 도덕주의를 역겹게 혼합한 이 책은 (코스비는 이 책의 저자로 자처하지도 않았고 아직은 성범죄자로 알려지지도 않은 상태였다) 20세기 말 영화와 정치 분야로까지 진출했다. 그런데 미국인들이 영화관과 워싱턴 DC의 뉴스 보도에서 즐겨 보았던 음란 행위 때문에 처벌받아야 했던 인물은 누구였을까? 바로 독신에다 독립한 한 여성이다.

에이드리언 린 감독의 영화 〈위험한 정사〉는 미혼이면서 뇌쇄적인 매력을 지닌 커리어 여성을 주인공으로 내세웠다. 영화의 남자 주인공 변호사(마이클 더글러스 분)는 출판 편집자 여성(글렌 클로즈 분)과 바람을 피우는데, 알고 보니 그녀는 미친 여자다. 그녀는 그를 스토킹하고, 그의 딸이 키우는 토끼를 죽여서 요리하고, 아이를 유괴하고, 욕조에 있던 그의 아내까지 공격한다. 결국 이 충실하고 정결한 아내는 이 사이코를 살해하게 된다. 우리에게는 이 신성한 가족만이 온전히 남는다.[71] 영화 비평가 폴린 케일은 이 영화를 남성들이 "페미니스트를 마녀로" 보는 "페미니즘 적대적 판본"이라고 특징지으면서 이렇게 못을 박았다. "가족이 한데 뭉쳐 함께 살인을 저지른다. 그리고 관객은 잔뜩 흥분해서 이 살인 행위에 응원을 보낸다."[72]

개인적 목표보다 전문직이라는 목표를 추구했을 때 생겨나는 심리적 악영향을 글렌 클로즈가 극적으로 보여주기 이전 해부터 이미 여성들에게는 더 젊었을 때 결혼해야 한다는 잘못된 정보가 쏟아졌다. 〈뉴스위크〉 특집 기사 「백마 탄 왕자를 기다리기에는 너무 늦은 걸까?」에서 여성들은 마흔 살이 되면 남편을 찾는 것보다 테러리스트에게 공격당할 가능성이 더 크다는 이야기를 들었다. 20년 뒤 이 기사는 잘못된 자료에 근거를 둔 보도라며 철회되긴 했지만, 당시 점화되고 있던 "위기 상황"을 묘사한 것만은 분명하다.[73] 결혼을 미루는 것의 위험성에 대한 미디어의 맹공은 가차 없었다. 빨리 안정된 삶을 살아야지 그렇지 않으면 당신의 생체 시계가 한물가게 된다는 것이었다. "마미 트랙"(여성에게는 남성과는 다른 업무 조정이 필요하다는 아이디어) 또한 시끄러운 잡음을 불러일으켰다. 공화당 의원 퍼트리샤 슈로더의 지적처럼, 그런 아이디어는 "만약 당신이 여성이라면 가족이나 커리어 중 하나는 가질 수 있지만 둘 다 가질 수는 없다"는 생각을 강화시키기 때문이었다.[74]

1990년대의 미디어는 달아올랐고 그 트레이드마크는 섹시걸들이었다. 리얼리티 TV 쇼, 빅토리아 시크릿과 비아그라 광고, 성병의 감염병화, 티 팬티와 미용 성형, 사춘기 이전 소녀처럼 깡마른 모델들의 인기 등 이런 것들이 젊은 페미니스트들이 자신들의 저서를 통해 여성운동을 탈선시킨 시기 탓에 생겨났다고 설명했던 색욕의 징후들이었다.[75] 도미니카 출신 미국 소설가 줄리아 알바레스, 남부 지방 분권주의자 도러시 앨리슨, 벵골 출신 단편소설 작가 줌파 라히리가 찬사가 쏟아진 『가르시아의 소녀들은 어떻게 자기들의 억양을 잃어버렸나』(1991), 『캐롤라이나를 떠난 녀석』(1992), 『질병 해석가』(1999) 같은 작품들을 통해 정체성 정치를 탐구하는 동안, 페미니즘은 스판덱스 코르셋, 보톡스, 브라질리언 왁스, 대통령 바비 인형의 판매 수단으로 마음대로 이용되곤 했다.

젊은 여성들이 지저분한 문화 안에서 성장하며 마주치는 이런 문제들을 다루기 위해 페미니스트 사상가들이 나섰다. 그들은 여성의 몸에 초점을 맞추며 작업해나갔다. 두 가지 예면 충분할 것이다. 수전 보르도의 『참을 수 없는 몸의 무거움』(1993)은 나오미 울프의 『무엇이 아름다움을 강요하는가』(1990)보다 몸의 문화적 의미에 대해 더 이론적으로 접근했지만, 두 저자모두 여성에게 강요되는 도달 불가능한 미적 기준을 분명히 보여주었다. 여성이 성공하면 할수록 패션, 화장품, 미디어 산업은 여성의 몸에 관한 비현실적 이상형을 널리 퍼뜨리고, 그 이상형들이 거식증, 폭식증, 그리고 유방 확대술이나 축소술을 내세운다는 것이다.[76]

울프와 보르도는 여성의 외모에 대한 지나친 강조가 "여성의 발전을 저해하는 정치적 무기"라고 판단했다.[77] 대체로 영국 대중소설 『브리짓 존스의 일기』(1996)를 그 기원으로 보는 소위 칙릿 소설*은 자기 몸의 매력과 남편 사냥에 강박감을 가진 여자 주인공을 내세워 이성 간 로맨스 이야기의 판로를 넓혔다. 이런 문제는 1970년대의 베스트셀러 소설에서 여성의 미모에 대한 과대평가와 남성의 보호에 대해 공격했던 것과 대비되었다.

국내의 정치 상황도 다양한 성애 경험을 둘러싼 페미니스트들과 안티 페미니스트들의 논쟁을 반영했다. 1994년 클린턴 행정부가 법제화한 "묻지도 말하지도 말라" 정책은 전형적인 성적 위선의 행태를 보여주었다. 군대 내의 동성애자들을 보호한다는 프레임을 갖추었던 이 정책은 자신의 성적 지향에 대해 거짓말하기를 거부했던 사람들에 대한 차별을 허락한 꼴이었다. 힐러리가 배우자의 부정 행위를 겪었으면서도 어쩔 수 없이 충실한 아내 역할을 할 수밖에 없게 만들었던 외도 관계를 시작하고 난 다음 해인 1996년에, 클린턴은 '결혼수호법'에 서명했다. 동성 간의 결합을 정부가 인정하지 않는다는 법이었다.

그러나 클린턴의 대통령직을 두고 일어났던 켄 스타 검사의 청문회 조사보다 이 저질스럽고 조잡한 법안에 더 들어맞는 사례는 없었을 것이다. 나중에 밝혀진 바에 의하면 이 청문회 보고서의 초안은 상당 부분 한 젊은 변호사에 의해 작성됐는데, 그는 나중에 성폭력 가해로 큰 논란을 일으키는 대법관 브렛 캐버노였다. 이 음란한 보고서의 한가운데에 매춘부, 바람난 여자, 섹시한 여자, 그리고 (가장 유명한 호칭으로) "나는 그 여자와 성관계를 갖지 않았습니다"[78]라는 발언에서처럼 "그 여자"라는

• 20대와 30대의 젊은 여성들을 대상으로 하는 대중소설.

호칭으로 낙인찍힌 스물두 살의 젊은 독신 여성 모니카 르윈스키가 등장했다. 클린턴 대통령의 억지 궤변에 의하면 구강 성교는 성적인 것이 전혀 아니었다.

모니카 르윈스키는 이 발언이 계기가 돼서 결국 보스와의 사랑을 끝내버린 것이라고, 바버라 월터스와의 장시간 텔레비전 인터뷰에서 인정했다.[79] 르윈스키는 이 시점에 대통령은 그들의 성애적 관계를 부인하면서도 여전히 자신을 소중한 친구로 부를 수도 있었을 것이라고 설명했다. 그녀는 그보다 클린턴의 보좌관 한 명이 그녀가 대통령을 스토킹했으며 섹스를 요구했고 그의 거부를 조롱했고 그를 협박했다고 증언하는 모습을 보고 더 큰 충격을 받았다. 그녀가 〈위험한 정사〉에 나오는 가정 파괴범으로 바뀌고 있었던 것이다. 그런 일은 칼럼니스트 모린 다우드 같은 사람만 저지른 것이 아니었다.[80]

엄청난 충격으로 다가왔던 이 기간 동안 힐러리는 무엇을 했을까? 그녀는 퍼스트레이디로서 영원히 끝날 것 같지 않은 화이트워터 스캔들* 때문에 여전히 괴롭힘을 당하고 있었다. 그녀가 "나는 집 안에 머무르며 쿠키 굽는 일만 하는 것은 바라지 않습니다"라는 어색하지만 인상적인 문장으로 자신의 진정성을 밝히기 위해 애쓰고 난 뒤, 불안해진 클린턴 선거운동 책임자들은 민주당 전당대회에서 '힐러리 쿠키'를 나눠주기 시작했다.[81] "탄핵"이라는 단어가 이제 겨우 강성 우파 공화당원들의 열렬한 꿈속에 등장하기 시작했던 1992년, 일찌감치 〈하버드

* 클린턴의 아칸소 주지사 재임 시절 일어난 부정 축재 의혹 사건.

크림슨)의 한 젊은 여성 필자는 "옛 격언이 지금도 여전히 유효
하다. 강한 남자는 리더고, 강한 여자는 마녀다"라고 적었다. 그
런 다음 그녀는 계속해서 예언적인 구절로 이렇게 결론지었다.

힐러리 클린턴이 비즈니스 정장에서 연한 파스텔톤 옷으로
바꿔 입고 쿠키를 나눠주는 광경은 멋져 보이지 않았다. 모멸
적인 광경이었다. 그리고 그것은, 우리는 아직 우리가 생각하는
것만큼 진보적이지 않으며, 강력한 의지를 지니고 있고 정치적
으로 적극적인 퍼스트레이디를 갖느니 차라리 클린턴 팀의 참
모진을 절반으로 줄이는 편을 선택하고 있구나, 하는 사실을 상
기시키는 우울한 광경이었다.[82]

사반세기가 지난 뒤 열린 2016년 대선은 이런 발언이 여전히
유효하다는 사실을 입증하게 된다.

1990년대 말, 다양한 정체성을 지닌 페미니스트들(급진적,
자유주의적, 비동성애자, 게이, 흑인, 멕시코계 미국 여성, 탈식
민주의, 후기구조주의, 포스트모더니스트, 트랜스섹슈얼, 제3의
물결 등등)에게는 여성들(라디오 평론가 러시 림보는 이 여성
들을 "페미 나치"라고 불렀다)을 경멸하는 우익들이 홍수처럼
쏟아내는 프로파간다로부터 피신처로 삼을 만한 곳이 없어 보
였다.[83] 혹은 페미니즘의 상품화 현상, 즉 헬렌 걸리 브라운식
으로 페미니즘을 재미난 라이프 스타일로 팔아먹는 현상으로부
터의 피신처도 없어 보였다.

일찍이 "우리에게" 필요한 것과 요구 사항에 대해 "우리"가

되어 발언해야 했던 자신감을 여성운동 참여자들이 이제 잃어 버리게 되었다는 것일까? 20세기의 이 마지막 10년대에 입은 트라우마를 요약하기라도 하듯, 에이드리언 리치는 1991년 「그 시절에」라는 제목의 선견지명 넘쳐나는 시를 썼다. 여기 그 전 문을 적어본다.

> 사람들은 말하리라, 그 시절에, 우리는 놓쳐버렸다고
> 우리와 당신들이라는 말의 의미를
> 우리는 우리 자신이 나라는 존재로 축소되었다는 걸 깨달았지
> 그리고 모든 것이 바보 같고, 아이러니하고, 끔찍하게 변했어
> 우리는 개인의 삶을 살려고 노력하고 있었어
> 그래, 그랬어, 그게 유일한 삶이었지
> 우리가 증언할 수 있던 삶
>
> 하지만 역사의 거대한 검은 새들은 날카롭게 울며 곤두박질 쳤어
> 우리 개개인의 날씨 속으로
> 그 새들은 어딘가 다른 곳으로 머리를 향했지만 부리와 날개 끝은 돌진했어
> 해안가를 따라, 안개 조각구름들을 뚫고
> 우리가 나라고 말하면서, 서 있는 그곳으로[84]

1998년에 나온 〈타임〉의 한 호는 검은색을 배경으로 수전 B. 앤서니, 베티 프리단, 글로리아 스타이넘이 정렬해 있고, 그 옆

에 텔레비전 등장인물 (캘리스타 플록하트가 연기한) 앨리 맥
빌이 함께 있는 사진을 게재했다. 사진에는 붉은 글씨로 이런
질문이 쓰여 있었다. "페미니즘은 죽었는가?" 잡지의 표지가 암
시하는 바에 의하면, 만약 페미니즘이 아직 죽은 것이 아니라
해도 분명 나락으로 떨어지기 직전의 상태라는 것이었다.[85] 비
록 이런 예측은 많은 사람들의 견해를 반영한 것이었지만, 우리
는 페미니즘이 사망했다는 뉴스가 엄청나게 과장된 것이었음을
앞으로 알게 될 것이다.

5부

21세기 마음의 과학과 심리학의 미래

10장
구세대와 신세대

21세기는 혼란과 불안으로 시작되었다.[1] 새천년이 다가오자 컴퓨터 전문가들은 시스템들이 2000년을 1900년으로 오인하는 프로그램 결함을 일으켜 섬뜩한 재난을 불러일으킬까 봐 불안해하기 시작했다. 소위 Y2K 버그 공포였다. 비행기가 하늘에서 추락하고 병원 기록이 사라지고 정부의 소프트웨어가 어떤 이유에서인지 작동 중인 일을 잊을 수 있다는 것이었다. 이 Y2K 버그는 실패작이었다. 이곳저곳 공공기관에서 시계들이 혼동을 일으키긴 했지만 대부분의 상황은 정상이었다. 그러나 정치적 차원에서 미국의 상황은 정상이 아니었다. 여성 전투병을 참전시킨 최초의 전쟁인 이라크 전쟁은 여성운동의 필요성을 증명하는 항의 시위로 이어졌다.(운동은 이내 점점 더 대중적인 적극성을 띠게 된다.)

뉴 밀레니엄

21세기가 시작되었을 무렵 치러진 대선에서 빌 클린턴 재임 시절 부통령이었던 앨 고어가 조지 H. W. 부시의 장남 조지 W. 부시와 맞붙었다. 선거는 플로리다주의 불행한 재검표 사태와 대법원 상소로 이어졌고, 결과적으로는 고어가 총 득표 수는 더 많았는데도 5 대 4 판결로 패했다. 부시와 그의 다스베이더 같은 부통령 딕 체니는 온 나라를 극우 모드로 몰아넣었다. 세계 무역센터 건물이 이슬람 자살 테러범들에 의해 파괴된 9/11 재난은 이라크 침공으로 이어졌다. 일부 사람들이 그 나라의 전체주의적 지도자 사담 후세인이 "대량 살상 무기"를 갖고 있으며 아마도 그가 9/11 사태를 획책했을 것이라고 여긴 결과였다. 사우디아라비아인 오사마 빈 라덴이 이끄는 이슬람 테러리스트 조직 알카에다가 주범이라는 사실이 확인되었는데도 말이다.

그러나 이라크 침공 전 적어도 여성 인사 한 명은 트윈 타워의 붕괴에 토를 다는 정치인들의 언설을 "독선적 폭주"라고 비판하며 이 전쟁에 소리 높여 반대했다. 수전 손택은 〈뉴요커〉에 기고한 짧은 성명에서 "이 테러 행위가 '문명', '자유', '인류', '자유세계'에 대한 '비겁한' 공격이 아니라, 미국의 특정한 동맹 행위와 행동들의 결과로 일어난, 자칭 세계 초강대국에 대한 공격이었다고 인정하는 사람은 다 어디 있는가?"라고 썼고, 이 때문에 그녀는 거의 모든 사람들로부터 비난을 받았다.[2]

미국이 전쟁을 시작하면서 나라는 더욱 잔혹한 시기, 즉 바그다드 서부 아부그라이브 교도소에서의 고문 행위 발각, 포로들에 대한 물고문, CIA가 통제하는 ('블랙 사이트'라고 불리는) 비밀 토굴 감옥의 존재, 그리고 포로들을 무기한 감금하기 위해 관타나모베이에 있는 교도소를 사용한 일 등으로 특징지을 수 있는 시기로 접어들었다. 2005년 앰네스티 인터내셔널 사무총장은 관타나모베이 교도소가 "우리 시대의 구소련 굴라크 노동수용소"였다고 발언했다.[3] 젊은 여성 병사들이(가장 눈에 띈 병사는 스물한 살의 사병 린디 잉글랜드였다) 아브그라이브 교도소에서 고문 행위에 가담했을 뿐만 아니라 발가벗겨진 채 피 흘리는 이라크 포로들 앞에서 웃으며 사진까지 찍었다는 사실은 여성 군 입대 지지자들에게 특별한 충격으로 다가왔을지도 모른다. 페미니스트가 어떻게 자신들의 정부가 자행한 그런 행위를 도덕적으로 받아들일 수 있을까?

아부그라이브 교도소 사진이 세상에 드러난 직후 수전 손택은 〈뉴욕 타임스〉에 「타인의 고문에 관하여」를 기고했다. 이 글은 그녀가 이라크 침공 한 달 전에 발표한 책 『타인의 고통에 관하여』(2003)의 파생물이었다. 이라크 포로들의 아부그라이브 교도소 사진들을 대량 학살된 유대인 희생자들의 사진들, 미국 남부에서 린치를 당한 흑인 남자들의 사진들과 비교하면서 수전 손택은 "사진에 보이는 내용이 주는 공포감은 사진으로 찍히고 있다는 사실이 주는 공포감과 (죄를 저지른 병사들이 무기력한 포로들 위에서 흡족하게 웃으며 포즈를 취하고 있다) 분리할 수 없다"고 주장했다. 이 사진들은 "몰염치한 문화"는 물론 "변명조차 하지 않는 야만적 행태에 대한 숭배"까지 보여준다.[4] 한편 그레이스 페일리, 앨리스 워커, 맥신 홍 킹스턴, 어슐러 르 귄 등이 그랬던 것처럼 에이드리언 리치도 「기다려라」, 「폐허 속 학교」 같은 시를 써서 반전주의자들 편에 섰다.[5]

2002년 일부 여성들이 전쟁에 반대하기 위해 페미니스트 조직('코드 핑크: 평화를 위한 여성들')을 결성했고 이후 여러 해 동안 활발한 활동을 벌였다. 이 단체가 소개한 스스로에 대한 정체성은 야심만만하다. 이들은 "미국이 벌이는 전쟁과 군국주의를 종식시키고, 평화와 인권에 관한 활동을 지원하고, 우리의 세금인 달러를 의료, 교육, 환경 관련 일자리와 기타 생명에 긍정적인 프로그램들에 쓰게 하기 위해 노력하는 여성 풀뿌리 조직"이었다.[6] 이들은 패러디적이기도 했고 대담하기도 했다. 회원들이 항의 행동 때 입는 옷의 색상은 강렬한 핑크색이었고, 이들의 명칭은 국토안보부가 9/11 사태 이후 경보 발령 때 쓰는 코드 오렌지와 코드 레드를 암시한다. 또 물론 이 명칭은 핑크색이 친절하고 친근하고 온갖 좋은 것을 상징하는 소녀 취향적 색이라는 해묵은 사고에 대한 조롱이기도 하다.

이 단체의 창립자 중 한 명인 메데아 벤저민은 핑크색 복장만 입고 다닌다. 그녀의 "숄더백, 지갑, 핸드폰 전부가 핑크색이다."[7] 적절하게도 코드 핑크의 워싱턴 DC 본부는 온통 핑크색으로 치장되어 있는 안전 가옥이며, 시위에 참가하러 온 회원들은 그곳에서 묵을 수 있다. 그들의 전략은 어땠을까? 어떤 것들은 코믹하다. 핑크색 수술복을 입고 "부시의 축출을 요구"하는 "평화를 위한 처방전"을 핑크색 종잇조각에 적어 나눠주었다. 논쟁적인 것들도 있다. 이들은 상원 사무실 건물 로비에서 "평화에 찬성표를 던지자/부시를 해고하자"라고 쓰인 거대한 핑크색 깃발을 들고 서 있었다.

'코드 핑크' 시위가 시사하듯 여성운동은 20세기 말에도 죽지 않았다. 정치나 대중문화 분야에서 입지를 상실하는 동안 코드 핑크와 같은 단체들(그리고 임신 중지 합법화를 지지하는 민주당 여성 후보자들의 당선을 위해 전념하는, '에밀리의 리스트' 같은 더욱 주류적인 유사 조직)이 왕성하게 활동을 벌여나갔으며, 그것은 복음주의자들이나 대안적 우파 극렬 보수주의자들의 적대감에도 굴하지도 않고 활약한 손택, 리치, 페일리, 워커, 홍 킹스턴, 르 귄도 마찬가지였다.

페미니즘은 '모럴 머저리티', 복음주의자들, 강경 보수 기독교 단체 '티 파티' 등에 의해 여전히 악마화되고 있었다. 예를 들어, 트윈 타워가 붕괴된 직후 모럴 머저리티의 제리 폴웰이 했던 다음과 같은 분석은 팻 로버트슨 목사의 찬사를 받았다. "낙태 옹호론자들이 이번 사태에 일정 부분 책임을 져야 한다. 신은 조롱의 대상이 아니기 때문이다. (…) 이교도들, 그리고 낙태 옹호론자들, 그리고 페미니스트들, 그리고 그들만의 대안적 라이프 스타일을 만들어내려고 적극 노력하고 있는 게이들과 레즈비언들, (…) 이들 모두가 미국을 세속화하기 위해 노력해왔다. 나는 이들의 면전에 손가락질을 하며 말하겠다. 당신들이 이번 사태의 발생에 일조했노라고."[8]

2008년 역사상 최초로 흑인 대통령이 탄생한 것에 화가 난 많은 백인 남성들은 백인, 남성, 기독교의 우월성을 내세우는 네오파시스트 단체들에 가입하기 시작했다. 퍼스트레이디 미셸 오바마는 절묘하게 기지를 발휘하며 자신의 이미지와 변호사 활동을 맞춰 나갔어도, 자신과 남편이 인종차별적 희화화에 취약하리라는 사실을 알고 있었다. 하지만 미국이 백악관에 최초로 아프리카계 미국인 가족을 맞아들였다는 사실은 많은 페미니스트들의 기운을 북돋아주었으며, 그것은 2003년의 '바워스 대 하드윅' 판결 번복, 2015년의 동성 결혼 법제화, 트랜스인을 위한 2020년의 '1964년 민권법' 확대도 마찬가지였다.

21세기의 처음 20년 동안 새로운 세대의 예술가들은 동시대의 이슈들에 열렬한 관심을 보이며 혁신적인 형식을 선보였다. 변화된 문화 시장에서 그들과 그들의 동시대 동료들은 대중 예술을 쇄신했으며, 이론과 실천 사이의 간극에 다리를 놓고자 했다. 이런 현상은 페미니즘에 많은 운동 목표들을 장착시켰다. 우리가 이번 장에서 탐구하게 될 퀴어, 다국적주의, 트랜스 이슈들과 '흑인의 생명은 소중하다' 항의 시위, 환경 운동, 그리고 우리가 마지막 장에서 다루게 될 '미투 운동' 등이 그런 운동 목표들이었다. 급증하는 증오 범죄, 학교 내 총기 난사 사건, 전체주의적이고 이민자 배척주의적인 정권의 발흥, 지구온난화 현상 등에 직면한 페미니스트들은 정치적으로나 이념적으로 (공통의 정체성이라기보다는) 유사성을 지닌 단체들 사이의 연대를 모색할 필요가 있었다. 이런 연대는 정확히 초기의 이론가들이 요구했던 사항이었다.

2014년에는 청소년 활동가 말랄라 유사프자이가 노벨 평화상을 수상했다. 이 상은 소녀들의 교육에 대한 그녀의 열렬한 지지, 스쿨버스에서 탈리반의 총격을 받는 위험을 무릅썼던 그녀의 헌신적인 책임감을 기리는 것이었다. 몇 년 후 교육받은 여성들은 트럼프 정부의 미소지니에 반대하며 세찬 반격을 가했다. 2019년에는 낸시 펠로시가 이끄는 하원 의회에 102명의 여성 하원의원들이 입성했다. 새롭게 의원이 된 이 여성 의원들은 하원의원 총수의 거의 4분의 1을 차지했는데, 이는 전례 없는 인구학적 변화였다. 이 무렵, 학교교육은 페미니스트들의 머릿속을 차지하는 핵심 주제가 되어 있었다. 많은 창의적 사상가들이 더 공정한 미래를 만들어내는 데 교육이 핵심적 역할을 수행한다는 것을 강조하기 위하여 자신이 경험했던 배움의 과정을 묘사했다.

앨리슨 벡델의 문학적 계보

제2물결 페미니즘의 발생 이후 성숙해진다는 것은 무엇을 의미할 수 있을까? 앨리슨 벡델은 두 권의 그래픽 회고록 『펀 홈』(2006)과 『당신 엄마 맞아?』(2012)를 통해 이 문제의 해답을 제시했다.[9] 벡델은 만화의 엉뚱함과 회고록의 자기 성찰을 혼합하여 자신이 성년에 이르렀던 과정을 돌아보았다. 첫 번째 책은 주로 아버지와의 관계, 두 번째 책은 어머니와의 관계에 초점을 맞추고 있는데, 두 책 모두 페미니즘 운동과 동성애자 인권 운동이 일어나기 이전과 이후가 성장 과정에 끼친 영향을 탐색한다. "엄마와 나의 관계에서 일어난 드라마는 1950년대에 성년에 이른 어머니의 불운과 부분적으로 관련이 있다. 우리는 여성해방을 기준으로 서로 반대편에 속해 있었고, 나는 그 운동의 과실을 따먹은 쪽이었다"라고 벡델은 설명했다. "아빠와 나의 관계도 마찬가지였다. 우리는 스톤월 항쟁을 기준으로 서로 반대편에 속해 있었다"면서 그녀는 "내 부모가 더 늦게 태어났다면 그들은 더 행복해질 수 있었을 것이고 나는 존재하지 않았을 것"이라고 덧붙였다.[10]

벡델이 작업했던 새로운 장르는 그녀의 존재만큼이나 참신하다. 20세기 초중반의 '마초' 만화책들(『슈퍼맨』, 『배트맨』, 『아스테릭스』)에 뿌리를 둔 그래픽 회고록 장르는 논란이 많았던 R. 크럼의 작품(『잽』)과 폭넓은 독자들의 찬사를 받았던 아트 슈피겔먼의 작품(『쥐』)에서 더욱 정교해졌으며, 1970년대와 1990년대 사이에는 언더그라운드 페미니스트 단체들이 활용했다(〈위민 코믹스〉, 〈티츠 앤드 클리츠〉). 벡델은 이런 복잡한 유산에서 힘을 얻었다. 그녀는 만화가 린다 배리와 (파리에서 활동한) 이란 출신 만화가 겸 영화감독 마르잔 사트라피가 활동했던 시기와 그리 멀지 않은 시기에 작품 발표를 시작했다. 『펀 홈』이 발표되고 나서 8년 뒤에는 로즈 채스트가 『우리 딴 얘기 좀 하면 안 돼?』(그녀의 연로한 부모를 다룬 통렬하게 웃긴 만화)를 발표했다.

벡델의 작품들은 몹시 암시적인 문학성을 지녔다. 그녀가 『펀 홈』에서 주요하게 다루고 있는 그녀의 아버지 브루스 벡델은 고등학교 영어 교사이며, 그의 서재는 모더니즘 고전 작품들로 가득 차 있다. 이 작품의 각 장 제목들조차 20세기의 대표작들에서 가져온 인용구들이다. 1장의 제목인 '먼 옛날의 아버지, 고대의 장인'은 제임스 조이스의 『젊은 예술가의 초상』에서 따온 것이다. 표면적으로 볼 때 이 제목은 실내장식에 대한 브루스의 광적인 관심을 암시하지만, 그 뒤에 나머지 문장이("먼 옛날의 아버지, 고대의 장인이 지금도 그렇고 앞으로도 그렇고 나에게 도움이 되었다"[11]) 추가된다. 따라서 이 제목은 영감을 주는 뮤즈 같은 존재로서의 아버지를 불러내는 장치가 된다.

2장의 제목 '행복한 죽음'은 동일한 제목의 카뮈 소설을 가리키며, 3장의 제목 '오랜 참사'는 미국 시인 윌리스 스티븐스의 시 「일요일 아침」에서 가져온 것으로, 우리는 이 시가 브루스의 애송시 중 하나라는 것을 알게 된다. '피어나는 소녀들의 그늘에서'라는 제목의 4장은 앨리슨과 그녀의 아버지를 프루스트의 텍스트 안에 파묻고 있으며, 케네스 그레이엄의 소설 『버드나무에 부는 바람』에서 부분적으로 따온 5장 「죽음의 카나리아색 마차」는 어린 앨리슨이 사랑했던 어린 시절에 관한 이야기와 돌진해오는 토드 씨의 트럭이 품은 숨은 의미를 브루스의 죽음과 짜 맞춘다. '이상적인 남편'이라는 반어적 제목의 6장은 오스카 와일드풍인데, 앨리슨의 어머니가 와일드의 연극 〈정직함의 중요성〉에 나오는 블랙넬 부인 역할을 연기한다. 그러나 브루스의 동성애적 성적 지향에 관한 더 많은 실마리가 표면에 부상하면서, 와일드의 시 「레딩 감옥의 노래」의 레딩 감옥의 그림자가 불안하게 다가온다. 끝으로 7장 「안티히어로의 여정」은 조이스의 『율리시스』의 등장인물 레오폴드 블룸의 시내 배회를 가리키며, 우리에게 『펀 홈』의 감동적 결말을 마주할 마음의 준비를 시킨다. 그 결말에서 주인공 앨리슨은 자신의 실질적이고 정신적인 아버지를 포용하는 자신을 블룸을 대하는 스티븐 디덜러스* 같은 존재로 상상한다.

　이와 같은 문학적 인유를 배경으로 하는『펀 홈』은 벡델 자신의 삶을 불러들여 사색한다. 1960년 고등학교에서 영어를 가르치는 부모에게서 태어난 그녀와 그녀의 두 남자 형제는 펜실베이니아의 조그만 소읍에 있는 빅토리아 시대풍의 큰 집에서 자랐다. 그 집은 아버지가 장례 지도사로 일하기도 했던 가족 운영 장례식장에서 멀지 않은 곳에 있었다. 처음에는 바드대학교에서, 그다음에는 오벌린대학교에서 수학한 그녀는 모더니스트 작가들과 페미니스트-레즈비언 작가들의 작품을 폭넓게 읽었다. 대학 졸업 전해인 1980년 그녀의 아버지는 마흔넷의 나이에 도로 교통사고로 세상을 떠났는데 (혹은 달려오는 트럭 앞으로 뛰어들어 자살했는데) 그녀가 아버지와 어머니에게 레즈비언이라고 커밍아웃한 지 몇 달 안 된 시점이었다. 어머니가 그녀에게 전화를 걸어 브루스 벡델이 동성애자라는 사실을 숨기고 살았고, 그래서 이혼하기로 결심했고, 그가 죽었다고 알렸을 때 그녀는 열아홉 살이었다.

　그녀가 아버지의 죽음이 가져다준 (사건의 진상이 불확실하다는 점과 아버지의 성 정체성이 준 충격으로 생겨난) 트라우마에서 벗어나는 데에는 20년이라는 시간이 걸리게 되며, 그동안 그녀는 자신의 예술 활동에 필요한 돈을 벌기 위해 여러 직업을 전전했다. 그녀의 그림은 만화가 하워드 크루스가 편집한 〈게이 코믹스 1〉을 만난 뒤 변화를 겪었다.[12] 벡델의 연재 만화

● 『젊은 예술가의 초상』의 주인공이자『율리시스』의 등장인물.

〈주목해야 할 다이크들〉이 페미니스트 신문 〈워머뉴스〉에 실리기 시작했다. 벡델의 대리인이라 할 수 있는 안경 쓴 소녀 모습의 만화 주인공 모는 긴밀한 인간관계를 맺고 있는 친구 집단과 함께 그들의 집이나 모가 근무하는 '매드위민 서점'에 모여, 동성애자 생활의 모든 양상들, 즉 사회운동과 데이트 관행, 약속의식, 커밍아웃 파티 등에 반응을 보인다.

벡델이 『주목해야 할 다이크들』에 붙인 「만화가의 서문」에서 설명한 바와 같이, 원래 그녀는 보다 전통적인 글쓰기를 시도했었다. 그러나 에이드리언 리치는 벡델이 나중에 "가장 소중한 소지품 중 하나로 여기게 되는" 거절 편지를 보내, 레즈비언들을 "분류"하거나 "사람들이 묘사하지 않는 내용을 묘사하는 데" 그림을 활용해보라고 그녀를 설득했다. 그녀의 만화가 "레즈비언을 비뚤어지고 병들고 유머 없고 바람직하지 못한" 사람들로 보거나 "슈퍼모델들로(올림픽 5종 경기 선수나 남성의 시선의 먹잇감으로)" 보는 지배적 이미지를 순화시키는 해독제로 쓰일 것이라는 조언이었다. 1990년대가 그녀에게 가르쳐준 사실은 "레즈비언은 반동적인 선동가들일 수 있다"(만화의 네모 칸에 캐밀 파글리아의 『성의 페르소나』가 나온다)라거나 "그 누구도 본질적으로 어떤 한 가지 존재가 아니다"(주디스 버틀러의 『젠더 트러블』이 그림으로 실려 있다)라는 것이었다.[13] 벡델이 에이드리언 리치에게 보낸 또 다른 편지에 대한 칭찬 조의 답장이 오자 이에 고무된 그녀는 작업을 계속해나갔다. 만약 『펀 홈』이 〈타임〉의 베스트셀러 목록에 오르지 않았더라면 그녀는 크게 쪼들렸을 것이다.

책 한가운데의 페이지가 매겨지지 않은 두 페이지에 "센터 포드"●14가 등장한다. 그곳에 경마 기수 복장을 하고 몸을 앞으로 기울이고 있는 소년 사진을 사실적으로 스케치한 그림이 나오는데, 그것은 예술가로서의 벡델을 기록해두자는 계획을 구현한 것이었다. 그녀가 여덟 살이었던 시절 가족 휴가 때 그녀의 가족 보조 정원사 겸 베이비 시터로 일했던 로이를 아버지가 찍은 (엄마 없는 자리에서 찍었다) 사진이었다. 펼쳐보는 이 두 페이지짜리 센터 포드는 아버지를 향한 벡델의 사랑과 분노가 뒤섞인 감정을 증명한다. 한편으로, 그들 부녀의 과거를 형성했던 아버지의 기만에 대한 분노로 인해 그녀는 아버지 브루스가 커밍아웃하지 않고 지낸 세월 내내 간직했던 비밀과 똑같은 비밀을 털어놓게 된다. 다른 한편으로, 그녀는 그 사진이 아름답다고 생각하는데 그건 아마도 "도덕적으로 인정받지 못했을 사실에 대한 아버지의 두려움을 내가 너무나 잘 알고 있었기 때문"15이라는 이유에서였다.

『펀 홈』의 특징이랄 수 있는, 과거와 현재 시점을 되풀이해서 넘나드는 설정은 벡델이 비가처럼 기능하는 텍스트 안에서 자신의 감정을 표현할 수 있도록 해준다. 한 비평가는 "작품 도처에 벡델이 '슬픔의 색깔' 비슷하게 묘사하고 있는 녹회색 잉크 세척제 같은 느낌이 존재한다"고 짚어냈다.16 '펀 홈Fun Home'(아이들이 '장례식장Funeral Home'을 줄여 부르던 말)에서 시신을 앞에 두고 앨리슨이 그녀의 아버지와 맺었던 관계는 죽

● 잡지 한가운데 접어 넣는 페이지.

음과 애도라는 무거운 주제에 그래픽의 무게감을 더한다. 그림과 글의 혼성 작품인『펀 홈』은 이 비가에 어린 소녀 예술가의 초상을 결합시키고 있으며, 그런 결합을 통해 브루스 벡델과 어린 소년들의 밀회며 앨리슨의 창의적인 커밍아웃 스토리를 병렬하고 있다. 그가 (해방운동) 이전의 인물이었음에 비해, 그녀는 이후의 인물이었다.

그러나『펀 홈』은 그 같은 단순한 (그리고 잠재적으로 자기 고양적인) 내러티브 진행을 거부하기도 한다. 작품의 첫머리가 가족의 집을 박물관 비슷한 곳으로 바꿔버리는 아버지의 끊임없는 실내장식 취미에 대한 앨리슨의 분노로 시작되지만, 벡델은 거듭해서 아버지의 장인 기질과 딸의 예술가 기질 사이의 관계를 극적으로 보여주는 브루스와의 장면들을 되돌아본다. 벡델이 추적하는 퀴어 계보에서, 두 장의 젊은 시절 사진(하나는 그의 것이고 다른 하나는 그녀의 것이다)이 그녀의 사진을 그녀의 여성 연인이 찍어주었듯이 그의 사진도 그의 남성 연인이 찍어주었을 것이라는 생각과 함께 등장한다. 그들이 닮았다는 것은 "번역이 이루어낼 수 있는 것만큼의 밀접한 유사성"[17]과 관계된다.

『펀 홈』의 도처에서 브루스는 선머슴 같은 딸을 여자용 머리띠와 진주, 드레스로 꾸미고 싶어하지만, 그녀는 점점 더 커지는 가슴에 속을 태우면서 남성의 패션을 연구하고 아버지의 양복을 입어본다. 앨리슨이 맨 처음 자신의 "불다이크bulldyke"성향을 언뜻 감지했을 때 그녀는 아버지가 그녀에게 그런 남성적인 외모를 하면 안 된다고 권했기에 "쏟아져나오는 환희"의 감

정을 억눌러야 한다.[18] 하지만 세대 갈등 속에서 이 두 적수는
상대를 비추는 닮은꼴로 기능한다. 소년 시절 그는 소녀처럼 차
려입었고, 소녀 시절 그녀는 소년처럼 차려입었다. 그녀는 남성
누드에 대한 그의 동경을 공유한다. 둘 다 남성성을 즐기는 남
성성 감식가인 것이다. 그의 집착적인 장식 취미가 그녀의 집착
적이고 강박적인 무질서 속에서 드러나며, 그 결과 그녀는 어느
시점에서부턴가 자신의 어린 시절 일기에 적힌 모든 문장의 첫
부분을 "내 생각으로는"이라는 구절로 꾸미고, 그다음에는 결
국 페이지 전체를 덮는 크기로 확대되는 탈자 교정부호들로 꾸
미게 된다.[19] 앨리슨이 부모에게 커밍아웃하자 그녀의 어머니
는 브루스도 동성애자였음을 밝힌다.

　그의 불같은 성미에도 불구하고, 또 육체적 애정 표현을 거의
하지 않는 외톨이형 가족 속에서, 브루스와 앨리슨은 책을 통해
더없이 밀접하고 친밀한 접촉을 공유하며, 이런 접촉은 앨리슨
이 왜 아직도 그 종속된 과거를 깨끗이 잊기 거부하는지 그 이
유를 더욱 명확히 밝혀준다. 서재 그림들, 읽고 가르치는 장면
들, 타자 원고로 바뀐 원고들, 책 표지, 서점 그림들이『펀 홈』의
상호 텍스트 관련성을 강조하며 넘쳐난다. 앨리슨은 어머니를
헨리 제임스형 인간으로, 아버지는 F. 스콧 피츠제럴드형 인간
으로 상상한다. "아버지가 현실과 허구 사이에 그어놓았던 경
계선은 정말이지 흐릿했다"고 벡델은 쓴다.[20] 그러나 그의 딸에
대해서도 같은 말을 할 수 있을 것이다.

　『펀 홈』에 나오는 많은 커밍아웃 장면 그림들에서 앨리슨은
대학 시절 연인과 함께 책들(에이드리언 리치의『공통 언어를

향한 꿈』과 올가 브루마스의 『O와의 시작』)이 놓인 침대에서 "나로서는 말과 행동이 새롭게 융합하는 순간"에 젖어 있는 모습으로 묘사된다. 깔깔 웃으며 벌거벗은 채 연인과 서로 얽히면서 앨리슨은 『제임스와 슈퍼 복숭아』*의 의미를 다시 배운다. "페미니즘 여명기의 황량한 빛 속에서는 모든 것이 달라 보였기 때문이다."[21] (이 두 연인의 환희는 페미니즘 여명기의 빛이 "황량할" 필요가 있다는 생각과 멋진 대조를 이룬다.) 레즈비언들의 과거에 매료된 앨리슨은 자신이라면 아이젠하워 시절의 다이크들이 냈던 것과 같은 용기를 가질 수 있었을까 궁금해하며, "3종으로 이루어진 여성의 복장 규정"을 알고 있다는 사실에 자부심을 느낀다. 그녀는 프루스트가 "뒤바뀐invert"이라는 용어를 사용했다는 사실을 즐긴다. 그 용어가 "동성애자를 성적 표현이 그(나 그녀)의 성별과 일치하지 않는 사람이라고 규정하는, 부정확하고 불충분한 용어"라는 것을 깨달았는데도 그랬다. 그녀는 자신과 아버지에 대해 생각하면서 "우리는 뒤바뀐 사람들invert일 뿐만 아니라 서로를 뒤바꾼 사람들inversions이기도 했다"[22]라고 말한다.

어린아이였던 앨리슨에게 일기를 계속 써나가라고 달력을 선물했던 브루스는 대학생이 된 앨리슨에게는 콜레트의 『지상의 낙원』과 조이스의 『율리시스』를 선물했다. 몽마르트 언덕에서 "서로에 대해 좋아하는 감정"을 함께 나누며 살아나가는 여성들에 관한 콜레트의 이야기는 앨리슨을 매료시킨 텍스트 더미

● 영국 소설가 로알드 달의 동화.

에 반가운 추가 항목이었고, "동성애에 관한 동시대적, 역사적 관점"에 대한 독립적 독서 과정으로서 적격이었다. 콜레트의 책에 나오는 내용 중 한 줄을("이 순수하지만 변칙적인 욕정에 대하여") 제목으로 붙인 신문 기고문을 통해 앨리슨이 "공적으로" 커밍아웃하고 난 뒤, 벡델은 앨리슨이 콜레트의 책을 왼손에 들고 오른손으로 자위 행위를 하고 있는 그림을 그렸다. "그녀는 심지어 자위하기에도 좋았다."[23] 그녀의 각성은 텍스트상의 각성이면서 성적인 각성이었다.

『율리시스』 세미나는 앨리슨에게는 지루하게 느껴졌지만, 벡델은 『펀 홈』의 결말 부분에서 내내 그 장면에 의존한다. 그리고 조이스와 콜레트의 두 책 선물이 합쳐지면서 『펀 홈』의 결말 부분은 벡델이 마거릿 앤더슨과 제인 힙, 그리고 실비아 비치의 초상 그림을 제시하는 페이지로 이어지는데, 앤더슨과 힙은 자신들이 운영하는 잡지 〈리틀 리뷰〉에 『율리시스』의 에피소드들을 실었던 이들이었고, 비치는 "누구도 손조차 대지 않으려는 원고"를 출간했던 사람이었다. "이들 세 여성이 (그리고 『율리시스』의 프랑스어판을 출판한 실비아의 연인이었던 에이드리언 모니에까지) 모두 레즈비언이었다는 사실은 그저 우연이었을지도 모른다"는 점은 벡델도 인정한다. 그러나 앨리슨이 콜레트의 책을 읽는 프레임에 대해 벡델은 이렇게 쓴다. "나는 이들 여성들이 이 책의 편을 들어주었으리라 생각하고 싶다. 왜냐하면 그들도 레즈비언이었으니까. 그리고 그들도 성애의 진실에 관해 한두 가지는 알고 있었을 테니까."[24] 브루스 벡델의 구원에 도움을 준 것은 그가 딸에게 물려준 문학적 계보였다. 제2

물결 페미니즘 이전과 이후의 구분을 넘나드는 계보이자 스톤
월 항쟁 이전과 이후를 넘나드는 계보 말이다.[25]

『편 홈』은 브루스의 죽음(달려오는 트럭의 전면 그림)과 부
활, 즉 브루스가 수영장 풀에 서서 위를 올려다보며 두 팔을 내
밀고 있고, 어린 앨리슨은 다이빙대에서 그의 품 안으로, 그가
서 있는 수영장 물속으로 뛰어내릴 준비를 하고 있는 이중의 이
미지로 끝을 맺는다. 에이드리언 리치가 자신의 결혼이라는 난
파선의 잔해 속으로 잠수하며 기록한 것처럼, 그녀도 자신의 가
족이라는 난파선의 잔해 속으로 상징적인 다이빙을 하고 있다.

『당신 엄마 맞아?』

『편 홈』은 2013년 브로드웨이의 뮤지컬로 개작되고 나서 토
니 상 다섯 개 부문에서 상을 받았다. 그 무렵 벡델은 화가 홀리
레이 테일러와 함께 버몬트주의 시골로 이주해 『당신 엄마 맞
아?』를 발표했다. 『편 홈』에서 똑똑하지만 소원한 편이었던 어
머니가 이 후속 작품에서는 주인공으로 진화한 모습으로 등장
하는데 이 후속편은 전작보다 찬사를 덜 받았다. 아마 정신분
석, 특히 소아 정신과 의사 D. W. 위니콧에 너무 몰입한 내용
때문일 것이다. 이 작품에서 벡델은 여성운동이 그 운동이 시작
된 이후 성장한 한 딸에게 영향을 미치기 전에, 한 어머니가 먼
저 그 딸에게 미친 영향을 집중적으로 다룬다. 그런 작업을 통
해 그녀는 자신과 자신의 딸들이 태어날 때부터 제2의 성으로

규정된다고 생각하는 여성을 어머니로 둔 많은 소녀들의 심리를 조명한다.

『당신 엄마 맞아?』에 나오는 많은 프레임들에서 엄마 헬렌 벡델은 자신의 딸아이에게 모유 수유를 하려 애쓰고, 어린 앨리슨을 브루스의 분노로부터 보호하고, 나중에는 젊은 여성이 된 딸을 금전적으로 지원하는 모습으로 기억된다. 하지만 앨리슨과 심리 치료사의 대면 대화와 그녀와 헬렌의 잡담 전화를 다룬 그림들 속에서 벡델은 자기 생각에만 골똘해 있는 어머니를 그린다. 위니콧의 용어를 빌리자면, 그녀는 과연 '충분히 괜찮은' 엄마였을까? 늙어가는 헬렌은 앨리슨과의 전화 통화에서 시종 앨리슨이 전혀 모르는 사람들과 사건들에 "대해서만 계속해서" 이야기를 늘어놓는다. 앨리슨은 "엄마는 내 삶에 대해서는 듣고 싶지 않은가 보다"라고 생각한다. 아마 "그 이야기는 부분적으로는 레즈비언과 관련된 이야기일 수도 있을 것이다. 혹시 기회를 봐서 한마디 끼어들면 그게 '성기 구강 애무' 같은 내용일 수도 있을까 봐 걱정이 돼서 그런 것 같다." 그녀는 "내가 꼭 엄마가 된 것 같다"고 결론짓는다.[26]

앨리슨은 엄마가 자신의 자전적 작품을 과소평가하고("그 작품, 그거 주제가 너무 협소한 것 아니니?"), 내용이 당황스럽다고 하고("너 네 실명 쓰지 않을 거지, 그렇지?"), 끝으로 케이트 밀릿의 어머니처럼 호모포비아처럼 들리는 말을 하자("나는 그냥 책에 네 이름이 실리는 게 좋지, 레즈비언 만화책에 네 이름이 실리는 건 싫다") 괴로워한다. 앨리슨이 레즈비언 만화책을 내기로 계약했다고 밝히자 헬렌은 "그 소식을 들으니 마음이 편치 않구나. 그건 너도 알겠지"라고 말한다.[27] 앨리슨은 전화를 끊고 나서 몸을 웅크리고 눈물을 흘린다.

이런 식으로 상처를 주는 대화를 나눌 때 많은 경우 헬렌은 신문을 읽고 있다. 우리는 앨리슨의 어머니가 자기애를 지닌 어머니이며 딸에게 필요한 긍정적인 말을 해줄 만큼 '충분히 괜찮은' 사람이 아니라고 판단하기 시작한다. 그러나 벡델은 자신을 그린 수많은 그림들이 그녀 자신도 헬렌 못지않게 자기애적인 사람임을 입증한다는 것을 알고 있다. 이 그림들 역시 그녀의 예술적 기예를 뽐내는 것이기에 벡델의 어머니가 분명 뭔가 올바른 판단을 했을 수도 있겠다는 점을 암시한다.

여성운동 이전에 태어난다는 것이 무엇을 의미하는지 그 수수께끼는 심리 치료사가 앨리슨에게 그녀의 어머니에게 "엄마는 엄마의 엄마에게서 주로 뭘 배웠어요?"라고 물어보라고 설득한 뒤에 풀렸다. 단 한 박자도 뜸들이지 않고 헬렌은 말한다. "아들이 딸보다 더 중요하다는 거지."[28] 헬렌의 어머니는 헬렌이 자기 아들들에게 그랬듯이 아들들을 끔찍이 위했다. 이 점으로 볼 때 분명 페미니즘 이전 시기에는 사랑을 베푸는 어머니들조차도 딸들의 가치를 깎아내렸음을 암시한다. 이들 어머니/딸의 대화는 즉각 남근 선망, 버지니아 울프의 소설 『등대로』, 그리고 버지니아 울프 자신이 아버지의 폭압적 태도 등에 관해 한 차례 생각하는 칸들로 이어진다. 아마 남편의 가치관을 그대로 받아들인 어머니들이 남자 형제들에게 부여한 특권에 딸들이 분노했음을 울프가 분명히 밝혔기 때문일 것이다.[29]

"이전"과 "이후"라는 용어는 울프를 괴롭힌 용어들이기도 했다. 특히 벡델이 재창조한 『등대로』 안의 도식에서 그랬다.[30] 『등대로』 1부에 나오는 전통적인 여성들에게 아직도 사라지지 않고 남아 있는 빅토리아 왕조 시대의 질서는 2부에 나오는 혼돈에 빠진 1차 세계대전의 "기나긴 밤" 앞에도 놓여 있다. 3부에서는 파멸적인 파괴의 여파로 해방된 여성들과 함께 현대의 세계가 등장한다. 울프의 대리인 격인 소설 속 인물 릴리 브리스코처럼, 앨리슨은 독재적인 남성들의 욕구에 도움이 되는 전통적 아내와 어머니 상을 받아들이려 애쓴다. 울프가 자신의 어머니에 대한 비통한 심정을 '새로운 여성'에 관한 글쓰기를 통해 누그러뜨렸듯이, 벡델도 전통적인 여성상으로부터 그녀 자신이 해방되는 것이 그녀의 어머니의 어머니 역할을 한다는 것에 무슨 의미가 있는지 분석함으로써 어머니를 받아들이게 된다.

『당신 엄마 맞아?』의 결말 부분에서 벡델은 말수가 줄어든 헬렌의 태도를 거부보다는 "심미적 거리 두기"와 더 결부시킨다. 세월을 따라 변해가면서 엄마가 딸의 재능을 받아들이기 시작한 것일까? 헬렌은 『펀 홈』의 출간을 참고 봐줄뿐더러 딸이 가족에게 필요한 것보다 이야기의 필요성에 부합해야 할 책무가 있다고 옹호하기까지 한다. 헬렌은 후속 작품의 일부를 읽고 난 후 관대한 평가를 내리는데("이야기가 맥락이 닿는구나" "이 책은 한 차원 높은 작품이야") 이런 평가는 벡델이 "엄마가 내게 글쓰기를 가르쳐준 순간"과 함께 연상하는 "장애아 놀이"라는 중요한 기억을 유발하는 반가운 확인 과정으로 작용한다.[31]

취학 전 아이일 때 앨리슨은 희한하게도 장애아인 척하면서 "아들이 딸보다 더 중요하다"는 헬렌의 생각을 통해 습득한 "결핍감"을 연기로 나타내곤 했다. 그런 어머니의 딸로 태어난다는 것은 장애아로 태어나거나, 프로이트의 말처럼 거세된 채 태어나는 것과 같다. 그러나 헬렌이 자진해서 딸의 "장애아" 연기 놀이를 함께했던 일은, 벡델이 그녀 역시 타고났던 재능에 손상이 가해졌다는 것, 그 손상의 정도를 가늠할 수 있게 해준다. 헬렌이 뭔가 올바르고 중요한 기여를 했다는 소리다. 그녀는 다리를 절름거리는 딸의 상상력을 고무했다. 헬렌은 가짜로 "절름거리는" 걸음마 단계의 딸에게 가짜 멜빵바지와 가짜 특별 구두를 선물하는 사람으로 그려진다. 벡델은 "엄마는 보이지 않는 내 상처를 볼 수 있었을 거야. 엄마에게도 그런 상처가 있었으니까"라고 생각한다.[32]

마지막 페이지에서 어린 앨리슨은 "이제야 일어설 수 있을 것 같다는 생각이 든다"고 말하고, 벡델은 헬렌에 관해 이렇게 말을 맺는다. "엄마가 내게 나가는 길을 알려주었어."[33] 어머니이자 여자인 여성의 가르침을 거부했지만 그럼에도 불구하고 그 여성이 자기 영감의 원천임을 깨닫는 울프의 릴리 브리스코처럼, 벡델 또한 상처를 주었지만 사랑하는 어머니를 뮤즈로 삼았다. 충분히 괜찮은 양육을 받아 비롯된 관대한 마음씨를 지녔던 이 해방된 여성은 자신이 그 틀을 깨부수었던 전통적인 여성을 기린다.

자전적인 두 작품을 통해 가족 로맨스에서 자유로워진 벡델은 당연하게도 이제 어린 시절이라는 주제를 떠나고 싶었다. 그녀의 다음번 프로젝트였던 『초인적 힘의 비밀』은 명백히 건강과 죽음의 운명에 초점을 맞출 예정이었다. 하지만 정치적 상황이 그 진전을 늦추었다. 트럼프 대통령 재임 기간 동안 필요한 "치료제"로서 "주목해야 할 다이크들"이 되살아났던 것이다. 그 녀는 이 시기를 그녀가 "철저히 무기력하고 맥 빠지고 두렵다" 고 느끼게 만든 "고비 풀린 세력들"이 트랜스젠더와 흑인에게 점점 더 심한 공격을 가하던 일과 결부시켰다.³⁴

이브 엔슬러의 V-데이

벡델이 소녀 시절의 심리적 상처를 탐색하던 그때, 그녀의 동 년배 작가 다수는 성인 여성이 겪는 육체적 트라우마 문제를 다 루었다. 벡델보다 일곱 살 위인 공연 예술가 이브 엔슬러는 자 신의 커리어를 전 세계 여성을 위협하는 "고삐 풀린 세력들"과 의 싸움에 바쳤다. 1998년 밸런타인데이에 엔슬러는 연례 행사 인 V-데이 운동을 창설했는데, 이는 그녀가 믿기에 많은 사람 들이 내뱉기 거북하다고 생각하는 단어, 즉 버자이너를 갖고 태 어난 인간에 대한 폭력의 종식을 요구하기 위해서였다.

쌀쌀한 어머니와 육체적 학대뿐만 아니라 성적 학대까지 일 삼은 아버지 밑에서 성장한 엔슬러는 미들베리대학교를 졸업 한 뒤 마약과 술에 의존했다. 그녀의 당시 남편은 그녀를 재활 시설에 집어넣었다. 그녀는 10년간의 결혼 생활이 끝난 뒤에 는 양자로 입양했던 아들과 가깝게 살았다. 세상을 좀 더 안전 한 장소로 만들기 위해 연극을 이용하리라 마음을 굳힌 그녀는 1996년 유명한 극작품 〈버자이너 모놀로그〉를 제작하기 위해 다양한 단체들에 가입했다. 폭력 반대 운동을 위한 기금 마련이 그 목적이었다.

수백 개의 인터뷰에서 엄선한 내용들로 짜인 이 1인칭 이야기 〈버자이너 모놀로그〉는 자신의 몸에 대한 여성들의 무지와 굴욕감뿐만 아니라 생리, 자위 행위, 출산, 가정 폭력, 강간, 여성 성기 절제술 등에 대한 상충된 반응까지 묘사한다. 48개 언어로 번역되고 140개 이상의 나라에서 공연된 〈버자이너 모놀로그〉의 주역은 원래 엔슬러 자신이었지만 이후 제인 폰다, 우피 골드버그, 수전 서랜던 같은 유명 배우들뿐만 아니라 대학 연출 작품에서는 수많은 학부 학생들까지 주인공으로 출연했다.

2009년 콩고민주공화국에서 전쟁과 고문 피해자들을 위해 일하다가 자궁암 진단을 받게 되자 엔슬러는 "콩고의 수많은 여성들에게 강간이 자행했던 일을 정확히 암이 자행하고 있다"고 깨달았다. "누관들"(버자이너와 방광, 직장에 생긴 구멍들)이 "강간이 원인이 되어, 특히 윤간이나 병이나 막대기 같은 이물질을 사용한 강간이 원인이 되어 생길 수 있었다."[35] 자신의 괴로운 고통을 "세상이라는 몸 안에서" 그녀가 목격한 고통과 결부시키면서 그녀는 이 표현을 제목으로 하는 회고록뿐만 아니라 여성 1인극 공연 작품까지 썼다.[36]

그 후 이어진 엔슬러의 전 세계적 운동 '10억 명 궐기' 운동은 2012년의 V-데이 운동에서 생겨났다. 이후 "우리의 성범죄자 총사령관" 대통령 선출은 운동에 헌신하고자 하는 그녀의 결심을 더욱 강화시킬 뿐이었다.[37] 현재 전 세계적으로 여성 세 명당 한 명꼴로 평생에 걸쳐 성폭력을 경험한다. 이에 엔슬러는 테러리즘, 원리주의, 전쟁이 만들어내는 위협에 관한 의식을 고양하기 위해 국제적 조직 활동을 주도하고 있다. 그 외에도 그녀는 여성 성기 절제술을 피해 피신처를 찾는 어린 소녀들을 위한 안전 가옥을 만드는 데 도움을 주기도 했다.[38]

리베카 솔닛의 설명에 따르면, 미국에서 9/11과 2012년 사이에 가정 폭력으로 인한 사망자는 1만 1766명 이상으로 9/11 사망자 숫자와 "테러와의 전쟁"으로 살해당한 군인들의 숫자를 넘어섰다.[39] (미소지니적인 비디오 게임에 관한 "게이머게이트" 논쟁에서처럼) 온라인상의 여성 괴롭힘과 (요청하지도 않은 "음경 사진"을 보내는 일 같은) 데이트 웹사이트에서의 여성 괴롭힘 또한 엔슬러가 하는 작업의 지속적인 타당성을 입증한다. 그것은 전폭적으로 퍼져나가 푸시카트 문학상까지 받게 되는 퍼트리샤 록우드의 2013년 시 「강간 농담」이나 에마 설코위츠가 2014년에 벌인 "매트리스 퍼포먼스" 운동도 마찬가지였다. 설코위츠의 이 퍼포먼스는 동료 학생에게 강간을 당했다는 자신의 주장을 널리 알리기 위해 23킬로그램이나 되는 기숙사 방의 매트리스를 짊어지고 컬럼비아대학교 캠퍼스를 돌아다닌 행위였는데* 일약 언론의 헤드라인을 장식했다.[40]

2019년, 아마도 미투 운동에 영향을 받은 듯 엔슬러는 『아버지의 사과 편지』를 출간했다. 마치 그녀의 (죽은) 아버지가 직접 쓴 것 같은 텍스트였는데, 그가 이 글을 통해 딸이 간절히 들

---

* 강간을 저지른 남학생은 자유롭게 살고 있는데 강간당한 여학생은 그 짐과 부담을 계속 짊어지고 다닌다는 것을 알리는 것이 목적이었다.

고 싶어했던 후회의 말을 하는 내용이었다. 이 책은 "여전히 사과를 기다리고 있는 모든 여성들"에게 헌정되었다.[41] 이 책이 출간된 뒤 엔슬러는 (아버지의 망령을 털어냈다고 느꼈는지) 아버지의 성을 버리고 자신의 성을 그저 단순하게 브이V라고 바꾸었다.

엔슬러의 V-데이와 '10억 명 궐기' 운동은 세계적인 운동으로의 확대를 모색했던 많은 초기 페미니스트들의 노력을 요약한다. 이란혁명 이후 케이트 밀릿이 강제적인 베일 착용에 항의하는 여성들을 지지하기 위해 이란으로 떠났던 것처럼, 1980년대 중반에는 로빈 모건이 '시스터후드 이즈 글로벌 연구소'를 설립했고, 투병 중이던 오드리 로드는 독일에 재정착하여 인종차별주의와 외국인 혐오주의와 맞서 싸우는 아프리카계 독일인 여성들에게 합류했다.[42] 1993년과 1996년 사이에는 수전 손택이 (60대의 나이에) 포위 공격을 당하던 사라예보를 열한 차례나 방문하여 보스니아의 학살 행위에 항의했으며, 폭격이 쏟아지는 와중에도 연극 〈고도를 기다리며〉 제작을 지휘했다.[43]

또한 국제 무대에서는 두 명의 페미니스트 인문학자들(이론가 가야트리 차크라보티 스피박과 철학자 마사 누스바움)이 교육 분야에서의 국제적 업적으로 일본판 노벨상인 교토상을 수상했다. 스피박의 활동과 마찬가지로 주변으로 밀려난 소외된 사람들을 위한 누스바움의 활동은 포스트식민주의 학자들이 "국경 없는 페미니즘" 혹은 "국적 초월 페미니즘"이라고 부르는 사업의 일환으로 이해될 수 있을 것이다.[44] 스피박은 상금을 그녀의 모국인 인도 웨스트벵골의 빈곤 지역 학교들에 기부했고,[45] 누스바움은 상금을 그녀의 시카고대학교 내 연구소의 철학 및 법학 프로그램들에 기부했다. 누스바움의 말처럼, 이들 두 사람은 모두 교육이 "여성의 삶의 많은 문제들에서 진전을 이뤄내는 데 열쇠가 된다"고 믿는다. 그녀는 전 세계 국가의 4분의 1에서 글을 읽고 쓸 줄 아는 남성의 비율이 여성의 비율보다 15퍼센트 이상 높다고 지적했다.[46] 트럼프가 선출된 날 밤 교토상을 받기 위해 일본에 가 있었던 누스바움은 다음 저서 『타인에 대한 연민』(2018)을 쓰기 시작했다.

두 사람과 비슷하게 교육 쪽으로 방향을 돌렸던 페미니스트 심리학자 캐럴 길리건은 2016년 대통령 선거의 "충격"을 강의실에서 분석이 필요한 과제, 『가부장제는 왜 집요하게 존속하는가?』라는 질문으로 바꾸었다. 그녀는 자신의 2014년 법학 세미나 〈불의에 저항하기〉에 등록했던 나오미 스나이더와 협업하기도 했다. 이들 선생과 학생은 모두 "서로에게 악기의 공명판 같은 존재"가 되어 가부장제의 종말과 민주주의의 승리에 대한 희망을 제시했다. 그 승리는 "사랑처럼 인간관계를 조건으로 한다. 즉 모든 사람들이 자신의 경험에 근거한 목소리를 내는 것을 조건으로 한다."[47]

트랜스젠더의 가시화:
수전 스트라이커에서 매기 넬슨까지

〈버자이너 모놀로그〉로 본질주의라는 공격을 받게 되리라는 사실은 엔슬러도 틀림없이 알고 있었을 것이다.[48] 그러나 그녀는 젊은 페미니스트들의 다른 공격에 대해서는 마음의 준비를 하지 못하고 있었다. 이 연극 공연과 관련하여 그녀에게 조언해준 트랜스젠더 배우들을 위한 새로운 모놀로그를 썼기 때문에, 그녀는 몇 년 뒤 대학 캠퍼스의 많은 단체들이 〈버자이너 모놀로그〉에 트랜스젠더 혐오적인 작품이라는 꼬리표를 붙이며 무대 공연을 취소하자 깜짝 놀랐다. 이에 대응하여 그녀는 새로운 형태의 운동이 옛 형태의 운동을 지우거나 변색시켜서는 안 된다고 주장했다.[49] 트랜스젠더의 권리도 중요하지만 여성의 권리를 강조하려는 초기의 노력을 무효화해서는 안 되며, 특히 백래시가 부활하는 시점에서는 더욱 그렇다는 것이었다. 엔슬러는 "우리나라가 얼마나 심각하게 인종차별주의와 성차별주의, 동성애 혐오주의에 젖어 있는지 트럼프가 우리에게 알려주고 있다"고 지적했다.[50] 그러나 이 논란은 트랜스젠더들과 트랜스젠더 연구가 학계 내에 둥지를 틀기 시작했다는 사실을 명백히 보여준다. 트랜스젠더의 가시화를 진전시키려는 노력은 많은 21세기 작가들을 끌어들였다.

2008년 수전 스트라이커는 『트랜스젠더의 역사』를 내놓았다. 하지만 트랜스젠더 이슈는 트랜스 여성 래번 콕스가 2013년 텔레비전 쇼 〈오렌지 이즈 뉴 블랙〉에서 트랜스 여성 배역을 맡을 때까지 폭넓은 주목을 받지 못하고 있었다. 방송 작가 질 솔러웨이의 〈트랜스패런트〉가 2014년 처음 방송되었으며, 전직 육상 선수 케이틀린 제너는 2015년 트랜스 여성으로 커밍아웃했다. 그리고 에이즈가 유행하던 시기에 트랜스젠더들의 무도회

장 문화를 다룬 텔레비전 연속극 〈포즈〉와 허세 부리기 좋아하는 빅토리아 시대 인물 앤 리스터의 암호화된 일기를 바탕으로 제작된 〈젠틀맨 잭〉이 각각 2018년과 2019년에 텔레비전에 등장했다. 스트라이커의 설명처럼, 트랜스젠더라는 용어가 트랜스섹슈얼이라는 구식 용어를 대체하기 시작하면서 많은 새로운 용어들이 표면에 부상했다.[51] 여성과 남성의 분류를 모두 거부하는 사람들이 늘고 있으며, 이는 운전면허증에 여성을 나타내는 'F'와 남성을 나타내는 'M'과 함께 논바이너리를 위해 'X'를 추가하는 법안을 고려하는 다수 주 의회 의원들의 논의에도 반영되고 있는 사실이다.

논바이너리 정체성처럼 트랜스젠더의 정체성 규정은 성적 지향을 포함할 수 있지만, 더 근본적으로는 젠더와 관련된다. 트랜스 유색인종 여성 재닛 목이 회고록 『진짜에 대한 재정의』(2014)에서 설명하듯이, "간략히 표현한다면 우리의 성적 지향은 우리가 누구와 침대에 들어가느냐와 관계 있고, 우리의 젠더 정체성은 우리가 누구로서 침대에 들어가느냐와 관계 있다." 목의 이 말은 〈뉴욕 타임스〉의 트랜스 칼럼니스트 제니퍼 피니 보일런의 말을 재사용하고 있는 것이다. 보일런은 자신의 회고록 『그녀는 거기 없었다: 두 개의 성별로 산 인생』(2003)에서 "게이나 레즈비언으로 산다는 것은 성적 지향과 관련이 있는 일이다. 트랜스젠더로 산다는 것은 정체성에 관한 일이다"라고 주장했다.[52] 재닛 목은 "트랜스인은 비동성애자일 수도, 동성애자일 수도, 양성애자일 수도, 기타 무엇일 수도 있다"고 설명하면서, "이 세상은 페니스를 가진 소녀에게 잔인한 장소일 수 있다"

고 주장해나간다.[53]

　성전환 수술 이전과 이후 목은 "내가 '진짜'가 아니라는 이야기, 즉 나는 시스젠더 여성이 아니며 그런 여성은 결코 될 수 없으니, 결국 나는 가짜라는 의미의 이야기"를 거듭해서 들었다. 그러나 "만약 자기 자신에 대해 알고, 이 세상에서 여성으로서 기능하는 트랜스 여성이 여성으로 보이고, 느껴지고, 대접받고, 여성으로 여겨진다면, 그게 바로 그녀의 본모습 아니겠는가?" 그녀는 무엇으로 보여지는passing 사람이 아니다. 그녀는 그저 존재하는being 사람일 뿐이다.[54] 자신들의 성 정치를 명확히 하려 애쓰면서 목과 같은 (〈포즈〉 같은 텔레비전 쇼를 감독하고 쓰고 연출했던) 트랜스젠더 인권 지지자들은 1990년대의 페미니스트 이론가들이 개발했던 젠더, 섹스, 성적 지향에 관한 개념을 빈번히 이용했다.

　자신을 "게이 트랜스 걸"이라고 지칭한 한 젊은 작가는 자신의 자의식을 강화하기 위해 페미니즘 계보에서는 있을 법하지 않은 인물로 전향했다. 앤드리아 롱 추는 학부 3학년 때 발레리 솔라너스의 〈스컴 선언문〉을 읽고 트랜스 여성들이 "일종의 페미니스트 전위대"라는 사실을 알게 되었다.[55] 추는 솔라너스가 심미적 근거로 남성을 거부했다는 사실을 즐겼다. 〈스컴 선언문〉의 다음 구절이 특히 추를 매료시켰다. "만약 남성이 현명하다면 그들은 진짜 여성이 되려 할 것이고, 뇌와 신경계 수술에 의해 육체뿐만 아니라 정신까지도 자신들을 변화시키는 (…) 생물학적 연구를 집중적으로 하려 할 것이다."[56] 추는 이 구절에서 솔라너스가 "남성에서 여성으로의 젠더 전환이 어떻게 남성과의 탈동일시뿐만 아니라 그들과의 유대 관계 단절을 표현할 수 있는지"에 관한 이상을 제시한다고 믿는다. 이런 관점에서 "트랜스섹슈얼 여성은 타고난 젠더 정체성을 '확인하기' 위해서가 아니라 남성으로 사는 것이 바보 같고 지루한 일이기 때문에 성 전환을 결심한다."

말할 필요도 없이 추는 솔라너스가 Y 염색체를 가진 아기들을 제거해야 한다고 역설했기 때문에 본질주의자이자 동성애 혐오주의자로 분류되는 결과를 초래했다는 사실을 충분히 알고 있다. 추는 트랜스 사회뿐만 아니라 그 사회와 일부 시스젠더 페미니스트 사이에서 분명 계속되고 있는 갈등을 정당화하기 위해 〈스컴 선언문〉을 발굴한 것이 이상한 일임을 이해한다. 그녀가 저메인 그리어를 언급하는 것도 그렇다. 2015년 〈글래머〉 편집자들이 그들의 '올해의 여성상'을 전직 육상선수인 트랜스 여성 케이틀린 제너에게 수여하기로 결정했을 때, 저메인 그리어는 추가 정당하게도 "보석 같은 성명"이라고 부른 성명을 발표했다. 그리어는 "당신이 당신의 음경을 잘라내고 드레스를 입었다고 해서 그게 당신을 빌어먹을 여성으로 만드는 것은 아니다"고 주장했다. "내가 의사에게 나에게 긴 귀와 작은 갈색 반점을 만들어달라고 부탁했다 치자. 그래도 그게 나를 빌어먹을 코커스패니얼로 바꾸지는 못할 것이다."[57] 하지만 추는 "나 같은 게이 트랜스 걸보다 더 '여성으로 정체화한 여성'은 없을 것이라는 사실이야말로 페미니스트 역사에서 최고의 아이러니로 남아 있다"고 결론짓는다. 그리고 다른 트랜스 여성들로 인해, "사실상 이 지구상에 남성이 더 적게 존재하게 되었다. 적어도 솔라너스라면 자부심을 느꼈을 것이다. 한 트랜스섹슈얼 북 클럽의 명칭이 '남성 절단 협회'인데, 이는 꽤 멋진 이름이다"라고 주장한다.

2015년 미국도서비평가협회 비평 부문 수상작인 매기 넬슨의 『아르고호*의 모험가들』은 그리어나 솔라너스의 신랄한 독설 없이도 페미니스트/트랜스 담론을 확장시켰다. 그런 독설 대신 넬슨은 그녀가 시에 가져다 썼던 서정적 표현을 그녀의 페미니즘 교육에 관한 시적 산문에 돌려 썼다. 장르를 넘나드는 그녀의 이 회고록 제목은 프랑스 사상가 롤랑 바르트의 한 구절에서 따온 것으로, "배의 이름을 변경하지 않고 항해 기간 동안 배를 고쳐 쓰는 아르고호 모험가들"[58]과의 사랑에 대한 거듭된 선언을 연상시킨다. 넬슨은 '자서전이론autotheory'(자서전 autobiography과 이론theory'의 합성어)이라고 부른 바 있는 형식을 통해, 그녀와 그녀가 사랑하는 사람들이 젠더 유동성에 전념하는 힘으로 물에 뜬 뒤, 계속해서 안전 항해를 할 수 있도록 배를 수선하는 동료 모험가 무리를 모을 목적으로 인용구들을 연이어 제시한다.

넬슨의 아르고호 모험가들은 "많은 성별 특성을 지닌 내 가슴속의 많은 어머니들"을 구성하는 "활기찬 할머니들", 즉 그녀의 스승들과 현자들이다.[59] 그들은 다음과 같은 사람들로 구성된다. 웨인 코스텐바움, 주디스 버틀러, 특히 이브 세지윅 같은

• 그리스 신화 속 영웅 이아손이 황금 양털을 가져오기 위해 테세우스, 헤라클레스, 오르페우스 등 다른 영웅들과 함께 타고 원정을 떠났던 목선.

퀴어 이론가들, 거트루드 스타인, 주나 반스, 앨리슨 벡델, 마야 안젤루, 앨리스 먼로, 캐서린 오피, 애니 스프링클, 그리고 특히 아일린 마일스 같은 예술가들, 또 수전 프레이먼, 데니즈 라일리, 세라 아메드, 수전 손택, 그리고 매리 앤 코스 같은 페미니스트 사상가들이다. 넬슨은 1970년대 초반 많은 급진적 페미니스트들이 시작했던 핵가족에 대한 공격에 은연중 의문을 제기하는 책 속에 그녀가 보호하려는 퀴어 가족의 은총을 빌기 위해 이들 "착한 마녀들"을 모아놓는다.

『아르고호의 모험가들』은 첫 문단부터(어떤 때는 파편적이고 시간순에 반하는 구절들의 모음이다) 충격을 준다. "당신이 내 엉덩이에 박았던 첫 순간에 터져나온 주문呪文처럼" 말한 "당신을 사랑해"라는 내용으로 시작하는 이 문단은 항문 성애에 대한 발언으로, 그리고 인자하게도 성별 구분이 안 되는 대명사인 "당신"의 모호한 사용으로 독자들을 충격에 빠뜨린다. 두 가지 모두 매기 넬슨과 남성도 여성도 아닌 예술가 해리 도지의 비규범적 관계를 찬양하고 있는 것이다. 다양한 순간 다양한 구경꾼들에게서 이들 두 사람은 부치와 펨으로, 이성애자 커플로, 두 여성 친구로 인사를 받았다.

『아르고호의 모험가들』은 계속해서 매기와 해리의 연애를 이야기하고, 그런 다음에는 매기의 (정자 기증에 의한) 임신으로 인한 변모와, 해리의 (테스토스테론 호르몬과 상반신 수술을 통한) 성전환에 대해 이야기한다. "표면적으로 볼 때는 당신의 몸은 점점 더 '남성적'이 되어가고, 내 몸은 점점 더 '여성적'이 되어가는 것처럼 보일지도 몰라. 하지만 내면적으로도 그렇게 느껴지는 건 아니야. 내면적으로 우리는 서로의 옆에서 변화를 겪어가는 인간 동물이야. 서로에게 느슨한 증인이 되어주는 존재. 다른 말로 하면, 우리가 늙어가고 있다는 거지."[60]

성별을 특정하는 대명사뿐만 아니라 선택되는 것이 아니라 부과되듯 주어지는 그 모든 정체성에 의혹의 눈길을 보냈던 넬슨은, 여성을 부적절한 박스 안에 집어넣고 제약하는 인습적인 고정관념들을 거듭 되돌아본다. 강연 연단에 선 그녀의 임신한 몸은 '생각하는 임신한 여성'이라는 엉뚱한 모순어법을 끌어낸다. 이는 사실 '생각하는 여성'이라는 보다 일반적인 모순어법의 과장된 변형이다. "하지만 나는 여성성이나 모성애를 지적 심오함의 영역에서 반사적으로 격리하려는 태도를 거부하기에 충분할 만큼 페미니스트였다."[61]

부모의 역할에 동반되는 편집증을 탐구하면서 넬슨은 우리의 아이들이 우리를 운명의 볼모로 만든다는 깨달음에서 비롯된 두려움을 묘사한다. 그리고 『아르고호의 모험가들』의 결말 부분에 나오는 감동적인 연속 장면을 통해 넬슨은 출산의 고통(자궁 경관이 사라질 때까지의 달수를 더하며 세는 일)과 죽어가는 일의 고통(해리의 어머니의 마지막 숨까지의 카운트다운)을 나란히 묘사한다. 리타 메이 브라운이 "한때 동료 레즈비언들에게 운동에 참여하기 위해서는 아이를 포기해야 한다고 설득했다"는 소문을 상기하면서, 그녀는 "일반적으로 말한다면 가장 급진적인 페미니스트 그리고/혹은 레즈비언 분리주의자들에게조차 늘 아이들이 주변에 있었다(체리 모라가, 오드리 로드, 에이드리언 리치, 캐런 핀리, 푸시 라이어트…)"라고 말한다. 그리고 어떤 경우든 그녀는 이 사실을 여성성, 출산, 규범성을 한쪽 편에 놓고 남성성, 섹슈얼리티, 퀴어 저항성을 다른 한편에 놓는 지겨운 이분법과 함께 견뎌왔다.[62] 이런 이분법 대신 그녀는 "호모 규범성homonormativity 개념의 발생과 그것이 퀴어성에 가하는 위협"에 대해 숙고한다.

앨리슨 벡델처럼 넬슨은 자신이 받았던 페미니즘 교육을 코믹하게 서술한다. 넬슨이 받았던 것은 자신의 대학원생들에게 좋아하는 토템 동물이 뭔지 물어보면서 그들에 대해 알아갔던 이브 코소프스키 세지윅의 별스러운 교육이었다. 그녀는 "나는 '수달이에요'라고 트림하듯 말했다"고 시인한다. 그녀는 영리하고 민첩해야 할 필요성에 대해서 그리고 더 일반적으로는 자유로워져야 할 필요성이나 어느 한쪽 편을 들어야 한다는 위협적인 협박을 거부하고 싶은 필요성에 대해서 생각하고 있었던 것이다. 그러나 그녀는 "고의적인 회피에는 그 자체의 제약이 있다"는 사실을 알게 되었고, 결국은 우리가 "평생 학습"이라고 부르는 과정을 받아들인다. "똑같은 깨달음을 체험해야 할지 모른다는 것에서 오는 기쁨, 똑같은 주석을 달고, 똑같은 연구 주제로 되돌아가고, 똑같은 정서적 진실을 다시 배우고, 똑같은 책을 거듭해서 쓰고 있다는 인식에서 오는 기쁨이 있다. 그 사람이 어리석거나 고집스럽거나 변화할 능력이 없어서가 아니라, 그런 식으로 같은 일을 거듭 반복하는 것이 삶의 내용을 구성하기 때문이다."[63]

11장
부활

세기가 바뀌면서 제2물결을 이끌었던 적지 않은 여성들이 노화와 함께 죽음을 마주하고 있었다. 오드리 로드는 1992년 간암으로 사망하기 전 감바 아디사라는 이름을 사용했는데, 이 이름은 "전사: 자신의 의미를 알리는 여성"이라는 의미였다.[1] 글로리아 안살두아와 수전 손택은 2004년 사망하고 난 이후 대중으로부터 영예를 얻었다. 앤드리아 드워킨은 2005년, 베티 프리단은 2006년, 그레이스 페일리는 2007년, 매릴린 프렌치와 이브 코소프스키 세지윅은 2009년, 조애나 러스는 2011년에 사망했다. 에이드리언 리치는 류머티스 관절염 합병증으로 2012년에 사망했다. 케이트 밀릿은 그녀가 사랑했던 파리에서 2017년에 사망했다. 2018년 어슐러 르 귄이 사망한 뒤 한 다큐멘터리 영화는 그녀가 SF계의 남성주의 사고방식을 전복시키는 데 실패했을지도 모른다는 두려움을 안고 있었다고 기록했다.[2]

문학비평가 낸시 K. 밀러는 비통한 감정에 이끌렸다. 그녀는 『나의 눈부신 친구들』(2019)에서 그녀와 우리의 멘토였던 캐럴린 하일브런, 페미니스트 이론가 나오미 쇼어, 페미니스트 전기 작가 다이앤 미들브룩의 죽음을 애도하면서 이탈리아 소설가 엘레나 페란테(『나의 눈부신 친구』의 저자)에게 경의를 표했다. 2019년 여름, 우리가 이 책의 초고를 완성하는 동안 토니 모리슨이 사망했다. 우리에게는 너무나 큰 슬픔이었다. 캐럴린 하일브런처럼 그녀는 우리 두 사람 모두의 친구였고 영감의 원천이었다.

페미니즘 연구가 계속해서 빠르게 양산되고 있었기에 우리 남은 사람들은 작업을 계속해나갔다. 하지만 인문학 분야의 악화된 상황이 학계 종사자들의 사기를 꺾었다. 인문학부에 등록하는 학생 수가 줄어들면서 전통적인 학과들이 위축되었다. 우리는 여성들이 힘을 합쳐 일자리를 만들어냈지만 아무래도 평가절하되지는 않을까, 걱정하기 시작했다.

학계의 안과 밖에서 페미니스트들은 경계할 이유가 있었다. 일하는 여성이 남성보다 가사 노동과 보육, 노인 돌봄 등에 더 많은 시간을 쓰는데도 비용을 감당할 만한 보육 시스템이나 유연한 직장/가족 내의 계약에는 진전이 거의 없었다.[3] 여학생들이 법학대학원, 의학대학원, 경영대학원에서 정당한 몫의 자리를 차지하던 시기에, 1989년에 나왔던 앨리 혹실드 교수의 『2교대 근무』가 2012년 재출간되었다. 취업한 어머니들의 이중 부담에 대한 분석은 너무나도 타당했다. 수많은 항의 시위가 있었음에도 아프리카계 미국인, 멕시코계 미국인, 토착 미국인 여성들은 계속해서 평균 수준 이하의 치료를 받았다. 사회학자 트레시 맥밀런 코텀은 2019년 "세상에서 가장 부유하다는 국가에서 흑인 여성은 더 빈곤하고, 식민화된 국가들의 여성들이 보이는 비율과 비슷한 비율로 출산 중 사망한다"고 지적했다.[4]

임신 중지 권리도 심각하게 약화되었는데 (특히 시골의 여성들이나 경제적으로 불이익을 받는 여성들이 그랬다) 많은 주들에서 임신 중지를 완전히 불법화하려는 시도로 임신 중지를 제약하는 금지 법안이나 기타 법안을 통과시킨 까닭이었다.[5] 보수주의 여성 논객 앤 쿨터는 여러 토크쇼에 나가 미혼모들이 아이를 포기하고 입양시켜야 한다고 주장하며, 그들을 지원하는 페미니스트들은 "분노에 차서 남성을 혐오하는 레즈비언들"이라고 목소리를 높였다.[6] 생명공학 기술 덕분에 사후 피임약이나 체외수정, 정자와 난자 냉동 같은 발전된 방법을 통해 더 많은 산아제한이 가능해졌음에도, '생명에 대한 권리' 운동의 열기가 고조되었다. 백인 우월주의자들이 단결하면서 증오 범죄, 약물 과다 복용으로 인한 사망, 사이버 공격이 급증했다. 트럼프 대통령 추종자들이 주류 언론인들을 비방하면서 소셜 미디어에 "가짜 뉴스"들이 급증하고 있는 것과 똑같았다. 그리고 물론, 많은 사람들이 빙하가 녹는 사태와 산불, 홍수가 심각한 기후변화의 징조라는 사실을 깨닫기 시작했다.

이런 각종 위협들 속에서 21세기의 여성 작가들은 다양한 연대, 이를테면 '흑인의 생명은 소중하다' 운동이나 환경 운동가들과의 연대를 구축했다. 시인 클로디아 랭킨, SF 작가 N. K. 제미신, 회고록 집필가 퍼트리샤 록우드가 인종 불평등, 환경 재난, 가부장적 종교 제도에 대해 숙고하는 동안, 그들의 다양한 동료들은 여성운동의 지속적인 활기를 지원하고 있었다. 트럼프의 통치라는 늪지대를 뚫고 나아갈 길을 발견하기 위해 많은 오솔길이 필요할 것이라는 점이 명백해지고 있을 때, 젊은 운동가들과 베테랑 정치인들에 의해 새로운 루트들이 지도에 등재되고 있었다.

클로디아 랭킨, 흑인의 목숨을 소중하게 만들다

백인 가정과 흑인 가정 사이의 심각한 부와 의료 격차를 감안할 때 그 어느 때보다 더 반인종차별주의의 개입이 필요한 미국이라는 국가에서, 그 개입의 완수를 위해 흑인 페미니즘의 통찰을 배운다는 것은 무슨 의미일까? 현 시대의 아프리카계 미국인 운동가들과 예술가들은 다양한 방식으로 이 문제에 답했다.

패트리스 컬러스, 얼리샤 가자, 오펄 토메티는(스스로 "세 명의 흑인 여성들로 두 명은 퀴어 여성이고 다른 한 명은 나이지리아계 미국인"이라고 규정했다) '흑인의 생명은 소중하다' 운동을 창설했다. "비동성애자 시스 흑인 남성을 운동의 전면에 내세우고 우리 자매들, 즉 퀴어, 트랜스, 장애인 동지들은 배경 역할을 맡게 하거나 아예 아무런 역할도 맡지 않게" 해온 "편협한 민족주의"를 뛰어넘고 싶다는 이유에서였다.[7] 후드 티를 입고 있어 어쩐지 "의심스러워" 보인다는 이유로 10대 흑인 트레이본 마틴이 총에 맞아 사망한 지 1년 후에, 그리고 흑인 조지 플로이드가 경찰에게 살해당하는 장면이 비디오 화면으로 포착되기 7년 전에 창설된 '흑인의 생명은 소중하다' 운동은 2015년 '그녀의 이름을 말하자' 운동을 발생시켰으며, 이는 인종차별주의 사회에서 유색인종 여성이 일상적으로 마주치는 폭력, 심지어 그들을 보호하게 되어 있는 경찰이나 사법 시스템이 가하는 폭력을 전면에 부각시키기 위해서였다.[8]

인종 관계에 대한 점점 깊어가는 절망감은 이 2010년대의 흑인 여성 작가들이 기고한 글들에서 두드러진다. 종종 그러하듯 이 고통은 혁신적 예술에 영감을 불어넣는다. 트레이본 마틴, 마이클 브라운, 샌드라 블랜드의 죽음을 담은 비디오 화면이 바이러스처럼 급속히 퍼져나가는 동안, 클로디아 랭킨은(자신의 책 『시민: 미국의 서정시』(2014) 표지에 텅 빈 후드 티 머리 부분 사진을 실었다) 많은 시와 단상에 "…를 기억하며"라는 제목을 붙였다. 모멸적인 인종차별주의적 호칭을 듣고, 이유 없이 구타당하고, 허리케인 카트리나 같은 자연재해 속에서 방치되고, 경찰로부터 불법행위를 당한 사람들을 애도하기 위해서였다.

『아르고호의 모험가들』이 나오기 1년 전에 나온 랭킨의 이 장르 혼합적인 책은 미국도서비평가협회 시 부문 상을 수상했다. 매기 넬슨이 "당신"이라는 대명사의 중성성에 열중했음에 비해, 랭킨은 체계적인 인종차별주의에 직면한 흑인들이 경험하는 자기소외를 탐색하기 위해 이 대명사를 사용한다. 『시민』의 (흑인들이 당하는 일상에 만연한 미묘한 공격 행위들micro-aggressions에 대한 설명, 산문시, 에세이, 초현실주의적 몽상, 비가, 예술 작품의 재현 등이 담겨 있는) 혼종 형식은 랭킨의 심리 상태를 그녀가 가장 중요하게 여긴 선배 작가 조라 닐 허스턴의 심리 상태와 대비시킨다. 조라 닐 허스턴의 말은 이 책의 텍스트와 글렌 라이건의 동판 삽화들에 재인용되어 있다.

이 책의 인용문과 동판화 작품에 새겨진 말은 모두 허스턴의 1928년 에세이 「유색인종인 '나'가 된다는 건 무슨 느낌일까」에서 가져왔다. 그 글에서 이 할렘 르네상스 작가는, 비록 재즈를 들을 때면 자신이 멋진 유색인종이 되고, 백인들이라는 날카로운 배경에 내던져질 때면 더없는 유색인종이 되지만, 가끔은 "우주적인" 존재 혹은 "어떤 인종에도" 속하지 않은 존재로 느껴진다고 말한다.[9] 젠더와 마찬가지로 인종도 사회적 구성물임을 암시하면서 그녀는 "내가 유색인종이 되었던 바로 그날"을 기억하기도 한다.[10] 허스턴은 다양한 상황에서 "나는 비극적인 유색인종이 아니었다"고 주장한다. 랭킨의 화자에 의해서 혹은 화자에 관해서는 같은 주장을 좀처럼 할 수 없다.

『시민』에 나오는 일화 중 다수는 "백인들이라는 날카로운 배경"하에 겉으로 사소해 보이지만 상처가 되는 각종 발언 행위를 "당신"이 마주하게 되는 상황을 기록한다.[11] 한 소녀가 당신의 학교 과제를 베끼는 부정행위를 저지르고는 "너한테 좋은 냄새가 나고 너는 백인을 더 닮았어"라고 말하며 당신에게 고맙다고 한다. 한 동료가 당신에게 "자기 학과장이 위대한 작가들도 많이 있지만 유색인종을 고용하라"고 했다고 말한다. 한 친구가 당신을 자기 집 청소 도우미 이름으로 부른다. 어느 어머니와 딸이 비행기에서 자기 옆자리에 누가 앉을지를 두고 협상을 벌인다. "나는 흑인 여성도 암에 걸릴 수 있는지 몰랐다"

고 학위가 여러 개인 어느 여성이 당신에게 말한다.[12] 이런 일상에 만연한 미묘한 공격 행위들은 점점 늘어가는 화자의 피로감, 두통, 무감각에 일조하며 피해를 입힌다.

이 "당신"의 목적은 무엇일까? 여성이면서 교육뿐만 아니라 전문직종이라는 특권까지 누리고 있는 화자는 개성을 박탈당한 사람, 눈에 띄지 않게 된 사람, 혹은 눈에 과도하게 띄게 된 사람, "나"라는 주체로부터 분리된 사람이다. 다른 사람들의 눈을 통해 자신을 보는 랭킨의 화자는 W. E. B. 듀보이스가 하이픈으로 연결된 단어 '아프리카계-미국인'의 심리를 통해 진단한 정신분열적 "이중의식" 혹은 "이중성"[13]을 구현하지 않는다. 오히려 그녀는 끊임없는 소외감과 위축감을 겪는다. "당신"은 자아가 아니라 소외된 '타자'다. 수사적 전략으로서 "당신"이라는 대명사는 랭킨의 백인 독자들에게 백인 미국인들의 인종차별주의 사고방식을 거듭해서 역겨워하는 "당신"과의 동일시를 통해 텍스트 안으로 들어오라고 강요한다.

이런 백인 대화자들이 당신에게서 끌어낼 수 있는 가능한 반응은 분노 말고 어떤 것이 있을 수 있을까? 그러나 랭킨의 화자에게는 분노 자체가 문제가 된다. "백인들이라는 날카로운 배경"이 빚어내는 테니스 에티켓 문제에 봉착한 테니스 스타 세리나 윌리엄스를 다룬 『시민』의 에세이는 흑인의 분노가 빚어내는 개인적 위험에 대해 숙고한다. 이는 백악관 외신 기자 만찬장에서 오바마 대통령이 "루터"라는 사람을 (코미디언 키건 마이클 키가 이 역할을 맡았다) 자신의 "분노 해석자"로 쓰면서 채택했던 주제였다.[14] 선거운동 여정에서 미셸 오바마는 어떤 청중에게는 그녀가 "여성이고 흑인이고 강인하다"는 사실이 그저 '분노'로만 해석되고 있음을 깨달았다. 그러자 그들의 반응은 그녀를 "좀 더 화나게" 만들기 시작했다. 그녀는 "고정관념이 어떻게 실질적인 덫으로 기능하는지 놀랍기만 하다"[15]고 했다. 틀에 박힌 분노의 비유를 "상품화된 분노"와 결부시키는 랭킨은 정직한 분노가 "사실은 지식의 한 유형, 즉 명확하게 만들기도 하고 실망시키기도 하는 유형"이라고 생각한다.[16]

어떤 힘으로도 세리나 윌리엄스를 "그녀의 검은 몸이 자신들의 테니스 코트에 속하지 않는다고 느낀 사람들로부터" 막아줄 수 없었다. 심판들의 의문스러운 호루라기 소리, 테니스 규칙을 위반했다고 주장하며 부과하는 벌칙들, 편견에 찬 언론 보도가 그녀의 분노에 불을 붙였고, 이 분노는 일련의 상스러운 언행들로 폭발했다. 온갖 "야유, 그녀가 외모뿐만 아니라 행동을 통해 테니스 경기를 추잡하게 만들었다는 비난"이 좌절감과 더 많은 화의 폭발에 기여했고 더 많은 욕설을 촉발시켰다. "세레나가 새롭게 자제하는 모습"으로 등장하자 랭킨은 혹시 이 선수가 "의사 표현은 더 적게 할수록 더 낫다"[17]고 결심한 것은 아닌지, "이런 애매모호한 태도가 의식의 분열로 진단될 수도 있는 것"은 아닌지 의아해했다. 세리나 윌리엄스가 "자기 자신으로부터 분리되어 또 다른 인격을 만들어내야 했다"는 것이다. 그녀는 "당신"이 의미하는 영역으로 들어선 것이었다. 20세기 초반 자신이 색깔이 변하는 카멜레온 같은 존재라고 생각했던 허스턴의 생각은, 21세기의 "당신에게 일어나는 일은 당신의 것이 아니다"는 랭킨의 생각과 대비된다. "당신은 아무것도 아닌 존재다. // 당신은 하찮은 존재다. // 당신은."**18**

   1980년대와 1990년대의 많은 작가들은 모든 사람이 우주적으로 볼 때 인종이 없는 존재이거나 눈부시게 다채로운 존재로 자신을 경험할 수 있다는 허스턴의 세계관을 두고 인종차별이라는 불평등을 따져보면서 덜 비관적인 입장을 보였다. 행위 예술가 에이드리언 파이퍼는 자신을 백인이라고 여기는 사람들의 사회 행사에 참가했을 때 누구든 편견이 밴 견해를 밝히는 사람이 있으면 다음 문구가 인쇄된 명함을 건넸다.

   나는 흑인입니다.

   나는 당신이 그런 식의 인종차별적 발언을 하거나, 그런 발언에 웃거나 동의할 때 이 사실을 미처 깨닫지 못한 것이라고 확신합니다…

   내가 여기 있어서 조금이라도 불편하셨다면 유감입니다. 그와 마찬가지로, 당신의 인종차별주의가 내게 불러일으키는 불편도 유감스럽다고 확신합니다.**19**

   파이퍼는 그녀가 〈나의 명함〉이라고 불렀던 이 퍼포먼스를 1986년에 시작했는데, 토니 모리슨이 독자들로 하여금 자의적인 인종차별 꼬리표를 의식하게 만드는 표식들을 모호하게 등장시킨 단편 「레치타티보*」를 쓴 지 3년이 지났을 때였다.**20** 1997년에 나온 모리슨의 소설 『파라다이스』도 인종 문제를 모

● 오페라에서 대사를 노래하듯이 말하는 형식.

호하게 처리했다. 그녀는 "독자들이 작품에 나오는 소녀들의 인종에 대해, 이들의 인종은 중요하지 않다고 깨달을 때까지 계속 궁금해하기를 바랐다."[21] 법학자 퍼트리샤 J. 윌리엄스처럼 모리슨은 성차별주의와 인종차별주의가 집요하게 존재하는 이유가, 재능 있는 여배우이자 극작가인 애나 디비어 스미스가 그랬듯이 "우리가 깨부수겠다고 상상할 수 있어야" 맞서 싸울 수 있는 집요한 사고 "습관" 때문이라고 여겼다.[22]

1990년대 동안 애나 디비어 스미스는 인종차별주의적인 생각들로 가득한 갈등에 휘말렸던 사람들과 수차례 인터뷰를 진행한 뒤 두 편의 여성 1인극 작품을 통해 그들의 말과 버릇, 외모를 재현했다. 하나는 1991년의 뉴욕 크라운하이츠 항쟁을 다룬 〈거울 속의 불〉(1992)이었고, 다른 하나는 1992년의 로스앤젤레스 항쟁을 다룬 〈트와일라이트: LA〉(1994)였다. 스미스는 "만약 그저 남성만이 남성을 위해, 여성만이 여성을 위해, 흑인만이 모든 흑인들을 위해서 발언할 수 있다면, 그렇다면 우리는 또다시 연극의 정신을 억누르는 것"[23]이라고 말했다.

이 배우는 카멜레온이다. 예를 들어 〈거울 속의 불〉에서 그녀는 흑인 영화배우 겸 민권 운동가 알 샤프턴과 앤절라 데이비스를, 또한 저널리스트 레티 코틴 포그레빈, 그리고 랍비 조지프 스필먼을 연기한다. 그녀는 자신이 연기하는 반인종차별주의자들과 인종차별주의자들에 대해 "나는" 그들을 "사랑하게 되었다"고 말했고, 아마 이것이 그녀가 "자아도취의 최강자"라고 부른 정치인 트럼프 연기를 삼갔던 이유일 것이다.[24] 디비어 스미스의 구체화된 연기는 연결감을 느끼지 못하는 사람들 사이의 연결을 강조한다. 이런 (연극 관객들에게는 너무나 명백해 보이고 연극에서 묘사되고 있는 사람들에게는 보이지 않는) 유대감은 '외국인에 대한 매료', 즉 그녀가 연기한 인물들 다수가 표현한 '외국인 혐오'에 대한 해독제를 촉진하는 것이었다. 디비어 스미스가 백인 혹은 흑인, 아시아계 혹은 라틴계, 여성 혹은 남성 인물을 연기했든 안 했든 간에 그녀가 상상 속에서 이들 인물들과 자신을 동일시했음은 전적으로 명백했다.

덜 낙관적인 편이었던 비주얼 아티스트 케라 워커의 히트작인 설치미술 〈사라지다, 어린 흑인 여성의 거무스름한 넓적다리와 가슴 사이에서 발생한 남북전쟁 역사 로맨스〉(1994)는 랭킨이 개탄한 서로 다른 인종들 간의 폭력을 포착했다. 워커의 작품에 나오는 남북전쟁 이전 시기의 사악한 장면들은 가장 고상한 예술형식인 실루엣 미술로 묘사되었다. 페이스 링골드가 이야기가 있는 퀼트 작품 〈프렌치 컬렉션〉(1990~1997)을 통해 구현한 다문화적 할렘 르네상스와 달리, 케라 워커가 묘사한 과거 속에는 새하얀 벽을 배경으로 검은색 인물들이 나오는데, 이들은 케이트 밀럿과 앤드리아 드워킨이 맨 처음 비판했던 성정치의 포르노그래픽적 의식에 열중한다. 이들은 흑인 아이들과 요부들, 그리고 육욕에 빠진 만화 속 인물 같은 농장주들과 그들의 아내들을 (이들도 물론 검은 실루엣들이다) 공격하거나 그들로부터 공격당하는 흑인 남자들이다.[25]

2019년 워커의 거대 조각 작품 〈미국의 분수〉(버킹엄궁전 바깥에 있는 빅토리아 여왕 기념비를 깎아내린 모방작)가 테이트 모던미술관에 우뚝 섰다. 워커의 설명처럼 이 작품은 "검은 대서양"(수세기 동안 노예선들이 종횡으로 다니던 바다)에서 아메리카, 영국, 아프리카가 교차한 일에 대해 사색한다. 이 설치미술 작품의 상세한 패러디 내용을 구경하려고 약 300만 명의 관람객이 미술관으로 쏟아져 들어왔다. 이 작품은 꼭대기에 "빅토리아 여왕"이 있고, 그 밑으로 물에 빠져 죽은 흑인 아이들과 반란을 일으킨 흑인 선장들, 올가미 달린 나무줄기들이 묘사되어 있다. 모든 조각들 위로는 물이 쏟아져내린다. 미술관 전시 기간이 끝난 후 워커는 다른 전시 장소를 찾고 싶어했지만, 코로나19 팬데믹으로 인해 전 세계의 미술관들이 폐쇄되면서 이 작품은 해체되고 말았다. 그럼에도 이 작품은 폭넓은 기록들에 남아 있으며, 워커가 영리하게 붙인 설명과 함께 인터넷을 통해서도 볼 수 있다.[26]

N. K. 제미신의 부서진 대지

성적인 인간관계와 인종적인 인간관계에 대한 워커와 랭킨의 암울한 견해를 21세기 초반의 중요 SF 작가 한 명도 공유했다. 워커가 분노에 싸여 남북전쟁을 되돌아보고 있는 것에 비해 N. K. 제미신은 공포감에 휩싸인 종말의 시기에 부활한 노예제도를 내다본다. 그녀의 '부서진 대지' 3부작은 2016년, 2017년, 2018년 연속해서 권위 있는 휴고 상을 안겨주었고, 이는 어느 소설가도 달성해본 적이 없는 업적이었다. 제미신은 지구온난화보다 더 나쁜 기후변화를 겪으며 파괴되는 지구를 묘사한다.

그녀의 종말 이후의 디스토피아에서는 오래전에 발생한 지진들과 화산 폭발들로 인해 (아마도 우리 문명일) 발전된 문명이 파묻혀버리며, 거기서 살아남은 생존자들은 '고요'라는 부서진 단일 대륙에서 산다. 파괴된 문화의 잔해들 속에서 그들은 가끔 발작을 일으키는 황폐화된 지구에서 살아간다.

제미신이 툴레인대학교에서 취득한 심리학 학위와 메릴랜드대학교에서 취득한 교육학 석사 학위뿐만 아니라 상담 분야에서 일한 경험 등이 분명 풍비박산난 지구와 기괴한 노예제도가 촉발한 트라우마들에 대한 통찰을 만들어냈을 것이다. 이 3부작을 쓰기 시작했을 때 그녀는 퍼거슨시 시위자들에 대한 경찰의 폭력 행위를 지켜보고 있었다. 그녀의 이 3부작은 노예 상태의 "오로진들", 즉 지구가 당한 지리학적 재난들을 경감시키는 원초적 에너지를 다룰 능력을 타고난 종족과 이들을 지배하는 '고요' 대륙의 고요인들을 묘사한다.[27] 오로진들은 인간을 위한 기구이자 도구이며 스스로를 인간으로 여기지 않는다.

(종종 "로가"라는 멸칭으로 불리는) 오로진들의 능력은 지진의 융기를 막기 위해 필요하지만, 바로 그 능력이 그들을 두려움의 대상으로 만든다. 그들은 누구든 무엇이든 없애버릴 수 있기 때문이다. 따라서 그들은 태어나자마자 살해당하거나, 혹독한 훈련과 시험을 거쳐 국가의 감시자들에 의해 무기로 사용된다. 그녀가 경의를 표했던 개척자적인 아프리카계 미국인 SF 작가 옥타비아 버틀러처럼, 제미신은 인류가 마주한 인종적, 성적, 생태학적 악몽들과 씨름한다.[28]

제미신은 3부작 중 첫 번째 작품인 『다섯 번째 계절』에서 서로 얽힌 세 여성의 이야기를 통해 노예제도를 분석한다. 에쑨의 이야기는 2인칭 현재 시점으로 진행된다. 남편이 (무심코 오로진족 특성을 내보인) 아들을 죽였다는 사실을 알아낸 다음, 그가 유괴해간 딸을 찾아나선 오로진족 출신 어머니의 이야기다. 다마야의 이야기는 3인칭 과거 시점으로 진행된다. 한 젊은 오로진 여성이 집에서 쫓겨나 훈련 담당 기관 풀크럼으로 가게 되고, 그곳에서 국가에 이바지하는 대량 파괴 무기가 되라는 주입 교육을 받는 이야기다. 시에나이트의 이야기는 3인칭 현재 시점으로 진행된다. 감당하기 벅찬 임무를 시작한 고도로 훈련된 이 여성은 자신이 쓰임새에 따라 삶이 파괴되는 미래의 오로진들의 양육자라는 사실을 깨닫는다.

생생하기도 하고 가끔 폭력적이기도 한 장면들을 통해 제미신은 세 여성이 비인간적인 제도와, 생명과 사지와 황폐화된 지구에 조금 남은 자율성을 유지하려는 집요한 노력 사이에서 타협해나가는 가운데 점점 쌓여가는 슬픔을 탐색한다. 세 인물 (엄마, 학생, 전사)이 사실은 각각 다른 발달단계에 있는 동일한 여성이라는 사실을 깨닫게 해주는 '부서진 대지' 3부작 첫 작품의 결말 부분에 이르러서야 비로소 이 소설은 엄청난 대가를 치르는 생존기로서 모습을 재정립한다. 그리고 이런 사실을 밝히면서 제미신은 이 책을 헌정한 대상들이 누구인지 밝힌다. "이론의 여지 없이 누구나 받아야 하는 존중을 위해 싸워야 하는 사람들에게 이 책을 바친다."[29]

'부서진 대지' 3부작은 노예제도에 대해, 그리고 인간의 삶이 자연재해에 끊임없이 공격당하는 크나큰 혼란의 환경에 대해 경고한다. 에코 페미니스트들이 제미신의 소설에서 묘사된 생태계의 파괴를 분석하고 있는 것에 비해,[30] 애니 딜러드, 메리 올리버, 바버라 킹솔버, 레슬리 마먼 실코, 루이즈 어드리크, 마거릿 애트우드 같은 여성 작가들은 자연계에 대한 경의를 일궈내고 전 세계적인 유행병의 창궐 가능성에 대한 인식을 고양시키고자 한다. 크리크족 출신이면서 토착민 단체 '퍼스트 네이션'의 역사를 공부하는 학생이기도 한 최근의 미국 계관시인 조이 하조는, 여성들의 상처와 종족들의 문화와 지구를 치유하기 위해 정령의 세계를 빈번히 불러낸다.[31]

적지 않은 페미니즘 운동가들이 다양한 매체를 통해 지구온난화의 위험을 다루기도 했다.[32] 레이철 카슨의 『침묵의 봄』 (1962)이 개척한 전통 속에서 연구하는 엘리자베스 콜버트의 2015년 퓰리처상을 수상작 『여섯 번째 멸종』은 21세기 말이 되면 살아 있는 생명체 중 20퍼센트에서 50퍼센트가 사라질 것이라고 예측했다. 콜버트는 인간이 미래를 생각하는 이타적 존재가 되기를 희망한다. "몇 번이고 되풀이해서 사람들은 자신들이 레이철 카슨이 '우리의 지구를 다른 생명체들과 공유하는 문제'라고 부른 문제에 신경을 쓰고 있고 그 생명들을 위해 기꺼이 희생할 생각이 있음을 입증해왔다."[33] 이와 비슷하게 리베카 솔닛도 우리는 "모든 존재들이 연결되어 있는 이상적인 세계의 모습"을 향해 계속 나아가야 한다고 주장하면서 어슐러 르 귄의 다음 발언을 인용한다. "어떤 인간의 힘도 인간에 의해 저항될 수 있고 변화될 수 있다."[34]

퍼트리샤 록우드,
교회와 가족 로맨스를 조롱하다

그러나 과연 그 어떤 힘도 저항되고 변화될 수 있는 것일까? 세속적이며 포스트모던한 세상에서 교회의 가부장제는 어떻게 계속해서 작동할까? 그리고 그것은 가족이라는 가부장제를 어떻게 형성할까? 가톨릭교뿐만 아니라 제도화된 모든 종교의 남성 중심주의 문제를 비판하는 사상가들에게 영감을 불어넣은 이 질문은,[35] 퍼트리샤 록우드의 회고록 『사제 아빠』(2017)의 집필 계기가 되었다. 이 책은 실제로 아버지가 가톨릭 신부였던 한 젊은 시인의 성장 과정을 기록한 성장담이다. 한 열혈 평자의 평처럼 그녀의 이 책은 "'고백 형식의 회고록'에 새로운 층의 의미"를 부여했으며, 다른 비평가의 지적처럼 "눈부실 정도로 시시한" 이야기이기도 하다.[36] 그녀가 인터넷 상에서 "섹스트"라고 불렀던 트위터의 멘션이나(예를 들면 "유령이 도발적으로 흰 수의를 벗는다. 흰 수의 속 그의 몸이 너무 섹시해서 모두들 크게 비명을 내지른다"라는 식이다), 지독한 "강간 관련 농담"("강간 농담, 그것은 염소수염을 길렀다"라는 식이다)으로 명성을 얻은 바 있는 초현실주의 시인 록우드는 사실 『사제 아빠』에서 추적하고 있는 가족을 만들어낼 수 없는 사람이었다.[37]

"사제 아빠"가 어떻게 있을 수 있을까? 그것은 시골의 한 고해 신부가 고해를 하러 온 신도 한 명을 유혹해서 사생아를 낳았기 때문이 아니라, 이 특별한 아버지가 오래전 잠수함에 배치되어 근무하다가 그곳에서 루터교로 개종했고, 영화 〈엑소시스트〉

를 일흔 번도 넘도록 보고 난 후 목사가 되었고, 그러다 "개신교에서 주는 포도주스가 지겹고" 와인이 먹고 싶어서 다시 가톨릭으로 완전히 개종한 뒤 신부가 되었기 때문이다.[38] 그러나 이 모든 개종 과정을 겪는 동안 글렉 록우드는 이미 아내와 자식들이 있어서 바티칸에서 보내준 특별 면장이 있어야 사제 서품을 받을 수 있었다. 책의 저자는 그 사제 서품식에서 "근질근질한" 드레스를 입고 있었다고 말한다.

특이할 정도로 문제가 많은 이 아버지에게 애증 섞인 초점을 맞추고 있는 『사제 아빠』는 앨리슨 벡델의 『펀 홈』과 공통점이 많다. 그러나 벡델의 아버지가 '가장'으로서의 역할과 커밍아웃하지 못한 성 정체성 사이의 불일치 때문에 수수께끼 같은 인물이었다면, 록우드의 아버지는 사적인 '가장'으로서 그가 보인 상스러운 행동과 종교인 신부로서 해냈던 공적 역할 사이의 불일치 때문에 별스러운 인물이었다. 집 안을 돌아다닐 때면 그는 거의 언제나 사각 팬티만 입고 있었고, 보수파 러시 림보와 영화배우 빌 오라일리의 발언을 경청했으며, 텔레비전 게임들을 보면서 "우후"라고 소리치고, 엄청나게 많은 양의 베이컨과 햄버거를 요리하고, 수집한 값비싼 기타들을—그중 하나는 너무 비싸서(한때 폴 매카트니의 소유였다) 딸을 대학에 보낼 돈도 내지 못할 정도였다—팅기며 연주하는 사람이었다. 공적으로 그는 자신의 흰색 사제복 옷깃을 자랑스럽게 내보이고, 낙태 반대 시위를 후원하고, 신학교 학생들을 초대하고, 세례, 혼배, 임종 성사 예식을 주재하는 사람이었다.

한 사람이 어떻게 깡패처럼 거친 아빠이면서 동시에 목회자

아빠일 수 있단 말인가? 이는 록우드가 책 속에 세워놓은 유쾌하고 신나는 건물의 정면 뒤에 숨어 있는 질문이었다. 이 책은 가부장제의 온갖 측면들, 예컨대 남성의 특권, 남성의 방종, 남성의 권위, 남성의 유치함, 남성의 이기심, 그리고 당연히 남성의 미소지니 등을 아찔할 정도로 상세히 분석하고 있다. 그렉 록우드는 아내를 사랑하는 사람이지만, 그의 자식들은 계속해서 진행되는 "아버지는 모든 걸 다 알아"라는 육체적/영적 게임을 지지하는 버팀목으로 존재하는 듯하다. 그리고 그의 딸은 아버지가 섬기는 교회가 다중의 은폐 행위나 음습한 성적 비밀과 결탁하고 있다는 사실을 알고 있다.

록우드의 이 회고록은 실비아 플라스의 "아빠, 아빠, 이 나쁜 인간, 이제야 끝이 났네요"[39]라는 시구를 확대, 반복하고 있는 것일까? 책의 중심 내용을 보면 이 질문은 사실처럼 보인다. 그녀는 열여섯 살 때 "집이 꼭 비명 소리로 만들어진 것 같고, 나는 천둥 벼락 치는 전쟁터 같은 그 배경음악 속에서 (…) 조용한 골방을 찾아 헤매고 다닌다"는 생각이 들었다고 우리에게 이야기한다. 그녀는 바로 그런 감정이 자신을 "타이레놀 100알"을 삼키도록 몰고 갔고, 끝내는 플라스의 에스더 그린우드가 실려 갔던 정신병원 같은 병원에 입원하게 만들었다고 덧붙인다. 그 정신병원에 있었을 때 그의 아버지는 처음으로 문병 와서는(사제의 역할을 수행하러 온 것이 아니다), 냉소적인 말투로 "너 때문에 우리의 기념일을 망쳤으니 고마울 따름이구나"[40]라고 말한다. 그러나 그렇다고 해도 그렉 록우드와 벡텔의 모진 아버지 사이에 차이가 있는 것처럼 회고록 속 그와 플라스의 수수께끼 같은 히틀러의 "'나의 투쟁'식 외모의 검은 옷을 입은 남성"[41] 사이에는 차이가 있다.

우선 퍼트리샤 록우드는 열아홉 살의 나이에 운 좋게도 이런 아버지들보다 친절하고 점잖은 남자를 만나 결혼했다. 그다음으로 그녀는 아버지의 교구민들에게는 록우드 신부의 거실(그의 자녀들은 들어갈 수 없던 곳)이 죽음과 두려움을 논의하러 찾아갔던 공간이었다는 점을 인정한다. "매주 일요일 우리 집 거실에는 도저히 있을 법하지 않은 사람들이 앉아서 아버지와 이야기를 나누었다." 또한 그녀의 아버지는 평소에는 "맨날 집에서 축 늘어져 누워 빈둥거리면서 우리에게 계단을 오르락내리락하며 뭘 가져오라고 심부름만 시켰지만", "새벽 3시에 그를 부르는 전화라도 걸려오면 조금이라도 한숨을 내쉬거나 항의하는 말 한마디 없이 벌떡 일어나 밖으로 나갔다. 도저히 있을 법하지 않은 사람들에게 봉사하기 위해, 그들에게 의식에 필요한 말을 읽어주기 위해, 그들의 머리 밑에 베개를 받쳐주기 위해 말이다. 현관 문 바로 옆 계단 위에는 늘 종부성사에 필요한 도구들이 놓여 있었다."[42]

그렇다면 그렉 록우드는 그의 끔찍한 정략, 못된 행실, 미소지니에도 불구하고 구제가 가능한 사람이었을까? 아무튼 가톨릭교인이지만 "냉담자"였던[43] 그의 딸은 그가 한편으로는 가부장적 종교 의례를 주재하는 역할에 전념했던 일, 다른 한편으로는 누군가에게는 어느 정도라도 위안을 주는 인물 역할에 전념했던 일에 대해서는 경의를 표한다. 반나체 상태일 때의 그는 불한당이거나 자기 중심적인 인간이다. 흰 깃이 달린 검은색 가톨릭 사제복을 입었을 때의 그는 자신들의 신뢰를 맡긴(자신들의 신앙심을 맡긴) 신도들에게 최선을 다하기 위해 열심히 노력하는 사람이다. 그의 딸은 그녀의 어머니를 쿠바의 키웨스트로 떠난 감상적인 여행에 데려가면서 회고록을 마치는데, 그곳에서 모녀는 이 열대 도시의 길가를 어슬렁거리고 다니거나 해변에서 피크닉을 즐기고 있는 헤밍웨이를 빼닮은 자들을 무시한다. 록우드와 그녀의 남편이 어머니를 아버지가 있는 캔자스에 데려다주러 돌아갈 때, 어머니는 "아아, 너무나 재밌는 여행이었어"라고 속삭인다. 아버지에 대해서는 "저 사람은 원래 저런 사람이고 앞으로도 쭉 저런 사람일 거야"[44]라고 말했다. 우리도 교회와 국가가 밑그림을 그려주는 가부장제에 대해 그와 똑같은 말을 해야 할까? 우리는 이 책을 덮으면서 의구심이 들었다.

헤드라인을 장식한 페미니즘: 리베카 솔닛에서 비욘세까지

"가부장제란 무엇인가?" N. K. 제미신은 〈뉴욕 타임스〉의 서평에서 이렇게 묻고는 "그것은 그저 모든 성별의 사람들을 대상으로 삼아, 그들이 겪는 고통이 사실은 그들의 이익을 위한 것이라고 피해자와 수혜자 모두에게 속삭이는 사기 행위 아닌가?"라고 말했다.[45] 제미신이 쓴 〈뉴욕 타임스〉의 '상상 세계' 칼럼(2016년에서 2019년 초까지 연재된 환상소설과 과학소설 서평)은 페미니스트들이 언론계에서 입지를 구축해온 방식을 보여준다. 〈타임스〉는 1986년이 되어서야 비로소 '미즈Ms.'라는 용어를 받아들였지만, 이 신문은 최근 몇 년 동안 온갖 종류의 페미니즘 코너를 장려하고 있었다. 그중 가장 주목할 만한 것은 〈그녀의 말〉, 〈격주 소식지〉, 그리고 편집진의 인종차별주의와 성차별주의 편견 때문에 그동안 무시당했던 사람들의 부고를 다룬 시리즈 〈더 이상 간과되지 않는〉 등이었다. 다른 말로 하면 〈타임스〉의 이 같은 진화는 오늘날의 미국에서 페미니즘의 영향력이 점점 더 커지고 더 눈에 띄게 된 추세를 반영한다 하겠다.

"남성의 폭력으로 가득 찬 집"에서 성장한 리베카 솔닛은 저널리즘 석사 학위를 취득하고 난 뒤 "나를 증오하는 것 같고 내 성별 말고는 별다른 이유 없이 내게 해를 입히고 싶어하는 낯선 사람들로 가득 찬"[46] 세상에 관한 글을 발표하며 그런 폭력을 "공적인 문제"로 만들었다. 그녀가 온라인에 「남자들은 자꾸 나를 가르치려 든다」라는 에세이를 게재하자, 수백 명의 여자 대학생들이 남자가 선심 쓰듯 자신을 보호하거나 무시하거나 말로 설득하거나 했던 경험을 〈학교의 남자들은 자꾸 나를 가르치려 든다〉라는 웹사이트에 올리고 공유했다.[47]

"이 에세이가 발표된 직후 '맨스플레인'이라는 용어가 만들어졌는데 (…) 분명 내 에세이가 에세이의 주제를 실현하는 모든 남자들과 더불어 이 단어를 만들어내도록 부추긴 것 같았다." "브로프리에이트bropriate"(여성의 말이나 아이디어를 훔치거나 무단으로 사용한다는 뜻의 단어)의 기원은 좀 더 애매하다. "맨스프레딩manspreading"이라는 단어는 공공장소에서 다리를 쩍

벌리고 많은 공간을 차지하는 남자들에 대해 불평하며 등장했다.[48]

우리가 너무 많은 "맨스플레인"에 낙담하고 있던 2020년, 우리는 MSNBC의 방송인 레이첼 매도를 볼 수 있었고, 무수히 많은 페미니스트 블로그들을 정독할 수 있었다. 이 블로그들은 록산 게이 같은 평론가들이 요구하던, 다양하고 서로 다른 관점들을 내보였다.[49] 별난 항의들이 넘쳐났다. 온라인 단체 '크렁크 페미니스트 공동체'는 자신들의 임무를 규정하기 위해 '크렁크crunk'('미친듯이 취하다crazy drunk라는 뜻이다)라는 신조어를 사용했다. "우리는 다른 세상이 가능하다고 주장하는 페미니즘의 무분별한 이론을 마시고 취해버렸다." 다이애나 웨이마와 그녀의 동료들은 '작은 바늘땀 프로젝트'를 통해 트럼프의 우둔한 발언("나는 아주 안정적인 천재다")에 항의했는데, 그 방법은 트럼프의 이 말을 귀한 직물 천 조각에 자수로 새기는 것이었다. 정교한 바늘땀들이 이 말의 상스러움을 돋보이게 만들었다. "유튜브의 오스카 와일드"라는 찬사를 받고 있는 트랜스 페미니스트 나탈리 윈은 극보수주의자들의 의제에 반박하기 위해 〈콘트라포인츠〉라는 유튜브 채널을 개설했다.[50]

한편 중진 페미니스트 소설가들은 미국과 다른 나라들에서 창작 작업을 계속하고 있다. 2019년 마거릿 애트우드가 『증언들』을 발표하자 이 책의 출간은 뉴스거리가 될 만한 사건이 되었으며, 최신 유행 여성복을 입은 그녀의 사진이 9월 7일 〈새터데이 뉴욕〉 '스타일' 섹션에 실릴 정도였다. 이 책에 대한 일요일 서평이 실리기 일주일 전이었는데, 이는 아마도 특히 이 소설의 내용이 암울한 시기에 희망을 제시했기 때문이었을 것이다. 앞서 나왔던『시녀 이야기』의 청교도적 국가 길리어드에서 자행된 여성에 대한 악행을 바로잡겠다며 등장한 이 책 속의 미친 여성은 다름 아니라 그 길리어드를 설계한 으뜸 여성 설계자 '리디아 아주머니'임이 밝혀진다.

『증언들』은 리디아 아주머니가 왜 가부장제 국가의 집행관이 되는 데 동의했는지 그 이유를 비밀 수기를 통해 설명한다. 그 수기에서 그녀는 사령관들이 이 나라를 접수했을 때 그녀가 어떻게 다른 여성 판사들과 변호사들과 함께 검거되고, 어떻게 수용소에 집단 수용되었는지도 설명한다. 그 수용소에서 그녀는 지저분한 막사에 감금되고, 집단 처형 장면을 강제로 목격하고, 그런 다음에는 '생크 탱크Thank Tank'에 격리되어 그곳에서 고문을 당하다가 마음속으로 결심하게 된다. "이 짓을 너희에게 되돌려줄 테다. 그게 얼마나 걸릴지, 그때까지 내가 얼마나 많은 오물을 먹어야 하는지는 신경 쓰지 않을 테다. 하지만 반드시 되돌려주고야 말 것이다."[51]

애트우드는 일부 가부장제 여성 집행관들이 생존을 위해 적과 협업하고 있으며, 그들이 궁극적으로는 그 자신들이 어쩔 수 없이 섬기고 있는 성차별주의자 세력을 와해시킬지도 모른다고 주장한다. 따라서『증언들』은 낙관적인 책이며, 가부장제적인 길리어드의 붕괴와 미합중국으로의 원상회복을 꿈꾸는 책이다. 가부장제주의자들에게 복수를 하기 위해 리디아 아주머니는 오브프레드의 두 딸을 단결시키고, 그들로 하여금 길리어드 사령관들의 악독한 행위에 관한 정보를 캐나다의 지하조직 '언더그라운드 피메일로드'에 전달하는 메신저로 활약하게 만든다. 결국 자매애는 강하다는 사실이 입증된다. 그녀의 증언이 권력 측에 진실을 말하고 그 진실이 미국을 자유롭게 만든다는 것 때문에 〈뉴욕 타임스〉 칼럼니스트 미셸 골드버그는 『증언들』이 유토피아적인 소설이라고 결론지었다. 트럼프의 통치 기간 동안 "진실이 그 정치적 중요성을 상실했다"는 이유에서였다.[52]

대중문화계도 이 힘겨운 시절 희망을 제시하는 인물을 주연으로 내세웠다. 젊은 청중이 특별히 사랑하는 비디오를 연달아 내놓으면서 비욘세와 그녀의 동료 작사가들은 페미니스트들의 현재와 미래에 새로운 활력을 불어넣기 위해 페미니스트들의 과거를 샅샅이 조사했다. 그녀의 2018년 코첼라 음악 축제 공연을 기록한 2019년 영화 〈홈커밍〉은 토니 모리슨의 "당신이 만약 공기에 굴복한다면, 당신은 그 공기에 올라탈 수도 있다"[53]라는 발언에서 따온 표제 문장으로 시작한다. 영화는 여러 번 중단되고 그때마다 니나 시몬, 마야 안젤루, 아동보호 활동가 메리언 라이트 에덜먼, 앨리스 워커로부터 인용한 말들이 떠오르는데, 그들 중 일부는 그들이 다닌 대학에 의해 정체성이 파악된다. 〈홈커밍〉이 역사적 의미를 지닌 각급 흑인대학교들의 중요성을 강조하고 있기 때문이다. 대학의 모교 방문 행사 퍼레이드와 미식축구 하프타임 시간의 쇼를 상기시키는 이 영화 제목은, 브라스밴드 행진과 여성 고적대장들, 가수, 댄서, 뮤지션들이 밀집한 무대 위로 높이 뻗은 관람석에 의해 강조된다.

"공동체가 없으면 자유도 없다."[54] 오드리 로드에게서 가져온 이 말은 가수들과 댄서들, 그리고 비욘세가 "문을 열어젖힌" 모든 여성에게 헌신하겠다며 벌이는 떠들썩한 잔치 같은 영화의 클라이맥스 결말 장면에서 환히 빛을 발한다. 〈세상을 경영하라 (소녀들이여)〉의 뮤직비디오에서는 나이지리아계 미국인 소설가 치마만다 응고지 아디치에의 목소리를 들을 수 있다. "우리는 소녀들에게 스스로 움츠러들라고, 더 작아지라고 가르칩니다. 우리는 소녀들에게 '너는 야망을 품을 수 있어. 하지만 너무 많이는 안 돼. 너는 성공을 목표로 삼을 수 있어. 하지만 너무 많이 성공하면 안 돼. 그랬다가는 남자를 위협하게 될 거야' 라고 말합니다."[55] 〈내 이름을 말해봐〉 다음에는 마야 안젤루가 화면 밖의 목소리로 우리에게 "이 나라를 지금보다 더 나은 나라로 만들라"고 이야기한다. 그러고 나서 비욘세는 자신의 마지막 노래 〈러브 온 탑〉을 부르기 시작하고, "허니, 별이 보여" 라고 읊조리며 결말을 맺는다.

계속해서 뒤흔들기

앞을 향해 나아가면서 현 시대의 예술가들은 페미니즘의 옛 목소리를 소환하여 과거를 되돌아본다. 그들은 때로는 기본적인 토대 텍스트들을 노골적으로 이용한다. 그들은 때로는 상처받기 쉬운 사람들이 가부장제에 대처하도록 돕는 전술을 가다듬는다. 미국의 여성들은 웃음 혹은 한숨 혹은 고함을 내지르며 자신들이 고통이나 결함으로 경험하는 삶의 조건에 항의를 계속해나가고 있다. 모두들 에번 볼런드가 마지막 시들 중 한 편에서 표현한 예언적 직관에서 동기를 부여받은 듯하다. "우리의 미래는 다른 여성들의 과거가 될 것이다."[56]

그 미래를 보호하기 위하여 그리고 페미니스트들의 의식화운동의 결과로, 더 많은 여성들이 힘을 가진 남성들의 공격을 열심히 증언하게 되었다. 2017년 여배우 얼리사 밀라노가 약탈적인 할리우드 프로듀서 하비 와인스틴의 성폭행 행위에 항의하면서, 성적 학대를 경험한 유색인종 여성에 대한 공감을 촉진하기 위하여 2006년 흑인 운동가 타라나 버크가 처음 사용했던 표현('미투')을 그대로 따와 사용하자, 이후 수천 명의 사람들이 #미투를 트위터에 올렸다. 로즈 맥고원과 귀네스 펠트로부터 로재나 아켓과 케이트 블란쳇에 이르기까지 여러 유명 여성들이 미투 운동에 합류했고, 이 운동은 전 세계로 퍼져나갔다. 하비 와인스틴은 성폭행 유죄판결을 받고 뉴욕에서 투옥되었다. 그와 비슷했던 탐욕적인 투자가 제프리 엡스타인도 체포되고 투옥된 뒤 자신의 감방에서 (명백히) 자살했다. 이와 동시에 여성들은 보다 "평범한" 사람들도 성희롱이나 성폭행으로 고발했다. 모두들 울려 퍼지는 소리로 외쳤다. "'나도 그랬다!' 나에게도 그런 일이 일어났고, 내 몸도 거칠게 다뤄졌고, 나도 상처를 받았고, 나도 그걸 딛고 일어난 사람이고, 나도 아프고, 나도 화가 나고, 나도 도움을 찾아봤지만 아무 소용 없었던 사람이다. '나도 그랬다!'"

"2017년과 2018년에 미투 운동이 전개됐다. 2014년에는 '예스 올 위민' 운동이 있었다. 그리고 1991년에는 '나는 애니타를 믿는다' 운동이 있었다. 우리가 패배한 것처럼 느껴질 수도 있지만⋯ 나는 우리가 조금 더 큰 목소리를 낼 때마다 실질적으로 생겨날 필요가 있는 변화를 만들어내는 데 좀 더 가까이 다가간다고 생각한다." 언론인 모이라 도네건의 말이다. 그녀는 성적 비행 혐의로 고발된 미디어 업계 종사자들을 대상으로 여성들이 익명으로 만든 스프레드시트 명단의 편집자다.[57] 수전 최의 메타 픽션 『신뢰 연습』(2019년 미국도서상 수상작)은 앞으로도 계속해서 그런 이슈들이 여성 소설을 형성할 것임을 보여준다.

애니타 힐은 성희롱 항의 집회 현장에 등장하여 1991년 당시 미국인의 3분의 2가 그녀가 선서를 했는데도 거짓말을 한다고 믿었다고 회상했다. "지금 분위기로는 더 많은 사람들이 제 이야기를 믿어주고 제 이야기를 이해할 것이라고 생각합니다."[58] 2017년 말 메리엄 웹스터 사전은 '페미니즘'을 올해의 단어로 선정했고, 〈타임〉은 무리 지어 성적 위법행위를 폭로하러 나선 '침묵을 깬 사람들'을 올해의 인물들로 선정하고 표지에 실었다.[59]

그러나 오싹하게도 애니타 힐의 이야기는 2018년 9월 재활용되었다. 이날 쉰한 살의 크리스틴 블레이지 포드는 하원 법사위원회에서 연방대법관 후보자 브렛 캐버노가 대법원 판사로 부적격하다고 증언했다. 포드는 소녀 시절 트라우마를 겪었던 경험의 폭로를 "공민의 의무"로 생각한다고 설명하면서, 위원회 의원들에게 그녀가 열다섯 때 캐버노가 자신을 성폭행했으며 그때 그는 열일곱이었다고 말했다. 힐/토머스 청문회와 포드/캐버노 청문회 모두에서 상처 입은 여성들은 차분하게 말을 하면서 감정, 특히 화를 억누르려 애썼다. "여성이 화를 내면 공개적으로 매도당한다는 것을 모르는 여성은 살아 있는 여성들 중 한 명도 없을 것"이라고 미디어 분석가 소라야 시멀리는 지적했다.[60] 그에 비해 부정을 저지른 남성들은 당연하다는 듯 그 화를 만끽했다.

역사적 관점에서 볼 때, 여성들은 평등을 향한 진전을 이루어 왔지만 그 진전은 끊임없이 위협받았던 평탄하지 못한 과정이었다. 누가 위협했을까? 미국인들이 21세기에 목격하는 충격적인 대중 살상 행위들(쇼핑몰, 술집, 학교, 예배당 등에서 일어나는 총격 행위들)이 위험에 처한 남성성을 구하겠다는 백인 남성들에 의해 저질러지고 있는 시점에서 이 질문에 대한 대답은 분명해진다. 〈뉴욕 타임스〉는 깜짝 놀랄 만한 헤드라인을 통해 이렇게 지적했다. "대량 살상자의 공통적인 특성은 여성을 향한 증오심을 갖고 있다는 것이다."[61] 고등교육의 불충분한 민주화 과정 또한 앞서 말한 진전을 방해하고 있지는 않을까? 대부분의 트럼프 지지자들이 대학에 진학하지 않은 백인임을 밝히는 분석들은 이 질문이 사실임을 암시했다. 이 대통령 당선자는 집회에서 "나는 교육 못 받은 사람들을 사랑한다"고 말한 바 있다.[62]

노라 에프론은 1996년 웰즐리대학교 졸업식에서 연설하면서 미국 문화에 작동 중인 "역류"에 의해 진전이 지속적으로 위협받고 있다고 강조하고, 청중에게 "미국 사회는 변화에 저항하는 놀라운 능력을 갖고 있다"[63]고 경고했다. 마찬가지로 미셸 오바마도 2016년의 뉴욕 시립대학교 졸업식 연설에서 "다양성을 두드려 깨워야 할 자원이 아니라 억눌러야 할 위협으로"[64]

간주하는 사람들을 조심하라고 경고했다. 그녀의 발언에는 트럼프 정부가 인정한 인종차별주의가 위험하다는 의미가 내포되어 있었다. 2019년 6월 트럼프 대통령이 네 명의 유색인종 여성 의원들을 "분대"라고 호칭하며 그들의 출신지 모국으로 "돌아가라고" 말했을 때(세 명은 미국에서 태어난 사람들이었고 한 여성은 귀화한 시민이었다) 그 같은 위험성이 명백히 드러났다.[65]

그 '분대'의 일원이었던 앨릭잰드리아 오카시오코르테스 의원은 카메라를 정면으로 응시하고 자신의 분노를 냉철하고 명료한 주장에 쏟아부으면서 하원 발언대에 서 있게 된다. 코르테스 의원이 의사당 계단에서 자신을 "씨발년"이라고 부른 일을 두고 테드 요호 의원에게 맞섰을 때, 그녀는 이런 "종류의 욕은 새삼스럽지도 않지만" 아무튼 이런 욕은 "욕을 해도 아무런 벌을 받지 않는 문화, 폭력 행위나 여성에게 적대적인 폭력적 언어를 용인하는 문화, 그리고 그런 문화를 지지하는 권력의 전체 구조"를 반영한다고 지적했다. "인간성을 말살하는" 이런 식의 행동 "패턴"에 저항하면서 코르테스 의원은 요호 의원의 사과 비슷한 주장("나는 내 격정에 대해, 혹은 사랑하는 나의 신에 대해, 내 가족과 내 나라에 대해 사과할 수 없습니다")이 '비非사과'라고 적절히 이름 붙인 뒤, 그녀 자신의 가치를 역설해나갔다.

요호 의원은 자신에게 아내와 두 딸이 있다고 말했습니다. 저는 요호 의원의 막내딸보다 두 살 어립니다. 저도 누군가의 딸입니다. 제 아버지는, 다행스럽게도, 돌아가셔서 요호 의원이 당신의 딸을 어떻게 취급했는지 보지 못하십니다. 제 어머니는 텔레비전으로 요호 의원이 이 하원회의장에서 제게 범한 무례를 보셨을 겁니다. 그리고 저는 제 부모님에게, 제가 그분들의 딸이라는 것, 그리고 그분들이 저를 남자들의 욕설을 용인하라고 키우지 않았다는 것을 보여주기 위해 이 자리에 섰습니다.

그녀가 용인을 거부한 욕설 행위가 이 나라에서 매일같이 일어나고 있다는 것을 알리면서 앨릭잰드리아 오카시오코르테스는 힘주어 말했다. "이런 일은 이 나라에서 최고위직을 맡고 있는 사람들이 여성에게 상처를 주는 일을 허용할 때, 우리 여성 모두를 대상으로 그런 언어를 사용하도록 허용할 때 일어납니다."[66]

이 '분대' 여성 의원들이 워싱턴 DC의 권력 구조 내의 인간성 말살 패턴에 대한 의문을 제기하기 이전에, 스테이시 에이브럼스는 아프리카계 미국인 여성 최초로 주요 정당 주지사 선거 후보로 나서게 되었다. 조지아 주의회 야당인 민주당의 리더였던 그녀는, 주요 임무가 대부분 소수 집단에 속한 수십 만 유권자들의 선거권을 조직적으로 박탈하는 일이었던 조지아주 국무장관과 대결했다. 2018년 합법적인 선거 경쟁이 아니었음에도 근소한 차이로 패배하자 에이브럼스는 '페어 파이트 액션'이라는 운동 조직을 결성했다. 유권자 탄압에 대한 대중의 의식을 성공적으로 고양시키고 조지아주와 전국 각지에서 그런 탄압에 맞서 싸우는 조직이었다.

이런 정치적 도전 활동 이전에, 도중에, 이후에 스테이시 에

이브럼스는 셀레나 몽고메리라는 필명으로 여덟 권의 낭만적인 스파이 소설과 범죄소설을 쓰고 출간하고 있었다. 이 모든 작품들에는 모험심으로 가득 찬 매력적인 흑인 여성 주인공이 등장한다. "인종에 신경 쓰는 식물학자에 관한 글을 쓰든 남부 조지아에서 부모 없는 아이들을 키우는 여성에 관한 글을 쓰든, 그들의 이야기를 전하는 도전은 내가 의원으로서 마주해야 하는 도전, 즉 친족 돌보기나 손주들을 키우는 조부모 돕기에 관한 법안 통과나 세금 법안 저지를 두고 누군가를 설득해야 하는 도전과 똑같습니다. 제가 전문 지식을 사용하고 있기 때문입니다. 제게 그런 지식이 있다는 것을 사람들이 모르는 전문 지식 말입니다"라고 에이브럼스는 2018년 인터뷰에서 말했다. "저는 무수히 많은 여성들이 읽는 장르의 일원이 될 수 있었다는 점을 한껏 즐겼습니다. 이런 창작 활동이 여성들의 정체성을 존중한다는 점도 부분적인 이유이고요. 이런 활동은 우리 경험의 다양성을 존중합니다. 그리고 더 폭넓은 대화의 장을 만들어냅니다."[67] 이와 똑같은 목적을 위해(다양성을 존중하고 더욱 폭넓은 대화를 만들어내기 위해) 스테이시 에이브럼스는 트럼프 대통령의 2019년 연두교서 연설의 민주당 반대 연설자로 선정되어 연단에 섰다.

미셸 오바마는 자서전 마지막 부분에서 트럼프가 여성들에게 성폭력을 저지른 일을 자랑스럽게 떠벌리는 장면을 담은 텔레비전 오락 프로그램 〈액세스 할리우드〉의 테이프에 반발했던 일을 회상했다. 그녀는 그가 "뭔가 고통스럽고 익숙한 말"을 내뱉으면서 "나는 당신에게 해를 입힐 수 있어. 그것도 벌을 감쪽같이 피하면서"라고 위협하는 소리를 들었다. 이런 "혐오스러운 표현"은 "내가 아는 모든 여성들이 알고 있는" 표현으로, (…) 자신이 '타자'라는 느낌을 한 번이라도 받은 적이 있는 모든 사람들이 그것을 알고 있었다." 그녀는 선거 전에 공개적으로 항의했다. "이런 정치는 정상적인 정치가 아닙니다. 수치스러운 정치입니다. 용인할 수 없는 정치입니다." 나중에 그녀는 "무엇 때문에 그토록 많은 여성들이 예외적일 만큼 자격이 출중한 여성 후보자를 거부하고 그 대신 이 미소지니적인 후보를 그들의 대통령으로 뽑았는지 도무지 이해할 수 없었다."[68]

같은 의문이 우리 두 사람도 당황하게 만들었으며, 여성들에게 평등한 권리 없이 지내도 된다고 재촉하는 일이 주 임무였던 세레나 조이 같은 일군의 여성들에게 우리가 관심을 가졌던 이유를 설명한다. 이런 종류의 (대개 백인인) 공적 대변인은 말뿐인 페미니즘 운동이 존재하는 시기 동안에만 등장한다. 그런 여성은 페미니즘을 훼방 놓는 일에 전념하기 때문이다. 예를 들어 세라 헉커비 샌더스나 켈리앤 콘웨이 같은 극우파 인물들, 그리고 더 최근에는 마저리 테일러 그린 같은 하원의원을 생각해보라. 그런 인물들이 트럼프 정부에도 그만큼 유용했기에 우리는 그의 정부가 일군의 불한당 스타일 정치인들을(트럼프 자신부터 시작해서 마이클 폼페이오, 빌 바, 미치 매코널에 이르기까지) 전면에 내세웠다는 사실을 너무나 잘 알고 있다. 그들은 사회 안전망과 환경 안전망의 와해를 주 임무로 삼았던 인물들이었다. 그런데 연륜 넘치는 불요불굴의 한 여성이 그들을 가로막고 나섰다. 여든 살의 낸시 펠로시가 용기를 내 스스로의 힘으로 경력을 써나가고 있었다.

힐러리 클린턴처럼 낸시 펠로시도 미국의 페미니즘 현장에서 중추적 역할을 맡아왔다. 하원 최초의 여성 대변인으로서 그녀는 미국 정치에서 가장 큰 권력을 지닌 여성이며, 대통령직 승계 서열 2위이고, (반세기 전의) 전설적인 하원의장 샘 레이번 이후 가장 능숙하게 이 중요한 직책을 수행한 사람이다. 하지만 그녀의 출발은 할리우드 영화에서 칭찬했던 전통적인 가정이라는 배경에서였다.

1940년에 태어난 낸시 퍼트리샤 달레산드로는 부유한 볼티모어 가정의 막내딸이자 외동딸이었다. 그녀의 아버지 토머스 달레산드로는 의회에서, 그리고 볼티모어 시장으로 활동한 걸출한 정치인이었으며, 오빠도 볼티모어 시장을 지냈다. 그녀의 어머니는 지역사회 정치 활동가였다. 이탈리아계 미국인이었던 낸시 달레산드로는 항상 자신의 출신 민족에 대해 편안한 마음을 가졌던 듯하다. 그녀는 볼티모어트리니티대학교를 졸업한 뒤 역시 이탈리아계 미국인이었던 사업가 폴 펠로시와 결혼했고, 그를 따라 처음에는 뉴욕으로 그다음에는 샌프란시스코로 갔고, 그곳에서 6년 동안 다섯 아이를 낳았고, 우리가 전업주부 엄마라고 말하는 주부의 삶을 살며 육아에 전념했다.

리치나 플라스 같은 동년배에 가까운 여성들의 삶과는 달리 펠로시는 결혼, 모성애, 가정생활에 양가적 감정을 품지 않은 것처럼 보인다. 그 대신 그녀는 활기 넘치는 아이들의 양육자 역할을 수행하면서, 자신의 정치인 커리어 내내 큰 도움을 주게 되는 전략들을 개발했다. 그녀의 딸 앨릭잰드라는 CNN에서 이렇게 증언했다. "엄마는 당신의 목을 잘라도 아마 피가 난다는 사실조차 모를 겁니다." 다른 딸 크리스틴은 이렇게 덧붙였다. "엄마는 심지어 가족들한테도 제휴 전략을 썼어요. 예컨대 2 대 3 혹은 4 대 1 하는 식으로 요구 사항의 균형을 맞추었지요."[69] 일종의 합의를 이룰 때까지 그랬다는 소린데, 이런 전략은 하원에서도 똑같은 효과를 발휘한다. 그리고 그녀 자신이 말했듯이, 바쁘게 사는 어머니는 인간의 본성에 관해 많은 것을 배우는 법이다. 트럼프가 자신이 사랑하는 국경선 장벽에 필요한 재원 확보에 그녀가 협조하지 않는다는 이유로 회의장을 나가버리자 그녀는 이렇게 말했다. "나는 다섯 아이의 엄마이고 아홉 손주의 할머니입니다. 생떼를 부리는 사람을 보면 바로 알아볼 수 있지요."[70]

집 안 가득 아이들을 키우는 동안에도 펠로시는 민주당을 위한 자금 모금 활동을 했는데, 워낙 솜씨가 좋아서 마침내 민주당 캘리포니아주 대표가 되고, "대통령 선거와 무관한, 역사상 가장 성공적인 정치자금 모집자"가 되었다.[71] 그녀는 볼티모어의 이탈리아계 거주 지역인 리틀 이탈리아의 정치인이었던 아버지에게서 유권자 수 계산법을 배웠고, 공직에 출마하는 법도 배웠다. 그리고 그녀는 막내딸이 고등학교를 졸업한 뒤 실제로 출마했다. 그 이후에 일어난 일, 즉 그녀가 하원의 여러 의원 사무실을 거쳐, 한 평론가의 말처럼 "현 시대의 가장 강력하고 가장 영향력 있는 하원의장"[72]이 되기까지 올라선 과정은 사실상 역사가 되었다.

거듭해서 "잔소리 심한 여자"나 "서방의 사악한 마녀"로 불리고, 우익 논객들에게는 "수다쟁이"[73]로 불리던 펠로시는 늘 페미니스트의 역사에서 자신이 차지하는 위치를 잘 알고 있었다. 2007년 처음으로 대변인 직책에 선출되었을 때 그녀는 크게 기뻐하면서 "우리의 딸들과 손녀딸들에게는 하늘이 한계선이며 무슨 일이든지 가능하다"고 말한 뒤, "나를 암사자라고 생각하세요. 만약 내 새끼들을 위협한다면 당신에게 문제가 생길 겁니다"라고 말했다.[74] 2018년 민주당이 다시 하원을 장악하자 하원의장으로 다시 선출된 그녀는 그녀의 손주들과 많은 다른 아이들에 둘러싸여 의장직 수락 선서를 했다. 그리고 그녀는 취임하자마자 트럼프와 그의 조력자들에 굳세게 반대하면서도 낙관적인 생각을 설파했지만, 그래도 (필요할 때를 대비해서) 그녀의 동료 애덤 시프 의원이 상원에서 열변을 토하며 방어하게 되는 탄핵 조항들을 준비하고 있었다.

펠로시에게는 기벽도 있다. 그녀는 기자들에게 "기억할 수 있는 한 아주 오래전부터 아침 대신 초콜릿 아이스크림을 먹어왔다"고 털어놓았다. 그것도 두 스쿱씩이나![75] 그리고 상냥하기 이를 데 없는 모습과 우아한 의상에도 불구하고 그녀는 악명 높을 정도로 냉정하게 복수심에 불타는 사람이며, 그런 복수심이 그녀가 의원 집단의 대오를 유지하는 비결이다.

2020년 2월 4일 화요일을 생각해보자. 이날은 좀비처럼 변한 여당 공화당 의원들이 펠로시와 그녀의 동료 하원의원들이 보낸 탄핵 소추안을 두고 트럼프 대통령이 무죄라는 의결을 하기 전날이다. 이날 대법관들과 기타 저명한 초청 인사들과 함께 상원의원들과 하원의원들 모두 트럼프의 연두교서 연설이 예정되어 있는 연단 앞에 앉는다. 대통령이 도착하자 펠로시는 예의바르게 손을 내밀지만 그는 외면한다. 그녀는 대부분의 민주당 여성 동료의원들처럼 여성 참정권자들이 입는 식의 흰색 맞춤복 바지 정장을 입고 있다.

대통령이 연설을 마친다. 총기 사용권을 옹호하고, (그 모든 사람들 중에서) 하필이면 우파 방송 평론가 러시 림보에게 '자유의 메달'을 수여하고, 큰 소리로 자신의 크고 튼튼한 국경선 장벽을 자화자찬하고, 자신의 치적에 대해 거듭되는 거짓말을 한다. 그가 연설하는 동안 그의 뒤에서 마이크 펜스 부통령과 함께 앉은 채로 의장직을 수행하던 펠로시는 이따금 빈정거리듯 엷은 미소를 지으며 고개를 가로젓는다. 이윽고 의사당 내에서는 박수 소리와 야유 소리가 터져나온다.[76]

펠로시가 일어선다. 엄숙한 모습으로. 그리고 난 뒤 악평을 불러일으키는 것만큼이나 상징적이고 극적인 몸짓으로, 침착하게 대통령 연설문 각 부분의 각 장을 반쪽으로 찢는다. 거짓 텍스트, 자아도취의 텍스트, 나라를 분열시키고 나라의 안전망들을 와해시키려는 불한당의 텍스트를 찢어발기는 것이다. 어떤 사람들은 그녀가 그저 트럼프의 장광설에 등장하는 "미친 낸시"에 불과하다고 생각할지도 모른다. 그러나 그녀는 그저 미친 여자에 불과한 사람이 아니다.

그녀는 타당한 이유로 여전히 미쳐 있는 것이다. 그리고 그건 우리 두 사람도 마찬가지다.

에필로그
흰색 정장, 깨진 유리창

2020년 11월 7일 토요일, 미 동부 표준시 오전 11시 24분 정각, 앵커 울프 블리처는 CNN이 대통령 후보자 조 바이든과 그의 러닝메이트 카멀라 해리스의 승리를 예측했으며 이로써 4년에 걸친 트럼프의 실정이 끝났다고 전 국민에게 밝혔다. 전국의 도시와 마을 사람들이 거리로 나와서 춤을 췄다. 뉴욕주 로체스터시에서는 최초의 여성 부통령(그리고 전국 무대에서 매우 높은 지위에 오른 최초의 유색인종 여성)의 당선에 열광한 사람들이 감사를 표하기 위해 수전 B. 앤서니의 묘지로 몰려갔다. 도널드 트럼프 우세 지역 몇 곳에서는 극우 단체 '프라우드 보이스'의 모방자들이 총을 들고 맹렬하게 무리 지어 모여들었다. 그리고 이틀 뒤 상원 다수당 대표 미치 매코널은 대통령이 선거 결과를 인정하기를 거부한 것은 "자신의 권리를 100퍼센트 행사한 것"이라고 통명스럽게 발언했다.[1] 코로나에 시달리고 정치적 분열로 병들어 있던 이 나라가 안도하기도 하고 분노하기도 한 것이다.

7일 밤 델라웨어주(바이든의 고향 주)의 윌밍턴시에서는 승리를 거둔 후보자들이 거대한 옥외 무대 단상에 올라 사회적 거리 두기를 지키면서 환호하는 군중 앞에서 연설을 했다. 어린 아이처럼 다루기 힘든 트럼프와 대조적으로 바이든은 현명하고 기품 있어 보였다. 할아버지 대통령이 유아적인 대통령을 밀어낸 격이었다. 베네수엘라 태생의 디자이너 캐롤라이나 헤레라가 디자인한 우아한 흰색 바지 정장을 차려입은 카멀라는 자신이 입고 있는 역사적 의상을 과시하기라도 하듯 연단 위를 빙빙 돌았다. 그런 다음 아름다울 정도로 명확한 발음으로 대통령 당선인을 소개했다. 그녀는 이 소개 발언 때 자신의 인도 출신 미국인 어머니에게 감사를 표했고, 이어서 "투표권을 확보하고 지켜내기 위해 한 세기 이상에 걸쳐 힘써온 모든 여성들에게, 즉 100년 전의 제19차 헌법 수정안과 55년 전의 선거권법을 위해 힘쓴 여성들에게, 그리고 2020년 현재 자신들의 투표권을 행사했고 투표라는 기본권을 위해 그리고 목소리를 내기 위해 투쟁을 계속하고 있는 새로운 세대 여성들"에게 감사를 표했다. 그녀는 가장 기억할 만한 내용이라며 이렇게 덧붙였다. "제가 부통령이 된 최초의 여성일 테지만, 최후의 여성은 아닐 겁니다."[2]

　우리가 지금까지 보아왔듯이, 그녀는 상징적인 흰색 정장을 입은 최초의 여성 또한 아니었다. 낸시 펠로시가 허위로 가득 찬 트럼프의 연두교서 연설문을 찢었을 때 바로 그 옷을 입고 있었다. 그 연설을 듣고 있던 여성 의원 대다수도 그 옷을 입고 있었으며, 앨릭잰드리아 오카시오코르테스가 의원직 수락 선서를 할 때도, 힐러리 클린턴이 2016년 민주당 대통령 후보 수락을 했을 때도, 제럴딘 페라로가 1984년 부통령으로 출마했을 때도, 그리고 셜리 치점이 1968년 선거 후 1969년 의회에 입성했을 때도 마찬가지였다.

흰옷은 대서양 양안의 여성들이 참정권을 위해 행진과 투쟁을 할 때 입었던 옷이다. 이들의 옷에서 영감을 받은 흰색 정장은 표현 차원의 패션이기만 한 것이 아니었다. 흰색 정장은 정치적 주장이었으며, 이는 〈뉴욕 타임스〉의 패션 평론가 버네사 프리드먼부터 새로 생긴 웹사이트 'whatkamalawore.com'에 이르기까지 패션계의 여성 중진들이 누누이 강조한 사실이었다.[3] 취임식 날 오카시오코르테스는 이 주제에 대한 강력한 견해를 트위터에 표출했다. "오늘 제가 흰옷을 입은 것은 제 앞에서 길을 닦아준 여성들, 그리고 앞으로 등장할 여성들을 기리기 위해서입니다. 참정권을 위해 싸운 여성들부터 셜리 치점 의원에 이르기까지 참정권 운동의 어머니들이 안 계셨으면 저는 이 자리에 없었을 것입니다."[4]

1913년 미국전국여성당이 발간한 뉴스레터에서는 "순수성의 표상인 흰색이 우리의 목적을 상징한다"[5]고 표명했지만, 많은 논평자들의 지적처럼 이 색상은 미디어의 관심을 끌려는 의도를 지닌 것이기도 했다. 펜실베이니아 애비뉴를 따라 가던 흰옷의 참정권자들은 어두운색 정장 차림으로 칙칙하게 늘어선 남자 구경꾼들과 대조를 이루며 눈에 띄었다. 동시에 흰색은 전통적으로 신부의 드레스 색상이기에 참정권자들이 이 색상을 극적으로 과시한 것은 어떤 의미에서는 패러디이기도 했다. 참정권에 대한 갈망은 굴종이 아닌 자의식을, 낭만이 아닌 이성을, 신성한 결혼이 아닌 신성한 자매애를 갈망한다는 뜻이었다. 그러나 흰색은 영혼의 색상, 사실상 유령의 색상이기도 했다. 삼색 띠로 강조한 흰색 드레스를 입고 미국과 영국에서 행진하던 참정권자들은 자신의 나라에서 구체성을 띤 주요 시민으로서 육체를 부여받겠다고 소리 높이던 유령 군단이었을까?

이제 미국에서 제19차 헌법 수정안이 비준된 지도 한 세기가 지났고, 바지 정장이 편안할 뿐만 아니라 멋있는 여성 복장이 된 지도 반세기가 지났다. 그러나 해리스는 이런 복장을 한 새로운 유형의 후보자였다. 언론인들이 끊임없이 짚었듯이 그녀는 너무나도 대단한 승리를 거두고 고위직으로 올라선 최초의 여성일 뿐만 아니라 최초의 유색인종 여성, 이민자의 딸, 그리고 흑인 교육기관 하워드대학교의 졸업생이기도 했다. 인도 타밀나두주 힌두교 브라만 계급이었던 해리스의 어머니는 열아홉의 나이에 캘리포니아 주립대학교 버클리 캠퍼스에 유학 와서, 그곳에서 (페미니스트 관점에서 봤을 때 말 그대로) 중요한 유방암 연구자가 되었다. 해리스의 자메이카 출신 흑인 아버지 도널드 해리스는 같은 학교에서 경제학을 공부하던 시절 아내 샤말라를 만났다. 그는 현재 스탠퍼드대학교 명예교수다.

카멀라는 오클랜드에서 태어났으며, 캘리포니아의 1차 통합 조치의 일환으로 버클리 아파트 단지에서 주택가 언덕 지대로 버스를 타고 다녔다. 해리스는 주로 백인이 사는 동네에서 초등학교 시절을 보냈다. 그녀 자신은 혼혈이었어도 그녀의 부모는 의도적으로 자신들과 가족을 위해 흑인 정체성을 선택했다. 그들은 대학교의 아프리카계 미국인 스터디 모임에 참여하다가 처음 서로 알게 되었다. 그들은 그 모임에서 1960년대의 대담한 정신이 버클리를 장악하던 시기에 인근의 학교들에서 찾아온 아프리카계 미국인들과 (휴이 뉴턴을 기억하자) 만났는데, 이들은 흑인 학생운동과 '블랙 팬서'의 모태가 되는 단체에 속한 사람들이었다.[6]

해리스 본인의 말처럼 그런 환경에서 자라난다는 것은 유아차를 타고 무수히 많은 시위 행진자들의 다리 사이로 다니는 것을 의미했다.[7] 그리고 그녀의 부모가 이혼하고 그녀의 어머니가 교편을 잡게 된 맥길대학교가 있는 캐나다로 그녀와 여동생 마야를 데려간 이후, 좀 더 나이를 먹게 되자 이번에는 해리스 본인이 흑인 정체성을 의도적으로 받아들이고 하워드대학교를 선택했다. 백인 학문 세계의 정점인 하버드대학교가 아니라 역사적 흑인 교육기관의 별과 같은 존재인 대학교였다.

대학 졸업 후 해리스는 운동가이기도 했고 야심 찬 체제 순응자이기도 했다. 그녀가 1990년대에 아프리카계 미국인 단체 지도자이자 나중에 샌프란시스코 시장이 되는 윌리 브라운과 맺은 관계는, 캘리포니아 정치의 최상층부로 올라서는 데 도움을 주었을 수도 주지 않았을 수도 있었다. 그러나 그 관계가 그녀에게 자신이 진입하던 기득권 세계, 와해시키려는 것은 아니더라도 진지하게 개혁하고자 했던 세계를 명확히 바라볼 수 있게 해준 것만은 분명하다. 그리고 그 세계에 진입하게 되자 그녀는 자신의 흑인 정체성을 강하게 밀어붙였으며, 하워드대학교의 엘리트 여학생 클럽 출신인 "자매가 되기로 맹세한 자매들"

뿐만 아니라 변호사 여동생 마야, 조카딸 미나, 그리고 형제자매의 손녀들과 함께 결성한 격렬한 페미니스트 가족 그룹까지 널리 알렸다. 물론 그녀는 품격 높은 인도의 친척들뿐만 아니라 똑같이 품격 높은 자메이카의 친척들도 방문했다. 하지만 정치인으로서의 그녀는 정확히 말하자면 자신의 인종은 아니었던 아프리카계 미국인 인종의 옹호자가 되는 편을 선택했다.[8] 카멀라 해리스가 대통령 후보자 명부에 올라 있다는 사실을 알게 된 미셸 오바마가 자신의 수많은 지지자들에게 "우리는 우리의 목숨이 달려 있기라도 한 것처럼 조 바이든에게 투표해야 합니다"[9]라고 말한 것도 놀랄 일은 아니었다.

하지만 한편, 조 바이든에게는 역시 21세기의 신여성으로 규정되는 또 다른 여성 지지자가 있었으니 바로 그의 아내였다. 해리스처럼 이민자의 자녀였던(그녀는 절반은 시칠리아 태생이고 절반은 앵글로스코틀랜드 태생이었다) 질 바이든은 노동자계급 가정에서 성장했다. 그리고 그녀는 조 바이든과 함께 아이들을 키우면서 더 높은 단계의 영문학 학위를 위해 공부했고 지역 전문대학교의 교수로 일했다. 그녀는 남편의 부통령 재직 기간 내내 그 일을 계속했다. 친구인 미셸 오바마의 말처럼, 선거 유세 비행기 안에서도 "질은 항상 과제물 채점을 하고"[10] 있었다. 이들 부부는 보통 '부통령과 바이든 여사'가 아니라 '부통령과 바이든 박사'로 소개되었다.

바이든 박사는 전업주부 세컨드레이디가 아니었으며, 전업주부 퍼스트레이디도 되지 않을 것이다. 그녀는 남편의 대통령 재임 기간 중에도 계속해서 노선버지니아전문대학교에서 가르칠 계획이다. 한 평론가가 말했듯이 "대통령의 배우자가 대다수 여성의 삶과 같은 종류의 삶을 산다는 것, 즉 직업을 갖고 집 밖에서 일하는 것이야말로… 퍼스트레이디 생활의 진정한 현대화 작업일 것"[11]이다.

불가피하게도 부통령 당선자 해리스와 바이든 박사 모두를 대상으로 삼은 백래시가 있었다. 해리스를 조롱하는 외국인 혐오증에 걸린 반대자들은 그녀의 이름을 잘못 발음하기 시작했다. 카말라—카말랄랄랄라?[12] 바이든의 경우에는 그녀의 호칭이 공격 대상이 되었다. 한 신문의 논평 기고가는 그녀가 이름 앞에 감히 "닥터"라는 신성한 단어를 붙였다고 책잡았다. 그의 '백악관에 닥터가 있나요? 혹시 의사가 필요한 경우라면 아마 없을 겁니다'라는 제목의 기사는 그 재미없는 긴 글 내용이 질 바이든에 대해 하도 악의적이어서 급속도로 퍼져나갔다.[13]

이 악의적인 여성 혐오자가 그녀를 어떻게 불렀는지 여기 옮겨본다. "마담 퍼스트레이디, 바이든 여사, 질, 어이. 사소해 보일지 모르지만 중요하지 않은 게 아니라고 생각하는 작은 조언 하나를 하겠다. 혹시 당신 이름 앞에 있는 '박사'라는 호칭을 없애버릴 수는 없는 것인가? '질 바이든 박사'는 살짝 코믹한 느낌이 나는 것은 차치하고 어딘지 사기꾼처럼 들리고, 그런 느낌도 난다." 그런 다음 그는 고상한 척하면서 그녀의 박사 학위가 그저 델라웨어대학교에 논문을 내고 "별로 유망하지도 않은 학위 칭호"와 함께 취득한 교육학 박사에 불과하다고 말한다. 설상가상으로 그는 그녀가 쉰다섯이 되어서야 그 학위를 취득했다고 덧붙이는데, 이는 사실 호의적인 평자들이라면 마땅히 존경을 표했어야 하는 사실이다(결국 그녀는 상원의원과의 결혼 생활 동안 한 단계 높은 학위 과정을 밟으면서 세 아이를 키우며 고등학교에서 가르친 것이었다). 그러나 그들은 존경을 표하지 않았다. 성취를 이뤄낸 여성으로서 그녀는 "어이!"라는 호칭으로 불쾌하게 조롱당하는 사람으로 깎아내려져야 했다.

미소지니는 노병처럼 사라지지도 없어지지도 않을 것이다. 그것은 가장 안 좋은 시기에도 가장 좋은 시기에도 그 추악한 대가리를 쳐든다. 그럼에도 질 바이든은 집요하게 버텨나가고 있다.

11월 7일 밤 윌밍턴에서 질 바이든과 카멀라 해리스는 한때 〈굿 하우스키핑〉과 〈레이디스 홈 저널〉의 세계였던 세상에 대한 특별한 변혁을 단행했다. 그들은 각자 나름의 방식으로, 그 누구보다도 힐러리 클린턴과 낸시 펠로시가 균열을 내기 시작했던 유리 천장과 똑같은 유리 천장을 깨부수었다. 그들은 더 많은 여성들이 오를 수 있는 공간을 만들어냈다. 그리고 비록 완고하게 버티며 사라지지 않는 유리 파편들이 그들의 주변에 널려 있다 해도, 우리의 현재가 된 이들 두 미래의 여성은 미치지 않았다. 그들은 지극히 제정신이었고 자신의 적절한 자리를 차지하고 기뻐했다.

그들의 주변에 널려 있던 유리 파편 하나하나가 가능성으로 반짝거렸다. 하지만 두 달 만에 그 유리 파편들은 여성들이 깨뜨린 천장이 아니라 습격자들이 산산조각낸 의사당 창문들을 상기시키게 된다.

2021년 1월 6일. 프랭클린 루스벨트가 진주만에 대해 말한 것처럼 이날은 치욕으로 남게 될 것이다.

"그곳에 가라. 거칠게 나갈 것이다!"[14]

조 바이든이 승리하고 난 뒤 여러 주 동안 도널드 트럼프는 자신의 "신성하고 압도적인 2020년 대선 승리"를 이른바 사기꾼 민주당원들에게 도둑맞았다고 불평했다.[15] 12월, 그는 전국에 있는 자신의 '미국을 다시 위대하게 만들자' 지지자들에게 메시지를 보냈다. 그들은 1월 6일 백악관 인근에서 열리는 집회로 오라는 지시를 받았다. "도둑질을 멈춰라"라고 주장할 마지막 기회는 마이크 펜스 부통령이 선거인단 투표 수를 증명하는 의회 인증일인 1월 6일 주어질 예정이었다.[16]

거칠게 나갈 것이다. 거칠어진 그들은 무리 지어 몰려들었으며, 일부는 무장한 상태였고, 일부는 정신 나간 복장을 하고 있었다. 온몸을 완벽하게 무장한 '프라우드 보이스'와 '오스 키퍼스' 단원들 이야기다. 일부는 플라스틱 수갑을 주렁주렁 매달고 있었고, 많은 단원들이 총과 스프레이를 들고 있었으며, 그중 한 명은 머리에 남근 모양의 뿔을 올려놓고 맨가슴을 드러내고 있었다.

대통령은 그들에게 "[펜실베이니아 애비뉴를 따라] 의사당까지 걸어가라"고, 그러면 자기도 그곳에서 그들과 함께하겠다고 말했다.[17] 그런 다음 그는 백악관으로 물러나 명백히 희희낙락해하며 텔레비전을 시청했다.

상원과 하원 바깥에서 탕탕 하는 총소리와 뭔가 쾅 하는 소리와 고함 소리가 울려 퍼졌다. '미국을 다시 위대하게 만들자' 지지자 군중이 입법의 전당을 파괴하고, 창문들을 부수고, 출입구를 박살내 들어가고, 기세가 꺾인 준비 안 된 의회 경찰을 압도하고 있었다. 나중에 트럼프가 이 전례 없는 폭동 사건의 선동자로 탄핵당했을 때, 의회 측 검사들은 그가 "폭도들이 광란에 빠지도록 부추겼으며," "그들을 대포처럼 장전해 펜실베이니아 애비뉴를 겨냥했다"고 기록했다.[18]

의사당 내 홀 안과 심지어 펠로시 의장의 집무실 방 안에서까지 그들은 "자신들의" 대통령의 적들을 찾아다녔다. 두 번째 탄핵 재판이 진행되는 동안, 트라우마를 입은 국민들은 한 의회 경찰이 두 문 사이에 끼어 짓눌리며 비명을 내지르는 광경을 지켜보았고, 한 폭도는 깨진 창문을 기어올라 의회 회의실 안으로 들어가다가 총을 맞았고, 상원의원 미트 롬니와 척 슈머는 의회 경찰의 도움으로 폭도들로부터 피신하고 나서 가까스로 살해를 면했다.

전 국민이 오카시오코르테스 의원이 의원 사무실 화장실에 숨어 한 시간짜리 인스타그램 생중계로 "죽을 것 같다"고 털어놓는 소리를 들어야 했다.[19] 전 국민이 린치를 행하는 폭도들이 "마이크 펜스를 교수형시키자! 마이크 펜스를 교수형시키자!"라고 외치며 의사당의 엄숙함 분위기를 훼손하는 광경을 목격해야 했다. 시청자들은 공포감에 사로잡혀 폭도들이 린치 행위의 욕망에 젖어 진작 설치해놓았던 교수대를 목격해야 했다.[20] 전 국민이 이상하고 사악한 한 범법자가 의장 집무실 바깥쪽 홀을 어슬렁거리며 의장의 이름을 비웃듯이 길게 늘여 부르는 광경을 목격해야 했다. "야, 내애애애애애애앤시!"

〈워싱턴 포스트〉의 한 칼럼니스트는 "야, 내애애애애애애앤시

라니. 그 소리를 듣는 여성이라면 특별한 종류의 위험을 생각한다. 그리고 그런 말을 내뱉는 남자 역시 그런 위험을 생각한다. 그게 바로 그자가 그 말을 내뱉은 이유다. 자신이 사냥꾼이라는 것을 명백히 밝히고 자기가 누군지 짐작해보라는 것 아닌가?"²¹

도널드 트럼프는 텔레비전으로 이 사태를 계속 지켜보고 있었으면서도 (그의 참모들과 가족들의 거듭된 요청에도 불구하고) 미쳐 날뛰는 폭도들을 철수시키기를 거부했다.

전투복 복장들, 훔친 의회 물품들, 폭도들이 남기고 간 파손 현장과 오물들(그들은 대리석 바닥에 분뇨를 마구 발라놓았다), 그리고 이 정부의 전당 공격 행위로 죽은 다섯 명의 사망자들. 이 모든 것이 사회계약 해체의 전조였던 것일까? 미쳐 날뛰던 이 폭도들은 처음에는 미국의 가장 소외된 장소들(판자촌, 개펄, 산간벽지, 외로운 초원 같은 곳) 출신인 것 같았다. 그러나 이들 중 다수가 "점잖은" 중산층 시민, 경찰, 퇴역 장교 들인 것으로 밝혀졌다. 그랬다, 그들은 '프라우드 보이스', '스리 퍼센터스', '오스 키퍼스' 같은 극우 단체들의 단원들이었다.

그들의 행위가 민주주의에 역행하는 백래시일 뿐만 아니라 흰색 정장의 페미니스트들이 그토록 오랫동안 지지해온 평등권에 역행하는 백래시이기도 했을까? 결국 우리는 이 책의 모든 지면들을 통해 백인 남성들의 폭력과 가부장제 문화의 지배/복종 구조의 연결 고리를 추적해온 셈이다. 의사당에 난입한 (남북전쟁 당시의 남부 연합 깃발을 들고 아우슈비츠 수용소 티셔츠를 입고 있던) 백인 우월주의자 폭도들은 트럼프주의가 표방하는 남성 우월주의와 원형 파시즘을 극적으로 보여준 것이다.

이 광분한 폭도들이 그들을 미치게 만든 페미니즘 자체의 성취 때문에 미쳐 날뛰었던 것은 아니었을까? 미친 여자들은 필연적으로 미친 남자들을 만들어내는 것일까?

그러나 두 주 만인 1월 20일, 조 바이든과 카멀라 해리스의 취임식에서 어쩌면 페미니즘의 상상력이 승리할지도 모르겠다는 생각이 들기 시작했다. 그날 취임식 단상에 앉아 있던 사람들(전직 대통령들과 전직 후보자들)의 평화롭고 질서 있는 모습은 1월 6일의 혼란과 눈에 띄게 대비되었다. 전직 지도자들 중에서 트럼프만 그 자리에 없었다. 스물두 살의 아프리카계 미국인 어맨다 고면은 취임식 무대에서 빼어난 시를 낭송하면서, 그날과 같은 참사는 그냥 지나칠 수도 지나쳐서도 안 될 것이라고, 자신과 자신이 대표하는 세대는 후퇴할 수 없으며 계속 앞으로 나아갈 것이라고, 왜냐하면 "우리는 겁을 집어먹었다고 해서 다시 뒤로 돌아가거나 / 가로막히지 않을 것이기"때문이라고 주장했다.[22]

그동안 만나고 행진하고 발버둥치고 투쟁하면서 새로운 질서를 창출해온 페미니즘 활동가 모두 이 시인이 이런 시를 낭송할 수 있도록 가르치는 데 도움을 주었다. 그리고 그들은 이제 그 내용을 그대로 메아리치게 할 것이다.

감사의 말

21세기가 시작될 무렵에 멈추었던 우리의 공동 집필 작업을 재개했을 때 이 작업은 2016년 선거의 고통스러운 여파 때문인지 우리를 긴장시켰다. 우리 두 사람은 여러 해 동안 다소 다른 방향으로 성장했다. 하지만 이 책을 공동 집필하는 과정에서 우리는 각자의 관심사가 서로에게 자극이 되고 활기를 불어넣었으며 궁극적으로는 융합되었다는 사실을 깨달았다.

우리는 작업 기간 내내 1970년대 페미니즘의 선구적 업적뿐만 아니라 페미니스트들이 조성하고 촉진하려 애썼던 공동체 정신의 활성화라는 결과로 이어진 페미니즘 내부의 첨예했던 대화와 견해 차이, 분열까지 담아내려 노력했다. 제2물결 페미니즘에 관한 보다 광범위한 사회사를 원하는 분들에게 우리는 루스 로즌의 『활짝 열린 세계: 현대의 여성운동은 미국을 어떻게 변화시켰나』를 추천한다. 우리는 이 책의 폭넓은 사회문화적 비전 덕분에 시인, 소설가, 극작가, 회고록 작가, 문학 이론가들의 독특한 기여에 주목할 수 있었다.

우리는 우리에게 삶의 안내자 역할을 해준 많은 분들 덕분에 작업을 계속할 용기를 얻을 수 있었다. 샌드라는 리베카 게이도스와 로라 리틀랜드에게 감사를 표하며, 게일 그린, 수전 그리핀, 특히 루스 로즌의 충고와 조언에 감사를 표한다. 또한 오랜 세월 지지해준 많은 친구들인 말린 그리피스 바그디키안, 웬디 바커, 마고 베르다슈브스키, 엘리제 블랭클리, 도러시 길버트, 머린 해커, 다이앤 존슨, 말리 린드먼, 웬디 마틴, 유지니아 노미코스, 존 셍커, 일레인 쇼월터, 마사 넬 스미스, 앤 윈터스에게 고마운 마음을 전한다.

수전은 세 명의 연구 조교(패트릭 킨디그, 브룩 오펠, 로리 부스), 그리고 친구들과 동료들인 맷 브림, 주디스 브라운, 셰히라 다베젝, 엘런 드와이어, 다이앤 엘리엇, 메리 패브릿, 조지티 캐건, 존 로런스, 조지 르빈, 스테파니 리, 줄리아 리빙스턴, 낸시 K. 밀러, 앨릭잰드리아 모펫, 진 로빈슨, 리베카 셸던, 잰 소르비, 알베르토 배런에게 고마운 마음을 전한다. 조너선 엘머의 지식과 지성은 처음부터 끝까지 수전의 이 프로젝트 연구 방식에 가르침을 주었다.

우리의 공동 작업 과정은 물론 우리의 가족 덕분에 가능한 일이기도 했다. 늘 그랬듯이 샌드라는 아들 로저 길버트와 그의 아내 지나 캠벨, 손자 벨 길버트와 그의 배우자 노린 기가의 지적, 정서적 지지에 감사를 표한다. 샌드라의 딸 캐시 길버트오닐과 사위 로빈 길버트오닐, 그리고 그들의 활기찬 두 아들 애런과 스테판은 그녀의 삶에 기쁨과 재미, 그리고 전문적 도움이라는 바탕색을 칠해주었다. 딸 수재나 길버트는 늘 곁에 있으면서 분석적 토론을 나눠주었을 뿐만 아니라 개인적인 도움까지 주었으며, 손녀딸 소피아 길버트는 끊임없이 샌드라의 나날들을 밝게 빛나게 해주고 생기를 주었다. 그러나 이 책을 집필하는 동안 작업을 지속할 수 있도록 해준 가장 고마운 사람은 그녀의 배우자인 딕 프리든이다. 그는 (샌드라가 힘든 한해를 헤쳐나가는 동안) 책의 태동 단계에서부터 작업을 지속할 수 있게 해주었으며, 각 장의 초고를 읽어주었고, 음식을 요리해주었고, 정신적으로나 물리적으로나 어디를 가든 그녀와 함께 여행했다.

수전은 그 어느 때보다도 돈(도널드) 그레이의 편집 재능과 결혼 생활을 이끌어가는 재능에 은혜를 입었다. 또한 의붓딸과 친딸인 줄라이 그레이, 수재나 그레이, 메라 구바, 시몬 실버부시의 위트 덕분에 기운이 북돋기도 했다. 사위들인 존 라이언, 키란 세티야, 제프 실버부시의 친절함과 손주들인 잭, 엘리, 새뮤얼, 조나, 개브리얼의 유쾌한 성격과 통찰도 마찬가지다. 해외에 있는 확대 가족들도(버나드와 콜린 데이비드뿐만 아니라 명예 사위 서닐 세티야까지) 그 이상 큰 도움을 줄 수는 없었을 것이다.

우리의 현명한 에이전트 엘런 르빈은 우리가 이 프로젝트를 맡도록 용기를 주었으며, 계속에서 궤도에 올라타도록 영감을 불어넣었다. 경험 많고 박식한 우리의 편집자 질 비알로스키의 명민한 개입과 그녀의 예리한 조수 드루 엘리자베스 와이트먼은 육중한 초고를 우리가 희망했던 모습인 읽을 만한 책으로 바꾸는 데 도움을 주었다. 그리고 우리는 우리의 교열 편집자 앨리스 포크의 세심하고 뛰어난 재능과 홍보 담당자 에린 시네스키 로빗의 열정에도 감사를 표한다. 이 책의 출간을 준비하면서 우리는 특히 관대함을 보여준 에리카 종과 로빈 모건에게 감사했다. 그들은 친절하게도 자신들의 시를 실을 수 있게 허락해주면서 게재료를 포기했다. 그 밖에도 우리는 작업 기간 내내 연구비 지급으로 우리를 도와준 인디애나대학교 측에도 감사드린다.

우리에게 도움을 준 모든 은인들은 페미니스트들이 의존하고 있는 네트워크들을 지지하는 사람들이다. 그러나 우리는 마치 어제처럼 페미니즘 운동 이전의 환경에 산다는 것이 무엇을 의미하는지 똑똑히 알고 있던 순간들이 기억난다. 컬럼비아대학교 박사 학위 과정이 끝날 무렵 샌드라는 한 교수에게서 일자리를 찾는 일일랑 그만두고 역시 학자였던 남편이나 따라다니는 게 현명한 일일 것이라는 조언을 들었다. 수전이 인디애나대학교 영문과에 처음 부임했을 때 그녀의 동료 교수 한 명은 그녀가 비서인 줄 알고 강의 계획안을 건네주며 타이핑 좀 해달라고 부탁했었다. 지금은 다소 코믹하게 들리지만 이런 일들은 그리 오래되지 않은 일들이었고 머나먼 과거의 일들도 아니었다. 제2물결 페미니즘이 만들어낸 놀랄 만한 변화가 생기기 이전에 이런 일들은 도처에서 내내 아주 흔하게 일어나고 있었다.

주

프롤로그: 가능한 일과 불가능한 일

1 Molly Haskell, *Love and Other Infectious Disease* (William Morrow, 1990), 248쪽.

2 Sojouner Truth, "Keeping the Things Going While Things Are Stirring," *The Norton Anthology of Literature by Women: The Traditions in English*, ed. Sandra M. Gilbert and Susan Gubar, 3rd ed., 2 vols. (W. W. Norton, 2007), 1: 512~513쪽.

3 Sandra Gilbert and Susan Gubar, *The Madwoman in the Attic* (Yale University Press, 1979). 3쪽.

4 엘리자베스 워런 상원의원이 민주당 예비 경선에서 낙선한 뒤, 지미 키멀은 이렇게 말했다. "그녀의 경험, 실적, 토론 솜씨에도 불구하고 미국의 유권자들은 끝내 자신들이 대통령 후보자에게서 찾고 있던 것이 그녀에게 없다고 결론지었습니다. 페니스 말입니다." "Best of Late Night: Late Night Says Elizabeth Warren 'Realized She Was Overqualified'," *The New York Times*, 2020년 3월 6일, www.nytimes.com/2020/03/06/arts/television/late-night-elizabeth-warren.html.

5 제이 인즐리의 이 발언은 Joseph O'Sullivan, "Inslee Rebukes the President, as Trump Encourages Rebellion to States' Coronavirus Stay-Home Orders," *Seattle Times*, 2020년 4월 17일에 인용되어 있다. www.seattletiems.com/seattle-news/politics/inslee-rebukes-the-president-as-trump-encourages-rebellion-to-states-coronavirus-stay-home-orders/; @realDonaldTrump, *Twitter*, 2020년 4월 17일, 11:21 a.m., twitter.com/realDonaldTrump/status/1251168994066944003; 11:22 a.m., twitter.com/realDonaldTrump/status/1251169217531056130; 11:25 a.m., twitter.com/realDonaldTrump/status/1251169987110330372.

6 @realDonaldTrump. Twitter, 2020년 11월 29일, 10:05 p.m., twitter.com/

realDonaldTrump/status/1333245684011642881; @realDonaldTrump, *Twitter*, 2020년 12월 1일, 8:59 a.m., twitter.com/realDonarlTrump/status/1333772740483026944; Nicholas Fandos and Maggie Haberman, "Impeachment Case Argues Trump Was 'Singularly Responsible' for Capitol Riot," *New York Times*, 2021년 2월 2일; Peter Baker, "The Last Act of the Trump Drama: Rage, Denial and Retribution," *New York Times*, 2020년 12월 6일.

7   Hillary Rodham Clinton, interview, *60 minutes*, 1992년 1월 26일 방송, on CBS; Clinton, "Remarks to the United Nations Fourth World Conference on Women Plenary Session," United Nations Fourth World Conference, 1995년 9월 5일, 베이징.

8   Elaine Showalter, "Pilloried Clinton," *Times Literary Supplement*, 2016년 10월 26일을 보라. www.the-tls.co.uk/articles/public/hillary-clinton-vs/misogyny/.

9   James Robenalt, *January 1973: Watergate, Roe v. Wade, Vietnam and the Month That Changed America Forever* (Chicago Review Press, 2015).

10 루스 로즌과 샌드라 M. 길버트가 주고받은 이메일, 2020년 5월 4일.

11 대통령 직을 향한 여성의 유토피아적인 시도에 대해서는 Ellen Fitzpatrick, *The Highest Glass Ceiling: Women's Quest for the American Presidency* (Harvard University Press, 2016)를 보라.

12 Gail Collins, "The Senate Bathroom Angle," *New York Times*, 2016년 12월 22일; Judith Plaskow, "Embidiment, Elimination, and the Role of Toilets in Struggles for Social Justice," *Cross Currents* 58, no. 1 (2008년 봄): 51~64쪽 중 52~53쪽.

13 *Signs: Journal of Women in Culture and Society*, *Feminist Studies*, *Women's Studies*, *Chrysalis*, *Frontiers*, *Aphra*와 같은 페미니즘 간행물뿐만 아니라 '페미니즘 출판사'까지 생각해보라.

14 이 원칙의 두 가지 두드러진 예를 참고하라. Jeannette Howard Foster, *Sex Variant Women in Literature: A Historical and Quantitative Survey* (Vantage Press, 1956); Gwen Needham, *Pamela's Daughters* (Russell & Russell, 1972).

15 William Butler Yeats, "Easter, 1916," in *The Collected Poems of W. B. Yeats*, ed. Richard J. Finneran (Scribner, 1996), 180~181쪽 중 180쪽.

16 D. H. Lawrence, *Studies in Classic American Literature* (1923; repr., Cambridge University Press, 2003), 14쪽.

17 Gilbert and Gubar, *Norton Anthology of Literature by Women*, 2: 618쪽.

18 Gloria Steinem, "In Defense of the 'Chick-Flick'," *Alternet*, 2007년 7월 6일, www.alternet.org/2007/07/gloria_steinem_in_defense_of_the_chick_flick.

19 Hillary D. Rodham, "Hillary D. Rodham's 1969 Student Commencement Speech," *Wellesley College*, www.wellesley.edu/events/commencement/archives/1969commencement/studentspeech. 대중의 인기를 끌며 상원의

원에 당선된 최초의 아프리카계 미국인 에드워드 브룩은 넬슨 록펠러 방식의 진보적 공화당원이었다. 그의 연설을 참조하려면, "Progress in the Upright Society: Real Problems and Wrong Procedures," *Wellesley College*를 보라. www.wellesley.edu/events/commencement/archives/1969commencement/commencementaddress.

20 Charles Bethea, "Race, Activism, and Hillary Clinton at Wellesley," *New Yorker*, 2016년 6월 11일을 참고하라. www.newyorke.com/news/news-desk/race-activism-and-hillary-clinton-at-wellesley.

21 Hillary Rodham Clinton, *What Happened* (Simon & Schuster, 2017), 117쪽.

22 "Hillary Rodham Clinton Interview, 1979", *YouTube*, AlphaX News 업로드, 2015년 5월 13일, www.youtube.com/watch?v=bg_sEZg7-rk.

23 Nancy Sinatra, "These Boots Are Made for Walkin'," *Boots* (Reprise Records, 1966).

24 Clinton, *What Happened*, 118쪽.

25 같은 책, 113~114쪽.

26 Bethea, "Race, Activism, and Hillary Clinton at Wellesley." www.newyorker.com/news/news-desk/race-activism-and-hillary-clinton-at-wellesley.

27 Clinton, *What Happened*, 115쪽. 학자들이 폭넓게 연구한 여성 혐오자들의 공격들에는, 그녀를 뱀 머리를 한 메두사로 기이하게 그린 그림뿐만 아니라 화장지에 그녀의 얼굴을 인쇄한 그림까지 포함되어 있다. 두 그림 모두 인터넷에서 찾아볼 수 있다.

28 Sheryl Sandberg, *Lean In: Women, Work, and the Will to Lead* (Knopf, 2013).

29 Claire Cain Miller, "Sexes Differ on Persistence of Sexism," *New York Times*, 2017년 1월 19일 ("The Upshot: Republican Men Say It's a Better Time to Be a Woman Than a Man," 2017년 1월 17일, 온라인으로 발표. www.nytimes.com/2017/01/17/upshot/republican-men-say-its-a-better-time-to-be-a-woman-than-a-man.html).

30 Rebecca Solnit, *The Mother of All Questions* (Haymarket Books, 2017), 69쪽. 에마 왓슨과 미스 피기에 대해서는 Andi Zeisler, *We Were Feminist Once: From Riot Grrrl to CoverGirl®, the Buying and Selling of a Political Movement* (PublicAffairs, 2016), xii쪽을 보라.

31 Zeba Blay, "How Feminist TV Became the New Normal," *Huffpost*, 2015년 6월 18일, www.huffpost.com/entry/how-feminist-tv-became-the-new-normal_n_7567898.

32 키어스틴 질리브랜드, 워싱턴 여성 행진, 2017년 1월 21일, Washington DC, www.c-span.org/video/?c4650727/user-clip-senator-gillibrand-speaks-womens-march-washington.

33 Margaret Atwood, "Margaret Atwood on What *The Handmaid's Tale* Means in the Age of Trump," *New York Times Book Review*, 2017년 3월 19일.

34 텔레비전 각색물에서는 원작 소설과 달리 흑인 여성들이 시녀로 출연한다.

35 Margaret Atwood, *The Handmaid's Tale* (1985; repr., Anchor, 1998), 45쪽.

36 Alison Bechdel, "The Rule," *Dykes to Watch Out For* (Firebrand Books, 1986), 45쪽.

37 Virginia Woolf, *A Room of One's Own* [1929], annotated and with an introduction by Susan Gubar (Harcourt, 2005), 75쪽.

38 루스 로즌은 냉전의 공포가 아이러니하게도 미국 소녀들을 교육받게 만들었다고 주장한다. *The World Split Open: How the Modern Women's Movement Changed America* (2000; repr., Penguin Books, 2006), 42쪽.

39 Atwood, *The Handmaid's Tale*, 90쪽, 186쪽.

1장 20세기 중반의 성별 분화

1 로버트 로웰의 이 시대 성격 규정에 대해서는 "Memories of West Street and Lepke," *Selected Poems*, 확장판(Farrar, Straus and Giroux, 2007), 129~130쪽, 그중 129쪽을 보라.

2 에이드리언 리치가 커루스Carruth에게 보낸 미발표 서한. Michelle Dean, "Adrienne Rich's Feminist Awakening," *The New Republic*, 2016년 4월 4일에 인용되어 있다. 그녀는 에이드리언 리치의 다음 글을 통해서 리치의 발견 사실을 회상한다. "The Distance between Language and Violence," *What Is Found There: Notebooks on Poetry and Politics*, 확장판 (W. W. Norton, 2003), 181~189쪽 중 187쪽.

3 Jacqueline Rose, *The Haunting of Sylvia Plath* (Virago, 1991), 26쪽.

4 1952년 9월 〈패전트〉와의 인터뷰에서 그녀는 이렇게 말했다. "저는 심한 선탠에 반대합니다. 온몸이 금발처럼 느껴지는 게 좋거든요." (125쪽)

5 *The Journals of Sylvia Plath*, ed. Ted Hughes (Knopf, 1982), 319쪽.

6 같은 책, 212쪽.

7 Ginia Bellafante, "Suburban Rapture," *The New York Times*, 2008년 12월 24일을 보라. www.nytimes.com/2008/12/28/books/review/Bellafante-t.html; "blessed Rombauer," *The Unabridged Journals of Sylvia Plath*, ed. Karen V. Kukil (Anchor, 2000), 249쪽을 보라.

8 앤 코벌이 큐레이터를 맡고 오웬스 아트 갤러리(2011)와 멘델 아트 갤러리(2012)에서 개최한 〈종이 인형〉 전시회에서 플라스의 종이 인형들을 전시한 적이 있다. 플라스가 자신의 종이 인형 의상에다 붙이며 묘사한 "낭만적인 제목들"을 보려면 코

벌이 작성한 플라스에 관한 카탈로그 항목을 보면 된다. (Paper Doll [Owens Art Gallery/Mendel Art Gallery, 2011], 14쪽) 이 종이 인형들은 블루밍턴 소재 인디애나대학교 릴리도서관의 아카이브에서도 볼 수 있다. Darlene J. Sadlier는 *The Lilly Library from A to Z* (Indiana University Press, 2019), 39~40쪽에서 그중 몇 개를 설명하고 재수록해놓았다.

9 *Varsity*, 1956년 5월 26일.

10 Sylvia Plath, *Letters Home*, ed. Aurelia Schober Plath (Faber and Faber, 1975), 236~237쪽.

11 *The Letters of Sylvia Plath, vol 1, 1940~1956*, ed. Peter K. Steinberg and Karen V. Kukil (Harper, 2017), 1203쪽, 1063쪽.

12 Plath, *Unabridged Journals*, 211쪽.

13 *The Letters of Sylvia Plath*, 1: 1247쪽.

14 같은 책, 1: 1228쪽.

15 Ted Hughes, "You Hated Spain," *Birthdays Letters* (Farrar, Straus and Giroux, 1998), 39~40쪽 중 39쪽.

16 Plath, *Unabridged Journals*, 22쪽, 20쪽, 160쪽.

17 같은 책, 54쪽, 77쪽. (끝의 생략부호는 그녀가 붙인 것이다.)

18 Sylvia Plath, *Bell Jar* (1963; repr., Harper, 2013), 85쪽.

19 〈마드무아젤〉의 객원 에디터 일 그리고 그 일과 관련된 플라스의 폭넓은 독서에 관한 개인적인 회고는 Sandra M. Gilbert, "'A Fine, White Flying Myth': The Life/Work of Sylvia Plath"[1978], *Rereading Women: Thirty Years of Exploring Our Literary Traditions* (W. W. Norton, 2011). 114~133쪽을 보라.

20 Cailey Rizzo, "A Sylvia Plath Retrospective Finally Puts Her Visual Art on Display." *Vice*, 2017년 7월 28일을 보라. www.vice.com/en/article/zmva5x/sulvia-plath-retrospective-visual-art-smithsonian. 문제의 콜라주 작품은 Mortimer Rare Book Collection at Smith College에 소장되어 있다. *Eye Rhymes: Sylvia Plath's Art of the Visual*, ed. Kathleen Connors and Sally Bayley (Oxford University Press, 2007)도 보라.

21 "회색 모직 양복을 입은 남편"이라는 선전 구호는 슬론 윌슨의 1955년 베스트셀러 소설 제목에서 가져왔다.

22 Phyllis McGinley, "The 5:32," *New Yorker*. 1941년 10월 25일. 19쪽.

23 맥긴리의 딸의 발언에 대해서는 Bellafante, "Suburban Rapture"를 보라.

24 Elaine Tyler May, *Homeward Bound: American Families in the Cold War Era* (Basic Books, 1999), 14쪽.

25 같은 책, 121쪽.

26 Sylvia Plath, "Barren Woman," *The Collected Poems*, ed. Ted Hughes (1981; repr., HarperCollins, 2018), 157쪽; "Munich Mannequins," 같은 책, 262~263쪽 중 262쪽.

27 Adrienne Rich, *Of Woman Born: Motherhood as Experience and Institution* (W. W. Norton, 1995), 224쪽.

28 로버트 로웰은 「1953년, 취임식 날」이라는 시에서 보다 맹렬하게 "공화당원들이 아이젠하워를 불러낸다 / 그녀의 가슴에 웅장한 무덤을"이라고 덧붙였다. (*Selected Poems*, 57쪽.)

29 W. H. Auden, *The Age of Anxiety: A Baroque Eclogue*, ed. Alan Jacobs (Princeton University Press, 2011).

30 David K. Johnson, *The Lavender Scare: The Cold War Persecution of Gays and Lesbians in the Federal Government* (The University of Chicago Press, 2004)를 보라.

31 Shaun Usher, "Utopian Turtletop." *Lists of Note*, 2012년 2월 8일을 보라. www.listsofnote.com/2012/02/utopian-turtletop.html. 무어가 진심으로 그런 이름을 지었을까, 아니면 거대한 미국의 기관인 포드 자동차 회사를 교묘하게 전복시키려는 의도였을까? 그녀의 이중적 태도의 실체가 무엇이었든 간에, 그녀는 "가정주부 시인" 필리스 맥긴리와 함께 〈뉴요커〉를 지배했다.

32 무어의 편지는 Vivian R. Pollak, "Moore, Plath, Hughes, and 'The Literary Life,'" *American Literary History*, 17, no. 1 (2005년 봄): 95~117면 중 103면에 인용되어 있다.

33 같은 책, 107쪽.

34 Marianne Moore, 1961년 HenryAllen Moe에게 보낸 편지, 같은 책.

35 같은 책, 108쪽.

36 *The Letters of Sylvia Plath, vol 2, 1956~1963*, ed. Peter K. Steinberg and Karen V. Kukil (Harper, 2018), 110쪽.

37 Plath, *Unabridged Journals*, 354쪽.

38 David Holbrook, *Sylvia Plath: Poetry and Existence* (1976; repr., Bloomsbury, 2013), 89쪽.

39 2010년 www.youtube.com/watch?v=UOH-PyZecVM에 게시되었다.

40 Ferdinand Lundberg and Marynia F. Farnham, M.D., *Modern Woman: The Lost Sex* (Harper & Brothers, 1947), 143쪽. 인용된 부분은 '페미니스트 콤플렉스'라는 제목의 장에 나온다. Joanne Meyerwitz는 이 책이 당시 극단적인 내용을 담고 있다고 여겨졌으며, "대중문화의 주류를 대변하지 않았다"고 경고한 바 있다. "Beyond the Feminine Mystique: A Reassessment of Post-War Mass Culture, 1946~1958," *The Journal of American History*, 79, no. 4 (1993년 3월): 1455~1482쪽 중 1476쪽을 보라.

41 Lundberg and Farnham, *Modern Woman*, 166쪽, 265쪽, 271쪽.

42 같은 책, 266쪽, 271쪽, 280쪽, 304~305쪽.

43 Jane Gerhard, *Desiring Revolution: Second-Wave Feminism and Rewriting of American Sexual Thought, 1920~1982* (Columbia University Press, 2001), 47쪽.

44 Helene Deutsch, *The Psychology of Women: A Psychoanalytic Interpretation*, 2 vols. (Grune & Stratton, 1944~1945), 1: xiii쪽.

45 같은 책, 1: 228쪽, 229쪽, 230쪽.

46 같은 책, 1: 227쪽, 228쪽. (호니를 인용하고 있다.)

47 같은 책, 2: 79쪽, 1: 291쪽, 292쪽, 319쪽.

48 도이치는 나중에 이렇게 시인했다. 소녀 시절 그녀는 엄마를 "증오"했는데, 엄마가 아들이 아니라는 이유로 그녀를 때렸고, 그저 "지위와 순응, 훌륭한 평판"만이 중요하다는 이유로 "계속해서 (딸의) 순결을 폭압적으로 감시했기" 때문이다. Helene Deutsch, *Confrontations with Myself: An Epilogue* (W. W. Norton, 1973), 62~63쪽.

49 Alfred Kinsey et al., *Sexual Behavior in the Human Female* (W. B. Saunders, 1953), 582쪽.

50 예컨대 Karl E. Bauman, "Volunteer Bias in a Study of Sexual Knowledge, Attitudes, and Behavior," *Journal of Marriage and Family* 35, no. 1 (1973년 2월): 27~31면을 보라.

51 Kinsey and et al., *Sexual Behavior in the Human Female*, 574쪽, 657쪽.

52 James H. Jones, "To Deal Directly with the Rockefeller Foundation," *Alfred C. Kinsey: A Public/Private Life* (W. W. Norton, 1997), 442~447쪽을 보라.

53 Jonathan Gathorne-Hardy, *Alfred C. Kinsey: Sex the Measure of All Things: A Biography* (Pimlico Press, 1999), 439쪽.

54 Sharon R. Cohany and Emy Sok, "Trends in Labor Force Participation of Married Mothers of Infants." *Monthly Labor Review*, 2007년 2월, 9~16쪽 중 10쪽.

55 1950년대에 유행했던 피임법에 대해서는, Vern L. Bullough and Bonnie Bullough, *Contraception: A Guide to Birth Control Methods* (Prometheus Books, 1990)를 보라. 1973년의 '로 대 웨이드' 판결 이전의 안전하지 못한 임신 중지 관행에 대해서는 David A. Grimes, M.D., Linda G. Brandon, *Every Third Woman in America: How Legal Abortion Transformed Our Nation* (Daymark Publishing, 2014)을 보라.

2장 인종, 반항, 반발

1 Allen Ginsberg, *Howl and Other Poems* (City Lights, 1956), 9~20쪽 중 17쪽, 18쪽.

2 Diane di Prima, *Recollections of My Life as a Woman: The New York Years* (Penguin, 2001), 92쪽, 93쪽, 101쪽.

3 Diane di Prima, *Memoirs of a Beatnik* (1969; repr., Last Gasp of San Francisco, 1988), 131쪽. 이 책의 진위 여부는 돈을 벌어야 한다는 디프리마의 욕구와 원고를 보고 보인 편집자의 반응을 염두에 두고 따져보아야 한다. 편집자 Maurice

Girodias는 늘 책의 페이지 상단까지 가로질러 "섹스 이야기를 추가할 것"이라고 써넣었었다고 한다.(137쪽)

4   Di Prima, *Recollections*, 108쪽, 107쪽, 108쪽.

5   같은 책, 157쪽.

6   같은 책, 233쪽.

7   같은 책, 227쪽.

8   같은 책, 225쪽.

9   Gwendolyn Brooks, "The Bean-Eaters," *Selected Poems* (Harper & Row, 1963), 72쪽.

10   Gwendolyn Brooks, *Maud Martha* (AMS Press, 1953).

11   Gwendolyn Brooks, "Bronzeville Woman in a Red Hat." *Selected Poems*, 103~106쪽 중 103쪽.

12   같은 책, 104쪽.

13   같은 책, 106쪽.

14   보컬리스트 Harry Belafonte의 노래, "Man Smart(Woman Smarter)"의 작곡가는 아마 *Calypso* (RCA Victor, 1956)를 낸 Norman Span일 것이다.

15   최근 출간된 *Looking for Lorraine: The Radiant and Radical Life of Lorraine Hansberry* (Beacon, 2018)에서 Imani Perry가 매우 상세히 설명하고 있다. 44쪽에서 페리는 「간이부엌 창가의 깃발」이 브룩스의 작품에 얼마나 큰 빚을 지고 있는지 논한다.

16   Lorraine Hansberry, *To Be Young, Gifted, and Black: An Informal Autobiography of Lorraine Hansberry*, Robert Nemiroff 개작 (Signet, 1969), 36쪽.

17   Anne Cheny, *Lorraine Hansberry* (Twayne, 1984), 10쪽.

18   Hansberry, *Young, Gifted and Black*, 73쪽, 85쪽.

19   Lorraine Hansberry, "The Negro Writer and His Roots: Toward a New Romanticism," *The Black Scholar*, 12, no. 2, (1981년 3/4월): 2~12쪽 중 12쪽.

20   Lorraine Hansberry, "In Defense of the Equality of Men." *The Norton Anthology of Literature by Women*, ed. Sandra M. Gilbert and Susan Gubar (W. W. Norton, 1985), 2058~2067쪽 중 2066쪽.

21   Lorraine Hansberry, *Young, Gifted and Black*, 98쪽, 103쪽.

22   Perry, *Looking for Lorraine*, 59쪽.

23   이 사진은 로레인 핸스베리 문학 신탁 재단의 웹페이지에서 볼 수 있다. http://www.lhlt.org/gallery?page=2.

24   Perry, *Looking for Lorraine*, 74쪽.

25   Lorraine Hansberry, "Simone de Beauvoir and *The Second Sex*: An American Commentary," *Words of Fire: An Anthology of African-American Feminist Thought*, ed. Beverly Guy-Sheftall (New Press, 1995), 128~142쪽 중 129쪽, 128쪽, 129쪽,

130쪽. 핸스베리의 이 에세이는 이 선집에 실릴 때까지 발표되지 않았다.

26 같은 책, 139~141쪽.

27 Lorraine Hansberry, A *Raisin in the Sun* (1959; repr., Benediction Classics, 2017), 61쪽.

28 작품 발표 이후 여러 차례 초청도 받고 TV에도 출연하면서 핸스베리는 자신의 극본이 성공한 이유를 "작품과 관련된 모든 사람들이 흑인이기 때문"이라고 설명하는 사람들에 반발하며 자신의 작품을 옹호했다. 그녀는 유명한 연출가와 배우들이 작품을 공전의 히트로 만든 것이며, 자신이 아누이, 베케트, 뒤렌마트, 브레히트, 오케이시 같은 극작가들에 대해 인식했다는 사실도 그렇다고 반박했다. [Lillian Ross], "How Lorraine Hansberry Wrote 'A Raisin in the Sun," *New Yorker*, 1959년 5월 9일, 34쪽.

29 Hansberry, *Young, Gifted and Black*, 51쪽, 63쪽.

30 Hansberry, *A Raisin in the Sun*, 92쪽, 87쪽.

31 Langston Hughes, "Harlem"(1951), *Selected Poems of Langston Hughes* (Vintage Classics, 1990), 268쪽.

32 Hansberry, *A Raisin in the Sun*, 42쪽.

33 bell hooks, *Killing Rage: Ending Racism* (Henry Holt, 1995), 67쪽.

34 Hansberry, "The Negro Writer and His Roots," 4쪽, 5쪽.

35 같은 글, 8쪽, 10쪽.

36 Hansberry, "In Defense of the Equality of Men," 2060쪽, 2064쪽.

37 Perry, *Looking for Lorraine*, 135쪽.

38 Adrienne Rich, "The Problem with Lorraine Hansberry," *Freedomways* 19, no. 4 (1979년 4/4분기), 247~255쪽 중 252쪽.

39 Hansberry, *Young, Gifted and Black*, 137쪽.

40 Del Martin and Phyllis Lyon, *Lesbian/Woman* (Bantam Books, 1972), 121~122쪽과 Kevin J. Mumford, *Not Straight, Not White: Black Gay Men from the March on Washington to the AIDS Crisis* (Uinversity of North Carolina Press, 2016), 18쪽을 보라.

41 Hansberry, *Young, Gifted and Black*, 137쪽. 우리가 지금 핸스베리에 대해 알고 있는 너무나 많은 내용이 선의를 지닌 그녀의 남편에 의해 걸러진 것이다. 그는 그녀가 세상을 떠난 이후 소위 그녀의 "자서전"이라 불리는 『젊고 재능 있는 흑인이여』를 출간했다. 켈빈 멤퍼드에 의하면 '흑인 문화 연구를 위한 숌버그 센터'에 보관된 접근 제한 문서들 속에는 핸스베리가 여성 연인들에게 민감한 반응을 보였다는 사실이 담긴 일기장 내용과 편지들, 그녀와 공산주의의 연루 관계를 조사한 FBI의 서류들, 백인들의 백래시에 관한 에세이, 반복되는 우울증 발작에 관한 이야기, 그리고 "그녀가 자신의 레즈비언 욕구를 얼마나 깊이 느끼고 있는지"를 말해주는 긴 분량의 일기 등이 포함되어 있다고 한다. 2017년 9월 21일, 멤퍼드 교수가 수전 구

바에게 보낸 이메일.

42 Audre Lorde, *Zami: A New Spelling of My Name* (Crossing Press, 1982), 242쪽.

43 Di Prima, *Recollections*, 73쪽.

44 1986년 〈오드리 로드와의 대화〉에 나온 메리언 크래프트와의 인터뷰. ed. Joan Wylie Hall (University Press of Mississippi, 2004), 146~153쪽 중 149쪽.

45 Lorde, *Zami*, 24쪽.

46 Audre Lorde, "An Interview: Audre Lorde and Adrienne Rich," *Sister Outsider: Essays and Speeches* (Crossing Press, 1984), 81~109쪽 중 82쪽.

47 Lorde, *Zami*, 59쪽, 58쪽.

48 같은 책, 86쪽, 91쪽, 100~103쪽.

49 "Memorial II," *The Collected Poems of Audre Lord* (W. W. Norton, 1997), 3쪽; Lorde, *Zami*, 82쪽.

50 Alexis De Veaux, *Warrior Poet: A Biography of Audre Lorde* (W. W. Norton, 2004), 26쪽.

51 Lorde, *Zami*, 136쪽, 133쪽, 139쪽, 142쪽.

52 같은 책, 126쪽.

53 같은 책, 232쪽.

54 같은 책, 224쪽, 178쪽, 224쪽, 187쪽.

55 같은 책, 204쪽.

56 Audre Lorde, "Learning from the 60s," *Sister Outsider*, 134~144쪽 중 134쪽.

57 Tracy Daugherty, *The Last Love Song: A Biography of Joan Didion* (Macmillan, 2015), 80쪽.

58 같은 곳.

59 Joan Didion, "People Are Talking About", *Vogue*, 1963년 1월, 34; 같은 책, 104쪽에 인용되어 있다.

60 Daugherty의 전기는 Noel Parmentel의 디디온 회고록에 근거하고 있다; *The Last Love Song*, 95쪽을 보라.

61 Joan Didion, "People Are Talking About" *Vogue*, 1963년 7월, 31면; 같은 책, 104면에 인용되어 있다.

62 Betty Friedan, *Life So Far* (Simon & Schuster, 2000), 99쪽.

63 같은 책, 98쪽.

64 Betty Friedan, *The Feminie Mystique* [50주년 기념판] (W. W. Norton, 2013), 83쪽. 그녀는 이 책의 마지막 장, "A New Life Plan for Women"에서 여성에게 필요한 교육을 설명하고 있다. (14장, 407~456쪽.)

65 Bruno Bettelheim의 *The Informed Heart* (1960)에 대한 프리단의 미발표 글은 Kirsten Fermaglich, *American Dreams and Nazi Nightmares: Early Holocaust Consciousness and Liberal America, 1957~1965* (Brandeis University Press,

University Press of New England 출간, 2000), 68쪽에 인용되어 있다. Fermaglich 와 Lisa M. Fine이 이 인용문을 Norton Critical Edition인 *The Feminine Mystique* (W. W. Norton, 2013), xi~xx쪽 중 xv~xvi쪽의 서문에서 더 자세히 설명하고 있다.

66 Phyllis Lee Levin, "Road from Sophocles to Spock Is Often a Bumpy One; Former C0-eds Find Family Routine Is Stifling Them," *New York Times*, 1960년 6월 28일; Friedan, *The Feminine Mystique* (W. W. Norton, 1963), 10쪽에 인용되어 있다. "덫에 갇힌 미국의 가정주부"는 14쪽 보라.

67 Friedan, *The Feminine Mystique*, 10쪽.

3장 분노에 찬 세 목소리

1 아이젠하워 부부의 메뉴 설명은 Sandra M. Gilbert, *The Culinary Imagination: From Myth to Modernity* (W. W. Norton, 2014), 205쪽을 참고하고, 케네디 부부의 점심 메뉴 설명과 그 시각적 효과는 *The Gilded Age Era* 블로그의 "Grace Kelly Visits the Kennedys," 2014년 5월 10일을 참고하라. thegildedageera.blogspot.com/2014/05/grace-kelly-visits-kennedys.html.

2 "Jacqueline Kennedy in the White House." John F. Kennedy Presidential Library and Museum. www.jfklibrary.org/learn/about-jfk/jfk-in-history/jacquline-kennedy-in-the-white-house.

3 Mary Ann Watson, "A Tour of the White House: Mystique and Tradition," *Presidential Sutdies Quarterly*, 18, no. 1 (1998 겨울): 91~99면 중 92면, 95면과 "A Tour of the White House with Mrs. John F. Kennedy"(Franklin J. Schaffner 연출, CBS, 1962년 2월 14일)를 보라.

4 워홀의 설명은 이랬다. "공교롭게도 그녀가 세상을 떠났던 그달, 나는 그녀의 아름다운 얼굴로 '최초의 마릴린들'이라는 스크린 작품을 제작하겠다는 착상을 했다." Andy Warhol and Pat Hackett, *POPism: The Warhol Sixties* (Houghton Mifflin Harcourt, 1980), 28쪽.

5 Sylvia Plath, *Letters Home*, ed. Aurelia Schober Plath (Faber and Faber, 1975), 473쪽.

6 Marilyn Hacker, "The Young Insurgent's Commonplace Book," *Field*, no. 77 (2007): 16~20면 ('Adrienne Rich: A *Field* Symposium'이라는 제목의 섹션에서 해커가 기고한 글: "a discussion of 'Snapshots of a Daughter-in-Law'"). 한편 10년 뒤 페미니스트 비평가들은 프리단이 노동자 계급 백인 여성과 유색인종 여성을 논의에서 뺐다고 비판했다.

7 Imani Perry, *Looking for Lorraine: The Radiant and Radical Life of Lorraine Hansberry* (Beacon, 2018), 164쪽.

8 "[케네디가] 사망했다는 사실은 크게 신경이 쓰이지 않았다"고 앤디 워홀은 설명한다. "신경이 쓰인 것은 텔레비전과 라디오가 모든 사람들이 슬퍼하라는 프로그램을 방송하고 있는 작태였다." (Warhole and Hackett, *POPism*, 77쪽.)

9 *The Unabridged Journals of Sylvia Plath*, ed. Karen V. Kukil (Anchor, 2000), 648쪽, 647쪽.

10 Sylvia Plath, "Morning Song." *Ariel* (Harper, 1965). 1쪽.

11 Sylvia Plath, "Nick and Candlestick," 같은 책, 33~34쪽 중 34쪽.

12 Sylvia Plath, *Letters Home*, 446쪽.

13 이 에피소드의 거친 묘사에 대해서는, Heather Clark의 *Red Comet: The Short and Blazing Life of Sylvia Plath* (Knopf, 2020), 700~735쪽을 보라.

14 Sylvia Plath, "Letter in November," *The Collected Poems*, ed. Ted Hughes (1981; repr., Harper, 2018), 253~254쪽 중 253쪽.

15 Plath, *Letters Home*, 446쪽.

16 같은 책, 468쪽.

17 Plath, "Stings," *Ariel*, 61~63쪽 중 61쪽.

18 같은 책, 62쪽, 63쪽.

19 Anne Stevenson, *Bitter Fame: A Life of Sylvia Plath* (Mariner, 1998), 277쪽. "실비아는 (…) 「아빠」를 [자신의 친구 클래리사 로시Clarissa Roche에게] 큰 소리로 읽어주었는데, 둘 다 자지러지게 웃게 만든 코믹한 목소리였다."

20 Plath, "Daddy," *Ariel*, 49~51쪽 중 50쪽.

21 "Script for the BBC Broadcast 'New Poems by Sylvia Plath,'" Sylvia Plath, *Ariel: The Restored Edition* (HarperCollins, 2004), 195~197쪽 중 195쪽.

22 Plath, "Daddy," 50쪽, 49쪽. 당뇨병을 치료받지 않아 진행된 괴저병 탓에 오토 플라스가 다리를 절단할 수밖에 없었던 일도 물론 이 대목에서 깊은 의미를 지닌다. 실비아는 의학적인 치료 방법을 알아보지 않았다고 아버지를 비난했다.

23 같은 책, 51쪽, 49쪽.

24 같은 책, 51쪽.

25 Plath, "Ariel," *Ariel*, 26~27쪽.

26 같은 책, 27쪽.

27 플라스의 원고 팩시밀리는 *Ariel: The Restored Edition*에 재현되어 있다. 91~174쪽을 보라.

28 Plath, *Letters Home*, 491쪽.

29 Ted Hughes, "The Inscription," *Collected Poems*, ed. Paul Keegan (Farrar, Strauss and Giroux, 2003). 1154쪽.

30 *The Letters of Sylvia Plath, vol. 2, 1956~1963*, ed. Peter K. Steinberg and Karen V. Kukil (Harper, 2018), 968쪽.

31 Sandra M. Gilbert, "Introduction: The Treasures That Prevail," Adrienne Rich,

Essential Essays: Culture, Politics, and the Art of Poetry, ed. Gilbert (W. W. Norton, 2018) xi~xx쪽 중 xvi쪽.

32 Adrienne Cecile Rich, *A Change of World* (Yale University Press, 1951), 7~11쪽 중 11쪽에 실린 W. H. 오든의 서문을 보라.

33 Randall Jarrell, "New Books in Review," *Yale Review* 46 (1956): 100쪽.

34 Adrienne Rich, "Juvenilia," *Collected Poems: 1951~2012* (W. W. Norton, 1995), 126~127쪽 중 127쪽.

35 Gilbert, "Introduction: The Treasures That Prevail," xvi쪽을 보라.

36 같은 곳.

37 Plath, *Unabridged Journals*, 368쪽.

38 같은 책, 354쪽.

39 Adrienne Rich, "Split at the Root: An Essay on Jewish Identity"(1982), *Essential Essays*, 198~217쪽 중 212쪽.

40 Adrienne Rich, "When We Dead Awaken: Writing as Re-Vision"(1971), 같은 책, 3~19쪽 중 14쪽.

41 Adrienne Rich, "Snapshots of a Daughter-in-Law," *Collected Poems*, 117~121쪽 중 117쪽. 문학적으로 볼 때, 썩어가는 웨딩 케이크는 디킨스의 『위대한 유산』에 나오는 영원히 결혼하지 못한 신부 상태의 미스 해비셤을 상기시킨다. 먹지 않은 그녀의 웨딩 케이크는 축하가 예정되어 있던 결혼식이 깨지고 난 후 거미줄투성이 방 안 탁자 위에 수십 년 동안 그대로 놓여 있다.

42 같은 곳.

43 의미심장하게도 리치는 그녀의 자녀들이 (그리고 나중에는 그녀의 손자들이) 그녀를 그냥 "에이드리언"이라고 불렀다고 늘 주장했는데, 가족 내의 정체성을 지칭하는 "어머니"나 "할머니"라는 호칭이 "쓸모없는 경험들로 육중해진" 케이크처럼 해롭다고 판명날지도 모른다는 것이었다. 그녀는 플라스보다 더 자주 개인적인 문제를 정치적인 문제나 시적인 문제로 변환시켰다. 그녀의 손녀 줄리아 콘래드가 쓴 사랑스러운 에세이 「에이드리언에게」는, 짧은 글인데도 리치가 그녀의 가족과 어떤 관계를 맺고 있었는지 생생히 느끼게 해준다. *Massachusetts Review*, 57, no. 4 (2016년 겨울): 799~804면을 보라.

44 Rich, "Snapshots of a Daughter-in-Law," 118쪽. 이 마지막 구절은 보들레르의 시 "Au lecteur(독자에게)"에서 인용한 것이다. 이 구절을 통해 그는 다소의 경멸 감을 섞어 독자와 자기 자신 모두에게 말을 건넨다. "위선적인 독자여!—나를 닮은 자여—나의 형제여!" Charles Baudelaire, "Au lecteur," in *Flowers of Evil and Other Works/Les Fleurs du Mal et Ouevres Choisies*, ed. and trans. Wallace Fowlie (1964; repr., Dover, 1992), 18쪽.

45 Rich, "Snapshots of a Daughter-in-Law," 118쪽.

46 같은 책, 119쪽.

47 같은 곳.

48 같은 책, 120쪽, 121쪽.

49 같은 책, 121쪽. 이 환상을 만들어낸 『제2의 성』의 구절은 문학적으로 대단히 멋진 리치의 「며느리의 스냅사진들」의 결말을 닮기도 했고 닮지 않기도 했다. 보부아르에게는 이 여성 구원자가 원형적 속성을 지니고 있으면서도 문제적인 인물로서, '제2의 성'인 '타자'의 패러다임 그 자체다. 그러나 타자성을 지닌 그녀가 리치에게는 유토피아적 구원자가 된다. Simone de Beauvoir, *The Second Sex*, trans. and ed. H. M. Parshley (1952; repr., Vintage, 1989), 729쪽.

50 Rich, "When We Dead Awaken," 14쪽.

51 Albert Gelpi, *American Poetry After Modernism: The Power of the Word* (Cambridge University Press, 2015) 141쪽에 인용되어 있는 리치의 『인생의 필수품*Necessities of Life*』에 대한 시인 애시베리Ashbery의 평론을 보라. 애시베리는 "교외 지역의 에밀리 디킨슨 같다는 모호한 찬사로" 그녀를 깎아내렸다.

52 Michelle Dean, "The Wreck," *The New Republic*, 2016년 4월 3일을 보라. newrepublic.com/article/132117/adrienne-riches-feminist-awakening.

53 Adrienne Rich, "Blue Ghazals: 9/29/86," *Collected Poems*, 310쪽.

54 앤절라 데이비스의 말은 Alan Light, *What Happened, Miss Simone? A Biography* (Crown Archetype, 2016), 103쪽에 인용되어 있다; 토니 모리슨의 말은 David Brun-Lambert, *Nina Simone: The Biography* (Aurum, 2009), 156~157쪽에 인용되어 있다; 아미리 바카라의 말은 Michael Gonzales, "Natural Fact: The Nina Simone Story," *WaxPoetics*, 25, 2015년 6월 25일에 인용되어 있다, backend. waxpoetics.com/blog/features/natural-fact-the-nina-simone-story.

55 니나 시몬을 다룬 두 영화 모두에 이 세 사건 이야기가 포함되어 있다. *Nina* (Cynthia Mort 연출, RLJ Entertainment, 2016)와 *What Happened, Miss Simone?* (Liz Garbus 연출, Netflix, 2015)을 보라.

56 Nina Simone with Stephen Cleary, *I Put a Spell on You: The Autobiography of Nina Simone* (Da Capo Press, 1991), 26쪽.

57 같은 책, 42쪽.

58 시몬 시뇨레는 파리에서 로레인 핸스베리의 〈태양 아래 건포도〉를 번역, 연출한다.

59 Light, *What Happened, Miss Simone?*, 59쪽; 같은 책, 136쪽에 니나 시몬의 이 말이 인용되어 있다.

60 Simone with Cleary, *I Put a Spell on You*, 77쪽.

61 같은 책, 78쪽.

62 시몬의 이 말은 Light, *What Happened, Miss Simone?*, 120쪽에 인용되어 있다.

63 Simone with Cleary, *I Put a Spell on You*, 83쪽.

64 Perry, *Looking for Lorraine*, 129쪽.

65 Simone with Cleary, *I Put a Spell on You*, 87쪽, 89쪽.

66 같은 책, 90쪽.

67 Nina Simone, "Mississippi Goddam" (1964), Genius. genius.com/Nina-simone-mississippi-goddam-lyrics.

68 Lisa Simone의 이 말은 Light, What Happened, Miss Simone?, 100쪽에 인용되어 있다.

69 니나 시몬의 이 말은 Joe Hogan, "I Wish I Knew How It Would Feel to Be Free: The Secret Dairy of Nina Simone," The Believer, no. 73 (2010년 7월 1일), 73호에 인용되어 있다. www.believermag.com/i-wish-i-knew-how-it-would-feel-to-be-free/.

70 Nina Simone, "Pirate Jenny" (1964), Genius. www.genius,com/Nina-simone-pirate-jenny-lyrics.

71 앤절라 데이비스의 이 말은 Light, What Happened, Miss Simone?, 103쪽에 인용되어 있다; Ruth Feldstein, How It Feels to Be Free: Black Women Entertainers and the Civil Rights Movement (Oxford University Press, 2013), 96쪽.

72 "the United Snakes of America"는 Claudia Roth Pierpoint, "A Raised Voice: How Nina Simone Turned the Movement into Music," New Yorker, 2014년 8월 11일, 18일, 44~51쪽 중 49쪽에 실려 있다.

73 Nina Simone, "Go Limp" (1964), Genius. www.genius.com/Nina-simone-go-limp-lyrics.

74 Angela Davis, Angela Davis: An Autobiography (Random House, 1974), 161쪽.

75 스토클리 카마이클의 이 말은 Mary King, Freedom Song: A Personal Story of the 1960s Civil Rights Movement (William Morrow, 1985), 451~452쪽에 인용되어 있다.

76 Nina Simone, "Four Women" (1965), Genius. www.genius.com/Nina-simone-four-women-lyrics.

77 Nina Simone, "Images" (1966), Genius. www.genius.com/Nina-simone-images-lyrics.

78 Mary Anne Evans와 〈네 여자〉에 대해 한 이 긴 인터뷰는 Light, What Happened, Miss Simone?, 132~134쪽에 인용되어 있다. 우리가 여기에서 다루고 있는 인물 설명은 모두 이 인터뷰에 근거한다. 그 전기 안의 인터뷰는 원래 이탤릭체로 표기되어 있다.

79 Al Schackman의 이 말은 같은 책, 134~135쪽에 인용되어 있다.

80 Simon with Cleary, I Put a Spell on You, 117쪽.

81 Nina Simone. "I Wish I Knew How It Would Feel to Be Free" (1967), Genius. www.genius.com/Nina-simone-i-wish-i-knew-how-it-would-feel-to-be-free-lyrics.

82 Simon with Cleary, I Put a Spell on You, 118쪽.

83 니나 시몬의 이 말은 Light, *What Happened, Miss Simone?*, 91쪽에 인용되어 있다. "짐마차의 말처럼" 일했다는 표현은 Simone with Cleary, *I Put a Spell on You*, 114쪽에 근거한다.

84 니나 시몬의 이 말은 Nadine Cohadas, *Princess Noire: The Tumultuous Reign of Nina Simone* (University of North Carolina Press, 2010), 224쪽에 인용되어 있다.

85 Simone, 같은 책, 162쪽에 인용되어 있다.

86 Bryant Rollins and Les Matthews, "Candidates Warned: Must Deal with Black Nationalists and Integrationists or Get No Support," *New York Amsterdam News*, 1971년 10월 16일.

87 핸스베리의 〈국가는 여러분의 재능이 필요하다The Nation Needs Your Gifts〉 강연 내용은 Perry, *Looking for Lorraine*, 197쪽에서 논의되었다.

4장 성 혁명과 베트남전쟁

1 Philp Larkin, "Annus Mirabilis," *The Complete Poems: Philip Larkin*, ed. Archie Burnett, (Farrar, Straus and Giroux, 2012), 90쪽.

2 Loren Glass, "Redeeming Value: Obscenity and Anglo-American Modernism," *Critical Inquiry*, vol. 32, no. 2 (2006 겨울): 341~361쪽을 보라.

3 Elaine Tyler May, *America and the Pill: A History of Promise, Peril, and Liberation* (Basic Books, 2010)을 보라.

4 "little marriages"에 대해서는 Carolyn Heilbrun, *The Education of a Woman: The Life of Gloria Steinem* (Ballantine Books, 1996), 112쪽, 115쪽을 보라.

5 Gloria Steinem, "Introduction: Life Between the Lines." *Outrageous Acts and Everyday Rebellions* (Holt, Rinehart and Winston, 1983), 1~26쪽 중 16쪽.

6 Gloria Steinem, "I Was a Playboy Bunny," 같은 책, 29~69쪽 중 30쪽, 35쪽. 이 글은 원래 두 부분으로 나뉘어 잡지 〈쇼Show〉에 'A Bunny's Tale'이라는 제목으로 발표되었었다.

7 Hugh Hefner의 1967년 인터뷰는 Carina Chocano, *You Play the Girl: On Playboy Bunnies, Stepford Wives, Train Wrecks, and Other Mixed Messages* (Houghton Mifflin Harcourt, 2017), 6쪽에 인용되어 있다.

8 같은 책, 5쪽.

9 Steinem, "Introduction: Life between the Lines," 같은 책, 16쪽.

10 Steinem, "I Was a Playboy Bunny," 같은 책, 69쪽.

11 Steinem, "Introduction: Life between the Lines," 같은 책, 16쪽.

12 Gloria Steinem, "The Moral Disarmament of Betty Coed," *Esquire*, 1962년, 9월호, 97~157쪽 중 97쪽, 153쪽, 154쪽. 메리 매카시Mary McCarthy도 소설 *The*

Group(1963)에서 피임약이 불러일으킨 유사한 많은 문제들에 대해 논하고 있다.

13 Steinem, "The Moral Disarmament of Betty Coed," 같은 책, 155쪽, 156쪽.

14 같은 책, 156쪽, 157쪽.

15 같은 책, 157쪽.

16 Helen Gurley Brown, *Sex and the Single Girl* (Bernard Geis, 1962), 4쪽.

17 Judith Thurman, "Owning Your Desire: Remebering Helen Gurley Brown," *New Yorker*, 2012년 8월 15일에 의하면, 이 말은 걸리 브라운이 "제일 좋아하는 모토"가 되었다. www.newyorker.com/books/page-turner/owning-your-desire-remembering-helen-gurley-brown.

18 Brown, *Sex and the Single Girl*, 24쪽, 65쪽, 76쪽, 78쪽.

19 같은 책, 111쪽, 120쪽, 222쪽, 252쪽, 267쪽.

20 Jennifer Scanlon, *Bad Girls Go Everywhere: The Life of Helen Gurley Brown* (Oxford University Press, 2009), 101쪽.

21 William H. Masters and Virginia E. Johnson, *Human Sexual Response* (Little, Brown, 1988). 21쪽, 67쪽, 45쪽.

22 메리 앤 셰프레이의 반응이 매스터스와 존슨의 주장에 대한 최초의 주요 반응이었다. Mary Ann Sherfey, "The Evolution and Nature of Female Sexuality in Relation to Psychoanalytic Theory," *Journal of the American Psychoanalytic Association*, 14, no. 1 (1966): 28~128면 중 123면.

23 Masters and Johnson, *Human Sexual Response*, 65쪽, 131쪽, 285쪽, 314쪽.

24 Susan Sontag, *Reborn: Journals and Notebooks, 1947~1963*, ed. David Rieff (Picador, 2009), 213쪽, 220쪽.

25 Benjamin Moser, *Sontag: Her Life and Work* (HarperCollins, 2019), 90쪽.

26 Sontag, *Reborn*, 73쪽.

27 Moser, *Sontag*, 116쪽.

28 Sontag, *Reborn*, 196쪽.

29 Terry Castle, "Desperately Seeking Susan," *London Review of Books*, 2005년 3월 17일, 17~20면 중 17면.

30 Daniel Stern, "Life Becomes a Dream," *The New York Times: Books*, 1963년 9월 8일.

31 Carolyn G. Heilbrun, "Speaking of Susan Sontag," *The New York Times: Books*, 1967년 8월 27일.

32 Susan Sontag, "Notes on Camp," *Susan Sontag: Essays of the 1960s and 70s*, ed. David Rieff (Library of America, 2013): 259~274쪽 중 263쪽.

33 Simone de Beauvoir, *The Second Sex*, trans. and ed. H. M. Parshley (1952; repr., Vintage, 1989), 267쪽.

34 손택의 '캠프' 문화에 대한 비전에 대해 사이먼은 혐오감을 내보이면서 "상궤를

벗어난 징후와 성 도착증이 일상적인 일이 되어가고 있다"고 발언했고, 하우는 별스럽게도 (그리고 미소지니적인 태도로) 손택이 "할머니의 옷 조각들로 화려한 퀼트 제품을 만들어낸 뛰어난 홍보 전문가"라고 깎아내렸다. 두 사람의 말 모두 James Penner, "Gendering Susan Sontag's Criticism in the 1960s: The New York Intellectuals, the Counter Culture, and the *KulturKampf* Over the 'New Sensibility,'" *Women's Studies*, 37, no. 8 (2008): 921~941면 중 935면, 926면에 인용되어 있다.

35 Theodore Roszak, *The Making of a Counter Culture: Reflections on the Technocratic Society and Its Youthful Opposition* (Berkeley: University of California Press, 1969)을 보라. 비슷한 주장으로는 Charles A. Reich, *The Greening of America* (New York, Random House, 1970)를 보라.

36 Susan Sontag, "What's Happening in America?" *Susan Sontag: Essays of the 1960s and 1970s*, 452~461쪽 중 452쪽, 453쪽, 460쪽.

37 같은 책, 457~458쪽, 459쪽.

38 Joan Didion, "John Wayne: A Love Song." *Saturday Evening Post*, 1965년 8월 14일, 76~79쪽.

39 Joan Didion, "A Preface," *Slouching Towards Bethlehem* (Farrar, Straus and Giroux, 1968), xi~xiv쪽 중 xi쪽.

40 Joan Didion, "Slouching Towards Bethlehem," 같은 책, 84~128쪽 중 84~85쪽.

41 같은 책, 85쪽.

42 같은 책, 93쪽.

43 같은 책, 88쪽, 92쪽, 97쪽.

44 같은 책, 101쪽.

45 같은 책, 95쪽, 127쪽.

46 *The Center Will Not Hold* (Griffin Dunne 감독, Netflix, 2017).

47 이 문단에 나오는 모든 인용은 Michael J. Kramer, "Summer of Love, Summer of War," *New York Times*, 2017년 8월 15일에 근거한다.

48 손택의 이 말은 Ellen Hopkins, "Susan Sontag Lightens Up," *Los Angeles Times*, 1992년 8월 16일에 인용되어 있다.

49 앨리스 헤르츠의 이 말은 Jon Coburn, "'I Have Chosen the Flaming Death': The Forgotten Self-Immolation of Alice Herz," *Peace & Change*, 43, no. 1 (2018): 32~60면 중 32쪽에 인용되어 있다.

50 Todd Gitlin, *The Sixties: Years of Hope, Days of Rage* (1989; repr., Bantam Books, 1993), 265쪽.

51 Ruth Rosen, *The World Split Open: How the Modern Women's Movement Changed America* (Penguin Books, 2000), 59쪽.

52 *War No More: Three Centuries of American Antiwar and Peace Writing*, ed.

Lawrence Rosenwald (The Library of America, 2016), 348~361쪽, 507~513쪽의 Barbara Deming, "Southern Peace Walk: Two Issues or One?"(1962)과 Angela Davis, "The Liberation of Our People"(1969) 같은 시인들을 보라.

53 데니즈 레버토프와의 인터뷰, William Packard, "Craft Interview with Denise Levertov" (1971), *Conversations with Denise Levertov*, ed. Jewel Spears Brooker (University Press of Mississippi Press, 1998), 50쪽. 레버토프는 1966년 이후의 운동을 말하고 있다.

54 Levertov, "Life at War," *Poems 1968~1972* (New Directions, 1987), 121~122쪽.

55 Denise Levetov, "Advent 1966," 같은 책, 124쪽.

56 Muriel Rukeyser, "Poem" (1968), *The Collected Poems of Muriel Rukeyser*, ed. Janet E. Kaufman and Anne F. Herzog, Jan Heller Levi (University of Pittsburgh Press, 2005), 430쪽.

57 Mary McCarthy, *Vietnam* (Harcourt, Brace & World, 1967), 33쪽.

58 Mary McCarthy, *Hanoi* (Harcourt, Brace & World, 1968), 123쪽.

59 매카시의 편지 내용은 Michelle Dean, *Sharp: The Women Who Made an Art of Having an Opinion* (Grove Press, 2018), 165쪽에 인용되어 있다.

60 McCarthy, *Hanoi*, 127쪽.

61 Susan Sontag, "Trip to Hanoi," *Styles of Radical Will* (Picador, 1969), 205~274쪽 중 223쪽, 263쪽.

62 Grace Paley, "Report from North Vietnam" (1969), *A Grace Paley Reader: Stories, Essays, and Poetry*, ed. Kevin Bowen and Nora Paley (Farrar, Strauss and Giroux, 2017), 263~269쪽 중 265쪽, 267쪽.

63 Robert Duncan의 말은 Donna Krolik Hollenberg, *A Poet's Revolution: The Life of denise Levertov* (University of California Press, 2013), 240쪽에 인용되어 있다; Denise Levertov, "Part IV: Daily Life," *Poems 1968~1972*, 188쪽.

64 로버트 덩컨과 데니즈 레버토프가 주고받은 편지 내용은 Hollenberg, *A Poet's Revolution*, 284쪽에 인용되어 있다.

65 Sara Evans, *Personal Politics: The Roots of Women's Liberation in the Civil Rights Movement and the New Left* (Alfred A. Knopf, 1979), 188쪽.

66 같은 책, 188쪽에 인용되어 있다. 1967년 '민주사회를위한전국학생회의'는 여성의 지위를 식민화된 지위와 비교하면서 그들의 "형제"들에게 "남성의 쇼비니즘"을 없앨 것을 요구했다. Gayle Graham Yates, *What Women Want: The Ideas of the Movement* (Harvard University Press, 1975), 7~8쪽을 보라.

67 Shuamith Firestone, "The Jeannette Rankine Brigade: Women Power?", *Notes from the First Year,* by New York Radical Women (New York Radical Women, 1968), 18~19쪽. 이 팸플릿은 온라인에서도 이용 가능하다. library.duke.edu/digitalcollections/wlmpc_wlmms01037/.

68 같은 책, 19쪽, 18쪽. (캐시 애머트닉Kathie Amatniek을 인용하고 있다.)

69 Kathie Sarachild, "Consciousness-Raising: A Radical Weapon," First National Conference of Stewardesses of Women's Rights 연설, 1973년 3월 12일, New York City. www.orgaizingforwomensliberation.wordpress.com/2012/09/25/consciousness-raising-a-radical-weapon/. 또한 Ruth Rosen, *The World Split Open*, 197쪽도 보라.

70 *Ramparts*, Rosen, *The World Split Open*, 131쪽에 인용되어 있다.

71 Breanne Fahs, *Valerie Solanas: The Defiant Life of the Woman Who Wrote SCUM (and Shot Andy Warhol)* (The Feminist Press, 2014)을 보라. Olivia Laing, *The Lonely City: Adventures in the Art of Being Alone* (Picador, 2016), 77~93쪽에도 워홀 피격 사건에 대한 설명이 잘 되어 있다.

72 Valerie Solanas, *SCUM Manifesto* (1967; repr., AK Press, 1997), 1쪽, 4쪽, 26쪽, 39쪽, 37쪽.

73 티그레이스 앳킨슨은 "솔라너스가 사상 처음으로 페미니즘을 최신식으로 만들었다"고 믿었다(Fahs, *Valerie Solanas*, 174쪽에 인용되어 있다).

74 Robin Morgan, *Saturday's Child: A Memoir* (W. W. Norton, 2001), 315쪽.

75 Kate Millett의 발언은 Fahs, *Valerie Solanas*, 164쪽에 인용되어 있다.

76 Morgan, *Saturday's Child*, 315쪽.

77 Gail Collins, *America's Women: Four Hundred Years of Dolls, Drudges, Helpmates, and Heroines* (HarperCollins, 2003), 440쪽; 캐시 세라차일드의 말은 Sara Evans, *Personal Politics: The Roots of Women's Liberation in the Civil Rights Movement and the New Left* (Knopf, 1979), 203쪽에 인용되어 있다.

78 Susan Brownmiller, *In Our Time: Memoir of a Revolution* (The Dial Press, 1999), 36~40쪽을 보라.

79 Rosen, *The World Split Open*, 205쪽을 보라; 글로리아 스타이넘이 기록한 시위 내용은 Joy Press, "The Life and Death of a Radical Sisterhood," *New York: The Cut* [2017년 11월]에 인용되어 있다. www.thecut.com/2017/11/an-oral-history-of-feminist-group-new-york-radical-women.html.

80 Erica Jong, "Don't forget the F-word," *The Guardian*, 2008년 4월 11일, www.theguardian.com/books/2008/apr/12/featuresreviews.guardianreview11; Laura Kaplan, *The Story of Jane: The Legendary Underground Feminist Abortion Service* (1995; repr., University of Chicago Press, 2019), 27쪽, 47쪽; Shirley Chisholm의 말은 Walter Ray Watson, "A Look Back on Shirley Chisolm's Historic 1968 House Victory," *Morning Edition*, NPR, 2018년 11월 6일 인용되어 있다. www.npr.org/2018/11/06/664617076/a-look-back-on-shirley-chisolm-s-historic-1968-house-victory; Alexis De Veaux, *Warrior Poet: A Biography of Audre Lorde* (W. W. Norton, 2004), 105쪽.

81 Jerry Rubin의 이 말은 Todd Gitlin, *The Sixties Years of Hope, Days of Rage*, rev. ed. (Bantam Books, 1993), 219쪽, 404쪽에 인용되어 있다.

82 Mary King과 Casey Hayden의 말은 Susan Brownmiller, *In Our Time: Memoir of a Revolution* (The Dial Press, 1999), 14쪽에 인용되어 있다. Winfred Breines, *The Trouble Between Us: An Uneasy History of White and Black Women in the Feminist Movement* (Oxford Universiry Press, 2006), 26쪽도 보라. 인종차별이라는 불의에 맞선 항의의 결과물로 생겨난 19세기와 20세기의 페미니즘 운동의 유사점에 대해서는 많은 이들이 글을 썼다. 예컨대 Elaine Showalter, "A Criticism of Our Own: Autonomy and Assimilation in Afro-American and Feminist Literary Theory," *The Future of Literary Theory*, ed. Ralph Cohen (Routledge, 1989), 347~369쪽을 보라.

83 Eldridge Cleaver, *Soul on Ice* (1968; repr., Delta, 1999), 33쪽.

84 Amiri Baraka, "Babylon Revisited," *Selected Poetry of Amiri Baraka/LeRoi Jones* (William Morrow, 1979), 119쪽.

85 Evans, *Personal Politics*, 80쪽에 인용되어 있다.

86 Kathleen Cleaver and Frances Beale의 이 말은 Alice Echols, *Daring to Be Bad: Radical Feminism in America, 1967~1975* (1989; repr., University of Minnesota Press, 2003), 107쪽에 인용되어 있다.

87 Robin Morgan, "Introduction: The Women's Revolution," *Sisterhood Is Powerful: An Anthology of Writing from the Women's Liberation Movement*, ed. Morgan (Vintage Books, 1970), xiii~xl쪽 중 xx쪽.

88 Evans, *Personal Politics*, 201쪽.

89 Anne Koedt의 이 말은 Fahs, *Valerie Solanas*, 84쪽에 인용되어 있다.

90 Anne Koedt, "The Myth of the Vaginal Orgasm," *Notes from the Second Year: Women's Liberation: Major Writings of the Radcal Feminists*, ed. Shulamith Firestone and Anne Koedt (Radical Feminism, 1970), 37~41쪽 중 41쪽. 이 에세이의 축약본이 1968년, *Notes from the First Year*에 실렸다.

91 〈미즈〉에 실린 제인 오라일리의 1971년 에세이 「가정주부가 진실을 깨닫는 순간 The Housewife's Moment of Truth」이 성차별주의를 깨닫는 '클릭'의 순간이라는 표현을 유명하게 만들었다. 이 표현에 대한 더 큰 최근의 관심은 *Click: When We Knew We Were Feminists*, ed. Courtney E. Martin and Courtney Sullivan (Seal Press, 2010)를 보라.

92 Steinem, "Introduction: Life between the Lines," 17~18쪽.

93 Marge Piercy, "The Grand Coolie Dam," Morgan, *Sisterhood Is Powerful*, 421~438쪽 중 430쪽, 438쪽. 멕시코계 미국인 여학생들은 1969년 롱비치에서 '크아우테목의 딸들Las Hijas de Cuautémoc'을 결성했다. Benita Roth, *Separate Roads to Feminism: Black, Chicana, and White Feminist Movements in America's Second Wave*

(Cambridge University Press, 2004), 138쪽을 보라.

94 Robin Morgan, "Goodbye to All That," *Dear Sisters: Dispatches from the Women's Liberarion Movement*, ed. Rosalyn Baxandall and Linda Gordon (Basic Books, 2000), 53~57쪽 중 53쪽, 54쪽, 57쪽. '레드스타킹' 창설자 중 한 명인 엘런 윌리스는 이미 "여성해방운동이 독립적인 혁명운동으로서 인구의 절반을 잠재적으로 대표하며" 등장할 것임을 알린 바 있다. "우리는 (남성 주도적인) 좌파에 득이 되든 안 되든 우리 자신의 체제 분석과 이익을 가장 우선시할 생각이다." (Willis, "Women and the Left" [1969], *Radical Feminism: A Documentary Reader*, ed. Barbara A. Crow [New York University Press, 2000], 513~515쪽 중 513쪽.)

5장 가부장제에 저항하다

1 〈타임〉이 1970년 8월 31일자 표지에 앨리스 닐이 그린 초상화를 사용한 것은 밀릿이 사진 촬영을 거부했기 때문이다.

2 Proposed Amendment to the Constitution of the United States, H. J. Res. 208, 92nd Cong. (1972), www.govinfo.gov/content/pkg/STATUTE-86/pdf/STATUTE-86-Pg1523.pdf.

3 "Who's Come a Long Way, Baby?," *Time*, 1970년 8월 31일, 16면.

4 1969년 캐럴 해니시Carol Hanisch가 '개인적인 것이 정치적인 것이다'라는 제목의 에세이(*Notes from the Second Year: Women's Liberation: Major Writings of the Radical Feminists,* ed. Shulamith Firestone and Anne Koedt [Radical Feminism, 1970], 76~78쪽)를 썼지만, 이 문구가 신속하게 도처에서 쓰이게 된 이후 어떤 페미니스트도 자신이 원저자라고 주장하지 않는다.

5 Adrienne Rich, "When We Dead Awaken" (1971), *Essential Essays: Culture, Politics, and the Art of Poetry*, ed. Sandra M. Gilbert (W. W. Norton, 2018), 3~19쪽 중 13쪽, 3쪽.

6 Adrienne Rich, "Arts of the Possible" (1997), 같은 책, 326~344쪽 중 332쪽.

7 Rachel Blau DuPlessis, *Blue Studios: Poetry and Its Cultural Work* (University of Alabama Press, 2006), 22쪽. Elaine Showalter는 "대각성"이라는 표현을 "Women's Time, Women's Space: Writing the History of Feminist Criticism," *Tulsa Studies in Women's Literature*, 3, no. 1/2 (1984, 봄/여름): 29~43면 중 34면에서 사용했다.

8 Ann Snitow, *The Feminism of Uncertainty: A Gender Diary* (Duke University Press, 2015), 71쪽.

9 이 모든 그룹들의 등장에 대해서는 Winifred D. Wandersee, *On the Move: American Women in the 1970s* (Twayne, 1988)를 보라.

10 Kate Millett, "Introduction to the Touchstone Paperback", *Sexual Politics* (1969; repr., Columbia University Press, 2016), xxv~xxviii쪽 중 xxv쪽.

11 Millett, *Sexual Politics*, 5쪽.

12 Cherryblossomlife, "Sexual Politics Part III: Jean Genet," *Radfem Hub: A Radical Feminist Collective Blog*, 2012년 1월 30일. http://radicalhubarchives.wordpress.com/2012/01/30/sexual-politics-part-iii-jean-genet.

13 Millett, *Sexual Politics*, 22쪽.

14 같은 책, 54쪽.

15 같은 책, 363쪽.

16 Kate Millett, *Flying* (1974; repr., University of Illinois Press, 2000), 23쪽, 403쪽, 502쪽, 505쪽.

17 같은 책, 15쪽.

18 Radicalesbians, "The Woman-Identified-Woman" (1970), *Women's Rights in the United States: A Comprehensive Encyclopedia of Issues, Events, and People*, ed. Tiffany K. Wayne and Louis Banner, 4 vols. (ABC-CLIO, 2015), 3: 358~361쪽 중 358쪽. Karla Jay, *Tales of the Lavender Menace: A Story of Liberartion* (Basic Books, 1999)도 보라.

19 Jill Johnston, *Lesbian Nation: The Feminist Solution* (Simon and Schuster, 1973), 179쪽.

20 Ti-Grace Atkinson의 이 말은 Alice Echols, *Daring to Be Bad: Radical Feminism in America, 1967~1975* (1989; repr., University of Minnesota Press, 2003), 238쪽에 인용되어 있다; Johnston, *Lesbian Nation*, 166쪽.

21 Millett, *Flying*, 328쪽, 433쪽.

22 같은 책, 357쪽.

23 같은 책, 357쪽, 358쪽, 359쪽.

24 *Town Bloody Hall* (Chris Hegedus and D. A. Pennebaker 감독, Pennebaker Hegadus Films, 1979).

25 같은 영화.

26 Irving Howe, "The Middle-Class Mind of Kate Millett," *Harper's*, 1970년 12월, 110~129면 중 118면, 110면, 124면.

27 Gore Vidal, "In Another Country," *The New York Review of Books*, 1971년 7월 22일, 8~10면.

28 *Town Bloody Hall*.

29 Kate Millett, *The Basement: Meditations on a Human Sacrifice* (Simon and Schuster, 1979).

30 Joyce Carol Oates, "To Be Female Is to Die," *New York Times*, 1979년 9월 9일.

31 Susan Sontag, "The Pornographic Imagination," *Susan Sontag: Essays of the*

1960s and 70s, ed. David Rieff (Library of America, 2013), 320~352쪽 중 337쪽.

32 같은 곳.

33 Susan Griffin, *Pornography and Silence: Culture's Revenge Against Nature* (Harper and Row, 1981), 227~228쪽.

34 Susan Sontag, "The Double Standard of Aging" (1972), *Susan Sontag: Essays of the 1960s and 70s*, 745~768쪽, 766쪽, 754쪽, 755쪽.

35 Susan Sontag, "A Woman's Beauty: Put-Down or Power Source?," 같은 책, 803~805쪽 중 804쪽, 805쪽.

36 Susan Sontag, "The Third World of Women" (1973), 같은 책, 769~799쪽 중 782쪽.

37 같은 책, 792쪽, 772쪽, 776쪽.

38 같은 책, 793쪽, 779쪽.

39 같은 책, 783쪽.

40 같은 책, 788쪽.

41 같은 책, 797쪽.

42 손택의 1960년대의 암묵적인 페미니즘과 1970년대 초반의 명시적인 페미니즘, 그리고 〈파르티잔 리뷰〉의 구좌파 "패밀리" 멤버들에게 그녀가 불러일으킨 적대감에 대해서는 James Penner, "Gendering Susan Sontag's Criticism in the 1960s: The New York Intellectuals, The Counter Culture and the *Kulturkampf* over 'The New Sensibility,'" *Women's Studies*, 37, no. 8 (2008): 921~941면을 보라.

43 Adrienne Rich and Susan Sontag, "Feminism and Fascism: An Exchange," *New York Review of Books*, 1975년 3월 20일, 31~32면.

44 Hillary Holladay, *The Power of Adrienne Rich* (Doubleday, 2020), 269쪽.

45 Benjamin Moser, *Sontag: Her Life and Work* (HarperCollins, 2019), 397쪽, 399쪽.

46 Terry Castle, "Desperately Seeking Susan," *London Review of Books*, 2005년 3월 17일, 17~20면 중 20면.

47 Sigrid Nunez, *Sempre Susan: A Memoir of Susan Sontag* (Riverhead Books, 2014).

48 말할 필요도 없이 다른 소설들도 1970년대의 페미니즘 경험을 포착했다. 특히 Sue Kaufman, *Diary of a Mad Housewife* (1970)와 Marge Piercy, *Small Changes* (1973), Lisa Alther, *Kinflicks* (1976) 같은 작품들이 그랬다.

49 Toni Morrison, *The Bluest Eye* (1970; repr., Alfred A. Knopf, 1993), 45~46쪽.

50 같은 책, 122쪽. "검은 것이 아름답다"는 슬로건에 반대하면서 모리슨은 1974년 "신체의 아름다움을 *미덕*으로 보는 생각은 서구 세계에서 가장 어리석고 가장 해롭고 가장 파괴적인 생각 중 하나이며, 우리는 그런 생각에 관여해서는 안 된다"라고 썼다. ("Behind the Making of *The Black Book*," *Black World*, 23, no. 4 [1974년 2월]: 86~90쪽 중 89쪽.

51 Morrison, *The Bluest Eye*, 123쪽, 126쪽.

52 Toni Morrison, "A Slow Walk of Trees (as Grandmother Would Say), Hopeless (as

Grandfather Would Say)" (1976), *What Moves at the Margin: Selected Nonfiction*, ed. Carolyn C. Denard (University Press of Mississippi, 2008), 6쪽, 7쪽.

53 1933년에 발표된 패니 허스트의 이 소설은 두 차례 영화화되어(1934, 1959) 성공했다.

54 Morrison, *The Bluest Eye*, 20쪽.

55 같은 책, 42쪽, 151쪽, 162~163쪽, 206쪽.

56 Toni Morrison, "What the Black Woman Thinks about Women's Lib," *New York Times Magazine*, 1971년 8월 22일, *What Moves at the Margin: Selected Nonfiction*, 18~30쪽 중 19쪽에 재인용되어 있다.

57 Alix Kates Shulman, *Memoirs of an Ex-Prom Queen*, rev. ed. (Penguin, 1997), 18쪽, 22쪽, 42쪽, 46쪽, 63쪽, 58쪽.

58 같은 책, 33쪽, 149쪽, 159쪽.

59 "『졸업 무도회의 여왕이었던 어느 여자의 회고록』을 읽고 아내가 아기를 데리고 떠나버렸다며 그녀를 맹비난한 한 독자를 회상했을 때, 슐먼은 후회하는 것 같아 보이지 않는다." (*Memoirs of an Ex-Prom Queen*, ix쪽.)

60 예를 들어 폴 시룩스는 "에리카 종의 어리석은 여자 주인공"이 "거대한 매머드의 음부처럼 또는 뉴멕시코주의 칼스배드 석회동굴처럼 널찍한 모습으로, 그 깊이 파인 동굴의 색정적인 동굴 탐험가들을 혼란스럽게 유혹하며 불쑥 나타났다"고 심하게 비난했다. (introduction to *Sunrise with Seamonsters: Travels & Discoveries, 1964~1984* [Houghton Mifflin, 1985], 5쪽. 『비행 공포』에 대한 그 자신의 평론을 인용했다.)

61 Erica Jong, *Fear of Fifty: A Midlife Memoir* (HarperCollins, 1994), 295쪽.

62 Olive Schreiner, *Woman and Labor* (Bernard Tauchnitz, 1911), 74쪽.

63 Erica Jong, *Fear of Flying* (Holt, Rinehart and Winston, 1973), 9~10쪽, 96쪽.

64 같은 책, 11쪽, 205쪽, 295쪽.

65 Jong, *Fear of Fifty*, 153~154쪽.

66 Joan Didion, "The Women's Movement" (1972), *The White Album* (Simon and Schuster, 1979), 109~118쪽 중 112쪽, 115쪽.

67 Rita Mae Brown, *Rita Will: Memoir of a Literary Rabble-Rouser* (Bantam Books, 1997), 280~281쪽.

68 "네 그것에 있는 것이라고는 주변에 달린 분홍색 주름 뭉치뿐이구나. 보기 흉해." Rita Mae Brown, *Rubyfruit Jungle* (1973; repr., Bantam Books, 1977), 4쪽.

69 같은 책, 107쪽.

70 같은 책, 142쪽. 비동성애자로 정체화한 어느 여자 연인은 몰리에게 함께 소변기 앞에 서 있는 척하면서, "야, 그놈 잘 생겼네, 크고 물 잘 나오겠어"(202쪽)라고 말하라고 요구한다. 비동성애자로 정체화한 어느 남자 연인은 그녀에게 "우리가 지금 포시즌 호텔 여자 화장실에 있고, 네가 내 육감적인 가슴을 감탄하며 바라보고

있다"(206쪽)고 상상하라고 원한다.

71 이 인용은 같은 책, 147쪽을 보라. 사실 이 소설은 그녀의 결말 부분의 낙관주의를 계속 유지한다. 헉(클베리) 핀의 도움이라도 받은 듯 활동하면서 몰리는 영화 제작이라는 금단의 영역으로 번개처럼 나아갈 준비를 한 뒤 마침내 "미시시피강 이쪽 유역에서 가장 인기 많은 쉰 살의 인물"(246쪽)이 된다.

72 Margaret Atwood, *Lady Oracle* (Simon and Schuster, 1976), 46쪽, 50쪽, 50~51쪽, 74쪽.

73 같은 책, 82쪽, 310쪽, 313쪽.

74 같은 책, 319쪽.

75 Margaret Atwood, "You Fit Into Me," *Power Politics* (1971; repr., House of Anansi Press, 2005), 1쪽.

76 Margaret Atwood, *Surfacing* (Simon and Schuster, 1972), 162쪽, 163쪽, 176쪽. "미국인들"은 살해와 연결된다.("그들이 그런 짓을 할 수 있다는 걸 증명하라면, 그들은 살해 행위를 할 힘이 있다고 말하겠다.") 그리고 실제로 종종 그들은, 혼란스러워하는 화자가 그녀 자신과 그녀의 동향인들이 거리를 두기를 원하는 캐나다 사람들이기도 하다.

77 같은 책, 187쪽, 222쪽.

78 프렌치는 "우리의 존재를 말살하고 지워버리기에" 생겨나는 임신의 공포, 호색적인 남편들로 인한 비참한 운명, 술에 절어 있는 파티들, 이혼과 함께 연상되는 "가난, 오명, 고독", "권태롭고 고통스럽고 절망으로 가득 찬" 일상적인 가정생활, 결혼 생활 중 일어나는 강간 행위("그 짓이 빨리도 끝났다. 그는 그녀를 쳐다보지도 않았다"), 아이들에게 질러대는 고함 소리, 전기충격요법 등에 항변한다. Marilyn French, *The Woman's Room* (Summit Books, 1977), 49쪽, 133쪽, 141쪽, 162쪽.

79 같은 책, 189쪽, 199쪽.

80 같은 책, 245쪽, 433쪽.

81 Kim A. Loudermilk, *Fictional Feminism: How American Bestsellers Affect the Movement for Women's Equality* (Routledge, 2004), 45~51쪽, 62~63쪽.

82 주디 시카고와 미리엄 샤피로의 설치미술 작품에 대한 더 많은 정보는 Johanna Demetrakas가 감독했으며 judychicago.arted.psu.edu/womanhouse-video/에서 이용할 수 있는 1974년 다큐멘터리 *Womanhouse*를 보라; 펜실베이니아주의 '주디 시카고 아트 에듀케이션 컬렉션'에서 더 많은 정보를 제공하고 있다. judychivago.arted.psu.edu/about/onsite-archive/teaching-projects/womanhouse/.

83 Betsey Stevenson and Justin Wolfers, "Marriage and Divorce: Changes in their Driving Forces," *Journal of Economic Perspectives*, 21, no. 2 (2007년 봄): 27~52면.

84 *The Unabridged Journals of Sylvia Plath*, ed. Karen V. Kukil (Anchor, 2000), 275쪽.

85 Sylvia Plath, *The Bell Jar* (Faber and Faber, 1963), 1쪽.

86 같은 책, 6쪽, 7쪽.

87 같은 책, 74쪽, 71쪽.

88 같은 책, 80쪽. 예를 들어 플라스가 잘 알고 있었을 법한 D. H. 로런스의 「무화과」라는 시를 보라.

89 Sylvia Plath, "Hanging Man," *Collected Poems*, ed. Ted Hughes (1981; repr., HarperCollins, 2018), 141쪽.

90 Betty Friedan, *The Feminist Mystique* [50주년 기념판] (W. W. Norton, 2013), 14쪽.

91 Robin Morgan, "Arraignment," *Monster* (Random House, 1972), 76~78쪽 중 76쪽.

92 이 친구는 Elizabeth Compton Sigmund다. 이 대화 내용은 Elaine Feinstein, *Ted Hughes: The Life of a Poet* (Weidenfeld and Nicolson, 2001), 149쪽에 인용되어 있다.

93 Ted Hughes, "The Dogs Are Eating Your Mother," *Birthday Letters: Poems* (Farrar, Straus, Giroux, 1998), 195~196쪽 중 195쪽.

94 Diane Seuss, "Self-Portrait with Sylvia Plath's Braid," *Still Life with Two Dead Peacocks and a Girl* (Graywoolf, 2018), 84쪽.

95 Erica Jong, "Alcestis on the Poetry Circuit," *Half-Lives* (Holt, Rinehart and Winston, 1973), 25~26쪽.

96 Anne Sexton, "Sylvia's Death," *Poetry*, 103, no. 4 (1964년 1월); 224~226쪽 중 224쪽.

97 Catherine Bowman, *The Plath Cabinet* (Four Way Books, 2009). *The Plath Poetry Project*(plathpoetryproject.com/)도 보라.

98 Joanna Biggs, "I'm an Intelligence," *London Review of Books*, vol. 40, no. 24, 2018년 12월 20일, 9~15면 중 15면. http://www.lrb.co.uk/v40/n24/joanna-biggs/im-an-intelligence.

6장 사변 시, 사변 소설

1 Jane Austen, *Northanger Abbey* [1818], ed. Marilyn Butler (Penguin Classics, 1995), 104쪽.

2 *Bradley v. State*, 1 Miss. (1 Walker) 156쪽, 157쪽(1824)을 보라.

3 Adrienne Rich, interview with David Montenegro, *Points of Departure: International Writers on Writing and Politics* (University of Michigan Press, 1991), 5~21쪽 중 11쪽.

4 W. B. Yeats, "Easter, 1916," *The Collected Poems of W. B. Yeats*, ed. Richard J. Finneran, 개정판 (Scribner Paperback Poetry, 1996), 180~181쪽 중 180쪽.

5 앨프리드 콘래드의 인용문은 1970년 10월 20일 〈뉴욕 타임스〉 부고 기사에 나온다.

6 리치가 커루스에게 보낸 이 편지는 Michelle Dean, "The Wreck," *The New Republic*, 2016년 4월 3일에 인용되어 있다. http://newrepublic.com/article/132117/adrienne-richs-feminist-awakening.

7 Rich, interview in Montenegro, *Points of Departure*, 17쪽.

8 Hilary Holladay, *The Power of Adrienne Rich* (Doubleday, 2020), 222쪽. 리치는 '뉴 스쿨'의 영화학 교수였던 Joseph Goldberg 대신 이 책을 썼다.

9 Dean, "The Wreck."

10 같은 글.

11 에이드리언 리치의 이 말은 John O'Mahoney, "Poet and Pioneer," *The Guardian*, 2002년 6월 14일에 인용되어 있다. www.theguardian.com/books/2002/jun/15/featuresreviews.guardianreview6.

12 Hayden Carruth의 이 말은 같은 글에 인용되어 있다.

13 같은 글을 보라.

14 Elizabeth Hardwick의 이 말은 Dean, "The Wreck"에 인용되어 있다.

15 Emily Dickinson, "Tell all the truth but tell it slant," *The Poems of Emily Dickinson*, ed. R. W. Franklin, reading ed. (Belknap Press Harvard University Press, 1999), 494쪽.

16 Sandra M. Gilbert, "A Life Written in Invisible Ink," *American Scholar*, 2016년 9월 6일. http://theamericanscholar.org/a-life-written-in-invisible-ink/#.XWdLF-hKhPY.

17 Adrienne Rich, "Diving into the Wreck," *Diving into the Wreck: Poems, 1971~1972* (W. W. Norton, 1973), 22~24쪽 중 24쪽.

18 Margaret Atwood, "Diving into the Wreck," *New York Times Book Review*, 1973년 12월 30일.

19 Leslie Farber, "He Said, She Said," *Commentary*, 1972년 3월, 53~59쪽 중 53쪽.

20 Adrienne Rich, "Waking in the Dark," *Diving into the Wreck*, 7~10쪽 중 8쪽.

21 Adrienne Rich, "From an Old House in America," *Collected Poems, 1950~2012* (W. W. Norton, 2016), 425~437쪽 중 435쪽.

22 Adrienne Rich, "Trying to Talk with a Man," *Diving into the Wreck*, 3~4쪽 중 4쪽.

23 William Blake, *The Marriage of Heaven and Hell* (1790~1993년경), *The Poetry and Prose of William Blake*, ed. David V. Erdman (Doubleday, 1965), 33~44쪽 중 39쪽 (plate 14).

24 Adrienne Rich, "From the Prison House," *Diving into the Wreck*, 17~18쪽 중 17쪽; "The Stranger," 같은 책, 19쪽.

25 Rich, "Diving into the Wreck," 22쪽, 23쪽.

26 같은 책, 23쪽, 24쪽.

27 같은 책, 24쪽.

28 Adrienne Rich, "A Marriage in the 'Sixties," *Collected Poems*, 137~139쪽 중 139 쪽 (원래는 1963년 *Snapshots of a Daughter-in-Law*를 통해 발표되었다); "Like This Together," 같은 책, 174~176쪽 (원래는 1966년 *Necessities of Life*를 통해 발표되었다).

29 Rich, "Diving into the Wreck," 24쪽.

30 Adrienne Rich, "From a Survivor" *Diving into the Wreck*, 50쪽.

31 Adrienne Rich, "When We Dead Awaken" (1971), *Essential Essays: Culture, Politics, and the Art of Poetry*, ed. Sandra M. Gilbert (W. W. Norton, 2018), 3~19쪽 중 3~4쪽.

32 Adrienne Rich, "Compulsory Heterosexuality and Lesbian Existence" (1980), 같은 책, 157~197쪽 중 159쪽, 160쪽.

33 Holladay, *The Power of Adrienne Rich*, 264쪽.

34 Rich, "Twenty-One Love Poems," *Collected Poems*, 465~477쪽 중 465쪽.

35 같은 책, 468쪽, 470쪽, 471쪽.

36 같은 책, 472~473쪽.

37 Adrienne Rich, "Split at the Root: An Essay on Jewish Identity" (1982), *Essential Essays*, 198~217쪽 중 216쪽.

38 Rich, "Twenty-One Love Poems," 476~477쪽.

39 이런 전통을 따르는 주목할 만한 작품들로는 Christine de Pizan, *City of Ladies* (1405)와 Margaret Cavendish, *The Blazing World* (1666)가 있으며, 이들 작품들 외에도 길먼의 시대와 더 가까운 시대의 Mary Elizabeth Lane, *Mizora* (1880~1881)와 Elizabeth Corbett, *New Amazonia* (1889)가 있다.

40 Julie Phillips, *James Tiptree Jr.: The Double Life of Alice B. Sheldon* (St. Martin's, 2007), 245쪽.

41 같은 책, 337쪽.

42 James Tiptree, Jr., "The Women Men Don't See" (1973), *Her Smoke Rose Up Forever* (Tachyon, 2004), 115~143쪽 중 115쪽.

43 같은 책, 134쪽.

44 같은 책, 141쪽, 138쪽, 142쪽.

45 James Tiptree, Jr., "The Girl Who Was Plugged In" (1973), *Her Smoke Rose Up Forever*, 43~79쪽.

46 같은 책, 77쪽.

47 같은 책, 47쪽.

48 James Tiptree, Jr., "The Screwfly Solution" (1977), *Her Smoke Rose Up Forever*, 9~31쪽 중 9쪽.

49 같은 책, 24쪽, 25~26쪽.

50 직접적인 영향 유무와 관계없이 이 두 작품은 눈에 띄게 유사하다. 각 작품에서 세 명의 남성 여행자들이 여성들만 사는 유토피아를 마주하게 되며, 그곳의 관습에 매력을 느끼고 당혹스러워하고 어리둥절해한다. 두 이야기 모두 어리벙벙한 (그리

고 종종 혼란에 빠진) 탐험가들 중 한 명의 시각으로 서술된다. 두 이야기 모두 거의 정형화된 (그리고 종종 희극적인) "여성적" 특성이 특징인 여성만의 세계를 묘사한다. 두 페미니즘 유토피아 모두 모성애과 교육을 강조한다. 두 이야기 모두에서 여성은 남성의 도움 없이 2세를 생산한다. 『허랜드』에서는 단위생식을 통하여, 「휴스턴」에서는 정교한 형태의 복제 기술을 통하여 그렇게 한다. 그리고 각 이야기에서 세 남성 중 한 명이 여성들에게 부적절한 이성애 행동을 하고, 궁극적으로 그중 한 명에게 강간을 시도함으로써 일시적으로 그곳 여성 사회의 평온한 기본 체제를 교란시킨다. 팁트리의 전기 작가 줄리 필립스는 엘리스 셸던이 『허랜드』에 대해 알고 있었다는 증거는 전혀 없다고 말한 바 있다. 그리고 실제로 길먼의 유토피아는 팁트리의 이야기가 인쇄되고 7년이 지났을 때인 1979년까지 책 형태로 출간된 적이 없었다. 그러나 『허랜드』가 처음 발표됐던 페미니즘 저널 〈포러너〉는 사실상 1968년에 재인쇄되었으니 셸던이 (심리학 박사 학위를 딴 지 얼마 안 됐고, 본격적인 학자이기도 했다) 이 작품을 보았을 가능성은 높다고 할 수 있다.

51 James Tiptree, Jr., "Houston, Houston, Do You Read?" (1976), *Her Smoke Rose Up Forever*, 163~216쪽 중 186쪽, 189쪽, 173쪽, 175쪽.

52 같은 책, 191쪽, 163쪽.

53 같은 책, 212쪽, 215쪽.

54 조애너 로스에게 보낸 제임스 팁트리의 편지는 Pat Wheeler, "'That Is Not Me. I Am Not That': Anger and the Will to Action in Joanna Russ's Fiction," *On Joanna Russ*, ed. Farah Mendlesohn (Wesleyan University Press, 2009), 99~113쪽 중 99쪽의 표제문에 인용되어 있다.

55 Joanna Russ, "The New Misandry," *Village Voice*, 1972년 10월 12일. villagevoice.com/2011/03/21/the-new-misandry-man-hating-in-1972/.

56 Joanna Russ, *The Female Man* (Bantam Books, 1975), 7쪽.

57 Wheeler, "That Is Not Me. I Am Not That," 99쪽. 그러나 주디스 가드너가 1990년대에 지적했듯이 『여성 인간』은 몇십 년이 지나자 구식으로 느껴지기 시작했다. 가드너는 이렇게 썼다. "이 작품은 지금은 회상하는 것조차 당혹스럽다고 생각되는 상황을 과도하게 다룬다. 그 당시 느꼈던 신선한 도덕적 분노와, 페미니즘적인 분노에서 생긴 집단적 연대감과 열정, 그러면서도 가부장제의 가능성에 대한 절망감을 되새기는 일조차 나로서는 힘들다."(같은 책에 인용되어 있다.) 그러나 이 소설에 대한 지극히 긍정적인 최근의 논평을 보고 싶다면 B. D. McClay, "Joanna Russ, the Science-Fiction Writer Who Said No," *New Yorker*, 2020년 1월 30일을 참고하라. www.newyorker.com/books/under-review/joanna-russ-the-science-fiction-writer-who-said-no.

58 Russ, *The Female Man*, 213~214쪽.

59 어슐러 K. 르 귄이 제임스 팁트리 주니어에게 보낸 편지는 Phillips, *James Tiptree Jr.*, 371에 인용되어 있다. Paul Walker가 진행했던 인터뷰 "Ursula K. Le Guin: An

Interview," *Luna Monthly*, no. 63 (1976년 3월): 1~7면 중 1면도 참고하라.

60 Ursula Le Guin, *The Left Hand of Darkness* (1969; repr., Ace Books, 2010), 100쪽.

61 Ursula Le Guin, "Is Gender Necessary? Redux," *Dancing at the Edge of the World: Thoughts on Words, Women, Places* (Grove, 1989), 7~16쪽을 보라.

62 Ursula K. Le Guin, introduction to "Winter's King," *The Wind's Twelve Quarters* (Bantam Books, 1975), 85쪽.

63 "Coming of Age in Karhide" (1995)는 *The Birthday of the World: And Other Stories* (HarperCollins, 2002), 1~22쪽에 재수록되었다.

64 Ursula K. LeGuin, "Sur" (1982), *The Compass Rose* (Harper and Row, 1982), 230~246쪽 중 234쪽, 236쪽.

65 같은 책, 239쪽, 240쪽.

66 같은 책, 242쪽, 243~244쪽.

67 같은 책, 246쪽.

68 Adrienne Rich, "Phantasia for Elvira Shatayev, " *Collected Poems*, 443~446쪽 중 446쪽.

7장 자매들, 연결과 상처

1 Vivian Gornick, "Who Says We Haven't Made a Revolution?: A Feminist Takes Stock," *New York Times Magazine*, 1990년 4월 15일. 그녀는 Wordsworth의 "French Revolution" (1809)을 인용하고 있다.

2 Gloria Steinem의 이 말은 Rebecca Traister, *Good and Mad: The Revolutionary Power of Women's Anger* (Simon & Schuster, 2018), 109~110쪽에 인용되어 있다; Steinem, "Alice Walker: Do You Know This Woman? She Knows You" (1982), *Outrageous Acts and Everyday Rebellions* (Holt, Rinehart, and Winston, 1983), 259~275쪽 중 275쪽.

3 Carolyn G. Heilbrun, *The Education of a Woman: The Life of Gloria Steinem* (The Dial Press, 1995), 255쪽.

4 같은 책, 268쪽.

5 Betty Friedan, *It Changed My Life: Writings on the Women's Movement* (Random House, 1976), 244쪽. 이 구절은 "Betty Friedan's Notebook: Struggling for Personal Truth (1971~1973)"라는 제목이 붙은 장에 등장한다. 프리단은 여성들에게 "남자들에게 매력적으로 보일 수 있는" 것이라면 그 어떤 것도 하지 말라고 조언하는 〈미즈〉의 에세이들과 다른 견해를 갖고 있었다. "글로리아가 〈미즈〉에서는 이런 식의 교리를 설교하면서도, 실은 그와 동시에 매력적인 남성들과 데이트하거나 뉴욕의 화려한 헤어 살롱 '케네스'에 가서 머리에 줄무늬를 넣는 것이 내게

는 정말 짜증나는 일이었다."(Betty Friedan, *Life So Far* [Simon & Schuster, 2000], 249~250쪽.)

6 Nora Ephron, "Women," *Esquire*, 1972년 11월, 10~18쪽 중 10쪽, 18쪽.

7 Heilbrun, *The Education of a Woman*, 255쪽.

8 스타이넘은 "[앨리스가] 풀타임 근무를 원하지 않으며 회의 참석을 거절했다는 사실은 아무런 문제가 되지 않는다"고 생각했다. Evelyn C. White, *Alice Walker: A Life* (W. W. Norton, 2004), 265쪽, 266쪽.

9 에이드리언 리치의 이 말은 Alexis De Veaux, *Warrior Poet: A Biography of Audre Lorde* (W. W. Norton, 2004), 133쪽에 인용되어 있다. 상금은 뉴욕의 지원 단체 '흑인 미혼모 시스터후드Sisterhood of Black Single Mothers'로 보내졌다. 실제로 이 상은 리치와 앨런 긴즈버그에게 공동으로 수여되었지만 사정은 "나는 우리가 배제되는 상황에서, 그녀가 자신만을 위해서는 어떤 상도 받을 수 없다고 느꼈다고 생각한다"는 워커의 설명과 같았다.(White, *Alice Walker*, 271쪽.)

10 Hillary Holladay, *The Power of Adrienne Rich* (Doubleday, 2020), 256~257쪽.

11 이 에세이는 Alice Walker, *In Search of Our Mothers' Gardens: Womanist Prose* (1974; repr., Harcourt Brace Jovanovich, 1983), 231~243쪽 중 232쪽, 235쪽에 재수록되어 있다.

12 같은 책, 237쪽, 243쪽.

13 *In Search of Our Mothers' Gardens*에 수록되었을 때 이 글은 "Looking for Zora"로 발표되었다. 93~116쪽 중 102쪽.

14 같은 책, 107쪽, 110쪽.

15 White, *Alice Walker*, 258쪽, 259쪽. 세라 블랙번이 1973년 12월 30일 〈뉴욕 타임스〉의 『술라』 서평을 썼다.

16 White, *Alice Walker*, 272쪽. 워커의 전기 작가 에벌린 C. 화이트는 두 사람의 관계가 소원해진 동기가 '질투심'이었다고 주장한다. "루카이저는 자신의 문학적 빛이 자신이 '날갯죽지 밑에 품어주었던' 조지아 출신의 가난한 흑인 여성에 의해 무색해질 수도 있다는 사실을 단 한 번도 상상해본 적이 없었다."(같은 책, 271쪽.)

17 앨리스 워커가 뮤리얼 루카이저에게 보낸 편지는 같은 책, 273쪽에 인용되어 있다.

18 루카이저는 답장 편지를 썼지만 보내지 않았다. 이 보내지 않은 답장에서 루카이저는 워커가 힘들었던 시기에 워커에게 건넨 돈에 대해 언급했다.(같은 책, 125~126쪽, 275쪽.)

19 Susan Brownmiller, *In Our Time: Memoir of a Revolution* (The Dial Press, 1999), 234쪽.

20 이 주장은 같은 책, 235쪽에 인용되어 있다.

21 같은 책, 238쪽. 엘런 윌리스의 이 말은 236쪽에 인용되어 있다.

22 글로리아 스타이넘의 이 말은 Heilbrun, *The Education of a Woman*, 290쪽, 291쪽

에 인용되어 있다.

23 구성원들이 〈미즈〉로부터 재정 지원을 받아야 할지 말아야 할지 결정하지 못했던 이 공동체의 해산에 관한 이야기는 캐럴린 하일브런(*The Education of a Woman*, 297~299쪽)과 브라운밀러의 글(*In Our Time*, 239~242쪽) 모두에 실려 있다.

24 Jo Freeman, "Trashing," *Ms.*, 1976년 4월, 49~51쪽, 92~98쪽 중 49쪽.

25 Friedan, *It Changed My Life*, 373쪽, 382쪽.

26 Heilbrun, *The Education of a Woman*, 280~281쪽, *The World Split Open: How the Modern Women's Movement Changed America* (Penguin Books, 2000), 227~260 쪽에 루스 로즌이 FBI에 관해 쓴 장(章) "The Politics of Paranoia"를 보라.

27 Letty Cottin Pogrebin, "Have You Ever Supported Equal Pay, Child Care, or Women's Groups? The FBI Was Watching You," *Ms.*, 1977년 6월, 37~44쪽 중 37 쪽, 44쪽.

28 Heilbrun, *The Education of a Woman*, 309쪽. 급진적 페미니스트들이 스타이넘에 게 혐의를 뒤집어씌웠던 해와 같은 해에, 〈미즈〉의 최초의 발간인이었던 엘리자베 스 포슬링 해리스Elizabeth Forsling Harris가 (첫 호 발간 이후 떠났다) 주식 사기 혐의로 스타이넘을 고소했다.

29 Erica Jong, *Fear of Fifty: A Midlife Memoir* (HarperCollins, 1994), 286쪽, 290쪽.

30 Phyllis Chesler, *Letters to a Young Feminist* (Four Walls Eight Windows, 1997), 56 쪽, 59쪽.

31 Jill Lepore, *These Truths: A History of the United States* (W. W. Norton, 2018), 660쪽.

32 Winifred Breines, *The Trouble Between Us: An Uneasy History of White and Black Women in the Feminist Movement* (Oxford University Press, 2006), 152쪽.

33 Sheila Tobias, *Faces of Feminism: An Activist's Reflections on the Women's Movement* (Westview Press, 1997), 155쪽, 156쪽.

34 Lepore, *These Truths*, 662쪽.

35 실라 토비어스는 슐래플리의 성공적인 "가족 옹호"와 성평등 헌법 수정안 비준 반 대 운동에 대한 냉소적인 견해 한 가지를 내놓았다. 그녀는 그 운동이 "정치적 야 망에 불타던 한 여성에게 도구"를 제공했다고 설명했다. "다른 전장戰場들에서는 '성공을 거둘 수 없겠다는 생각이 들자 슐래플리는 1972년 보수주의자가 이용할 수 있는 많은 이슈 중에서 성평등 헌법 개정안 이슈야말로 자신의 것이 될 수 있겠 다"(*Faces of Feminism*, 140쪽)는 사실을 깨달을 만큼 충분히 영악했다. 슐래플리 가 권력을 얻게 되는 과정을 극화한 내용은 훌루Hulu 텔레비전의 *Mrs America*를 보라.

36 Marjorie J. Spruill, *Divided We Stand: The Battle Over Women's Rights and Family Values that Polarized American Politics* (Bloomsbury, 2017), 91쪽.

37 Lillian Faderman, "Enter, Anita," *The Gay Revolution: The Story of the Struggle* 18장, (Simon & Schuster, 2015), 321~335쪽 중 332쪽.

38 "Feminine Fulfilment," season 5, episode 19, of *Maude* (원래는 NBC에서 1977년 9월 23일 방영되었다). *The Rockford Files*의 "Trouble in Chapter 17" 에피소드에서 앤 루이즈 클레멘트(클로데트 너빈스 분)라는 등장인물을 묘사한 것인데, 그녀의 행동이 바로 매라벨 모건의 주장에 밀접하게 근거를 두고 있다.

39 Audre Lorde, "An Interview: Audre Lorde and Adrienne Rich," *Sister Outsider: Essays and Speeches* (Crossing Press, 1984), 81~109쪽 중 90쪽, 92쪽.

40 Audre Lorde, "The Master's Tools Will Never Dismantle the Master's House," *Sister Outsider*, 110~113쪽 중 112쪽.

41 Audre Lorde, "Love Poem," *The Collected Poems of Audre Lorde* (W. W. Norton, 1997), 127쪽.

42 De Veaux, *Warrior Poet*, 130~131쪽.

43 그전 해에 로드가 카페에서 이 시를 낭송하는 것을 들었던 일을 회상하던—"믿을 수 없는 내용이었다. 반항과도 같았다. 눈이 부셨다."(같은 책에 인용되어 있다)—로드는 리치에게 이렇게 설명했다. "흑인 사회에서 커밍아웃한 레즈비언으로 산다는 것은 쉽지 않은 일입니다. 물론 커밍아웃하지 않고 사는 것이 더 힘든 일이지만요."(99쪽)

44 인용된 구절은 Audre Lorde, "Scratching the Surface: Some Notes on Barriers to Women and Loving," *Sister Outsider*, 45~52쪽 중 49쪽에 나온다. 아마 그녀는 당시 떠오르고 있던 [흑인 페미니스트 단체] '컴바히 리버 공동체'에서 활동하던 그녀의 동료 바버라 스미스를 보호하려고 애쓰고 있었던 것인지도 모른다. 그때 그녀는 이렇게 말했다. "흑인 레즈비언들이 흑인 남성들과 이성애자 흑인 여성들 모두에게서 점점 더 많은 공격을 받고 있었다"(같은 곳). '컴바히 리버 공동체'의 발전 과정과 의미에 대해서는 Winifred Breines, "Alone: Black Socialist Feminism and the Combahee River Collective," *The Trouble Between Us*, 4장, 117~149쪽을 보라.

45 Audre Lorde, "Sexism: An American Disease in Blackface," *Sister Outsider*, 60~65쪽. 예컨대 "Need: A Choral of Black Women's Voices"(*Collected Poems*, 353쪽)와 이 에세이에서 로드가 젊은 여성 배우 퍼트리샤 코언Patrcia Cowan의 살해 사건을 논의한 내용을 보라.

46 Audre Lorde, "An Open Letter to Mary Daly," *Sister Outsider*, 66~71쪽 중 66쪽, 67쪽.

47 De Veaux, *Warrior Poet*, 151~152쪽.

48 Lorde, "An Open Letter to Mary Daly," 67쪽, 68쪽.

49 같은 책, 71쪽.

50 De Veaux, *Warrior Poet*, 252~253쪽 중 252쪽.

51 Lorde, "An Interview," 103쪽.

52 Lorde, "Power," *Collected Poems*, 215~216쪽 중 215쪽. 그녀는 나중에 이 구절

의 의미를 이렇게 설명했다. "만약 우리 자신을 우리가 믿는 것들 중 후순위에 놓을 준비가 되어 있다면 우리는 변화를 가져올 수 있다. 그게 아니라면 공허한 수사일 뿐이다. 그리고 우리의 운명을 부담하며 살아나가야 할 사람들은 우리의 아이들이다." 매리언 크래프트와 1986년에 했던 인터뷰다. *Conversations with Audre Lorde*, ed. Joan Wylie Hall (University of Mississippi Press, 2004), 146~153쪽 중 148쪽.

53 Lorde, "The Master's Tools Will Never Dismantle the Master's House," 110~111 쪽, 112쪽, 113쪽.

54 Audre Lorde, "The Transformation of Silence into Language and Action," *Sister Outsider*, 40~44쪽 중 41쪽, 42쪽, 44쪽.

55 Audre Lorde, "Poetry Is Not a Luxury," *Sister Outsider*, 36~39쪽 중 37쪽, 38쪽; "Uses of the Erotic: The Erotic as Power," 같은 책, 53~59쪽 중 59쪽.

56 Blache Cook의 이 말은 De Veaux, *Warrior Poet*, 257쪽에 인용되어 있다.

57 Jonathan Rollins의 이 말은 같은 책, 225쪽에 인용되어 있다.

58 Audre Lorde, "Breast Cancer: A Black Lesbian Feminist Experience," *Sinister Wisdom*, no. 10 (1979년 여름): 44~61쪽 중 60쪽, 61쪽.

59 Audre Lorde, "The Uses of Anger: Women Responding to Racism," *Sister Outsider*, 124~133쪽 중 127쪽. 이 에세이는 1981년 전국여성학대회의 기조 연설이었다.

60 Casey Cep, "Fighting Mad: Reconsidering the Political Power of Women's Anger," *New Yorker*, 2018년, 10월 15일, 83~86쪽 중 84쪽; 이 에세이는 Soraya Chemaly의 *Rage Becomes Her: The Power of Women's Anger*, Brittney Cooper의 *Eloquent Rage: A Black Feminist Discovers Her Superpower*, 그리고 Rebecca Traister 의 *Good and Mad: The Revolutionary Power of Women's Anger*에 대한 평이다.

61 앨리스 워커의 이 말은 "Dorothy Bryant," *Feminist Writers*, ed. Pamela Kester-Shelton (St, James Press, 1966), 77쪽에 인용되어 있다.

62 비록 이 작품이 중국계 미국인 사회에서 논란을 불러일으켰고, 킹스턴의 남성 동료 중 일부는 이 작품의 저자가 "진짜" 중국을 대변하지 못했다고 주장하기도 했지만, 『여전사』는 1990년대 들어 그것과 짝이 되는 작품 *China Men*과 함께 "살아 있는 미국 작가의 작품 중 대학에서 가장 빈번하게 교재로 쓰인" 작품이 되었다는 주장이 나왔다. (Amy Ling, "Maxine Hong Kingston," *Contemporary Authors* [Gale Research, 1991]). 저명한 중국계 미국인 극작가 프랭크 친Frank Chin은 『여전사』가 사이비 기독교 자서전 양식으로 "가짜" 중국을 그리고 있다고 생각한다. Chin, "Come All Ye Asian-American Writers of the Real and the Fake," *The Big Aiiieeee!: An Anthology of Chinese American and Japanese American Literature*, ed. Jeffrey Paul Chan et al. (Meridian, 1991), 1~92쪽 중 8쪽을 보라.

63 Kimberlé Crenshaw, "Demarginalizing the Intersection of Race and Sex: A

Black Feminist Critique of Antidiscrimination Doctrine, Feminist Theory and Antiracist Politics," *University of Chicago Legal Forum 1989* (1989): 139~167면.

64 모두 미국에서 태어난 "미국" 자녀들은 중국에서 죽은 두 명의 손위 자녀들, 즉 "중국" 자녀들과 비교된다. 미국 자녀들은 중국의 귀신들을 극복하려고 애쓴다.

65 Alex Zwerdling, "Imagining the Facts in Kingston's Memoirs," *The Rise of the Memoir*, 7장 (Oxford University Press, 2017), 185~218쪽.

66 Maxine Hong Kingston, *The Woman Warrior: Memoirs of a Girlhood Among Ghosts* (1976; repr., Vintage, 1989), 96~97쪽.

67 같은 책, 3쪽, 16쪽.

68 같은 책, 6쪽, 7쪽.

69 같은 책, 9쪽.

70 같은 책, 22쪽.

71 같은 책, 47쪽, 52쪽, 53쪽. 물론 1998년에 나온 디즈니 영화 〈뮬란〉도 있다. 하지만 이 영화의 제작담을 들어보면 제작팀이 『여전사』를 읽어보지 않았다는 것을 알 수 있다.

72 같은 책, 90~92쪽.

73 같은 책, 152쪽.

74 Virginia Woolf, *A Room of One's Own* [1929], Susan Gubar 주석 및 서문 (Harcourt, 2005), 66쪽 (on Austen); Robert Southey가 Charlotte Brontë에게 보낸 편지, 1837년 3월 12일과 Brontë가 Southey에게 보낸 편지, 1837년 3월 16일, *The Letters of Charlotte Brontë: With a Selection of Letters by Family and Friends, vol. 1, 1829~1847*, ed. Margaret Smith (Clarendon Press, 1995), 166~167쪽 중 166~167쪽과 168~169쪽 중 169쪽. 디킨슨의 에피소드에 관해서는 Adrienne Rich, "Vesuvius at Home: The Power of Emily Dickinson" (1976), *Shakespeare's Sisters: Feminist Essays on Women Poets*, ed. Sandra M. Gilbert and Susan Gubar (Indiana University Press, 1979), 99~121쪽 중 99쪽을 보라.

75 "The Dinner Party: Entry Banner," *Brooklyn Museum*. www.brooklynmuseum.org/eascfa/dinner_party/entry_banners.

76 주디 시카고의 이 말은 Nadja Savej, "Judy Chicago: 'In the 1960s, I Was the Only Visible Woman Artist,'" *The Guardian*, 2017년 10월 20일에 인용되어 있다. www.theguardian.com/artanddesign/2017/oct/20/judy-chicago-the-dinner-party-history-in-the-making; Hilton Kramer, "Art: Judy Chicago's 'Dinner Party' Comes to Brooklyn Museum," *New York Times*, 1980년 10월 17일.

77 Alice Walker, "One Child Of One's Own: A Meaningful Digression Within the Work(s)," *In Search of Our Mothers' Gardens*, 361~383쪽 중 373쪽. 또한 Hortense Spillers, "Interstices: A Small Drama of Words," *Black, White, and in Color: Essays on American Literature and Culture*, 6장 (University of Chicago Press, 2003),

152~175쪽 중 156~157쪽을 보라.

78 Shulamith Firestone, "On American Feminism." *Woman in Sexist Society*, ed. Vivian Gornick and Barbara K. Moran (Basic Books, 1971), 485~501쪽 중 495쪽.

8장 정체성 정치

1 Betty Friedan, "Feminism's Next Step," *New York Times Magazine*, 1981년 7월 5일.

2 Susan Bolotin, "Voices from the Post-Feminist Generation," *New York Times Magazine*, 1982년 10월 17일.

3 워커는 1983년 『컬러 퍼플』로 퓰리처상을 받았고 모리슨은 1988년 『빌러비드』로 같은 상을 받았다. 〈뉴스위크〉의 여론조사 결과는 1986년에 발표되었다; Eloise Salholz, "Feminism's Identity Crisis," *Newsweek*, 1986년 3월 31일, 58~59쪽 중 58쪽을 보라.

4 Marilyn Power, "Falling through the 'Safety Net': Women, Economics Crisis, and Reaganomics," *Feminist Studies* 10, 1 (1984년 9월): 31~58면. 부자를 위한 감세가 "교육, 공공주택 공급, 그리고 대부분의 다른 사회복지 프로그램들의 재정" 삭감과 짝을 이루었다고 코리 돌건은 말한다. Corey Dolgon, *Kill It to Save It: An Autopsy of Capitalism's Triumph over Democracy* (Policy Press, 2017), 182쪽.

5 *This Bridge Called My Back*은 Cherríe Moraga와 Gloria Anzaldúa가 편집했고, *All the Women Were White, All the Men Were Black, But Some of Us Were Brave*는 Gloria T. Hull, Patricia Bell Scott, Barbara Smith가 편집했다.

6 말할 필요도 없이 우리 두 사람도 우리가 감당해야 할 몫의 비난을 받았다. 수전이 예전에 가르친 대학원생 중 한 명이 우리에게(아주 뒤늦게) 말하기를, 자신이 종신 교수 재직권을 얻는 데 실패한 것은 자기 학과의 페미니스트 교수들이 그녀가 받은 장학금이 "그릇된 것으로 판명난" 우리의 "문제적인" 연구 작업에 근거하여 주어진 것으로 믿었기 때문이라고 했다. Kathleen Davies, *Sacred Groves: Or, How a Cemetery Saved My Soul* (Bedazzled Ink Publishing, 2019), 86쪽, 119쪽을 보라.

7 드워킨을 "가장 분노한 여성"이라고 부른 사람은 아리엘 레비다. Rebecca Traister, *Good and Mad: The Revolutionary Power of Women's Anger* (Simon & Schuster, 2018), 154쪽에 이 말이 인용되어 있다; "재미있는 유형은 아니었다"는 표현은 Andrew Dworkin, *Ice and Fire* (Weidenfeld & Nicolson), 1987, 110쪽에 나오는데 드워킨의 대리 인물이 분명한 소설 속 인물의 묘사에 쓰인 표현이다.

8 Susan Brownmiller, *In Our Time: Memoir of a Revolution* (The Dial Press, 1999), 302쪽.

9 Andrea Dworkin, *Heartbreak: The Political Memoir of a Feminist Militant* (Basic Books, 2002), 4쪽, 77쪽, 139쪽.

10 같은 책, 142쪽, 149쪽, 180쪽.

11 Ellen Willis, "Feminism, Moralism, and Pornography" (1979), *Powers of Desire: The Politics of Sexuality*, ed. Anne Snitow, Christine Stansell, Sharon Thompson (Monthly Review, 1983), 460~467쪽 중 464쪽; Robin Morgan, *Going Too Far: The Personal Chronicle of a Feminist* (Random House, 1977), 169쪽.

12 글로리아 스타이넘의 말은 Traister, *Good and Mad*, 155쪽에 브라운밀러의 말은 *In Our Time*, 302쪽에 인용되어 있다.

13 Michelle Goldberg, "Not the Fun Kind of Feminist," *New York Times*, 2019년 2월 22일. www.nytimes.com/2019/02/22/opinion/sunday/trump-feminism-andrea-dworkin.html.

14 Andrea Dworkin, *Intercourse* (Free Press, 1987), 137쪽.

15 John Gray의 *Men Are from Mars, Women Are from Venus* (HarperCollins)는 1992년이 돼서야 출간되었다.

16 Dorothy Dinnerstein, *The Mermaid and the Minotaur: Sexual Arrangement and Human Malaise* (Harper & Row, 1976).

17 Nancy Chodorow, *The Reproduction of Mothering: Psychoanalysis and the Sociology of Gender* (University of California Press, 1978). 캐럴 길리건은 그녀의 지도 교수였던 로런스 퀼버그가 주장한 것처럼, 여자아이들은 도덕적 추론에 있어 남자아이들보다 열등하지 않지만, 남자아이들이 보다 추상적인 정의 개념에 전념하는 데 비해 다소 보살핌의 윤리에 전념하는 편이라고 주장했다. Carol Gilligan, *In a Different Voice: Psychological Theory and Women's Development* (Harvard University Press, 1982)를 보라.

18 캐럴 밴스는 "섹슈얼리티의 긍정적 가능성"을 "몸의 탐색, 호기심, 친밀성, 관능, 모험, 흥분, 인간적인 연결, 유아적인 것과 비합리적인 것 누리기" 등과 연결시켰으며 "이런 것들은 가치가 있을 뿐만 아니라 지속적인 에너지까지 제공한다"고 주장했다. Carole S. Vance, "Pleasure and Danger: Toward a Politics of Sexuality," *Pleasure and Danger: Exploring Female Sexuality*, ed. Vance (Routledge & Kegan, 1984), 1~27쪽 중 1쪽.

19 Carole S. Vance, "Epilogue", 같은 책, 431~439쪽 중 433쪽.

20 Gayle Rubin, "Blood Under the Bridge: Reflections on 'Thinking Sex,'" *GLQ: A Journal of Lesbian and Gay Studies*, vol. 17, no. 1 (2011): 15~48면 중 16면. 루빈은 *Pleasure and Danger*에 기고한 "Thinking Sex"에서 국가를 통해 섹스를 규제하려는 우파와 포르노 반대파의 시도 모두에 반대하며, 퀴어 연구 출현의 선구자 역할을 한 새로운 "섹슈얼리티 연구"를 요구했다. Gayle Rubin, "Thinking Sex: Notes for a Radical Theory of the Politics of Sexyality," Vance, *Pleasure and Danger*, 267~319쪽을 보라.

21 Brownmiller, *In Our Time*, 316쪽.

22 Catharine MacKinnon, *Sexual Harassment of Working Women* (Yale University Press, 1979), 217~218쪽.

23 사실, 인디애나폴리스에서 성평등 헌법 개정 반대 투쟁을 하던 한 시의원은 매키넌에게 도움을 요청하여 얻어냈지만 드워킨에게는 그렇게 하지 않았다. "그녀의 열정적인 급진주의 페미니스트 언변과 흐트러진 외모가 별로 좋은 대접을 받을 것 같지 않아서였다." Carolyn Bronstein, *Battling Pornography: The American Feminist Anti-Pornography Movement, 1976~1986* (Cambridge University Press, 2011), 325쪽.

24 Dworkin, *Heartbreak*, 170쪽. 미니애폴리스에서는 이 조례가 헌법 제1수정안에 위배된다고 거부되었다. 인디애나폴리스에서는 필리스 슐래플리와 기타 기독교 보수주의자들의 지지를 받고 1984년(미시시피주에서 여성에게 투표권을 부여한 헌법 제19차 수정안을 비준한 해다!) 통과되었지만 그 합헌성은 이내 연방 법원으로부터 공격받았다(Bronstein, *Battling Pornography*, 328쪽). 대법원은 인디애나폴리스의 반포르노 조례가 헌법에 위반된다고 밝혔다.

25 슐래플리는 성평등 헌법 개정안의 진전을 지연시킨 죄목으로 베티 프리단이 "말뚝에다 묶어놓고 화형시켜버리고" 싶어했던 여성이었다. Donald T. Critchlow, *Phyllis Schlafly and Grassroots Conservatism* (Princeton University Press, 2005), 12쪽을 보라.

26 Bronstein, *Battling Pornography*, 329쪽.

27 세라 슐먼에 의하면 "'섹스 급진주의자들'이 레즈비언 사회를 장악하게 되었다." Schulman, *My American History: Lesbian and Gay Life During the Reagan/Bush Years* (Routledge, 1994), 8쪽. 트레이스터도 "섹스 지지파 페미니스트들이 승리했다, 결정적으로"라고 선언한다.(*Good and Mad*, 154쪽.)

28 Susan Gubar, "Representing Pornography: Feminism, Criticism, and Depictions of Female Violation" (1987), *For Adult Users: The Dilemma of Violent Pornography*, ed. Susan Gubar and Joan Hoff (Indiana University Press, 1989), 47~67쪽.

29 Traister, *Good and Mad*, 189쪽.

30 Johanna Fateman, "The Power of Andrea Dworkin's Rage," *New York Review of Books*, 2019년 2월 15일. www.nybooks.com/daily/2019/02/15/the-power-of-andrea-dworkins-rage/.

31 Gloria Anzaldúa, Interview with Karin Ikas, *Borderlands/La Frontera*, 2판, (Aunt Lute Books, 1999), 227~246쪽 중 238쪽, 229쪽.

32 같은 책, 230~231쪽.

33 Anzaldúa, *Borderlands/La Frontera*, 33쪽, 34쪽, 35쪽, 25쪽.

34 같은 책, 38쪽, 59쪽, 43쪽, 41쪽, 40쪽, 44~45쪽.

35 원래 스페인어로 쓰여 있는 37쪽의 문장을 소냐 슬라디바르훌이 서문(같은 책, 4쪽)에서 번역한 것이다.

36 Anzaldúa, *Borderlands/La Frontera*, 78쪽, 81쪽, 95쪽.

37 같은 책, 49쪽.

38 같은 책, 52쪽.

39 같은 책, 102~103쪽.

40 Virginia Woolf, *Three Guineas* [1938], Jane Marcus 주석 및 서문 (Harcourt, 2006), 129쪽.

41 우리가 영어로 쓰인 전 세계 여성들의 『노턴 앤솔러지』를 내서 여성 작가들의 계보를 기록하겠다고 결심했을 때만 해도, 안살두아의 책은 아직 출판 전이었다. 1985년 우리의 『노턴 여성문학 앤솔러지』가 출간되었을 때, 이 책에는 상당수의 아프리카계 미국 작가, 북미 토착 미국 작가, 아시아계 미국 작가들과 함께 인도, 아프리카, 캐나다, 카리브 제도의 영어권 작가들이 실려 있었다. 1996년 증보판에서는 이들 작가들에다 글로리아 안살두아가 추가되었고, 또한 베시 헤드[남아공 작가], 바라티 무케르지[인도계 미국계 캐나다 작가], 부치 에메체타[나이지리아 소설가], 로르나 데 세르반테스[멕시코계 미국 시인] 등과 여러 작가들이 추가되었다. 다시 말하자면 1985년과 1996년 사이에 우리는, 페미니즘 자체의 국제적 세력 확장 덕분에 영어로 쓰인 여성문학의 전통이 점점 더 확장되어 전 세계의 더 많은 여성 작가들을 포함하게 되는 현상을 목격하고 있었다.

42 프랑스의 주요 페미니스트들을 개관하려면, Kelly Ives, *Cixous, Irigaray, Kristeva: The Jouissance of French Feminism* (Crescent Moon, 1998)을 보라. 또한 Toril Moi, *Sexual/Textual Politics: Feminist Literary Theory* (Methuen, 1985) 2장, "French Feminist Theory" (89~173쪽)도 보라.

43 Robin Morgan, *Saturday's Child: A Memoir* (W. W. Norton, 2001), 424쪽.

44 스피박의 글은 맨 처음 1983년의 한 학회에서 발표되었다. 그 후 이 글은 여러 버전으로 재발표되었다. 가장 먼저 Gayatri Chakravorty Spivak, "Can the Subaltern Speak? Speculations on Window-Sacrifice," *Wedge*, no. 7/8 (Winter/Spring 1985): 120~130면에, 그리고 더 접근하기 쉬운 상태로, "Can the Subaltern Speak?," *Marxism and the Interpretation of Culture*, ed. Cary Nelson and Lawrence Grossberg (University of Illinois Press, 1988). 271~313쪽에 실려 있다.

45 Gloria Anzaldúa, "Toward a Mestiza Rhetoric: Gloria Anzaldúa on Composition, Postcoloniality, and the Spiritual," *Gloria E. Anzaldúa: Interviews/Entrevistas*, ed. AnaLouise Keating (Routledge, 2000), 251~280쪽 중 255쪽, 259쪽. 스피박의 문자 해독 프로그램 창설에 관해서는, Gayatri Chakravorty Spivak, "Critical Intimacy: An Interview with Gayatri Chakravorty Spivak," by Steve Paulson, *Los Angeles Review of Books*, 2016년 7월 29일을 보라. lareviewofbooks.org/article/critical-intimacy-interview-gayatri-chakravorty-spivak/#! .

46 Adrienne Rich, "Split at the Root: An Essay on Jewish Identity" (1982), *Essential Essays*, ed. Sandra M. Gilbert (W. W. Norton, 2018), 198~217쪽. 이 시

는 "Readings of History"다; Rich의 *Collected Poems, 1950~2012* (W. W. Norton, 2016), 130~134쪽 중 133쪽을 보라.

47 Adrienne Rich, "Not How to Write Poetry, but Wherefore" (1993), *Essential Essays*, 264~269쪽 중 267쪽.

48 Rich, "Split at the Root," 206쪽, 208쪽.

49 같은 책, 203쪽, 204쪽, 202쪽, 201쪽.

50 같은 책, 205쪽, 206쪽.

51 같은 책, 210쪽.

52 Adrienne Rich, "Sources," in *Collected Poems*, 571~589쪽 중 573쪽, 574쪽.

53 같은 책, 576~577쪽.

54 같은 책, 577쪽.

55 같은 책, 587~588쪽.

56 Adrienne Rich, "An Atlas of the Difficult World," *Collected Poems*, 707~728쪽 중 725쪽.

57 같은 책, 725~726쪽.

58 같은 책, 711쪽, 727쪽. 이 시는 앙드레 브르통의 시 "My Wife"를 반향하며, 파블로 네루다와 페데리코가르시아 로르카의 시와도 비교된다.

59 같은 책, 714쪽.

60 Rich, "Sources," 586쪽; Adrienne Rich, "Juvenilia," *Collected Poems*, 126~127쪽 중 127쪽.

61 Toni Morrison, "On Beloved," *The Source of Self-Regard: Selected Essays, Speeches, and Meditations* (Alfred A. Knopf, 2019), 280~284쪽 중 282쪽.

62 Toni Morrison, *Beloved* (1897; repr., Plume, 1988), 3쪽; Morrison, "Unspeakable Things Unspoken: The Afro-American Presence in American Literature," *The Source of Self-Regard*, 161~197쪽.

63 Morrison, *Beloved*, 42쪽, 95쪽, 163쪽.

64 같은 책, 145쪽, 164쪽.

65 같은 책, 274~275쪽.

66 이 용어는 킴벌리 크렌쇼가 1989년에 가장 먼저 사용했다. "Demarginalizing the Intersection of Race and Sex: A Black Feminist Critique of Antidiscrimination Doctrine, Feminist Theory and Antiracist Politics," *University of Chicago Legal Forum*, 1989 (1989): 139~167쪽 중 140쪽.

67 Toni Morrison(ed), *Race-ing Justice, En-gendering Power: Essays on Anita Hill, Clarence Thomas, and the Construction of Social Reality* (Pantheon Books, 1992); Toni Morrison and Claudia Brodsky Lacour(ed), *Birth of a Nation'hood: Gaze, Script, and Spectacle in the O. J. Simpson Case* (Pantheon Books, 1997); Toni Morrison, *Playing in the Dark: Whiteness and Literary Imagination* (Harvard

University Press, 1992)을 보라.

68 Anita Hill, *Complete Transcripts of the Clarence Thomas-Anita Hill Hearings: October 11, 12, 13, 1991*, ed. Anita Miller (Academy Chicago, 2005), 24쪽.

69 Clarence Thomas, 같은 책, 118쪽.

70 오린 해치는 청문회가 진행되는 동안 〈엑소시스트〉를 언급했고, 존 C. 댄포스는 기자회견에서 힐이 "성욕이상" 환자일 수도 있다고 주장했다. "Excerpts from Anita Hill's Interview with the Times," *New York Times*, 2019년 4월 29일을 보라. 또한 Andrew Rosenthal, "Psychiatry's Use of Thomas Battle Raises Ethics Issue," *New York Times*, 1991년 10월 20일, 23면을 보라.

71 Anita Faye Hill, "Marriage and Patronage in the Empowerment and Disempowerment of African American Women," *Race, Gender, and Power in America: The Legacy of the Hill-Thomas Hearings*, ed. Anita Faye Hill and Emma Coleman Jordan (Oxford University Press, 1995), 271~291쪽 중 273쪽.

72 Anna Deavere Smith가 이 사실을 가장 잘 요약한다. "The Most Riveting Television: The Hill-Thomas Hearings and Popular Culture," 같은 책, 248~270쪽.

73 Andi Zeisler, *We Were Feminists Once: From Riot Grrrl to Covergirl®, the Buying and Selling of A Political Movement* (PublicAffairs, 2016), 153쪽; Rebecca Walker, "Becoming the Third Wave," *Ms.*, 1992년 1/2월, 39~41면 중 41면.

74 Toni Morrison, "Introduction: Friday on the Potomac," Morrison, *Race-ing Justice, En-Gendering Power*, vii~xxx쪽 중 xiii쪽, xviii쪽, xvi쪽, xxii쪽, xv~xvi쪽.

75 같은 책, xxv쪽, xxix쪽, xxx쪽.

76 Toni Morrison, "Introduction: The Official Story: Dead Men Golfing," Morrison and Brodsky Lacour, *Birth of a Nation'hood*, vii~xxviii쪽 중 xxvii쪽.

77 같은 책, xxiii쪽, xxiv쪽, xxviii쪽.

78 "Race and Gender: Charlie Rose Interviews Gloria Steinem and Patricia Williams,"(1995년 10월 9일 프로그램 사본), *Postmortem: The O. J. Simpson Case: Justice Confronts Race, Domestic Violence, Lawyers, Money, and the Media*, ed. Jeffrey Abramson (Basic Books, 1996), 91~101쪽을 보라.

79 Andrea Dworkin, "In Memory of Nicole Brown Simpson, 1994~1995," *Last Days at Hot Slit: The Radical Feminism of Andrea Dworkin*, ed. Johanna Fateman and Amy Scholder (Semiotext(e), 2010), 342~353쪽, 특히 350쪽을 보라. 또한 Elizabeth M. Schneider, "What Happened to Public Education about Domestic Violence?" *Abramson, Postmortem*, 75~82쪽, 특히 78~79쪽을 보라. 가정 폭력 피해자 문제를 다루는 많은 페미니스트 변호사들과 사회사업가들은 심슨 사건에 대한 형사재판이 이 이슈에 충분히 초점을 맞추지 못했다고 믿었다. Lin S. Lilley, "The Trial of the Century in Retrospect," *The O. J. Simpson Trials: Rhetoric, Media, and the Law*, ed. Janice Schuetz and Lin S. Lilley (Southern Illinois University

Press, 1999), 161~173쪽을 보라. Lilley는 "피해자 니콜 브라운 심슨의 자매 데니스 브라운과 피해자 로널드 골드먼의 자매 모두가 가정 폭력 반대 단체의 대변인이 되었다"(166쪽)고 쓰고 있다. 전국여성기구 로스앤젤레스 지부장 Tammy Bruce는 "대부분 흑인들과 여성들로 배심원단을 구성한 것"이 자신의 도시에는 "당혹스러운 일"이었다고 비난했다. 물론 전국여성기구 측은 그런 논평을 했다고 그녀를 비난하기는 했다. Bruce의 발언은 Darnell M. Hunt, *O. J. Simpson Facts and Fictions: News Rituals in the Construction of Reality* (Cambridge University Press, 1999), 83쪽에 인용되어 있다.

80 Patricia J. Williams, "American Kabuki," Morrison and Brodsky Lacour, *Birth of a Nation'hood*, 273~292쪽 중 274쪽.

81 bell hooks, *Ain't I a Woman?: Black Women and Feminism* (South End Press, 1981), 122쪽; Frances Beal, "Double Jeopardy: To be Black and Female," *The Black Woman: An Anthology*, ed. Toni Cade Bambara (Washington Square Press, 1970), 109~122쪽을 보라.

82 "Race and Gender: Charlie Rose Interview," 92쪽, 101쪽.

83 그런 문학사를 향한 몸짓으로 모리슨은 힐/토머스 사건과 심슨 조사위원회 사건 모두에서 드러난 미디어의 역할에 대한 비판의 틀을 짜면서, 허먼 멜빌의 중편소설 「베니토 세레노」를 언급했다. 이 작품은 인종차별주의적 억측 때문에 자신의 관찰을 신뢰할 수 없는 한 백인 관찰자의 이야기다. Morrison, "The Official Story," viii쪽, 그리고 "Friday on the Potomac," xv쪽을 보라.

84 Morrison, *Playing in the Dark*, 38쪽.

85 Edwin McDowell, "48 Black Writer Protest by Praising Morrison," *New York Times*, 1988년 1월 19일, 63면; William Grimes, "Toni Morrison is '93 Winner of Novel Prize in Literature," *New York Times*, 1993년 10월 8일; 그리고 Yogita Goyal, "No Strangers Here," *Los Angeles Review of Books*, 2018년 2월 7일을 보라. www.lareviewofbooks.org/article/no-strangers-here/.

86 Audre Lorde, interview with Marion Kraft in 1986, *Conversations with Audre Lorde*, ed. Joan Wylie Hall (University Press of Mississippi, 2004), 146~153쪽 중 150쪽.

87 Morrison, "Women, Race, and Memory" (1989), *The Source of Self-Regard*, 86~95쪽 중 91쪽, 93쪽, 94~95쪽.

9장 상아탑 벽장의 안과 밖

1 Dan Quayle의 발언은 Douglas Jehl, "Quayle Deplores Eroding Values; Cites TV Show," *Los Angeles Times*, 1992년 5월 20일에 인용되어 있다. www.latimes.com/

archives/la-xpm-1992-05-mn-241-story.html.

2 Leslie Haywood and Jennifer Drake, *Third Wave Agenda: Being Feminist, Doing Feminism* (University of Minnesota Press, 1997). 또한 Jennifer Baumgardner and Amy Richards, *Manifesta: Young Women, Feminist, and The Future* (Farrar, Straus and Giroux, 2000)도 보라.

3 Pat Robertson의 이 발언은 Michael Schaller, *Right Turn: American Life in the Reagan-Bush Era, 1980~1992* (Oxford University Press, 2006), 41쪽에 인용되어 있다.

4 Patrick Buchanan, 같은 책, 163~164쪽에 인용되어 있다.

5 Bowers v. Hardwick, 478 U.S. 186, 197 (1986)은 Lillian Faderman, *The Gay Revolution: The Story of the Struggle* (Simon and Schuster, 2015), 429쪽에 인용되어 있다. 이 판결에 대해서는 Nan D. Hunter, "Banned in the U.S.A" (1986)과 "Life After Hardwick" (1992)을 보라. 두 글 모두 *Sex Wars: Sexual Dissent and Political Culture*, ed. Lisa Duggan and Hunter (Routledge, 1995), 77~81쪽, 85~98쪽에 실려 있다.

6 Michael Hardwick의 발언은 Joyce Murdoch and Deb Price, *Courting Justice: Gay Men and Lesbians v. the Supreme Court* (Basic Books, 2001), 331쪽에 인용되어 있다; Jerry Falwell의 발언은 Andrew Hartman, *A War for the Soul of America: A History of the Culture Wars* (University of Chicago Press, 2015), 95쪽에 인용되어 있다.

7 솔 벨로의 발언은 James Atlas, "Chicago's Grumpy Guru," *New York Times Magazine*, 1988년 1월 3일에 인용되어 있다. 벨로는 특집 기사 "Papuans and Zulus," *New York Times*, 1994년 3월 10일에 실린 자신의 발언이 촉발시킨 분노에 대해 변명했다. "우리는 입만 열었다 하면 인종차별주의자, 여성 혐오주의자, 무슨 지상주의자, 제국주의자나 파시스트라는 욕을 먹는다." "자신의 주체적인 마음 없이 성적으로 노예 취급을 받았던" 그의 작품 속 한 여성 등장인물에 대해 질문을 받자 벨로는 이렇게 쏘아붙였다. "글쎄요, 미안합니다, 아가씨들. 하지만 당신들 다수가 그렇습니다, 대단히 그렇습니다. '잠자는 미녀 신드롬'의 뿌리를 파헤치려면 아마 저메인 그리어나, 그 뭐라든가, 그래, 베티 프리단 같은 사람들이 쓴 책 몇 권보다 더 많은 책들이 필요할 겁니다." Nathaniel Rich, "Swiveling Man," *New York Review of Books*, 2019년 3월 21일에 인용되어 있다. www.nybooks.com/articles/2019/03/21/saul-bellow-swiveling-man/.

8 "그녀의 남편 딕이 막아내고 있을 게 분명한 외국의 적들이, 결국은 그녀가 처리해야 했던 국내의 적들보다 덜 위험했다." George F. Will, "Literary Politics," *Newsweek*, 1991년 4월 21일, 72면. 1986년부터 1993년까지 국립인문학지원재단 책임자였던 린 체니는 푸코의 "사상은 서구 문명에 대한 공격에 불과하다"고 믿었다. Lynne V. Cheney, *Telling the Truth: Why Our Culture and Our Country Have*

Stopped Making Sense-and What We Can Do About It (Simon & Schuster, 1995), 91 쪽을 보라.

9 세라노의 소변기 속 십자가 사진, 메이플소프의 동성애 주제, 그리고 여성이 받는 형편없는 대접을 상징하기 위해 초콜릿 푸딩을 몸에 발랐던 핀리의 행위 예술 등이 로버트 M. 콜린스에 의해 문화 전쟁이라는 관점에서 논의되었다. Robert M. Collins, *Transforming America: Politics and Culture in the Reagan Years* (Columbia University Press, 2007), 188쪽.

10 Jesse Helms의 발언은 Edward I. Koch, "Senator Helms's Callousness Toward AIDS Victims," *The New York Times*, 특집 기사, 1987년 11월 7일에 인용되어 있다; 두 번째 발언은 "Jesse, You're a Bigot," *The Baltimore Sun*, 1993년 5월 26일에 인용되어 있다.

11 Sarah Schulman, *My American History: Lesbian and Gay Life during the Reagan/ Bush Years* (Routledge, 1994), 11쪽.

12 Eve Kosofsky Sedgwick, *Epistemology of the Closet*, 개정판 (University of California Press, 2008), 6쪽.

13 같은 책, 6쪽, 8쪽, 16쪽, 24쪽, 41쪽, 69쪽. 〈퍼블리셔스 위클리〉의 이 책에 대한 서평은 이렇게 결론 내린다. "확실히 와 닿지 않고, 성가시고, 학구적인 문제가 이 논문의 매력을 제약하고 있다." publishersweekly.com/978-0-520-07042-4.

14 Sedgwick, *Epistemology of the Closet*, 25쪽, 78쪽, 82쪽.

15 같은 책, 85쪽, 87쪽.

16 같은 책, 52쪽.

17 Eve Kosofsky Sedgwick, "Jane Austen and the Masturbating Girl," *Critical Inquiry*, 17, no. 4 (1991년 여름): 818~837면 중 818면을 보라. 1990년에 처음 발표된 책에서 Roger Kimball이 에세이의 제목을 다룬 것에 대해서는, *Tenured Radicals: How Politics Has Corrupted Our Higher Education*, 3판 (Rowman and Littlefield, 2008), 7쪽, 219쪽, 282쪽, 300쪽을 보라.

18 〈뉴욕 타임스〉에 실린 멋진 제목의 특집 기사 「어느 '나쁜 글쓰기 작가'의 되물어 뜯기 반격」(1999년 3월 20일)을 통해 대응하면서 그녀는 이 상은 대개 좌파 학자들에게 가는 상이라는 점, 또한 "가끔은 상식이 사회의 현재 상태를 지킨다는 점"을 지적했다. 그러므로 평범하지 않은 글쓰기가 그런 상태를 넘어뜨리는 법이라고, 그녀의 주장은 계속된다.

19 Judith Butler, "Preface"(1999), *Gender Trouble: Feminism and the Subversion of Identity*, 2판 (Routledge, 1999), vii~xxvi쪽 중 xix쪽, xx쪽.

20 페미니즘 이론을 가르치고 그에 관한 비평 선집을 펴내면서, 우리는 그녀의 생각을 「모방과 젠더 불복종」이라는 에세이를 통해 소개하는 것이 더 쉽다는 걸 알아냈다. 아마 그녀가 그 에세이의 첫 부분을 "뭔가 중요한 사람이 될 수도 있다는 전망이 (…) 늘 내 안에 불안감을 조성했다"는 예리한 고백으로 시작하기 때문일

지도 모르겠다. Judith Butler, "Imitation and Gender Insubordination" (1990), *Feminist Literary Theory and Criticism: A Norton Reader*, ed. Sandra M. Gilbert and Susan Gubar (W. W. Norton, 2007), 708~722쪽 중 709쪽.

21 같은 책. 버틀러는 레즈비언은 이성애 시스템 내에서 활동하지 않으니 여성이 아니라는 모니크 위티그의 주장을 확대하고 있었다. Monique Wittig, *"The Straight Mind" and Other Essays* (Beacon, 1992).

22 Butler, "Imitation and Gender Insubordination," 718쪽.

23 주디스 버틀러는 이 성의 문제를 *Bodies that Matter: On the Discursive Limits of "Sex"* (1993; repr., Routeldge Classics, 2011)에서 탐구했다. 그 외에도 Anne Fausto-Sterling의 연구, 특히 *Myth of Gender: Biological Theories about Women and Men* (Basic Books, 1992)과 *Sexing the Body: How Biologists Construct Human Sexuality* (Basic Books, 2000)에서 염색체나 성기의 차이 혹은 기타 생물학적 지표들이 성별을 불안정하게 만든다고 보았다.

24 Gertrude Stein, *Everybody's Autobiography* (Random House, 1937), 289쪽.

25 Butler, "Preface (1999)," *Gender Trouble*, xxi쪽.

26 Benjamin Moser, *Sontag: Her Life and Work* (HarperCollins, 2019), 517~521쪽.

27 Nancy Fraser, *Unruly Practices: Power Discourse and Gender in Contemporary Social Theory* (University of Minnesota Press, 1989)를 보라. 그리고 Gayatri Chakravorty Spivak이 "Subaltern Studies: Deconstructing Histriography"에서 논의하고 있는 "전략적 본질주의strategic essentialism" (1985), *The Spivak Reader*, ed. Donna Landry (Routledge, 1996), 203~236쪽을 보라.

28 Schulman, *My American History*, 290쪽.

29 글로리아 스타이넘의 이 말은 Melissa Denes, "Feminism? It's Hardly Begun," *The Guardian*, 2005년 1월 16일자에 인용되어 있다. https://www.theguardian.com/world/2005/jan/17/gender.melissadenes.

30 "The Professor of Parody: The Hip Defeatism of Judith Bultler" (*New Republic*, 1999년 2월 22일, 37~45면)에서 Martha Nussbaum은 버틀러의 연구 방법을 구체적 변화에 대한 책무감 결여와 연관시켰다. 또한 Heather Love, "Feminist Criticism and Queer Theory," *A History of Feminist Literary Criticism*, ed. Gill Plain and Susan Sellers (Cambridge University Press, 2007), 301~321쪽 중 302쪽, 309쪽을 보라.

31 손택의 이 말은 Anne Carson, *Glass, Irony & God* (New Directions, 1995)의 뒤표지 날개에 인용되어 있다.

32 Sam Anderson, "The Inscrutable Brilliance of Anne Carson," *New York Times Magazine*, 2013년 3월 14일.

33 Anne Carson, "The Glass Essay," *Glass, Irony & God*, 1~38쪽 중 17쪽. *Eros The Bittersweet* (Princeton University Press, 1998), 124쪽에서 그녀는 사랑하는 사람

의 (지금 현재의) 부재라는 "순수한 몫의 불안감"에 대한 롤랑 바르트의 말을 인용한다.

34 "The Gender of Sound," *Glass, Irony & God*, 119~142쪽. 카슨은 사실 폭넓은 사랑을 받은 *Autobiography of Red: A Novel in Verse* (Alfred A. Knopf, 1998)에서 동성 간의 사랑을 극적으로 그려낸다.

35 Carson, "The Gender of Sound," 121쪽, 124쪽, 125쪽.

36 Carson, "The Glass Essay," 7쪽, 2쪽, 11쪽, 8쪽.

37 같은 책, 11~12쪽.

38 같은 책, 4쪽, 14쪽.

39 같은 책, 22쪽, 3쪽.

40 같은 책, 24쪽, 25쪽.

41 같은 책, 35~38쪽, 22쪽, 3쪽, 5쪽.

42 같은 책, 35쪽.

43 같은 책, 38쪽.

44 상실의 전통에 대해서는 수 세기에 걸쳐 사랑에 우는 여자 주인공들의 분개한 슬픔을 연구한 Lawrence Lipking, *Abandoned Women and Poetic Tradition* (University of Chicago Press, 1988)을 보라.

45 Anne Carson, "On Sylvia Plath," *Plainwater: Essays and Poetry* (Alfred A. Knopf, 1955), 38쪽.

46 Anne Carson, "Sylvia Town," 같은 책, 97쪽.

47 Anne Carson, *The Beauty of the Husband: A Fictional Essay in 29 Tangos* (Alfred A. Knopf, 2001), 1쪽.

48 Anne Carson, "God's Woman," *Glass, and Irony & God*, 46쪽.

49 Ali Katz, "Transcript of Madonna's Controversial 2016 'Woman of the Year Award' Thank You Speech at Billboard Music Awards," 2016년 12월 11일, *Medium.com*, medium.com/makeherstory/transcript-of-madonnas-controversial-2016-woman-of-the-year-award-thank-you-speech-at-billboard-5f34cfbf8644(이 웹 페이지는 이 연설의 비디오 링크도 포함하고 있다). 또한 Sarah Churchwell, "Sarah Churchwell on Madonna: 'She remains the hero of her own story,'" *The Guardian*, 2018년 7월 15일, www.theguardian.com/music.2018/jul/15/sarah-churchwell-on-madonna-power-success-feminist-legacy; *Madonna & Me: Women Writers on the Queen of Pop*, ed. Laura Barcella (Soft Skull Press, 2012); George-Claude Guillbert, *Madonna as Postmodern Myth: How One Star's Self-Construction Rewrites Sex, Gender, Hollywood, and the American Dream* (McFarland, 2002)를 보라.

50 Madonna의 이 발언은 Jock McGregor, "Madonna: Icon of Postmodernity," *AFA Journal*, 2001년 2월, afajournal.org/past-issues/2001/february/madonna-icon-

of-postmodernity/에 인용되어 있다. Gilbert는 *Madonna as Postmodern Myth*, 175~184쪽에서 마돈나에 대한 페미니스트들의 혼란스러운 견해를 설명한다.

51 Kathleen Hanna/Bikini Kill, "Riot Grrrl Manifesto"(1992), *The Essential Feminist Reader*, ed. Estelle B. Freedman (Modern Library, 2007), 394~396쪽 중 395쪽. 소녀들은 "우리의 진실한 그리고 타당한 분노가 분산되는 것, 그리고/또는 성차별주의의 내면화를 통해 우리에 불리하게 방향이 바뀌는 것을 원하지 않는다는 *이유로*" 반란을 일으킬 필요가 있다는 것이다. 걸 파워는 〈버피 더 뱀파이어 슬레이어〉(1997~2003) 같은 TV 쇼나 퀸 래티파 같은 래퍼들의 공연에서도 등장했다.

52 Laura Mulvey, "A Phantasmagoria of the Female Body," *Cindy Sherman: [A Cindy Book]*, exhib. catalogue (Flammarion, 2007), 284~303쪽 중 299쪽.

53 Chris Kraus, *I Love Dick* (Semiotext(e), 1998), 211쪽.

54 Eileen Myles, foreword, 같은 책, 13~15쪽 중 15쪽.

55 예컨대 1990년, 제니 리빙스턴의 수상작 영화 〈파리는 불타고 있다〉는 뉴욕에서 벌어졌던 라틴계와 아프리카계 미국인들의 이성 복장 댄스파티를 기록했다.

56 Leslie Fineberg, *Transgender Liberation: A Movement Whose Time Has Come* (World View Forum, 1992), 5쪽.

57 Sandy Stone, "The *Empire* Strikes Back: A Posttranssexual Manifesto," *Camera Obscura*, 10, no. 2(29) (1992년 5월): 151~176쪽 중 166쪽. 급진적 페미니스트 시각에서 트랜스섹슈얼리즘에 비판이었던 다른 저작들 중에서도, 스톤은 Janice Raymond의 *The Transexual Empire: The Making of the She-Male* (Beacon, 1979)에 대해 응수했다.

58 Susan Stryker, "My Words to Victor Frankenstein above the Village of Chamounix: Performing Transgender Rage," *GLQ*, 1, no. 3 (1994): 237~254쪽 중 238쪽.

59 같은 책, 241쪽.

60 같은 책, 248쪽, 251쪽.

61 Jaqueline Rose, "Who Do You Think You Are?," *London Review of Books*, 2016년 5월 5일, 3~13쪽을 보라.

62 Donna Haraway, "A Cyborg Manifesto: Science, Technology, and Socialist-Feminism in the Late Twentieth Century"(1985), *Manifestly Haraway* (University of Minnesota Press, 2016), 3~90쪽 중 10쪽, 14쪽, 17쪽, 67쪽.

63 같은 책, 68쪽.

64 Ann Snitow는 1986년이 "적어도 부분적으로는 페미니즘에 의해 내면화된 백래시가 정점에 이른 해"라고 규정했다. Snitow, *The Feminism of Uncertainty: A Gender Diary* (Duke University Press, 2015), 106쪽.

65 파글리아의 이 표현은 Hartman, *A War for the Soul of America*, 146쪽에서 가져왔다.

66 Camille Paglia, *Sexual Personae: Art and Decadence from the Nefertiti to Emily Dickinson* (1990; repr., Yale University Press, 2001), 9쪽, 38쪽, 21쪽. Terry Teachout, "Siding with the Men," *New York Times Book Review*, 1990년 7월 22일을 보라. 자신을 수전 손택의 후계자로 생각하고 싶어했던 파글리아는 손택에게 미디어의 관심을 얻으라고 부추겼지만, 손택은 그런 짓을 거부하면서 파글리아 대해서는 들은 바 없다고 주장했다(Moser, *Sontag: Her Life and Work*, 546~547쪽).

67 '클래런스 토머스 대 애니타 힐' 사건을 고찰하면서 파글리아는 힐이 "자신에게 가해진 가벼운 음담패설이 불편하다고 말하지 못하는 바람에 상대방이 쉽게 믿는 결과를 만들어냈다. 10년 전에 일어난 사소한 점심시간 대화 때문에 토머스가 대중들로부터 혹독한 고통을 겪게 되었다는 사실은 스탈린 치하의 러시아만큼이나 분노를 자아내는 일이었다"고 분명히 말했다. Camilla Paglia, "A Call for Lustiness: Just Say No to the Sex Police," *Time*, 1998년 3월 23일, 54면.

68 *Sex and Destiny: The Politics of Human Fertility* (Harper and Row, 1984)도 보라. 이 책에서 Germaine Greer는 순결과 차도르를 극구 칭찬했다. 또한 Daphne Patai and Noretta Koertge, *Professing Feminism: Cautionary Tales from Inside the Strange World of Women's Studies* (Basic Books, 1995)와 Daphne Patai, *Heterophobia: Sexual Harassment and the Future of Feminism* (Rowman and Littlefield, 1998)도 보라.

69 bell hooks, "Camille Paglia: 'Black' Pagan or White Colonizer?" *Outlaw Culture: Resisting Representations* (Routledge, 1994) 7장, 83~90쪽 중 90쪽. 타니아 모델스키는 "여성이 없는 페미니즘"에 대해 경고했고, 수전 루리는 "페미니스트 정치학"에 무관심한 자아비판에 대해 경고했다. Tania Modelski, *Feminism Without Women: Culture and Criticism in a 'Postfeminist' Age* (Routledge, 1991)와 Susan Lurie, *Unsettled Subjects: Restoring Feminist Politics to Poststructuralist Critique* (Duke University Press, 1997), 2~3쪽을 보라.

70 2016년 '빌보드 올해의 여성' 행사에서 화가 난 마돈나는 그녀가 스스로를 대상화시킴으로써 여성들을 퇴보시켰다고 비난한 "페미니스트" 캐밀 파글리아의 발언에 대해 변명했다. Katz, "Transcript of Madonna's Thank You Speech"를 보라. 그러나 1990년대에 파글리아는 마돈나와 MTV가 금지한 비디오 영화 〈내 사랑을 정당화하라〉를 옹호하면서 이 비디오 영화를 "포르노"이면서 "진정 아방가르드적"이라고 말했고, 마돈나가 "페미니즘의 미래"라고 칭찬했다. Camille Paglia, "Madonna—Finally a Real Feminist," *New York Times*, 1990년 12월 14일.

71 클래런스 토머스 대법관의 아내에게는 〈위험한 정사〉가 애니타 힐을 설명해주는 영화였다. "나는 늘, 아마 그녀는 내 남편과 사랑을 나눈 사람이면서 자신이 원하던 것을 결코 갖지 못한 사람이었을 거라고 믿었습니다." Virginia Lamp Thomas, "Breaking Silence," Interview with Jane Sims Podesta, *People*, 1991년 11월 11일. www.people.com/archive/cover-story-breaking-silence-vol-36-no-18/.

72 Pauline Kael, "The Current Cinema: The Feminist Mystique." *New Yorker*, 1987년 10월 19일, 106~112쪽 중 109쪽.

73 Eloise Salholz, "Too Late For Prince Charming?" *Newsweek*, 1986년 6월 2일, 54~58쪽; Megan Garber, "When *Newsweek* 'Stuck Terror in the Hearts of Single Women,'" *The Atlantic*, 2016년 6월 2일. www.theatlantic.com/entertainment/archive/2016/06/more-likely-to-be-killed-by-a-terrorist-than-to-get-married/485171/.

74 퍼트리샤 슈로더의 이 발언은 Tamar Lewin, "'Mommy Career Track' Sets off a Furor," *New York Times*, 1989년 3월 9일에 인용되어 있다.

75 Ariel Levy의 *Female Chauvinist Pigs: Women and the Rise of Raunch Culture* (Free Press, 2005), Andi Zeisler의 *We Were Feminists Once: From Riot Grrrl to CoverGirl®, the Buying and Selling of a Political Movement* (PublicAffairs, 2016), 그리고 Allison Yarrow의 *90s Bitch: Media, Culture, and the Failed Promise of Gender Equality* (Harper Perennial, 2018)를 보라.

76 Jennifer Armstrong, "Revisiting 'The Beauty Myth,'" *HuffPost*, 2013년 6월 12일을 보라. www.huffpost.com/entry/revisiting-the-beauty-myth_b_3063414. 울프의 책은 거식증에 관한 통계를 과장한 것으로 밝혀졌다. 울프는 이런 비판에 대해 나중에 나온 판본들에서는 부정확한 자료를 바로잡았다고 답변했다.(Naomi Wolf, letter to *Washington Post*, 1994년 8월 28일; responding to Deirdre English's "Their Own Worst Enemies," *Washington Post*, 1994년 7월 17일, a review of Christine Hoff Sommer's *Who Stole Feminism? How Women Have Betrayed Women* [1994].)

77 Naomi Wolf, *The Beauty Myth: How Images of Beauty Are Used against Women* (William Morrow and Company, 1991), 10쪽. 이 책과 Susan Bordo, *Unbearable Weight: Feminism, Western Culture, and the Body* (University of California Press, 1993)는 모두 남성의 시선이 영화 속 여성의 묘사를 만들어낸다는 로라 멀비의 주장에 근거를 두고 있다. Laura Mulvey, "Visual Pleasure and Narrative Cinema," *Screen*, vol. 16, no. 3 (1975년 가을): 6~18면.

78 클린턴은 1998년 1월 26일, 텔레비전으로 방영된 기자회견에서 이 발언을 했다. 예컨대 www.youtube.com/watch?v=VBe_guezGGc를 보라.

79 "Monica Lewinski Interview," with Barbara Walters, 20/20, ABC News, 1999년 3월 3일 방영. www.youtube.com/watch?v=fpCv-UT2yCU.

80 Maureen Dowd, "Liberties: Monica Gets Her Man," op-ed, *New York Times*, 1998년 8월 23일.

81 Jendi B. Reiter, "A Tale of Two Stereotypes." *The Harvard Crimson*, 1992년 7월 21일. https://www.thecrimson.com/article/1992/7/21/a-tale-of-two-stereotypes-pbtbhis/. 힐러리 클린턴은 저널리스트 게일 시히에게, 많은 "상처받은 남성들에

게" 자신이 결코 함께하고 싶지 않은 보스거나 "학교로 돌아가서 학위를 추가로 취득하고 그들의 직업만큼 좋은 직업을 얻은 아내"를 대표하는 여성이었을 것이라면서 (…) 그들이 증오한 것은 개인적 차원으로 볼 때 내가 아니라 내가 대표하는 변화일 것"이라고 말했다. 이 발언은 Marjorie J. Spruill, *Divided We Stand: The Battle Over Women's Rights and Family Values That Polarized American Politics* (Bloomsbury, 2017), 324쪽에 인용되어 있다.

82 Reiter, "A Tale of Two Stereotypes."

83 Zeilser, *We Were Feminists Once*, 25쪽, 156쪽. 실라 토비어스가 1990년대에 대해 지적한 바와 같이, 여성운동은 이제 "더 이상 단합하지 않으며, 이는 페미니즘이 이제는 더 이상 중시할 만한 세력이 아니라는 정치적 의미를 지녔다." (*Faces of Feminism: An Activist's Reflections on the Women's Movement* [Westview Press, 1997], 225쪽). 다른 저자들은 페미니즘의 엔진이 꺼지고 징발당했다고 강조했다. Ariel Levy, Andi Zeisler, Allison Yarrow의 저작들 외에도, Jessica Crispin, *Why I Am Not a Feminist* (Melville House, 2017)과 Lynn S. Chancer, *After the Rise and Stall of American Feminism: Taking Back a Revolution* (Stanford University Press, 2019)을 보라.

84 Adrienne Rich, "In Those Years," *Collected Poems: 1950~2012* (W. W. Norton, 2016), 755~756쪽.

85 1998년 6월 29일 〈타임〉 표지를 보라. 〈하퍼〉도 1935년 5월에 발표된 Genevieve Parkhurst의 에세이 제목과 똑같은 질문을 다룬 적이 있었다. Laura Ruttum, "Is Feminism Dead?," *New York Public Library Blogs*, 2009년 3월 25일을 보라. www.nupl.org/blog/2009/03/25/feminism-dead.

10장 구세대와 신세대

1 2001년까지 아직 20세기가 끝난 것은 아니었지만, 새로운 세기가 시작되었다는 정서적 영향이 2000년이라는 해에 묻어 있었다.

2 9/11 사태에 대해 〈뉴요커〉 기고가들이 반응한 "Comment: Tuesday, and After," *New Yorker*, 2001년 9월 24일, 32면에 실린 수전 손택의 글을 보라. 손택의 분석에 대한 우익 진영의 비판은 Daniel Lazare, "The New Yorker Goes to War," *The Nation*, 2003년 6월 2일, 25~30면을 보라.

3 Irene Khan, *Amnesty International Report 2005: The State of the Wolrd's Human Rights* (Amnesty International Publications, 2005), 서문, i~ii쪽 중 i쪽.

4 Susan Sontag, "Regarding the Torture of Others," *New York Times Magazine*, 2004년 5월 23일.

5 리치의 시 "The School Among the Ruins"와 르 귄의 시 "American Wars"는 반전

시 모음집 *Poets Against the War*, ed. Sam Hamill (Nation Books, 2003), 190~193 쪽에 발표되었다. 또한 Adrienne Rich, *The School Among the Ruins: Poems 2000~2004* (W. W. Norton, 2006)도 보라. 워커와 킹스턴은 모두 시위 현장에서 체포되었다.

6 "What is CODEPINK?," *Codepink.org*, www.codepink.org/about.

7 벤저민은 한 기자에게 "우리가 원했던 이름은 원래 코드 '핫핑크'였어요. (…) 그런데 이미 있는 포르노 사이트 이름이더군요"라고 말했다. 그녀는 자신이 이끄는 단체의 이름처럼 그녀는 자기 이름도 냉소적으로 스스로 지었다. 그녀의 원래 이름은 수전 벤저민으로 롱아일랜드에서 살던 "착하고 어린 유대계 소녀"였다. 그런데 대학에 다닐 때 그리스 신화 비극의 여자 주인공 메데이아를 기리는 의미에서 메데아 벤저민으로 개명한 것이다. 이 부분에 나오는 인용구는 Libby Copeland, "Protesting for Peace with a Vivid Hue and Cry," *Washington Post*, 2007년 6월 10일에서 가져왔다.

8 Jerry Falwell의 이 발언은, Jeffrey D. Howison, *The 1980 Presidential Election: Ronald Reagan and the Shaping of the American Conservative Movement* (Routledge, 2014), 78쪽에 인용되어 있다. 또한 Laurie Goodstein, "After the Attacks: Finding Fault: Falwell's Finger-Pointing Inappropriate, Bush Says," *New York Times*, 2001년 9월 15일도 보라.

9 Alison Bechdel, *Fun Home: A Family Tragicomic* (2006; repr., Mariner Books, 2007) and *Are You My Mother? A Comic Drama* (Houghton Mifflin Harcourt, 2012).

10 앨리슨 벡델의 이 말은 Judith Thurman, "Profiles: Drawn from Life: The World of Alison Bechdel," *The New Yorker*, 2012년 4월 23일, 48~55면 중 50면에 인용되어 있다.

11 James Joyce, *A Portrait of the Artist as a Young Man* (B. W. Huebsch, 1916), 299쪽. 이 인용구는 이 책의 맨 마지막 줄이다.

12 Edward Austin Hall, "Alison Bechdel," *Dictionary of Literary Biography: American Radical and Reform Writers, Second Series*, ed. Hester Lee Furey (Gale, 2008), 40~45쪽 중 41쪽.

13 Alison Bechdel, "Cartoonist's Introduction," *The Essential Dykes to Watch Out For* (Houghton Mifflin, 2008), vii~xviii쪽 중 xiii쪽, xiv쪽, xv쪽, xvi쪽.

14 "An Interview with Alison Bechdel," by Hilary Chute, *Modern Fiction Studies*, 52, vol. 52, no., 4 (2006 겨울): 1004~1013면 중 1006면.

15 Bechdel, Fun Home, 101쪽.

16 Hilary L. Chute, *Graphic Women: Life Narrative & Contemporary Comics* (Colombia University Press, 2010), 179쪽.

17 Bechdel, *Fun Home*, 120쪽.

18 같은 책, 119쪽, 118쪽.

19 같은 책, 141~143쪽.

20 같은 책, 59쪽.

21 같은 책, 80쪽, 81쪽.

22 같은 책, 107쪽, 97쪽, 98쪽.

23 같은 책, 205쪽, 207쪽.

24 같은 책, 229쪽.

25 과거에 대해 이 비슷한 입장을 견지하는 페미니스트 비평가가 바로 헤더 러브다. 그녀는 *Feeling Backward: Loss and the Politics of Queer History* (Harvard University Press, 2007)에서 이렇게 주장한다. "과거의 힘들었던 일에 관심을 두는 것은 우리가 얼마나 멀리까지 도달해왔는지 말해줄 수 있을 것이다. 하지만 그런 관심이 우리에게 말해주는 것은 그게 전부가 아니다. 그런 관심은 우리가 지금 현재 겪으며 살고 있는 피해를 눈에 띄게 만들기도 한다."(29쪽)

26 Bechdel, *Are You My Mother?*, 60쪽.

27 같은 책, 181쪽, 182쪽, 228쪽.

28 같은 책, 262쪽, 263쪽, 264쪽.

29 같은 책, 265쪽. 특히 『3기니』에서 울프는 딸들이 겪는 교육의 빈곤과 경제적인 빈곤에 대해 분노를 표출하고 있다.

30 Bechdel, *Are You My Mother?*, 255쪽.

31 같은 책, 283쪽, 285쪽, 287쪽.

32 같은 책, 264쪽, 287쪽.

33 같은 책, 289쪽.

34 Rachel Cooke, "*Fun Home* Creator Alison Bechdel on Turning a Tragic Childhood into a Hit Musical," *The Guardian*, 2017년 11월 5일. www.theguardian.com/books/2017/nov/05/alison-bechdel-interview-cartoonist-fun-home.

35 Eve Ensler, *In the Body of the World* (Henry Holt, 2013), 41쪽.

36 역시 'In the Body of the World'라는 제목을 붙인 이 여성 1인극 작품은 2016년에 초연되었다. 연출자는 Diane Paulus였다.

37 Eve Enlser, "여성 혐오주의자 약탈자 총사령관이 등장했다 해도, 우리는 침묵하지 않을 것이다." *The Guardian*, 2017년 8월 24일, www.theguardian.com/commentisfree/2017/aug/24/20-years-after-the-vagina-monologues-breaking-silence-is-still-a-radical-act.

38 세계보건기구에 의하면 현재 생존해 있는 2억 명 이상의 소녀들이 성기 절제를 당하고 있다. "Prevalence of Female Genital Mutilation," *World Health Organization*, 2020, www.who.int/reproductivehealth/topics/fgm/prevalence/en/을 보라.

39 Rebecca Solnit, *Men Explain Things to Me* (Haymarket Books, 2014), 23쪽. 다음 자료에 의하면 미국 여성은 다섯 명 중 한 명꼴로 평생에 걸쳐 강간을 당한다고 한다. "Statistics About Sexual Violence," *National Sexual Violence Resource*

Center, 2015, www.nsvrc.org/sites/default/files/publications_nsvrc_factsheet_
media-packet_statistics-about-sexual-violence_0.pdf.

40 Vanessa Grigoriadis, *Blurred Lines: Rethinking Sex. Power, and Consent* (Houghton Mifflin Harcourt, 2017), xiii~xvi쪽을 보라. 문제의 학생은 무죄로 밝혀졌는데, 컬럼비아대학교 측에서 밝혀지지 않은 액수의 돈을 받고 이 문제를 해결했다고 한다. 퍼트리샤 록우드의 시는 온라인상으로 발표되었다. "Rape Joke," *The Awl*, 2013년 7월 25일. www.theawl.com/2013/07/patricia-lockwood-rape-joke/.

41 Eve Ensler, *The Apology* (Bloomsbury, 2019), 헌정 페이지.

42 이란에서의 케이트 밀릿의 활동을 더 알고 싶으면 그녀가 1982년에 쓴 *Going to Iran*을 참고하라. 오드리 로드의 독일 활동에 관한 더 많은 정보는 다그마 슐츠가 감독한 *Audre Lorde: The Berlin Years: 1984~1992*를 보라. 1990년대 초 앤 스니토는 "고립되고 포위된 중부유럽과 동유럽의 페미니스트 동료들과 함께 조직을 결성하기 위하여 '이스트-웨스트 여성 네트워크' 창설에 도움을 주었다(Ann Snitow, *The Feminism of Uncertainty: A Gender Diary* [Duke University Press, 2015], 204쪽).

43 이와 유사하게, 남아메리카와 중부 아메리카의 '니 우나 메노스Ni Una Menos(단 한 명도 잃을 수 없다)'나 파키스탄의 '어웨어 걸스Aware Girls' 같은 많은 토착 페미니스트 단체들이 생겨나 여성들이 젠더에 근거한 폭력에 맞서 싸우도록 자극했다. [이라크 소수민족] 야지디족 나디아 무라드는 전시 성폭력 반대 운동의 공을 인정받아 2018년 노벨 평화상을 수상했다.

44 Chandra Talpade Mohanti, *Feminism Without Borders, Decolonizing Theory, Practicing Solidarity* (Duke University Press, 2003)와 *Scattered Hegemonies: Postmodernity and Transnational Feminist Practices*, ed. Inderpal Grewal and Caren Kaplan (University of Minnesota Press, 1994)를 보라.

45 스피박은 스티브 폴슨과의 인터뷰에서 자신의 교육 활동에 대해 말한다. Steve Pauslon, "Critical Intimacy: An Interview with Gayatri Chakravorty Spivak," *Los Angeles Review of Books*, 2016년 7월 29일, lareviewofbooks.org/article/critical-intimacy-interview-gayatri-chakravorty-spivak/. 또한 Gayatri Chakravorty Spivak, "Righting Wrongs," *South Atlantic Quarterly* 1, no. 2/3 (2004년 봄/여름): 523~581면 중 557면을 보라.

46 Martha C. Nussbaum, "Women's Education: A Global Challenge," *Signs*, 29, no. 2 (2004년 겨울): 325~355면 중 327~328면, 331면.

47 Carol Gilligan and Naomi Snider, *Why Does Patriarchy Persist?* (Polity Press, 2018), 5쪽, 16쪽, 25쪽, 145쪽.

48 〈버자이너 모놀로그〉는 Christine M. Cooper, "Worrying about Vaginas: Feminism and Eve Ensler's *The Vagina Monologues*," *Signs*, 32, no. 3 (2007년, 봄): 727~758면에서 본질주의라는 비난을 받았다.

49 이브 엔슬러와의 인터뷰: "Eve Ensler: Transforming Abuse with Apology,"

Commonwealth Club, 2019년 6월 12일, www.youtube.com/watch?v=TNss3q Vhpog; 그리고 "The War and Peace Report," interview by Amy Goodman, *Democracy Now!*, 2017년 2월 14일, www.democracynow.org/2017/2/14/the_predatory_mindset_of_donald_trump를 보라.

50 이브 엔슬러의 이 말은 Katherine Gillespie, "Do We Still Need the Vagina Monologues?" *Vice*, 2017년 10월 2일에 인용되어 있다. www.vic.com/en_nz/article/j5gk8p/is-the-vagina-monologues-still-woke.

51 현재 *트랜스*는 MTF(남성에서 여성으로) 혹은 FTM(여성에서 남성으로) 성전환을 한 사람들을 포괄하는 용어로 사용되고 있다. 시스젠더라는 용어는 규범성과 관련이 있으며, 트랜스가 아닌 사람들을 특징짓는 용어다. 젠더퀴어나 논바이너리는 남성의 역할이든 여성의 역할이든 어느 한쪽에 순응하는 것을 거부하는 사람들을 나타낸다. 그리고 머리글자 단어 TERF는 'Trans-Exclusionary Radical Feminist(트랜스를 배제하는 래디컬 페미니스트)'를 분류하기 위해 생겨났다. Susan Stryker, *Transgender History: The Roots of Today's Revoution*, 2판 (Seal, 2017), 10~40쪽을 보라.

52 Janet Mock, *Redefining Realness: My Path to Womanhood, Identity, Love & So Much More* (Atria, 2014), 50쪽. Jennifer Finney Boylan, *She's Not There: A Life in Two Genders* (Broadway, 2013), 21쪽. 보일런의 발언은 인용 표시와 함께 Jacqueline Rose, "Who Do You Think You Are?" *London Review of Books*, 2016년 5월 5일에 인용되어 있다. www.lrb.co.uk/the-paper/v38/n09/jacqueline-rose/who-do-you-think-you-are.

53 Mock, *Redefining Realness*, 50쪽, 161쪽.

54 같은 책, 155쪽.

55 Andrea Long Chu, "On Liking Women," *n+1*, no. 30 (2018년 겨울). nplusonemag.com/issue-30/essays/on-liking-women/. 그녀는 궁극적으로 "욕망을 정치적 원칙에 순응하도록 강요하는 것에서는 어떤 이익도 생겨나지 않는다"는 이유로 이 생각을 옹호하지 않는다.

56 Valerie Solanas's *SCUM Manifesto* (1967; repr., AK Press, 1997), 34쪽, 같은 책에 인용되어 있다.

57 저메인 그리어의 이 발언은 추의 "On Liking Women"에서 인용되었다. 그리어의 성명의 나머지 부분과 전후 내용은 Cleis Abeni, "Feminist Germaine Greer Goes on Anti-Trans Rant Over Caitlyn Jenner," *The Advocate*, 2015년 10월 26일을 보라. www.advocate.com/caitlyn-jenner/2015/10/26/feminist-germaine-greer-goes-anti-trans-rant-over-caitlyn-jenner.

58 Maggie Nelson, *The Argonauts* (Graywolf Press, 2015), 5쪽.

59 같은 책, 57쪽. 앞 구절은 시인 다나 워드의 것이다.

60 같은 책, 83쪽.

61 같은 책, 91쪽, 42쪽.

62 같은 책, 75쪽, 74쪽.

63 같은 책, 112쪽.

11장 부활

1 "Audre Lorde," *The Ubuntu Biography Project*, 2017년 2월 18일. ubuntubio graphyproject.com/2017/02/18/audre-lorde/.

2 Arwen Curry가 감독한 *Worlds of K. Le Guin* (2018)은 Alison Flood, "Ursula K Le Guin Film Reveals Her Struggle to Write Women into Fantasy," *The Guardian*, 2018년 5월 30일에서 논의되고 있다. www.theguardian.com/books/2018/may/30/ursula-k-le-guin-documentary-reaveals-author.

3 Bobbie Mixon, "Chore Wars: Men, Women and Housework," *National Science Foundation*, 2018년 4월 28일을 보라. www.nsf.gov/discoveries/disc_summ.jsp?org=NSF&cntn_id=111458&preview=false.

4 Tressie McMillan Cottom, "Dying to Be Competent," *Thick and Other Essays* (New Press, 2019), 73~98쪽 중 86~87쪽.

5 구트마허 연구소는 각 주의 임신 중지 사례나 임신 중지 제한에 관한 자료 표를 지속적으로 발표하고 있다. 예를 들어 조지아주와 오하이오주는 임신 20주 이후의 임신 중지에 대해 혹독한 제약을 가하고 있다. 심지어 친족 성폭력의 경우조차도 그렇다. www.guttmacher.org/fact-sheet/state-facts-about-abortion-georgia 와 /state-facts-about-abortion-ohio. 한편 비슷한 제약을 가하고 있는 앨라배마 주는 연방법원에 의해 저지된 법안을 통해 임신 중지를 완전히 금지하려는 목표를 세운 바 있다. Kate Smith, "Alabama Governor Signs Near-Total Abortion Ban into Law," *CBS News*, 2019년 5월16일을 보라. www.cbsnews.com/news/alabama-abortion-law-governor-kay-ivey-signs-near-total-ban-today-live-updates-2019-05-15/.

6 쿨터의 독설적인 안티 페미니즘 발언 사례 중 하나로 Skavlan이 SVT/TV 2(2018년 10월 5일) 유튜브에 올린 그녀와의 인터뷰 "Feminists are angry man-hating lesbians"를 보라. www.youtube.com/watch?v=hxTtjGamJtl.

7 Opal Tometi, Alicia Garza, and Patrisse Cullors-Brignac, "Celebrating MLK Day: Reclaiming Our Movement Legacy," 2015년 1월 18일, 2015년 3월 20일, 업데이트, *Huffpost*, www.huffpost.com/entry/reclainminng-our-movement-l_b_6498400. Alicia Garza, "A Herstory of the #BlackLivesMatter Movement," *The Feminist Wire*, 2014년 10월 7일, www.thefeministwire.com/2014/10/blacklivesmatter-2. 두 인용문 모두 Leigh Gilmore, *Tainted Witness: Why We*

Doubt What Women Say About Their Lives (Columbia University Press, 2017), 161
쪽, 163쪽에 나온다.

8 배포된 9/11 통화 내용에 따르면, George Zimmerman은 트레이본 마틴이 "정말
로 의심스러워" 보여 경찰에 신고한 것이었다. Zimmerman의 발언은 Charles M.
Blow, "The Curious Case of Trayvon Martin," *New York Times*, 2012년 3월 17일.

9 Zora Neale Hurston, "How It Feels to Be Colored Me," *The Norton Anthology of
Literature by Women: The Traditions in English*, ed. Sandra M. Gilbert and Susan
Gubar, 2 vols, 3rd ed. (W. W. Norton, 2007), 2: 357~359쪽 중 360쪽, 359쪽. 이
에세이는 맨 처음 *The World Tomorrow* (1928년 5월)에 발표되었다. 허스턴의 문
장을 새긴 글렌 라이건의 *Untitled: Four Etchings*는 *Claudia Rankine, Citizen: An
American Lyric* (Graywolf Press, 2014), 52쪽, 53쪽에 수록되어 있다. 허스턴의 말
은 25쪽에 인용되어 있다.

10 Hurston, "How It Feels to Be Colored Me," 2: 357~358쪽. "내가 유색인종이 되었
던, 바로 그날"에 대한 그녀의 기억에 대해서는, Barbara Johnson, "Thresholds of
Difference: Structures of Address in Zora Neale Hurston," *Critical Inquiry* 12, no.
1 (1985년 가을): 278~289쪽을 보라.

11 Rankine, *Citizen*, 5쪽.

12 같은 책, 5쪽, 10쪽, 7쪽, 12쪽, 45쪽.

13 W. E. B. Du Bois, *The Souls of Black Folk* (1903), ed. Brent Hayes Edwards (Oxford
University Press, 2007), 8쪽.

14 Barack Obama with Keegan-Michael Key, "President Obama at White House
Correspondents' Dinner," 2015년 4월 25일, Washington, D. C. www.youtube.
com/watch?time_continue=873&v=oi86E5GgawY

15 Michelle Obama, *Becoming* (Crown, 2018), 265쪽.

16 Rankine, *Citizen*, 23~24쪽.

17 같은 책, 26쪽, 31쪽, 35쪽, 36쪽.

18 같은 책, 141쪽, 142쪽.

19 주디스 윌슨이 파이퍼의 커리어 변화를 요약한 글, Judith Wilson, "In Memory
of the News and of our Selves: The Art of Adrian Piper," *Third Text* 5, no. 16/17,
1991: 39~64면을 보라. 이 인용문은 42면에 나온다. 파이퍼, 토니 모리슨, 애나 디
비어 스미스, 페이스 링골드의 견해가 Susan Gubar, *Critical Conditions: Feminism
at the Turn of the Century* (Columbia University Press, 2000), 21~44쪽에서 논의되
고 있다.

20 Toni Morrison, "Recitatif"(1983), *The Norton Anthology of Literature by Women*, 2:
996~1008쪽.

21 토니 모리슨의 이 말은 Paul Gray, "Paradise Found: The Nobel Prize Changed
Toni Morrison's Life But Not Her Art, as Her New Novel Proves," *Time*, 1998년 1

월 19일, 62~68면 중 67면에 인용되어 있다.

22 Patricia J. Williams, *Seeing a Color-Blind Future: The Paradox of Race* (Farrar, Straus and Giroux, 1998), 16쪽.

23 Anna Deavere Smith, *Fires in the Mirror* (Anchor Books, 1993), 서문, xxiii~xlii쪽 중 xxix쪽.

24 애나 디비어 스미스의 이 말은 Richard Schechner, "There's a Lot of Work to Do to Turn This Thing Around: An Interview with Anna Deavere Smith," *Drama Review*, 62, no. 3 (2018년 가을): 35~50면 중 47면, 49면에 나온다.

25 Kara Walker, *Gone: An historical Romance of a Civil War as It Occurred b'tween the Dusky Thighs of One Young Negress and Her Heart* (1994), 뉴욕 현대미술관, www.moma.org/collection/works/110565. 이 섹션에 있는 일부 자료뿐만 아니라 페이스 링골드의 보다 희망적인 작품 〈루브르에서 춤을〉이 구바의 *Critical Condition* (Columbia University Press, 1999), 26~37쪽에서 논의되고 있다.

26 "Look Closer: Kara Walker's Fons Americanus," *The Tate*, www.tate.org.uk/art/artists/kara-walker-2674/kara-walkers-fons-americanus를 보라.

27 Ari Shapiro, "At the End of the Year, N. K. Jemisin Ponders the End of the World," *All Things Considered*, National Public Radio, 2018년 12월 26일. www.npr.org/2018/12/26/680201486/at-the-end-of-the-year-n-k-jemisin-ponders-the-end-of-the-world.

28 Octavia Butler's 1993 *Parable of the Sower* (Grand Central Publishing, 2019)에 붙인 N. K. 제미신의 서문을 보라.

29 N. K. Jemisin, *The Fifth Season* (Orbit, 2015).

30 Annette Kolodny의 많은 저서들과 Carol J. Adams, *The Sexual Politics of Meat: A Feminist-Vegetarian Critical Theory* (Continuum, 1990)의 뒤를 이어 에코 페미니즘에 관한 시금석 텍스트들이 다수 출간되었다. Maria Mies and Vandana Shiva, *Ecofeminism* (Zed Books, 1993); Greta Gaard, *Ecological Politics: Ecofeminists and the Green* (Temple University Press, 1998); Karen J. Warren, *Ecofeminist Philosophy: A Western Perspective on What it is and Why it Matters* (Rowman & Littlefield, 2000).

31 조이 하조의 시 세계 개관을 위해서는 Academy of American Poets 웹사이트에 올라와 있는 그녀의 항목을 보라. "Joy Harjo," *Poets.org*, poets.org/poet/joy-harjo.

32 예를 들어 2016년 트랜스젠더 음악가 아노니는 급박하게 닥쳐오는 기후 재난에 항의하기 위해 앨범 〈절망〉을 제작했다. 이 앨범에서 발췌한 곡들을 보려면 Anohni's Bandcamp page, anohni.bandcamp.com/album/hopelessness를 보라. 그리고 2019년에는 린다 정이 남부 플로리다에 증강 현실 벽화를 만들기 위해 비영리 운동 단체 '비포 이츠 투 레이트'를 창설했다. 지나가는 사람들이 스마트

폰을 동물들의 그림에 대면 부주의한 인간 활동 때문에 그 동물들이 직면하게 된 멸종에 관한 비디오를 볼 수 있다. Meg O'Connor, "New Wynwood Mural Uses Augmented Reality to Spark Conversation on Climate Change," *Miami New Times*, 2019년 1월 15일을 보라.

33 Elizabeth Kolbert, *The Sixth Extinction: An Unnatural History* (Henry Holt and Company, 2014), 261쪽. 레이철 카슨의 인용은 *Silent Spring*, 40주년 기념 판본 (Houghton Mifflin, 2002), 296쪽을 보라.

34 Rebecca Solnit, "Everything's Coming Together While Everything Falls Apart"(2014), *Hope in the Dark: Untold Histories, Wild Possibilities* (Haymarket Books, 2016), 126~136쪽 중 136쪽. 그녀는 르 귄의 발언을 Le Guin's "Speech in Acceptance of the National Book Foundation Medal for Distinguished Contribution to American Letters," 2014년 11월 19일에서 따왔다. www.ursulakleguin.com/nbf-medal.

35 Rosemary Radford Ruether와 Mary Daly(가톨릭교)부터 E. N. Broner와 Judith Plaskow(유대교), Lila Abu-Lughod와 Leila Ahmed(이슬람교), 그리고 Phyllis Trible(개신교)에 이르기까지, 종교 연구 분야의 페미니스트들은 실질적으로 모든 주요 종교의 남성 중심주의에 대해 의문을 제기해나갔다.

36 첫 번째 비평가는 솔레인 크로슬리다. Solane Crosely, "What to Read Right Now: Elizabeth Strout's *Anything Is Possible*, Patricia Lockwood's *Priestdaddy*, and Secret Recipe from the Chiltern Firehouse," *Vanity Fair*, 2017년 5월 16일, www.vanityfair.com/style/2017/05/what-to-read-right-now-elizabeth-strout-patricia-lockwoods. 두 번째 비평가는 폴 레어티다. Paul Laity, "*Priestdaddy* by Patricia Lockwood Review—A Dazzling Comic Memoir," *The Guardian*, 2017년 4월 27일. www.theguardian.com/books/2017/apr/27/priestdaddy-by-patricia-lockwood-review.

37 @TriciaLockwood, "A ghost teasingly takes off his sheet. Underneath he is so sexy that everyone screams out loud," *Twitter*, 2011년 6월 7일 1:59 p.m., twitter.com/TriciaLockwood/status/78159153884958720; Patrcia Lockwood, "Rape Joke," *The Awl*, 2013년 7월 25일, www.theawl.com/2013/07/patricia-lockwood-rape-joke/.

38 Patricia Lockwood, *Priestdaddy* (Riverhead, 2017), 11쪽.

39 Sylvia Plath, "Daddy," *Ariel* (Harper, 1965), 49~51쪽, 중 51쪽.

40 Lockwood, *Priestdaddy*, 214쪽, 216쪽.

41 Plath, "Daddy," 51쪽.

42 Lockwood, *Priestdaddy*, 287쪽, 288쪽.

43 같은 책, 8쪽.

44 같은 책, 332쪽, 331쪽.

45 N. K. Jemisin, "Three Sisters, an Island and an Apocalyptic Tale of Survival," *New York Times Book Review*, 2019년 1월 8일.

46 Rebecca Solnit, *The Mother of All Questions* (Haymarket Books, 2017), 171쪽.

47 Rebecca Solnit, "Men Explain Things to Me," *Men Explain Things to Me* (Haymarket Books, 2014), 1~18쪽 중 13~14쪽.

48 "Manspreading," *Know Your Meme*, [2019], knowyourmeme.com/memes/manspreading.

49 Roxane Gay는 "Bad Feminists: Take One," *Bad Feminist: Essays* (Harper Perennial, 1914), 303~314쪽 중 304~306쪽에서 그녀가 "본질주의 페미니즘"이라고 부르는 페미니즘을 비판했다.

50 "Mission Statement," *Crunk Feminist Collective*, www.crunkfeministcollective.com/about/; Diane Weymar, *Tiny Pricks Project*, www.tinypricksproject.com/; Katherine Cross, "The Oscar Wilde of YouTube Fights the Alt-Right with Decadence and Seduction," *The Verge*, 2018년 8월 24일, www.theverge.com/tech/2018/8/24/17689090/contrapoints-youtube-natalie-wynn; Andrew Maranz, "The Stylish Socialist Who Is Trying to Save Youtube from Alt-Right Domination," *New Yorker*, 2018년 11월 19일, www.newyorker.com/culture/persons-of-interest/the-stylish-socialist-who-is-trying-to-save-youtube-from-alt-right-domination을 보라.

51 Margaret Atwood, *The Testaments* (Doubleday, 2019), 149쪽.

52 Michelle Goldberg, "Margaret Atwood's Dystopia, and Ours," *New York Times*, 2019년 9월 15일.

53 〈홈 커밍〉의 표제 문장은 Toni Morrison, *Song of Solomon* (1977; repr., Vintage International, 2004), 337쪽에 실린 마지막 말에서 인용한 것이다.

54 내용을 약간 바꾼 이 인용문은 Audre Lorde, "The Master's Tools Will Never Dismantle the Master's House"(1979), *Sister Outsider: Essays and Speeches* (Crossing Press, 1984), 110~113쪽 중 112쪽에서 가져온 것이다.

55 Chimamanda Ngozi Adichie, *We Should All Be Feminists* (Anchor Books, 2012), 27~28쪽.

56 Eavan Boland, "Our Future Will Become the Past of Other Women"(2018), *The Historians: Poems* (W. W. Norton, 2020), 63~67쪽.

57 Moira Donegan, "What Comes After The Media Men List? 'A Lot of Hard Work,'" video interview by Ainara Tiefenthäler, *New York Times*, 2018년 1월 18일, www.nytimes.com/2018/01/18/business/media/men-media-spreadsheet.html; 말줄임표는 그녀의 것이다.

58 애니타 힐의 발언은 Dana Goodyear, "Exposure: In the Wake of Scandal, Can Hollywood Change Its Ways?," *New Yorker*, 2018년 1월 8일, 20~26면 중 26면에

인용되어 있다. (온라인에는 "Can Hollywood Change Its Ways? In the Wake of Scandal, the Movie Industry Reckons with Its Past and Its Future," 2018년 1월 1일에 발표되었다.)

59 "Word of the Year 2017; 'Feminism' Is Our Word of the Year," *Merriam-Webster*, www.merriam-webster.com/words-at-play/woty2017-top-looked-up-words-feminism#(12월 12일 발표); *Time*, 2017년 12월 18일 호의 표지 (12월 6일 발표).

60 Soaya Chemaly, *Rage Becomes Her: The Power of Women's Anger* (Atria, 2018), xvi 쪽.

61 Julie Bosman, Kate Taylor, Tim Arango가 쓴 이 기사는 2019년 8월 10일에 실렸다. www.nytimes.com/2019/08/10/us/mass-shootings-misogyny-dayton.html.

62 Thomas B. Edsall, "We Aren't Seeing White Support for Trump for What It Is, op-ed," *New York Times*, 2019년 8월 28일. www.nytimes.com/2019/08/28/opinion/trump-white-voters.html; Josh Hafner, "Donald Trump Loves the 'Poorly Educated'—and They Love Him," 2016년 2월 24일. usatoday.com/story/news/politics/onpolitics/2016/02/24/Donald-trump-nevada-poorly-educated/80860078.

63 1962년에 입학한 친구들 중 한 명이 "우리가 받은 교육은 우리가 영위해보지 못했던 삶을 위한 드레스리허설이다"고 믿었다고 회상하면서, 노라 에프론은 1996년 졸업생들에게 이렇게 말했다. "여러분이 받은 교육은 여러분이 이끌어갈 여러분의 삶을 위한 드레스리허설입니다." "Nora Ehpron '62 Addressed the Graduates in 1996," *Wellesley College*. www.wellesley.edu/events/commencement/archives/1996commencement.

64 Michelle Obama, "Commencement Address by First Lady Michelle Obama," *City College of New York*, 2016. www.ccny.cuny.edu/commencement/commencement-address-first-lady-michelle-obama.

65 Katie Rogers와 Nicholas Fandos, "Fanning Flames, Trump Unleashes a Taunt: 'Go Back,'" *New York Times*, 2019년 7월 15일.

66 Nicholas Wu, "'I Am Someone's Daughter Too': Read Rep. Ocasio-Cortez's Full Speech Responding to Rep. Ted Yoho," *USA Today*, 2020년 7월 24일. www.usatoday.com/story/news/politics/2020/07/24/aoc-response-ted-yoho-read-test-rep-ocasio-cortez-speech/5500633002/. 요호의 "사과"에 대해서는 Luke Broadwater, "Ocasio-Cortez Upbraids Republican After He Denies Vulgarly Insulting Her," *New York Times*, 2020년 7월 22일, www.nytimes.com/2020/07/22/us/politics/aoc-yoho.html을 보라.

67 Stacey Abrams, "Stacey Abrams Talks the Shared Values of Her Political Campaign and Writing Romance," interview by Maureen Lee Lenker, *EW.com*, 2018년 9월 5일. ew.com/books/2018/09/05/stacey-abrams-interview/.

68 Michelle Obama, *Becoming* (Crown, 2018), 408쪽, 409쪽, 411쪽.

69 Alexandra Pelosi, interview by John Berman, *New Day*, CNN, 2019년 1월 2일. transcripts.cnn.com/TRANSCRIPTS/1901/02/nday.05.html; Ellen McCarthy, "Makes going to work look easy': Decades Before She Was House Speaker, Nancy Pelosi Had an Even Harder Job," *Washington Post*, 2019년 2월 23일. www.washingtonpost.com/lifestyle/style/makes-going-to-work-look-easy-how-being-a-full-time-mom-prepared-nancy-pelosi-for-this-moment/2019/02/12/416cd85e-28bc-11e9-984d-9b8fba003e81_story.html.

70 Nancy Pelosi, video at @ABCPolitics, *Twitter*, 2019년 1월 11일, 5:27 p.m. twitter.com/ABCPolitics/status/1083852879922847744.

71 John Bresnahan, Heather Caygle, and Kyle Cheney, "Pelosi Faces Growing Doubts among Dems after Georgia Loss," *Politico*, 2017년 6월 21일. www.politico.com/story/2017/06/21/nancy-pesoli-fallout-goergia-special-election-239804. 이 기사를 쓸 당시 펠로시는 "2003년 대표가 된 이래 민주당 하원을 위한 자금을 5억 6000만 달러 이상이나 조성했다."

72 The Brookings Institution의 학자 Thomas Mann의 이 말은 Andy Kroll and National Journal, "The Staying Power of Nancy Pelosi," *The Atlantic*, 2015년 9월 11일. www.theatlantic.com/poitics/archive/2015/09/the-staying-power-of-nancy-pelosi/440022/에 인용되어 있다.

73 이런 수식어들은 Ronald M. Peters, Jr.와 Cindy Simon Rosenthal, *Speaker Nancy Pelosi and the New American Politics* (Oxford University Press, 2010), 215~216쪽에 인용되어 있다.

74 Nancy Pelosi, 같은 책, 233쪽, 193쪽에 인용되어 있다.

75 M. Elizabeth Sheldon, "Nancy Pelosi Traces Her Food Heritage to Risotto. Eats Dark Chocolate Ice Cream for Breakfast Every Day," *Food & Wine*, 2017년 5월 23일. www.foodandwine.com/news/nancy-pelosi-traces-her-food-heritage-risotto-eats-dark-chocolate-ice-cream-breakfast-every-day.

76 Glenn Kessler, Slavador Rizzo, and Sarah Cahlan이 31개에 이르는 의심스러운, 그리고 잔뜩 부풀린 (대통령의) 주장들의 목록을 작성했다. "Fact-Checking President Trump's 2020 State of the Union Address," *Washington Post*, 2020년 2월 4일. washingtonpost.com/politics/2020/02/04/fact-checking-president-trumps-2020-state-union-address.

에필로그: 흰색 정장, 깨진 유리창

1 Mitch McConnell의 발언은 Amy Gardner, Ashley Parker, Josh Dawsey, and Emma Brown, "Top Republicans Back Trump's Efforts to Challenge Election Results," *Washington Post*, 2020년 11월 9일에 인용되어 있다. www. washingtonpost.com/politics/trump-republicans-election-challenges/2020/ 11/09/49e2c238-22c4-11eb-952e-0c475972cfc0_story.html.

2 Matt Stevens, "Read Kamala Harris's Vice President-Elect Acceptance Speech," *New York Times*, 2020년 11월 8일. www.nytimes.com/article/watch-kamala-harris-speech-video-trancript.html.

3 Vanessa Friedman, "Message about the Past and the Future of Politics in a Fashion Statement," *New York Times*, 2020년 11월 9일을 보라.

4 @AOC, *Twitter*, 2019년 1월 3일, 10:39 p.m. twitter.com/aoc/status/10810323072 62345216?lang=en.

5 *The Suffragist*, 1913년 12월 6일.

6 Ellen Barry, "How Kamala Harris's Immigrant Parents Found a Home, and Each Other, in a Black Study Group," *New York Times*, 2020년 9월 13일, 2020년 10월 6일, 업데이트. www.nytimes.com/2020/09/13/us/kamala-harris-parents.html.

7 해리스가 했던 버클리 흑인 사회에서의 성장 경험에 대해 더 알려면 그녀의 회고록 *The Truths We Hold: An American Journey* (2019; repr., Penguin Books, 2020)를 보라. 시위에 관한 그녀의 어린 시절 기억에 대해서는 7~8쪽을 보라.

8 그녀의 자메이카 출신 배경에 대해서는 Donald J. Harris, "Reflections of a Jamaican Father," *Jamaica Global*, 2020년 8월 18일, 업데이트를 보라. www. jamaicaglobalonline.com/kamala-harris-jamaican-heritage/.

9 "Transcript: Michelle Obama's DNC Speech," *CNN Politics*, 2020년 8월 18일. www.cnn.com/2020/08/17/politics/michelle-obama-speech-transcript/index. html.

10 미셸 오바마의 이 말은 Yada Yuan과 Annie Linskey, "Jill Biden Is Finally Ready to Be First Lady: Can She Help Her Husband Beat Trump?," *Washington Post*, 2020년 8월 18일에 인용되어 있다. 이들의 기사는 *People*의 편집장 제스 케이글이 오바마와 바이든을 대상으로 진행한 인터뷰에 근거한다. www.youtube.com/ watch?v=eZDfztfau9A를 보라.

11 "퍼스트레이디들에 대해 연구하는" 오하이오대학교 교수 캐서린 젤리슨의 이 발언은, Nicole Guadiano, "First Professor: Jill Biden to Make History as a First Lady with a Day Job," *Politico*, 2020년 11월 12일에 인용되어 있다.(생략 부호는 그녀의 것이다.) www.politico.com/states/california/story/2020/11/12/first-professor-jill-biden-to-make-history-as-a-first-lady-with-a-day-job-1336242.

12 가장 악명 높은 사례로서, 데이비드 퍼듀 상원의원은 2020년 10월 16일 재당선을 위한 선거운동 집회에서 이 상원의원 동료의 이름을 심하게 훼손했다. www. nbcnews.com/video/perdue-mispronounces-sen-kamala-harris-name-at-

rally-94021701947을 보라.

13 Joseph Epstein, "Is There a Doctor in the White House? Not If You Need and M.D…" op-ed, *Wall Street Journal*, 2020년 12월 11일. www.wsj.com/articles/is-there-a-doctor-in-the-white-house-not-if-you-need-an-m-d-11607727380. 이하의 문단에 나오는 모든 인용은 이 글에서 가져왔다.

14 Dan Barry and Sheera Frenkel, "'Be There. Will be Wild!': Trump All But Circled the Date," *New York Times*, 2021년 1월 6일, 2021년 1월 8일, 업데이트에 인용되어 있다. www.nytimes.com/2021/01/06/us/politics/capitol-mob-trump-sipperters.html; @DonaldTrump, "피터 나바로Peter Navarro는 승리를 트럼프에게 돌리기에 '충분하고도 남을' 선거 사기를 주장하는 36쪽 분량의 보고서를 배포했다, http://t.co/D8KrMHnFdK. 대단한 보고서다. 2020년 선거 패배는 통계학적으로 불가능하다. 1월 6일 워싱턴에서 대규모 항의 시위가 있다. 그곳에 가라. 거칠게 나갈 것이다!" Twitter, 2020년 12월 19일, 1:42 a.m., thetrumparchive.com.

15 Maggie Haberman and Jonathan Martin, "After the Speech: What Trump Did as the Capitol Was Attacked," *New York Times*, 2021년 2월 13일. www.nytimes.com/2021/02/13/us/politics/trump-capitol-riot.html;@realDonaldTrump, "이런 일들과 사건들은 신성하고 압도적인 선거 승리를 너무나도 오랫동안 심하고 불공정하게 취급당했던 위대한 애국자들이 너무나도 무례하고도 악의적으로 빼앗길 때 발생한다. 사랑과 평화의 마음을 갖고 집에 돌아가라. 이날을 영원히 기억하자!" *Twitter*, 2021년 1월 6일, 6:01 p.m. thetrumparchive.com.

16 "도둑질을 멈춰라"는 2020년 선거가 선거 사기라고 주장하며 항의했던 대안 우파의 운동 모토였다. Sheera Frenkel, "Beware of This Misinformation from 'Stop the Steal' Rallies This Weekend," *New York Times*, 2020년 11월 13일. www.nytimes.com/2020/11/13/technology/beware-of-this-misinformation-from-stop-the-steal-rallies-this-weekend.html.

17 "Transcript of Trump's Speech at Rally Before US Capitol Riot," *U.S. News*, 2021년 1월 13일. www.usnew.com/news/politics/articles/2021-01-13/transcript-of-trumps-speech-at-rally-before-us-capital-riot.

18 Mike Dorning and Steven T. Dennis, "What to Know About Trump's Second Impeachment Trial," *Washington Post*, 2021년 2월 4일에 인용되어 있다. www.washingtonpost.com/business/what-to-know-about-trumps-second-impeachment-trial/2021/02/03/d88f5a08-6669-11eb-bab8-707f8769d785_story.html.

19 @aoc, "What happens after the Capitol attacks?" *Instagram*, 2021년 1월 13일. www.instagram.com/p/CJ-OkgNAO1N/.

20 Peter Baker, Maggie Haberman, and Annie Karni, "Pence Reached His Limit With Trump. It Wasn't Pretty," *New York Times*, 2021년 1월 12일, 2021년 1월 13일,

업데이트. www.nytimes.com/2021/01/12/us/politics/mike-pence-trump.html에 인용되어 있다.

21 Monica Hesse, "Capitol Rioters Searched for Nancy Pelosi in a Way That Should Make Every Woman's Skin Crawl," *Washington Post*, 2021년 2월 10일. www. washingtonpost.com/lifestyle/style/nancy-pelosi-capitol-insurrection-footage-impeachment-trial/2021/02/10/34bb843c-6bec-11eb-9f80-3d7646ce1bc0_story.html.

22 "'The Hill We Climb,' A Transcript. Amanda Gorman's Poem Recited at Biden's Inauguration Captures the Times," *Baltimore Sun*, 2021년 1월 20일, www. baltimoresun.com/opinion/editorial/bs-ed-0121-gorman-transcript-20210120-5ojxffrfb5cybjabhgiffgiyhi-story.html.

끝나지 않은 여정:
미국 페미니즘 70년의 발자취

1

이 책은 샌드라 길버트와 수전 구바가 획기적인 페미니즘 문학 이론서 『다락방의 미친 여자』를 공동 저술한 지 40년 만에 펴낸 미국 페미니즘 70년 개관서다.

1979년에 발간된 『다락방의 미친 여자』는 19세기 주요 여성 작가들, 즉 오늘날 정전으로 인정받고 있는 주요 영국 여성 작가인 브론테 자매, 메리 셸리, 제인 오스틴 등의 작품들을 분석한 책이었다. 책 제목은 『제인 에어』에서 로체스터가 다락방에 숨겨둔 미친 부인 버사 메이슨을 염두에 두고 붙인 것으로 길버트와 구버의 혜안에서 나온 것이다. 그들의 주장은 그 '미친' 여자가 섬뜩한 고딕소설식의 터무니없는 인기로 만들어진 인물만은 아니라는 것이었다. 그녀는 잔인할 만큼 무시당하면서 이야기의 구석자리로 내몰리고 있던 당시 모든 여성들의 격렬한 분노를 상징하는 인물이었다.

『다락방의 미친 여자』는 오랜 세월 맥 빠지고 수동적이고 지루할 만큼 천사표로만 인식되어 온 여성 작가들의 열정적이고 격렬한 감정을 읽어내는 방식을 제시했다. 그리고 이제, 이 책 『여전히 미쳐 있는』을 통해 길버트와 구바는 다시 한번 여성의 분노를 읽어내는 자신들의 프로젝트에 착수했다.

이 책에서 두 저자는 『다락방의 미친 여자』가 나온 지 거의 반세기가 지났음에도 여전히 미쳐 있다. 다시 말하자면, 미친 듯 격분해 있다. 70년이라는 세월 동안 페미니즘이 우리에게 했던 약속에도 불구하고 여성들이 해야 할 일과 가야 할 길이 앞으로도 여전히 너무 많이 남아 있기 때문이다. 페미니즘은 오랜 길을 걸어왔지만 여전히 백래시와 마주한다. 여성들은 유리 천장은 깼을지언정 여전히 그 깨진 유리를 밟고 지나가야 한다. 그러면서 그들은 적극적으로 행동하려 하지만 깨진 유리에 걸려 넘어질지도 모른다.

『다락방의 미친 여자』 이후 42년 만에 다시 공동으로 저서를 집필하게 된 동기를 저자들은 이렇게 설명했다 "둘 다 다른 일들로 바빴다. 그러던 중 특히 트럼프의 승리 이후 일어난 '여성들의 (항의) 행진'과 힐러리 클린턴의 끔찍한 패배가 집필 계기가 되었다. 이 책의 집필이 여성 항의 운동의 일환이 될 수도 있다는 생각이 들었던 것이다. 그리고 페미니즘 운동이 다시 한번 부활의 시기로 접어들었다는 생각도 집필에 일조했다." "트럼프에게 표를 던진 여성들은 대체 어떤 사람들인지에 대한 호기심도 일조했다. 이 책의 주요 주제 중 하나는 극우 보수 여성 변호사 필리스 슐래플리가 주도한 안티 페미니즘 백래시와 관련이 있다. 우리는 이 책을 집필하면서 1970년대 중반부터 현재까지의 이 안티 페미니즘의 역사를 추적해볼 수 있었다."

책의 주 내용은 이렇다. 두 저자는 20세기 중반부터 시작해서, 가부장제를 강요하던 1950년대의 가족 신화를 분석하고, 실비아 플라스, 베티 프리단, 존 디디온이 그들만의 목소리를 찾던 일, 다이앤 디프리마와 로레인 핸스베리, 오드리 로드가 남성들에게 반기를 들며 공동체를 결성한 일, 그리고 새천년 들어 앨리슨 벡델, 클로디아 랭킨, N. K. 제미신에 의한 페미니즘의 부활에 이르기까지의 과정을 분석하면서, 페미니즘 문학과 문화의 발달 과정을 추적한다. 그들은 에이드리언 리치, 어슐러 르 귄, 맥신 홍 킹스턴, 수전 손택, 글로리아 안살두아, 토니 모리슨의 주요 작품들을 명료하게, 동정적으로, 그리고 예리하게 읽어낸다. 나아가 그들은 니나 시몬, 글로리아 스타이넘, 앤드리아 드워킨, 이브 코소프스키 세지윅, 주디스 버틀러 같은 페미니즘 운동가, 사상가, 이론가들을 살펴보고, 점점 확대되어 가는 페미니스트 운동을 폭넓게 묘사하는 가운데 문학과 정치의 교차점을 점검한다.

요컨대 『여전히 미쳐 있는』은 1950년대의 실비아 플라스와 에이드리언 리치로부터 2010년대의 클로디아 랭킨, 퍼트리샤 록우드에 이르기까지, 현 시대의 페미니스트들의 저술을 광범위하게 조망하고 분석한다. 그들의 작품들을 지속적인 운동의 일환으로 보면서 두 저자 길버트와 구바는 페미니스트들이 보수적인 1980년대, 1990년대, 2000년대의 여론의 파고를 딛고 일어서는 과정과 2016년 대통령 선거 이후 여성운동에 이르는 과정을 살펴본다. 그리고 그 시기 내내 여성들이 지면을 통해 그들의 분노를 어떻게 비명 내지르듯 쏟아냈는지 살핀다. 이 책은 여성운동의 역사에 대한 종합판이며, 우리 시대의 페미니스트 사상을 날카롭고 선명한 맥락의 틀 안에 구축해내는 방법론이다.

페미니즘 운동의 과실, 즉 새로운 형태의 창의적 항의 방식들과 젠더와 섹슈얼리티에 관한 변화하는 태도들을 살펴보면서 길버트와 구바는 제2물결 페미니즘과 그것이 맞서 싸웠던 미소지니 문화가 어떤 식으로 현재까지 확장되어 왔는지도 보여준다. 그 같은 작업을 하면서 그들은 열정적 분노를 강력한 글쓰기로 치환해온 여성들의 다양성과 긴박감에 찬사를 보낸다.

2

이 책은 1950년대의 페미니즘의 태동기부터 1960년대의 페미니스트 항의 시기, 1970년대, 1980년대, 1990년대의 페미니스트 사상가들과 예술가들의 각성에 이르기까지의 시기를 시대 순으로 다룬다. 20세기가 끝날 즈음 페미니즘 내의 많은 논쟁은 내분에 가까운 다툼으로 악화될 조짐이 보였다. 그러나 이 책은 페미니즘의 쇠퇴와 몰락을 다룬 스토리가 아니다. 또한 그런 일과 관련된 페미니즘의 죽음과 부활에 관한 스토리도 아니다. 오늘날 우리가 목격하고 있는 페미니즘의 부활에 희망을 품고 결론을 내리고 있긴 하지만, 이 책『여전히 미쳐 있는』은 여러 세대에 걸쳐 여성 작가들이 어떤 식으로 문화적 변혁의 비전을 형성하기 위해 그들의 삶의 수수께끼를 타진해왔는지 따져 보는 스토리다.

저자들이 여성 작가들에 초점을 맞추기로 한 것은 어떤 이유에서였을까? 우선 그들이 그 작가들의 성과에 찬사를 바치는 데 일생을 바쳐온 사람들이기 때문이었다. 그리고 제2물결 페미니즘이 여성 시인, 여성 소설가, 여성 극작가, 여성 저널리스트, 여성 작사가, 여성 에세이스트, 그리고 여성 이론가 들의 강력한 영향을 받았기 때문이기도 했다.

1950년대 들어 현모양처를 지향하는 가정주부의 신화는 깨지기 시작했다. 남편을 내조하고 출산과 육아의 중요성을 강조하던 가정주부 상에 균열이 일어나기 시작한 것이다. 예컨대 실비아 플라스의 경우, 처음에는 테드 휴스와의 화목한 결혼 생활과 작가 생활의 병행을 꿈꾸었지만 여성으로서의 한계를 느끼며 좌절했다.

소위 "평온한" 1950년대라는 전형적인 그림은 고분고분한 여성성에 동의하지 않는 여성들, 혹은 표면의 순응적 태도가 깊은 불만이라는 가면에 덮여 있던 여성들의 은밀하지만 분노에 찬 저항의 실상을 기만적으로 드러내고 있었다. 1950년대는 역사에 자취를 남기겠다는 이상한 결심을 한 괴짜 "미친" 여성들을 다수 만들어냈다. 백인 중산층 사회가 1950년대의 주도적인 문화였을지 모르지만 그 문화만이 유일한 문화는 아니었다.

이 시기에 페미니스트 비트족 다이앤 디프리마, 흑인 여성 작가 귄들린 브룩스, 극작가 로레인 핸스베리, 오드리 로드 등이 여성운동을 시작했다. 존 디디온이나 베티 프리단 같은 여성운동가들도 가족 로맨스를 깨부수며 새로운 미국 여성의 등장을 예고했다.

1960년대로 들어서면서 표면 아래 끓어오르던 반항의 기운이 폭발했다. 1960년대 초반 케네디 암살 사건과, 실비아 플라스의 자살 사건, 순종적인 가정주부의 신화를 깨부순 획기적인 페미니즘 책 『여성성의 신화』 출간 등을 배경으로, 분노에 찬 목소리를 낸 세 명의 걸출한 페미니스트 실비아 플라스, 에이드리언 리치, 니나 시몬이 등장했다. 이로써 품위 있는 로맨스의 환상에 젖었던 1950년대는 끝이 났다. 마릴린 먼로와 존 F. 케네디, 그리고 실비아 플라스 휴스가 세상을 떠났을 때 그랬다. 개인사에 묻혀 있던 플라스가 남긴 원조 페미니즘 시들은 그녀와 동시대인이었던 에이드리언 리치가 가부장제에 반대하며 표현한 불평과 니나 시몬이 노래했던 항변을 예견케 했다. 이 두 사람은 민권운동 에너지의 방향을 여성문제 쪽으로 틀었다.

1960년대 베트남전 전후 상황도 여성운동과 페미니즘의 발전에 지대한 역할을 수행했다. 글로리아 스타이넘과 헬렌 걸리 브라운, 수전 손택, 존 디디온 같은 저널리스트들과 에세이스트들은 처음에는 성 혁명에, 나중에는 대항문화 운동의 출현에 반응했다. 그들의 관점은 사뭇 달랐지만 모두 거세게 소용돌이치던 베트남전 반전운동 항의에 의해 증폭되었고, 1968년이라는 전환점에서 여성해방운동으로 분출했다. 이때 "자매애는 강하다"라는 대표적인 모토와 의식화 그룹들도 출현하게 되었다.

글로리아 스타이넘은 성적으로 해방된 현대 도시 커리어 여성들의 삶을 분석했고, 헬렌 걸리 브라운은 독신 여성의 성 해방을 주장했다. 성적 반응에 남성이 불필요하다며 성적으로 해방된 여성을 내세운 것이다. 수전 손택은 문학비평, 사진 이론, 문화 평론 등 다방면에서 문화 전사 겸 성 해방 전사 역할을 수행했다. 존 디디온은 언론의 기성문화에 반대하는 대항문화 운동 히피족 탐구를 수행했다.

1965년에는 여성 평화 시위(베트남전 반전운동)가 일어나고 여성 작가들과 지식인들이 이 운동에 열렬히 관심을 쏟았다. 1968년 젊은 운동가들은 '저넷 랭킨 여단'이라는 조직에 참가하여 베트남에서의 폭력과 미국 내 폭력의 연관성을 포착했다. 이 시기에도 여성해방운동은 표면에 부상했다. 두 차례의 세계대전에 반대표를 행사했던 여성 의원의 이름을 따서 만들어진 이 '여단' 조직자들은 베트남에서의 미국의 즉각 철수를 요구하는 집회를 워싱턴 DC에서 열기로 결정했다. 급진적인 젊은 여성들은 가정주부, 어머니, 과부 자격으로 항의 시위를 벌인다는 생각에 반대하면서, 남성들의 공격 행위와 여성들이 역사적으로 그 행위에 공모자였던 점을 공격 대상으로 삼았다. 이들은 전통적인 여성성을 찬양하기 위해서가 아니라 매장시키기 위해 나타난 것이었다. 이 무렵 밸러리 솔라너스 같은 급진적 페미니스트가 출현하기도 했다. 그녀는 앤디 워홀 총격 살해 미수 사건을 벌이며 남성을 제거하자는 급진적 주장을 폈다.

1970년대는 각성의 시기였다. 가부장제 깨부수기가 본격화된 것이다. 이 시기의 대표적인 페미니스트는 케이트 밀릿이었다. 그녀는 제2물결 페미니즘의 이론적, 철학적 토대를 제공하며 여성운동의 최전선에서 활동한 페미니스트 제사장이었다. 그녀가 쓴 『성 정치학』은 남성과 여성의 관계가 인간이라는 종의 여성을 종속시키는 가부장제 이데올로기에서 생겨나며, 그것이 여성 내면의 식민화를 만들어내고 있으며, 인간 삶의 해악들이 제멋대로 구는 여성 때문에 생겨났으니 그들을 반드시 남성의 통제하에 두어야 한다는 주장을 고발했다. 여성이 자신의 예종을 묵묵히 받아들이게 만드는 "가부장제 이데올로기의 내면화" 과정을 통해 여성의 굴종이 성취된다는 분석도 보여주었다.

이 시대에 일어난 여성들의 각성 운동 결과, 1970년대는 여성의 건강과 관련된 제안, 정치적 집회, 보육 센터, 매 맞는 여성들의 쉼터, 강간 위기 센터, 차별 철폐 정책, 페미니스트 예술 공동체, 서점과 출판사, 여성학 연구 프로그램, 그리고 무수히 많은 저널들이 생산되었다. 수백만 여성의 삶에 영향을 미친 이 각성 운동은 지금까지도 계속되어 우리의 삶을 형성하는 온갖 페미니즘을 발생시키고 있다.

이 시기 동안 수전 손택은 그동안 알려지지 않았던 페미니즘 성향 에세이를 쓰고 있었으며, 토니 모리슨이나 앨릭스 케이트 슐먼, 에리카 종, 리타 메이 브라운, 마거릿 애트우드와 같은 여성 작가들은 인종차별주의와 성차별주의 문제, 여성의 성적 자유, 여성의 권리 등 다양한 문제들을 다루었다. 특히 실비아 플라스의 소설 『벨 자』의 여자 주인공 에스더 그린우드의 성장담은 가부장제 지배 문화를 예리하게 다루었다.

1970년대 여성 작가들의 작품 속 여자 주인공들이 살던 풍경은 주디 시카고와 미리엄 샤피로가 1972년에 만든 〈우먼하우스〉 설치미술 전시실을 닮았다고 할 수 있다. 이 설치미술의 전시 내용은 쓰고 난 탐폰들이 넘치는 깡통 쓰레기통이 있는 〈생리혈 처리 화장실〉, 숨겨진 괴물들로 가득 찬 축소형 실내장식이 있는 〈인형의 집〉, 벽과 천장을 난자와 유방으로 뒤덮은 〈육아용 부엌〉, 특히 화려한 예복 정장을 제대로 갖춰 입히고 층계참에 고정시킨 실물 크기의 인형이 있는 〈신부의 계단〉 같은 것들이었다.

1970년대에는 사변 시와 사변 소설들도 그 나름의 기여를 했다. 여기서 사변이란 사물을 거리를 두고 이론적 관점으로 바라본다는 어원적 의미의 사변이기도 하고, '만약 상황이 다르다면, 더 좋거나 더 나쁘다면 어떻게 될 것인가'라는 공상적 의미의 사변이기도 한다. 이 시기 동안 에이드리언 리치와 다른 여러 운동가들이 사변 시를 창작했으며, 그들의 많은 동료들은 남성 SF 작가들이 발표하던 노골적인 SF 작품보다 더 사변적인 페미니즘 SF 소설을 창작하기 시작했다. 시, 소설 두 분야 모두에서 열망을 품은 여성들이 오랜 연륜의 디스토피아 장르와 유토피아 장르를 재검토하고 효율적으로 사용하기 시작했다. 대표적인 작가들과 작품들로는 에이드리언 리치의 사변 시, 제임스 팁트리 주니어, 조애나 러스, 어슐러 르 귄의 SF 작품을 들 수 있다.

요컨대 1970년대는 미국의 페미니즘이 본격적으로 전개된 시기였다. 그러나 글로리아 스타이넘, 앨리스 워커, 오드리 로드, 맥신 홍 킹스턴 같은 이 시기의 대표적 페미니스트들은 연결되었지만 상처를 받기도 하던 자매들이었다. 1970년대가 펼쳐지고 페미니스트 네트워크들이 확대되면서 다양한 매체에서 창작 활동을 하는 여성들이 자매애라는 유토피아적 이상에 영감을 받았다. 고립되어 살던 많은 여성들은 한데 힘을 합쳐 나감으로써 남성이 지배하는 조직과 전통에 도전할 수 있다는 사실을 발견했다. 그러나 적지 않은 여성들이, 여성운동이 디스토피아적인 오해와 내분, 비방으로 퇴보할 수도 있는 여러 양상들에 직면했다. 자매애라는 꿈에 도취된 여성들조차 자신들의 "자매들"과의 관계에 일어난 파열 현상을 슬퍼했다. 글로리아 스타이넘, 앨리스 워커, 오드리 로드가 미국의 제2물결 페미니즘의 연결과 상처가 가져온 정치적 후유증을 가늠하던 동안, 맥신 홍 킹스턴의 소설과 주디 시카고의 설치미술 〈디너 파티〉는 자매애 문제(그리고 딸들의 우애 문제)를 더욱 생생하게 탐구했다.

불행하게도, 비동성애자와 동성애자, 급진주의자와 진보주의자, 백인과 흑인, 미국 본토박이와 외국 태생의 여성 사이의 연대의 구축은 필리스 슐래플리라는 극우 보수주의 여성이 조직한 전국적인 백래시 운동이 시작되면서 큰 손상을 입었다. 1970년대 말 백인 페미니스트들은 그들의 불화 문제를 다루고 견해의 차이를 표현하고 그들의 업적을 자축하고 있었지만, 성평등 헌법 수정안 비준이 지연되면서 그들의 관계는 깨져버릴 것 같은 조짐을 보였다. 결국 1980년대 들어 권리의 평등이 미국에서 지속적으로 축소될 것 같다는 사실은 분명해졌다.

1980년대와 1990년대에는 개정판 페미니즘이 등장했다. 그런 개정판들을 통해 이브 코소프스키 세지윅이나 주디스 버틀러 같은 후기구조주의 이론가들은 지적 흥분감에 기여했는데, 이는 그들의 사색 범위가 젠더, 섹스, 성적 지향에 관한 재해석의 전망을 펼쳐보였기 때문이었다.

퀴어라는 단어를 재평가하고 '퀴어 연구'라는 학문 분야의 창설에 도움을 준 그들 사상가들은 포스트모더니스트 예술가들에게 영감을 불어넣었고, '논바이너리'나 '트랜스젠더'를 위해 여러 운동에 활력을 제공했다. 하지만 그들의 저작들은 에이드리언 리치 같은 선배들의 장르를 넘나드는 산문에서는 좀처럼 찾기 힘든 난해한 서술로 가득 차 있었고 그것이 그들의 한계였다. 페미니스트들의 저술 활동에도 변화가 생겨났다. 문학 저술 활동에서 철학적 담론으로의 이동이다. 그러니 퀴어 이론의 출현은 점점 커지는 학계 내부의 페미니스트들과 학계 외부의 페미니스트들의 분열의 신호탄이 된 셈이었다. 다수의 페미니스트들은 추상적인 이론 논의로부터 거리를 둠으로써 자신들의 운동을 계속해나갔다. 2005년 유럽 대륙의 이론이 페미니스트 학자들에게 미친 영향에 대해 발언하면서 글로리아 스타이넘은 "접근성이 떨어지는 이런 지식은 전혀 도움이 되지 않는다"고 말했다. 이 시기에는 정체성 정치, 글로리아 안살두아, 앤드리아 드워킨 같은 페미니스트들, 교차성 페미니즘이 등장하고 문화 전쟁, 퀴어 이론, 앤 카슨의 시, 포스트모더니즘, 트랜스섹슈얼리즘 같은 페미니즘의 새로운 이슈들이 속속 등장하며 더욱 복잡해진다.

포스트모더니스트와 트랜스섹슈얼 예술가, 이론가들은 젠더, 섹스, 섹슈얼리티에 관한 규범적 범주에 균열을 내고 있었다. 트랜스젠더 이론가이자 영화제작자인 수전 스트라이커는 메리 셸리가 창조한 괴물 프랑켄슈타인, 즉 그 "부자연스러운 몸"이 사이보그와 닮기도 한 피조물로 위장하는 방법을 선택했다. 도나 해러웨이는 "나는 여신이 되느니 차라리 사이보그가 되겠다"는 주장에 감춰진 환상을 인정하는 방법으로 페미니즘 과학소설 쪽으로 관심을 돌렸다. 그녀는 후기구조주의 사상가들과 포스트모더니즘 예술가들의 작업의 기저에 깔린 인류에 대한 절망의 기류를 드러내기도 했다. 그리고 세지윅과 버틀러처럼 해러웨이는 많은 페미니스트 지식인들이 많은 페미니스트 운동가들에게 이해하기 힘든 존재가 되는 불화의 틈새를 노출시켰다.

백래시 혹은 반페미니즘과 관련하여, 누가 페미니즘의 주인인가에 관한 논쟁도 벌어졌다. 통념에 반대되는 사람이었던 반페미니스트 백래시 여성 논객 파글리아를 비롯하여 크리스티나 호프 소머스나 케이티 로이프 같은 논객들이 이 논쟁에 가담했는데, 이들 논객들 중 일부는 자신을 페미니스트라고 부르면서 여성들을 페미니즘으로부터 구해내겠다며 혼선을 불러일으켰다. 그들은 존 디디온처럼 여성운동 지지자들이 오히려 여성을 피해자로 바꿔버렸다고 주장했다. 이런 중상과 비방이 점점 더 심해지자, 페미니스트들에게 더 큰 "노력을 기울여 와 닿기 쉬운 방식으로 페미니스트 개념을 쓰고 말하라", 그렇지 않으면 "대중매체의 든든한 지원 아래 페미니즘을 대변한다고 주장하는 안티 페미니즘 백래시의 공범 역할을 하게 될 것"이라고 경고한 사람은 페미니스트 벨 훅스만이 아니었다. 누가 페미니즘의 주인인가의 문제가 명백히 핵심 이슈가 되고 있었다. 의도하지 않은 오보와 의도한 허위 정보가 그 후로도 계속해서 페미니즘이 포장되어 제시될 방식에 피해를 입히게 된다.

한편 대다수의 미국인들은 페미니스트 논쟁보다 마돈나, 마이클 잭슨, 티나 터너, 그리고 비디오 게임, 영화 〈스타워즈〉, 모니카 르윈스키 사건 같은 대중문화에 더 사로잡혀 있었다. 그런 과정에서 페미니즘에 대한 관심은 더욱 사그라졌다. 1998년에 나온 〈타임〉은 검은색을 배경으로 수전 B. 앤서니, 베티 프리단, 글로리아 스타이넘이 정렬해 있고, 그 옆에 텔레비전 등장인물 앨리 맥빌이 함께 서 있는 사진을 게재했다. 그 옆에는 붉은 글씨로 이런 질문이 쓰여 있었다. "페미니즘은 죽었는가?" 이 잡지의 표지가 암시하듯이 만약 페미니즘이 아직 죽은 것이 아니라 해도 그것은 분명 나락으로 떨어지기 직전의 상태였다. 그러나 비록 이런 예측이 비록 많은 사람들의 견해를 반영한 것이긴 했지만, 우리는 21세기 들어 페미니즘이 사망했다는 뉴스가 엄청나게 과장되었다는 사실을 깨닫게 된다.

21세기는 미국의 페미니즘 역사에서 후퇴와 부활의 시기라 할 수 있다. 2002년 일부 여성들이 참가한 중요한 페미니스트 단체, '코드 핑크: 평화를 위한 여성들'이 이라크 전쟁과 미군의 전쟁포로 고문 행위에 항의하기 위해 결성되었고, 이후 여러 해 동안 활발한 활동을 벌였다. 이 단체가 스스로 규정한 정체성은 야심찬 내용이었다. 그들은 "미국이 벌이는 전쟁과 군국주의를 종식시키고, 평화와 인권에 관한 주도적 활동을 벌이고, 우리의 세금인 달러를 의료, 교육, 환경 관련 일자리와 기타 생명에 긍정적인 프로그램 쪽으로 방향을 돌리기 위해 노력하는 풀뿌리 조직"이라는 것이었다. 회원들이 항의를 위해 입은 옷의 상징색은 강렬한 핑크색이었다.

'코드 핑크' 시위 행사가 암시하듯 여성운동은 20세기 말에 죽지 않았다. 정치나 대중문화 분야에서 여성운동이 입지를 상실하는 동안, '코드 핑크'와 같은 단체들이 생겨나 왕성한 활동을 벌였다. 복음주의자들이나 안티 페미니스트 단체들의 적대감에도 불구하고 활약한 손택, 리치, 페일리, 워커, 홍 킹스턴, 르 귄도 마찬가지였다. 이 시기에 페미니즘은 극렬 보수 기독교 단체 '모럴 머저리티', 복음주의자들, 그리고 강경 보수 기독교 단체 '티 파티' 등에 의해 여전히 악마화되고 있었다.

21세기의 첫 20년 동안 신세대 예술가들이 나타나 종종 혁신적 형식을 통해 동시대 이슈들에 열렬한 관심을 보였다. 변화된 문화 시장에서 그들과 그들의 동료들은 대중 예술을 새롭게 혁신했으며, 이론과 실천 사이의 간극에 다리를 놓고자 했다. 이런 현상은 페미니즘에 많은 대의명분들을 장착시켰다. 퀴어, 다국적주의, 트랜스 이슈뿐만 아니라 '흑인의 생명은 소중하다' 항의 운동, 환경 운동, 그리고 '미투 운동' 등이 그런 대의명분들이었다. 급증하는 증오 범죄와 학교 내 총기 난사 사건, 전체주의적인 이민자 배척주의 정권의 발흥, 기후 위기 등에 직면한 페미니스트들은 정치적으로나 이념적으로 유사성을 지닌 단체와의 연대를 모색할 필요가 있었다. 이런 연대는 사실 정확히 초기의 이론가들이 요구하던 사항이었다.

교육받은 여성들은 트럼프 정부의 미소지니에 반대하며 세찬 반격을 가했다. 2019년에는 낸시 펠로시가 이끄는 하원에 102명의 여성 하원의원들이 입성했다. 새롭게 의원이 된 이 여성 의원들은 하원의원 총수의 거의 4분의 1을 차지했는데, 이는 전례 없는 인구학적 변화였다. 학교교육은 페미니스트들의 머릿속을 차지하는 핵심 주제가 되어 있었다. 많은 창의적 사상가와 이론가들이 더 공정한 미래를 만들어내는 데 있어 교육이 수행하는 핵심적 역할을 강조하려고 자신이 경험했던 배움의 과정을 묘사했다.

2000년대 초의 대표적 페미니스트들로는 레즈비언 만화가 엘리슨 벡델, 〈버자이너 모놀로그〉의 작가 이브 엔슬러, 트렌스젠더 수전 수트라이커와 시인 매기 넬슨이 있었다. 클로디아 랭킨, N. K. 제미신, 퍼트리샤 록우드 같은 페미니스트 작가들도 왕성한 활동을 벌였으며, 환경 운동가 리베카 솔닛과 페미니스트 가수 비욘세도 마찬가지였다.

각종 위협들, 즉 제2물결 페미니스트들의 사망, 인문학의 퇴보, 여성의 열악한 노동 및 의료 환경, 임신 중단권에 대한 위협, 환경 등의 문제들 속에서 21세기의 여성 작가들은 다양한 연대 활동, 이를테면 '흑인의 생명은 소중하다' 운동이나 환경 운동가들과의 연대를 구축했다. 트럼프의 통치라는 늪지대를 뚫고 나아가는 길을 발견하는 데 많은 오솔길이 필요할 것이라는 점이 명백해지고 있을 때, 젊은 운동가들과 베테랑 정치인들은 계속해서 새로운 루트들을 지도에 등재해나갔다.

이 시기 마초 안티 페미니스트 트럼프 대통령의 등장으로 페미니스트들의 상황은 암울해 보였다. 그러나 그런 와중에도 힐러리 클린턴과 낸시 펠로시 같은 여성들은 제 역할을 다했다. 그리고 마침내 트럼프가 물러나고 바이든 대통령이 취임했으며, 그의 부인 질 바이든 박사와 부통령 카멀라 해리스의 등장은 여성의 발전을 방해하던 유리 천장의 파열을 더욱 극적으로 상징했다. 그들은 중요 장면마다 상징적인 흰색 정장을 입었다. 낸시 펠로시는 허위로 가득 찬 트럼프의 연두교서 연설문을 찢었을 때에도 바로 그 옷을 입고 있었다. 그 연설을 듣고 있던 여성 의원 대다수도 그 옷을 입고 있었고, 힐러리 클린턴이 2016년 민주당 대통령 후보 수락 연설을 했을 때에도, 제럴딘 페라로가 1984년 부통령으로 출마했을 때에도, 그리고 최초의 흑인 여성 의원 셜리 치점이 1969년 의회에 입성했을 때에도 마찬가지였다.

의원 취임식 날 젊은 여성 의원 오카시오코르테스는 이렇게 말했다. "오늘 제가 흰옷을 입은 것은 제 앞에서 길을 닦아준 여성들, 그리고 앞으로 등장할 여성들을 기리기 위해서입니다. 참정권을 위해 싸운 여성들부터 셜리 치점 의원에 이르기까지, 참정권 운동의 어머니들이 안 계셨으면 저는 이 자리에 없었을 것입니다."

물론 선거에서 패배한 트럼프는 순순히 물러나지 않았다. 선거 결과에 불복하려는 그의 선동으로 폭도들이 미국 의사당에 난입하는 사건이 발생했다. 미쳐 날뛰던 폭도들은 처음에는 미국의 가장 소외된 장소들, 즉 판자촌, 개펄, 산간벽지, 외딴 초원 출신의 사람들인 것 같았다. 그러나 이들 중 다수가 "점잖은" 중산층 시민들, 경찰들, 퇴역 장교들임이 밝혀졌다. 그들은 '프라우드 보이스', '스리 퍼센터스', '오스 키퍼스' 같은 극우 단체 혹은 남성 우월주의 단체의 단원들이었다. 그들의 행위는 민주주의에 역행하는 백래시였을 뿐만 아니라 흰색 정장의 페미니스트들이 그토록 오랫동안 지지해온 평등권에 역행하는 백래시이기도 했다. 결국 이 책『여전히 미쳐 있는』의 모든 페이지를 통해 두 저자는 백인 남성들의 폭력과 가부장제 문화의 지배/복종 구조와의 연결 고리를 추적해온 셈이었다. 의사당에 난입한 백인 우월주의자 폭도들은 남북전쟁 당시의 남부연합 깃발을 들고 아우슈비츠 수용소 티셔츠를 입고 있었다. 그들은 트럼프주의가 표방하는 남성 우월주의와 원형 파시즘을 극적으로 보여주었다. 이 광분한 폭도들은 혹시 그들을 미치게 만든 페미니즘 자체의 성취 때문에 미쳐 날뛰었던 것이 아니었을까?

그러나 결국 그들은 진압되었고 바이든 대통령 취임식 날 한 흑인 시인이 낭송한 시의 내용은 페미니즘의 성과와 밝은 미래를 보여주었다. 취임식 단상에 앉아 있던 사람들을 포함하여 모든 미국인들이 그 내용을 들었다. 그들의 질서 있는 모습은 1월 6일 의사당 난입 사태 때의 혼돈과 눈에 띄게 대비되었다. 전직 지도자들 중 트럼프만 그 자리에 없었다. 스물두 살의 아프리카계 미국인 시인 어맨다 고먼은 그날 취임식 무대에서 낭송한 시를 통해, 그 같은 참사는 아무런 보답 없이 일어날 수 없고 일어나지도 않을 것이라고, 자신과 자신이 대표하는 세대는 더 이상 뒤로 후퇴할 수 없으며 계속해서 앞으로 나아갈 것이라고, 왜냐하면 "겁을 집어먹었다고 해서 다시 뒤로 돌아가거나 방해를 받지는 않을 것이기" 때문이라고 주장했다.

3

이 책에 등장하는 페미니스트들의 공통점이라면 가정, 사회 내에 도사린 가부장제에 피해를 입었다는 점이었다. 그 사실에 인종, 정치 성향, 성 정체성 문제까지 겹쳐져 상황은 더욱 복잡해졌다. 남성들의 백래시와 그 백래시를 돕는 여성 조력자들의 행동도 우려할 만한 사항이었다. 그 과정에서 페미니즘 주역들의 개인사적 의미, 그들의 끝나지 않은 싸움, 여성운동계 내부의 적들과 남성 우월주의 세력들에 관한 이야기가 빈번히 등장했다. 하지만 책의 결론은 희망적이다.

이런 내용의 책을 집필하는 과정에서 다재다능한 두 저자는 풍성하고 다차원적인 맥락하에 족집게로 집듯 명료하게 작가들과 작품들의 의미를 밝혀냈다. 그들은 영향력 있는 첫 역작 『다락방의 미친 여자』 이후 40년 만에 종합적이며 진화론적인 업데이트판 저술을 들고 나온 것이었다. 그들은 능숙한 솜씨로 70년에 걸친 미국의 여성운동과 페미니즘의 정치사적, 문화사적 의미를 탐색했다. 한마디로 이 책은 가히 잘 쓰인 현대 여성 운동의 인명사전이라 할 만하다.

그들은 다시 한번 개인적, 정치적, 문학적, 비평적 혜안을 보여주었다. 그들은 여성 작가들에 대한 초석 연구를 21세기까지 아우르는 연구로 확장시켰다. 1950년대부터 바이든과 해리스의 당선에 이르는 현재까지의 제2물결 여성운동의 핵심 사건들과 작가들을 추적하면서 그들은 소란스러웠고 폭발적이었고 지금도 계속되고 있는 미국 여성 작가들의 저술들의 지도를 훌륭히 그려냈다.

현대의 여성운동과 페미니즘에 관한 이 저서는 여성이 살아가면서 경험하는 숨겨진 상처들을 폭로하고 명명하는 저작들을, 그리고 의식화 운동이나 각종 항의 시위 등에 대해서도 강조한다. 이런 이야기 속의 비범한 작가들은 새로운 페미니즘 전통을 창조했으며, 그 과정을 통해 수 세대에 걸친 여성들의 분노와 꿈을 드러냈다. 이 책『여전히 미쳐 있는』은 위대한 여성 작가들이 어떻게 새롭고 다양한 여성들의 미래를 상상했는지 이해할 수 있게 해주는 소중한 선물로, 마치 여성문학의 비밀 암호를 풀어낸 것 같다. 두 저자의 독법은 예리했고, 그 독법은 책에 등장하는 여성들의 굴곡진 삶을 환히 밝혀주었다.

류경희

찾아보기

지은이 샌드라 길버트(Sandra M. Gilbert, 1936~)
미국의 영문학자, 시인. 프린스턴대학교 영문학 교수로 재직하며 페미니즘 이론 및 비
평, 정신분석 연구에 천착했다. 수전 구바와 함께 여성문학을 연구하며『다락방의 미친
여자』『여전히 미쳐 있는』등을 저술했다. 1986년 〈미즈〉 올해의 여성으로 선정되었고,
2013년 미국도서비평가협회 주관 평생공로상을 수상했다. 현재 캘리포니아 주립대학교
데이비스 캠퍼스 명예교수다.

지은이 수전 구바(Susan D. Gubar, 1944~)
미국의 영문학자, 작가. 인디애나대학교 영문학 교수로 재직하며 페미니즘 이론 및 문학
을 연구했다. 샌드라 길버트와 함께 여성문학을 연구하며『다락방의 미친 여자』『여전히
미쳐 있는』등을 저술했다. 1986년 〈미즈〉 올해의 여성으로 선정되었고, 2013년 미국도
서비평가협회 주관 평생공로상을 수상했다. 현재 인디애나대학교 명예교수다.

옮긴이 류경희
고려대학교 영어영문학과를 졸업하고, 동 대학원에서 18세기 영문학 연구로 박사 학위를
받은 뒤, 고려대학교 인문대학 초빙교수를 지냈다. 옮긴 책으로『오만과 편견』『맨스필드
파크』『에마』『제인 에어』『위대한 유산』『유토피아』『로빈슨 크루소』『잭 대령』『걸리버
여행기』『통 이야기』『책들의 전쟁』『하인들에게 주는 지침』『톰 존스』등이 있다.

여전히 미쳐 있는

초판 발행   2023년 7월 25일

지은이   샌드라 길버트, 수전 구바
옮긴이   류경희
펴낸이   김정순
편집   허정은 허영수 김경원 황도옥
마케팅   이보민 양혜림 정지수

펴낸곳   (주)북하우스 퍼블리셔스
출판등록   1997년 9월 23일 제406-2003-055호
주소   04043 서울시 마포구 양화로 12길 16-9(서교동 북앤빌딩)
전자우편   editor@bookhouse.co.kr
홈페이지   www.bookhouse.co.kr
전화번호   02-3144-3123
팩스   02-3144-3121

ISBN   979-11-6405-207-3   03800